锦绣良缘

顾七兮 著

上册

内蒙古出版集团
远方出版社

图书在版编目(CIP)数据

锦绣良缘 / 顾七兮著. —呼和浩特: 远方出版社,
2016.7
ISBN 978-7-5555-0730-7

Ⅰ. ①锦… Ⅱ. ①顾… Ⅲ. ①长篇小说—中国—当代
Ⅳ. ①I247.5

中国版本图书馆CIP数据核字（2016）第150298号

锦绣良缘（上、下）

作　　者　顾七兮
责任编辑　蔺　洁
出版发行　内蒙古出版集团　远方出版社
社　　址　呼和浩特市乌兰察布东路666号　邮编010010
电　　话　（0471）2236471总编室　2236460发行部
经　　销　新华书店
印　　刷　北京富达印务有限公司
开　　本　710mm×1000mm　1/16
字　　数　483千
印　　张　34.75
版　　次　2016年7月第1版
印　　次　2016年7月第1次印刷
标准书号　ISBN 978-7-5555-0730-7
定　　价　60.00元（上、下）

目　录
contents

第一章　竹马青梅缤纷遇

“妹妹，哈哈，我要抱抱！抱抱！”一个胖胖的小男孩，脸上白白嫩嫩、肉嘟嘟的，流着口水，稚嫩的童音，拉长着调调，伸着那两只肥嘟嘟、油腻腻的小手，向床上躺着的小女孩步步逼近。小男孩鼻间直直挂着两条晶莹的“粉条”，而口水跟粉条，都正在往下流。

“啊！”床上躺着的小女孩惊天动地一声惊叫！

“欣心会开口了吗？”

“是娃娃的叫声！”

“快去看看！来人哪！”

几道不同的抽气声响起，屋子里突然脚步凌乱了起来。南宫夫人（秋月）拖着略带富态的滚圆身子，急急地冲向门口；神医季田与同样心急的逍遥侯南宫老爷（南宫楼）也同时冲向门口。于是，非常搞笑的场面出现了，三个人同时卡在门口，进不去，退不出，后面跟了一堆的丫鬟，想笑不敢笑，只能红着脖子，低着头暗自憋着。

三个人好不容易分开，再次进门的时候，望着在床上熟睡的欣心，相互狐疑地对视了一番，“刚刚，明明听到有女娃娃的惊叫声啊！”

“轩轩，你怎么又把鼻涕弄到妹妹脸上了？”南宫夫人摸了摸南宫轩的头，无奈地笑着帮欣心擦去脸上的污渍。

南宫轩咧着掉了门牙的嘴傻笑，“妹妹，我要抱抱！”

"唉！"

"师妹，你别急，欣心身子没问题，开口是迟早的事！"季田拉着南宫夫人的手，意味深长地安慰道。

不过下一秒便被南宫楼拉开，占有性地搂住秋月，脸色非常不善，"姓季的，离我夫人远点儿！"

若不是欣心一岁多了，还从不出声哭闹，看过无数的大夫，仍找不出原因，他肯定不会去自找麻烦地把这个江湖神医的情敌请回家，跟他抢老婆、抢女儿。

"姓南宫的，肯定是你作孽太多！"季田不甘示弱地回瞪南宫楼。若不是他一时大意，师妹早就跟他拜堂成亲了，还轮得到这南宫楼什么。手不能提，肩不能挑的弱书生，不就是混了个小官当当，就拽成那般模样，简直就是欠抽！

"师兄、相公，你们别吵了！"秋月有些头疼地拧了拧眉心，"欣心到底是天生无音，还是怎么回事？"

那白白嫩嫩的小胖子歪着头，咧着嘴，口水直直地朝着欣心脸上流下来。

"哇，哇，哇……"欣心再次发出简单的单音。

"欣心出声了，欣心出声了！"秋月激动地抱着南宫楼，喜极而泣。

"啪！"那口水毫不意外地又帮着欣心洗脸了，还有些"粉条"。

那对父母沉浸在欣心开口的喜悦中，丝毫没有解救她的意思！

"妹妹，我抱抱！"南宫轩慢慢地拖着"粉条"加口水，朝欣心伸着手。欣心似乎有些戒备地朝着娘亲怀里钻。

"轩轩，你把鼻子擦擦，不要把鼻涕蹭到欣心的脸上！"

季田一手抄着南宫轩，一手掏出块帕子，仔细地帮着那小子擦拭干净两条晶莹的"粉条"。

"假惺惺！"爹爹南宫楼不满地冷哼了一下，"姓季的，把我儿子放下！"

"姓南宫的，明天开始，轩轩便开始跟我习武！我带他回灵山！"季田帮南宫轩擦完鼻子，放下他，摸了摸南宫轩的头，"轩轩，可愿意叫我师父？"

南宫轩不明所以地望着季田，不太明白。也是，一个四岁多的孩子，不明白叫了许久的师伯，为什么要改口叫师父。

“我不同意！”南宫楼异常坚决，“我明日便送轩轩上私塾，绝对不让他跟你习武！”

“我绝不让轩轩跟你一样，做百无一用的破书生！”季田满脸的嘲讽之色。

“我绝不让我的儿子跟你一样，野蛮，粗鲁！”

“相公，其实，我觉得轩轩学武也是不错的！”秋月抱着欣心，上前站到两个争吵得激烈的男人中间，“习武可以强身健体，没什么不好！灵山虽然远，但是男孩子不就是需要历练吗？”

“那……我宁愿花钱去请师父，也不要他教！”南宫楼坚持自己的立场，“谁知道，他带走了轩轩，会把他教成什么样！”

原来这爹爹是不放心轩轩被带走啊！可是，若他不走，每天被口水洗脸、摧残的可是欣心啊！欣心似乎听明白了大人们的对话，挂着晶莹泪水的小脸，露了个“无耻”的笑容后，扯着嗓子对南宫楼喊道：“爹——”

这脆生生的一句爹，把争吵着的三个人都惊住了！

南宫楼第一个回过神来，忙从秋月手里接过欣心，激动地叫着：“欣心，刚才是喊爹爹了吗？”那神情，恨不得手舞足蹈。

欣心讨好地蹭了蹭南宫楼的脸颊，“吧”地亲了一口，“爹——爹——”

南宫楼一向都重女轻男，欣心的表现，让他乐得飞上天，抱着欣心在那儿逗着，“宝贝，欣心，真乖！”

这个女儿从出生便失音，一岁多了还是不哭不闹，急坏了他。可是这奇迹出现了啊！欣心才能出声便喊爹爹了，他能不乐吗！

欣心再一次露了个“无耻”的笑脸后，朝着季田招手，不停地招手要抱。

季田满脸得意地从南宫楼手里接过欣心，“欣心，要我抱！”

“爹——爹！”欣心再一次甜甜地叫出声。

季田的嘴张得能吞下鸡蛋，开心地把欣心扔了上去，“欣心，你叫我什么？哈哈哈哈！”

欣心被扔了几下，怕得小脸有些变色。小孩子被这样抛，可是会吐的呀！

秋月夫人呆愣了好一会儿，都回不了神。

南宫楼的脸色“刷”地变白，抢过欣心，咬牙切齿地对着季田道：“你带着轩轩，明天就滚回灵山去！”

不能生欣心的气，她是小孩子，还不会认人，一定要把季田远远地踢开，免得欣心以后不认他这个爹爹。轩轩啊，先不管他了！男孩子就是需要历练的嘛！

在众人期盼的眼神中，欣心毫不吝啬地对发呆的秋月夫人张手，“娘——娘——”

没有南宫轩那噩梦般的口水和“粉条”的骚扰，欣心非常幸福地成长着，尤其在两岁补办的那场抓阄中，声名显赫！

京都的人都知道，逍遥侯家的欣心小姐，聪慧可人，堪称神童级别！

欣心望着一桌子的东西，女工、刺绣、宝石、书本、算盘、鞭子、剑、模型琴、画、笔，她趴在那堆小宝贝中间，拿起了一支笔、一本书，歪着头，在那儿傻笑。

南宫楼乐得合不拢嘴，看来欣心是想做个学者了！他乐颠乐颠地等着欣心爬出来。谁知道欣心扯着嗓子喊道：“爹爹，爹爹！”

南宫楼忙上前抱起欣心，亲了亲，“咱们的宝贝女儿要念书，做学者，爹爹真开心！”

“爹爹！这个送给你！”欣心扔下笔跟书，又爬下南宫楼的身子，再次爬到那堆宝贝中间，认真地挑了起来。

结果，南宫楼分到了笔跟书，秋月分到了刺绣跟鞭子，管家、丫鬟都依次分到了东西，最后剩下的琴，体积比较大，欣心便直接拿着布打包了！

于是一场抓阄，抓出了一个“神童”的称号。

南宫楼对这个神童女儿更是宠上了天，尤其在欣心三岁会念《三字经》，四岁能背诗、作诗，五岁已经下棋、画画都有模有样后，更是重点培养她。家里光她的师父，便不下十个！真的是捧在手心怕摔了，含在嘴里怕化了！

六岁的欣心，长得水灵灵的，在秋月夫人的精心打扮下，穿着水绿色的袖衫，粉红色的罩裙，更像一个漂亮的陶瓷娃娃。今天是她六岁生日，府邸里来了很多的人，欣心受不了那么多的规矩，来个人，就把她当作标签似的推出去，喊声称呼，然后收个红包。在要小性子骗过丫鬟后，她便偷偷地溜出了府。

这是欣心第一次真正一个人出门，感觉空气都是甜甜的，心情好得很！

欣心刚溜出后门，便跟另外一道身影撞上了，“呀！疼！”

“你走路不长眼睛呐？撞了人竟然还跑！”欣心怒了，一把拉住那个身影。

撞人就跑的是个穿着黄衫的小女孩，年纪也就六七岁，跟欣心差不多大，只是看着有些瘦弱。

“是你先撞我的！把我撞疼了！赔钱！”那小女孩看了看欣心华贵的衣服，反手拉住欣心的衣服，准备讹诈她。

“放手！”欣心有些狼狈地扯着小女孩的手。没想到，看着她挺瘦弱的，力气却不小。

“不放！”小女孩两只手都狠狠地拉住欣心的衣袖，“你撞疼我了，赔钱！”

“刺啦”一声，欣心的袖子被生生地拉成了两节，露出一节白嫩嫩的胳膊。欣心满脸涨得通红，这是娘今天才帮她换的新衫。这女娃娃撞了人不道歉，还这样不讲道理，实在是可恶，非得教训教训她不可。“赔我衣服！”

“不赔！”那小女孩满脸倔强，大有一副要钱没有，要命一条的无赖之态！

“可恶！”欣心决定以暴制暴，别怪她欺负小孩子，毕竟她这身子也才六岁，而且从小养尊处优的，并不占便宜。

“你竟然打我？”那小女孩满脸不可思议地指着欣心。

“你蛮不讲理，该得到教训！”欣心满脸正义地指责着那小女孩。看着她一只眼睛被她打得黑黑的，稍稍有些内疚。

“那我也不客气了！”那女孩子摆出了一副格斗的姿势，“我们决斗，谁输了谁赔！”

这完全是没道理的决斗，不过欣心还是点头迎战了！

两个小孩子打架，能有什么看头？无非是踢、抓、咬之类，不过欣心却很激动，因为自己这回真正遇到对手了。

打了一会儿，双方都没占到便宜。正所谓不打不相识，欣心还心生了结交之意，便摆出暂停的姿势。两个女孩坐下来相聊甚欢，原来这个女孩叫吉吉。

吉吉的母亲是天朝都城最有名的妓院飘香阁过气了的花魁，除了遗传给吉吉漂亮的相貌外，在吉吉八岁时便撒手人寰了，于是吉吉成了孤儿。那之后，麻烦的事情开始接踵而来。老鸨对吉吉非常热心地进行了一系列培养，无非看重了吉吉出色的相貌，妄想把吉吉培养成摇钱树花魁。

但跟老鸨的培养计划相背道，吉吉总是做出很多让人哭笑不得的事情。

让吉吉学琴，很好，每次琴都会尸骨无存，看得老鸨那个痛心疾首！

让吉吉学画，很好，每次画汁乱溅，满墙、满屋子都是斑斑的污渍，惨不忍睹。

让吉吉看书，很好，每次都会因为“失手”，或者“无意”，把书本跟火折子遇到，然后火烧飘香小院的场景，不断地在老鸨的泪奔中华丽地上演。

在残酷的事实面前，老鸨不得不含泪放弃了培养吉吉的计划，低价把吉吉当作赔钱货卖给了指明要那丫头的逍遥侯府——南宫世家。于是，吉吉给欣心当了名义上的丫鬟。

在遇到吉吉后的岁月，更是让欣心感叹，生活多美好！

欣心在爹爹南宫楼的重点培养下，成了地地道道的名义上的深闺大小姐，琴棋书画样样精通，平时大门不出，二门不迈（爬窗、翻墙溜出门的事就不提了）！

何谓名义上的呢？因为事实上，季田师父暗地里还对她进行了魔鬼式的培养，欣心的功夫跟医术也算得上是顶尖的了，只是无奈没什么机会实习！所以，欣心也不知道，她的实力到底有多强。

不过欣心随手就把中毒无解、等死的紫衣救活了。再有就是欣心一手带出来的吉吉，轻功能追得上堪称武林独步的神偷。那她这个大家闺秀半吊子师父，实力应该也不算差吧！

“哥哥啊，我想吃南街的包子！”欣心努力挤出一副非常渴望的模样，嘟着小嘴在那儿撒娇。虽然此时她已经十六岁了，装可爱似乎已经不太适合她了。

“南街似乎有些远，妹妹换别的吃成不？”南宫轩的剑眉微微拧了拧，口气异常温和，讨好地商量道。

欣心瞅着南宫轩清秀的俊脸，已完全褪去了胖嘟嘟的婴儿肥，轮廓清晰，五官俊朗分明，双眼跟爹爹南宫楼一般，带着暖暖的笑意。欣心深深地在心底叹息了一声，这帅哥，要不是哥哥该多好，那样欣心就不会那么清楚地记恨着口水之仇，狡诈地处处想尽办法报复他、欺负他了！没办法，她就是小心眼儿，就是喜欢奴役哥哥。而南宫轩，好像挺享受为欣心鞍前马后，伺候着这个在家地位“千金”的宝贝妹妹。

南宫轩，在十六岁一人独挑了整个土匪山寨后，声名鹊起，江湖上人送他一个“逍遥剑客”之名。尤其是他长得俊俏秀气，风度翩翩，迷倒了不少大家闺秀，江湖侠女暗许芳心。不过，南宫轩二十岁后，便很少在江湖上露面了。原因无他，因为要保护他情窦初开的妹妹。这位欣心妹妹，虽然听闻爹爹的意思是养在深闺的，但不知道怎么回事，常常有莫名其妙的客人悄悄地造访。

比如，前天晚上，他才在欣心的非凡小楼打跑了与他齐名的另外一个号称“妙手书生”的神偷——苗煦；昨天晚上，南宫轩跟“游侠”独孤易，在欣心的非凡小楼屋顶，切磋了大半夜。当然，之前还有很多江湖上成名或无名之辈，跟他切磋过，原因都无一例外是悄悄地在夜深人静时，造访欣心的住所。

一个深闺小姐住的院子，怎么会有如此奇怪的人物出现？瞧着他们熟门熟路的样子，应该不像是第一次造访了，这情况实在诡异！

“不嘛，人家就是想吃那边的包子嘛！”欣心这一次嗲得更厉害了，双眼挂上可怜兮兮的神色，“哥哥，你都不疼我！人家想吃个包子都不给人家买！哼！以后不要理你了！”

“妹妹！”

“连个包子都不给我买，我才不要做你的妹妹呢！”欣心说完跺了跺脚，便直接推开眼前的茶杯，站起身子，准备无视南宫轩直接离去。

“妹妹，别生气，我这就去！”南宫轩急切地拉住欣心，按着她的身子坐下，“哥哥很快就回来，欣心饿了就叫东西吃，但不许乱跑哦！”

面对南宫轩的告诫，欣心口是心非地点头，扮演乖巧的角色，“哥哥，你还不快去？人家都快饿死了啦！”

“吉吉，好好看着小姐，不许乱跑，不然回去有你好受的！”南宫轩对站立在一旁充当摆设的丫鬟严肃地吩咐完，便一个箭步起身离开。

那被点名的丫鬟，睡眼蒙眬地揉了揉眼，对着欣心竖起了大拇指。欣心终于再一次支走了南宫轩！

“哼！”欣心娇嗔地哼了哼，瞅着南宫轩走出了客然居便轻跃而起，嘴角挂上了一抹淡淡的微笑，奴役南宫轩的感觉，果然百试都爽。

“欣心，你越来越恶心了！”吉吉打了个哈欠，鄙视了一下欣心，便大大咧咧地在欣心对面坐下。这南宫轩在，吉吉可是老老实实地当了回称职的丫鬟，虽然闭着眼睛小寐了会儿，但是站半天还是很累人的，尤其对她这么一个夜里严重缺少睡眠的丫鬟而言。

“吉吉，你昨晚又去谁家观光了？”欣心拨了拨茶杯问得风轻云淡。

“嘿嘿，欣心，你真厉害！被南宫轩看得这么紧，都有办法半夜开溜！”吉吉谄媚地对欣心比画了个赞的手势，不着痕迹地准备带过这话题。她对欣心可是相当佩服的，比起欣心，她在丞相家的“到此一游”，就显得有些微不足道了！

“少给我打马虎眼！”欣心满脸严正，朝着吉吉勾了勾食指，悠闲地威胁道:“吉吉哪，我是小姐，你最好坦白从宽。还有，赃物上缴，不然后果自负！”

“你也知道，自从你哥哥回来后，我们的行动就不自由了。飘香阁那没有我坐镇，收入少了很多，心疼呐！”吉吉的脸色有些失去白花花银子的痛心疾首。

“这跟你半夜去人家屋顶上旅游，似乎没什么关系！”欣心不吃吉吉那套，也不想想多少年的交情了，竟然还跟她装。

飘香阁没有吉吉这神秘花魁坐镇，是少了些客源，但是在精明的，“爱财如命”的紫衣的打理下，想亏也亏不到哪里去！

“好吧，我承认，我坦白，我交代！”吉吉用眼角悄悄地扫了眼欣心，讨好地露了个笑脸，“昨天听说皇上又赐了房异邦美女给丞相，陪嫁颇厚。我情不自禁地就去参观了一下，长长见识嘛！”

“哦，参观呀？”欣心的语调与脸上的笑容，让吉吉心头直发毛。

吉吉“嘿嘿”地干笑了两声，陪了个灿烂的笑容，“你了解我的呀，我就喜欢稀奇的宝贝！参观看上了，就顺手带回家玩玩！”

“果然，习惯是可怕的事情！”欣心给了吉吉一个无可救药的眼神。

“兴趣爱好嘛！”吉吉理不直，气不壮地小声嘟囔了一句。

欣心喝了口茶鄙夷道：“吉吉，你说你，好好的花魁不做，正经的南宫二小姐不当，非跑去做贼，你脑子到底抽什么疯啊？”

“刺激，好玩嘛！”吉吉非常小声地辩解了一下，“欣心，我们在吃饭耶，你声音小点儿啦！”拜托，哪有人这样扯着嗓子喊人是贼的？会被打的，好不好！

“还以为你做贼就不怕被打了！”欣心转了转有些酸疼的脖子，“来，给我捏捏，不然我马上去告诉紫衣，你昨天去丞相家旅游了！”

“摸到什么宝贝了？”吉吉还没出声，一个清丽的声音就传来，紫衣的身形已经如影子般闪现在吉吉面前，手毫不客气地向上伸着，很标准的拿钱、宝贝东西上缴的动作。

“紫衣，你来得真巧！”吉吉赔了个笑，悄悄地往欣心身后躲过去。

“吉吉呐，我耐性可不好！是要在这大街上把你剥光了搜呢，还是你自己乖乖地拿出来？”紫衣的笑容绝对的温柔似水。

“紫衣，哪有你这么当守财奴的？”吉吉嘟囔着嘴，非常不情愿地从怀里掏出一个精致的布袋，直直地朝着紫衣扔了过去，昨天丞相府的“旅游纪念品”就这样被没收了。

没办法，紫衣爱财如命，绝对做得出为了银子当街剥光她衣服的事。无奈，吉吉当初爱上逛人家屋顶后，只把逃生的轻功学得比较传神，其他花拳绣腿自然比不上杀手出身的紫衣了！好汉不吃眼前亏，宝贝没了，最多晚上再去丞相府逛逛。

“欣心呐！”紫衣拉开袋子瞧了几眼，便满意地收了起来，对着在那儿悠闲喝茶的欣心出声。

欣心慵懒地回了个怎么了的眼神，连话都懒得说，安心地享受着吉吉帮她按摩的舒适感。

“昨天都城的头号通缉犯，五色大淫虫是你抓的吧。”紫衣的语句是肯定的陈述。

“嗯，大概是吧！”欣心不明所以地望着紫衣，那千两赏银不是让人送到飘香阁了吗？莫非紫衣没收到银子？

“欣心，你也太狠了点吧！竟然叫他自己在脸上刻下：我是大淫虫！”吉吉马上忘了宝贝被紫衣搜刮的不快，满脸崇拜地对欣心道：“你是怎么做到的？”

“我只是给他闻了闻花香，他自己刻的！”欣心摆摆小手，很谦虚地说。

“闻了什么花香？”紫衣淡淡地接话。

“千里醉红尘！”欣心得意扬扬地抬着眼在那儿笑。

“哇！欣心，果然是最毒妇人心！”吉吉夸张地尖叫了起来。千里醉红尘，她可是亲眼看着欣心配置出来的，当然知道其恐怖之处！味道跟一般花香无异，但是闻到的人除了气血逆流外，浑身奇痒难耐，一定要不断地自残，直到精疲力竭为止。

“你明明可以手刃那淫虫，为什么要浪费千里醉红尘？”紫衣的话，让欣心一个激灵，脸上的得色之情慢慢地收了起来。“欣心，千里醉红尘配制的价格不菲，你真败家！”不出意料，下一秒紫衣就开始细数她的罪证了！“你可知道银子多么难赚？你可知道配制那千里醉红尘，要买多少材料，花费多少银两，还要花多少人工、手续费用？还有……”

看着紫衣在那儿痛心疾首地指控，欣心仿佛做了什么大逆不道的事。她有些汗颜地低头认错，“衣衣，我错了！下次我一定不敢浪费千里醉红尘了！为了弥补这次错误，一会儿我把配制所花的银子给你送去！”明明是抓贼赚了赏银，到了紫衣手里，算盘一拨，欣心不但赏银如数上缴，还要倒贴银子。没错，这就是事实！紫衣的“爱财如命”，敛财的手段绝对让人心服口服地奉上白花花的银两，以至于常常让人忽略了她另外的杀手身份。

“这还差不多！一共是一百〇八两！”紫衣马上便喜笑颜开地抽出随身带着的算盘，拨弄了几下，便报出公道的价格。

“衣衣，上次我用，你好像是只收了五十八两的手工配制费。”欣心小心翼翼地说。这次为什么算到一百〇八两了？这摆明了是打劫！而且是理直气壮地打劫！

紫衣斜睨了眼欣心，凉凉地开口说：“这世道，物价上涨，什么都在涨价，我当然得跟着时代潮流走，所以这价格已经很公道了。莫非你质疑我的理财能力？那行，我辞职！”

“衣衣，我哪敢质疑你的理财能力呀，辞什么职呀！我错了！一会儿便给你送一百五十两银子去！”欣心讨好地赔了个笑脸。紫衣的敛财能力是前无古人，后无来者的，有她管着飘香阁，白花花的银子，数到欣心手抽筋，欣心乐得清闲！

“记得把送钱小厮的小费提前给付了，我可没钱给！”紫衣丢下这句话，便一纵身，跃上屋檐，绝尘而去，速度可真不是吹的！

“真够财奴的！”吉吉不满地撇了撇嘴，眼尖地瞅见南宫轩正朝着酒楼走来，忙机警地站立到了欣心身后，很努力地继续扮演着称职的丫鬟，虽然她从来就没称职过。

欣心嘴角弯弯地挂着一抹淡笑，轻抿了口茶，低垂着眼睛，眉眼含春地望着南宫轩身后的那抹身影。她放下茶杯靠在窗台边，对着要跨进门口的南宫轩，甜腻腻地开口叫道：“哥，包子给我带来了吗？”

南宫轩朝欣心露了一个和煦如暖阳般的微笑，扬了扬手中热乎乎的包子，宠溺地开口安抚道："欣心别急，哥哥马上就上来！"

那抹身影也略微好奇地抬头，往上看了看，瞅了眼半遮面的欣心，便面无表情地抬脚跟着南宫轩进入了酒楼。就那么一瞬间，欣心与他对视了那么一秒，她的心脏"扑通扑通"地乱跳。那是一个美得让欣心一时之间找不到形容词的男人，俊美的犹如雕刻般的轮廓，精致搭配的五官，面如冠玉；斜耸的剑眉下有一双迷人的桃花眼，却带着一股疏离的淡漠；纤尘不染的白衣，衬托出他修长、健美的身材。他就是天朝第一美男——冷浩风，当朝殿试魁首、状元郎，欣心心目中的白马王子、未来夫婿人选！

欣心瞬间被那美男给迷住了，双眼闪着动人的桃心。虽然不是第一次见他，但每次看到他，欣心总会忍不住心跳加速。

"欣心，口水擦擦！"吉吉很不给面子地把欣心从幻想中拉了出来，配合情景地递上了条丝帕。

欣心没好气地瞪了眼吉吉，朝她哼了一声，得意地扭着纤细的小腰，朝着楼梯那边迎了过去。敌不动，我动，冷浩风，今天你跑不了了！

南宫轩跟冷浩风站在楼梯口，并没有直接上楼，而是在不时地交头接耳，窃窃私语。两个人的风采都如此俊逸出尘，一个如暖阳般和煦，一个疏离淡漠如月光般清冷，相衬在一起，相互衬托出了彼此的俊美气质，阳光、清冷相映生辉。

欣心等得有些不耐烦，便扭着小腰，笑吟吟地朝着冷浩风扬了扬眉，话却对着南宫轩说道："哥，我下来了！"

南宫轩点了点头，"妹妹下楼小心着点儿！"

欣心嘴角挂着淡淡的笑，眼角都笑得有些弯弯的，风情万种地走下了楼梯，心底适时地算计着步子，一，二，三，四……脚底打滑，朝着冷浩风身上倒去，先来个亲密接触，吃点儿美男的嫩豆腐……

"啊！"欣心窘得无地自容，手抓着地面画着圈圈，恨不得挖个地洞把自己给埋起来，怎么会那么丢脸？貌似，每次遇见冷浩风，欣心完美的淑女形象都会大打折扣。就拿刚才来说吧！明明就是天时、地利、人和，又配上欣心精确地估算，冷浩风的嫩豆腐，她绝对能够华丽地吃到。可事实上，在她倒向冷浩风的那会儿，竟然杀出了个店小二。欣心忙稳住身子，侧向另外一边，狼狈地摔了个四脚朝天。好巧不巧的，那店小二受到惊吓，手中托着的一盘酱肉，全部扣在了欣心身上。欣心无语地在心底诅咒了店小二无数次，任由那油腻腻的酱肉汤汁，顺着她俏丽的脸蛋滴落到衣衫上，头上还顶着几块肉，配着她欲哭无泪的神情，简直就让人忍不住想放声大笑。

吉吉在那儿抱着肚子狂笑，欣心无视她那惊天动地的笑声，恼怒地羞红了小脸，偷偷地瞄了瞄冷浩风，见他面无表情的俊脸上，似乎嘴角在微微地抽搐着，身子亦是有些轻微地颤动。

这形象实在伤欣心的心，小心脏拔凉拔凉的！

“妹妹，你怎么能如此不小心？”南宫轩心疼地上前搀扶起欣心，仔细地检查了一番，见欣心无大碍，才微微地松了口气，憋着笑，温柔地帮欣心摘去头顶上那几块煞风景的酱肉，又掏出帕子，温柔地帮欣心擦拭干净脸上的那些酱汁，手指都有些微微颤抖，可见隐忍笑意是多么的艰难。

“哥，你想笑就笑吧！憋着很难受的！”欣心挂着一副绝对凄楚的神情对着南宫轩开口。

这下子南宫轩更加不敢开怀大笑了，忙挂上严正的神色，对冷浩风拱了拱手，“冷兄，我先带妹妹回家去梳洗，我们商量之事，改日登门造访再详谈！”

冷浩风面无表情地颔首示意，便飘然拂袖而去，自始至终，眼神都是默然地把欣心无视到了极点。

欣心心中灰溜溜地叹息道：他轻轻地走了，挥挥衣袖，不带走一片云彩……

“冷浩风，你冷，姑奶奶我热情似火，即使你是块冰，我也一定要融化了你！”欣心一脚踩着椅子，插着蛮腰，指天长骂，表完决心，便用手拼命地扇风，实在是烦躁得很。

吉吉仰卧在床上，打了个哈欠，慵懒地开口道：“欣心，注意点儿形象！照你这样，哪像大家闺秀，就一个泼妇骂街！”

“我在我的闺房里注意啥形象？”欣心一把拎开碍脚的长裙，粗鲁地提着裙摆，“噔噔”地朝着吉吉那边跑去，一把拎起吉吉的耳朵，呵斥道：“到底你是小姐，还是我是小姐？你睡了我的床，竟然还说我形象有问题？”

吉吉快速地闪身解救出被欣心拧得微红的耳朵，谄媚地开口，“欣心，你看，你这身子，多么的漂亮，美丽动人呀，简直就是一笑倾城，二笑倾国，三笑倾国又倾城！所以可千万不能随意地破坏这幅美人图！淡定！”

“我能淡定得了吗我？”欣心撇了撇嘴坐到梳妆台前，略带哀怨地说：“冷浩风那浑蛋，眼睛是不是长在头顶上了？至于每次都无视我吗？虽然我没有你说的那样红颜祸水，但至少也算秀色可餐吧？”欣心望着铜镜里面的人影，娇美明艳的鹅蛋脸，面如凝脂，肤光如雪，双眼明亮，泛着盈盈秋水，唇若点樱，在两颊晕红的色泽下，微微浅笑，便有两个迷人的小酒窝。怎么看怎么漂亮！

“欣心，你说冷浩风无视你这么一个大美女，会不会是心理有什么问题？”吉吉八卦地凑了过来。

“心理有问题？”欣心的脸色严正了起来，“有啥问题？恐女症？”

“恐女症貌似没有吧！”吉吉有些不确定地挠了挠头，“至少，每次冷浩风看到我，没有显示出惧意呀？”

“嗯？”欣心不爽地挑眉，“吉吉，你的意思是，你是极品花魁，所以冷浩风也拜倒在你的石榴裙下了？”

“切！我闻到啥味道了？好酸呐！”吉吉顺手敲了敲欣心的脑袋，“好像冷浩风只有对你才会无视！”

“不是吧？为什么呀？”欣心急了。这美男她都垂涎多少年了！偏偏他对别人都好，就对她，不仅冷冰冰的，而且是直接无视！

“我咋知道？你到底是什么时候看上那美男的？”吉吉戳了戳欣心，“这么多年，就见你最近春心萌动，思念得厉害呀！”

“小时候他就被我看上了！”欣心撇了撇嘴，“若不是师父那魔鬼式训练，我早顶着大家闺秀的帽子，正大光明地去追求了！”唉，多少年美好时光就这般蹉跎了！若不是上次巧遇，欣心大概忘记这么一号人物了！万幸的是，冷浩风没有婚配，也没有啥红粉知己。欣心信心满满地扬着嘴角，冷浩风注定是她的囊中之物。

“多小的时候？”吉吉满脸八卦。

“就那次，你火烧飘香阁那次，我第一次见到冷浩风这小子，就心动了！”

“不是吧？你老牛啃嫩草啊？那会儿冷浩风也不过八岁，你就垂涎上了？”吉吉的话刚说完，便被欣心一阵猛抽。

“不抽你不行呀！姐姐，那会我才六岁好吧？”

“欣心，说说看，你跟那冷浩风怎么认识的？”

欣心托着腮，指了指肩膀，吉吉忙识相地上前给欣心揉捏。欣心给吉吉讲起了那段邂逅冷浩风的往事。

那日，阳光明媚，鸟语花香，四周的空气都散发着暖暖的春意。

南宫老爹兴奋地拽着欣心的手，说道：“宝贝乖女儿呀，爹爹一会儿带你去见个伯伯！”

欣心望着满脸兴奋的南宫老爹，实在不明白，见他的什么朋友，需要如此兴奋。不过欣心还是很配合地装作兴奋，拍了拍小手，跺了跺脚，把头点得如小鸡捣米似的。

“南宫老兄，听闻令千金诸多事迹，实在好奇得紧，我就贸然过来了啊！”爽朗的笑声，从一个白衣男子口中发出。

欣心好奇地打量着他，三十多岁的样子，俊朗的外貌，醒目的剑眉星眼，举手投足间露出不凡的气质，看上去，年轻那会肯定是祸水级的美男人物。现在虽然略带年老色衰的嫌疑，但魅力仍杀伤力十足，至少欣心这个小色女，就欣赏得津津有味。

“伯伯好！”欣心乖巧地凑上前，甜腻腻地对着那男子叫道，热切地上前抱着他的腿——没办法小孩子身高不够！

那一声伯伯，以及欣心主动热情的拥抱，深得那白衣男子的心。他宠爱地抱起了欣心，转过身对欣心介绍道：“这是我儿子，冷浩风！”

一声清冷的童音，淡漠地传了出来，“我叫冷浩风！”

欣心对小孩子没啥兴趣，尤其现在正是美色当前，虽然冷伯伯的年纪稍微大了那么点儿，不过看在欣心眼里，却是男人一枝花的大好时光！

欣心在那冷伯伯怀里蹭了蹭，调整了个舒服的姿势，还没有进一步亲吻、吃豆腐，便被南宫老爹给伸手抱了回去，“欣心，你跟浩风哥哥去玩，我跟你冷伯伯有事商量呢！”

欣心这才慵懒地把视线对上了那冷浩风，一看，就差口水直流三千尺了。我的那个神呐！小心脏“怦怦”地直跳！这小子长大了，一定是倾国倾城的祸水！

冷浩风五官已经颇有那冷老爷的轮廓，唇红齿白，眉目清秀，肌肤如雪，白净的脸颊粉粉嫩嫩的，仿佛可以掐出水来；身子颀长，显得略微有些瘦弱，但并不妨碍他整体的美色可餐！

欣心忙挣扎着从南宫老爹怀里下来，一个箭步蹿到了冷浩风面前，咧着嘴笑了笑，“浩风哥哥好，我叫欣心，今年六岁了！我能不能跟你做朋友？”

冷浩风茫然地看着欣心，谨慎地瞅了瞅他老爹，紧抿着唇，不发一语！

“浩风哥哥！”欣心发嗲，上前抓着冷浩风的胳膊，讨好地说：“浩风哥哥，你陪欣心玩好不好？”

“浩风，你就跟欣心去玩吧！”冷老爷乐呵呵地摸了摸欣心扎着两个通天炮的头，朝着冷浩风吩咐，“可不许怠慢了欣心妹妹！好好地照顾着！”

“是！”冷浩风绷着脸应承了下来，跟欣心走向了另一边的假山。

欣心目不转睛地盯着冷浩风瞧，越看越觉得他秀气。一个男孩子再怎么漂亮，怎么会有如此阴柔的貌美？莫不是从小女扮男装？欣心的疑惑一旦产生，便犹如十万个为什么一般在脑海中联想了一系列的情境，比如，他为什么女扮男装？言情小说中所能看到、想到的情节，在欣心的脑海中一一浮现。

冷浩风被欣心瞅得实在有些不自在，只能硬着头皮开口，“欣心妹妹，你干吗这样盯着我？”

冷浩风没有发育的童音，更让欣心对他的性别产生了好奇，越来越觉得他是女生的可疑性较大，要不然哪有男生长得比她还漂亮？

“浩风，你到底是哥哥还是姐姐？”

冷浩风被欣心这么一问，傻眼了，犹豫了会儿，才讷讷地回答：“我当然是哥哥！”

“你回答的犹豫、不果断，摆明了有问题！”欣心微眯起了眼，满脸写着冷浩风在说谎。

“我是男的！”冷浩风非常认真地解释。

“单从外表上看，你可男可女！”欣心说的更有理，“所以，你的外表没办法让我相信你是男的，是哥哥！”

“啊？那你怎么才能相信？”冷浩风较真地问。

欣心大眼骨碌碌地转了个圈，挂着抹笑意，“要不，你把裤子脱了，我检查一下，就能确认你是男是女了！”

“什么？”冷浩风惊呆了。

“没什么呀，脱裤子，快点儿！”欣心急切地催促，“我发誓，我不会乱看、乱摸，我只是小小地瞄一眼，确认你是男是女就行了！”

“不……要！”冷浩风故作沉稳的神态顷刻间崩溃，被吓得不清。

“干吗不要？”欣心的眉眼挑了挑，“不管你要不要，今天都必须给我检查一下。你是自己脱，还是要我帮你脱？”

冷浩风护着身子缓缓地往后退，看着欣心的桃花眼写满了不可置信。

欣心堵住了他的去路，悄悄地点了冷浩风的穴道。刚学的点穴，欣心点错了两次，终于第三次胡乱出手时，冷浩风可怜兮兮地就被欣心点得弹不得了。她稚嫩的脸蛋上挂了一抹得意的笑容，心里暗自为即将揭开冷浩风女扮男装的事实而窃喜不已，随手快速地帮他脱去裤子，两眼的视线往下一扫，忍不住哇的一声尖叫：“你真的是男的！怎么可能？！”

冷浩风眨着委屈的桃花眼，控诉着欣心的罪情。拜托，他本来就是男的好不好？

欣心有些不好意思地转过脸，这冷浩风的小弟弟被她看光了，他会不会赖上她，来个以身相许什么的？那样最好了，随便就能拐个这么漂亮的小美男相公，欣心想到这，便想来个定情的狼吻，亲亲先。无奈八岁的冷浩风，比小巧玲珑的六岁小女娃欣心高出了那么一大截，她亲不到！

冷浩风莫名其妙地看着在那儿小跳的欣心，不明白为什么他突然就动弹不得了。

再三小跳，都没有找到合适的角度下嘴去亲那小美男，欣心很干脆地就把冷浩风一把推倒，准备爬上去亲。反正冷浩风被点了穴，跟木头一般，欣心脑袋一个激灵，想着地面会把这小美男摔疼，于是她非常怜香惜玉地伸手想拉住往后倒的冷浩风。拉是及时地把冷浩风拉住了，无奈身高差距的悬殊，再加上惯性，欣心被冷浩风压了个正着，成了个小肉垫子。

“哎哟！”欣心一声哀叫，忙捂住自己的嘴，眨着双眼朝着冷浩风不断地眨眼，放着电。反正谁压谁都不重要，捕获美男的垂青是当务之急。

六岁的娃娃，没办法把媚眼抛得传神，欣心画虎不成反类犬。

冷浩风动弹不得地看着犹如有眼疾的欣心，恼怒得小脸通红。

欣心看着冷浩风精雕的俊脸，双颊因为恼怒羞红而显得更加粉嫩，于是凑着小嘴，正大光明地亲了亲。

南宫老爹跟冷伯伯谈笑风生地走了过来，看着地上摔倒抱在一起的两个娃娃，尤其看到被压住的小欣心，两人相互对视了一眼，不约而同地跳脚。

冷伯伯略带惊愣后，神色大变，朝着欣心开始疾呼了起来，“欣心！天哪，臭小子，你在做什么？你对欣心做了什么？”

欣心眨了眨水汪汪的大眼睛，睫毛颤了颤，这冷伯伯的台词，是不是该她老爹来说？而且，为什么看着冷伯伯的神色有些幸灾乐祸的成分？好像很期待冷浩风那小美男轻薄她似的。

而南宫老爹手指着冷浩风，气得浑身颤抖，“小子，你在做什么？我……我……抽死你！”

冷浩风被南宫老爹的怒火给吓蒙了，眨了眨无辜的桃花眼。无奈身子被点住了穴，哑穴也被欣心错点而出声不得。

南宫老爹见冷浩风仍不为所动地压着欣心，怒火冲天地上前一把，直接把冷浩风推开，看到冷浩风被欣心强剥而未提上的裤子，更是眼前一黑，差点儿就昏过去了！

这，这俩孩子，也太那啥了吧！

欣心灵巧地爬起身子，忙不着痕迹地朝着冷浩风靠过去，心满意足地抱着他，成功地挡住了南宫老爹窥视冷浩风的视线，再小小地吃了点儿小美男的嫩豆腐，把他的穴道悄悄地解开，讨好地挂着谄媚十足的笑容说："浩风哥哥，你没摔疼吧？"

冷浩风手脚并用、连滚带爬地退开了几步，警备地望着欣心，迅速站起身子，把裤子胡乱地提了上去，恼怒加羞愤憋得小脸通红，犹如熟透的苹果。

欣心忍不住伸出可爱的小爪子，上前抱着冷浩风的胳膊，脸上挂上了个纯真的笑容，朝着冷浩风拍马屁道："浩风哥哥，虽然你压的人家好痛哦！不过人家还是很喜欢你的啦！"

冷浩风冷哼着别过头，推开了欣心攀着的手，双手提住裤子，生怕欣心再次出手剥了似的，快步躲到他老爹的身后。那漂亮的桃花眼中，似乎还闪着盈盈的泪花，特别璀璨夺目。

欣心心底忍不住叹息：引人犯罪呐……祸水。叹息过后，当欣心想到冷浩风提裤子疾走的窘态，以及南宫老爹抓狂的神态，欣心便额头狂冒黑线！

即使欣心脸皮再厚，也挡不住一股热流直接冲上脑海，脸"刷"的一下子透红。她亲爱的老爹，该不会以为她跟冷浩风那啥吧？

"成何体统！成何体统啊！"南宫老爹仰天长叹，俊朗斯文的脸色黑得吓人。

听着南宫老爹这话，欣心便知道，她那活宝老爹肯定想歪了！拜托！只是个八岁的小男孩，跟个六岁的小女孩抱在一起，能干啥呀？

至于裤子的问题，其实也就是两个孩子闹着玩！欣心虽然有色心，但毕竟是娃娃，举动虽然有些出格，但本意还是很纯情的好不好？欣心就差举手表态，大呼："我不是色女，我不是色女！我只是看着这孩子可爱，逗他玩的！"不过如果这话从六岁大的小女孩口中说出来，似乎更加让人不可置信。免得别人把她当妖怪看，欣心只能嘟着小嘴装无知，反正小孩子，横竖不需要懂。

"南宫兄！别气，两个小孩子就是闹着玩的！别想太多了！"冷伯伯讨好地对南宫老爹劝慰，那漂亮的凤目中却忍着笑。

“闹着玩？你儿子压着我宝贝女儿欺负，你当然说风凉话！”南宫老爹的脸色阴沉，口气有些凉凉的，“有这么玩的吗？欣心明明就是被你儿子欺负了！”

欣心眨着明亮的双眼，朝着南宫老爹投去好奇的目光。原来如此！她嘴角忍不住挂上了一抹狡黠的笑意。她吃冷浩风的豆腐，貌似没有被发现，相比之下，似乎情况有些意外……

事实上，貌似南宫老爹跟冷伯伯看到的情况正好是相反的，谁叫冷浩风运气好，在上面！欣心是垫着底的肉垫，于是那幕亲亲的戏份，在他们眼里地道地成了冷浩风仗着比欣心大欺负欣心，他是罪魁祸首，而且人赃并获！

“南宫兄，话可不能这么说！小儿只是有些调皮，怎么能扯到欺负欣心呢？最多也是喜欢欣心，想跟欣心一起玩吧！”冷伯伯的神情带了些尴尬，不过还是偏袒帮略带委屈的冷浩风辩解。

冷浩风倔强地抿着嘴，看着欣心的神情，漂亮的小脸蛋上挂满了委屈，拉了拉冷伯伯的衣摆，清冷地开口，“我没有欺负她！”

冷伯伯目光扫视着冷浩风，带着疑惑。儿子虽然年纪小，但个性一直少年老成，是他的骄傲，若说没欺负欣心，断然是没欺负的！可眼前的事实，让他也很纳闷，冷浩风今天怎么会如此的失态？

“你没欺负我家宝贝欣心？那我看到的是什么？”南宫老爹激动地朝着冷浩风质问。

冷浩风撇了撇嘴，不知道该怎么去为自己辩解，委屈地抽噎了起来，晶亮的泪花，就这样如断线的珠子顺着白皙的脸颊流了下来。

欣心于心不忍，不安地瞅着冷浩风。只见他用手快速地抹了把眼泪，便紧抿着唇，犹如雕刻的石像，静立着不动，小手拽着拳，紧紧的……

南宫老爹意识到自己对个孩子吼，伤形象，忙转移目标，没好气地对着冷伯伯开口，“冷兄，莫非你想说是我眼花了？”

冷伯伯尴尬地赔了个笑脸，“南宫兄，怎么可能看错呢！”事实看到的，他也非常纳闷！

“哼！”南宫老爹哼了哼，冷着脸不接话，欺负他的宝贝女儿欣心，关系再好的人，都要划到黑名单去！

冷伯伯不愿冷场，只好再次赔笑出声，“我说南宫兄，小孩子调皮，你就别较真了！这不没事吗！”

“冷兄，你家公子，实在是调皮过头了！”南宫老爹激动地捶胸顿足，仰天长叹，“这不没事？你说的倒是轻巧！我家欣心的名誉，可差点儿就毁了！被令公子给毁了啊！”

欣心不安地垂下头，适时地保持着沉默。若是被南宫老爹知道，是她吃了小美男冷浩风的豆腐，想必家里定会爆发一场家庭“革命”！

当然以师父季田跟南宫老爹这两派的斗争为主，老娘秋月夫人在两个斗气的男人中间不断地徘徊、劝架。欣心跟南宫轩一般是搬个小凳子，以看戏为主，偶然发表点夸夸其谈的评论，做个火上浇油的啦啦队员。

师父季田会仰天长笑，对欣心夸赞道：“好宝贝，不愧是你师父教出来的好徒儿，见美男就得去抱，不管老少，能入眼的就去亲亲。豆腐不吃白不吃，吃了也白吃，绝对不能浪费！”

而南宫老爹肯定会搬出一堆“宝贝啊，你小小年纪怎么能如此肤浅？不行，明天爹爹得为你请个夫子，教授你女子该有的合体礼仪、姿容。你是我们逍遥侯府的千金大小姐，以后断然不能做如此有失身份之事”等等。

“欣心呀，美男要大把大把地泡，美男豆腐要光明正大地吃，但是大小姐优雅的淑女样子一定不能少！明白为娘的意思了吧？”秋月夫人的总结，绝对是经典的，两边都不得罪，欣心时刻铭记于心。为了避免家庭暴乱，欣心决定任由两位大人误会去，错有错招，一不小心，南宫老爹赖上冷伯伯，非追着要冷浩风对欣心的清誉负责，那么欣心岂不是能如愿把这小美男拐到手？

“南宫兄，这都只是孩子！”冷伯伯略微皱眉地说，“你把事情想得太复杂了！”

“你儿子占便宜了，你当然这么说！”南宫老爹小题大做，“我家欣心那么小，什么都不懂，受了欺负还不知道，真是可怜呐！”

冷伯伯的神情是非常无奈，嘴角忍不住抽搐了一下。若被南宫楼继续沿着这话题说下去，肯定非说到他那八岁的儿子糟蹋了他那六岁的宝贝女儿了。于是冷伯伯上前摸了摸欣心的头，决定了解一下事情真相，毕竟他们看到的情形实在有些雷人。“欣心呐，告诉伯伯，浩风哥哥欺负你了吗？”

南宫老爹神色郑重地对欣心说：“宝贝，你尽管说出事情的真相，老爹我一定会帮你讨回个公道！”

欣心缩了缩脖子，挂着委屈的神色开口，“其实，浩风哥哥只是不小心压倒我的，还有，他没有想脱裤子的！”欣心拉倒了冷浩风，他当然是不小心压在欣心身上的。至于那裤子，分明就是欣心所为，这样含糊的解释，纯粹蒙人！欣心总不能自己跳出去说，冷浩风的裤子是她脱的，冷浩风的小嘴是她亲的，小美男的豆腐是她吃的……

冷浩风瞪圆了桃花眼，愤怒地瞅着欣心把责任推得一干二净，有些不服气地开口辩解道：“明明是欣心拉我的，我的裤子也是欣心强脱的！还有，明明就是欣心轻薄我！她偷亲我！”冷浩风说完气鼓鼓地嘟着嘴，睁着漂亮的桃花眼，狠狠地瞪着欣心。

两个大人的目光齐刷刷朝着欣心探究着，南宫楼不可置信地微张着嘴。冷伯伯眼神带着点儿玩味，瞅着欣心，俊脸上挂着淡然的笑意。

欣心心安理得地接受了他们三道不同目光地扫视，厚着脸皮，尽量装作无动于衷！她的心里不断地自我催眠：咱恶俗，但是咱不低俗；咱是风流，咱不是下流……

“欣心，告诉爹爹，你是不是轻薄了浩风哥哥？”南宫老爹俊脸略微带着尴尬，温柔地引诱着欣心说出事情真相，心里不住地紧张。若是冷浩风说的是事实，那他的宝贝欣心，岂不是太剽悍了？貌似欣心才六岁吧！

欣心眨了眨盈盈的双眼，适时扮演一个无知的小女孩，茫然地开口问：“什么叫轻薄？被浩风哥哥亲亲小嘴，就是算我轻薄他了吗？那好耶，我轻薄浩风哥哥了！”

冷浩风呐，为了本小姐的淑女形象，这黑锅，你就背着吧！

南宫老爷听着这句话，立马跳脚："原来如此！冷兄，我活了这么大把岁数了，还没听说姑娘去轻薄男子的。令公子轻薄了我家欣心不说，竟然还推得一干二净，实在是让我失望！"

"可能是误会吧！"冷伯伯打着圆场。一个八岁大男孩子，轻薄了一个六岁的小女孩，他怎么想都想不出来！

"误会？"南宫老爹冷哼了一下，"我怎么瞅，怎么都觉得令公子小小年纪就如此好色成疾，还没有担当，实在是人品大有问题。"

冷伯伯显然被南宫老爹一激，俊朗的脸挂上气愤之情，上前一把拎起冷浩风，提着他的衣领，抬手就往他的屁股上面揍了起来，"臭小子，我怎么教你的？大丈夫要敢作敢当，你做了错事不承认，竟然还推到欣心身上！敢情你欺负欣心年纪小，好骗是吧？我一定要狠狠地教训你！非让你长长记性不可！"

冷伯伯下手极重，冷浩风憋着满脸的委屈之色，愤恨地瞅着欣心，紧咬着牙关，疼的小脸刷白，却沉默地不发只字片语求饶。

欣心不安地瞅着冷浩风倔强的侧脸，不哭，不喊，偶尔疼得闷声哼几下，心底充满了负罪感。拉了拉南宫老爹的衣摆，怯生生地道："爹爹，叫伯伯不要打浩风哥哥！欣心怕怕……"

南宫老爹怒火也降了下去，面带着些尴尬劝道："冷兄算了，浩风还只是个小孩子，教教就是了，别打了！"

"小孩子不打不成器！我非要打到他长记性为止！"冷伯伯朝着不远处的家丁招了招手，"拿藤条来！"

欣心吓得一屁股坐到了地上，藤条？小美男要受责罚？欣心眼珠子转啊转，愁得手指乱搅……该怎么办？她可不想小美男受伤呀！

"老爷，这是南宫老爷家！"那家丁有些畏怯地开口提醒道，"没有家法用的藤条！"

欣心刚想松口气，那冷伯伯面色冷然地对着那家丁道："那去找根棍子来，越粗越好！"

不是吧？这冷伯伯看着俊朗，温文尔雅的，怎么如此暴力啊？还越粗越好？欣心急了，拉了拉南宫老爹的衣袖，“爹爹！不要打浩风哥哥，欣心错了！”

南宫老爹似乎也被冷伯伯的气势给怔住了，半晌才说道：“冷然，你跟个孩子何必较真呢！说说就算了！”

冷伯伯无视南宫老爹，面色肃然地从迅速找来粗棍的家丁手里接过棍子，朝着冷浩风道：“趴下！”

冷浩风瞅了瞅冷伯伯，不说二话，很干脆地趴下了，闭着眼睛，准备接受家法！

欣心无语地鄙夷着冷浩风的听话懂事，这孩子怎么那么傻？爹爹打他不会跑吗？还傻乎乎地让趴下就趴下？

冷伯伯施暴惯了，抬起棍子便往冷浩风身上打去。一棍子下去，冷浩风闷哼了一下，小俊脸扭曲狰狞着，面色疼得刷白，嘴唇咬得死死的。

冷伯伯再次扬手，欣心见状顾不得形象，忙抱着冷伯伯的腿，哭得满面梨花带雨，“冷伯伯，不要打浩风哥哥，浩风哥哥会痛的！”

“欣心，乖，你让开！”冷伯伯对着欣心讲话的语气柔和了点儿。

欣心死抱着冷伯伯的腿，怯怯地望着那粗壮的棍子，“不要，不要打浩风哥哥！”

“啊！”欣心不忍地捂着双眼，冷伯伯竟然单手就抱起她，另外一只手拿着那粗厚的木棍朝着冷浩风身上又打了过去，用劲又大又狠。

这一棍子下去，冷浩风疼得满眼泪花，闷哼了一下，咬着手指。

欣心看着冷浩风，屁股上面的衣料已然渗出了血丝，特别内疚，哭得更加惊天动地，“不要，不要打浩风哥哥！欣心错了，不要打浩风哥哥！”

欣心边哭边不停地扭动身子，一时之间冷伯伯倒是顾着欣心，没有机会再下手打冷浩风。欣心扭得更加大力“咯”的一声，貌似闪着胳膊了。不过，欣心也顾不上了，那会儿心思全在阻止冷伯伯打冷浩风上。那么粗的棍子，打下去，不死也残，小美男受伤了，肯定恨死她了！

瞅着了空缺，冷伯伯再一次把棍子打到了冷浩风身上。这下子，冷浩风闷哼了一下，便彻底疼晕了过去！

欣心好不容易从冷伯伯的手臂里挣扎了下来，忙上前扑着冷浩风，用她的身子护着他，“不许打浩风哥哥！要打就打我吧！”

南宫老爹上前抢过冷伯伯手里的棍子，淡淡地说道：“冷然，你总不至于连我家宝贝欣心都想打吧？”

“南宫兄，欣心我断然是舍不得打的！”冷伯伯俊朗的神情带着宠溺的微笑，跟刚才那施暴者简直判若两人，朝着欣心伸出手臂说道，“欣心起来，地上脏！”

“不要！我起来了你就要打浩风哥哥了，冷伯伯是坏蛋！”欣心挂着晶莹的泪珠，嘟着嘴，义正词严地指责道。

“伯伯不打就是了！”冷伯伯爽朗地笑出声，“欣心，你喜欢浩风哥哥吗？”

欣心戒备地瞅了眼冷伯伯，心里转了几个弯弯，暗自猜测冷伯伯这话的用意。

等不到欣心的出声，冷伯伯捏了捏欣心粉嫩的脸颊继续说道：“欣心，你如果喜欢浩风哥哥，那长大了嫁给浩风哥哥好不好？”

冷伯伯的话刚说完，欣心眼中的桃心就开始闪着冒泡泡。这古代，指腹为婚，或者定娃娃亲很正常。没想到，她还没开口，冷伯伯就主动提出来，把这个小美男送给她了，实在是该颁个“十佳好公公”奖给他。

“欣心，你莫非不喜欢浩风哥哥？”冷伯伯温和地再次询问。

“我喜欢浩风哥哥！”欣心闪着明亮的眼睛，接的那个顺口。有免费帅哥赠送给她，不要才是白痴！尤其是冷浩风，长得如此漂亮的小美男，长大了该是多么的倾国倾城呐！

“那欣心以后嫁给浩风哥哥好不好？”

欣心看着冷伯伯，总觉得他笑得特别像狐狸，奸奸的……不过没关系，有美男赠送给她，欣心就不计较了，掩着稚嫩的童音道：“好！长大了浩风哥哥嫁给我！”

南宫老爹“扑哧”一声便笑了出来，他家宝贝女儿就是如此有个性！

冷伯伯从最初的吃惊状态下恢复了常态，嘴角微微上扬着，给了欣心一个特灿烂的笑，“欣心，不是浩风嫁给你，是你嫁给浩风，你不是喜欢浩风哥哥吗？”

“那就嫁吧！”欣心咧着嘴，非常豪爽地把自己的婚事给敲定了，横竖没说到底是她嫁给冷浩风还是冷浩风嫁给她。

“冷然，你别欺负欣心年纪小就去糊弄她！你也太没素质了吧？”南宫老爹撇了撇嘴，略带不满地说道。

“瞧着你家宝贝千金似乎挺中意我家这不成器的小子，咱们今天谈的娃娃亲，就敲定下来吧！”冷伯伯笑得特别无害，“反正欣心跟浩风现在两情相悦，我们就顺水推舟吧！”

呀？刚才两个大人还真的是在谈娃娃亲？欣心心中窃喜不已！同情地看了眼昏过去的冷浩风，心里欢喜道：小美男啊，长大了，你就是我的亲亲相公了！快点长大吧！

“这个娃娃亲的事，缓缓再说吧！”南宫老爹的话，犹如一盆冷水，生生地浇了下来，活活地浇灭了欣心的希望之光。欣心傻眼，老爹，你什么意思啊？不带这么不给力的！

“南宫兄，人家常说，宁毁十座庙，都不拆散一对恩爱夫妻。你看你们家欣心跟我们家浩风是如此登对，绝配，又恩爱，你好意思不同意吗！”

“我说缓缓。”

“缓缓？啥意思啊？”冷伯伯不满地问。

“不好意思，但我还真的不能同意！”南宫老爹的神色严肃了起来，“抱歉啊，冷兄！”

“给我一个理由！”冷然问得干脆。

欣心也瞪着她亲爱的老爹，若不给出一个让欣心满意的答案。嗯哼，一会儿即使是老爹，欣心照样报复，绝不手软！谁让他把美男往门外推啊！

“冷然，你何必逼我呢！我早说了，我家欣心跟你家浩风不适合！”南宫老爹叹了口气，再次比较委婉地拒绝。

“哪里不适合了？”冷伯伯有些激动地跳脚，“我怎么看怎么觉得适合！简直就是绝配！”

欣心也点头，她跟小美男很般配啊！她在心底不断地控诉：老爹啊，你家宝贝很喜欢冷浩风啊，人家老爹上门求亲，你就答应了吧，从了我这小小的心愿吧！

“小女配不上令公子！”南宫老爹憋了半天，红着脖子扯了这么一个蹩脚的理由。

“南宫楼，我明白你的意思了，你是说我家浩风配不上你家欣心，是吧？”

面对冷伯伯的愤慨质问，南宫老爹识相地保持了沉默，免得火上浇油，让暴怒的冷伯伯跳脚做出过激之事就不好了。

“南宫楼！”冷伯伯有些咬牙切齿，“我家浩风哪里配不上你家欣心？你给我说清楚！”

“是我家欣心的问题！你们家浩风很好！”南宫老爹忙把话题带到欣心身上。还别说，刚才冷浩风那副倔强的骨气，挺合他的心意的，不过……这娃娃亲的事……他做不了主呀！

“那我们家浩风不嫌欣心不好，你为什么还不点头？你家欣心都同意嫁给我家浩风了！”冷伯伯不管，就认准了欣心这丫头做儿媳妇。

“这个反正我不同意就是了！你找别的好人家吧，我们欣心没福气！”南宫老爹眨了眨眼，实在不知道该如何打发冷伯伯。

“我冷然活这么大了，大江南北地跑，身边美女如云，但是入眼瞧上的只有两个女人，一个是浩风他娘，还有一个便是你家欣心。你要不同意结亲，还非得给我一个让我满意的理由！”冷伯伯霸道而又强势地开口，把南宫老爹堵得实在无话可说。

欣心也顾不得她老爹找什么蹩脚理由了，上前推了推昏迷的冷浩风。见他一动不动，欣心忙用白嫩的小手，使劲地去掐冷浩风的人中。

不一会儿，冷浩风那双漂亮的桃花眼微颤地睁开，对上了欣心殷切的双眼。两个人相互对视了许久，各自沉默着不发一语。

冷浩风看着欣心的神色是漠然的，充满惧意的。欣心望着冷浩风是流着口水，垂涎的……

“浩风哥哥，对不起！”欣心怯生生地朝着冷浩风道歉，“你身上疼不疼？

给我看看好不好？”

冷浩风戒备地看着欣心，小脸绷着。拜托，他受伤的地方是屁股好不好？怎么能随便乱看！

欣心有些心虚，友好地伸出手，甜甜地笑道：“浩风哥哥，你别生欣心的气，欣心错了！我拉你起来好不好？”

冷浩风也没什么心计，瞧着欣心年纪比他小，又那么可怜兮兮地道歉，便撇了撇嘴，生硬地说道：“下次不要乱说话！也别偷亲我！”

“嗯！嗯！”欣心把头点得跟小鸡啄米似的。不乱说话就不乱说话吧，可以说假话嘛。至于那偷亲的问题，不偷亲那就不偷亲吧，以后光明正大地亲！

“答应了就要做到！”冷浩风对于欣心那么爽快地保证，产生怀疑，再三确认，“说话要算数！”

“知道了，浩风哥哥，我拉你起来吧，地上脏呢！对了，浩风哥哥，你屁股疼不？还是让我看看吧！我会呼呼，那样就不疼了哦！”欣心眨着明亮的双眼，那表情要多纯真，便有多纯真。

“不用了，我没事！”冷浩风脸色有些尴尬的潮红，忙伸手拉住欣心递来的手，准备起身。毕竟在一个小女孩面前，被老爹责罚打屁股，实在是丢脸的事，虽然那女孩子是罪魁祸首。

结果欣心“啊”的一声，随着冷浩风倒了下去。这一次换成欣心躺在冷浩风身上了！欣心忘记她手刚脱臼了，根本拉不起来人。

南宫老爹跟冷伯伯为着娃娃亲的争吵声暂时停歇，有些意外地看着地上再次在眼皮底下摔倒抱在一起的两个娃娃。这俩孩子，感情忒好了点儿吧！

“南宫楼，现在是你们家宝贝欣心在吃我儿子的豆腐！”冷伯伯非常得意地瞅着南宫老爹陡然变黑的脸，“我说，你就松口吧！咱两家结亲又没啥不好，是吧？而且主要是两个娃娃还都看对眼了！我们这做家长的，点头成全，多美的事啊！”

“这个娃娃亲，等以后欣心懂事了，答应的话，欣心再把你家浩风娶过来，我就没意见了！不然的话，你想都别想！”南宫老爹的额头满是黑线，无视冷伯伯，上前牵着欣心，又抱起了冷浩风便回房了。想骗走他的宝贝女儿，简直就是做梦！不过如果能多送个儿子给他，那么就可以稍微考虑考虑。

“喂，南宫楼，有你这样的待客之道吗？”冷伯伯一个人在那儿气得跳脚。小媳妇没拐到，莫非真要赔掉个儿子？这买卖有点儿不太划算……

冷伯伯也沉思了一会儿……难以取舍啊。

第二章　家有美男初长成

“拜托，金牌花魁姐姐，你捏面团呢？”欣心没好气地瞪了眼吉吉，挥手把她用了狠劲的玉手挥开，自己捏了捏酸疼的颈脖道：“疼死我了！虐待、谋杀也不用这样卑劣的手段吧？”

“欣心，人家听的太入神了嘛！没控制住力道，你别见怪啊！”吉吉讨好地朝欣心笑了笑。

欣心瞪眼。吉吉话锋一转，接着开始数落，“不过，我真没想到，你竟然恶俗到那般地步，连小孩子都欺负。难怪冷浩风现在看见你，跟那个老鼠见到猫似的怕你！”

欣心捶着胸口，无奈且又委屈地说道：“那时候我哪会想那么多啊！美色当前，理智稍微薄弱了那么点儿。”

“你那叫色欲熏心好不好？”吉吉不认同地摇了摇头，在欣心对面拉了把椅子坐下，大大咧咧地把腿翘上了桌子，手里抓了把花生，剥了吃起来，“竟然连小孩子都染指，我真的不想说，可怜的冷浩风，那娃娃呀，‘死’得好悲壮啊！竟然被欣心这个小色女瞧上，简直太不幸了！”

“那时候我才六岁，我想怎么的，也没办法怎么呀！”欣心再一次忍无可忍地表明她当时的处境。拜托，作为大人的角度，她只是喜欢冷浩风这个精致的娃娃，忍不住想去逗逗；作为一个小女孩的角度，她喜欢冷浩风，也只是渴望同年龄相近的人亲近，玩耍而已。怎么到别人眼里，就变得那么俗气了？

欣心承认，她是有色心，是喜欢冷浩风，但仅仅只是像喜欢美好的东西那样，就跟看到一幅漂亮的画，忍不住多看几眼一样，又不是真的猥琐地去亵玩儿童，有着不伦的心态。

“因为你六岁，就如此好色、龌龊，明显把冷浩风给吓到了！”吉吉鄙夷道。

欣心翻了翻白眼，丢了一对卫生球眼给吉吉。

吉吉了然又夸张地分析，“难怪，冷浩风怕了你！阴影呐，你就是他童年的噩梦！哈哈，欣心，你果然很黄很暴力！”

“吉吉，你同情冷浩风？”欣心笑得那个轻柔，两手相互扣了扣，绝对带着赤裸裸的威胁。

“同情，怎么不同情？”吉吉眨着大眼反问，“不过，我知道，你现在就想毁尸灭迹，杀人灭口！所以，我更同情我自己！免得一不小心死于非命，惨遭你的毒手……”

“算你识相！”

“不过话又说回来，欣心，冷浩风真的那么胆小？就被你强脱了裤子看了看小弟弟，又狼吻了一下，就至于每次见你都把你当空气般晾着吗？”吉吉收起了夸张的笑声，面带着隐忍的笑意，非常严正地问。

欣心眨了眨眼，张了张嘴，一脸的欲言又止。

“还是因为，你让他被他老爹打了，所以害怕你？”吉吉故作深沉地推理。

欣心再次撇了撇嘴，还是把卡在嘴边的话给生硬地吞了回去。

吉吉见欣心不接话，也不辩驳，只能接着分析，“如果冷浩风就这么点儿胆色，而且又这么喜欢记仇，你可千万不要因为美色而傻乎乎地一头栽下去呀。欣心，做人不能太肤浅，美色迟早要衰败的，看人得看内涵！”

“我知道！”欣心都两世为人了，这些道理怎么可能不明白？但是爱美之心，人皆有之，她只是一个普通的俗女，就恶俗地喜欢欣赏帅哥、美男。

吉吉换了口气继续开导欣心，“美男吃吃豆腐就算了，可不要想着去据为己有，免得天天得提心吊胆地看着，时刻不安心地担忧着，生怕一不小心又被别人给瞧了去！”

“有道理！”欣心点头表示认可。

“打苍蝇很累的！既然冷浩风无视你，可见他不喜欢你。欣心，你还是趁早死心的好！”吉吉非常仗义地拍了拍欣心的肩头安慰道，“失恋不可怕，尤其是你这一门心思的单恋、暗恋，早早回头是岸！”

“你别打击我！”欣心怒了，拍掉吉吉的“爪子”。

“没准备打击你，事实如此嘛！我只是很好心地给你分析一下情况，还不是为了你的幸福着想！好心当成驴肝肺……”

“我一定要嫁给冷浩风！”欣心说的豪气冲天。

“可是冷浩风不一定会娶你！”瞧着他漠然无视欣心的神情就不难发现，冷浩风对欣心，肯定没那想法……吉吉旁观者清。

“我欣心要嫁，他冷浩风必定得娶！”欣心笑得灿烂而带着点妩媚的邪气，“我会不择手段地去虏获他纯情的少男芳心！”

吉吉做了个标准的呕吐姿势，适时地说着风凉话打击欣心，“不择手段？你该不会真的六岁到十六岁，暗恋了那冷浩风十年吧？我怎么看你都不像那样痴情的人啊，尤其对个八岁的娃娃，见过一面就如此上心？即使是美男，我也不信，打死我也不信！”

“谁说我们就见过一次面？”欣心睁着盈盈的星眼看着吉吉，“我跟冷浩风之间的渊源深着呢！”

“啊？那你们什么时候还见过，我怎么不知道？”这下吉吉的好奇心又被挑了起来，忙殷勤地给欣心抓了块糕点，递到她嘴边，谄媚道：“赶紧八卦一下！”

“大概八岁，我跟南宫老爹去冷家做客，对于这次见面，我不太想说！”欣心享受着吉吉这位大牌丫鬟的服侍。

吉吉瞅着欣心开始卖关子，不爽极了，摩拳擦掌道：“欣心，如果你不想死的话，早点儿坦白，别逼姐姐辞职不干！”

“拿辞职威胁我？你以为你是紫衣啊？”欣心漫不经心地扫了眼吉吉，“姐姐让你在南宫家混吃混喝这么多年了，你要走，趁早！不送！”欣心话说完，还非常开心地做了个请的手势，仿佛送走了尊大佛……

紫衣爱财如命，帮着欣心死命地敛财，她辞职，欣心肯定头疼，少了棵摇钱树。这吉吉在南宫府，就一金牌大丫鬟，气势比欣心这大小姐还要霸道几分，若走了，安心地做神秘花魁，欣心那飘香阁又多了棵摇钱树……银子又可以赚更多了！这近朱者赤，欣心被她脑海中的想法吓了一跳，什么时候紫衣把这抠门敛财的想法熏染给她了？不行，得离紫衣远点儿，免得以后跟她一样，只认银子不认人。

“欣心，你想赶我走？”吉吉笑得特别温柔无害，“你确定？不会后悔？”

“要我帮你收拾包袱，送你出门？”欣心更加的殷勤急切，“放心，凭着我们这么多年的姐妹情谊，我会多给你些盘缠，足够买包子果腹，绝不会让你饿死街头的！”

吉吉恼火地瞪欣心，这死丫头笑得实在太欠扁了！

欣心笑意盈盈地对吃瘪的吉吉说：“一会儿我便让南宫轩买爆竹去，放它个一天一夜……啊，终于有个麻烦要走了，我那幸福美好的日子即将来临了！”

“欣心，你太过分了！”吉吉这下子被气蔫了，“小心我把你的好事，贴满大街小巷，让你那完美的大家闺秀形象，彻底地颠覆到人人唾弃的地步！”

“我的好事哪次不是有你的份？分赃哪次不是你拿的最多？”欣心挑了挑眉，瞅着吉吉被堵得无语的神态，特别好笑。

吉吉闷哼了声，转过脸不理欣心。

欣心有恃无恐地笑着吉吉，“倒是你，现在挺值钱的，官府头号赏银要缉拿的舞影神偷啊！”

吉吉撇嘴。

“哪天紫衣嫌我赏银赚少了，我便逮你去赚银子花！想着，我们可爱的衣衣绝对双手加双脚赞成吧！”欣心笑着说。

“去你的！”吉吉没好气地瞪着欣心，“你要捕获冷浩风那冰块美男的垂青，肯定需要我们这些聪明绝顶，前无古人，后无来者的极品穿越姐妹淘出谋划策！”

“如果，我不需要呢！”欣心邪睨了眼吉吉，得意地扬着下巴。

“那你就一个人在漫漫无期的单相思路上独行吧！”欣心对吉吉的话，满脸的不以为然。吉吉撩了撩额前散落的发丝，轻柔地笑道：“眼睁睁地看着冷浩风娶亲，新娘不是你，好悲惨呐！噢，冷浩风娶亲后，肯定还会生一堆的小娃娃，可能还会追着你喊阿姨。哈哈哈，那时候，你就抱着被子哭去吧！”

欣心被吉吉形容的景象吓了一跳，忙拉了拉吉吉，“亲爱的吉吉，你不会忍心看着我那么悲惨而不管不顾的，对吧？”

“刚才你不是还要放鞭炮让我走吗？”吉吉跷着二郎腿，开始耍大牌，“我要走了，做我那妖娆而又倾城的神秘花魁去了，不伺候你了，南宫大小姐！”

欣心忙狗腿地帮吉吉捶了捶腿，谄媚地笑道：“我开玩笑呢，吉吉，我怎么舍得你走呀！你是我的心，你是我的肝，你是我生命的四分之三。没了你，我吃饭不香，喝茶不解渴，睡觉做噩梦，走路跌倒，出门撞墙，抓贼被打……”有这么可怜的小姐吗？有这么大牌的丫鬟吗？没错，还真的有，看着欣心如此谦卑的知错能改，吉吉的心情爽得不行。

南宫轩推开门，目瞪口呆地望着眼前这幕景象，俊脸完全石化，深邃的星眼闪着“不可置信”四个大字。

“欣心，大少爷来了！”吉吉抬眼便扫见南宫轩站立在门口僵硬的表情，情急之下，踢了踢欣心。

欣心正沉浸在帮吉吉捶腿，又神游谄媚的状态中，冷不防被吉吉踢了一下，跌倒在地上，回头看着南宫轩的神情，又转过头看着自己抱着吉吉的腿。这形象，怎么解释呢？欣心心中暗叫糟糕，朝南宫轩笑了笑：“哥，你怎么来了？”死小子，走路用飘的，门都不敲，一点儿礼貌都没有！

“欣心，吉吉，你们在做什么？”南宫轩回神过来，神情带着些冷峻地问。哪有小姐伺候丫鬟的？

“哦，是这样，吉吉今天站了一天，腿抽筋了，我帮她看看！”欣心眼珠子转了两个弯，随意地扯了个谎出来。

“腿抽筋？”南宫轩俊脸带着疑惑，朝着吉吉看去。

吉吉忙把腿死命地抖着，那个哆嗦……

“哥，你医术比我好，要不你给吉吉看一下？这样哆嗦着总不是事儿呀！”欣心非常好心地帮着吉吉把裤腿往上拎起，露出白花花的一节小腿。

南宫轩忙把头别过，视线看着地上，俊脸微微的不自在，“用热水泡的时候捏捏脚底穴位便好！欣心，把吉吉裤子拉好！”

欣心适可而止地给吉吉打了个眼色。吉吉回了个眼神给欣心，放下裤腿，哆嗦地站起身子道：“大少爷，我先下去了！”

欣心挥挥手忍着笑，目送着吉吉夸张地哆嗦着双腿，走的那叫个微微颤颤。

“欣心，今天没摔疼吧？哥哥看看！”南宫轩温柔地注视着欣心，嘴角挂着一抹淡定的纵容。欣心跟吉吉情同姐妹，早在南宫府成了心照不宣的事实了。那丫鬟比欣心还要霸道几分，南宫轩心知肚明欣心那小把戏，也不去拆穿。

“没有！”欣心摇头，“我很好！谢谢哥哥关心！”

南宫轩嘴角含着淡淡的微笑，朝欣心伸出修长的手，轻柔地拎开欣心的衣袖，看着手腕处那擦红的伤处，眼中一闪而逝地心疼。他轻拉着乖巧的欣心坐到椅子上，从怀里掏了瓶药出来，小心地抹到了欣心的手臂擦伤处，口气里遮掩不住地心疼，“欣心，都这么大的人了，怎么还如此不小心？竟然从楼梯上摔下来，万一有事了，哥哥该如何是好？”

欣心汗颜地低下头。拜托，她是故意摔下来的好不好？为了吃美男豆腐，可惜啊，人算不如天算……不提也罢！

一股清凉从伤处蔓延开来，欣心听着南宫轩不痛不痒的责备，舒服地在南宫轩怀里蹭了蹭，习惯性地找了个舒适的角度，微眯起了眼，嘟囔了句：“嗯，哥哥，下次我会小心点儿的！”

南宫轩任由欣心靠着，宠溺地捏了下欣心挺翘的鼻梁，“你呀，真调皮！身上还有什么地方擦伤没？哥哥看看！”

欣心闪着明亮的星眼，随意地指了指膝盖。

南宫轩二话不说，忙温柔地拎开欣心的裤管，望着那白藕般柔嫩的小腿，红肿的膝盖处，轻柔地帮着她上药，轻叹了口气，“欣心，下回小心点儿，走楼梯，叫哥哥扶着！”

不是吧？当她残废啊？走楼梯都要扶？这也太金贵了。欣心翻了翻白眼，瞅着南宫轩收起了瓶子，抬眼望着她。她忙温和地点了点头，撒娇地朝南宫轩说：“哥哥说什么就是什么吧！”

南宫轩非常满意欣心的回答，怜爱地摸了摸欣心的头，“妹妹，真乖！”

欣心吐了吐舌头扯了个鬼脸，随手攀上南宫轩的脖子，勾着他道：“哥哥，为什么你二十了还不娶妻啊？欣心想要个嫂嫂了！”

在这个时代，普遍早婚，二十还未娶妻的人，少之又少。南宫轩的条件，不可能市场销路不好而滞销啊，上次还听吉吉说，他进了都城四大美男排行的第一名，仰慕者多得，可以用连队来形容……当然，这个第一名，是并列的，另外一个就是冷浩风。

南宫轩的脸色腾地蹿红，直至耳根，浑身紧绷了起来，伸手把欣心不安分地在他胸前乱划的小手抓到手里，柔声回道：“哥哥自有主张！”

“哦，哥哥跟冷浩风关系很好？”欣心装作很随意地问。

看着欣心近在咫尺的樱唇，晶莹明亮的盈盈双眼，南宫轩别扭地转过头，沉闷地带着疑惑问：“妹妹，今天你摔倒，该不是因为看见冷浩风那美男才摔的吧？”

“当然不是啊！”欣心睁着眼睛说着瞎话，“哥哥也是美男，我都看了多少年了，也没激动得摔跤啊，今天只能怪那客栈的楼梯不好！”

“哥哥已经将那客栈买了下来，那楼梯，明日拆了去！”南宫轩温和地说。

“哥哥，你买下那客栈做什么？”欣心可不可以理解为南宫轩见不得那客栈楼梯让欣心摔跤了，于是买了下来只为拆掉啊？这样的哥哥，这样温柔、周到的哥哥，会不会有点儿变态？

“本来那客栈爹爹就想盘下来，今日我跟冷浩风也是谈这客栈之事！至于要做什么，得问爹爹！”南宫轩柔声地在欣心耳边解释。

还好，不是那么变态。欣心心里窃喜。

南宫轩浅笑着弯起了嘴角，问：“重新装修这客栈之事，不知道欣心有没有兴趣参与，跟哥哥一起完成呢？”

“那客栈之前是冷浩风家的？”欣心对前面半句比较上心，自动忽略了南宫轩的下面半句。没办法，有关冷浩风的事，现在欣心都会排到第一去。

“欣心，你是不是真看上冷浩风了？”南宫轩挑了挑剑眉。

“我看上他家那客栈好久了，可惜掌柜的一直推脱找不到他们当家的！说做不了主，不肯盘给我！”欣心激动地说。那客栈正好在飘香阁的对门，隔壁那家越时代当铺，是欣心跟吉吉盘下来的销赃窝。如果这客栈能盘下来，让紫衣去开个赌坊玩玩，肯定是日进千金万金的。三足鼎立，花楼、当铺、赌坊，有钱的去赌坊潇洒，赢了自然开心地去花楼消费；输了的，必然会找当铺押东西，找银子翻本重来。不过不管是赢钱也好，输钱也罢，最后真正的大赢家都是开赌场、开花楼、开当铺的欣心。横竖钱财都会被紫衣敛进来，不然就对不起她那爱财如命的称号。当然，开赌坊的好处是，紫衣杀手门从良的那些人，也不用遮遮掩掩的，没个窝安定了，真是一举两得的好事，而欣心只要最后负责数银子就行了。

等欣心意识到眼前的人是南宫轩时，忙捂嘴。完了，她这是自掘坟墓啊！大家闺秀去看人家的客栈，还想盘下来，是深闺小姐会做的事吗？

“欣心，你看上人家客栈好久了？还想去盘下来？哥哥没有听错吧？”南宫轩的眼神深邃而又透彻，满脸的问号，很不可思议地瞅着欣心。

南宫轩的话，让欣心眼前一黑，有必要这么一字不漏地重复吗？欣心紧张地猛咬手指，心里拼命地想该怎么去解释。

“欣心，跟哥哥有什么不能说的？”南宫轩拉开欣心自虐的行为，揉了揉那啃咬得发红的手指，“你看你，还是跟小时候一样，紧张了就喜欢咬东西。说，是不是做什么坏事了？”

欣心一不做，二不休，很干脆地拉过南宫轩的手臂，狠狠地咬了上去。南宫轩皱了皱眉，紧抿嘴唇，俊脸疼得都有些皱了起来，但仍是站着，任由欣心耍脾气，无理取闹。

欣心直到咬的牙根发酸才愤恨地松开口，虐自己还不如虐别人……果然一虐，主意就冒出来了，看着南宫轩手臂上那醒目、泛血的一排牙印，欣心得意地磨了磨牙，抬起了笑脸，“哥哥，我喜欢那家客栈做的莲子糕，所以怂恿爹爹去盘下来。没想到，竟然是冷家的，你说是不是很巧？”

“本来我奇怪，爹爹怎么想着要盘客栈了，原来是为了你这个千金呀！”南宫轩又好气又好笑地捏了捏欣心的脸颊，“那你紧张什么？早说你喜欢，哥哥肯定早帮你完成心愿了！”

“人家不好意思吗！”欣心继续在那搅了搅帕子掩饰窘态道，“为了我吃那么块小小的点心，爹爹真去盘下整个客栈，我会心里不安嘛！别人知道了，还以为我多娇贵，难伺候呢！”

“欣心呐，你要知道，你喜欢的，即使是天上的月亮，爹爹跟哥哥都会想办法帮你摘下来！盘个小小的客栈有什么稀奇的！”南宫轩不以为然地耸了耸肩。

虽然南宫轩的话有夸大的成分，但绝对是事实。在南宫家，只要欣心开口想要的，南宫老爹跟南宫轩必定会倾尽一切去满足她。欣心不免有些沾沾自喜，“哥哥，你是不是喜欢欣心啊？”

南宫轩的脸色红得跟煮熟的虾一般，忸怩道：“哥哥当然喜欢欣心，你是我们南宫家最珍贵的宝贝嘛！”

“哥哥，如果欣心有喜欢的人了，你还会疼欣心吗？”

“当然会啊，你是我妹妹，我不疼你，疼谁呀？傻丫头！”南宫轩的神色恢复了以往的和煦，亲昵地揉了揉欣心额前散落的发丝，戏谑地说道，“莫不是欣心真有心上人了？”

“还不算！”欣心朝着南宫轩笑了笑，“但是以后总归会有的！”

南宫轩笑着揉了揉欣心的头，眼神中的柔情，差点儿让欣心沉溺死。欣心忙扯了个笑，道：“哥哥，我累了！”

这么纯真宠爱她的南宫轩，欣心都有些不忍心奴役他了。不行，坚决不能被美色诱惑而立场不坚定，她要坚决地把南宫轩奴役到底！

“那你先睡会儿吧，一会儿晚饭，我让人送到你房里！”南宫轩边说，边帮欣心拉上了被子。眼见欣心闭眼了，他才转身离去，轻轻地扣上了门。

南宫轩环视了下欣心非凡小楼的院子，嘴角那抹淡然的笑意渐渐散去，眼神警觉地四处观望，耳听着八方的声音，哪怕是轻微的细动风声。

“欣心，欣心！”吉吉狼狈地从床底下边爬边叫唤。

“你吃错东西，脑子抽疯了？大白天的都做贼啊？”欣心瞪着不可思议的大眼睛，伸手帮忙把吉吉从床底下拖拉了出来。

谁想得到，逍遥侯府传说中聪明的神童、完美千金、养在深闺的小姐欣心的闺房床底下有条通往花楼飘香阁的暗道。

吉吉绝美秀丽的脸蛋，被床底的尘灰污染的，块块分明，散乱的头发，让她看起来带了些狼狈，灵动的双眼委屈地眨了眨，“还不都是你那哥哥！该死的南宫轩！”

“你又被他追上了？”欣心忍着笑问，“我说，现在还不到你半夜踏月寻‘霉’的黄金时刻，干吗把自己弄的真跟做贼一样？”

“我也不想啊！”吉吉撇了撇嘴，“紫衣要我今天去飘香阁露个小脸，我去了。回来的时候，有些得意忘形了，结果刚进院子就被你哥追杀，还好我跑得快！”

“我可以肯定，南宫轩对你起了疑心。吉吉，最近这段时间你还是安分些吧！”欣心凝重的话刚说完，南宫轩的声音便在门口扣着门扉响起。

“妹妹，你醒了吗？”

“阴魂不散！”吉吉神色阴郁地嘟囔。

欣心嬉笑着把吉吉推上床，朝吉吉做了个嘘声的动作。她理了理散乱的秀发，特意搞得乱了些，眼神也带着些慵懒，走去开门，秀气地对着南宫轩打了个哈欠道：“哥哥，怎么了？”

南宫轩疑惑地扫了眼欣心的屋子，又把温和的视线对着欣心，帮欣心把散乱的发丝捋到了耳后，浅笑道：“该用晚膳了，我叫人给你送来些喜欢的糕点，要不要尝尝？”

欣心这才把视线集中到南宫轩手中的托盘上，果然是她喜欢的玫瑰酥、芙蓉糕等，都一一整齐地排列着。

欣心忍住一把抓过的冲动，朝南宫轩轻柔地笑了笑，小心翼翼地拿过托盘上的一块玫瑰酥，“谢谢哥哥，那我尝尝吧！”欣心非常小口地舔了舔，咬下一小口，满意地微眯着杏眼。碍于南宫轩在场，她得维持着淑女的表象，于是一块糕点在她一小口一小口地舔吃下，竟然吃了大半个时辰。

南宫轩的耐性不是一般的好，等欣心吃完，伸出修长白皙的食指，为欣心抹去了她唇角不小心沾染的酥屑，嘴角挂着浅笑，“哥哥先走了，这些你慢慢吃！”

欣心的表情有些石化，南宫轩的手指掠过她嘴唇的时候，她竟然会紧张！天哪，这情况实在太恐怖了！她可不想有兄妹乱伦之恋啊。

南宫轩前脚刚出门，吉吉便火速地从床上跳出来，伸手抓了两块糕点直接塞进嘴里，噎得直翻白眼。欣心好气又好笑地为她拍了拍，顺手递了杯茶，“吉吉，你怎么跟个饿死鬼投胎一样？真鄙视你！”

“你就鄙视吧！你在南宫轩面前装得倒像！”吉吉顺了顺气，好不容易把那酥糕吞咽了下去，咂了咂舌，“味道还真不错，南宫轩对你可真不是一般的好！欣心，你说他会不会有恋妹情结啊？”

欣心额前黑线划过，“你想说什么，吉吉？”

吉吉“嘿嘿”地赔了个笑脸，“没什么！不过，我有冷浩风的小道消息，你要不要听听？”

冷浩风？

“什么消息，快说，快说！”

“先把你八岁那会，遇见冷浩风的情景给我说说，不然就不告诉你！”吉吉又挑起一块糕点，扬扬得意地朝着欣心挤眉弄眼，“你该不是八岁那会又非礼了冷浩风吧，才不好意思说？”

“我有那么俗吗？”欣心瞪了眼吉吉，被她这么一激，若不说，还真的背上非礼冷浩风的黑锅了，“算了，就说给你听听吧！”

第三章　往事不堪回首

话说，自从六岁的欣心遇见了八岁的小美男冷浩风后，没有拐到这小美男，还真挺遗憾的！因为南宫老爹的坚持，两家最终没有结成娃娃亲。渐渐的，两家的往来也少了，欣心再没见过冷浩风。而且随着季田暗地里对欣心的培养，欣心也渐渐地忘记了这么号人物……

不过在欣心八岁那年，终于在娘亲秋月夫人的再三要求下，南宫老爹带着打扮得漂漂亮亮的欣心上冷家访客去了。

冷然见到欣心便乐得合不拢嘴地一把抱起，“哇，欣心长这么大了？真是越来越水灵了啊！”

欣心看着冷然伯伯俊朗的脸，忍不住色心大动，讨好地亲了亲，随口便问：“伯伯，浩风哥哥呢？”

冷然伯伯哈哈大笑了一声，摸了摸欣心柔嫩的小脸，朝南宫老爹得意地扬眉，“看到没，你家欣心，对我家儿子情有独钟呢，念念不忘啊！”

南宫老爹一把抱过欣心，神色更加骄傲地对冷然道：“你少在那里自我膨胀了，我家欣心对你儿子，不是情有独钟、念念不忘，而是我家欣心聪慧可人，过目不忘而已！哈哈哈！”

欣心有点儿无奈地瞅着那两个相互在那暗自较劲的南宫老爹跟冷然伯伯，不以为然地嘴角微小地抽搐了一下，挣扎着从南宫老爹的怀里下来。

“南宫楼，不跟你贫了，一会儿有个大牌客人要来，你正好帮我一起挡挡！”冷然的神色突然严正了起来。

“谁啊？”南宫老爹不以为然地接话。

“来了你就知道了！”冷然再次朝欣心伸手，抱了过来，“欣心去找浩风哥哥玩吧！”

欣心点了点头，乖巧地道：“好啊，好啊！”

冷然怜爱地揉了揉欣心的头顶，放下欣心，随意地指了个丫鬟，“带欣心小姐去找少爷！”

刚进后院的假山，便有一群孩子咋咋呼呼地惊叫。欣心挥手让那丫鬟下去，便一蹦一跳地朝着那群孩子的方向跑了过去，小美男啊，我来了！

假山后面的草地上，有四五个十来岁的孩子，围在一起，似乎有什么好看的表演。欣心凑了过去，环视了一下，并没有看到冷浩风。于是，欣心推开一个孩子，挤了个位置进去，看着草地上扭打在一起的两个孩子。天哪，那被打成熊猫眼的不就是她的祸水小美男吗？

欣心的怒火“噌”的一下子蹿了上来，哪个浑蛋，竟然敢欺负她的小美男，还打的是他那俊美的小脸蛋，实在是讨厌！

冷浩风一身泥土沾着草屑，脸上也沾了泥土，显得脏兮兮的，尤其那对漂亮的桃花眼，此时一黑一白的，泪花闪烁着，实在惹人心疼。

冷浩风是被另外一个十三四岁的男孩子压在身下，那孩子胖乎乎的，明显占着体积优势，得意扬扬地骑在冷浩风身上，挥舞着小拳头，朝着冷浩风揍道：“叫不叫哥哥？不叫我打死你！”

“浑蛋，下来，谁让你打我浩风哥哥的！”欣心上前在那小胖子身上踹了一脚。无奈那小胖子体积较为敦厚，欣心这小脚丫踹在那略显肥胖的身上，完全不动。

欣心怒了，两个脚来了个连环踢，又连续地踹了几脚，好不容易，才把那小胖子从冷浩风的身上踢下去。欣心毕竟才八岁，人小，力气小，没办法！

欣心一手插着小腰，指着那小胖子道：“你打了我的浩风哥哥几拳，自己说，不然我揍得你满地找牙！”

那小胖子从地上爬起来，抖了抖浑圆的身子，抹了把鼻涕，瞅着踢他的竟然是个比冷浩风还小的七八岁的小女孩，笑得那个龇牙咧嘴，“哈哈哈，臭丫头你找揍，哥哥我成全你！”

冷浩风略带狼狈地爬起来，漂亮的桃花眼瞅了瞅欣心，一把拉过她，护到身后，朝着那小胖子沉闷地说道：“吴贵，有本事你就跟我一对一地打，欺负女孩子算什么？”

“你小子今天哥哥还是要揍的，现在你们两个，我一起揍！”那小胖子显然仗着体积庞大的优势，不把冷浩风跟欣心两个小孩子放在眼里。

欣心一把把冷浩风推到身后，指着那小胖子道：“什么乌龟？想揍我欣心，先看看你有几个门牙够我打！”

那小胖子仿佛听到了什么不可思议的笑话，哈哈大笑了起来，抡起拳头，就朝着欣心漂亮的小脸上挥了过来。

欣心一个闪身，用巧劲把那小胖子绊倒在地，然后扑上去，随手点住了小胖子的穴道，一屁股坐到他那肥胖的身上。另外那些看戏的男孩，似乎有些不可思议地瞅着欣心。

欣心懒得理会冷浩风突变的神情，抡起圆圆的小拳头，直朝着那被叫作吴贵的小胖子肥嘟嘟的脸上揍了上去，边揍还边说：“叫你打我的浩风哥哥，叫你打我的浩风哥哥，我打死你，打死你，小胖子！”

“欣心，不要！”冷浩风伸手想拉住正在狂使暴力的欣心，却被发狂暴虐小胖子的欣心随手挥开。冷浩风狼狈地再次跌倒在地。

欣心胡乱地打了一通，心里稍微解气了那么一点儿，又“咚”的一拳看准了吴贵的眼睛揍去。那吴贵同样也成了熊猫眼，一黑一白的眼睛，配着他略肥胖的脸蛋，怎么看都觉得怪异。

欣心甩了甩因为揍人而通红的手，那白嫩的手上，混合着吴贵的鼻血跟地上的泥土。怎么瞧着吴贵都不顺眼，欣心又忍不住朝着吴贵另外一边的眼睛招呼了一拳。

“你竟然敢打我？死丫头！”吴贵哀号了几声。

欣心不爽地看着他因龇牙咧嘴而突暴的大门牙，顺手又敲了一拳上去。

那门牙很华丽地飞了出来，吴贵捂着嘴，鲜血直流，惊天动地地哀吼了起来：“来人，来人！”

欣心满意地拍了拍手，理了理略微散乱的发丝，得意地瞅了眼彻底变成熊猫的吴贵，满意地点了点头，“小王八，绿毛乌龟，你还敢欺负我的浩风哥哥吗？我揍得你满地找牙！”

“死丫头，本王爷你都敢揍，我一定要把你剥皮、抽筋、处死！”那小胖子咬牙切齿地带着呜咽道。可惜没有了大门牙后，他说出的话带着漏风的声音。

“小……小王爷，你……你没事吧？”一个宝蓝色衣衫的男子，尖着嗓子，捏着兰花指，满脸惊恐。

欣心得意的神情，就这样华丽地定格了下来。小王爷？她揍的是个小王爷？这封建时代，皇家的人最大。虽然欣心是逍遥侯府的小姐，但一旦跟皇家扯上关系，那就无疑是鸡蛋跟石头的分别，当然欣心家是属于鸡蛋一族！

“竟然还叫本王爷小王八、绿毛乌龟，呜呜……我要把你这个死丫头五马分尸！满门抄斩！株连九族！”那吴贵小王爷刺激受的不小，就这样委屈地抹起了眼泪，嘴里却阴狠、毒辣地骂道。

欣心忙不动声色地解开了那小胖子的穴道，抡着的拳头直接松开，亲昵地揉了揉那小胖子被揍得走形的脸庞，谄媚地说道：“吴贵哥哥哦，疼不疼？欣心给你吹吹好不好？”

“还不把这丫头拉开，本王一定要狠狠地修理她！”

欣心瞧着吴贵那咬牙切齿的模样，心头拔凉拔凉的。天哪，她不但骂了王爷是王八、乌龟，还揍了王爷……还把王爷的招牌大龅牙给打掉了……

那吴贵朝着傻眼的其他几个孩子怒吼道：“你们今天眼睁睁地看着本王被欺负了，竟然无动于衷，一会儿通通要你们好看！”

那几个傻眼的孩子都回神过来，朝着欣心靠近，准备帮王爷解围。

欣心灵巧地翻身，上前扶了扶那吴贵肥胖的身子，讨好地对吴贵说道：“吴贵哥哥，你大人不计小人过，不会跟欣心这么一个弱小女子计较吧？欣心不是故意揍你的，只是看你这可爱的脸蛋，忍不住想亲近亲近而已！欣心好喜欢吴贵哥哥哦！”

至于那熊猫眼，对称了多好看呀，还有那碍眼的门牙，顺手给敲掉了而已！现在瞅着，就不别扭了！

“滚！”那吴贵怒气冲天地朝着欣心吼道。

“王爷，你是想让欣心怎么个滚法呢？给欣心点儿提示好不好？”欣心闪着明亮的双眼，努力地装傻、扮可爱。

那吴贵眼见欣心似乎顾忌到他的身份，气势一下子就涨了出来，一把推开欣心，翻身压上了欣心娇小的身子，作势就要朝着欣心身上打起来。碍于他是王爷的身份，欣心很识相地没动。不过眼瞅着他的拳头要往欣心脸上挥来，欣心忙扯着嗓子，“哇”的一声大哭了起来。

弱小总归能获得更多的同情，既然事实已经造成，那么做出完美形象，修补大家对她剽悍的认知，才是当务之急。

“吴贵哥哥，欣心怕疼！不要打我！呜呜呜……”欣心很做出地装弱小，死命地挤出了些泪水。

冷浩风见状忙上前，拉住那吴贵的手臂道：“小王爷，我们的架还没打完呢，你怎么欺负欣心这么一个小女孩？她才八岁！”

欣心点了点头，甜腻腻地说：“人家不知道你是王爷，人家说对不起嘛，你别生气了好不好？”

吴贵反手给冷浩风白嫩的俊脸上甩了一巴掌，“你小子，本王爷早就看不惯了，一个男人，长得比女人还娘！简直就是欠抽！”

简直就是变态！自己长得丑，还见不得别人长得漂亮？欣心心里怒骂了这小胖子很多遍，同情地望着冷浩风。美男啊，美男啊！长得漂亮不是你的错，漂亮成祸水招人嫉妒，也不是你的错，错就错在，不该给那变态的心理有问题的死小胖子看到，遭他嫉妒。

冷浩风面色有些阴冷，沉着脸，紧抿着唇，“小王爷今天是找浩风打架的，不会忘记了吧？”

吴贵朝着那其他几个小孩子努了努嘴，“把这小子狠狠地揍一顿，一定要狠狠地打脸！至于这丫头，本王要亲自教训！”

不是吧？欣心垮着脸，眼睁睁地看着冷浩风被其他几个孩子压倒在地上，被使劲地踹着，打着……那场面一片混乱。那吴贵得意扬扬地高高抡起了拳头，朝着欣心挥打了下来。

“啊！”一声惨痛的惊呼，凄厉地尖叫了起来。

欣心的匕首就这样顶着那吴贵的颈脖，别怪她想找死啊，当欣心意识到是自卫时，已经出手用匕首顶着王爷的脖子了，后悔莫及了。

那吴贵显然嚣张、霸道惯了，被欣心这么一个小女孩顶着脖子，肥胖的脸就这样“刷”的一下子变白，说话都带了些结巴，“你……你想做什么？若敢伤……伤本王的话，你们全家都会被处死……”

冷浩风也意外地瞅着八岁的欣心，竟然就这样把匕首横在十四岁的小王爷的脖子上。八岁！八岁的小女孩啊！身子还没有那小王爷的一半高，竟然就如此的剽悍！

欣心愁着小脸，现在是骑虎难下了。她咬着嘴唇，顶着吴贵的脖子，缓缓地从地上爬了起来，“小王爷，欣心不想这样的哦！你别吓我了，万一我手抖了，把你可爱的脖子划伤了，那岂不是冤枉死了……你死得冤，欣心我得陪葬，更冤！”

“反了你了，成何体统！来人呀，快来人呀！”那宝蓝色衣衫的太监，扯着公鸭子般的嗓子开始不断地呼喊了起来。

“不许叫！”欣心朝那太监怒吼，手抖了抖，匕首朝着吴贵的脖子又贴近了几分。

那小王爷肥胖的身子抖得更厉害了，欣心这个小女孩，要是真的手滑了，那他岂不是死得不明不白？

吴贵急了，朝那太监喊道：“听到没？不许叫，滚一边去！”

那太监忙捂着嘴，不吱声了，识相地抱起身子，模样滑稽地在地上开始翻滚了起来，还边滚边道：“奴才这就滚！滚，滚……”

冷浩风一把拉住欣心的小手，劝道：“欣心乖，先把匕首放下！”

欣心眨了眨明亮的大眼。她也想啊，只是放下了匕首，这小王爷还是不会放过她呀！一会儿要是只把她揍成熊猫眼也就算了，万一真要来个就地处决，或者来个满门抄斩、株连九族什么的，该怎么办？

冷浩风再一次说道："欣心，乖，匕首是不可以拿着玩的！给浩风哥哥！"

那吴贵小王爷也一个劲地道："欣心是吧？放下匕首，本王爷就……就……不追究你了，快点儿！"

"真的不追究我了？"欣心怀疑地盯着那吴贵的双眼，见他眼光闪烁不定，会信他才有鬼！当她真的只是单纯的八岁小孩，好骗？

"不追究，不追究！"那吴贵应承得极快，"本王爷说话算话，一定不追究这件事！"

冷浩风沉稳地搭上了欣心握着匕首的小手，缓缓地道："欣心，来，把匕首给浩风哥哥！"

这样用匕首顶着王爷的脖子，要真被大人瞧见了，有心煽动，还真会来个满门抄斩加株连九族了！现在几个小孩子在场，还能赖皮说只是闹着玩的，最多屁股挨顿打……欣心心里飞快地转了几个弯，把事情分析了一下，权衡了利弊，有着台阶下，赶紧下吧，免得一会儿真吃不了兜着走！欣心感激地瞅了眼冷浩风，拿匕首的手，很快从那吴贵的脖子上撤了下来。

那吴贵脖子上危险一除，凶相毕露，朝着冷浩风扬手一推，又攥紧了那胖乎乎的小拳头，直朝欣心的脸上挥了一拳，又急又狠，力道精准。冷浩风毫无防备地被推倒在地上，双手撑着地，仰倒着，准备爬起身子。冷不丁的，欣心被吴贵一拳打倒了下来，直直地朝着冷浩风身上压了下来。她半个身子很华丽地摔倒在冷浩风身上，头却磕在了草地的泥土上，心里愤恨不平地把那乌龟王爷诅咒了个遍。

"小王爷，你好厉害啊！"一声谄媚的夸赞声响起。

清晰的童音传到嘴里还啃着青草的欣心的耳朵里，她气得又狠狠咬了几口青草，真恨不得咬的就是那小胖子的肉。浑蛋，还不是有王爷的身份撑腰，竟然敢打她漂亮的小脸蛋，这个仇欣心记下了！

"是啊是啊，小王爷好厉害，你看他吓得尿裤子了！哈哈哈哈。"更夸张的声音张扬地大笑了起来，接着更多夸张、谄媚的夸赞，对那吴贵王爷赞颂了起来。

欣心闻着一股不同寻常的骚味，皱着眉头，缓缓地抬起那啃着青草，又沾满泥土的小脸蛋，望着冷浩风刷白的脸，安慰道：“浩风哥哥，你不要怕！欣心保护你！”

冷浩风脸色更加苍白地瞅了眼欣心，又把视线往下移，身子竟然克制不住地在那瑟瑟地发抖。欣心不明所以地伸手捏了捏冷浩风受伤的脸蛋，“浩风哥哥，你别怕啦！”

冷浩风竟然无声地抽噎了起来，两行泪珠顺着他那漂亮的桃花眼直直流了下来，眼神复杂地瞅着欣心。

欣心感觉到另外一只手上传来湿热的水源，才后知后觉地顺着冷浩风的视线往那湿热的水源望去。源头是冷浩风的，胯间，在欣心的目瞪口呆间，依旧源源不断地涌出着……

这样壮观的景象，欣心傻眼了！欣心沾着草屑与泥巴的嘴合都合不拢了，面色“刷”的通红……

那温热的水源，竟然是冷浩风……冷浩风是被吓得尿裤子了，但不是被吴贵，而是被欣心吓得。

欣心从吴贵脖子上移下来的匕首，非常恰巧地插在冷浩风的裤裆间。从那割破的白色裤子上渗出的血丝，不难看出，欣心的匕首，伤到了冷浩风最宝贵的东西。

天哪！欣心窘得无地自容，她该不会失手把冷浩风的小弟弟给阉了吧？若是这么漂亮的小美男成了太监，那欣心的罪孽可就深了！

欣心异常小心地拔出那把插在泥土间的匕首，把冷浩风的小弟弟从危难中解救了出来，看都不看，随手朝着远处扔了过去，“啊哟！”又一声凄惨的惊叫声响起。

那抱着身子打滚的太监，屁股上面就直直地插着那把匕首，顿时哀号得惊天动地，而伤处却是鲜血直流……

欣心额头上冷汗直流！上帝啊！今天果然不宜出门，血光之灾啊！虽然灾难都是别人的，但这罪魁祸首是欣心啊。

那吴贵趾高气扬地指了指欣心，朝其他几个孩子道：“把这臭丫头，还有冷浩风给我绑起来，本王爷要好好地教训教训他们！”

“教训什么？”一声肃冷的声音适时出现，接着欣心便瞅见了那一身华丽丝绸，面带威仪的中年男子。他朝着欣心他们几个小孩子边走边说话，那肃然的神情，有股不怒自威的霸气。

欣心偷偷地瞧了几眼，瞧着这人的衣着打扮，又敢朝小王爷如此开口的，莫不是这吴贵的老爹？完了，这老的加小的，欣心的小命要玩儿完了！

那吴贵的气势明显弱了下去，怯生生地喊了声：“皇叔！”

除了被欣心失手伤了小弟弟而腿软的冷浩风，那群孩子跟那哀号的太监都跪地呼喊道：“万岁吉祥！”

当然，欣心的脑子还处于秀逗的状态，傻眼地看着那皇帝，更别提行礼之事了。皇叔？万岁？皇帝？冷然伯伯家的大牌客人？

欣心的脑海中一连串的信息串联起来。看来，今天不止她一个人的小命玩完，南宫家都会因为欣心的冲动而惹上祸事了！

如果，时光能够倒流，欣心一定学着冷浩风，宁愿被欺负也不去逞强揍那吴贵。可惜，瞅着吴贵那少了门牙的熊样，欣心的心纠结呐！事实已经造成，欣心急切的眼珠子直转，看着不远处的池塘，天哪，自杀能不能逃避责任？

“怎么回事？”那中年男子淡淡地扫了一眼。那群孩子立马伏地，大气也不敢出。

“皇叔，这个死丫头，竟然把我打成了这样！”那吴贵满脸泪花，委屈地朝着那男子凑过了被欣心打的巨惨无比的小脸，“请皇叔做主，我一定要打回来！”

“咳咳——”瞧着吴贵两眼挂彩，少了门牙的嘴，那中年皇帝忍着笑，强装威严地把视线对上了欣心，眼中竟然闪过一丝兴味。

欣心心里暗思，这皇帝似乎对于她殴打王爷之事，并没有暴怒，或许事情有缓转的余地。于是欣心眨了眨无辜的大眼，朝那皇帝脆生生地道：“一人做事一人当，王爷的脸是我打的，大不了我也给他揍两拳好了！不过，他刚才已经打过我一拳了，最多只能再让他打一拳，不然我就亏了！”

小孩子之间的打架，总扯不上大人吧？欣心很仗义地充傻，朝着那吴贵指了指另外一边没有红肿的脸颊道：“喏，这边也给你打一拳好了！”

那皇帝饶有兴味地瞅着欣心，那八岁且娇小玲珑的身体，怎么可能把十四岁的吴贵打成那副可笑的惨状？

“皇叔！你一定要好好地惩罚这个臭丫头！”吴贵急切地在旁边煽风点火。

皇帝对欣心招了招手，清冷地问：“你叫什么名字？怎么把小王爷打成这样的？”

欣心嘟了嘟小嘴，乖巧地回答：“我叫欣心，小王爷欺负浩风哥哥，我就这样跑上去，踹了他两脚，又打了两拳。当然了，欣心没有耍赖，用抓跟咬哦！欣心打架其实很文明的！”

“呵呵！”那皇帝显然被欣心童言无忌的直率给逗笑了。不过笑过之后，皇帝还是抓着欣心的手，威严地问：“你可知道，殴打小王爷，该有什么样的后果？”

欣心茫然地眨了眨大眼，摇了摇头，知道也只能说不知道呀！

“皇叔，您一定要帮侄儿出这口气呀！”

皇帝朝吴贵摆了摆手，他便耷拉着脑袋不出声了。

那皇帝清了清嗓子说道：“欣心，殴打小王爷，罪该至死！你还有什么话想说？”

“我不想死，这话说了有没有用啊，皇帝伯伯？”欣心认真地瞅着那皇帝，仔细地凝视着他的双眼，尽量去猜测他的意图。不过就目前的形势来看，欣心似乎没有生命危险。至少皇帝没有不分青红皂白地把她拉出去砍了！

“真是个有趣的女孩！”那皇帝招招手，把欣心叫了过来，蹲下身子，紧绷的脸竟然对欣心浅笑了笑，“跟小王爷道个歉，这事就算了！”

“真的？”欣心开心地跳了跳，在那皇帝伯伯脸上“啵”的清脆地亲了一个。她不是有意想吃这皇帝的豆腐，只是开心得有些得意忘形了而已。

众人惊呆了。而那皇帝似乎也愣了愣，那威严的脸，竟然也柔化了，哈哈大笑了起来：“有趣，有趣！”

欣心摸了摸脖子，暗自出了身汗，小声地嘟囔了句："还好这脖子长得挺牢靠的！"这话正好听在那皇帝耳朵里，笑得那个叫忍俊不禁。

这一年，南宫家获得了很多来自宫内的赏赐，不过冷家却似乎销声匿迹了。欣心心里对冷浩风还是有着不小的歉意。

当然事后，在南宫老爹知道欣心殴打了小王爷，并且误伤了冷浩风以后，开始对欣心进行一系列的淑女规范行为。八岁以后的欣心再也没办法率性地随心所欲了，在一系列女诫、女则、女红的压迫下，欣心成了大门不出、二门不迈，礼仪得体，娇弱的深闺小姐！每次露脸的时候，也都是以美丽优雅、高贵得体、娴静气质出尘而被人津津乐道……完美的大家闺秀啊！

"欣心，冷浩风的小弟弟是不是真的被你给咔嚓了？"吉吉听得津津有味。不过对于皇帝、王爷，吉吉丝毫不感兴趣，听欣心说完后，吉吉问了冷浩风。

欣心翻了翻白眼，"关你什么事！"

吉吉闷笑了两声，拍了拍欣心的肩膀，"我们这么多年的好姐妹，我不得不为你下半辈子的幸福考虑。我非常想知道，他会不会给你性福，这个问题，很重要！"

欣心睨了眼吉吉，示意"继续说"。

"如果冷浩风只是个外表能看，漂亮的花瓶，却是个能给你性福的太监的话，咱们就不用浪费脑细胞去想着怎么把他追到手了！"吉吉很认真地说，"那样的花瓶，飘香阁、衣衣手里多的是美男！任你看，任你选，任你摸……"

"冷浩风，应该没问题吧！"欣心不确定地回答。

"这个问题很重要，下次你找个机会去摸摸情况。"吉吉挑了挑眉，无视欣心满脸的黑线，非常严正地说，"要是不完整，就算了。"

"应该是完整的吧！"欣心脸色不自觉地飘红。

"不过，话又说回来，即使是完整的，不去试用一下，也不知道行不行……"吉吉的话还没说完，便被欣心不客气地一阵猛敲，"你思想怎么那么龌龊！"

"我不龌龊。"吉吉笑着看欣心，"貌似你的形象在冷浩风心里才猥琐呢！”

欣心一听这话，有气无力地叹息道：“虽然不算猥琐，但在冷浩风的心里，我确实不咋地！”

“是啊，相比之下，冷浩风太完美了。”

欣心点头，认同，“是啊，长大后的美男，更是倾国倾城呐。”欣心深刻地记得，长大后初见的那一刻，他是钦点的状元，在喜气洋洋中，春风得意地穿着火红的衣袍，骑在帅气的白马上游街。俊美的五官，漂亮的桃花眼带着疏离的漠然，嘴角略微扯了个浅淡的笑容，炫目得让人移不开眼，身上那股形容不出的淡然、冷意，丝毫不影响他无敌的魅力与人气。

欣心满眼桃心的目光紧随着冷浩风，碍于大家闺秀的形象，又因南宫轩在身旁，才没有跟其他女子一般，朝着冷浩风直直地抛媚眼，丢鲜花、手绢！

南宫轩拉了拉欣心，温和地朝欣心笑了笑，“妹妹，哥哥去跟冷浩风打个招呼，你在这等哥哥好吗？”

“哥哥跟冷浩风打招呼？”欣心急切地反手拉住南宫轩，“我也要去，我也要跟浩风哥哥打招呼！”

“你认识冷浩风？”南宫轩疑惑，顿住了脚步，回头凝眼看着欣心。

“小时候浩风哥哥来我们家做过客，见过！”欣心也觉察到似乎有些热切过头了，忙随意地扯了个笑，给南宫轩解释。

“我怎么不知道？”南宫轩挑了下剑眉，疑惑又加重了几分。

“你那会儿在灵山呢！”欣心不满地嘟了嘟嘴，“我说哥哥，你还去不去啊？冷浩风就要走过这条街了……”

南宫轩拉着欣心，在冷浩风的马前站立，“冷兄，恭喜啊！”

冷浩风利落地下马，朝着南宫轩抱了辑，“南宫兄，别来无恙！”

欣心的心有些加速，“怦怦——”面色带些羞涩的绯红，冷浩风接下来，会跟她打招呼了，第一句话该说什么好呢？

浩风哥哥，好久不见？太俗！否决。

浩风哥哥，想死欣心了，终于又见到你了！你现在好帅啊！太有个性，有失身份！否决！

欣心扯着手绢在那冥思，到底怎么跟冷浩风开场更好。

南宫轩跟冷浩风从之前一别的趣事说到之后的邀约……

“上次那盘棋，实在过瘾，什么时候我们再切磋一下？”冷浩风扬了扬眉，清冷地朝南宫轩下战帖。

“冷兄开口邀约，南宫一定随叫随到！”南宫轩浅笑着应承，“能跟当朝殿试魁首的状元郎切磋，实在是南宫之幸！”

“南宫兄，你谦虚了！”

欣心瞪着冷浩风，又朝南宫轩身上扫视了几眼，他们两个大男人竟然聊天聊得热火朝天的，把欣心当摆设吗？

欣心憋火地拉了拉南宫轩的衣摆。

南宫轩回神，忙讨好地俯身，温柔地问欣心，“妹妹，怎么了？是不是累了？”

欣心的眼睛直直地盯着冷浩风，带着委屈，“浩风哥哥，你怎么招呼都不跟我打？”

“你是？”冷浩风随意地开口，不过眼神却是瞅着别处，那茫然疏远的神色，不难看出，是真把欣心忘记了！

“我是欣心！”欣心清脆地朝着冷浩风开口，“浩风哥哥，我们小时候见过的！”

“欣心？”冷浩风微微皱了下眉，轻摇了摇头，淡漠地说道，“没印象！”

欣心差点儿被冷浩风的神色、口气给气死，抚了抚心口，淡定！

“冷兄，欣心是我的妹妹！”南宫轩的话，让冷浩风终于恩赐似的把眼睛对上了欣心，随意地扫了眼，便可惜地朝南宫轩道：“南宫兄，为了令妹，逍遥剑客竟然隐匿了，实在有些可惜！”

欣心脸色僵硬了一下，不动声色地看着冷浩风刻意的疏远，不难看出他是伪装的！

南宫轩倒不以为然地轻笑了起来，“能守护着如此宝贝的妹妹成长，我倒不觉得少了个虚名有什么可遗憾的！”

冷浩风清冷地扯了扯嘴角，嘴角便微微地上扬，“但愿南宫兄的选择不会后悔！”

欣心深呼吸，再次深呼吸，芊芊玉手抚上太阳穴，整个人略带眩晕似的朝着一边冷浩风的身上倒去。

冷浩风你要跟姑奶奶撇那么清，姑奶奶照吃你的嫩豆腐，看你还装不装？

冷浩风非常凑巧地刚好往边上挪挪步，闪身，摸了摸一旁的骏马。欣心微眯着杏眼，暗叫不好，小腰轻闪了闪，悲哀地闭上了眼，大地啊，本小姐将跟你来次亲密的接触了……疼……疼……

南宫轩眼疾手快地在欣心绝望的默哀中，伸手抱住了欣心，帅气地将欣心在与地面接触前解救了。

南宫轩扶着欣心，满脸关切地问：“妹妹怎么了，身子不舒服吗？”

“哥，我只是有点儿累，休息一下就没事了！”欣心用那种甜腻地腻死人的口气，朝着南宫轩道，她揉着太阳穴，遮掩的手指间，冷眼悄悄扫了几眼在那看似若无其事的冷浩风。

会真那么巧？才怪！冷浩风这美男学乖了啊，会躲了！

“妹妹真累了的话，那我们便回家吧！”南宫轩不疑有他，扶着娇弱的欣心，提议道。

欣心才不想那么早回去呢，美男冷浩风的豆腐还没吃到呢！

欣心忙又朝着南宫轩挤了个笑容道：“哥，我没事！你跟浩风哥哥聊得那么开心，还是多聊会儿好了！”

南宫轩犹豫的视线徘徊在欣心跟冷浩风之间，“这……”

“南宫兄，我在闻香楼设了酒宴，不知道你是否赏脸呢？”冷浩风摸了摸那骏马的鼻头，朝着以妹为天的南宫轩开口邀约，随意地扫了眼欣心。

欣心虚弱地靠着南宫轩，似乎太娇贵了点儿吧？冷浩风心底打上了疑惑！没办法，欣心在他的认知里，以剽悍、强势、恐怖分子为主，童年的惨痛经历，实在让他不得不对欣心敬而远之。

眼见南宫轩还在思考，欣心忙帮南宫轩做决定，“哥，虽然我肚子不饿，但是正好可以让我过去休息一下，你也可以跟浩风哥哥再多聊会儿嘛！”

南宫轩便朝着冷浩风点头，“那么就不客气了，谢过冷兄。”

咕咕……咕咕……

谁的肚子在叫？欣心的脸“刷”的一下子红了起来，该挖个地洞把自己给埋了！说什么不好，说不饿？要是说饿了也没事啊，就没这么丢脸了！

冷浩风那漠然的脸上，终于忍不住地抽搐了一下，轻咳了一下，再次绷紧了脸，免得失口笑场了就不太好意思了！

看来，所谓江山易改，本性难移，这欣心，似乎有待考证，是否是众人传的那么完美的大家闺秀！

南宫轩茫然地望了眼欣心，随即有些愠火地问：“欣心，你刚才是不是又没吃早饭？”

欣心窘迫地朝着南宫轩遮着帕子，悄悄扮了个鬼脸，“哥！人家是想着要出来吃好吃的，才没吃吗！”

“冷兄，请吧！”南宫轩拉着欣心，朝着冷浩风做了个请的手势，便朝着那闻香楼移步，免得把欣心给饿坏了！

“请！”冷浩风也长臂挥了挥，拿出主人的架势，牵着那骏马落后几步。

欣心那端庄的大家闺秀模样，娇弱、无力地踩着软绵绵的小碎步，扭着那纤细的小蛮腰，走的那叫个风姿绰约，仪态万千。

南宫轩也只能放慢了步子，跟着欣心踩起了蚂蚁。

冷浩风便也只能牵着马，跟在南宫兄妹身后，走的个小心翼翼。路上行人纷纷侧目，朝着这组三人行慢镜头的俊男美女投去好奇的玩味眼光，甚至比冷浩风骑马游街那会儿更引人注目。冷浩风额头满是黑线。

好不容易到了闻香楼，冷浩风那淡漠、疏离又不动声色的脸，也终于忍不住缓了缓脸部肌肉，悄悄地松了口气。这龟爬的速度，简直就是磨得人忍不住抓狂，不得不佩服南宫轩，能守护这样的妹妹，实在是太勇敢、太伟大了！

欣心一路走来，悄然注视着冷浩风的举动，故意制造了几次小意外，妄想来个亲密接触，都被冷浩风有意无意地化解了。

欣心那个恼怒！这次不成功，便成仁！欣心计上心头，一脚踩着最后一级楼梯，另外一脚悬空，“啊”的一声惊呼，人直直地朝着后面仰倒而去，随手拉了个不明物体，抱着摔下了楼梯。

南宫轩听着欣心的惊呼忙回头，伸手扑了个空，急切地朝着欣心飞跃而来。

很好，这次终于得偿所愿了！身子底下，垫背的结实又不失弹性的胸膛，正是美男冷浩风。欣心得意地在心底不断窃笑，把头埋在冷浩风胸前。他身上散发着一股清冷的香味，让欣心忍不住想去亲亲。不过，欣心知道不能操之过急，慢慢来，冷浩风跑不掉了就是！

欣心抬头，眼睛对上惊吓过度而目瞪口呆的冷浩风，该不是被压傻了吧？

欣心有点惧怕冷浩风被摔傻了或者被撞成脑震荡了，忙伸了只手，推了推他，“浩风哥哥，你是不是摔疼了？哪里不舒服？”

冷浩风的俊脸竟然“刷”的一下子变红，漂亮的桃花眼瞪着欣心，不发一语。

欣心有点儿不知所措，只好捏了捏冷浩风的脸颊，再一次怯生生地开口，“浩风哥哥，你到底怎么了？”

“你先起来！”冷浩风的双眼挂上疏离，生硬地开口。

见冷浩风没有被摔成脑震荡，也没什么大碍，欣心理所当然地把冷浩风的话过滤掉，这可是好不容易才制造的机会。

“欣心，快点儿起来！”冷浩风面色含怒。

欣心抬起头，双眼挂着可怜兮兮的惧意，柔弱地说道：“欣心……欣心好怕！所以，欣心腿软，起不来……”

“你有什么好怕的？快起来！”冷浩风脸色有些臭臭的，跟个冰块似的，散发着不友好的冷意！

欣心不为所动地继续趴在冷浩风的胸上，继续无视掉冷浩风叫她起来的话语，装作关切地问：“对哦，垫底的是浩风哥哥哦，你疼不疼？”

“你能不能先起来？”冷浩风已经咬牙切齿了。

“都说了，我腿软，起不来！”欣心理直气壮地朝冷浩风委屈地说。

欣心在心底都快得意地仰天长笑了，切，冷浩风，你以为你是复读机啊，除了说让我起来，你就不会说点别的台词？我偏不起来。

怎么说，我欣心这么一个人见人爱、花见花开的美女，投怀送抱，软玉在怀，不偷笑已经很不正常了，竟然还如此委屈地给出这么便秘的表情，好像真的非礼了他似的……

“欣心，有很多人在看！”冷浩风有些认命地闭上了眼睛，淡漠地朝欣心来了这么一句话。

欣心被冷浩风这么一提醒，忙四周环顾了一下，确实围观的人很多，而且一双双眼睛都挂满了好奇、玩味，不可思议地盯着欣心，似乎有什么精彩表演似的。

南宫轩的受惊程度，嘴惊讶得能塞个鸡蛋。

“欣心，我怕了你，请你高抬贵手，成不？”冷浩风终于忍无可忍地挂上了求饶之色。

高抬贵手？欣心顺着冷浩风的视线往下移，这个……

难怪冷浩风的神情青白交替，红黑鲜明地在脸上挂出对比，而那些围观者为什么那么兴致盎然，原因无他，因为欣心的手，正非常凑巧地搁在冷浩风的胯间，而抓着的那个，正是冷浩风裤裆的……

欣心的脸立马红得如烧起来一般，滚烫滚烫的，想把那犯罪的“魔爪”从冷浩风那敏感地带挪开，可惜竟然不听使唤。欣心明白了个事实，她的手脱臼了……居然有这么巧合的事情，太悲催了。

“哥！”欣心顾不得吃冷浩风的豆腐了，忙朝南宫轩发出求救。丢脸丢的该买豆腐撞死去了，她在众目睽睽之下，竟然……欣心眼见南宫轩也盯着她那“魔爪”，欣心真恨不得晕了，可怜巴巴道：“哥，我手脱臼了，脚受伤了，腰闪了，快点儿帮我呀！”

南宫轩回神，忙上前，神色复杂地将欣心的手，从冷浩风身上挪开，脸色也是青红交错的大窘，温柔地横抱起欣心，对冷浩风道了句：“先行一步！”便急匆匆地离开了那是非之地。

冷浩风从容地从地上爬起，优雅地弹了弹尘灰，面无表情地带着冷意扫了眼那些看戏的观众。那些人便也不好意思再看，都各自忙活去了。

冷浩风对她的无视，莫不是因为这事吧？欣心边回想着，边分析着。

“欣心！想什么呢，那么出神……”吉吉推了推在那陷入回想而羞得满面通红的欣心，“莫不是在想着怎么非礼冷浩风，来个生米煮成熟饭？”

“滚！”欣心喝了口凉茶，没好气地朝吉吉道。

“果然被我说中心事而恼羞成怒了。”吉吉不以为然地哈哈大笑了起来。

“吉吉，你今天是不是想在外面过夜？”欣心斜睨了眼吉吉，冷冷地开口，“或者，你想跟小白去挤一晚上？”

“欣心，我鄙视你！”吉吉急切地哇哇大叫，张牙舞爪地朝着欣心扔暗器（花生壳）偷袭，“你想威胁我睡狗窝？活得不耐烦了！”

欣心忽上忽下地朝着空中乱抓一气，不一会儿摊开手掌中接住的不少花生壳。

欣心接着朝吉吉拖着调高声道：“我哪敢威胁你呀，极品花魁、影子神偷、金牌丫鬟，吉吉大小姐……”

不过欣心话还没说完，吉吉就急切地上前捂住了欣心的嘴，“我的大小姐，你别嚷嚷了，你不知道南宫轩就守在院子里吗？你想我死，还不如拿刀抹我脖子比较快！别这样卑鄙地借刀杀人！”

“你怕南宫轩？”欣心挑了挑眉，轻柔地问。

“我才不怕他呢！”吉吉朝着欣心眨了眨眼，“只是我的身份曝光了的话，就没神秘感了，会少了很多乐趣的好不好？”

“哦，这样啊，那，那个谁呀，前天晚上，三更去丞相府游玩回来，被南宫轩追杀了大半夜，躲在茅房换了衣服才危危险险地躲过被暴打的命运？如果不是我出手，这会儿，你应该在衙门免费食宿，蹲牢房悔思了吧！”

“切！”吉吉不以为然。

“不知道刚才谁狼狈地从我的床底下钻出来，搞得满面灰头土脸哦！”欣心拨了拨指甲，得意地继续揭吉吉的伤疤。

“往事不堪回首啊！”吉吉捶胸，悲凉地仰天长叹，“欣心，南宫轩晚上都不用睡觉吗？南宫大少爷怎么真专职当起咱这非凡小楼的护院了？害得我现在晚上都不敢出门，快憋出病来了！欣心，你快想个办法，把他差遣走吧！”

“早知如此，何必当初呢？”欣心一副幸灾乐祸的样子，“手痒死你！”

吉吉睨了眼欣心，“得意什么？我们亲爱的爱财如命的紫衣老鸨，揭了两张榜单。如果你再不去抓那两个坏蛋，给她赚赏银的话，她说她就不管飘香阁了，请你另请高明！”

“不是吧？”

吉吉满意地瞅着欣心的脸色变了变，又好心地补了句，“你知道的，紫衣一向只认银子不认人！没她管理飘香阁的话，估计得倒了……好多美男啊，银子啊，都会飘飘地飞走……欣心，你损失会多么的惨重，我就不形容了！”

“晚上，你帮我把南宫轩引开，我去抓贼！”欣心说得那叫个有气无力。

第四章　那张惊鸿一瞥的面具

夜色迷离的沉寂，笼罩着金碧辉煌的贵王府，更加突出了府中正厅歌舞升平的奢华景象。只见一排十二位美女组成的乐队正各执不一样的乐器，敲打着，吹着，挥舞着，另外数名衣着鲜丽的舞伎正随着曼妙的乐声，翩翩起舞……

一身黑色劲装衬托出欣心玲珑的身材，面上遮了块黑色纱巾，灵动的星眼，神采奕奕地望着贵王爷府正厅中奢靡的歌舞景象。她可不是吉吉那小贼，来王爷府只会摸宝贝。

欣心来，只因紫衣揭的榜单上，官府通缉好久的头号淫贼——五色大淫虫的师兄五毒子淫贼，便在贵王府做客，化名江郎，身份为游医，帮着那贵王爷治不愈之症。

此时那淫贼正搂着一名衣衫单薄的美女，醉倒在地……银子啊银子，欣心瞅着那淫贼，看的就是堆白花花的银子。

欣心随意地扫了眼那主位上的贵王爷，便是欣心的老熟人“乌龟王爷”。只见中年更加富态的他，腆着肥胖的肚子，衣衫凌乱地半褪着，怀里搂着一名清丽女子，咧着缺了门牙的大嘴，使劲地亲着那美女的脸蛋，另外一只手不安分地在靠在他身上的另一名衣衫半褪的女子酥胸上不断揉捏、抚摩着……

“腐败啊，奢靡啊，淫荡啊！”欣心不由得唾弃了一番。

“腐败？奢靡？淫荡？”一个慵懒、低哑、略带清冷的声音把欣心说的那三个词重复了一遍。

身后突然冒出的声音让欣心吓了一跳，脚底在琉璃瓦上打了个滑，身子非常华丽地往下面直直地倒了下去。一双大手及时地拉住了欣心的脚腕，阻止了欣心下坠的身子。

欣心刚想道声："谢谢！"

那人却丝毫没有想拉欣心的意思，而是任由她这样倒吊在屋檐上。

欣心脑子里的气血倒逆着涌上头，对那人开口问："你是人是鬼？"

"你猜！"那人不答，冷冰冰地反问欣心。

欣心吃力地抬眼，望着那隐身在暗处的影子，大概也是夜行衣的打扮，浑身黑乎乎的，脸上不知道戴着什么玩意儿，竟然隐隐地泛着白光。

欣心的姿势实在不舒服，只好气恼地再次开口，"管你是人是鬼，你到底拉不拉我？"

这人到底是敌是友？不想拉欣心，就干脆放手，欣心最多掉下屋檐，有些狼狈而已，又摔不死；若是想拉，干吗拽着欣心的脚腕不使力？这样把欣心吊着，不是故意折腾人吗！

"你是在求我，还是在命令我？"那人饶有兴趣地挑了挑眉，对欣心受制于人却依然趾高气扬感到不可思议。

"都不是！"欣心话音刚落，手撑着屋檐，借力，用另外一只脚，朝着那黑衣人连环地踢了几下。

那黑衣人没料到欣心会突然袭击，身子略带狼狈地躲过了，手抓着欣心的脚腕拽得更紧了，翻身把欣心不安分的腿给压制住了。

两腿被压制着，上半个身子维持着吊挂姿势荡在屋檐下，欣心有力使不出，实在是有些狼狈。

"你莫非想抱着姐姐的腿，待到天亮？"欣心干脆停止了挣扎，朝着那黑衣人不客气地开口嘲讽。

"有何不可？"那人的声音略带着清冷，但遮掩不住狂妄。

"那你就抱着吧！"欣心懒洋洋地闭起了双眼，嘴里却相反地说，"这样倒吊着赏月还真是别有一般滋味啊！"

"做贼被抓还这样镇定自若？"那黑衣人竟然轻笑了起来，"不怕我就这样把你给扔下去？"

欣心转了转略感僵硬的颈脖，一点也不生疏地朝着那黑衣人说道："首先，我不是贼。其次抓我的阁下才像贼吧！要知道，我们俩都是一样的行头，你扔我下去，大不了我们一起蹲大牢！"眼见那人没接话，欣心又很适时地补了句，"反正，我会拉你做垫背，你要扔，趁早！"

"有趣，有趣！"那人清冷的话音刚落，翻身，手上一使劲，便把欣心给提了起来。

欣心晃了晃脑袋，天哪，被倒吊了半天，血气逆流，一下子又充满整个头，有点儿晕乎乎的，脚步不稳，倒向那黑衣人。

那黑衣人倒是伸手扶住了欣心，在她毫无防备之下，修长的手迅速摘去了欣心脸上的面纱，神情石化……好美的女子！

清冷的月色下，怀中的女子，一张小巧的瓜子脸，精致的五官，肤色晶莹，双颊因气血倒逆而晕红，星眼如波，黑色的劲装，一派江湖儿女的打扮，又为她明艳绝美的容貌增加了几分英气。

欣心面上一凉，惊愣地回神，忙用手捂住脸，灵巧地跃开了几丈，抬眼望着那黑衣人，朝他直接伸出手，"把纱巾还给我！"

那黑衣人一身黑色劲装打扮，脸上还戴着半截精致的银边面具，露出的星眼闪着玩味的戏谑，露出的半个侧脸，俊美得让人移不开眼。他毫不费劲地就将欣心的面纱撕成了碎片，扬手丢开。那些碎片飘然地在夜色中飞舞。

那场景，美的不知道该怎么去形容，虽然有些怪异……

欣心看傻了眼，好帅的男人，那银边面具，给他增加了几分神秘的吸引力，让人忍不住想去揭开，看看他到底帅到何种地步……

那黑衣人微微上扬的嘴角，挂着浅淡的笑容，口气冷淡地道："没想到，这偷鸡摸狗的小贼，竟然还是个美人！"

"我说了，我不是贼！"虽然是美男，但是如果带着冷冷的口气跟你说话，也会心情毛躁的！

"良家女子，半夜会如此打扮，游逛他人府邸？"

“真是贼喊捉贼！”欣心没好气地瞪了眼那黑衣人，“我喜欢在王府屋顶上赏月，不可以吗？”

“姑娘的兴趣，果然特别！”那黑衣人轻笑了起来，“只是，今夜的月亮，似乎不怎么给面子呀！”

“那你呢？”欣心随意地扬了扬眉，无视那黑衣人嘴里的嘲讽。

“我啊？我看姑娘孤身一人赏月，略显寂寞，所以跟你结个伴而已！”那黑衣人面无表情地说道。

“不需要！”

“姑娘，莫非除了赏月，还有其他目的，所以嫌我碍事？”那黑衣人兴致颇浓地开口。

“与你无关！”欣心别过头。

“我还想着，这贵王府的宝贝不算少！姑娘一会儿看上什么东西，需要搬运之类的，我就能出手帮忙了！”那黑衣人银边面具遮掩下的双眼，明亮的熠熠生辉。

“切！”欣心不以为然地冷哼了一下，“贵王府的东西太俗，本姑娘看不上！”

“哦？姑娘看上的不俗之物是？”那黑衣人剑眉微挑，眼光紧随着欣心。只见她明亮的眼睛朝着厅中江郎的身子锁定了起来。

大厅内，那采花贼五毒子似乎酒劲消退了，跌跌撞撞地抱着美人走出了大厅，朝着王府后院厢房走去。

那黑衣人似笑非笑地盯着欣心，嘴里说道：“原来姑娘看上的竟然是那淫贼，真是巧了，这宝贝，我也看上了！”

“是吗？那可真巧了！”欣心不屑地朝着那黑衣人下战帖，“那么就看谁的动作快吧！”千两赏银，若丢了，紫衣不念叨死才怪！

那黑衣人嘴角挂着弯弯的笑意，眼光锁定着欣心，见她使轻功迅速地在他眼前纵身，轻巧地沿着屋檐翻越，毫不费力地避过几个侍卫。

那黑衣人足下一跃，修长的身子利落地翻下屋檐，犹如展翅的飞鸟般帅气而敏捷地朝着欣心身后追了过去……

“你是谁？”当那江郎醉眼蒙眬地望着出现在他眼前的欣心，目光淫邪地扫视着，仙女啊，还是飞下来的……一时色心大起，便忘了防备。也是，在这戒备森严的王府，一般人哪进得来，肯定是王府中的侍妾，或貌美的婢女。半夜出现，想当然是漫漫长夜，寂寞难耐，红杏出墙了……虽然衣着打扮有些怪异，不过倒不失一番情趣嘛！

欣心朝着那淫贼巧然言笑，钩钩手指轻柔地问道：“本姑娘，美吗？”

“美，美，美若天仙！”那淫贼双眼紧盯着欣心，就差口水直流了，搓着双手，恨不得一把抱进怀里，狠狠地蹂躏一番……

欣心抬手便给那淫贼咧着的嘴里塞了颗药，拍了拍手道：“五毒子，识相的话，明天自个去县衙投案，错过了时辰，姑奶奶可没解药救死人了！”

那江郎用手卡着脖子，不断地催吐，双眼闪着不可置信，“你是谁？”

“你别抠了，没用的！千里醉红尘，入口药便生效了！”欣心朝着那狼狈的五毒子轻摇了摇食指，“记得跟官府说，赏银送到飘香阁去！”

“千……千里醉红尘？”那五毒子的惧意醒目地挂在了脸上。

欣心灿烂地朝他笑了笑，“看来，你很了解这药性，那么我便不浪费唇舌解释了！早点儿投案得好，免得一会儿你便想着要自残了！”

“我师弟是你抓的？”那五毒子的面色扭曲，双眼喷出了怒火，朝着欣心攻了上来。

“错！”欣心轻跃了几步，缓缓地说道，“那五色大淫虫不是我抓的，而是他自己求我送他去衙门的，你可千万别冤枉我！”

“死丫头，我先杀了你！”那五毒子明显发起狠来，招式凌厉地朝着欣心攻击了上去，手里不忘记挥动迷烟、暗器。

欣心神色从容地闪躲着五毒子的攻击，顺带接下了暗器，嘴角挂着抹不屑，“我劝你还是省省力气吧，一会儿拿刀往自己身上抹的时候，能大力点儿就最好自杀，免得生不如死！”

瞧着欣心灵动、曼妙的身影，从容地跟那五毒子交手。那黑衣人轻拍了拍手，钦佩地夸赞道：“美人，不但人美，身手也美！”

欣心没好气地斜睨了眼那黑衣人，口气讪讪地道：“现在这个淫贼归我了，你该不会想着螳螂捕蝉，黄雀在后，来个偷袭吧？”

“哈哈哈”，那黑衣人大笑起来，伸手将五毒子隔空点住了穴道，闪身便飘移到了欣心身后，略带冰凉的手抚上了欣心的面容，大方地道：“就当我的见面礼吧，这个宝贝，送你便是！”

“切！”欣心挥手打掉那漂亮的手，略带不服气地道，“别说让不让，你有本事就从姐姐手里光明正大地抢过去呀！”

欣心边说边朝着那黑衣男子扮了个鬼脸，把玩着刚从那五毒子手里接过的暗器。乐极生悲，一失手，便被那菱形的暗器划破了手掌，一股暗黑色的血液流出来，欣心暗叫，有毒，不妙！

那黑衣男子很自然地伸手拉过欣心白嫩的玉手，眼光幽深地瞅了瞅欣心掌心的伤口，俯身便吸了上去，略带冰凉的唇，俯在欣心的手掌，吸出了口黑血，吐掉，又吸……

欣心有些傻眼，毕竟这对她来说，只是个刚认识，还分不清敌友的人。他竟然就这样大方地舍身为她吸毒，实在让她感觉怪异，心头跳跃着不知名的悸动……

等吸出的血液不再泛黑，那黑衣人才面无表情地撕了节衣摆，帮着欣心随意地包扎了一下，性感的唇间飘出一句让欣心吐血的话，“活这么大了，还真没见过这么笨的毛贼！”

欣心怒了，一脚踩上那人的脚，“姐姐不是毛贼！”

“姐姐，姐姐，也不怕把自己叫老？小丫头一个！”那黑衣人冷冷地朝欣心道。

“你如果叫我姐姐，我就不怕被你叫老！”欣心得意地朝着那黑衣人挑了挑眉。那黑衣人连话都不想接。

“要不，你把面具摘了，给我看看你长得有多漂亮，是不是祸水。”欣心戳了戳那黑衣人，非常好奇地说道，当然手不忘记朝着他耳后摘去。

那黑衣人迅速地闪身，躲开了欣心的“魔爪”，半张俊脸散发出森然的冷意，“见过我相貌的只有死人，莫非姑娘很想告别这尘世？”

欣心见他说的认真、严肃，浑身又散发着冰冷的气息，便也打消了好奇心。既然看不到，那就保持距离美吧。

“你叫什么名字？”欣心问道，“总不能‘喂喂’的叫你吧！”

那隐在面具下的俊脸略微僵了僵，抬眼望着那一轮残缺的弯月，清冷地说道：“暗影！”

“真难听！”欣心撇了撇嘴。

暗影嘴角不自在地抽搐了一下，难听？神秘门内，谁敢说他的名字难听？

欣心友好地上前，拥抱了下暗影，轻声在他耳边说：“我便是江湖人称的‘千面妖姬’！”

暗影有些意外，清冷地开口问：“你不是舞影神偷？”

欣心翻了个白眼，撇嘴道：“我说过了，我不是贼！”

舞影神偷是她的金牌丫鬟，吉吉！

听到似乎有脚步声靠近，那暗影顺势一把抄起欣心，托起欣心的腰，快步跃上了屋檐，轻快地沿着屋檐行走。

“放我下来，我自己能跑！”欣心不满意地嘟囔道，被人提货似的夹着跑，滋味实在难受。

暗影顿下脚步，放下欣心，声音波澜不惊地说道：“你认为你有力气跑吗？”

欣心才发现她竟然腿软，站立都成问题，顺手拉住暗影的衣袖，软软地朝着他身上倒去。欣心脑子里反应过来，肯定是五毒子那暗器上的毒，是中了迷烟或软骨散之类的后遗症。

暗影似笑非笑地瞅了眼欣心，伸手扶住欣心，嘴角挂着玩味的笑，“不是要自己跑吗？”

“笑什么笑？”欣心不满地朝着暗影吼道，“女人有善变的权利，有免费苦力奴役，我为什么还要浪费力气自己跑呢？”

那银边面具下俊美的脸，微微不自在地抽搐了一下，嘴角的弯度更加明显上扬，并不接话。他直接伸手圈紧欣心的腰，足尖一点，借力搂抱着欣心再一次轻跃，飞下了高耸的屋檐。

欣心无力地靠着他的胸膛，任他疾驰地掠过一排排屋檐，倾听着他沉稳而有力度的心跳，身上散发着一股淡淡的馨香。欣心心头不由得有些异样泛起来，这个神秘的暗影，到底是什么人呢？

在暮色的遮掩下，两道相携着的身影迅速在街头隐去……

跑了多久？

欣心不知道，只觉得在他怀里的感觉很好，有点儿贪恋这样的拥抱。暗影停下脚步，平稳地将欣心放下地，手却依旧大大咧咧地搁在欣心纤细的蛮腰上。

欣心抬眼望了望四周，惊觉，拐角便是飘香阁，有些意外地指着暗影道：“你……你……”

“我？我怎么了？”暗影不明所以。

“你准备把我丢在这里吗？”欣心不明白，莫非暗影知道她就是飘香阁的幕后老板，所以送她回老巢？

“你不是飘香阁的？那你家在哪里？”暗影随意地问。

“我家……”刚想脱口而出，欣心一个激灵，眼珠转了转。她现在这样的装扮，当然不能说出逍遥侯府了，要不就等于告示天下，她这个端庄的大家闺秀完全是水货。

“嗯？”剑眉略带不悦地扫了眼欣心，不满意她的吞吞吐吐。

“我就是奇怪，你怎么知道我住在飘香阁的！”欣心眨了眨眼，“不耻下问”。

“你刚才不是让那五毒子自首后，赏银送到飘香阁吗……”暗影回了个难道你忘记了的询问表情给欣心。

欣心忙挤出个尴尬的笑讨好道：“是啊，我一想到刚抓了那五毒子，赚了赏银回家就激动！一激动，我就健忘！”

“你在飘香阁是做什么的？”清冷的口气，低沉的声音似乎在压抑着什么。

欣心瞅了瞅暗影，面不改色地回道：“当然是工作啊！”

既然被暗影误会她是飘香阁的人，那么总要想点儿什么话遮掩一下，欣心很努力地装作镇定。

“做什么工作？”这下子暗影的声音更冷了几分。

欣心双手搓了搓手臂，被暗影的冷然之气煞到了，讪讪地开口：“当然是端茶递水，打杂啦！我这人，只能干干粗活……”

“你很美！”他冷冰冰的口气，配着冷冰冰的表情，吐出一句冷得不能再冷的话。

啊？欣心茫然地睁了睁大眼，跟不上暗影的思路。

暗影洁白、修长的手指，绕着欣心散落的发丝，眼睛中闪过复杂的神色，沉默许久后执起欣心白嫩的柔夷说：“你的手很娇嫩，不像做粗活的人。”

欣心顺着暗影的视线望着自己的手，被暗影握在手里，陌生的体温，暖暖地包裹着她略带冰凉的手指，心头的怪异感更加强烈了，“其实……”

“其实，飘香阁还有一位神秘花魁是吧？”欣心的话刚出声，便被暗影截断，“看姑娘的容貌，想必肯定不是打杂之辈！”

欣心咋了咋舌，这暗影，该不会认为她就是那神秘花魁吧？

错有错招，欣心非常不谦虚地将吉吉的神秘花魁给顶了下来，朝暗影俏笑道：“你看我像那神秘花魁吗？多半是别人夸大之词，不值得一提！”

“你果真是那神秘花魁？”虽然冰冷的口气没改善，但紧握着欣心的手却加大了几分力道，可见暗影的迫切之情。

欣心抿嘴浅笑，不否认，也不反驳，“你猜！”

这样的默认之态，看在暗影眼里，便是承认了，松开欣心的手，“来人了！”暗影捧起欣心的脸蛋，冰凉的唇，轻扫了下欣心的额头，道了声，“先行一步！”便很直接地走人了。

第五章　猎男心计狠招齐出

“八百两！”紫衣用白帕子擦了擦手，随意地拨弄了下算盘，然后很干脆地朝着欣心伸出了手，做了个标准至极的要钱招牌动作。

“这么贵？你怎么算的啊？”欣心小心翼翼地问。

“刚才我们飘香阁第一招牌美男神医给你诊治，当然除了看病的银子外，还要额外收一笔美男养眼费。本来八百两，是看在我们姐妹一场的分上，给你打了个贵宾价，五折哦！才收你四百两！莫非你有异议？那行，咱就不打折了，按原价算吧……”

欣心咬咬牙道：“没异议！五折就五折吧，你继续……”

“姐姐给你上药，包扎难道就不需要银子？”

欣心无语地撇过头，这样的包扎还四百两？比强盗打劫还理直气壮。

紫衣斜睨了眼欣心，“别忘了，姐姐的手是用来杀人的！出手毙命，金贵着呢！收你四百两，已经是少得可怜了，我都觉得亏呢！”

“衣衣，你收四百两还觉得亏？不是吧？”欣心不满地瞅了瞅被包得跟个粽子一样的手掌，那些廉价的药草先不说了，这包扎实在是丑。

“对我的算术质疑，伤了我幼小的心灵，再赔一百两安慰费！”紫衣的手指又飞快地朝着那算盘上拨弄了几下。

“衣衣，我是抓那五毒子才受的伤，你给我揭的榜啊，所以这得算工伤。你不给我报销医疗费、营养费就算了，我知道你一毛不拔，但也不能这样黑我呀！”

“既然你说我黑你了，如果我不做实的话岂不是太冤？”紫衣嘴角挂着一抹奸诈的笑，“那么我再重新算一遍好了！”

“美男露面，出诊费八百两；我的包扎费四百两；刚才你质疑我的理财能力，让我伤心了，赔偿一百两；又诬蔑我黑你，赔偿我名誉损失费用一千两；还有你的血弄脏了我的屋子，要请人打扫，打扫了还要清洗、消毒、晾晒什么的好烦琐的程序，算个一千两吧；晚上还要住我的飘香阁，吃吃喝喝的，这伙食费、床位费、保护费……”

欣心听得两眼发直，紫衣果然是前无古人，后无来者，爱财如命呐……

紫衣终于算盘一挥，乐得两眼眯成一条缝，朝着欣心讨好地道：“一共九千四百四十八两，四舍五入后，你就给我九千五百两好了！”

“……九千五百两？”欣心额头的黑线，挂得比蜡笔小新还多，“四舍五入，为什么不是九千四百两？”

欣心的手掌，划破了，暗影早把毒吸掉了；蓝奕辰的诊治，也只是稍微瞄了瞄；紫衣的包扎就不提了，竟然……

“四舍五入，是你舍，我入，所以零头是五百两整。莫非你怀疑我算错了？”紫衣挑了挑眉。

算了，吃亏是福，欣心不准备说什么了，免得紫衣手指重新在算盘上拨弄一遍，那不用说，只会多，而不会少。

欣心在怀里掏啊掏，摸出一沓银票，恭敬地给紫衣递了过去，“这里有八千两，还欠你一千五百两，回头回家了我就差人给你送过来！”

紫衣非常自然地伸手接过银票，两个白嫩的手指轻点了下数目，满意地朝着欣心指了指桌角那边说道：“口说无凭，你去立个字据给我！”

欣心腿一软，差点儿就站立不住了，“紫衣，我真服你了！”

紫衣满脸的不以为然，“明天贵王爷邀请冷浩风去西苑游湖，不知道这个消息，欣心准备花多少银子买呢？”

冷浩风？游湖？落水？美男？豆腐？

欣心脑子的连锁反应非常敏捷，朝紫衣道：“五千两，安排我去接近他。”

“娉婷郡主可是花了两个美貌的婢女，才说动贵王爷邀约冷浩风的。欣心，你是不是吝啬了点儿？要知道，这第一美男的身价，在我这飘香阁，可是红火着呢！”

紫衣撩拨了下小指甲，打了个哈欠道：“哦，忘了告诉你，那娉婷郡主对冷浩风可是上心的紧呐，明天若是擦出火花了，该有多少妙龄姑娘哭碎了心，欣心你也不例外吧！”

“去你的！”欣心没好气地瞪了眼紫衣，随手在那欠条上写下了三万两，然后朝着紫衣扬了扬手，“够吗？”

“早说吗，我就不用为你担心了！”

紫衣非常速度地接过欣心打的欠条，眉开眼笑，“我安排画舫失火，到时候，你想办法去救那美男。我会安排个僻静的环境，让你有足够多的时间去吃美男的豆腐。当然，有本事的话你霸王硬上弓也行！”

“不过事成之后，你要记得给我封口费哦！”紫衣拨弄着算盘，笑得那叫个欢快。

欣心有气无力地瞅了眼紫衣，“衣衣，迟早你会死在钱堆里，财奴！”

“能数钱数到手抽筋，躺在钱堆里，我觉得很幸福！哪怕死了，我都会笑出声来！”

紫衣不认同地耸了耸肩，风轻云淡地浅笑了起来。“倒是你，明天可不要再弄巧成拙了！你在冷浩风面前，已经全然没形象可言了！失败哪，失败！”

欣心非常自信地点头，“你只要安排好，我有机会接近冷浩风便成了，其他事，顺其自然吧！”

“今天天气好晴朗，处处好风光，好风光。蝴蝶儿忙呀，蜜蜂儿忙……”

“欣心，我拜托你，别再鬼哭狼嚎了，成不？我都被你号得尿急了！”吉吉头痛地捏了捏双眉，无语地瞅了瞅这“晴朗”的天气，心里不住的恶心、翻胃。乌云密布，黑压压地笼罩着大地；湖面上狂风浪打，欣心跟吉吉的小舟，在那翻滚的波浪里，摇摇欲坠……

欣心的声音微微颤颤，“我……我怎么知道今天变天啊！”

一个耀眼的闪电瞬时在欣心的眼前闪过，她一急，腿软地摔倒在了船头，欲哭无泪！

“欣心，你会不会游泳啊？”吉吉紧拽着小舟的边沿，指尖因用足力而微微泛白。

“会啊！”欣心怕冷场似的又补了句，“狗爬式！”

“欣心，你点真背！”吉吉愤愤不平。

早上看天气还是挺明朗的，游湖？吉吉怕水好不好？迫于欣心的淫威，两个人偷偷摸摸地从非凡小楼的天窗里爬出来，又找老船夫租了条破破烂烂的小船，便兴致高昂地准备跟美男来场巧遇。谁知道，这天说变就变了，没一会儿，便乌云遍布，电闪雷鸣，下起了暴雨。

两个如花似玉的漂亮姑娘，淋成了落汤鸡不说，情急之下，还把划船的桨给弄丢了。现在两人用两双芊芊玉手，在那划啊划的。现在湖面上灰蒙蒙一片，小舟又没办法划回岸边，冷浩风的影子也没瞅见，一浪比一浪强劲地打在那狭小的船身，让人心底不得不恐慌什么时候会翻船。

一个大浪迎头朝船头扫来，欣心迎面被扫到，本来就被暴风雨中弄得浑身湿漉漉的，头发凌乱不堪，现在更加落魄了。她“噗”地吐了好几口水，苦着脸，望着无边无际的湖面，心里拔凉。

“欣心，救命啊！船漏水了。”吉吉失声尖叫，手忙脚乱地捂那破损的洞，水“哗啦啦”地进来。

欣心终于知道什么叫作祸不单行了！

“欣心，上辈子，我对不起你，吓死了你。这辈子，你把我吓死了，我们扯平了啊！”吉吉开始交代遗言。

“滚，我才不要死呢！”欣心不甘心地四处观望，实在不行，把这小船劈了，抱着木头，总不至于毙命。拖延时间等待救援吧。

“欣心，你如果活着，要记得每月初一、十五都得给我上清香，上贡品呐！”

“闭嘴！”欣心没好气地朝吉吉吼。

“我不说，以后死了就没机会说了啊！”

“我们把这船给劈了！”欣心放开吉吉，掌心开始凝聚功力。

“劈了干吗？”吉吉没明白，不过瞧着欣心的动作，忙一把抱住欣心，悲惨地哭诉，“我不要，不要泡在水里变浮尸，太难看了！”

被吉吉死命地抱着，欣心一时无法动弹，只能放弃。她叹了口气，朝远处瞥了一眼，忙惊喜地推了推吉吉：“有救了！吉吉，快放开我！”

一艘华丽的画舫缓缓地在雾蒙蒙的灰暗中，朝欣心她们的小舟驶进。欣心眼尖地发现，那画舫尾艄，站着的那抹淡白色身影，正是冷浩风。

冷浩风微微地眯起了桃花眼，在那雾中，似乎看到了一艘摇摇欲坠的小舟，两个紧拥着的女子……莫不是准备寻死的？不管怎么说，先救下来再说吧！待冷浩风看着救上来的两个狼狈的女子，是欣心及她身边的丫鬟时，顿时眼前一片乌鸦飞过。别问为什么，直觉！再加上经历，他冷浩风每次遇到欣心，总没好事！

欣心浑身湿漉漉的，蓬头污面，白衣成了脏乱且色彩斑斓的抹布，额头上还有污渍……她朝着冷浩风扭了几步小碎步，对着冷浩风，刚想道谢，出口的却是克制不住的“阿嚏”！

被喷嚏扫到的冷浩风嫌弃地皱了皱眉，神情清冷又不着痕迹地退开了几步，跟欣心保持安全距离。

欣心捂住鼻子，用力地吸了口气，清了清嗓子，朝冷浩风感激地说：“浩风哥哥，谢谢你救了我！大恩大德，欣心无以为报，唯有……”下面的浅台词便是，以身相许！

“不用客气！”冷浩风飞快地打断，冷眼瞅着欣心边说边往他身边挪，不着痕迹地往后退了几步。

吉吉朝欣心打眼色：欣心，好机会，快点儿，装出虚弱的样子，把冷浩风扑倒。

欣心撇了撇嘴，回了个无奈的眼神：我也想啊，可是，没见他躲得那么快啊。我贸然扑上去，肯定会跟这大地拥抱，前车之鉴啊……

吉吉撇了撇嘴，再一次给欣心使眼色：后面就是船艄，你把冷浩风逼过去，随意倒靠上去，靠不住，就抱那木头吧，好歹也不丢面子。

“浩风哥哥，人家好怕！”欣心边努力地挤出两颗泪，边顺势往冷浩风身上扑过去。

结果欣心摆了一个自认妖娆的姿势，也就是芙蓉姐姐的成名姿势——S线条，结果只抓着船沿的木头，在心里恨得牙痒痒的。该死的冷浩风，竟然躲那么快，要不是她早看好了位置，这次肯定又丢脸了。

吉吉忍不住对欣心比画了个大拇指，高啊！这么有难度的动作，可惜效果不好。欣心这妖娆的姿势，若抱着的是冷浩风那美男，才绝对经典。

冷浩风轻巧地闪身又远离了欣心几丈，警惕地看着欣心，清冷地开口：“你先去把衣服换了吧！”

“浩风，你不是出来透透气吗，怎么听说你救了两个女子上来？”一声娇媚温柔的声音传来，随即一个身穿粉红色宫装的女子便掀开帘子走了出来。

欣心戒备地瞅了瞅那女子，脸上涂了厚厚的一层脂粉，两根细长的眉毛修得跟线一样，加上脸颊两边都是红彤彤的腮红，以及那招牌式的血盆大口。不用说了，这位就是当朝刁蛮难缠的娉婷郡主！

娉婷郡主捏了捏鼻子，有些嫌恶地朝欣心竖着兰花指，大声道：“这丫头好脏！浩风，你竟然让她上船？”

冷浩风连解释都懒得解释，冷着脸对吉吉说：“厢房有换洗的衣物，你们先把衣服换了！”

娉婷郡主眼见被无视，忙扭着腰，风姿绰约地朝冷浩风走近了几步，讨好地朝冷浩风问：“浩风，莫非你认识这个丫头？她是谁啊？”

欣心恼怒地牙痒痒，那娉婷郡主靠近冷浩风，他竟然不躲、不闪、不退！就她靠近，他躲得跟什么似的，可恶！

冷浩风冷冷地指了指欣心，对娉婷郡主解释，“她是逍遥侯府的千金，南宫欣心！”

“南宫欣心？”那娉婷郡主的双眼瞪得大大的，怀疑地上下扫视着狼狈至极的欣心，怎么跟传闻中的不一样，“浩风，你确定吗？”

冷浩风斜睨了眼欣心，挂着冷脸，不发一语。

娉婷郡主毫不避讳地上上下下又扫视了一下欣心，最后来了句：“传闻果然都是假的，流言果然害人！”

欣心也不屑地扫了眼娉婷郡主，浩风？浩风？叫的可真亲热啊！

吉吉上前扶着欣心，对冷浩风礼貌地福了福身子，“我这就带着小姐去换衣服！”

欣心心不甘情不愿地朝冷浩风射去了电力十足的一眼，扭着优雅的小碎步，在吉吉的搀扶下，走过娉婷郡主身边。欣心不经意地挥手，点了那娉婷郡主的笑穴。

“呵呵呵……”娉婷郡主的笑声，便非常适时、怪异地响了起来。

“小姐，小心哪！”吉吉惊呼的当口，欣心脚底打滑了一下，朝后面倒了下去。

冷浩风有点儿傻眼。明明欣心滑倒时，他还在三丈之外的安全距离。为什么会被吉吉那丫鬟顺手一扯，欣心就直直地朝后面倒来，于是他非常无语地瞅了眼倒在他胸口上的欣心……这扶也不是，不扶也不是！

欣心揉了揉痛麻的手臂，朝吉吉狠狠地射了记冷眼：死丫头，你安排的角度不对，倒是倒在冷浩风身上了，可是手肘处在旁边的船杆上用力地撞着了。巨大的冲力下，这手臂无力地垂着，肯定是脱臼了。

“你没事吧？”冷浩风毫不犹豫地把欣心从他怀里推了出去，随口冷冷地问。

“没事！”欣心勉强挤了个笑，朝冷浩风又无力地靠过去。

冷浩风快一步地扶着欣心让她靠着那船杆站立好，然后迅速地挪开几步，朝吉吉催促道：“还不快扶你们小姐进去休息！”

吉吉装作惧怕的样子，问道：“小姐，你没事吧？吉吉不是故意的。”

欣心愤恨地磨了磨牙，转脸对吉吉眨了眨眼道：“吉吉，快扶我进去！我好痛，好害怕呀！”

吉吉挑了挑眉，欣心，换个角度，再推你到冷浩风身上，你要记得正面扑倒他，若能亲到就更好了。

欣心思索了一下，眨了眨眼，最多一会儿多转个圈，正面倒向冷浩风，不是难事！

吉吉胆战心惊地朝欣心身边挪过去，伸手便要扶着欣心。一个闪电适时地劈了过来，吉吉“啊”的一声惨呼，因为害怕而失手，便把欣心给甩了出去。

欣心很适时地朝那人肉垫子正面飞扑过去，心中暗自窃喜，天时，地利，人和呐！

吉吉抓狂地闭上了眼，一会儿欣心可千万不要因为怒火而把她给丢进湖里喂鱼啊。

这软绵绵的触感不对，欣心的手在“冷浩风”胸前划了两下。男人也会有这样伟岸的胸肌？不管了，先亲了再说，欣心敏锐地感觉到“冷浩风”呼出的热气，喷洒到她的脸上，于是很干脆地嘟着嘴，朝那出气的方位，亲了下去。

欣心缓缓地睁开了眼，期待着冷浩风含情脉脉地望向她，一吻定情。

结果，现实总是残酷的，欣心惊天动地地叫起来。老天爷啊，你打个雷，劈死我吧！

“啊！啊哈哈哈哈哈……”更加凄惨的惊叫声划破欣心的耳朵。

欣心看着娉婷郡主那血盆大口，脚底无力地撑着一只脱臼的手臂，快速地靠着船沿呕吐了起来。跟个女人亲亲就算了，还是这么一个血盆大口……

那娉婷郡主也被欣心的狼吻给吓傻了，仰躺着，不说话。她被点穴了，只能哈哈大笑。

冷浩风看着欣心嘴上那红火的唇印，面无表情的脸上，竟然微微地抽搐着，身子也微微地颤动着，笑忍得很辛苦。

欣心吐的无力了，靠着船沿狼狈地喘着气，这会儿不是装的，而是真的没力气折腾了。

吉吉护主心切地奔过去，不小心踩到了那“躺尸”的娉婷郡主，人踉跄地朝冷浩风那位置倒了过去。冷浩风侧身想闪开，结果吉吉提前一步移位，绊了下冷浩风的脚，再顺势利用冲撞力道，直接把冷浩风撞到了欣心的身上。

欣心防不及半个身子被冷浩风撞出了船，倒吊在船沿，那叫个惊险！

冷浩风一手拉住欣心的脚腕，阻止了欣心下坠的身子，另外一手抓着船杆，异常辛苦。若是平常，欣心灵巧地借力便能起身了，这会儿是优雅的大家闺秀，不能用功夫，只能靠着冷浩风英雄救美。

“浩风哥哥，欣心好怕！”欣心努力地装出娇弱的神色。

冷浩风不动声色地拉着欣心，缓缓地提了提，也不敢大力。

欣心的身子尽量往下沉了沉，给冷浩风的营救增加了一定的难度。

吉吉忙装出可怜的模样朝冷浩风道歉：“对不起啊！我……我不是故意的！”

冷浩风扫了眼吉吉，浑身散发出来的寒意，让吉吉心头发毛。

“小姐，你……你没事吧？”吉吉朝欣心关切地问。

“有啊，当然有事，我不会游泳啊，好怕！”欣心更加卖力，夸张地开口，急中生智，准备拖冷浩风下水。

吉吉领会了欣心的意思，出声安抚欣心，“小姐，你别怕，冷公子拉着你呢，我们一定会想办法把你救上来的！你支持住呀，千万别往下掉了……”

吉吉的话一说完，冷浩风的脸色又冷上了几分，朝吉吉跟欣心疑惑地扫视了一番，心头的警觉不断升起，莫不是这丫头又准备搞鬼？

吉吉没明白冷浩风的眼色及想法，只是感觉有些不安！一不做，二不休，她护主心切地朝欣心走了过去，伸出了她的手，“小姐，我拉你上来！”

欣心无力地垂着脱臼的手臂，不受控制，没办法伸给吉吉，欲哭无泪地朝吉吉道：“手脱臼了。”

吉吉干脆拉过欣心另外一只脚，努力地把欣心往上面拖。

冷浩风见状，也加大了力度拖着欣心，甚至松开了抓着船杆的手。

吉吉见状，计上心头，在欣心身子挪上几分，拉着冷浩风手的时候，终于体力不支而很不小心地把欣心的脚从手里滑掉了，加大了点儿力度，把欣心推了下去。

“扑通！”物体落水的声音，溅起了一阵水花。照常理分析，这会儿欣心跟冷浩风会在这湖里，来个亲密的鸳鸯浴吧！等两个人抱着多泡会儿，吉吉再叫人救他们上来，多么完美的邂逅。

可是，事实上冷浩风也松手了。他竟然松手了？他面无表情地冷着脸瞅着吉吉，似乎，也是故意的。

吉吉挫败地捂住了脸，傻眼地望着在湖面扑腾，挣扎的欣心："小姐啊，我对不起你！"

冷浩风冷着脸，看着欣心似乎真的不会泅水，胡乱地在湖面上扑腾，又扫了眼哭天喊地的吉吉。

"救命啊！救……命……"欣心无力地挥舞着一只手臂，不断地呛水，身子渐渐地撑不住那水势，开始慢慢地沉了下去。

"扑通"一声，激起水花无限，冷浩风纵身跳了下去。

吉吉从指尖露着眼睛，嘴角挂着奸计得逞的笑容，看着冷浩风下水，拖住了下沉的欣心。欣心啊，虽然你吃了些苦头，但冷浩风的豆腐你也吃到了！

欣心拼命地在水里挣扎着，本来狗爬式能够保命，无奈现在一个手臂脱臼，完全使不上力，便只能任由那些水不断地呛入鼻孔、口腔，慢慢地意识昏沉，开始陷入昏迷的状态。

冷浩风拖着昏迷的欣心，爬上了船，拍了拍欣心的脸庞，"欣心，你怎么样？"

欣心苍白着脸，昏迷着，一动不动，嘴唇也泛着溺水后濒临死亡的惨白。

冷浩风面无表情的脸上也有点儿急切，人命关天哪！也顾不得合不合理，忙解开了欣心的衣衫，手放在欣心的胸口，开始摁压着帮欣心吐水。

吉吉很体贴地朝画舫的包厢间寻去，准备给欣心寻套衣服，当然主要是把两个人时光留给欣心跟冷浩风。

"少……爷……"吉吉惧怕地后退了几步，摸着被撞疼的额头，结结巴巴地开口。

南宫轩温和的双眼淡扫了眼浑身狼狈的吉吉，嘴角那抹和煦的笑容隐去，急切地抓住她的手臂，口气有些凶恶地问："欣心呢？"

"小姐，她……"吉吉第一次见到南宫轩有这样凌厉的眼神，吓得不敢说话。

"欣心呢？"南宫轩再一次带着怒意问。

吉吉指了指外面，还未开口，南宫轩便一阵疾风似的冲了出去，吉吉差点儿就被台风扫到尾而站立不住。眼见南宫轩消失在眼前，吉吉心头却嘀咕起来：南宫轩啊，你若打扰了欣心猎美男的大计，肯定会被欣心整得惨不忍睹的。

“噗！”欣心直接朝冷浩风的俊脸上喷了口水出来。

冷浩风不悦地拧眉，用手抹了把脸，又继续在欣心的胸口处按压，目不斜视地努力忽视着欣心白皙的胸前大片的春光，手上传来的柔软触感让他略带不安地脸红了，那耀眼的殷红色守宫砂……别人的守宫砂都是点在手臂上，这欣心果然另类。

“噗！”这次招呼到冷浩风漂亮脸蛋的除了欣心吐出的水，还有喷出的一条小鱼。

冷浩风面无表情地抹去脸上的污水，眼神有些复杂地瞅了眼欣心，冷着脸，摁压着欣心的胸口，继续帮她排水。

“咳咳咳……”再一次吐了口水，欣心才缓过来，抬眼望着冷浩风，有气无力地道了声，“谢谢！”

南宫轩抬眼便瞅见冷浩风压在欣心的身上，手还搁在欣心的胸口上，勃然大怒，忙快步走了过去，一把从冷浩风手里抢过欣心，皱着眉，仔细地检查了一下欣心的周身。除了脸色有些苍白，衣服湿淋淋地贴在身上，似乎没什么不妥。南宫轩伸手自然地帮欣心把解开的衣衫轻轻地拉好，遮住胸口的一片春光，忍着怒意问：“欣心，还有哪里不舒服？”

欣心看着南宫轩那表情，就知道她现在的形象肯定狼狈至极，无力地摇了摇头，嘴里有些忍不住牙齿发抖，含混不清地说了句：“好冷！”

冷浩风默不作声地看着欣心和南宫轩，眼睛中闪逝一抹意味，接着便又是波澜不惊。

南宫轩抱着欣心回了船舱，吉吉已把热水跟衣服都准备好了，甚至还有驱寒的姜汤。

泡了半天的热水澡，欣心才缓过神。在吉吉敲了门的情况下，欣心才阴着脸，开了门。现在生命是安全了，但问题是怎么跟南宫轩解释。

本来该好好待在家看书的她，为什么会跟吉吉游湖？游湖为什么不用自家的大船而去租条破损的小舟？小舟毁了，被救上了这艘画舫，为什么还会失足落水？这些问题堆积起来，恐怕比十万个为什么还要让人难回答！

当欣心顶着满是脂粉的白脸，夸张的腮红，以及比娉婷郡主更为夸张的血盆大口，粗眉，带着红痣的妆面，出现在画舫的正厅时，南宫轩皱了皱眉。

冷浩风抿了抿嘴。

娉婷郡主夸张地尖叫了起来："鬼啊！"

欣心不满地瞥了眼娉婷郡主，谁才是鬼啊？这妆容还不是跟你学的？少见多怪！

吴贵王爷现在的尊容这么难看，欣心若倾国倾城地出来，他要是想起小时候被欣心敲掉门牙的事，那她还不得吃不了兜着走。

那贵王爷色眯眯地扫视了眼欣心，又把眼直直地盯着吉吉，口水"哗啦啦"地直流。

南宫轩无奈地摇了摇头，起身上前拉住欣心，叹息道："你啊！淘气！"

欣心深呼了口气，任由南宫轩搀扶着，扭着优雅的小碎步，朝贵王爷礼貌地福了福身子，道了个安。

那贵王爷对欣心不以为意，目光一刻都不舍得从吉吉身上撤回来。

欣心轻咳了几下，那贵王爷才咧着没门牙的嘴对欣心招呼道："南宫小姐啊，久违，久违！坐吧，别客气！"

欣心端庄得体地在南宫轩身边坐下，吉吉体贴地上前帮欣心捏了捏身子，小声地对欣心唇语："今天晚上，我一定把王府的值钱宝贝全部摸光。"

欣心朝吉吉附耳，"最好把他的衣物全偷了，让他裸奔。"

南宫轩端着茶杯，饶有兴味地看着欣心跟吉吉不动声色地挤眉弄眼的对话，虽然不知道她们在说什么，但感觉挺有意思的。

"南宫老弟，这欣心身边的丫鬟叫什么名字？长得可真水灵呐！"

南宫轩温和地看了眼不动声色的欣心，礼貌地对那王爷回话："她叫吉吉！跟我们家欣心情同姐妹！"

"如此端庄、贤惠的姑娘，不知道许人了没？"

“咳咳咳”，欣心喝的茶水，直接朝旁边的人面上喷去。

冷浩风面色冷然地用袖子擦了擦被欣心喷了满面茶水。

欣心窘得满脸通红，忙讨好地掏出帕子，为冷浩风擦脸，“对不起啊，浩风哥哥！”

冷浩风面无表情地推开了欣心殷勤的小手，目光肃然，“没事！”

“哎呀，浩风！”那娉婷郡主忙从对面扭着腰，挥着帕子，急急地朝着冷浩风奔过来。

欣心趁人忽视的当口，小脚优雅地往前一伸。那娉婷郡主被绊了一下，直直地朝着桌角磕去。欣心非常好心地伸手拉了一把，又因为手滑，那娉婷郡主非常狼狈地摔倒在了桌子底下。欣心又顺势在她的屁股后面悄悄地踹了一下，娉婷郡主便跟个球似的往里面滚了两下。

南宫轩无奈地轻摇了下头，这娉婷郡主是出了名的刁蛮难缠，欣心得罪了她，还不是自找麻烦？南宫轩只好认命地再一次为欣心善后，优雅地朝娉婷郡主伸手，温柔地将她扶了起来，朝她露出个日月失色的俊美笑容问：“郡主，你没摔着吧？”

那娉婷郡主甩了甩有些散乱的发丝，望着南宫轩，双眼冒着桃花，“谢谢南宫公子！”

南宫轩尴尬地笑了笑，“郡主没事的话，我扶你坐下吧！”

“南宫公子，你唤我娉婷郡主即可，别郡主郡主地叫，多生疏啊！”娉婷郡主被南宫轩和煦的笑容迷住，忘了初衷是想给冷浩风擦脸。

南宫轩硬着头皮，不自在地喊了声：“娉婷郡主。”

娉婷郡主高兴地直点头，“以后我也直接叫你轩轩，好不好？”

轩轩？呃！恶死了！

欣心已经够花痴了，没想到这娉婷郡主更是山外有山，楼外有楼啊。明明垂涎冷浩风，转眼又对南宫轩移情别恋了。

经过这么一打岔，本以为那贵王爷不会再缠着吉吉了。欣心再次仪态万千地捧着茶杯，轻饮了一口，眼睛的余光不断扫视着面无表情的冷浩风。

冷浩风的双眼随意地流连在手中的茶杯上。

欣心气结，冷浩风，你那破杯子，有姐姐好看吗！

南宫轩抿茶遮掩了下尴尬。

这时，贵王爷摸了摸山羊须朝欣心直接开口要人：“我看这丫鬟不错，南宫小姐要不割爱让给我吧！”

这王爷开口要人，回绝了是不是不好？欣心眼珠子转了转，有些为难。

吉吉瞪着漂亮的星眼，朝欣心不满地撇了撇嘴，潜台词：欣心，快点回绝，不然我跟你绝交！

欣心端着茶杯，装作思考的模样，“这个嘛……”

吉吉恶狠狠地朝欣心再射了一个白眼：欣心，够了，你再玩，我不和你好了！

欣心不怕死地继续喝了口茶，腰间被冷不防地点住了笑穴，“呵呵呵”一阵清脆的笑声，突兀地响了起来。

欣心无语，死丫头，玩阴的，在南宫轩面前都敢点我穴，被他看出什么，我让你吃不了兜着走。

南宫轩莫名其妙地望着狂笑的欣心。

欣心优雅地放下茶杯，止住了笑，缓缓地对那贵王爷说：“不是欣心不割爱，而是欣心不能害了王爷你呀！”

那贵王爷挑了挑眉，“此话怎讲？”

“吉吉的命言是，命犯七煞，生必六克，在家克父母、兄弟、姐妹，出门克朋友，嫁人了克公婆、相公。”

“无稽之谈。”那吴贵挥了挥手，少了门牙的嘴，漏着风打断欣心。

“吉吉确实克过了不少人！”吉吉也顺时地接话，“王爷，吉吉可不想无意之间害了您！”

“本王不信！”

“本来欣心也不信的！”欣心用帕子抿了抿嘴，清了清嗓子道，“不过，似乎真有这么回事！之前那些琐碎的事先不提了，就刚才欣心便差点儿小命不保呢！”

“这……”欣心遭难落水，是才发生的事，让他不得不产生疑惑，这么漂亮的姑娘，真的会克他吗？

南宫轩若有所思地看着欣心，又看了看吉吉，疑惑地扫视着两人。

“王爷，欣心这不没事吗！”娉婷郡主开口了。

那贵王爷点头道：“吉吉既然跟在欣心身边这么多年，欣心都没事，只是偶然发生点儿小意外，也不妨当作调节生活趣味吧。”

“王爷，那您就想错了！欣心之所以没事，是因为欣心命中带煞，正好跟吉吉相克！”欣心的话刚说完，南宫轩忍不住被茶水呛住了，猛咳了几声。

“吉吉，王爷既然不相信，那么你挑个人去亲近下，看看会不会被克到。”欣心含蓄地朝吉吉挑了挑眉。

吉吉忙装出低眉垂眼的恭敬样，开口说：“奴婢只是个丫鬟，不敢挑各位贵人做实验，要不你们自己主动给吉吉做下实验好吗？”

娉婷郡主当然不会跳出来做实验，那王爷也不会随意冒险，南宫轩跟欣心，带作弊的嫌疑，当然也不能做实验。于是吉吉把目光直勾勾地盯着那面无表情的冷浩风。

“咳！”欣心不爽地轻咳了一下，提醒着吉吉，宣告冷浩风是她的猎物。

吉吉不以为然地撇了撇嘴，“其实吉吉还有一个外号叫乌鸦嘴，我说什么一般好的不灵坏的灵！吉吉是个粗鄙的丫鬟，万一去了王府，口无遮拦，闯祸了那就不好了！”

见众人不相信，欣心忍着笑对吉吉说：“那么吉吉，你说个试试看，免得王爷以为欣心小气，连个丫鬟都不愿意割爱！”

“我可不能说各位的坏话，免得安上诅咒你们的罪状！可是眼前在这画舫上，湖中央，说什么好呢？要不，我就说，这画舫一会儿失火怎么样？”

“哈哈哈”，那吴贵大笑了起来，“吉吉啊，本王告诉你，这画舫不可能失火。本王活这么大，还没听说过，在湖中央，没有火折、外敌纵火的情况下，画舫会烧起来的。”

欣心嘴角挂了抹淡定的笑容，朝吴贵王爷说：“就是没听过，吉吉如此一说，如果这画舫真失火了，那不正验了吉吉乌鸦嘴之说？”

那吴贵点头称是，眼睛大大咧咧地朝吉吉淫邪地扫视着：“南宫小姐，若这丫鬟不灵验的话，我可要带走了啊！”

强盗！欣心在心底唾弃，脸上却挂着笑意，“王爷，如此看得上吉吉这丫鬟，实在是她的福气！”

吉吉心里道：绝对是你不长眼！

“不过，王爷，万一吉吉说的真灵验了，欣心可得提醒一下，若把吉吉带去王府，她口无遮拦说些不好的话，如王府失窃啦，宝贝没啦，得罪人啦……那王爷可不能怪我！”

吴贵王爷满脸的不以为然。

南宫轩玩味地看着满脸淡定喝茶的欣心，又望了望信心十足的吉吉。实在不明白，她们的淡定来自何处。他回家那么久，压根没听过吉吉克人的传言，更别说他那端庄得体的宝贝妹妹还命中带煞。

冷浩风淡扫了眼淡定的欣心以及那吉吉，心底警觉，她们两个的淡定来自，动手脚？

“王爷，不，不好了！”一个丫鬟急匆匆地奔进来。

“什么事，大呼小叫的，成何体统？”吴贵王爷脸色带着怒意地喝道。

“画舫，着火了……”

这下子南宫轩、冷浩风的视线，不约而同地扫着欣心。她面不改色捏了块糕点，漫不经心地吃着。切，她花了三万两银子的结果，意料之中。

吴贵王爷跟娉婷郡主不可思议地瞅着吉吉，甚至还有点儿惧怕。

“先去看看火势吧！”冷浩风拂了下衣袖，跟随着那丫鬟而去。

“妹妹，你别乱跑，等着哥哥！”南宫轩抬脚也跟了上去。不一会儿画舫内，就只剩下胸有成竹的欣心，看戏的吉吉，以及惧怕得瑟瑟发抖的娉婷郡主。

不一会儿火就灭了，冷浩风、南宫轩和贵王爷都回到了画舫，依次落座。

“哥哥，怎么回事？”欣心装作害怕地攀着南宫轩的衣袖问。

“只是烧着了一根船杆，不碍事，现在没事了！”南宫轩避重就轻地安慰着欣心，免得她害怕。

“不是没火折子？也没外敌纵火，画舫怎么会起火呢？”欣心闪着好奇的神色，朝南宫轩问，不过话是说给众人听的。

南宫轩知道欣心舍不得吉吉那丫鬟，便也纵容地开口说：“吉吉的乌鸦嘴给诅咒的！”

王爷的脸色明显地灰白了下来。

冷浩风微微抿了抿嘴，有些不苟同，但还是冷着性子，懒得开口。

欣心扭了扭小蛮腰，跺了跺脚，刚要站起身子，不小心钩到了椅子，人直直地朝冷浩风那方位摔了过去。

冷浩风忙站立起来，伸手刚想去扶。吉吉在他身后拎着的茶壶被撞倒了，于是，欣心再一次准确地把冷浩风扑倒在地，头上非常不幸地被茶水浇了满脸……还好这水不是很烫的。

“小姐，对不起啊！”吉吉忙上前搀扶起欣心，“小姐，最近我克你的次数好像越来越多了！”

欣心抹了抹满脸的茶水，朝那王爷挂着笑脸问：“王爷，不知道你还想不想带吉吉走了？”

吉吉脸上挂着璀璨的笑容，得意地看着那吴贵王爷突然大变的神色，不怕死地补了句：“我这粗鄙的人，一紧张，就喜欢诅咒人，早死早投胎，恶毒点儿的时候就是诅咒，死了下地狱……”

吴贵王爷非常不客气地打断，“南宫小姐，这丫鬟，还是你自己留着吧！”

回府后，欣心为了躲避南宫轩的十万个为什么，早早地便上床休息了。半夜的时候，她被惊醒，欣心蒙眬地揉了揉眼，吓得倒退了几步，窝缩到了床脚，手指颤抖地指着紫衣问：“衣衣，你干吗？难道有人花钱雇你买我性命？”

任谁半夜醒来，发现床头站着个浑身白衣，披头散发的女子，都会被吓得魂不附体，这是谁家女鬼索命？好在欣心虽然好色，但不做伤天害理之事，冷静一看，竟然是紫衣。这杀手不是索命，是催命，虽然欣心跟她关系贼铁，但是铁不过她爱的银子。

“欣心，你今天带吉吉出去游湖了！”紫衣面无表情地将手里的烛台随意地搁在欣心的床上。

这很容易失火的，棉被烧起来就完了！欣心有意见也不敢说，讪讪地笑了笑：“是啊，淋雨了，所以吉吉正在发烧。”

紫衣挑拨了下烛火，继续沉着脸说：“难道，你不知道明天花魁比赛的重要性吗？竟然让吉吉生病！”

吉吉生病能怪她吗？欣心心中那个冤哪，简直比窦娥还悲上几分。淋雨的是她，掉湖的也是她，结果她这位金贵的小姐没事，那吉吉丫鬟却躺在床上哼哼唧唧地发烧、昏迷了起来。

“花魁比赛？”欣心茫然地摇了摇头，“没听吉吉说过，也没听你说过啊！”听都没听过，怎么知道是不是重要啊！

“现在你听到了！”紫衣靠着床沿，大大咧咧地坐了下来。

“什么比赛啊？”欣心这幕后老板做得也够失败的，竟然连自家开展啥活动都不知道。

“一百两！”紫衣伸手要钱，消息费。

这什么世道？欣心傻眼了，不是老板剥削员工吗？为什么欣心这老板随时随地都被紫衣敲诈勒索，而且见鬼的是，被打劫了还得赔笑脸！

欣心把荷包递过去，紫衣拿捏了下重量，满意地点点头，说道：“咱们飘香阁，神秘花魁是吉吉，但是还有棵摇钱树无双。无双跟吉吉不对盘，下了个战帖给吉吉，吉吉接了。我这管理者嘛，当然喜欢白花花的银子，于是干脆声势浩大地给她们两个办了一场花魁比赛，争个花魁之王的名号！”

紫衣的算盘打得精，不论吉吉还是无双是花魁之王，横竖都是飘香阁的花魁。银子嘛，当然是收进紫衣的兜里。

“有点儿噱头，想必会很热闹吧！”欣心想着明天女扮男装可以去玩玩。

“也不看看是谁在操作！”紫衣朝着欣心投了不屑的一瞥，“你凑热闹可以，记得银子多带些。”

欣心的脸僵硬了起来，紫衣是她肚子里的蛔虫吗？还有，老板视察自己的产业，也得带银子消费吗？

“欣心，这热闹你还非凑不可！”紫衣好心地帮欣心拉了拉被子，笑得特别温柔可人。

欣心戒备，紫衣这表情通常都是算计她的征兆。

“我可邀请了都城四大美男做镇当评委！”紫衣得意地扬着脸，对欣心献宝，“欣心，四大美男哦！”

“四大美男？”欣心的眼睛闪了闪，除了哥哥南宫轩和冷浩风并列第一外，还有两个美男，分别为东方旭、凌风。

“四个人，你都请到了？”

紫衣回了个废话的表情给欣心，“当然！”

“紫衣，你好厉害啊！我佩服你！用了什么手段？”欣心谄媚地问着紫衣。其他两个美男，欣心不了解，但南宫轩跟冷浩风，应该不会去参加这样无聊的事，而且还做花楼选拔赛的评委。

“秘密！”

紫衣不想说，欣心是问不出来的。“紫衣，你明天有的忙了！该休息了！”她捂着嘴，打了个哈欠。

“睡不着！”

“为什么？”欣心茫然。

“要算账！”紫衣自然地从怀里掏出算盘，“要知道，明天无双跟神秘花魁的比赛，没有吉吉参加，也就是神秘花魁失踪。无双一个人顶场子，飘香阁得损失多少银子，信用、客源，我得跟你好好地算上一算！”

“为什么跟我算？”欣心无辜地指了指自己的鼻尖。

“若不是你要去邂逅冷浩风，拖吉吉下湖，吉吉怎么可能生病？这账不算在你头上，难不成还算我的？”

听着紫衣“噼里啪啦”的算盘拨弄声，欣心的瞌睡虫被吓跑了，“衣衣，你别算了，还是先想想怎么善后吧！”

“找人顶上！”紫衣拨算盘的手，停了停，很干脆地说。

“既然你都想好了，那早点儿回去休息！睡眠对女人很重要！”

“不过，不知道那人肯不肯顶上？”紫衣从背后抽出随身携带的软剑，拿着帕子擦了擦，口气森冷地说，“比赛若黄了，我就没银子数了。欣心，你说怎么办才好？”

“衣衣，我们姐妹一场，你不是想打我的主意吧？”

紫衣温柔地朝欣心笑了笑，“除了你，我想不到别的人选了！你总不至于要我去卖弄这张老脸吧？”

瞧瞧紫衣说的是什么话？她这张漂亮的脸蛋可是飘香阁的镇店之宝啊，什么花魁、美男、花王，都顶不上这俏丽的老鸨！

“衣衣，我好歹是逍遥侯府的千金小姐，你让我去顶花魁，太损我大家闺秀的形象了吧！”

“大家闺秀？你好意思提这四个字？我都替你汗颜！”紫衣顺手一翻，泛着冷意的薄剑朝着欣心的脖子轻柔地比画了一下。

凉凉的寒意从心底冒起，欣心顺手捏住剑柄，干笑了一下，“衣衣，女孩子舞刀弄枪的不好，万一失手就出人命了。”

“会功夫，会抓贼的大家闺秀，让我试试这把寒剑锋不锋利。欣心，你怕什么？”

欣心被紫衣堵的无话可说，答应道：“明天输了，可别怪我啊！”

“别跟我扯！”紫衣挥手将那烛火熄灭，“明天如果你输了的话，我就一把火烧了飘香阁，以后再也不帮你管了！”

欣心垮着脸，可怜兮兮地问：“为什么呀？”强迫她这大家闺秀抛头露面去做花魁，这逼良为娼先不提，竟然还要强制性地赢？太过分了吧！

无双的实力摆在那呢，要不然怎么能做飘香阁的摇钱树！

紫衣悄悄地凑近欣心的耳朵道：“因为无双的实力强，所以我开了赌局一赔一。但是神秘花魁就不一样了，一赔十！我买了吉吉赢，而且是全押！你若让我输银子的话，后果你自己想。”

欣心浑身哆嗦了一下，拉了拉紫衣，也咬着她的耳朵道：“要不然，你动手脚，让无双输了便是！”

紫衣鄙夷地睨了眼欣心，“如果无双输了，肯定不会心甘情愿，要是知道我动了手脚的话，我的飘香阁还留得住她吗？少了她这棵摇钱树，你赔得起吗？”

欣心撇了撇嘴，还没出声，紫衣又说：“废话少说！明天比唱歌、跳舞、画画，你给我做好准备，三局两胜，胜者为花魁之王。你若输了，自己找绳子上吊去。”

“唱歌、跳舞、画画，你至少得给我透漏点儿消息啊！无双表演什么？吉吉之前要表演什么？”

“无双说是秘密，我不清楚她要表演什么！吉吉也说是秘密，所以我也不清楚她表演什么，到时候你就临场发挥吧！”

欣心睁着大眼，看着紫衣飞跃上屋檐后丢下了最后一句话：“欣心，记住啊，只能赢，不能输！不然你就等着倾家荡产吧！哦，不对，你不只要倾家荡产，你还要卖身还我银子。”

第六章　为博美男一眼拼了

虽然欣心千求万求，世界末日吧，不过显然第二日的太阳还是特别明媚地升起了。飘香阁的花魁之王大赛，紫衣在赛前的宣传做的极为到位，飘香阁比往日更闹热了几分，简直客满为患。

四大美男的号召力果然不同凡响，他们刚进飘香阁，便引起了一阵骚乱，场面就得用人仰马翻四个字形容。

某个肥胖的身子激动地朝冷浩风奔过去，不小心撞到了桌子，倒地，滚了两圈；接着又有个瘦长的身子朝南宫轩跑去，不小心磕到了椅子，倒地。两个倒地的人，又绊倒了其他人，然后很多人都不小心摔倒了。

不怕死的人继续往他们身上扑，毫无悬念地又摔倒，如果一个是偶然，两个是巧合，三个是意外，四个的话……必定是人为了！更别说倒的是一群了，这场景实在有些壮观！

南宫轩挂着一抹淡定的笑，和煦、随意地扫视着众人，不着痕迹地保持着与众人的距离，但是嘴角的笑容亲切又不失礼貌。

冷浩风相对显得冰冷了，俊美的五官始终保持着面无表情的状态，身上散发出的冷意，估计能把人冻得哆嗦。但还是有很多不怕死的人追着他送飞吻，看得欣心咬牙切齿！

东方旭跟凌风似乎习惯了这样追捧的场景，非常优雅地接受了众人热切的尖叫、欢呼声。不过奇怪的是，没有“女粉丝”上前吃豆腐！

欣心四周扫了一下，看着面无表情的墨离，丝毫不觉得意外。紫衣手里的能人可真多！这不，四大美男招摇地走进了飘香阁特意独立隔开的贵宾包房，一点豆腐都没被蹭到。就墨离辛苦了那么点儿，做着护草使者。

欣心捂着嘴轻笑了一下，嘲讽紫衣，“这么多人，也不怕踩出人命，小心闹上官府，要你赔大把大把的银子！”

紫衣面无表情地拿着手里的胭脂，特别轻柔地对欣心笑道：“别人你就甭担心了，还是想想你自己吧！”

“一会儿无双到底表演啥呀？让我做点心理准备吧！”欣心不死心地问着。

紫衣抿嘴一笑：“看过她的表演，你就知道了！”

问不出个所以然来，欣心撇了撇嘴，认命地任由紫衣犹如摆弄玩具般地给她清丽的小脸上抹了一层又一层的胭脂水粉……最后额间还点了朵妖艳的牡丹花……这妆俗得够彻底，浓艳得根本看不出欣心本尊的面容了。最后紫衣非常有心地帮欣心遮了块纱巾，稍微抵挡了些风尘味……

飘香阁正堂中间搭了一个偌大的舞台，顶端环绕了几层纱幔，半遮半掩地把舞台神秘化了。再加上四周的灯台、烛火，更为缥缈、虚幻，果然别具匠心啊！

紫衣不满地敲了敲欣心的头，把欣赏得津津有味的欣心推进了舞台隐角的休息区等待。

无双早已由她的贴身丫鬟落樱服侍着坐在那里，慵懒地斜靠在贵妃椅上，轻摇着小折扇。欣心奇怪的是，无双竟然一改往日里的活泼好动，走起了娴静风格，真不知道她今天想玩什么。

无双化了个极浅淡的妆容，清秀绝丽的瓜子脸，配着白皙柔嫩的肌肤，双眉修长如画，双眼闪烁如星，浅淡的殷桃小口，嘴唇薄薄的，嘴角微向上弯，似笑非笑地朝着欣心打招呼，“神秘花魁，今天我们终于有机会能同台切磋了，私下再来定个比赛规则吧！”

欣心微微地挑了挑眉，“好像，我没必要再加赌注吧？”

“怎么？你不敢？”无双漂亮的凤眼轻蔑地扫了眼欣心，激将道。

“我没什么不敢的，只是没必要！”

“整天遮着块面纱，也不知道是不是没脸见人。现在既然比赛了，那么当然得玩大点儿了！”无双漫不经心地朝欣心下战帖。

欣心遮着帕子轻笑了几声，瞅见无双势在必得的样子，便说：“本来是没兴趣，不过既然你开口了，我再拒绝就显得怕你了。你可以说来听听，我们赌什么？”

“一会儿谁赢了，陪他们四个，随便挑一个；若输了，陪他！”无双一双纤手跷着食指，随意地指了下对面两个贵宾包房。不用说那四个是美男，另一个就是那乌龟王爷！

鲜明的对比，真是最毒妇人心！

欣心轻笑了下，“一言为定！”赢了陪美男，她喜欢；输了陪那乌龟王爷，正好出出气。

“今天是我们飘香阁开办的花魁之王争斗赛！谢谢大家的捧场！有钱的出钱，没钱的也得出钱。”紫衣的一席话刚出口，掌声便雷鸣般地响了起来。

无语啊！这么爱财的老鸨，还如此受欢迎。

无双看着火候，便扭着小蛮腰，抬着优雅的小碎步，引着落樱缓缓地走了出去。

“现在掌声有了，银子也给了，咱们的重头戏，花魁之王争夺赛正式开始！”紫衣的话刚说完，那舞台中央的灯火便渐渐地暗淡了下去，整个大堂的烛火也渐渐的一起减弱，熄灭，营造了一种昏暗的神秘光景。整个大堂暗了以后，众人不明所以地在黑暗中惊呼出声。

紫衣忙出声安抚，“下面登场表演的便是，我们飘香阁的摇钱树，无双姑娘！”接着大堂的烛火慢慢点亮，台上已然被纱幔遮得密不透风了。渐渐的，舞台边的烛火慢慢地重新燃起来，甚至飘出了淡淡的迷烟，衬托得非常唯美、梦幻、缥缈……

欣心也凝神看着无双表演，知己知彼，才能赢嘛！虽然，她真的一点准备都没有。

“细雨飘清风摇凭借痴心般情长，皓雪落黄河浊任由他绝情心伤，放下吧手中剑我情愿，唤回了心底情宿命尽……”静谧的烟雾中，随着一团红色的身影轮廓，婀娜多姿，翩然而至，传出了清丽温柔、甜美的歌声，慢慢地，曼妙的身影，越来越清晰。

欣心不得不佩服，无双这招衬托的手法，以及轻柔缓和的歌声，意境实在是美，美得让人忍不住陶醉。

随着渐渐掀开的纱幔，无双着火红色的纱衣，漆黑如墨的秀发，肌肤若雪，明眼皓齿，举手投足，一颦一笑都流露着倾城国色，渐渐地映入观者的眼睛。

“为何要孤独绕你在世界另一边，对我的深情怎能用只字片语，写得尽……写得尽……不贪求一个愿，又想起你的脸，朝朝暮暮漫漫人生路，时时刻刻看到你的眼睛里，柔情似水，今生缘来世再续，情何物生死相许，如有你相伴，不羡鸳鸯不羡仙，擎天动青山中阵风瞬息万里云，寻佳人情难争，御剑踏破乱红尘，翱翔那苍穹中心不禁，纵横在千年间轮回转……”

清秀绝美的脸蛋，笑意盈盈，红衣如火，裙裾飞舞，在缥缈似幻的烟尘中起舞，几乎所有人都被这梦幻般的美丽所迷惑，恍如梦中，陶醉不已。

“为何让寂寞长我在世界这一边，对你的思念怎能用千言万语，说得清……说得清……只奢望一次醉，又想起你的脸寻寻觅觅相逢在梦里，时时刻刻看到你的眼睛里缱绻万千，今生缘来世再续，情何物生死相许，如有你相伴，不羡鸳鸯不羡仙……”

无双旋转着飞舞，轻柔地落下了最后一个音符，四周静得出奇，好半天才响起雷鸣般的掌声。

欣心摸了摸鼻子，这个比赛根本不用比了！无双已经是十分完美了。这首《仙剑问情》，不但唱得美，场景设计得也美，舞也跳得妖娆。

“下面是我们的神秘花魁，轻烟姑娘登台表演！”

欣心被赶鸭子上架，只能厚着脸皮上台，朝紫衣钩钩手指，“我唱歌要个伴舞！”

紫衣皱了皱眉，“谁？”

“冷浩风！”

紫衣暗笑了一下，拍了拍欣心的肩膀，“你是不是选南宫轩好一点，他比较好说话，也比较会配合人！”

“不要，我就要冷浩风！”

“要他伴什么舞？”

紫衣好笑地盯着欣心，嘴里难得不扯银子地打趣，“莫不是想让他陪你跳拉丁或是恰恰？”

欣心斜睨了眼紫衣，又把目光对着贵宾房内若隐若现的冷浩风果断地说：“我要他舞剑。”

书生舞剑？好像挺有意思的！

“你等会儿！”紫衣闪身便朝那贵宾包厢去了。

也不知道她是怎么跟冷浩风沟通的，他竟然面无表情地上台了！

欣心傻眼了！没错，她是故意找借口的，因为她觉得自己要输了，怕紫衣找她麻烦，所以才故意出难题。想冷浩风那人肯定不会高兴上台，更别说舞剑伴舞。这下子，欣心不得不在众人的催促声中，婀娜多姿地缓慢地上台了。

欣心扯了扯僵硬的嘴角，朝冷浩风笑了笑（不过面纱遮掩下这表情都纯属浪费了），“公子，一会儿请你配合小女子的歌声舞剑。当然小女子还会摆些造型，希望你能尽量配合我！”

冷浩风没什么表情，点了点头，抽出了紫衣给的软剑，挥舞了一下，挑起了一阵好看的剑花。

唉！这人长得好看，做什么都好看！

欣心挥舞了下轻柔地长衣袖，很漂亮又潇洒地摆了个金鸡独立的姿势，转身一百八十度，直接顺势靠在了冷浩风胸前，伸手勾着他的脖子，脚勾起，做了个撩人的S形。有美男的豆腐吃，先蹭点。

众人对于这样热辣的美女，都不约而同地倒吸了口气。

冷浩风的面色有些僵硬，冷冷地忍着，握剑的手指都微微泛白。

欣心识相地适可而止，免得一会儿被冷浩风当众直接给推开，那就面子丢大了。她放开冷浩风，随意地挥舞了下衣袖，转了个圈。冷浩风拿着软剑开始打太极似的左劈右剁，实在是太可爱了！

欣心忍住笑意，也低沉温和地开口唱道：“把每天当成是末日来相爱，一分一秒都美到泪水掉下来，不理会别人是看好或看坏，只要你勇敢跟我来……”欣心比不上无双的那意境，即使拖了冷浩风这大美男，非常尽责地在旁边挥舞着剑。众人开始有不小的喧哗和奚落声。

欣心轻巧地在舞台上跳了段街舞，冷浩风虽然没有配合，但也算尽责地任由欣心摆了一个又一个撩人的姿势，当然冷美男的脸色冷冰冰的，能把人冻出窟窿来。

欣心不断地扭着她的细腰，跨步，提臀。“爱不用刻意安排，凭感觉去亲吻相拥就会很愉快，享受现在别一开怀就怕受伤害，许多奇迹我们相信才存在。死了都要爱，不淋漓尽致不痛快，感情多深只有这样才足够表白……”

众人没见过这样新奇的歌舞组合，也渐渐从嬉笑转变的欣赏。

“死了都要爱……”当欣心亢奋地把最后个音节吼完，冷浩风被欣心突然飙高音，吓得手抖了一下，那剑非常不长眼地挑破了欣心左袖的衣衫。刺啦一声，欣心白皙的手臂就这样显露了出来。欣心不以为意，右手直接伸过去撕拉，把左袖的衣衫干脆撕干净，顺手接过那长剑，旋转着飞舞了起来。渐渐离地，四周的纱幔，被欣心全部用剑挑开、划破，撕裂后纱幔片片飞舞，围绕着欣心飘落……到是另一番壮观的景象。碍眼的纱幔除干净，欣心飞旋在冷浩风的头顶，得意扬扬地朝紫衣比画了个“OK”的手势，那手里握着的软剑直接朝着冷浩风飞去，“刷刷刷”……

在众人的目瞪口呆中，欣心把冷浩风的上衣全部挑成了碎片，散落一地……冷浩风显然被这样的突发状况惊傻了，竟然静立着一动不动，任人观赏！

冷浩风漂亮性感的锁骨，肤莹如雪的胸膛，精瘦的腰身，在迷离的烛火下，美得让人喷鼻血。众人的口水吞咽声、唏嘘声，杂乱一片。

欣心嘴角挂着得意的笑，顺势勾住冷浩风，在他没回神的当口，非常直接地朝着那性感的薄唇亲了上去。当然不忘记，把暗藏的道具——一朵玫瑰叼在了嘴里。

这样奢靡、震撼的造型结尾，众人在一瞬间的惊愣过后，毫无意外的掌声惊天动地地响了起来。

等冷浩风回神，修长的手指摘下欣心度到嘴里的玫瑰，欣心已经逃得不知所踪了。冷浩风用手抹了一下，脸上温热的液体，竟然是殷红色的血。她流鼻血了，还是他自己的？血挂在性感的唇角，让冷然的他，又增加了一抹妖艳的风情。

这一个回合的比赛，竟然被欣心这么恶俗的乱闹，跟无双一比一，打了个平手！

紫衣对欣心的表现算得上满意，拨弄了下算盘，笑眯眯地朝欣心伸手，“看你表现不错的分上，那些坏了的纱幔，银子就不跟你算了，你快点想跳什么舞。”

欣心咧着嘴，笑得特别灿烂，心里有了想法，说道：“给姐姐去准备些火盆。”

“跳火盆？你要辟邪？”紫衣不懈。

“看过十面埋伏吧？”欣心懒得跟她解释，吩咐道，“帮我摆上两排大鼓，中间给我用火盆摆个花型出来，姐姐表演浴火重生！”

“是欲火焚身吧？”紫衣不给面子地打击道，“我说欣心，你没看到冷浩风刚才差点儿喊非礼了。”

“废话少说，你到底去不去？”欣心不满地斜睨了眼紫衣，“对了，一会儿我还是要冷浩风伴舞！”

紫衣风轻云淡的脸上，有了尴尬之色，“这个好像有点儿难度了！冷浩风应该不肯再给你伴舞了！”

欣心两手一摊，耸了耸肩道：“那一会儿输了你别怪我就是……”

输了等于银子没了，紫衣比欣心还激动地奔出去找冷浩风商量去了。

无双这次跳的是轻柔的芭蕾。意识到美男效应后，这局无双学乖了，让南宫轩跟凌风给她琴箫伴奏。

南宫轩白皙、修长的手指，抚过琴弦，清丽委婉悦耳的琴声，便洋洋洒洒地不断从他指尖倾泻出来。

凌风扣着拍子，适时地附和着琴声，拿着莹白的玉箫，吹奏了起来。悠扬的箫声，婉约的琴声，配合上无双轻柔的小天鹅芭蕾。三个人有三种不同特色亮眼的美，南宫轩的俊美，凌风的阴柔，无双的妩媚，彼此配合得非常完美。一曲下来，和谐收官，淋漓尽致。

轮到欣心出场的时候，紫衣已经把那些道具有条不紊地摆放完毕了。

舞台上，两排大红鼓依次排列着，中间堆放了些花型的火盆，火势旺的灼亮了人眼。最醒目的还是花型中间那根杆子，因为杆子顶端吊挂的帅哥，便是冷浩风！他已经换了套黑色的劲装，把俊美的脸蛋衬托得更加耀眼，清冷的气质与火堆形成鲜明的对比。

冷浩风扫了眼欣心，冰冷的脸丝毫不带热切，扯了下嘴角对欣心警告道：“轻烟姑娘，凡事三思而行。”

“三思了是不是什么都能行？”欣心清脆地在冷浩风的耳边道，“呼呼”地吹了口气，调皮地看着冷浩风陡然变红的脸色。

“轻烟姑娘，冷某没太好的耐性，希望你能适可而止！”冷浩风有些咬牙切齿的意味。

欣心轻巧地跃上了火盆边沿，优雅地走到了火堆中间。众人不可思议地看着，大气都不敢出，生怕惊扰了欣心，怕她一不小心，失足掉入火盆，把神秘花魁烧成了炭灰。

随着欣心挥手，甩出袖中的圆球，击打在那鼓面上，她的身姿也在火盆上，利用轻功的优势，翩然起舞。欣心不时地用冷浩风那漂亮的人体模型，摆出一个一个高难度的姿势，手却不停地在那鼓面上敲击着，节奏紧凑又不失激情地演绎了一个活脱脱的浴火重生的涅槃话剧。

最后欣心勾着冷浩风，围绕着杆子飞舞了一圈，衣袂飘飘，俊男、美女，唯美的画面啊！

前提是如果没有那长袖掉入火盆而散发出焦味的话。

刚站立到地面，冷浩风有些小小的闪神，总觉得这个神秘花魁的眼神有点熟悉，很像某人，冷浩风不由得浑身有些惧意地一颤，冷浩风真的怕了！

遇到欣心，准不会有什么好事。这个轻烟姑娘，貌似跟欣心一样，是个危险体。珍爱生命，远离这些祸害。

欣心双脚勾着冷浩风的腰，又摆了个倒吊的姿势。她完全被自己的天才表演给震惊了，沾沾自喜的正纳闷，为什么没有掌声？莫不是这些古代人都被吓到了？

火噼里啪啦地顺势烧了上去，欣心发现不对劲的时候，火苗已经顺着拖地裙摆开始往上燃烧了。这下子，变成火烧欣心了。

观众却以为这又是欣心特意制造的惊喜，热烈地鼓起掌来。

欣心欲哭无泪地顺手扯倒冷浩风，两个人一起抱着在地上打滚灭火。

当然这情景看在别人眼里，又别是一番滋味了，神秘花魁可真有个性呐！

当紫衣用水帮着欣心跟冷浩风灭完火的时候，她的形象已经没办法用话语来形容多糟糕了！

凌乱的衣衫，被火苗烧得乱七八糟地挂着，因为手忙脚乱而扯掉的面纱下，浓艳的妆面，遇水而融，欣心的小脸五颜六色，加上黑色的炭灰挂着，更夸张的是烧焦味从她身上散发出来……欣心无力地倒靠在冷浩风胸前，真想一头撞死。

冷浩风面无表情地推开欣心，同样狼狈的姿态，站起来，俊白的脸上也是黑白分明，衣衫也被烧得散发着焦味。

这第三局的比试，在欣心跟冷浩风狼狈的退场后，无双再一次春风得意地上场，原因无他，因为第二局她赢了。

第三局的画画，无双画了幅妖娆的富贵牡丹，色泽、姿态，都无可挑剔。当她信心满满地瞅着欣心的画时，愣了半天没出声。

欣心画了幅百花迎春，最亮眼之处，便是那花上，竟然有一对彩蝶，扑闪着翅膀点缀着。活的彩蝶，不用说，这局欣心取巧获胜了！

无双跟欣心以平局讲和，结束了这花王之争，紫衣咧嘴笑得特别开心。因为平局，一赔二十，就她赚的最多，果然是意料之中的事啊！

至于为什么，肯定因为紫衣有留一手。只是没等她出手，欣心就达标了。

平局啊，多好，不伤和气又能赚大把的银子。

花魁比赛还真挺让人费神的！当晚，欣心便直接住在飘香阁了。

欣心很早便进入了睡眠，补充耗费的体力。迷迷糊糊之间，总感觉有哪里似乎不对劲，警觉地睁开双眼，一把纹路清晰、精美的长剑，泛着冷然的白光，架在她纤长白皙的颈上。冷冷的触感，带着点血腥味儿，让欣心有点儿不悦地皱眉，抬眼望了眼那“客人”。

一袭黑色夜行衣，包裹着他修长的身材，俊美的侧脸，紧抿的唇，银边面具在清冷的月光下，隐隐地泛着凉意。

“你……你想干吗？”欣心因为害怕而怯怯地问，惧意挂在脸上，是十足的被吓坏了的弱质女流。

脖子上的利器又更加用力了几分，在欣心白皙的脖子上，划下一道细密的暗红色血痕。

“暗影，你好厉害，我的闺房都能摸到！”欣心秀气地打了个哈欠，熟稔地跟暗影打招呼。不玩了，这弱智女流再扮下去，她的小命就得玩完了。

杀人的凶器就这么搁着，直到欣心脖子的温度，温热了剑锋，暗影都没有开口打破沉默。

“你手不酸吗？”欣心眨了眨眼，问的无辜，最后补了句，“没事耍酷，无聊！”

“神秘花魁，果然是你。”低沉厚实的嗓音刚说完，也不待欣心回话，宝剑已经从欣心的脖子上移开，帅气地插回剑鞘。

“你今晚来，就为了跟我说这句话吗？”欣心不满地撇了撇嘴。

“我喜欢你！”冷冰冰地从暗影嘴里吐出几个字，丝毫没有激情可言的告白。

暗影别扭的表情，把欣心惊了半天，没敢吭声。暗影，貌似跟她只见过一次面吧，就喜欢她？江湖人，果然豪迈。

“你怎么不说话？”暗影的口气有些霸道，“我说，我喜欢你！”

“要我说什么？”欣心这话问的有些弱智，顺势爬了起来，免得暗影一会儿表白、求爱失败，把剑再架到她纤嫩的颈脖上。

暗影冷着脸不再说话，一把拉过欣心，非常干脆地把欣心拉入怀里。他闻着欣心发间若有若无的芳香，又用力地加深了这个拥抱，依旧带着冰冷地说道："你今天表现得很另类，我喜欢！"

欣心靠着暗影的胸膛，并没有挣扎，只是茫然地眨了眨眼，真的没办法一下子消化暗影的话。到底是喜欢她，还是喜欢今天表现另类的她。仅此而已？

"你不喜欢我？"很冷、很冰的话，配合着半张冷脸，还有半张在漂亮的银边面具遮掩下看不见，不过想来也热乎不到哪里去。

欣心还真被问傻了，不知道该怎么回答，只感到揽着她腰的大手越收越紧，靠着她的身子像是一座火山，正散发着灼灼的怒气。

冰块，散发着怒火的热气？好像有些矛盾到不可思议。

"你喜欢冷浩风？"暗影的口气冷得仿佛是从牙缝里挤出来的。

"好像是喜欢冷浩风吧！"欣心回答得有些不确定。爱美之心人皆有之，她喜欢冷浩风，很正常不是吗？不然干吗一次一次地自讨苦吃去追他？

暗影恼怒地将欣心一把推开，紧抿着唇，身上散发着冻人的寒意。

欣心被暗影突然的粗暴，搞得有些傻眼，这行为代表他吃醋了吗？可问题是，这个认知实在是太突然了！欣心还从来没想过，暗影会突然向她表白。欣心的生活重心，都是围绕着冷浩风这美男在转。

暗影沉着脸，眼光幽深地盯着欣心。

欣心没来由地被他看得心虚，侧过脸，讪讪地不知道该开口说什么。

就这样，欣心垂眉，静默不语，突然感觉暗影的身体上前一步，猛地又一把拉住欣心，顺势再把欣心扯进怀里。

欣心睫毛轻轻一颤，接着唇上一阵生生的疼突然盖过冰冰的触觉。

欣心骇然抬眼，却只看到暗影挺直的鼻翼，触感略凉的银边面具。他唇齿间尽是带着浓浓的霸占的气息，粗暴地啃噬……

欣心被强吻了！她竟然被个戴面具的帅哥强吻了？欣心不可思议地瞪圆了双眼，美男豆腐，不吃白不吃。于是欣心也很干脆地勾着暗影的脖子，主动用灵巧的舌，附和着暗影一起纠缠。

暗影在欣心唇齿间粗暴地掠夺，慢慢地变得温柔了起来，最后两人便是缠绵地吮吸。

暗影的气息渐渐粗重了起来，手也不安分地顺着欣心的细腰，开始慢慢地下滑，从衣摆处，伸进……

略带凉意的触觉，陌生的抚摩，将欣心从晕头的吻中惊醒，意识到跟暗影吻出火花的后果，实在不堪设想，才慌忙地推开贴紧她的肉墙。

欣心可是严正人家的大家闺秀，真被暗影当作沦落风尘的花魁，要是被他在飘香阁真给那啥就麻烦了。豆腐吃多了不好，凡事见好就收！

“怎么了？”暗影慵懒、清冷的口气，带着不满，朝欣心出声。

欣心的脸感觉烫得即将要灼烧起来，低着头，咬着嘴唇，对着暗影道：“我们进展太快了，你走吧！”

暗影静默不语地看着别过头，面色绯红，挂满羞涩的欣心，又在欣心额头印下轻柔的一吻，飞身直接从天窗处，跃了出去……

第七章　全家总动员只为嫁女

欣心摸着唇，脸还是滚烫滚烫的。一只鸽子从开着的窗飞进来，停在欣心的手上。欣心揭开那纸，粗略地扫了眼吉吉的信："欣心，家里爆发革命了，现在马上回来，要走正门！"

窗外响起了三声打更声，欣心有些犹豫。这半夜三更回家，要走正门的意思是，不走暗道？莫非……

欣心身轻如燕般地轻巧越过了府邸的高墙，又悄然地避开了几个巡夜的家丁，灵巧地闪身，翻进了她的地盘——非凡小楼，无声无息地落在草地上。她暗自得意间，嘴角微微上扬。

不对！肯定有问题！欣心心头冒出警觉，不安地瞅了瞅四周。空气里有些难以言状的不安的气息，欣心抬眼，看着她的闺房。房内烛火通亮，投影在纸窗上的两道影子，不难看出，是发烧病弱的吉吉，还有一道便是略带富态的秋月老娘。

天呐！欣心有些头疼地捏了捏双眉，步伐顿了顿，思索着，是不是该翻出墙去避避风头？要不，怎么解释这情况？

三个灯笼，很准时地在欣心挪脚的当口，堵住了欣心转身的步子。

老爹南宫楼，魔鬼师父季田，还有奴役哥哥南宫轩，三个人面色肃然地看着欣心。

南宫楼手指微微颤抖，不可思议地指着欣心，半天都说不上话来……

季田比较镇定，只是不满地看着欣心身上风尘味十足的衣衫……要做贼，也得穿个夜行衣嘛，这样醒目地出去，不被抓才怪！

欣心回过头，扯了扯嘴角，硬着头皮，咧了个虚伪无比的笑，打招呼，“大家，晚上好啊！”

三个人依旧黑着脸，没人接话。

欣心“嘿嘿”地干笑了两声，指着没有月亮的天空，冷冷地来了句：“今晚，月色很美，我们一同赏月吧！”

“欣心，你给我进来！”南宫楼朝欣心狮子般怒吼一声，一把拎着欣心的耳朵，把她提进了门，家丑不可外扬！

“欣心，你……又出去了？”秋月老娘愁着脸，瞥了眼欣心问。

“爹，疼！疼！”欣心小心翼翼地从南宫楼手下救出了惨遭拧转的耳朵，又快步地躲到了娘亲身后。

“说！怎么回事！”南宫老爹被气上火了，朝桌子便是大力地一拍，威严地问，随后马上把手暗藏到身后，不停地甩，真疼呀！

欣心惧怕地抖了抖身子，抱着秋月老娘委屈地挤出了两颗泪，“娘，爹爹好凶啊，欣心被吓到了！”

南宫楼再一次愤怒地想朝桌子拍下去，但想到会疼，便收住了手，随手把杯子朝地上一扔，中气十足地道：“欣心，你给我解释一下，半夜三更的，你不在闺房睡觉，干吗去了？”

欣心扫了眼南宫老爹，清了清嗓子，不甘示弱地回了句：“半夜三更，不在房间睡觉的又不只我一个！干吗就凶我？”

“还有谁？”南宫老爹剑眉一挑，瞪圆了双目，怒火腾腾。

“爹，娘，师父，哥哥，吉吉，你们都没睡觉，半夜三更在干吗呢？”欣心说一个便指一个。

“强词夺理！”南宫老爹不满地冷哼道，“你别转移话题，说，你干吗去了？”

欣心急中生智道：“上茅房去了。”

“上茅房需要整个晚上？掉茅坑里了还差不多！”南宫老爹非常不文明

地打断。

欣心隐忍住笑意，难得南宫老爹也会讲冷笑话了，真是大有进步啊！

南宫老爹接着又问："你娘说，你又出去了。又？表示有前科！你自己交代，出去干吗了？"

"爹爹好凶！"欣心暗自用针扎了下手臂，抽噎地开始控诉，接着泪水便不断地涌出眼角。

被欣心的泪水怔住，秋月老娘忙帮欣心说话："女儿要好好教，你这样大声吓她干吗？"

南宫老爹对秋月娘忙讨好地摆了个笑脸，指着欣心说："这欣心半夜三更不在闺房睡觉，作为爹爹的我，当然得好好地问一下去处，关心一下不是应该的嘛！"

"问就问嘛，哪有你这样凶的？又拍桌子，又摔杯子的！而且嗓门还那么大，你不知道咱们欣心胆子小吗？"秋月老娘认真地指责南宫老爹。

秋月老娘是知道欣心跟季田除了学医外，还偷学了功夫，当然也知道欣心偷溜出府玩、做贼、抓贼的事。欣心没闹出过大事，她就睁只眼闭只眼，任由欣心胡闹去。谁没个年少轻狂的日子？想当年，秋月便是快意江湖的侠女。

南宫老爹心虚地低下头，"为夫考虑不周！娘子，你别动怒！我一定改！"

欣心正暗自开心，成功地转移了话题。谁知道季田再一次开口，又一次把她给推了出去，接受众人火辣辣的审视，"欣心，下次晚上出门，记得换夜行衣。你这衣服太招摇了，又不方便，容易失手被捕！"

"欣心，你做贼？"南宫老爹这下子俊脸青筋暴怒，一字一句从牙缝里挤出来。

"轻点声，轻点声，有你这么嚷嚷女儿是贼的吗？是不是还想招贴告示说，逍遥侯府的大小姐欣心是贼，快来抓吧！"

欣心认同地朝秋月老娘点点头，"就是，就是！"

南宫老爹气得差点儿提不上气，拼命地拍打着胸口，一一指着众人询问："莫非你们都知道？"

秋月老娘诚实地点点头，“我很早就知道了！”

被南宫老爹冷冽的眼神一扫，吉吉也识相地主动招认，“一般都是我帮小姐打掩护的。”

“瞪什么瞪？你眼睛有我大吗？”季田不示弱地朝南宫老爹回瞪了个超级大白眼后，得意扬扬地开口说，“欣心的功夫还是我教的呢，我当然知道她的副业。”

南宫老爹激动地朝季田扑了过去，“我要杀了你，你祸害了我家宝贝。你个浑蛋，教什么不好，教欣心去做贼。”

南宫轩一头黑线地拉住了南宫老爹，帮他顺了下气，安抚道：“爹，淡定。”

这欣心的状况虽然出乎南宫轩的意料，但宠妹为天的南宫轩倒很快接受了欣心。女孩子有点儿功夫防身也不错，半夜出去遛街，也不失一番情趣。最多下次欣心做贼，他这个哥哥打先锋，先摸清地形再善后，帮着欣心搬宝物吧。若以后，江湖上多一对雌雄双侠，倒也不失一件趣事！

“我南宫楼到底造什么孽了，我可爱、清纯、乖巧的女儿，怎么就遇见了这么一个浑蛋，好的不教，专教坏的。”南宫老爹一改刚才的气势汹汹，抱着秋月老娘一把鼻涕一把眼泪地哭诉了起来，“我们南宫家世代清白，祖祖辈辈都安分守己，可是欣心竟然做贼。我不活了，我对不起列祖列宗，对不起我死去的爹娘……”

欣心头疼地看着南宫老爹，“爹，你别哭了！”

“让我哭死得了，你做什么不好，去做贼！”南宫老爹接过欣心递过的帕子，无比哀怨地瞅着欣心。

“爹，我不是贼，我是抓贼的！”虽然偶尔看到纪念品，或者看不顺眼的人，也会顺手牵羊地摸点儿宝贝回家。

“你又不是捕快，抓什么贼？”

“小姐喜欢抓官府悬赏的贼。”吉吉小声地嘟囔了一句，被南宫楼眼光一扫，便怯怯地不再出声。

欣心把心一横，咬咬牙道：“爹，我的事，你别管了！我都十六岁了，有自主能力！”

“对啊，欣心都十六岁了！”南宫老爹一个激灵，拍了下脑袋，咧着森森的白牙，“嘿嘿”直笑。“吉吉，去把那边那些画像给我抱过来！”南宫老爹指示吉吉，嘴里又说，“欣心，你都十六岁了，该找个婆家了！”

一堆画像，整齐地摆放在桌子上。南宫老爹，该不是想让欣心……相亲吧？

“都是爹爹不好，以前只顾着宠你，倒忘记你都到出阁的年纪了。再留你，便是害你了！”南宫老爹拉着欣心的手臂，摊开桌子上就近的一幅画像。

“爹，这事我们还是跟娘、师父，商量商量再说吧！我不急！”欣心硬着头皮给南宫老爹赔了个笑，把目光求救地对着娘亲秋月。

秋月娘亲扭着富态的身姿，也站立在桌前，瞅着南宫老爹手里的那幅画像道：“欣心啊，你不急，为娘急呀，急着抱外孙子。你看这张家公子，唇红齿白，长得挺不错！”

“师父！”欣心无比哀怨地拉长了调子，朝季田出声，希望拉个同盟，免得就这样被热心的爹娘给一锤定音地敲下终身大事！

“欣心哪，女孩子过了十六岁还待字闺中没婆家的话，有损你的名声。为师认为，是该为你寻个婆家了！”

“欣心呐，过来看看嘛！”秋月娘亲招呼。

欣心的嘴角不自在地抽搐了一下，望着画像上那一板一眼的男子，怎么看，都感觉在看官府贴的悬赏通缉犯告示……唇红齿白？难不成谁还齿红唇白？又不是中毒无解。

“爹，女儿还小，还想多陪陪爹娘呢，女儿不想那么早嫁人。”欣心卖力地扮演孝顺女儿，乖巧地拉着南宫老爹的衣袖，往他怀里窝了窝。

“女儿真乖！”南宫老爹非常感动地轻拍了拍欣心的头。

欣心暗自得意，但南宫老爹下面那句话，再一次打击到了她，“宝贝女儿啊，早晚都得嫁人，趁现在能选，还是挑个好的，先定下来，爹爹也好安心哪！”

“对啊，欣心，你还是过来挑挑看！”季田师父也摊开了手里的画像，朝欣心道，“这么多男人，总有一个对你胃口的！”

秋月娘亲也非常热心地摊开了另外一幅画像，“欣心，这次上门提亲的这几个，无论人品、家世、相貌，都属上等之选，随便选一个，都是不错的女婿！”

以为挑白菜呢？随便捡到菜篮子里就是货？

“欣心，你可知道，为了你的终身大事，爹爹都愁得长了好些白发了。”南宫老爹边说，边把头往欣心眼前凑。

欣心看着南宫老爹一头黑丝，乌黑闪亮又柔顺得都能做洗发水广告了。

“爹，娘，哥哥都还没娶嫂嫂呢，我怎么能赶在哥哥的前面，说什么都于理不合啊！”

“咱们家不讲究这些规矩！”秋月老娘非常干脆地给了欣心这么一句。

“你哥哥性情那么好，要娶个老婆有何难？倒是你啊！”季田师父也插话，宠溺地敲了敲欣心的额头，下面的话不言而喻。

“师父，你这是什么话，意思是我性情不好？”欣心轻柔地拨了拨指甲，笑意盈盈地朝季田开口。

南宫老爹也不满地瞅着季田，他聪明、贤惠、端庄的宝贝女儿，还不是让季田教坏的！

“欣心性子不错，人也漂亮，就是太贪玩了！若再不帮你找个婆家，收收性子，谁知道你半夜还会溜出去做什么坏事。”季田的话，引起了南宫家家长的一致认同。

“欣心哪，我们江湖人的行事作风可不是这样别扭的，莫不是你希望老娘我重出江湖追杀你？”

“那我就勉为其难地看看吧。”欣心无奈。老娘说的话，绝对是权威。若真被老娘满江湖地追杀，理由是为了让她嫁人，天哪！欣心脸皮再厚，也没办法在江湖上立足了。

欣心随意地瞄了几眼南宫老爹手里的画像，一个眉清目秀的少年，怎么看，都是手无缚鸡之力，而且有未成年的嫌疑。

“欣心呐，这个是福王爷的大公子，名叫福熙，长得风度翩翩，一表人才吧？还是今年的探花呢！”南宫老爹眯着眼，乐呵呵地介绍。

“有权，有才，有貌！不错！不错！”秋月娘亲乐呵呵地点头，大有一副丈母娘看女婿，越看越欢喜的模样。

“多大呀？”欣心问。

“今年就能满十四了。”

欣心脚下一软，“是不是嫩了点儿？”

南宫老爹不可思议地看着欣心，“女儿，人家福王爷不嫌你年纪大，你难不成还嫌人家福公子太嫩？”

“欣心，那福熙身子不好，指不定哪天就病死了！”季田不给面子地拆南宫老爹的台，拆完了便拉着欣心道，“还是看看师父手里的这个吧！”

欣心默不作声地瞅了瞅，撇了撇嘴，“这个是不是老了点儿？”

“五官端正，相貌俊朗，身材魁梧，又成熟稳重，嗯，也不错！师兄，这位的家世如何？”秋月娘亲研究了一下画像后，朝季田问。

季田得意扬扬地介绍道：“‘一山两门’中的七连山的门主，连城亦！明年武林盟主的热门人选！”

“武林盟主的热门人选？”秋月娘亲的眼睛亮了一下。

“多大呀？”这次换南宫老爹问。

“今年刚巧三十。”季田有些讪讪，补充道，“男人嘛，大一点儿疼老婆，也没什么不好，欣心太孩子气了。”

“师父，三十也就算了，就像你说的，他长得不错，为什么至今没老婆？只有两个原因！”

欣心手指竖了下，“第一，红粉知己太多，不知道把谁扶正。”刚说完一条，秋月娘亲便目光不友善地盯着季田，仿佛他拐卖了欣心似的。

“第二，如果他连个红粉知己都没有，要么身体有隐疾，要么就是心理有问题。”当然这心理问题，欣心又另外花了番唇舌，解释了一下。等欣心说完，季田额上冒了一连串的冷汗，忙把那幅画像扔得老远，“师父再给你考察考察。”

“宝贝，来看看这个！今年刚好十八，是窦将军的独子，窦梓！”南宫老爹又抽了幅画，献宝似的把欣心拉过去。

“豆子？”欣心指着那画像上的少年道，“他确实满脸的痘痘、麻子，名字真贴切！爹爹莫不是希望以后我们的后代都长成这样坑坑洼洼的吧，满脸的痘痘？”这画师真老实，若不把麻子画得那么贴切，欣心说话还能客气点儿。

南宫老爹随手把那画像扔了，“当然不行！”

“那这个呢？”季田不死心地拿出了另外一幅画像出来。

“师父，别怪我打击你！这个华山少掌门，喜欢流连烟花之地，好色成疾，江湖上号称一夜七次郎的便是这尊……”欣心话还没说完，南宫家两位家长便朝他射去不满的目光，甚至连远处的南宫轩都朝着季田射去冷飕飕的眼刀子，季田忙不迭地把画像扔了出去。

“这个长得那么难看，莫非娘忍心我天天对着他吃不下饭，要我迟早人比黄花瘦？”欣心悲伤地挤了两颗豆大的泪珠，悄悄地从指缝间望着桌子上被她三言两语便踢出局的画像。

秋月娘忙点点头，“这个长得确实抱歉了点儿。”

又一幅画像，华丽地被扔下桌子，刚刚满满的一堆，此时就剩下空荡荡的桌面……

“欣心，你到底想找个什么样的？给爹爹说一下，爹爹好有个方向啊！”南宫老爹这会儿差点儿就泪奔了，高的不要，矮的不要，胖的不要，瘦的不要，难看的不要，身体不好的不要，有妾室的不要，太嫩的不要，太老的也不行。挑来挑去，似乎适合欣心的夫君，还没出现。

“对啊，欣心，你到底想要什么样的？说吧！师父一定给你找来！”这会儿季田都被欣心给打击得没力气跟南宫楼怄气了。

“既然你们非要逼我说，那么我就不客气了！”欣心的大家闺秀形象既然已经被拆穿，也不想再去假扮了。

“说吧，说吧！不用客气！”秋月娘亲非常热切地鼓励。

欣心抬起皓腕，从床边的暗格内用衣袖勾出了一幅画。众人这会儿也不计较欣心会功夫了，忙热切地三双手都去揭那画像。

画中的男子，神情俊朗，漂亮的桃花眼，带着淡淡的疏离，修长的身材，穿着一袭淡白色的衣衫，给人飘然出尘的意味，忍不住渴望亲近。却被他浑身自然散发的那种不苟言笑的冷意给吓退。这不是冷浩风又是谁？

欣心点了点，轻笑地对着三位热切的家长道：“就是他！”

“女儿，你眼光不错嘛！小伙子长得挺俊的，就是冷了些！”秋月娘亲中肯地说完，还似乎自言自语，“冷然怎么会生出这么冷的儿子？”

南宫老爹面色有些尴尬：“欣心，那会儿冷然要定娃娃亲，被我给推了。这下子，如何是好？要不换个对象吧！”

“不要！”欣心摇头。

“宝贝，你喜欢他？”南宫老爹问得有些心不甘，情不愿。

“还算看着顺眼吧！”欣心含蓄地回答，免得说出什么惊世骇俗的话语，吓着她的爹娘，虽然这对活宝爹娘的接受理解能力挺强的。

“可是宝贝，冷家没有上门提亲啊……”南宫老爹这话说得更没底气了。也是，冷然那人的臭脾气，他是了解的。当年他拒绝了娃娃亲后，冷家断然不会再自讨没趣地提，免得被再次拒绝。

“那我们上门去提亲呗！”欣心手撑着半边脸，说得大大咧咧的，“我娶他，不是更好吗？”

欣心把冷浩风娶回家？欣心既能出嫁，又多个儿子，一举两得啊！南宫老爹马上乐得咧开了嘴，“对啊，对啊，我们去上门提亲，把冷浩风娶进来！”

季田对于欣心挑选的夫君，稍微地瞄了两眼，还行，总比南宫楼的眼光好，于是也点头赞同了。

“轩轩，你代爹爹去冷家给你妹妹提亲去！”南宫老爹满脸严正地对一旁傻愣的南宫轩吩咐道。

南宫轩闷闷地应了声：“嗯！”

南宫老爹眉开眼笑地拍了拍他的肩膀道：“儿子啊，欣心的幸福，就靠你了！”

南宫轩意味深长地把眼光对着在那抿茶的欣心，轻叹了口气。

一屋子的人都散去了，欣心嘴角略带着笑意，望着画像中的冷浩风，嘴角愉悦地向上弯起，冷浩风，你跑不掉的！

“什么！”南宫老爹一拳打在桌子上，完了又疼得直跺脚，甩手，“冷浩风竟然拒绝？”

南宫轩面不改色地回话：“冷然伯伯已然同意，可是冷浩风拒绝了。”

“什么理由？”秋月娘亲追问。

“冷浩风说，跟妹妹八字不合，生生相克！”南宫轩瞅了眼欣心，转过头，又严正地跟父母回话起来。

“他克欣心，还是欣心克他？我算过欣心跟他的生辰，明明是相合的！”季田也激动地一拍桌子，整个的檀木桌子，四分五裂地散开了。

“我要亲自去冷家。”欣心随意地扫了眼众人，优雅地抿了口茶，淡淡地说道，仿佛在说，“今天天气挺好的”那般自然！

“女儿啊，冷浩风拒绝你了！”秋月娘亲提醒。

“冷伯伯同意了不是吗？婚姻之事，该听父母之命的不是吗？”欣心浅笑着安抚着秋月娘亲。

“女儿啊，冷浩风说你们相克。”南宫老爹也夹杂着关切之意，提醒道。

“爹，这个你就别担心了！”欣心摆了摆手，“师父刚不是说了吗，他算过，我们的八字是相合的！”

“他那唬人的话你也信？信口雌黄。”南宫老爹不苟同地鄙夷了一下季田。

“南宫楼，你什么意思？敢质疑我？”季田一听不乐意了，忙跳脚，跟南宫老爹争吵了起来。

欣心优雅地起身，拉着吉吉远离了战场，急匆匆地奔回房。

“欣心，看会儿戏嘛，你跑那么快做什么？”吉吉不满地说。

欣心扫了眼吉吉，“爹爹跟师父都吵了几十年了，你看不腻吗？眼下，我还有重要的事要做呢！”

“做啥？”吉吉茫然地跟着欣心快跑进了屋子，就见她像强盗打劫般，卷了银子、首饰便往外走。

“收拾东西，去冷家做客！”欣心丢下这句话，已经提了包袱快速地轻跃出门。这会儿不逮冷浩风，他肯定要跑路了！

第八章　搞定公婆

与此同时，冷家。

冷浩风一改往日的清冷面色，手忙脚乱地收拾着包裹。

凌风傻眼地看着冷浩风，手挥开了折扇，轻扇了两下，不解地问："浩风，你怎么整得跟逃难似的？"

"本来就是逃难，凌风，一会儿我去你府上小住几日吧！"

凌风被冷浩风搞得有些莫名其妙，皱着眉问："到底怎么了？"

"我怕我爹绑我上花轿。"冷浩风满面黑线地回答。

凌风阴柔的俊脸挂上了隐忍的笑意，问："什么女子那么强悍？"

"欣心。"冷浩风有气无力。

"呵呵，浩风哥哥，你怎么知道我要来？"欣心准时地推门接过话，笑意盎然地朝冷浩风热切地打招呼，朝凌风也十分灿烂地笑了笑。

冷浩风面色冷然地把收拾到一半的包袱，在欣心的默然注视下，一一放回原处。

"你叫凌风？我听哥哥说起过你！"欣心毫不吝啬地朝凌风展现她纯真率性的一面。

凌风漂亮的嘴角扯了个笑容，"你就是欣心？南宫轩的宝贝妹妹？"

"我便是欣心！"欣心黛眉微微扬了扬，"不像吗？"

凌风的眼睛毫不忌讳地在欣心跟冷浩风之间扫视，"听闻，欣心端庄贤惠，大门不出，二门不迈。能在这儿遇见你，实在有些意外。”

“传闻都是夸大，不可信的！”欣心谦逊地摆摆手，“刚才浩风哥哥说，想去你的府上做客。不知道，欢迎不欢迎欣心一同前去呢？”

冷浩风无语地望着欣心，真狠！后路都给封得密不透风！

“欢迎，欢迎！”凌风干笑了两声，眼瞅着冷浩风的眉皱得更紧了。

“浩风哥哥，你需要欣心帮忙收拾行李吗？”欣心眨了眨眼，非常热切地开口。

“不用！”

“你不是要去凌风哥哥的府上小住几日吗，什么都不用收拾？”欣心天真地继续堵冷浩风的后路。

冷浩风把视线对着阳光明媚的屋外，心头的阴霾更重了。

“浩风哥哥，你怎么不说话了？”

“你来做什么？”冷浩风脸色漠然地朝欣心问。

“当然是来做客的！”欣心笑得特别灿烂，拉了拉冷浩风的衣袖，有点委屈地问，“莫非，浩风哥哥不欢迎欣心？”

冷浩风抿了抿嘴，话都没接。

“欢迎，欢迎，欣心能来，冷伯伯高兴死了！”冷然也随着欣心的步伐，走进了冷浩风的房间，不忘记安抚着欣心。

“爹！”冷浩风恭谨地喊了声。

“浩风呐，这几天，你就陪欣心好好玩！”冷然拍了拍儿子的肩膀道，“儿子，欣心若有不满或不开心，我通通拿你是问！”

冷浩风冷着脸，努力忽视欣心热切的目光，心不甘情不愿地回答：“知道了！”

欣心嘴角弯着笑意，欣赏着冷浩风吃瘪的表情。

“欣心呐，晚上冷伯伯给你搞个接风宴会，你先休息。”冷然笑眯眯地朝欣心说完，便迈着步子往外面走。

“冷伯伯！”欣心出声。

冷然顿了顿脚步，回头慈祥地朝欣心淡笑，“欣心，怎么了？”

“我该去哪里休息呢？”如果，她记性没问题的话，冷然还没给她安排住处吧。而眼前的卧室，貌似是冷浩风的“闺房”吧，冷伯伯莫非希望欣心跟冷浩风生米煮成熟饭？

“就在这里啊！”

“这个好像是浩风哥哥的房间。”欣心不得不含蓄地提醒着冷然。虽然她是无所谓的，但真把冷浩风吓跑了，她的出嫁大计，岂不是完了？

“哦！瞧我老糊涂了！”冷然精眼一闪，朝着隔壁一指，讨好地安排，“欣心住这隔壁的东风阁吧！”

“爹，这个是我的院子，让欣心一个姑娘入住，不方便！”欣心还没出声，冷浩风急切地开口，跟他脸上的漠然形成了鲜明的对比。

“方便，方便！”冷然点点头，说道，“欣心早晚要嫁进来，让她早点儿熟悉熟悉环境也没什么不好！”

“什么？”冷浩风急得跳脚，朝冷然道，“我不是推了亲事吗？她嫁给谁？”

“我同意了！你推也没用！”冷然干脆地告诉冷浩风，“我还就认欣心这个儿媳妇！”

欣心适时地朝冷然福了福身子，在冷浩风还没有说出更加伤人、难堪的话语之前，华丽地退场，“冷伯伯，欣心有些累了，先休息去了！”

落在一旁的吉吉忙在欣心第一时间挪脚的当口，默契地搀扶着欣心的芊芊玉手，主仆两人优雅地迈着小碎步出门。

刚跨出门，屋内就传出一声惊天动地的怒吼。

“爹，我不娶她！”冷浩风面色阴冷地拒绝。

“欣心要嫁你，我管你同意不同意！老爹我同意就行了！”冷然强权主义地说道，完全无视冷浩风那灰败的脸。

“她要嫁是她的事。”

冷然满脸地不在乎，风轻云淡地打断冷浩风的话，“我劝你还是早点将欣心当成你的娘子比较好！”

“你同意，有本事你自己娶去！”冷浩风漠然的脸色，激动地泛着红晕，

“我跟她相克，说什么都不会娶她！”

“臭小子，你再给我顶嘴试试？”威严十足的家长架势，冷然低沉的嗓音压抑着怒火开口，“婚姻之事，从来都是父母之命，媒妁之言，你再给我说一句反对的话试试，真当你老爹我死了？成，我老了，碍眼了，一会儿我就自杀去，你爱咋咋地。”

冷伯伯这唱的什么戏啊？怎么活宝系数跟南宫老爹有的一拼。

“爹！”冷浩风拢聚了眉心，“你别吓我！我不吃你那套！”

“你说我吓你！小子你有种，现在马上给我准备两副棺材，我要跟你娘死在你面前！”冷然这下子气得直哆嗦。

“爹，别闹了！”冷浩风冷冰冰的脸上尽是无奈之情。

“娶不娶？就一句话！”

“爹，让我考虑考虑再说吧！”冷浩风嘴角不自在地抽搐了一下，“爹，你还是先去准备晚上的接风宴会吧。”

冷然边走，边丢了句：“不管你考不考虑，欣心就是我认定的儿媳妇！”

冷然前脚刚走，冷浩风“砰”的一拳打在桌子上。那桌子微颤了几下，倒了。

“冷兄，这南宫小姐看着长得挺漂亮的，举止也算端庄大方，说话也挺得体的，哪里不入你眼了，怎么如此排斥这门亲事？”凌风不解地边摇扇子，边开口询问。

“一言难尽哪！”冷浩风深叹了口气，“反正，说什么我都不会娶她的！”

“你老爹，似乎吃定了你会娶。”凌风严正地告诉冷浩风这个事实，幸灾乐祸地瞧着冷浩风陡然大变的神色。认识多少年了，那张故作深沉的冰脸，终于也会变色了，而且还变得挺快的！

“哪怕大街上随便拉一个人娶，我也不会娶欣心！”冷浩风刻薄地说，“真的怀疑，她的脸皮是什么做的，我都堂而皇之地拒绝她们南宫家的提亲了。她一个姑娘家，不顾礼义廉耻，还跑上门来，我真是看都不想看见她！”

“欣心，温柔点儿。”吉吉眼睁睁地看着欣心沉着脸，捏碎了一个杯子，“他竟然说大街上随便拉一个娶都不会娶我？！”欣心怒了！

“气话，气话。”吉吉讨好地安抚欣心。

“竟然还说我丢他的脸？”欣心咬牙切齿地重复，“丢脸到挖坑自埋的地步？”

“这也是事实啊。”吉吉火上浇油。欣心遇见冷浩风，每次都会有意外发生。这冷浩风怕了欣心，情有可原嘛。

“他还说我不顾礼义廉耻。”

“欣心，冷浩风所说的，好像都是事实！”吉吉说了句公道话。

“事实也不许说！我会让冷浩风为今天所说的每一句话都付出代价！”欣心面不改色地又一次揉碎了一个杯子，搓了搓满手的茶渍。

吉吉浑身不由自主地颤了颤，低头为冷浩风祈祷：冷浩风啊，你把欣心的邪恶因子全部激发了，你的后果将会惨不忍睹啊！最毒妇人心，阿弥陀佛啊！

冷浩风面色阴沉地瞅着桌子，努力地忽视都把目光对着他的一屋子人。

不用说，这是一场变相的订婚宴。不过已催了三次，那位心急着要嫁给他的欣心仍未过来，莫非她临时改变主意，不想自讨没趣了？

娘亲夏荷慈爱地帮她解释了句，“姑娘家参加宴会，总需要时间打扮的，等等，反正我们不急。”

“让咱们欣心好生打扮打扮！”

冷浩风冷着脸，瞪了眼他老爹。拜托，欣心到底是谁家的女儿？貌似她姓南宫，跟他们冷家扯不上啥关系。

三炷香的时间过去了，冷浩风烦躁地端着茶杯，刚张嘴想诉说不满。屋外一阵清脆的铃声，缓慢地移动了过来，接着一阵浓烈的让人直想打喷嚏的浓郁脂粉味吹进冷浩风的鼻子，让他忍不住“阿欠……”连打了好几个喷嚏。

“欣心，你可来了！”冷夫人热情地起身，朝门口奔去，把欣心牵引进门。

冷浩风被雷得彻底无语，嫌恶地瞅了眼欣心那醒目的装扮。欣心此时身上包了件自己设计的晚礼服，刚裁剪出来的，立领小晚装，腰身肥大好似塞了个枕头；最夸张的是拖地三尺，又膨胀的下摆。因为大到吉吉在里面撑着，外人都不曾察觉。欣心火红色的腰圈上面挂满了金色的铃铛，一挪步，便清脆地出声，跟街头卖杂货的小贩完全有得比！她准备改行去卖铃铛吗？冷浩风嘴角不自觉地抽搐了一下。

“欣心，走慢点儿！小心脚下。”冷夫人热切地揽过丫鬟的活，搀扶着“重量级”的欣心。

冷浩风有些自我安慰地捧了茶杯，准备压压惊。这欣心要展示她怀胎十月的富贵相，也不用搞这么夸张的造型吧？

是要显示她的头顶能开花园吗？头顶盘成了一个浑圆的冲天发辫，顶端插了一朵硕大的牡丹花。好吧，这打扮够亮眼，但是围着那冲天发髻竟然还插了五六支发簪，每支簪子旁边还别了朵不同颜色的花，白的、粉的、黄的……最夸张的是，每朵花上面，都有彩蝶在扑闪，当然，蜜蜂也是少不了的亮眼的点缀。

欣心摇摇晃晃地好不容易挤进了门，在冷夫人的搀扶下，才站立到冷浩风面前，便有些累地嘘了口气，随意地用手扇了扇掩着面巾的小脸，散散热，脸上“刷刷”地掉落了好些的白粉。

冷浩风瞅了瞅手里的杯子，茶水上漂浮着醒目的脂粉，该不会是从欣心的脸上掉下来的吧？

他目瞪口呆地望着欣心庞大的体积在他身边大大咧咧地落座，认命地往边上挪了挪，给欣心腾位置，顺手换了杯茶，还是喝茶压压惊吧。

“谢谢浩风哥哥！”欣心有礼貌地揭开了脸上的纱巾，朝冷浩风道谢。

看着欣心面上的妆容，冷浩风刚喝进嘴里的茶，便直直地朝对面的欣心脸上喷过去，就差惊叫“鬼啊”！

欣心脸上涂满了白白的粉，张口说话，那些脂粉便刷刷地往下落。两颊上了不知道多少腮红，红得跟猴屁股似的。那本来细长的柳叶眉，画成了粗厚的一字眉，弯弯曲曲地爬在脸上，眼角四周画的黑黑的，完全能跟熊猫媲美。那张之前见识过的小嘴，这会儿上成了上半红色，下半墨黑的黑色……这色彩搭的，也太吓人了。

欣心那张色彩斑斓的小脸，经过冷浩风这茶水的问候，又干脆地用手抹了抹，这下子真只能用惨不忍睹来形容了！

“欣心哪，你今天的妆化得真好看！太有个性了！”冷夫人嘴角含着笑意，亲切地夸赞道，能看到儿子突变的神色，真有趣！

好看？冷浩风喝茶的手一抖，直接把茶水再一次往欣心的小脸上招呼去，然后是一阵剧烈的呛咳声。

“浩风，你太没礼貌了！还不快给欣心擦擦？”冷夫人面色一冷，朝着冷浩风板着严肃的脸要求道。

“要我帮她擦？”冷浩风俊脸狰狞了起来，非常不可思议。

“不擦？莫非，你还想用喝的？谁让你喷的欣心满面茶水！”冷然这话更绝，说得那叫个义正词严。

冷浩风冷着眼瞅了瞅欣心，随手扔了块帕子道：“自己擦去……”

欣心随意地扫了眼那帕子，任由它掉落地上，挤出委屈的神色，耸了耸肩，轻柔地道：“我怎么敢劳烦浩风哥哥呢！”

“冷浩风，你到底擦不擦？一句话！”冷夫人怒喝，一拍桌子，几个杯子都溅起了好高！

冷浩风阴沉着脸，弯身捡起地上的帕子，闭着眼睛，朝欣心那方位走过去，实在没勇气用手去擦那么“糟糕”的艺术品。嗯，欣心的妆容，也不对，是面容。

“啊！”两声清丽的女声惊呼，不约而同地惊叫了起来。

冷浩风睁眼，他拿帕子的手明明是朝着欣心的“花脸”抹去的，为什么现在搁在了欣心的胸前？

更怪异的是，他踩到了什么软绵绵的东西？顺着望下去，一只白皙的玉手，哆嗦着从欣心的裙摆底下伸出来，接着慢慢地爬出头，身子……

吉吉在欣心裙摆底下，给欣心支撑着那硕大的下摆，非常不幸地在欣心移位的当口，被踩住了芊芊玉手。

吉吉好不容易爬出来，甩了甩凌乱的发丝，抹了一把小脸。几道黑色的尘灰印子便醒目地挂在那手上，无比委屈、哀怨地控诉道：“冷公子，你干吗踩我的手？”

“吉吉，别激动，淡定！”欣心扫了眼冷浩风还搁着没移位的手，“罪证啊！”

“我不管美男不美男，踩我的手就是不对！道歉！”吉吉正义地指责。不过吉吉马上随着欣心的视线，望向冷浩风的“魔爪”，非常马后炮地惊叫起来，“非礼啊！”

冷浩风吃惊地望着吉吉的出场，当然一屋子的人都很吃惊。不过惊讶过后，随着吉吉那声非礼，焦点都往冷浩风的那手扫去。

冷浩风后知后觉地顺着众人的视线，望着他那该死的手，真恨不得剁了，忙收回来。不过那手很巧地勾着欣心胸前的饰物，直接把欣心胸前的布料扯了一块。

一抹红色的肚兜，若隐若现地闪过冷浩风的眼。

“啊！”众人都非常默契地发出抽气声，嘘得冷浩风心头直发毛。

吉吉护主心切地忙上前挡住，免得欣心胸前春光乍泄。不过貌似吉吉一向都以帮倒忙为主，欣心胸前的衣服被撕裂得更开了，白皙如脂的锁骨，在烛火下，让人臆想联翩。

眼见预期的效果达到，免得一会儿场景无法控制，欣心拢了拢衣领，挡住了那些春光。

“浩风，你竟然……如此……”冷伯伯气得跳脚，直接朝着冷浩风飞了一个杯子。

冷浩风顺手接下杯子，俊脸上青筋有些微微地暴怒，紧握着拳，浑身散发出危险的讯号。

欣心无奈地撇了撇嘴，随手将外面那件破损的外套脱了，朝众人带歉意地笑笑道：“欣心刚忘记脱外套了，这下子，到是轻盈了许多。”

原来欣心里面穿了件收腰的小袄，抹胸式样的紧身纱裙，也没有那夸张的下摆，显得非常轻巧。欣心笑容满面地移步，朝冷然、冷夫人福了福身子，随手将手里的花朵，送给冷夫人，“伯母人比花娇，我这鲜花见着伯母都含羞得不敢见人了……”

冷夫人笑盈盈地接过欣心递上的花朵，那脸笑得确实比鲜花还灿烂。

“冷伯伯，欣心也有礼物送给您！”欣心随手扬了扬。

吉吉忙递上一个包装精致的盒子。

欣心给冷然递过去，笑靥如花地开口说：“不知道这东西，能不能入冷伯伯的眼呢？不过要悄悄地看哦。”

冷然接过盒子，打开了丝缝隙，微微瞄了眼，那神情便定格住，接着哈哈大笑了起来，“欣心给我的惊喜真是意外！好！好！好！”

“冷伯伯喜欢就好！”欣心从容，落落大方地任由冷浩风不解的目光扫向她。

吉吉微微扯动了一下嘴角：不就是一个雪蝉吗，瞧这冷然高兴的样！看来，欣心肯定能从冷家长辈下手，来个远交近攻，把冷浩风给孤立起来。冷浩风嘛，迟早会被两位家长赔钱般地卖给欣心。

“冷伯伯，这个礼物，可不是那么好收的哦。”欣心拖长了调调，朝冷然笑得特别乖巧可人。

“那是自然！冷伯伯一定办份体面的嫁妆。”

“嫁妆？”冷浩风不解地问。

众人也都好奇地瞅着冷然，这冷然没女儿，办什么嫁妆？

冷然对着惊讶无比的众人解释，“看来，我们冷家娶了欣心这媳妇，以后府里的乐趣将会更多了！”

“冷伯伯，您说的是嫁妆。”

冷然“嘿嘿”地笑了两声，“欣心呐，浩风娶你，浩风这个嫁妆够大吧？满意不？”

老狐狸，还说把冷浩风嫁给她，这会儿怎么成她嫁给冷浩风了？算了，只要冷浩风成了她欣心的，就不管谁嫁谁娶了……欣心堆着笑容，心情特别舒畅。

“谁说我娶要她？”冷浩风冷着脸，扫视了眼欣心，口气无比坚决地道，“我不会娶欣心为妻的！永远都不会！”

众人一阵抽气，同情地瞅着欣心。冷浩风如此直接地开口拒绝，实在伤人哪！

“冷浩风，你哪只耳朵听到我说要嫁给你了？”欣心扭着优雅的小碎步，朝冷浩风靠近，笑得特别轻柔。

是没听到，提亲的是南宫轩，欣心只是来做客的。老爹说的是办嫁妆……冷浩风被欣心堵得面色微红尴尬！

“我那么尊敬你、崇拜你，把你当哥哥般的仰慕，你竟然如此当众羞辱我！”欣心气愤得满面通红。女人果然是善变的，随着欣心的控诉，她那收放自如的泪水，大颗地顺着脸颊滑落，“哇……哇……”

冷然跟冷夫人相互使了个眼色，正待出声安慰。不过就近原则，他们的儿子，已经皱着眉开口了。他们识相地不准备插话，年轻人的事，还是交给年轻人自己解决吧！

欣心的哭声，凄惨无比，冷浩风沉着脸道：“别哭了！难看死了！”

竟然说我难看？要不是今天的妆容如此夸张，能配合达到我的目的吗？欣心把音量提得更高了，委屈指数再一次往上飙升。

“欣心，你别哭了！”冷浩风嫌恶地弹了弹被欣心脸上的脂粉飘洒到的衣角，脸色黑得吓人。

吉吉轻轻地拉了拉欣心的衣摆，提醒她见好就收！

“你说了那么多伤我自尊的话，你让我别哭就别哭？我不依……”欣心这下子理直气壮地哭得更加卖力。

“拜托你，别哭了！”脸上那色彩斑斓的妆容本来就有够恐怖的，经过茶水的慰问，已经糊成一堆了。现在再来个泪水，天，冷浩风都不敢想象了！

“哇……哇……”欣心边哭，边在心里自我安慰，这年头，树不要皮，必死无疑；人不要脸，天下无敌。冷浩风，今天姑奶奶我豁出去了。

“我为我刚才的失礼道歉！”冷浩风冷冰冰地从牙缝里挤了这么一句话出来。

“道歉？道歉有用吗？你把人砍了一刀，说声对不起，那伤口就不会流血吗？即使血止住了，那刀疤会消失吗？”欣心抬起泪眼婆娑的双手，指着冷浩风，句句在理地控诉。

“那你想怎么样？”冷浩风别过头，不去看欣心那恐怖的妆容，免得晚上被吓得半夜做噩梦。

“你竟然问我想怎么样？”欣心不可思议地大呼了一声，再一次惊天动地地号啕大哭了起来。那神情，要多委屈便有多委屈。

“那我收回刚才的话，总行了吧？”冷浩风面无表情地扯了扯嘴角，掏了掏被欣心震疼的耳朵。这丫头的爆发力还真不是一般的强悍！

“收回刚才什么话？”欣心吸了吸鼻子，挂着泪珠紧盯着冷浩风漂亮的桃花眼。若他说出不满意答案的话，欣心一定会非常不客气地大哭起来，水淹冷府。

“我不娶欣心的话！”

“这话的意思是？”欣心哽咽了一下，朝身边的吉吉问。

“这话的意思是，收回不娶，潜台词便是会娶，所以冷公子会娶小姐你！”吉吉的话刚说完，冷浩风冷冷的眼光嗖嗖地直射向她，差点儿没把吉吉吓得腿软。

“浩风的意思娘明白了！”冷夫人适当地出声，“老爷，我们去准备浩风跟欣心的婚事吧！”冷夫人热切地勾着冷然，喜滋滋地往内屋走去。他们真的去筹备婚事了，完全把冷浩风抓狂的表情无视掉！

第一个目的达成！欣心不动声色地朝吉吉比画了个“OK”的手势，让冷家家长压住冷浩风，把婚事定下来。接下来，欣心要做的便是，怎么把冷浩风这个冰块融化掉，让他心甘情愿地娶自己为妻！

欣心乐颠乐颠地扭着小碎步，朝冷浩风笑得特别意味深长，“浩风哥哥，我们有的是时间，慢慢耗！”

冷浩风被欣心笑得心头不断发毛，一把抓住欣心的手臂，愤恨地道：“欣心，你是故意的？”

“我不是故意的，但绝对是有意的！”

欣心这话让冷浩风气得跳脚，最后还补了句，“浩风哥哥，离家出走可不是乖小孩该有的行为，而且你现在哪里也不能去了！”

冷家两尊家长，外加南宫家长，师父……在几尊门神大佛的监视下，冷浩风现在就跟关在笼子里的鸟一样，插翅也难飞了。

“为什么？”冷浩风阴沉着俊脸，手抓着欣心的手臂，用劲更大了。

欣心皱了皱眉，淡扫了眼冷浩风抓着的手臂，轻柔地说道：“浩风哥哥，我有必要提醒你，男女授受不亲！你抓的那地方很危险，一会儿后悔可别怪我。”

冷浩风面无表情地说道：“我不会娶你的，若把我逼急了，我六亲不认，照跑不误！”

“刺啦”一声，欣心的袖子被拉开了，一段白藕般的手臂暴露在闪闪的烛光下。

冷浩风愣了愣，顺手帮欣心把那袖子往上提了提，眼睛别扭地瞥向别处，注视着欣心的肩膀。

欣心从容地瞅着因为冷浩风提拉着袖子，而使这边香肩微露，不由得轻叹了口气。

冷浩风冷着脸，面无表情地又帮欣心把这边掉落的衣衫给提了上去。

“浩风哥哥，能不能高抬贵手？”欣心笑靥如花地灿烂说道。他提着欣心两边的衣衫，总不是个事儿！

冷浩风面色淡然地松开手，欣心的衣衫便这样华丽地在他眼前滑落，直跃入眼帘、刺激他眼球的便是欣心白皙的颈脖、性感的锁骨、晶莹如脂的大片肌肤。

这下子，冷浩风不得不怒了，“欣心，你故意的？”

“有吗？”欣心面不改色地接话，不就是露个肩吗？

“你看看，你穿的是什么衣衫？成何体统！”冷浩风指了指欣心那损坏的袖子。

“我没记错的话，这衣衫是浩风哥哥你撕的吧，怎么能怪我？”欣心无辜地反问。

冷浩风沉着脸，话都懒得接。

欣心眨了眨眼，更猛地丢了句，“莫非浩风哥哥嫌我穿得不好？你撕起来不方便？”

“你强词夺理！”哑巴吃黄连，有苦说不说，现在就是冷浩风的真实写照。

“没有道理的话，强夺，也夺不过来！”欣心耸了耸肩，伶牙俐齿地回道。

“大家闺秀是装出来唬人的，这个才是你欣心的本性吧？霸道、自私、不择手段……”冷浩风愤慨地指责。

“恭喜你，答对了！”欣心也懒得去挂那大家闺秀的头衔了，这会儿豁出老脸了。

“今天既然把话说开了，那么我也不跟你绕弯子了。冷浩风，我看上你了，所以你还是做好娶我的准备吧！”欣心拢了拢衣衫，气定神闲地朝冷浩风道。

“我也说过了，我不会娶你！你趁早死心吧！”冷浩风嘴角挂着嘲讽的冷笑。

“你不娶我也行！”欣心满不在乎地朝着冷浩风道，“反正我娶你，也是一样的！”

“做梦！”冷浩风冷哼道。

“是不是做梦，你比我更清楚！别忘了，你老爹已经收下我的聘礼了。”欣心满意地瞅着冷浩风憋屈的神色，继续往死里踩，转头继续对吉吉说，“吉吉，去查一下，最近的黄道吉日是哪天，顺便回府，让爹爹准备好，我要娶浩风哥哥过门！”

冷浩风看着在他眼前华丽地闪身、跃上屋檐的吉吉，快速地游走在他家的高墙上，几个轻巧纵跃后，消失在他的眼帘中。欣心，果然来真的！

“欣心，你别太过分！”冷浩风目光肃然地瞪着欣心。

欣心理所当然地把那愤怒的视线，理解为冷浩风那漂亮的桃花眼在朝她放电，依旧笑意盈盈，“我怎么过分了？”

“莫非你还有本事把我抢上花轿不成？”

“谢谢，你这个提议不错，万一真到那个地步，我会考虑的！”欣心灿烂地朝着冷浩风笑着道谢。

冷浩风无语地转身离去，跟欣心沟通完全失败！

夜深人静，冷浩风阴沉着脸，推开门四处观望了一番，最终决定翻窗而逃。家里的形势已经是一面倒，完全认可欣心这个准儿媳妇了，问题是冷浩风不想娶啊！

至于冷浩风为什么不想娶，还真说不出理由来。只是每次冷浩风遇见欣心准没好事，为了他的人身安全，他不得不跑。

“浩风哥哥，你我果然心意相通，今晚月色不错，一起来赏月吧！”慵懒的嗓音，带着几分热切的邀约，欣心一身白色绸衣，披散着秀发，在夜风的吹拂下，秀发飞舞，美丽可人。不过看在另外一个人的眼里，她就跟索命女鬼没分别了。

冷浩风差点儿脚步不稳而摔下屋檐，冷脸指着欣心，手指都有些太过意外而微微颤动，“你……你怎么在屋檐上？”

“赏月啊！”欣心樱桃小嘴吐出这么三个字，那么的理所当然。

冷浩风瞅了眼欣心脚边，几个洒落的酒瓶、糕点，无语地沉着脸道：“欣心，你到底想做什么？”

欣心皱了皱眉，美目朝着冷浩风眨了眨，“我想做什么？你问得好多余！我想嫁给你，可是你不娶啊，所以只能换我娶你了啊！”

站在原地，与欣心对视良久，冷浩风瞥过冷冷的视线，口气阴冷地说道：“我说了，我不会娶你，也不会嫁给你！”

“请给我个理由！”欣心手托着腮，认真地问冷浩风。

“我不喜欢你！”

“我知道！”欣心很诚实地点点头，“但是你能保证永远都不会喜欢我吗？”

这……冷浩风额际飘过三道黑线。

“日久生情这事，谁都保证不了！”欣心非常严正地说，“浩风哥哥，你现在不喜欢我，没关系，我们可以慢慢培养感情，以后你一定会喜欢我的！”

在冷浩风抓狂前，欣心再加了句告白，“现在我喜欢你，以后就换你喜欢我，很公平的！”

“欣心，不妨老实告诉你，我有喜欢的人了！”

“真的吗？浩风哥哥有喜欢的人？”欣心挑了挑眉，问的有些急切。

“嗯！所以，你别掺和进来了！”冷浩风面色严正地说。

“有竞争才有压力，有压力才能更加促进你们之间的感情以及增加我的动力！如果浩风哥哥不介意的话，我能不能去认识一下我的情敌是哪位？”

冷浩风被欣心打败了！无语地望着月色，哪家的闺女脸皮能厚得过欣心？

“浩风哥哥，欣心也不妨老实告诉你。在来冷家之前，欣心已经查过了，从你出生至今，洁身自好，没有半个红颜知己。你这位爱人，莫不是飘香阁的神秘花魁？她可是唯一一位与你有不凡关系的女子！”欣心轻笑着说。

“欣心，你到底看上我什么了，我改还不成吗？”冷浩风俊美的脸愁着，拧着眉，非常无奈地说道。

欣心差点儿被气死！缓缓气，深呼吸，再次认真地说道：“我就是看上你不喜欢我，如果你喜欢我了，我就不会看上你了！”

冷浩风石化，他是不是该试着去喜欢欣心？

“睡眠对女孩子很重要的，我要去休息了。浩风哥哥如果想继续赏月的话，请便。”欣心打了个秀气的哈欠，嗓音有些低沉沙哑。

冷浩风目光斜睨了眼欣心，嘴角挂着嘲讽，要他喜欢欣心？简直就是做梦！欣心的如意算盘打得太好了，冷浩风还不如跑路呢！

“哦，忘记告诉浩风哥哥了，你现在的所有行踪，都被监视着，你想赏月或者吃夜宵，记得喊上欣心，不然一会儿会有四位家长找你麻烦的噢！”

冷浩风冷眼看着欣心华丽地从他眼前飞下屋檐，正暗自窃喜，继续准备他的逃亡大计，眼前却从四个方位出现了四张同样黑着的脸。

“浩风啊，你拿着包袱想上哪儿去呢？”冷夫人咧着森森的白牙，一字一字地从牙缝里挤出这么句话。

冷然直接拿着藤条，数落着冷浩风的罪状，“臭小子，目无家长，离家出走，杖责二十！”

“哎呀，小孩子，离家出走可不好！二十是不是少了点儿？”季田非常小声地嘟囔了一句，音量却让在场五个人都能清晰地听到。

“女婿啊！”秋月劝慰，“试着喜欢咱们家欣心吧，别挣扎了！”

“我不会娶不喜欢的女子为妻，我不喜欢欣心，所以不会娶她的！”冷浩风冷冷地说道，眼光倔强地一一扫视了在场那四位。

“这孩子真不听话！师兄，咱们走吧！”秋月不满地撇了撇嘴，朝季田招呼道。

“不给他解药？”季田小声地问。

“不用给，不用给。”这话是冷夫人说的。

“给我下了什么药？”冷浩风面色阴冷。

“也没什么！”冷然挥挥手，“为了防止你小子偷跑，我们暂时给你下了化功散。你就乖乖地待在家里“待嫁”吧！”

什么？有这样做人爹娘的吗？冷浩风无力地垂眉，他真的成了手无缚鸡之力之人了，不用伪装了！

第九章　欣心的努力

作为人妻的第一步该做什么？

当然是照顾好相公的生活。于是欣心第一步的工作，便是下厨！力求做个能出厅堂，能下厨房的女人。在火烧了冷家半个厨房，吓坏了一群老妈子、厨师后，欣心得意地捧着一碗黑乎乎的十全大补汤，朝着冷浩风的书房推门而进。

冷浩风面无表情地扫了眼欣心，无视地继续把视线对着手中的书。他现在被看得死死的，连院子的大门都出不去。隐藏的功夫，竟然被下了化功散，所以偷跑基本上没指望！

“浩风哥哥，这个是欣心为你熬的十全大补汤，趁热喝。”欣心边说，边端着那汤，朝着冷浩风靠近。

冷浩风不为所动，打定主意当木头，无视欣心。

“这破书有什么好看的？”欣心非常干脆地抽走了冷浩风手中的书，抬眼瞄了瞄，随手便扔出窗外。

“哎哟！”一声痛呼，冷然摸着被砸疼的脑袋，拎着那砸他脑袋的书本，推窗翻身进屋，朝着欣心宠溺地打招呼道：“欣心哪，你给浩风送啥好吃的？”

“十全大补汤！”欣心朝着冷然道，话锋一转，“不过，貌似浩风哥哥嫌我手艺不好，不肯捧场耶！”

冷然朝着冷浩风吼道：“欣心特意为你熬的，你竟然不吃？好，以后我把你一日三餐，全部归欣心负责，你不吃就等着被饿死吧！”

“饿死也不吃！”冷浩风冷着脸坚决道。

“好小子，有骨气！”冷然沉着俊脸道，“今天，我还跟你耗上了！”

“欣心！”

正在冷眼旁观他们父子怄气的欣心，冷不防被提名，忙“啊”的应声。

“今天冷伯伯给你个任务，帮我十二个时辰寸步不离地盯着冷浩风。在他没喝完你的大补汤之前，不许吃任何东西，水都不许喝！”冷然说风便是雨，撂下狠话，便急匆匆地朝着厨房吩咐去了。

欣心漫不经心地拉了把椅子，坐到冷浩风面前，拨了拨指甲，也不急着开口，就这样跟冷浩风干耗着！

中午过去了，下人送了一份精致的午餐给欣心，欣心望着冷着脸闭目养神的冷浩风，秀色可餐哪，一顿午饭吃的心满意足。

冷浩风饿着肚子，抗议，打定主意不跟欣心开口说话，大丈夫宁愿饿死也得有骨气！

晚上的时候，下人送了一份比中午更加精致的晚餐，欣心瞅了瞅闭目装死的冷浩风，自言自语地说道：“送了这么多，我一个人怎么吃的完哪？”

“咕咕……咕咕……”

冷浩风的面色窘得一阵通红，抿着唇。

“要不，浩风哥哥跟我一起吃吧？”欣心非常热心地把冷然交给她的任务自动过滤掉。冷浩风的脾气就跟茅坑的石头一样，又臭又硬，说不吃，还真不吃，一天水都没喝，万一真饿坏了，欣心可是会心疼的。

冷浩风闷哼了一声，翻个身子，继续窝在贵妃椅上假寐。

“浩风哥哥，干吗跟自己的肚子过不去呢？”

欣心挑了块色泽诱人的酱肉，朝着冷浩风发挥美食的魅力，“你悄悄地吃点儿，我不会跟冷伯伯告状的！”

冷浩风瞅着送到嘴边的肉，吞咽了下口水，咬着嘴唇，冷冷地道：“拿开！”不耐烦地站起身子，朝着屋外走去。

欣心忙机灵地跟上，冷然伯伯的意思是二十四小时跟着冷浩风，她可是有特权的。晚上睡觉嘛，大不了不睡，看美男！

两天时间，在眨眼间便过去了，冷浩风绝食了两天，而冷家家长似乎一点儿都不急，惩罚依旧继续着！

欣心愧疚地瞅着冷浩风饿得苍白的脸色，嘴唇因缺水而干裂地斜躺在贵妃椅上，是不是玩得有点儿过火了？会不会出人命？

中午的饭菜又给欣心送来了，欣心随意地挑了几口，便也搁着了。

"浩风哥哥，我把这汤倒了，你出去吃点儿饭吧！"欣心端起那黑乎乎的大补汤，朝着屋内的盆景处，正要倒掉。

冷然迈着轻快的步子，走进书房，朝着那变味的大补汤睨了两眼，"欣心呐，不许倒！这个可是你第一次为浩风熬的，怎么能如此浪费？搁着！"

"可是，好像坏了。"欣心礼貌地回答，毕竟冷然现在是她仰仗的"家长"。

"坏了也搁着！反正又不是你吃！"冷然扫了眼冷浩风道。

话都说到这份上了，欣心还能说啥？冷浩风啊，万一你撑不下去，饿坏了，还要拿着馊了的补汤垫底，吃坏肚子千万别算我头上啊，欣心默哀了下再一次把那汤搁回了桌子上。

"小子，有骨气，你继续绝食！让老爹看看你还能撑几天！"

冷浩风撇了撇嘴，不吱声。

"小子，有本事你就绝食自杀，不然的话，你要吃东西，就只能吃欣心做的。欣心若不做给你吃，饿死你得了。"

冷浩风面色冷然地斜睨了眼冷然，如果他这么容易妥协的话，下一步还不得妥协着上花轿，娶欣心为妻？吃人嘴软，说啥都不能吃！

"冷伯伯，浩风哥哥一直不肯吃饭，对身体不好，怎么办呀？"欣心非常虚心地朝着"十佳公公"讨教。

"嘴长在他身上，他要不吃，我也不能强喂呀！"冷然意味深长地朝着欣心挑了挑剑眉道。

"冷伯伯的意思是？"欣心大概，好像，心里有了那么一点点明朗的意味。

"欣心呐，浩风不吃饭，你就没办法了吗？那以后怎么跟浩风成亲呐！"

冷然眉眼都含着笑意，乐滋滋地帮着外人设计着他的儿子。

欣心被冷然这么一提醒，一个激灵，好你个冷浩风，第一步逃家，第二步绝食，第三步不用说了，肯定是拒婚！不对，一开始就拒婚了，最后肯定是想逼着欣心主动退婚。你狠，我要比你更狠！

欣心朝冷然轻柔地笑道："冷伯伯，你放心，我有办法让浩风哥哥吃东西了！"

"那我就不打扰你们年轻人培养感情了！"

欣心目送着冷然离去，嘴角挂着抹狡黠的笑意，不动声色地围着冷浩风斜躺的椅子，十分优雅、悠闲地漫步。

"欣心，你到底想干吗？"冷浩风终于忍不住问。

"想把浩风哥哥转晕，然后准备喂你吃东西！"这次欣心老实回答了！

"我说了，饿死也不吃！"冷浩风咬咬牙道。

"要知道，你现在可是非常的虚弱！"欣心拖长了调子道，"如果我强行要喂你东西吃的话，浩风哥哥认为，我成功的可能性有多大？"

"你敢！"冷浩风激动地瞪圆漂亮的桃花眼。

"非常荣幸地告诉你，我确实敢！"欣心顺手拿了杯水，靠近冷浩风，快速地点住了他的穴道，捏着他俊美的下巴，就这样非常强悍地强灌了进去。

冷浩风紧咬着牙关，水顺着完美的下巴弧度，流了下来，衣衫上满是水渍。

冷浩风轻蔑地瞅了眼欣心，满脸傲慢，我死也不吃，你能奈我何？

欣心松手，轻柔地用手帮着冷浩风擦了擦嘴角，接着朝冷浩风妩媚地笑了笑，"浩风哥哥，你真不乖！喝水都能把衣服给弄湿了！"

冷浩风"哼"地别过头，闭目养神。

欣心一把拎着冷浩风的衣襟，"刺啦"一声，直接拉开了冷浩风的腰带。

"欣心，你到底想怎么样？"冷浩风动弹不得地看着欣心抽走他的腰带，俊脸上青筋暴露，完全一副恨不得掐死欣心的模样。

"衣服脏了，当然得洗呀！"欣心答非所问，"我帮你脱衣服，你不用太感动的。"

"你敢！"

"浩风哥哥，再一次很明确地告诉你，我敢！"话刚说完，手上配合地非常迅速把冷浩风的上衣给扒光了，顺手丢出窗外。

冷浩风的脸色已经黑得没办法形容了，眼神冷得能把人冻出病来。当然，除了眼前这个，似乎对他浑身冷意，丝毫无感的欣心。

欣心看着半裸的冷浩风，丝毫没有姑娘家的忸怩，反而一副兴致盎然的研究模样，顺手弹了弹冷浩风胸前的红点，"浩风哥哥的皮肤保养得不错！"

"南宫欣心，你难道不知道什么叫羞耻吗？"冷浩风撇过头，剑眉拧得跟山高，扫了眼自己被欣心强迫裸露的上半身。

"羞耻？能拿来当饭吃吗？"欣心面不改色，如此的秀色可餐，因为羞耻而不看的话，实在是可惜，暴殄天物才该遭天打雷劈。

冷浩风动弹不得地闭上了漂亮的桃花眼，来个眼不见为净。

不过欣心容不得他装死，再一次倒了杯水，捏着冷浩风的下巴，强灌了下去。

冷浩风咬紧了牙关，灌不进去，那些水再一次顺着冷浩风的胸膛流了下来。欣心似笑非笑地望着冷浩风略湿的裤子，清了清嗓子道："啊呀，裤子也湿了。"

冷浩风漂亮的桃花眼"腾"地一下张开，眼光闪烁着复杂的光芒。

欣心动作非常轻柔地开始去扯冷浩风的裤腰带，准备把冷浩风的裤子也给剥了。

"住……住手！"冷浩风涨红了俊脸，冷冷地说道。

欣心充耳不闻，扯开了裤腰带，正准备进一步把冷浩风的裤子往下扯，反正也不是第一次强剥冷浩风的裤子。

"欣心，够了你！"冷浩风情绪失控地大喝道。

"我不介意帮你脱了洗干净的！你别不好意思，我不怕长针眼！"欣心无所谓地继续撩拨着冷浩风。

"你……你……"冷浩风一时间被气得怔住了，不知道该接什么话。

“谁叫你不吃饭，现在体质虚弱，所以这些体力活，都交给我来做好了！”欣心笑得特别和善可亲。

“我怕你了，我吃饭！”冷浩风有气无力。

“咦，浩风哥哥，你刚说了什么？”欣心抬眼朝着冷浩风灿烂地笑着问，似乎没有听清楚。

“把我穴道解了，我吃饭！”

“你的穴道在我帮你脱衣服那会儿，就已经解开了啊！”欣心无辜地回答。

冷浩风忙两手环胸，遮掩着他的春光乍泄。

欣心扫了眼冷浩风的裤子。

冷浩风条件反射地忙一手紧抓着裤腰带，一手指着欣心道：“去把我的衣服拿回来。”他可不想这样裸着出门去捡衣服。

“脏了，拿去洗了。”欣心摊了摊手。

“那麻烦你给我再找件衣服来，行不？”冷浩风咬牙切齿地道，一手捂着胸前，一手紧抓着裤腰带。

“叫我欣心！”欣心望着神色冰冷的冷浩风如此好玩的动作，真想大笑，她越来越觉得自己有做女飞贼的潜力。

冷浩风手握着拳，指尖都微微地泛白了。

“浩风哥哥，你身材不错！”欣心夸赞。

“欣心，欣心，麻烦你，给我找件衣服！”冷浩风彻底地气炸了。欣心能面不改色地研究他的身材，他可没任由人观赏、裸奔的习惯！

“晚了！”欣心无奈加可惜地道，“在浩风哥哥，犹豫的这会儿，吉吉应该把你的衣衫全洗了。”

吉吉办事一向有效率，欣心其实应该早点儿提醒冷浩风这个的。

“全洗了？”冷浩风傻眼。

“大概除了你身上的裤子，你的衣服应该都被直接丢到井里泡着了。”欣心努力地克制着爆笑的冲动，严正地回答。

“那我穿什么？”冷浩风涨红了脸，耳朵都微微发红了。

“衣服都洗了，没干之前，你就什么也别穿了！”欣心从容、随意地说。

冷浩风石化了一下，大脑的认知度慢了小半拍。

欣心大大方方地扫描了几眼冷浩风完美的身材比例，小声地嘟囔句：“反正没人介意你裸奔，还是什么都别穿最好看！”

“什么都别穿？”冷浩风怒火腾地蹿了出来，一字一字地从牙缝里挤出来。

欣心瞅着冷浩风抓狂的模样，有点儿惧意，往后小退了几步，干笑了两下道：“反正，最多裸一天，你的衣服就都能干了！”

冷浩风沉着脸，手指咔咔作响，他一定要掐死这该死的欣心！

“浩风哥哥，要不，你把裤子一起脱了吧，裸半身还不如全裸呢！”欣心笑得特别欠揍，满意地瞅着冷浩风那抓狂的模样。

“南宫欣心！”冷浩风朝着欣心逼近了几步。

欣心赔了个笑脸，继续耐心地纠正道：“叫我欣心就行了，不用连名带姓地喊，太生疏了……”

冷浩风浑身杀意地朝着欣心又逼近了几步。

欣心背顶着书柜，退无可退……瞄着冷浩风那朝她脖子伸来索命的双手，考虑着，是不是该提醒他一下，他的裤腰带解开了还没系呢。

冷浩风掐着欣心的脖子，因为两天没吃饭，力道看似恐怖，实际上一点危险性也没有。

“浩风哥哥，你确定要这样掐着我吗？你的裤子在往下掉耶！”

冷浩风冷着眼，低下头，裤子确实在往下掉，于是忙推开欣心，一把提起裤子。

欣心往后在书柜上一撞，那书柜直直地朝着冷浩风、欣心倒了下来。冷浩风也顾不得提裤子了，忙抱着头闪躲。

欣心顺手拉了把冷浩风，闪过一旁。两个人倒靠在墙上，满柜子厚重的书籍，“轰隆轰隆”地砸了下来。欣心暗叫好险，如果躲得不快，被这些书砸死，那才叫冤呢！

冷浩风也没力气折腾了，靠着欣心缓了缓神。

吉吉推门就看到如此暧昧的一幕：冷浩风裸露着精瘦的上半身，下半身半褪着裤子，压着欣心靠在墙上，胸口清喘起伏。

“打扰你们了，你们继续！”吉吉说完后，立马拉上门。

冷浩风一把推开欣心，窘红着脸，拉上裤子，忙“噔噔”地跑远了几步，手环着胸，生怕欣心吃了他似的。

“浩风哥哥，吉吉锁门了！你跑什么跑？”欣心咧嘴笑着，故意装出色迷迷的模样。

“南宫欣心，你别让我揍你！”

“你想怎么揍我呢？你有力气吗？”欣心这会儿更加肆无忌惮地朝着冷浩风逼靠上去。

“南宫欣心！”冷浩风眼里的嫌恶更加明显了，毫不留情地直接把欣心给用力推开。

欣心冷不防地被冷浩风用劲那么大推开，踉跄地跌倒在地上了，头好巧不巧地撞上了那椅子的边角，蓦地一晕，疼的欣心龇牙咧嘴地一捂。湿湿的，欣心手拿下来一看，竟然在流血。

“叫我欣心！我不想说第三次！还有，你别说我敢不敢的话，我没有什么不敢做！”欣心收起了玩闹的神色，严正地对着冷浩风说道。

望着欣心手捂着额上，不断从指间流下来的血，冷浩风漠然地转过头，视而不见，“你何必自讨没趣？”

“冷浩风，我还真跟你耗上了，非你不嫁！”

“我真的不喜欢你，你别缠着我了行不？”冷浩风冷着脸挂满了无可奈何。

“为什么？”这下子，欣心被打击到了。

“我说了不喜欢你，我很讨厌你！所以，即使大街上随便拉个人来娶，我都不会娶你！如果，你非赖着嫁给我，行！我让你守活寡！”冷浩风满面涨得通红，激动地一口气说完。

顺了口气，冷浩风还严正地补了句，“我会娶一堆的小妾回家，你就占着冷夫人的位置，天天抱着被子哭，慢慢地熬到白发苍苍吧！”

“我哪里入不了你眼？”欣心委屈。

“你没一处能入我的眼！”冷浩风非常直接地说。

欣心不可置信地倒退了一步，眼睛酸酸的。被喜欢的人再三拒绝，自尊伤到尘埃里去了。但是歌词不是唱得好吗？“爱要越挫越勇”，冷浩风没有爱人前，她一定要努力地去征服他！欣心小小地为自己打了下气。

“你这样强迫我有什么意思？”冷浩风叹了口气，继续道，“这样只会让我越来越讨厌你。”

欣心也被问住了，她是不是真的做错了？不行，得好好地想想去。

冷浩风望着欣心从他眼前跃上天窗，轻巧地翻身出去。他是不是过分了点儿？再怎么说，南宫欣心都是女孩子。

欣心漫无目的地走在街上，脑子里有两个小人不断地争吵打架。

一个说：欣心，男女之间的缘分，是注定的，但感情是靠个人经营的。你跟冷浩风擦了那么多次火花了，坚持到底就是胜利，冷浩风肯定会爱上你的！

另一个则说：勉强是没有幸福的，还不如放开冷浩风呢，世界上又不是只有他一个男人。他不稀罕欣心，多的是人宠着欣心。放弃他，去寻找更好的幸福吧……

不知不觉迎头便撞跌进了一个胸膛。

欣心揉了揉撞得疼痛的鼻尖，抬眼望着那亲切的俊脸，直接埋进他怀里委屈地掉起了眼泪，越想越委屈，泪水就越多。

欣心活这么大岁数了，还真没有被如此直接地再三拒绝过呢！脸皮厚是一回事，但自尊受创又是一回事！

等南宫轩手忙脚乱地把欣心安顿在客栈的包房，欣心那委屈之色已退得干干净净了。这情绪来得快，去得也快……

“妹妹受委屈了？”南宫轩关切地问。

“没！”欣心被南宫轩那么热切的关心盯得心里直发毛，只好随意地胡扯，有委屈也只能说没有呀！

“那你怎么哭了？”南宫轩用帕子轻柔地帮欣心拭去眼角的泪痕。

“疼了，就哭了嘛！”欣心指了指额头那红肿的包。还好现在血不流了，不然失血过多，一定要好好地找冷浩风算账！

“怎么受伤了？”南宫轩温柔地帮着欣心在额际红肿的伤口上上药，口气带着心疼地责备。

“不小心磕到椅子了……”欣心嘟了嘟嘴，扮个了鬼脸，不想让南宫轩知道，她是被冷浩风推倒才撞伤的。

“你呀，小心点儿！”南宫轩宠溺地点了点欣心的额头，“在冷家准备待几天呀？”

“待到出嫁为止！”欣心这话接的倒是顺口。

南宫轩没料到欣心这样回答，握茶杯的手顿了顿，随口便带过了这话题。“哥哥要回灵山一段时间！”

“回灵山干吗？”欣心不解地对上南宫轩温和的双眼。

“最近出现了一个神秘门，师父让我回去查查消息！”南宫轩说完，回神望着欣心，浅笑了一下道，“妹妹，你是师父的关门弟子，怎么都不告诉哥哥？”

“师父跟爹爹的关系，你又不是不知道。要是被爹爹知道我学武，家里还不闹翻天呀！”欣心喝了口茶，随意地说。

“这倒也是！”南宫轩饮了口茶，和煦地笑了笑。

欣心的情绪来得快，去得也快，她想要做一件事肯定就会坚持到底。所以，她再一次信心十足地回来冷府。她宁愿做过了后悔，也不想错过了遗憾。

第一个目的地，便是冷浩风的卧室。

“南宫欣心，你干吗？”一声惊天动地的惨叫，咬牙切齿地从冷浩风嘴里怒吼了出来。

“夜游！”欣心面无表情地静立不动。

一袭纯白色的衣衫，头发随意地披散着，盖了大半个脸庞，再配合着欣心胸前摇晃的红烛，烛火映照在她白皙的脸上，一声不吭地站立于床前，有些吓人。

这个叫夜袭好吧！

冷浩风刚刚是被滴落在脸上的蜡油烫醒的！

“你……你怎么进来的？”冷浩风明明记得有锁门，而且为了防某人，还特意落了两把锁！

“开门，走进来的！”欣心坦荡地回道，拿着烛火转身，大大方方地拉了把椅子坐了下来。

“怎么可能？”冷浩风沉着脸，不死心地朝门口走去，严肃地拿着两把完整的锁在那儿仔细地研究着。

欣心心底鄙夷了一下：切，我有个神偷丫鬟，你加再多的锁都能给你撬了。再不济，我手里还有削铁如泥的宝剑，砍个门锁算啥。

“南宫欣心，你半夜不睡觉，跑我房间来干吗？孤男寡女共居一室，你不要脸，我还要做人呢！”冷浩风性感的唇间尽是嘲讽之色。

“哦，半夜该睡觉了！”欣心揉了揉略带迷糊的双眼，站起身子，朝着冷浩风的床走了过去，完全选择性地听话，听得进该听的，听不进的就当没听到。

等冷浩风明白欣心的举动意味着什么，急忙上前一把拉住准备倒头就躺下的欣心。

“不是该睡觉了吗？”欣心打了个哈欠，无辜地朝着冷浩风眨了眨略带水汪汪的星眼，那表情要多无辜便有多无辜！

“滚回你自己的房间去！”冷浩风怒吼。

“忘记告诉你了，冷伯伯把这个房间的处置权交给我了！所以，大概这间房，以后算我的！”欣心无视冷浩风，大大方方地躺到了他的床上。

“什么时候，这个房间的处置权归你了？”冷浩风咬牙切齿。别拦着他，他一定要杀了那对助纣为虐的老爹、老娘！他到底是不是他们的亲生儿子？这宠南宫欣心而无视他的事，不是第一次了。当然这霸占他卧室的事，也不会是最后一件，冷浩风有种预感，这只是个开始。而欣心的小宇宙，似乎正在慢慢地开始爆发！

“今天的事！”欣心刚说完。

“小心点儿，轻点儿。”吉吉推门进来了，一路咋咋呼呼，完全无视在桌前紧握双拳，浑身散发冷意的冷浩风，“冷公子，麻烦你让让。”

冷浩风目瞪口呆地看着吉吉，以及扛了一样样东西进他房间的家丁护卫，半天才找到自己的声音，“南宫欣心，你这是干吗？”

“我啥都没干呀！”欣心回答得很无辜。

“他们在干吗？”

欣心慵懒地翻了个身，沙哑着嗓子道：“浩风哥哥，难道看不出来，他们是在搬家吗？”

“搬家？谁的？”冷浩风差点儿激动得咬到自己的舌头。

“还用说吗？当然是我们家小姐的东西！”吉吉指挥着一个家丁，放下东西后，不忘记热心地朝冷浩风说明情况，“对了，冷公子，以后这间房就是小姐的了。你的东西，需要我帮忙收拾一下吗？”

“那我住哪？”冷浩风问。

吉吉随手一指，门口搬了个木头制的小房子，“那儿！”

如果冷浩风的眼睛没出问题的话，那座四方间隔的小房子，该称之为狗窝吧？

“这里是冷家！”冷浩风一把拖起斜躺在床上的欣心，意思是还轮不到她做主。

“我知道！”欣心轻轻地闪身，往床里面窝了窝，给冷浩风一个空位，慢慢地说道，“不过，冷伯伯已经全权交给我做主了。你可以睡在这房间里，我不介意分你半张床！”

“做梦！”冷浩风冷哼了声，沉着脸，跟南宫欣心待在一个府里，危险系数就不断上升了；在一个房间里，危险警报就不断地响；真要睡同一张床的话，不用说了，明天的大红花轿会直接把他绑去成亲！

“不要就算了，那你还是跟我家小白挤挤吧！”欣心这会儿也做了个请的手势，懒得跟冷浩风浪费唇舌。

“南宫欣心，你欺人太甚了！”

“有吗？”欣心轻笑了一下，“即使真的有，那也是你逼我的！”

“南宫欣心，我不会让你得逞的！”

“我现在不准备嫁给你了！”欣心冷静地对他说。

“那你快点儿滚回家去！”冷浩风不客气地下逐客令。

“我准备带你一起回家！”欣心脸不红、心不跳地说道，“我非你不娶了！”

“异想天开！”

“我们有的是时间慢慢耗，随便你说我下贱也好，下流也好，我一样拖你下水。”

冷浩风紧抿了唇，不发一语，手紧紧地握着拳。

“冷公子，需要我帮你把被褥搬去小白的窝里吗？”

冷浩风冷冷地朝吉吉扫了眼，“大丈夫，士可杀，不可辱！南宫欣心，我就不信了，我还没个地方住。你别忘记了，这是冷家，不是你们南宫家！”

“浩风哥哥，你该不会忘了吧，现在不管是南宫家还是冷家，你说的话都没用！”

冷浩风斜睨了眼欣心，眼神犀利地锁着欣心那轻柔的淡笑，越看越恼火，竟然笑得那么嚣张？实在是太气人了！

“冷伯伯已经把这个院子所有的房间都封起来了，你若想去找地方休息，我没意见！”

冷浩风抬脚便往书房走去。

欣心跟吉吉耐心超好地跟在他身后，一起往书房走去。

冷浩风刚推开门，一个花盆直直地朝着他迎头砸了下来。若不是欣心在他身后，眼疾手快地伸手拉了他一把。这下子，他肯定被砸得头破血流了。冷浩风从花盆的惊悚中回神，指着满屋子的花，这……书房什么时候改成花房了？床上都整整齐齐地摆放了不同姿态妖娆的花朵，至于那被褥之类，早都被撕碎了，荡挂在那儿。书房不能睡，偏房总能吧？

冷浩风快速地朝偏房奔去，结果门被大木条钉上封了起来。

冷浩风怒火冲天地狠狠踹门，在欣心跟吉吉相互同情的对视后，踹门进去了。这下子，迎面泼了盆水下来，把冷浩风淋得浑身湿漉漉的。至于那房间里的被子、床褥什么的，跟从水里捞起来的没分别，当然是不能住人了。

冷浩风面无表情地从欣心身边走过，到东边的厢房去，小心翼翼地推开门。没花盆掉下来，才放心地往里面走进去。

吉吉顺手拉住了急着要跟进去的欣心，朝她使了个眼色。果然下一秒，冷浩风暴怒的吼声便传出来，“南宫欣心！”

欣心被点名，忙挪着步子进去。冷浩风略带狼狈地跌倒在地上，而那些罪魁祸首的珠子，还在那儿华丽地跳跃着。

欣心走进去，忍着笑，朝冷浩风伸手。

冷浩风瞪了眼欣心，手撑着地，准备爬起身，结果大概闪了腰还是别的，重心不稳地又华丽地倒了下去，手随便一抓，便拖着欣心一起倒在了地上。

“南宫欣心，起来！”冷浩风俊脸狰狞地怒吼，刚淋水后，胸前的衣服紧贴着身子，略带着凉意。欣心温热、柔和的身体贴着他，说没感觉，那绝对是骗人的！

“刚才好像是你拉倒我的，对不起都不用说吗？”欣心这回终于理直气壮了。

“南宫欣心，你少得意！”冷浩风用力地推了推，手却在碰到欣心柔软的身子，而触电似的弹了回来。

欣心撇了撇嘴：“浩风哥哥，要我教你吗？拉人做垫背，要垫在下面，你这样是把我当抱枕用。”

“南宫欣心，你再不起来，我不客气了！”冷浩风的脸色已经黑得不行了。

感觉到身下冷浩风的体温变化，欣心轻巧地翻身，起来后，好心地扶着他站起来，“还需要我陪你去南厢房看看吗？”

冷浩风无视欣心，准备走出院门。在这个家里没地位，他就出去，难不成还真要饿死不成？

欣心轻笑着道：“浩风哥哥，我提醒你下，离家出走，不是好孩子的行为。你如果不想被冷伯伯责罚的话，还是乖乖地待在冷府比较安全！”

冷浩风的脚步，顿了顿。

欣心顺带补了句，“友情提示，我们南宫家可是对抢人、绑架很有兴趣的，你如果出了冷府，我非常欢迎你去我家做客！”

“冷公子，你只要一出府，我们绝对有能力绑你回去做客。如果你够细心的话，应该发现，你被一堆人盯着了！”

吉吉的话，让冷浩风的脚步停了下来，冷着脸对欣心吼道：“耗就耗着，谁怕谁呀？”

“那浩风哥哥，今晚想好睡哪里了没？”

“要你管！”冷浩风冷着脸。

“看来浩风哥哥还没有挑好房间，那欣心帮你决定好了！”欣心朝着吉吉眨了眨眼，嘴角扬了扬。

“我就是跟狗睡，也不会跟你住一个房间的！”冷浩风赌气地朝欣心吼道。

欣心不以为意地耸了耸肩膀，“吉吉，夜深了，那请浩风哥哥回窝去睡觉吧！”

吉吉尽责地上前拖着冷浩风的手臂。她一定会安全地把冷浩风送到小白窝里的！

“滚开！”冷浩风沉着脸，甩开了吉吉。

欣心一把抓住冷浩风的手臂，“浩风哥哥，你不能这样粗鲁。”

“你想干吗？”冷浩风面色阴冷。

“我想请你去休息！”欣心温和地笑笑，随即道，“吉吉，拿家伙来！”

吉吉便随手递了把大剪刀。

欣心丢了个白眼，“我又不是想阉他，你给我拿这玩意儿做啥？”

吉吉打了个抱歉的手势，这次递上了一把短小精致的银色宝剑，“拿错了嘛。”

“南宫欣心，你又想耍什么花样？”冷浩风咬牙切齿地看着那对主仆。

“不想怎么样！”欣心轻摇了摇头，“我家小白爱干净，喜欢裸睡，你如果穿着衣服跟它睡，它会生气的。”

“所以，”冷浩风冷冷地从牙缝里挤出两个字，手紧握着拳，微微颤抖。

他一定要掐死这个该死的女人！

“所以，在送浩风哥哥进小白窝里前，我要先帮你把衣服脱了。”欣心话落的同时，手里那把剑，就迅速地朝冷浩风的衣衫削去。

修长性感的身材，白皙如脂的肌肤，精瘦的肌肉，在月光的照耀下，美得让人移不开眼……欣心跟吉吉非常自在地欣赏着眼前美男的春色无边。

冷浩风铁青着脸，眼睁睁地看着他的衣衫，就这样成了片片碎布，无奈穴道被点，浑身动弹不得。

“南宫欣心，你别落在我的手里，不然我一定把你剥干净了丢出去游街！”

“吉吉，浩风哥哥要把我剥干净了游街，我好怕呀！”欣心有恃无恐地朝冷浩风扮了个鬼脸。

吉吉安慰地拍了拍欣心，“小姐，奴婢知道一个词，叫作先下手为强！”

欣心笑着对冷浩风道：“浩风哥哥，你是不是该为自己担心一下，现在我有的是办法让你游街。”

“南宫欣心，你别乱来！”冷浩风的脸上闪过一丝慌乱。

“我这个人的爱好就是乱来！”欣心轻柔地伸出“魔爪”，在冷浩风俊美的脸上摸了摸。

“无耻！”冷浩风骂道。

“要不要我更无耻点儿给你看看？”欣心怒了，一把抓着冷浩风的裤腰带，三两下就把冷浩风的腰带给解了，缓缓地准备褪下冷浩风的裤子。

“住手！”冷浩风忍无可忍地出声。

“南宫欣心，我有话说！关于我们的婚事！”

欣心的手停了，笑睨着冷浩风，“浩风哥哥，你想说什么呢？”

冷浩风不自在地羞红了脸，“把我裤子提上去，穴道解了！”

欣心依言，把冷浩风的裤子提了上去，顺手把他的穴道解了。

冷浩风涨红了俊脸，忙提着裤子，系好裤腰带，手忙脚乱而打歪了好几次结。

“浩风哥哥，你别急，我不会偷窥你的！”

眼瞅着他穿好了裤子，又披上了吉吉递过的衣衫，冷浩风才严正地说："南宫欣心，我们不适合！"

"这话你已经说过很多次了。"

"南宫欣心，你这么聪明、漂亮，喜欢你的人肯定不少！"冷浩风清了清嗓子道，"你若想嫁，那些青睐你的人，定会欢天喜地地迎娶你过门。你为什么非得把时间耗费在我的身上？我真的一点都不喜欢你！"

"你不用天天说不喜欢我，你想催眠你自己还是催眠我？"欣心没好气地瞪了眼冷浩风。

"南宫欣心，你就非要死缠着我？"

"送浩风哥哥去睡觉！"欣心懒得跟冷浩风说话了。

冷浩风如雕塑般站着。不一会儿，吉吉便带着几位搬运的家丁，将冷浩风给搬回小白窝里去休息了。

冷浩风不可置信地看着眼前流着哈喇子的小狗，南宫欣心真的把他丢到狗窝里睡觉？

小白讨好地朝冷浩风摆着尾巴靠近，冷浩风动弹不得地喝道："滚！"

小白无视冷浩风狰狞的俊脸，耷拉着爪子，爬上了冷浩风的大腿，开始"嗒嗒"地往上舔。

"南宫欣心！"冷浩风惊天动地的吼声，从小白的窝里传了出来。

欣心掏了掏耳朵拉上被子，倒头就睡。冷浩风，我们之间有的是时间慢慢耗。

第十章　暗影现身，差点败露

欣心睡得迷迷糊糊的，感觉身上似乎被什么压着了，蓦然地睁眼，身上竟然多了一个身体。如果欣心的感觉没错的话，还是个男人！

一个男人，半夜溜到一个小姐的房间，还把人压在身下，那么有两种可能，一是人人唾弃的采花贼，二是两个情投意合的年轻人在"偷情"！

欣心没有与人相约，排除了偷情的可能，那么便是采花大盗！欣心直接朝那人颈脖处出手攻击。敢采欣心这朵花，这个不长眼的毛贼，一会儿定让他后悔不长眼！

那人非常灵巧地接下了欣心的攻击，握住了欣心的手，埋在欣心胸前的头颅也在第一时间抬了起来，精致的银边面具，隐隐泛着凉意。

欣心推了推压在她身上的暗影，"喂，你干吗？"

虽然暗影也是个美男，欣心跟他接吻过。但是她好歹是个名门闺秀，而且这会儿还在冷家，这暗影半夜偷进她的闺房，于理不合。还别说，如此大大咧咧地把欣心压在身下，实在是成何体统！

暗影并没有接话，闪着熠熠的星眼，凝视着欣心，嘴角微微抽搐地闷哼了下，倒在欣心身上不动了。

"暗影，你还躺着不动了？我的闺名毁了你赔得起吗？"欣心眼瞅着暗影埋在她胸前，不应声，明摆着就是在吃她豆腐！

"我受伤了！"暗影开口。

欣心直接把暗影从她身上推开，“受伤了不会去找大夫？你这是借口，登徒子行为……”她话说一半，便停止了。仰躺着的暗影，半边俊脸略显苍白，小腹那边血正在往外冒，黑色的衣衫满是血腥味。欣心又把视线瞄了眼刚才暗影躺过的地方，粉色的被子上，竟然有一摊殷红色的血迹。

“怎么受伤的？”欣心直接撕开了暗影的衣衫，小腹上那道伤痕，有食指那般长，鲜血不断地涌出来。

暗影没有说话。

欣心披衣下床，在房间里寻了几块布，又在床底下挖了壶酒。暗影饶有兴味地看着欣心捏着鼻子，猛灌了口酒，然后朝他腹部的伤口喷了上去。如此反复几次，熟练地帮暗影清洗完伤口，又上了点药，包扎完，最后把衣服给拉好。

“你经常处理伤口？”暗影好奇地问。

“嗯！”欣心随意地应了声，便对暗影推了推，“进去点儿。”

暗影茫然。

“该休息了！”欣心打了个秀气的哈欠。她可不想明天顶个大熊猫眼，面对冷浩风那个大冰块，伸手把暗影往床内侧推了进去，

暗影抽气了声，但还是往床内侧挪了挪身子。

“背上也有伤？”等不及暗影回答，欣心忙说，“把衣服脱了，我看看。”

暗影“啊”了声，习惯不了欣心的节奏。她那么坦荡地说“把衣服脱了”，可是男女有别不是吗？

眼见暗影愣住，欣心也不解释，快速拉着暗影的衣带，直接把暗影的衣衫脱了。暗影半个俊脸隐在银边面具下，灼热地烧红起来。

欣心推着暗影，让他斜躺着，白皙的肌肤上，道道狰狞的鞭伤暴露在空气中，纵横交错，血淋淋的，触目惊心。竟然都是鞭伤！最初的震惊过后，欣心再一次麻利地帮暗影背上涂药。

米白色的膏药带着一股清凉，从背上的伤处，蔓延开来。欣心的手指轻柔地为那些伤口一一仔细地涂抹，暗影苍白的脸，渐渐地泛起红晕，心猿意马。

“喂，你背上的伤怎么回事？”欣心戳了戳暗影的胸膛。

暗影沉默。

“那你肚子上的伤又是怎么回事？”欣心的问题不是一般的多。

“你很烦！”暗影不耐烦。

“你竟然说我烦？那你半夜要死不活地躺在我床上做什么？滚出去。”欣心边说，边不客气地下逐客令。

“休息。”暗影冷冰冰地说了句，便顺手把欣心搂进了怀里。

“那个……你……”欣心的脸，紧贴着暗影裸露的胸膛，暖和又柔和的肌肤触感，让欣心一时蒙了，意识到不妥，于是欣心不安分地挣扎了两下。

“别动，睡觉。”

“不要。”欣心拒绝地又挣扎了起来。暗影闷哼着皱了皱眉，欣心闻着弥漫的一股细淡的血腥味，大概暗影伤口裂开了，于是也不敢再乱动，只是抬眼凝视着暗影。

“睡吧。”暗影温柔地亲了下欣心，疲倦地合上眼。

欣心满肚子为什么也只能吞进去，任由暗影拥着她入睡。

天微亮，欣心抱着被子，睡得特别香。因为欣心一向惧冷，晚上睡的总不踏实。暗影的胸膛便是个天然暖炉，她睡得特别舒心，手脚都是暖暖的，还做梦，梦到了二十一世纪的爸爸、妈妈。

吉吉从王爷府“逛街”回来，刚换好衣衫，准备去欣心热乎乎的被窝里补个觉。一道黑影从她眼前一闪而过，她不确定地揉了揉眼。是不是她昨晚宝贝摸多，看花眼了？要不然，欣心的房间里怎么会出现一个黑衣男人？

欣心没有偷情的嗜好啊，即使有，也不可能在冷家的地盘上偷情。如此正大光明的爬墙，她还没把冷浩风给征服呢，这自挖坟墓的事，肯定不会做。那是采花贼？也不对，欣心的身手，若真是采花贼，这会儿肯定变成“花采贼”了。

正当吉吉纳闷的当口，一道白影也迅速地从她眼前忽闪而过。不过这次旋风般奔进欣心房间的，是被点穴而在小白窝里的冷浩风。

想到欣心房间可能有“奸情”后的战场没处理干净，冷浩风此时进去，不正“抓奸”在床？吉吉忙抬脚跟进去，嘴里大声地嚷嚷起来，“冷公子啊，小姐还没起来。”

冷浩风浑身的怒意，俊脸狰狞，手紧握着拳。他一夜未睡，除了被那条该死的“色狗”口水轻薄外，就在那儿冲穴道。该死的南宫欣心，竟然敢把他丢进狗窝。他一定要掐死她！

好不容易冲开了穴道，冷浩风便杀气腾腾地直奔他的卧室，现在欣心的居住地。

当冷浩风脚底生风地走进卧房，一眼便看到一室春光，白皙如雪，光滑凝脂般的完美裸背，跃入眼帘。他面色陡然变红，一股热气直冲脑海。床上的人犹如猫儿一般蜷缩着，弓着身子背对着他。紧抱着枕头正睡得香甜的欣心，随意地又抱紧了些枕头，小腿不安分地从被子里踢了出来，于是一截白晃晃的小腿又跃入冷浩风的眼睛中。

“冷公子，我们小姐还没起床。”吉吉目瞪口呆地看着凌乱的被褥，以及睡得香甜而浑然不觉春光乍泄的欣心。貌似，她阻止得有点儿晚了，不过，是不是正好用这个借口，让欣心赖上冷浩风？

“把她给我叫起来！”冷浩风沉着脸道。

“小姐，小姐。”吉吉忙尽责地上前，推了推睡得香甜的欣心，眼角随意地一扫，便看到粉色床单上那醒目的血迹，果然有“奸情”。

“吉吉，你吵死了！”欣心被吉吉从香甜的梦中推醒，不满地说道，揉着惺忪的睡眼，打了个哈欠，眼角扫到那抹白色的身影，瞌睡虫也被吓跑了。她忙指着冷浩风，略带慌乱地问：“他……他怎……怎么……在我房间里？”

慌乱之中，欣心声音竟然都磕磕巴巴起来，差点儿还咬到了自己的舌头。

没办法，欣心可没睡糊涂，暗影还躺在她床上呢。这会儿若被冷浩风逮住的话，她跳进黄河也洗不干净了。虽然她跟暗影，本来就有点儿小暧昧，但欣心想嫁的人可是冷浩风啊！

还没过门便被抓奸在床的话，欣心以后哪还有脸活下去呀！即使她跟暗影真的什么都没发生，只是同床共眠，但说出去谁信？这可是封建保守的古代啊！于是，欣心手忙脚乱地将被子往边上堆去，企图把暗影遮掩起来，而她上半个身子，只着了件小肚兜，暴露在空气里。

欣心的出声，让冷浩风忙转过身子。他一定要掐死欣心！不过当他看见欣心身着天蓝色的肚兜，白滑的香肩，细嫩的颈脖下，胸前大片的春光，脑海中涌上更多的灼热……这对眼球的刺激，显然比那完美的裸背，有过之而无不及。于是，冷浩风君子地把眼光只盯在被子上，努力地挥去脑海中那白皙的肌肤。这一扫，自然就扫到了那粉红色床单上醒目的血迹，冷浩风的眼渐渐微眯了起来。

吉吉顺手帮欣心拉了拉被子，遮掩，“小姐，你可别着凉了！”

欣心一急，抓着被子，免得吉吉把被子里的暗影给暴露了出来，“我自己来！”

“欣心，穿好衣服，我们之间的事，有必要好好地解决一下！”冷浩风面色严峻，肃然地说。

“好啊，不过浩风哥哥，我更衣，你不用回避吗？”欣心大大咧咧地从被子里伸出一截白皙的藕臂，吉吉忙将欣心的衣衫递过去。

冷浩风本来是要回避的，不过总觉得欣心的慌乱，以及那堆被子有问题，还有那摊血迹，疑惑地徘徊在心头。于是冷浩风便站直身子，背对着欣心，等待她穿好衣衫。

欣心慢悠悠地穿好衣衫，理了理散乱的发丝，才朝冷浩风开口：“不知道，浩风哥哥，今天又想跟欣心怎么解决？”

“先说一下，那血迹是怎么回事。”冷浩风冷着脸，漂亮的手指随意地指了指欣心床被上那摊醒目的血迹。

“啊？”欣心有点儿傻眼。

“南宫欣心，你最好老实交代！”冷浩风的眼色带着凌厉，扫视了眼欣心。

“交代什么？”

“官府头号赏银通缉犯，舞影神偷，是不是你？”冷浩风朝欣心审讯。

吉吉不自觉地往后缩了缩，被冷浩风一个冷眼扫到，便垂着肩膀，静立一旁，大气也不敢出。

欣心懒洋洋地出声，“当然不是！我从来不做那些偷鸡摸狗的事。”

“那血迹怎么来的？”冷浩风冷冷地问。

“女人每个月不都有那么几天么？”欣心眨着明亮的星眼，脸不红心不跳，尽量若无其事地表现得十分坦然。

冷浩风听了面色一红，随即又板着脸道：“胡扯！南宫欣心，你肯定有古怪，要不然那么慌张做什么？”

“浩风哥哥，男女有别，你大清早地跑到我房间里来，我被你看光了，你又不肯娶我，我能不慌张吗？”欣心这会儿已经理直气壮了。

“你这会儿到知道男女有别了？那你强脱我衣衫那会怎么就不见你有羞耻心？我肯定你有不可告人的古怪！”

“说来说去，你是怀疑我是做贼被打受伤了是吧？”欣心朝冷浩风带着不耐烦地问。

冷浩风沉着脸，不置一词，默认欣心的说法。

欣心咬咬牙道：“既然浩风哥哥如此冤枉我，我一定要证明一下自己身上没伤！”

“怎么证明？”

欣心干脆一把扯开了刚穿上的衣衫，直接半褪了下去，天蓝色的肚兜，白皙的肌肤。

冷浩风忙捂着受刺激的眼睛，冷喝道：“欣心，你有点儿羞耻心好不好？”

“我想不到别的更直接的方法证明啊！让你亲自验明正身，看我有没有受伤。”欣心的话还没说完，冷浩风便如一阵风奔出了她的房间。

欣心终于嘘了口气。

“欣心，你红杏出墙了？”吉吉眼角含着看戏的笑意，指了指那摊血迹。

欣心翻了翻白眼：“昨天一个朋友受伤了，顺手帮他处理了下伤口，不小心留下的。”

“我不信！”吉吉摇了摇头，“我没猜错的话，你应该是留他在你的床上过夜了吧？受伤，帮忙治伤，还大方地把床让出来，欣心啊，你说我会怎么想？”

“怎么想呢？”

“当然是，你们有‘奸情’。不过我不是你相公，不怕戴绿帽子，你跟谁好都无所谓。我比较好奇，是哪位哥哥，长得帅不帅？”吉吉略带八卦凑近了欣心，“你们俩一起睡，有没……”

“你是不是想让我跟冷浩风去说，我抓住舞影神偷了，别冤枉我了！”欣心话里全是威胁。

吉吉切了声，便转身打了个哈欠，倒头睡向欣心暖和的床被，嘟囔了句：“欣心，冷浩风自己冲开的穴道，你得小心些，免得他功夫恢复了跑掉。”

欣心站到窗前，推开一看，明媚的阳光特别灿烂。冷浩风跟小白挤了一晚上，这会儿在做什么呢？

冷家后院，有一处好地方，用石头堆砌的假山后面，有个从山涧引下来的温泉。欣心如果预料不错的话，冷浩风此时该在那里泡澡。

欣心把看澡堂的两名护卫三言两语骗走了，便大大方方地穿过屏障，直接走入内室。屏风上挂着的衣衫，显然是冷浩风的，欣心脚步轻快地往里面走了进去。

“温泉泡澡，舒经活血，提神养气，浩风哥哥，你可真会享受！”

冷浩风忙把身子蹲入池底，手护着胸前的春光，戒备地看着欣心。

欣心目光坦荡地迎着冷浩风的冷眼，继续说道：“不过浩风哥哥，你是不是泡的太久了点儿？听说这泡久了，对身体可不好哪！尤其是对皮肤。”

冷浩风冷眼瞅着欣心边说边蹲下身子，还顺带将手放入池水中搅和，玩起了水，“浩风哥哥，你今天不准备起来了吗？”

“南宫欣心，我在洗澡！”冷浩风终于忍无可忍地从牙缝里挤出这么一句话。欣心做得出来，大大方方地看他洗澡，可他没那么厚颜无耻让她看。

这该叫他如何起身？他可没赤裸着身体跟人交谈的习惯，更别说，在对他虎视眈眈的欣心眼下起身。

“我看到你在洗澡了，你不用提醒我的！”欣心眨了眨星眼，非常坦然。

“看到了你还不出去？”冷浩风面色阴沉。

“为什么要出去？”欣心问得有些无辜。

“男女有别。”冷浩风冷着脸。他已经不知道该用什么话去说欣心了。

欣心"咯咯"地发出了一阵爽朗的笑声，"浩风哥哥，我没记错的话，你早上还直奔我的闺房，貌似看了我不少春光吧？"

冷浩风被欣心说的面色一窘，讷讷地开口，"南宫欣心，知不知道，你很讨人厌？"

"看来，今天我们又得好好沟通沟通了。"欣心完全无视冷浩风抓狂的神色，又漫不经心地搅和了下温热的池水。

"我们确实该好好地谈谈！"冷浩风认同地点了点头。

"不过谈之前，我怎么感觉浩风哥哥准备离家出走啊？"欣心起身，从那屏风上，挑起了冷浩风的衣衫，随意地抖了抖，几个金元宝便滚了出来。她似笑非笑地又随手伸进夹层，摸出了一叠厚重的银票。这不是罪证是什么？原来冷浩风真的想携款跑路啊。

"你给我滚出去！"事情败露，冷浩风恼羞成怒地怒吼。

"我不会滚，要不，浩风哥哥，你起来先给我示范一个？"欣心挑了挑眉，笑得特别嚣张，"浩风哥哥，需要我拉你起来吗？"

冷浩风额际闪过几道黑线，外加很多冷汗。

"浩风哥哥，虽然你很聪明，偷偷解了化功散。"欣心中肯地点了点头，夸赞道，"但是……"

欣心的但是，让冷浩风的神经绷紧了，戒备地瞅着她，"但是什么？"

"我只是想看看，我重新加了料的化功散，你还能不能解而已！"欣心朝冷浩风灿烂地笑了笑。

"加料的？化功散？你什么时候下的？"冷浩风咬牙切齿地问。

欣心随意地扬了扬手，"应该水溶性不错。"在她刚才玩水的那会儿，冷浩风再一次被下药了。

"南宫欣心。"看着欣心那神采飞扬的笑，冷浩风真恨不得伸手掐死她。

"叫我欣心就好了。"欣心见冷浩风浑身散发出的怒火，足以失控烧死她，心虚地往后面退了几步。

"南宫欣心！"冷浩风从牙缝里挤出来，浑身的怒火越烧越旺。

"浩风哥哥，你……你想干吗？"欣心看着突然放大的帅气面孔，心头有些慌乱。

“你说，我想干吗？”冷浩风阴狠地朝欣心伸手逼近。

“天凉了，还是窝在温泉里舒服，浩风哥哥，你要小心着凉！”欣心边说，边继续往后退。

“南宫欣心！”冷浩风手指关节咔咔作响，望着欣心，再一次咬牙切齿地挤出欣心的名字，脸上带着一股诡笑。

“我听到了，浩风哥哥！”欣心发现冷浩风已经被她弄到抓狂，心底还是有点儿惧怕的。人家说，狗急了还会跳墙呢，这人若被逼到绝境了，潜力无穷呐！

“那个，浩风哥哥，男女有别，你这样裸奔着出来，我会长针眼的。”欣心嘴角扯了个干笑，视线故意提醒着冷浩风。他只是围了块布，春光无限哪！

不过冷浩风这回倒是无所谓春光乍泄了，不管不顾地直接朝准备脚底抹油溜走的欣心伸出“魔爪”，手直接用力地掐上了欣心的脖子，大有一副同归于尽的拼命模样。“是吗？看你那么兴致高昂地研究我的身材，我不认为你脑子里有男女有别的思想观念！”

“浩风哥哥，别玩真的，会出人命的。”欣心用力地伸手去推冷浩风掐着她脖子的手，呼吸越来越困难。

“我宁愿掐死你，然后再自杀！”冷浩风阴沉着脸，手上的力道更大了。

欣心皱着眉，用力地挥，可惜挥不掉已经崩溃、怒火冲天的冷浩风。欣心因为窒息，渐渐地闭眼，无力地垂下了身子。

冷浩风冷着眼，看着因窒息而昏迷的欣心，随手把她往池子里一扔，一阵落水声，惊起了水花无数……

欣心因呛水而清醒了过来，狼狈地在水面上咳嗽着扑腾，“浩风哥哥，你大人有大量，不要……跟我……计较……拉……拉……我上去啊……”

要是淹死在这温泉水里，欣心可真是冤死了！可惜因为昏迷后的暂时无力，又在被下过药的水中扑腾，欣心呛了水，竟然腿软得站立不稳，身子直往下沉。

"你刚不是说了吗？温泉泡澡，舒经活血，提神养气，这么好的事，我分给你一起享受享受！"冷浩风得意扬扬地将话原封不动地还给在水里不断扑腾的欣心。

冷浩风难得出了口恶气，非常爽，看着欣心的小脸，被水呛的都皱到了一起，扑腾的力道也弱了下来。冷浩风面无表情地下水，一把拉起在温泉中，呛水呛得快窒息的欣心。

"咳咳咳咳……"欣心吐了不少的水，无力地靠着冷浩风，鼻子干涩难过得呼吸都散发着疼痛，眼泪委屈地在眼眶里打转。她真的差点儿死了，被掐死、溺死、吓死。

"浩风哥哥，你真过分！"欣心有气无力。

"是吗？我还以为你不怕死呢！"冷浩风嘴角牵动了一下，毫不掩饰地挂着嘲讽。

"我不就是想嫁给你吗，你至于非要置我于死地吗？"欣心喘了两口气，委屈地嘟着嘴。

冷浩风手一滑，欣心的身子便又直直地往下倒。

冷浩风是故意的，欣心恼恨啊！

欣心非常不客气地抓着身边唯一的支靠点，紧紧地勾着冷浩风的脖子，靠在冷浩风精瘦的胸膛前，站稳了脚步。

冷浩风面无表情地扫了眼狼狈的欣心。

欣心得寸进尺地勾着冷浩风的颈脖，金莲一寸寸地往上移，最后非常主动的，直接用脚勾着冷浩风的腰，得意扬扬地给了个笑脸。

冷浩风面色微微变了变，冷眼瞪着欣心。因为落水，欣心身上的衣物全部贴在身上，那玲珑的曲线毕露，温热、柔软的身子紧贴着冷浩风。

欣心感觉到冷浩风浑身的紧绷，不怕死地在冷浩风身上故意蹭了蹭。

冷浩风失散了内力，无法克制，由小腹蹿上全身的那股热流以及下身的变化，让他窘得冷酷的面色泛着绯红。

欣心嘴角挂着隐忍的笑意，抬眼悄悄地望着冷浩风，见他精壮的胸膛肌理匀称，白皙如脂的肌肤，隐约发着绯红，身上的温度不断地上升。欣心再一次靠着冷浩风，用她柔软的身子，蹭了蹭……

“南宫欣心！”冷浩风微眯了黑眼，口气带着点无奈。

欣心勾着冷浩风的脖子，朝他特别娇媚含羞地笑了笑，便直接朝他性感的唇亲了上去。

冷浩风浑身一颤，犹豫了几秒，没有推开欣心，由着欣心将舌伸进了他的口腔，热情地吻着他……渐渐的，冷浩风从僵硬中回神，由被动转化为主动，手也搁上了欣心的细腰，加深了这个吻……

“欣心，你在不在里面？”冷然边问边直接大步地走了进来。不过当他看到冷浩风跟欣心如此暧昧地站在水里，傻眼了。半晌过后，他才捂着眼睛道：“你们继续！”

冷浩风含着欲火的黑眼清明了起来，冷眼瞅着欣心，多了分鄙夷，又是她的计划，太可耻了！他再一次被设计了，不客气地将欣心从身上推开，丢入池水中，快速地捞了件衣衫便走了出去，压根不管欣心的死活。

欣心再一次无力地在那池水中扑腾。好冤哪！这次冷伯伯打扰她跟冷浩风生米做成熟饭，她也好恨呐。

若不是要出远门去灵山，来找欣心道别的南宫轩将欣心从温泉池里捞出来。这回，欣心肯定就要溺毙在温泉池里了。

欣心裹着厚重的棉被，吸了吸气，瞅了眼在她面前神色复杂的南宫轩。眼见着他再一次深叹了口气，欣心鸵鸟似的把脖子又往被子里缩了缩。

南宫轩的俊脸挂着阴霾，不动声色地凝视着欣心的脖子。那道紫青的瘀痕，显然是手掐的，该死的冷浩风，竟然敢虐待他的宝贝妹妹。

“哥，你该启程去灵山了。”被南宫轩这样面色复杂地盯了一个时辰，欣心心头越来越不安。

“欣心，冷浩风今日跟我说了，他不会娶你的。”

“他跟我说过很多次了，当他不存在便是。”欣心面不改色地朝南宫轩道。

“妹妹，你何必要自讨没趣呢？”南宫轩的眉头皱得紧紧的，“刚才差点儿就出事了。”

欣心面色一窘，刚才被冷浩风差点儿掐死不说，还差点儿成为溺死温泉的女鬼，现实真的好残忍啊！不过她哑巴吃黄连，这些事死活不能让家里人知道。

“哥，是我泡温泉，不小心滑倒在水里才差点儿溺水的，是意外。”

南宫轩不可置信地瞅了眼欣心，泡温泉能泡到溺水，说出去谁信？还有，有谁泡温泉是穿戴整齐下水的，连鞋都不脱？不过欣心有心遮掩，南宫轩也不好深究，盯着欣心白皙的脖子问：“你脖子上的伤，是怎么回事？”南宫轩和煦的眼睛，带着隐含的怒意。

欣心手捂着脖子，讪讪地干笑了两声，“没什么，晚上睡觉，鬼压身了，自己掐的。”

南宫轩面色一冷，不悦地朝欣心道：“他就真的那么好？值得你如此袒护？”

欣心很少见南宫轩生气，不由得有些惧意，尤其还是在理亏的情况下，万一南宫轩对家里“三尊”重量级的人物说了实话，那么欣心必定会被带回南宫家，那跟冷浩风这辈子就真的无缘擦出火花了。

欣心虽然任性，但毕竟还是相当孝顺的。若没有家里的支持、纵容，她对冷浩风也不敢那么明目张胆地强迫、使计。“哥！我真的没事！”欣心只能赔着笑脸安慰南宫轩，今天的情况真是意外。

南宫轩眼微眯地盯着欣心，“落水，差点儿溺死，是没事；脖子被掐的断气，没死，也是没事；是不是等哥哥从灵山回来，看到你的尸体，才算有事？”

“哥，真的没你想的那样严重。我发誓，这些都是我自己不小心造成的，我保证，下次我再也不受一点伤了！”欣心两根手指指天，就差发毒誓了。

南宫轩意味深长地望了眼欣心，轻叹了口气，“你到底看上了他什么？”

欣心摇了摇头，“我也不知道，但就是想嫁给他。”

南宫轩无语地瞅着欣心。

“哥，没有理由的喜欢，才叫喜欢。喜欢一个人，就是要说出来，然后努力地去追求，才能得到自己想要的幸福！”

“欣心，窈窕淑女，君子好逑，古有男追女的典故，但是女强嫁男的，实在是闻所未闻。”南宫轩皱着眉，很难理解欣心的做法。

欣心在冷家的一系列行动，冷家两位活宝人物，早就添油加醋地形容给他这位“准舅子”听了。南宫轩真的被欣心那些大胆的行径给吓到了，不过最终还是一笑而过了，就当欣心是小孩子心性，调皮吧。

“欣心求爱法，爱就要爱的直接猛烈，卑微跟可怜不属于我。我认定的人，就一定要努力地去抓，宁愿做过了后悔，也不要错过了遗憾！”

南宫轩望着欣心神采飞扬地说着这些话，突然感觉这个妹妹很陌生，似乎他从来就没有了解过。他妹妹的思想、行为，异于常人。

“欣心，除了他，你就真的不考虑别人了吗？”

欣心心头闪过银边面具暗影的身影，犹豫了几秒，最终还是认真地点了点头，“除了冷浩风，我谁都不要！”

南宫轩温柔地凝视着欣心的眼睛，淡淡地道：“希望妹妹的选择，是对的，以后不会后悔。”

欣心看着南宫轩毫不掩饰的担忧，安慰地勾着南宫轩的脖子，亲昵地在他胸前蹭了蹭，“哥哥，还是你最疼我！”

南宫轩温柔地揉了揉欣心的秀发，“你是我的妹妹，我不疼你疼谁呀？”

欣心笑靥如花地抬眼，靠着南宫轩的耳边，轻柔地道：“哥哥真疼我的话，快给我找个嫂嫂吧，那么就又多一个人疼我了。”

南宫轩的面色微微有些僵硬，嘴角随意地扯了个笑，点了点头，“哥哥要去灵山了，你一切小心，别太鲁莽了！”

欣心小鸡啄米地点了点头，又朝南宫轩额上亲了亲，道：“吻别一下，哥哥路上小心哦！”

南宫轩面色不自觉地泛红，捏了捏欣心的鼻尖，“别怪哥哥没提醒你，不要一再地去惹冷浩风，他可没哥哥这般脾气跟耐性。”

“知道了。”

南宫轩撇了撇嘴，“你别把哥哥的警告不当回事。哥哥是男人，了解男人，你若把冷浩风逼急了，小心他反咬你、欺负你。”

欣心淡笑不语。

“你别得意。你现在看似占了上风，实际上心里清楚，你那么多伤是怎么回事。哥哥真的不想看到你跟冷浩风硬碰硬，他远比你想象中的难缠。”

欣心点点头，认可南宫轩的话。

“妹妹，男人就跟放风筝一样，你一味地使劲拽，他飞不起来，强拽的话，还可能断线，放线反而可能会飞起来。如何控制好，一松一放之间，有着很大的学问。妹妹如此聪慧，一定能理解哥哥的意思吧？”

欣心茫然地点点头，是不是她对冷浩风真的逼得太急了？或许，该给他一个缓和和接受的过程？

“好了，哥哥真的要走了，你一切小心。哥哥可不想回来的时候，再看到你浑身这些乱七八糟的伤。”

欣心乖巧地点点头，“我等哥哥回来，我一定会小心，不会再受伤了！”

南宫轩点点头，便起身，朝屋外走去。

“希望哥哥月底前能赶回来喝欣心的喜酒噢。”欣心脆着嗓子，朝南宫轩热切地邀约。

“我尽量吧。”南宫轩的步子顿了顿，丢下这句话，便迅速地跃走了。那白色的身影，渐渐消失在欣心的眼中。

欣心轻叹了口气，“浩风哥哥，到底要怎么样，才能消除你对我的偏见呢？”

“很简单，你不要缠着我，我便不会对你有偏见了！”冷浩风步伐悠闲地从一旁踱着步子，走进了欣心的房间。他绝对不是故意要偷听欣心跟南宫轩兄妹道别的。他只是听下人说欣心差点儿淹死在水池里，南宫轩救起来的时候，已经没气了，是南宫轩用内力硬把欣心给震醒的。冷浩风的心底才有了那么一丝小小的愧疚。上次画舫事件，便证明欣心不会泅水。或许，这次他确实过分了点儿，拿欣心的生命开玩笑。他想道个歉，欣心毕竟是家里的客人。

“现在我不准备缠着你了。”欣心朝冷浩风说道。或许南宫轩说的对，一松一紧，得好好地控制。

冷浩风意外地瞅了眼欣心，怀疑她话的真实性，那个把他三番五次逼到抓狂想杀人的欣心，这会儿说，不缠着他了？

欣心朝冷浩风灿烂地一笑，“别质疑了，我欣心说话，从来都算话。从今天开始，我真的不会再缠着你了。给你一个月的时间考虑，如果你还是那么讨厌我，那么我便回南宫家。如果，你改变主意的话，欢迎你随时来找我。”

冷浩风幽深的目光，紧紧地锁着欣心的星眼，想从她那水汪汪的大眼中，寻找话中的真实性。冷浩风心底头一次开始对欣心好奇了起来。她到底是个什么样的女人？前一秒还在高呼非君不嫁，下一秒就说不会缠着他了，女人果真是善变！

他脑海里想起欣心，就像个谜一样。在长辈面前，语言得体，动作优雅，充满大家闺秀的气质、风度，表现得非常完美。而这样的完美，并非是一下子就能装得出来的，可见她的修养确实不错。但相对的，她的杀伤力也很强，总会杀得人措手不及。江湖儿女的率性，她也拿捏得非常到位。最近这些日子，冷家上上下下被她搞得鸡飞狗跳，但无损大家对她的喜欢。当然这里的大家，排除处处受制的冷浩风。

欣心的手在神游的冷浩风面前挥了挥，“浩风哥哥，你怎么了？”

该不是听到欣心说以后都不缠着他，乐傻了吧？欣心想到这儿，脸上便充满了挫败感。

“欣心，我问你个问题！”冷浩风严肃地开口。

“问吧！”

“你看上我哪里了？”冷浩风问完，桃花眼便有些不自在地盯向地面，瞅着自己的脚尖。

“你又想来句，‘你看上我哪里，我改还不成吗？’”欣心自嘲地轻笑一下。

冷浩风被欣心这么一堵，更加不自在了，讷讷道：“你别这样笑，很难看！”

欣心“扑哧”一声便“咯咯”地笑了起来，笑完，严正地瞅着冷浩风问：“这样笑，是不是好看了？”

“欣心，我拒绝了你那么多次，难道你不伤心吗？”冷浩风一板一眼地问。

欣心愣了几秒，伤心吗？好像不是很多，委屈确实有。从小到大，她一直都是在春风得意中长大的，家里人无微不至地疼爱她，从来没有被拒绝的事件发生。对于冷浩风一再的冷漠相向、拒绝，欣心真的是不甘心。受了那么些冷言冷语，真的很委屈，但是，仅此而已。

“浩风哥哥，你今天怎么了？”欣心的手自然地朝冷浩风的额间探去，该不是温泉泡多了，发烧了吧。

冷浩风迅速地把欣心的手抓下来，面色窘然，“没事。”

“没事？”欣心疑惑地再三扫视冷浩风，小脸上毫不掩饰地挂满了问号。当然，欣心最后的视线，毫不保留地停滞在冷浩风抓着她的手上。

冷浩风感受到欣心热切的目光，顺着欣心的视线，看着自己的“魔爪”，忙触电似的甩开，但却挥不去手掌中遗留在心头的柔嫩细腻的触感。

欣心扬眉浅笑，凝视着冷浩风，诱惑性地轻舔了舔唇。

看着欣心的红唇，条件反射的，冷浩风脑海中便闪过在温泉池内，欣心与他激吻的画面，腹内一股热流直涌而上。他面色通红地转身丢了句：“你好好休息吧！”便落荒而逃。

第十一章　一边天堂一边地狱

夜风徐徐，冷浩风披衣站在窗前，自下午从欣心那儿探病回来，他便维持这样站立思考的状态，不曾动过分毫。

冷浩风一直在思考，欣心到底是个什么样的女人，他能维持这样抗拒的姿态多久。一阵悠扬的琴声，从欣心的房间传了出来，柔和的曲调，冷浩风竟然闻所未闻，不由得竖起了耳朵，仔细倾听。

“都怪雨下得那么急，都怪没有地方躲雨，才会一头扎进你怀里，跌进你深深的眼里。都怪梦境太迷离，都怪你身影太清晰……总是听见雨水耳边滴答滴，忘不了你温柔表情……啦啦……自从遇见你的那天起，我的心就不再属于我自己……不管上天下地都看见你，想念如影随形，猜不透是什么道理，都会想你，想到昏天又暗地，难道这就是他们说的爱情，已悄悄闯进心里……自从遇见你的那天起……”

冷浩风正听得入神，优雅的曲调，配着欣心清甜的嗓音，琴音低沉而柔和，音律高低起伏有序，欣心那厢却断弦了。

“怎么不唱了？”暗影靠坐在欣心的闺床上，听得也是津津有味。

“你又不给小费打赏，我干吗免费唱给你听？”欣心没好气地斜睨了眼暗影。

“给！”暗影随手丢了一个精致的布袋，朝欣心扔过去。

欣心接住了，拉开倒了出来，随意地瞄了眼，是一对晶莹透亮的夜明珠，有拳头大。这打赏够大方的！不过这是谁家偷来的？

“唱吧！”

“切，姐姐没心情了！”欣心把琴一推，站起身子，把开着的窗子拉上，免得被人看到她床上大大咧咧地躺了个男人。

“那你现在的心情，想做什么呢？”暗影抬着俊美的下巴问。

欣心眼珠子转了转，缓缓地扬起嘴角，“赏月！”

“赏月？”暗影的嘴角抽搐了一下，翻身，从欣心的床上起身，直飞到雕花门前，一推，指着那半轮残缺的月亮，“你确定吗？”

“有何不可？”欣心嬉笑嫣然。

“欣心对月亮似乎情有独钟！”暗影冷冰冰的口气里，竟然带着些戏谑，“你钟情的不是满月，而是残月。”

“满月有满月的好，残月有残月的独特之处。”欣心边说，边挪着脚步往外面走。抬头瞄着星空，天上月亮弯弯的只露了个梢，但四周的星星，明亮得熠熠生辉。

天空中闪过一颗闪亮的星星，滑过，坠落。

“有流星。”欣心眼睛中闪耀着激动，一把拉着暗影，欢快地叫了起来。来古代这么久，还是第一次看到流星呢！

“流星？”暗影有点儿不明所以，但受欣心欢快的神情感染，嘴角的线条也渐渐地柔和了起来。

欣心闭着双眼，扣着手，在那儿念念有词地许愿。等欣心许完愿，睁眼，回身看着嘴角带着柔和线条的俊脸，有点儿傻眼，他……他……好熟悉的笑容啊！

欣心忍不住伸手，出其不意地朝着暗影的面具揭去，银边面具落地，一阵寒意朝欣心袭来。

欣心看着暗影那俊美的容颜，那双幽深、晦暗的星眼，挺直的鼻梁，再度傻眼。虽然是陌生的相貌，俊美得也让人眩目，但让欣心震惊的却是莫名的熟悉感，他是谁呢？

暗影面色木然地捡起掉落的面具，阴沉着脸。他身上的冷意，跟冷浩风是截然不同的。冷浩风的冷是伪装的，只要欣心随意一撩拨，他便能抓狂。

但暗影身上的冰冷，是骨子里散发出来的，需要多少亡灵的堆积，才能养成这样冷然的杀气，举手投足间，让人心底不得不产生畏惧。

“暗影，你长得好美！”欣心由衷地赞叹着。

暗影的眼神变化莫测地闪了闪，嘴角的笑意隐忍而去，浑身泛着冷意，清冷地开口：“看过我相貌的，都死了！”

欣心打了个冷战，强装无所谓地道：“看都看了，你又没有少块肉，那么计较做什么？”

暗影不发一语地凝视着欣心，似乎在思考，是不是该杀人灭口。

“做人何必那么较真？”欣心倒不是怕死，跟暗影真正动手起来，也不一定就会死，而且在冷家，帮手多了去了。只是欣心对暗影的感情挺复杂的，潜意识里，不想跟暗影交手。

暗影依旧不接话。

欣心上前勾着他的脖子，把娇嫩的红唇覆上了他性感的薄唇，蜻蜓点水地亲了亲暗影，又伸舌头，认真地舔吻了一下暗影紧抿的唇角，便调皮地朝暗影笑了笑，退开身子。

暗影懊恼地轻叹了声，随手将欣心霸道地圈回怀里，略带霸道地俯身朝着欣心的唇吻了上去，心头的渴望不断加深，拥吻得更加不可自拔。

手渐渐地在欣心的背、腰不断地游移。

“欣心，我喜欢你！”暗影趁着两人换气的当口，轻咬着欣心的耳垂，呢喃道。

欣心心里一惊，这年代，帅哥太好骗了吧？该不会是接了几次吻就会对自己死心塌地了吧？那……那……以后欣心嫁给冷浩风了，再跟暗影见面，那可就是真的偷情了。

“暗影，你别喜欢我！”欣心严正地瞅着暗影。

暗影拉过满脸潮红的欣心，见她红唇微肿，皓齿微露，情不自禁地又低头亲啄了几下，“我喜欢你是我的事，你别想太多！”

“我……”欣心实在不知道该说什么了。她能不想吗？这么一个大帅哥，喜欢她，她能若无其事吗？

答案是，欣心又不是死人，当然不能！

“我不会给你增加负担的！”暗影隐忍地开口补充说。

“我以后成婚了，对象不是你的话，我们就不要再见面了，好不好？”欣心突然觉得，她说这句话，心头带着点不舍。

暗影扯了扯嘴角，幽深的星眼暗淡了几分，冷冰冰地开口，带过了这话题。“你不是要赏月吗？”

欣心见暗影不准备跟她谈论这个话题，便也识趣地点点头，“对啊，赏月！”

以后的事情，以后再说吧。冷浩风不一定会娶她，如果冷浩风不娶的话，欣心跟着暗影去闯荡江湖，也不错。欣心突然觉得，她要嫁冷浩风的念头，开始不那么强烈了。

暗影侧身一跃，搂抱着欣心飞上了屋顶，并排而坐，相互偎依在一起。

欣心靠着暗影，望着满天的繁星，轻柔地开口问：“想听我唱曲吗？”

暗影点了点头，“唱吧……”

“唱什么呢？我想想。”欣心托着腮，歪头思索了一会儿。

暗影也不催促，望着夜色，暗淡的残月，带着一股苍凉的凄美，心头的那股愁绪，挥散不去。他明知道，不能动情，却偏偏情动了。

“唱首《错误的相遇》给你听吧！”

暗影点了点头。他只是想听她唱歌、说话，无所谓什么内容。

“睁开眼，我的天空一片星海，还以为，这里就是爱你的未来。为什么，黑暗之中，充满期待，却传来，更多沉默的无奈？忘不了，爱只剩下手心里的温度，才知道，幸福只是短暂的回忆。我走在迷雾花园里，寻找爱走过的记忆，半清醒，半迷醉。来去的痕迹，梦醒却发现，不是原来的自己，一颗心徒留下错误的相遇，落花有意，流水太无情，最爱的人，你在哪里？”

暗影的神色，情不自禁地动了动，略带着冰凉的指尖，抚上了欣心柔嫩的脸颊。她那句，“最爱的人，你在哪里”，那么哀婉，缠绵，让他不得不动容。

欣心看着眼前的暗影，总觉得，似乎有哪里不对劲。

“来人了，我先走了。”暗影在欣心额上印下一吻，便犹如夜色中的一抹幽灵，迅速地翻越而去。

欣心刚跃下屋檐，一个白色身影背门而立，夜风吹起的衣衫飘荡着，给他增加了几分飘然的气息。不过瞧着样子，似乎站了很久，而很久的话，那刚才欣心跟某人的亲密互动，岂不是被……

冷浩风转过身子，也不待欣心邀请，便直接转身推门进去了。这会儿倒是没有男女有别之说了。

欣心硬着头皮跟进去，心头不断地打鼓，瞅着冷浩风的神色，好像不太正常啊。

冷浩风进屋子扫了眼，又把视线对上欣心随意搁放的那两颗夜明珠，眼睛微眯了眯。

欣心不动声色地走过去，将那两颗闪亮的珠子，非常自然地揣回怀里，才坐定身子朝冷浩风开口，“浩风哥哥，今晚怎么有空来欣心屋里串门了？”

“刚才，是你在唱歌？”冷浩风拉了把椅子，在欣心的对面坐下。

“是啊，吵着你睡觉了吗？”

冷浩风面色自若地道：“没关系！”

“没关系就好！”欣心的星眼明亮了起来，嘴角挂着满足的笑，似乎是要到了糖的孩子般满足。

冷浩风倒是别扭了起来，“其实，唱得还不错。”

该死的，他竟然不习惯欣心如此正常、得体地跟他说话。冷浩风的神色非常懊恼。“刚才，你在屋顶赏月？”他又一次驴唇不对马嘴地问。

“好像是吧。”欣心回答得有些犹豫，没办法，心虚啊！

“赏月好，不错！”

“浩风哥哥，你到底想说什么？”

看着欣心明亮的星眼，冷浩风再一次轻叹了口气，心底有点儿莫名其妙的惆怅，说了句“你休息吧”，便面色僵硬地匆匆从欣心房间里出去。

“啊唷。”吉吉非常不巧地正好回来，跟冷浩风撞了个正着。吉吉摸着疼痛的屁股，抬眼，望着冷浩风，大脑短路了。

冷浩风也把视线定在浑身着黑色夜行衣的吉吉，指着她，朝欣心开口问："她不是你的丫鬟吗？"

欣心老实地点了点头，"是啊，她是吉吉！"

"那她晚上穿成这样做什么？"

"对啊，吉吉，你晚上穿成这样做什么？"欣心努力装傻。

"对啊，我穿成这样做什么？"吉吉也傻乎乎地拍了拍后脑勺，完全茫然的状态。

"你不会是夜游，又乱跑了吧？"欣心急中生智。

吉吉点了点头，"小姐，我又夜游了？"

"夜游？"冷浩风面无表情的俊脸，皱了皱眉，不解。

"浩风哥哥，是这样的，吉吉有个坏习惯，有时候累坏了，晚上睡觉就会乱跑，第二天问她，她又什么都不知道。夜游症是个病，唉又算不上是病！"欣心面不改色镇定地朝冷浩风解释。

冷浩风的眉头皱得更紧了，"她身上穿的……"

"吉吉，你身上穿的是什么啊？还不快点儿起来！"欣心朝着吉吉使了个眼色。

吉吉忙利索地站起身子，随手往身上拍了拍，一串晶莹剔透的琥珀珠子，顺着吉吉的衣袖掉落了下来。

欣心额际闪过一排黑线。这吉吉做贼就算了，竟然赃物还乱丢，乱丢就乱丢，还被冷浩风抓个正着。

这么眼熟的珠子，冷浩风意味深长地望着欣心跟吉吉，抿了抿唇，随意地道："这个珠子……"如果他的记忆没出问题的话，这珠子在游湖那天，是戴在娉婷郡主手上的吧。这会儿从吉吉衣袖内掉出来，实在是让人匪夷所思呐!

"吉吉，你怎么又把我的珠子给摔了？"欣心朝吉吉使了个眼色，这会儿真的是顾头不顾尾。

吉吉硬着头皮道："小姐，我累了。"

在冷浩风目瞪口呆中，吉吉非常华丽地靠着门，倒地便睡了起来。

欣心尴尬地朝冷浩风笑了笑，“让浩风哥哥见笑了，时候不早了，不知道浩风哥哥，是不是准备要休息了？”

冷浩风点了点头，“那你也早点儿睡觉吧。”

欣心有礼貌地把冷浩风这尊大佛送走后，才踹了踹吉吉，“别装了，起来。”

吉吉仍是一动不动的。

欣心蹲下身子，才发现吉吉的脸色不怎么对劲，惨白不说，嘴唇都泛着紫色。她忙拉过吉吉的手搭脉，神色渐渐地凝重了起来。吉吉中毒了。

欣心将吉吉搀扶了起来，顺手把门带上，把她安置到了床上。又从怀里摸了个瓶子，倒了颗药丸，直接喂吉吉吃了，又把吉吉半推着坐起身子，运功帮着她逼毒。

“噗……”吉吉连吐了好几口血，才渐渐地清醒过来，眼睛的视线焦点，慢慢地对上欣心，有气无力地道：“欣心，不好意思，给你惹麻烦了。”

“怎么回事？”欣心蹙着眉问。

“我去娉婷郡主府了。”吉吉边咳边说道。

“我知道。我的意思是你怎么会中毒，而且还是西域的迷迭醉？”

吉吉连咳了几下，才顺了口气告诉欣心，“我被偷袭了。”

“谁偷袭你啊？”欣心心头疑惑更浓了。吉吉的身手，能够偷袭她的人；少之又少。

“我也没看清楚，在郡主府的书房，我正好看到郡王爷草拟一半的奏折，有点儿疏忽，就被偷袭了。”

欣心把吉吉扶着躺下去，淡淡地道：“我暂时只能帮你逼出一点儿来，解这个毒，需要玄天门的冰雪莲心丸。现在天色晚了，不宜行动，你撑一晚，明天我便去帮你找解药！”

“欣心，郡王爷草拟奏折，请求皇上给娉婷郡主跟冷浩风赐婚。”吉吉的话，让欣心的神色顿了顿，给娉婷郡主跟冷浩风赐婚？

“欣心，你老爹去求皇上赐婚了没？”吉吉眨着明亮的双眼，凝视着欣心，“要先下手为强，免得后下手遭殃啊！”

“现在冷浩风那么排斥我，你认为我求赐婚有用吗？那就是火上浇油，让冷浩风躲得更远。”欣心轻叹了口气。

“万一皇上给娉婷郡主赐婚了，那你就更没机会了，莫非你想跟娉婷郡主共享冷浩风？”

欣心并没有说话，只是帮吉吉把被子掩好，朝她笑了笑，“我的事，你就别瞎操心了！我自己有分寸！”

第二日，冷然跟冷夫人，早早地邀约欣心同进早餐。

欣心虽有些忧心吉吉中毒昏迷的事，但也急不得，只好尽量装作若无其事地跟着丫鬟们去了。

欣心刚跨进门，就扫到了那根本就不可能出现的人——冷浩风。

冷浩风面色淡然地端坐着，眼睛的余光扫了眼欣心，又若无其事地跟冷然不知道在攀谈着什么。两个人交头接耳的，窃窃私语……

欣心一反常态挑了冷夫人身边的位置坐下，与冷浩风相隔甚远。

冷然与冷夫人略带意外地相互对视了一眼，甚至冷浩风都略感意外地朝着欣心扫了一下。以前，他躲都来不及，欣心都会自发自主地往他身上靠……这会儿，太阳打西边出来了吗？

“欣心呐！”冷夫人热切地抓着欣心的手。

欣心赔了个笑脸给她，“伯母，欣心这些日子打扰了，欣心想……”

“不打扰，不打扰，你能来陪陪伯母，伯母高兴还来不及呢！”在欣心想说出告辞的话前被冷夫人直接打断。

“伯母，我想……”欣心心头也带着点儿烦躁。

“欣心呐，听说你跟季田学过医？”

欣心不解地望着冷夫人，再三故意打断她的话语，不过还是应承地点了点头，“我学过些皮毛……”

“懂针灸吗？”冷然也凑过头问。

“嗯！”欣心点了点头，实在不明白冷家两位家长是啥意思？

“冷伯母的老腰病，需要每天都针灸一次，府上的大夫昨日告假回家了，这会儿正愁着要去外面请大夫呢。欣心懂医，会针灸可真是太好了！”冷夫人的脸上笑靥如花。

“冷伯母想要我帮您针灸？”欣心好不容易从茫然中眨了眨眼，才明白过来。原来冷夫人想要她针灸，留在府上呀。

冷夫人眯着眼睛，嘴角弯弯地挂着笑容道：“是啊！欣心可是神医的徒弟，不知道，我有没有这个面子请你呢？”

“可是，我准备回家了。”冷夫人的话说到这份上，欣心实在是为难！这针灸不是一朝一夕的事，她应也不是，不应也不是，正在纠结中……

“是不是府上招待不周啊？欣心有什么委屈，尽管跟冷伯母说。”冷夫人目光凌厉地扫了眼在那儿默不作声的冷浩风。

冷浩风继续优雅地端着杯子喝茶，眼光的余眼偶尔悄然地扫视几眼欣心，心底不断地冒出问号，因为欣心的反应实在太不正常了！

俗话说得好，不在沉默中爆发，便在沉默中灭亡！这冷浩风，还真有点儿不太习惯这样的欣心，让他感觉怪怪的，心头直发毛。

“不是的，不是的！”欣心忙急切否认，免得一会儿冷夫人又把账算到冷浩风头上。而冷浩风会把这些不快，再连本带利地还给欣心。

“那就留下吧。”冷夫人一锤定音。

“好吧。”欣心无奈，只能应下。

一顿饭吃的欣心有点儿疲惫，眼睛始终低垂着。好不容易结束了，欣心竟然比冷浩风跑得还快，急匆匆地便奔回了院子，躲回了房内。掩上门，欣心才拍着胸口，松了口气！这会儿在吉吉有生命危险的时候下，她连美男都没心思看了。

吉吉的脸色依旧惨白，还在昏迷着，欣心焦虑地等待着天黑。

没办法，有谁大白天的去做贼啊！

冰雪莲心丸是玄天门研制出来的解毒圣药，不得传与外人。玄天门本门弟子也很少有幸能见到如此宝贵的解毒圣药，因为只有他们教主才拥有此药的唯一支配权。而他们的教主，是不会把解药给欣心的，而欣心也断然不会暴露身份去央求她给自己解药。所以冰雪莲心丸除了偷，欣心想不到别的办法！

第十二章　暗影强势介入

玄天门，是个介于正邪之间的门派，门主云岭本身就是个复杂的人物。她能跟武林盟主把酒言欢，同样能跟魔道教主称兄道弟。所以，对于玄天门一系列的张狂行为，正邪两道都选择了漠视，于是养成了云岭阴晴不定、张狂自傲的个性。

大概唯我独尊惯了，某天心血来潮，她做起了偷香窃玉的勾当，正好被欣心撞了个现行，以为是采花贼。于是，欣心跟云岭大打出手，结果是一山不容二虎，以两败俱伤收场。

欣心被打的差点儿香消玉殒了，而那云岭也是伤的倒地不起，直吐血。自此以后，欣心听到“云岭”两个字，脸色就会大窘！

想必云岭听到“千面妖姬”，脸色也好不到哪里去。不过她们两个都是聪明人，同时选择遗忘自己的窘事，相互探查了下底细，井水不犯河水，息事宁人了。

毕竟欣心抓错“采花贼”有损英明，而云岭虽然毫无形象可言，但如此丢人的丑事，宣扬出去，也无地自容。

往事不堪回首。

欣心摇了摇头，轻巧的身影，犹如飞燕般灵动地飞入了玄天门的屋檐下。

望着玄天门前面三条醒目的道路，欣心迟疑了起来，东、南、西，唯独缺北的方向。欣心了解得实在太少了，只知道冰雪莲心丸被藏在暗阁内，但不知道具体在哪个房间。

不过欣心暗自估量了一下，大概有三个地方的暗阁能藏东西，那便是云岭常去的地方。

云岭睡觉的地方是东方的旭日阁，办公在西方的议事堂，藏香的是南方的寻芳楼。问题是，她心性不定，没有时间观念可言，这会儿谁知道她是在办公还是睡觉，或者抱美人？

欣心要偷偷地去拿她的东西，当然是能避开就避开，免得被抓了，新仇旧恨一起算。那么她铁定要吃不了兜着走了。

欣心指了指三条道路，随意地往西方的议事堂走去。想那云岭声名狼藉，不可能半夜了还在勤恳地办公吧！

事实上，不得不说，欣心今天的运气挺背的！

议事堂内，灯火明亮，一片暧昧的欢歌艳舞。

欣心蹙眉望着大厅上那尊——云岭，一身玄黑色的宽大男装，突出修长健美的身材，阴柔的相貌带着雌雄莫辨的俊逸笑容。

如果不是之前跟云岭交过手，并且袭胸证实，她是个货真价实的女人，这会儿欣心都忍不住要大叹艳福不浅啊！

云岭犹如放浪的登徒子般，捏捏手边一位姑娘柔嫩的脸蛋，又色眯眯地摸了摸右手边喂她吃东西的小手，挑逗地亲吻了下那双漂亮的小手。

欣心一阵恶心。

厅堂中，一组衣着暴露、妖艳的女子，在那儿欢快地跳着艳舞。

云岭似乎很享受美女对她的拥护，左拥右抱的，忙得不亦乐乎，那小嘴更是一刻不停地在那些美女的脸蛋上留下一个又一个口水印。

欣心不由得毛骨悚然地缩了缩手臂，这云岭就是一个性取向有问题的变态！

当然欣心这样说，绝对是有依据的！因为在藏香的寻芳楼内，云岭收集了很多不同特色的美女。

欣心不准备跟云岭碰头，直接蹬地，飞上屋檐，朝着另外两个地方飞去搜索。没想到，没走几步，“哗啦”，屋顶上冲出一个人影，挡住了欣心的去路。

欣心吃惊地看着在那抖索身上灰尘的云岭，这死女人的功夫什么时候变这么好了？她不可能被发现行踪啊！

云岭微眯醉眼，阴柔漂亮的脸蛋，朝着欣心咧着森白的牙齿浅笑了一下，道：“美人……你跑什么啊？”

欣心鄙夷地扫了眼云岭，淡淡地开口：“既然被你发现了，我也不跑了，问你借个东西！”

云岭的眼睛微微地眯了眯，打了个酒嗝，开口问：“你想要借什么东西？”

“冰雪莲心丸！”欣心直视着云岭。

云岭浅淡地笑了笑，点了点头：“没问题，不过你要给我亲一个。”

死变态！欣心面色窘了一下。如果是个男人这样说，欣心还觉得正常点儿，这会儿被个女人调戏，实在是忍无可忍！

“亲一个，我就给你，只要给我亲一下哦。”云岭笑得特别和善可亲。

欣心做了个标准的呕吐姿势，“做梦去吧！”

“原来你不给我亲啊。”云岭恼怒。

“你闭嘴！”欣心面色不悦地喝道。

“美人，你叫什么名字啊，我看着你好眼熟啊！”云岭微眯了眯醉眼，想把欣心看得真切些。

原来这死女人喝醉了，难怪她敢如此堂而皇之地调戏自己。

欣心嘴角挂着一抹灿烂的笑意，计上心头，“想亲我啊？没问题！”

云岭的眼睛闪过一丝精光，急切地叫唤：“那快给我亲亲！”

有这样饥不择食的吗？欣心额际闪过几道黑线，指了指那庭院中的石柱子道：“你先去亲那柱子，亲够一个时辰了，我再跟你玩亲亲。”

云岭微耸了下肩膀道：“你在骗我，等我亲完了柱子，你早就消失不见了。”

“不会的，不会的！”欣心努力维持着真切的神色，对云岭说，“看我这么善良的脸，也不可能会说假话吧！”

云岭似信非信地斜睨着欣心，打了个酒嗝，步伐微颤了一下道：“我先去亲……那柱子，你不许跑！不许骗我哦！”

欣心点了点头，浅笑了一下："我等着你。"

云岭仿佛想起什么，只见她随手扬扬，一阵浓密的黑烟升起。

欣心警觉地望着云岭，潜意识内升起有毒的讯号，忙捂住鼻子，尽量不去吸食那黑烟。

云岭嘴角挂着灿烂的笑容，淘气地说道："你不怕窒息吗？"

欣心不接话，考虑着要不要跟云岭动手，若动手，势必会打草惊蛇。

云岭朝欣心丢了句，"美人，你等着，我去亲它，完了我再亲你！"

欣心目瞪口呆地望着云岭真的抱着柱子，在那"吧吧吧"地亲起来。

此时不跑，更待何时？

欣心忙迅速地转身，轻巧地在夜幕的遮掩下，闪身离开那危险之地。

云岭半清醒、半迷离的从亲柱子的状态中，迅速地朝着欣心追了上去。

两道人影，在空中交接，动手打了起来。

欣心根本没料到云岭醉酒了，还有精力打架。不得不承认，云岭确实有狂妄的本钱，因为她招招带着阴狠，直逼欣心的空门。

怕惊扰到别人，引出更多的对手，欣心略带着顾忌，不免有些被动狼狈。

云岭却越打越兴奋，好久没有这样的热身运动了，难得遇见个旗鼓相当的对手，定要好好地分出胜负！

欣心不断地闪躲着云岭夺命勾魂般的攻势，拳掌再一次交错间，硬接碰撞了下。

欣心的身子顺势盘旋轻跃而起，优美地在空中飞舞了一圈。

云岭嘴角带着狂妄的笑，飞身直直地朝着欣心追击，又连击了好多掌。

欣心跟云岭硬接了一掌，在她准备下一步动作前，迅速地收回了掌，并借着云岭强劲的掌风，身子迅速后退。

云岭回神，明白欣心是借力脱困，起身再一次直追了过去。

朝着云岭迎面攻击的却是细细密密的针，云岭忙止住了脚步，从容地躲过那些暗器。

等云岭接完暗器，望着屋檐，早就空空如也了！云岭懊恼不已地紧攥着拳。

欣心快速地隐身在暗处奔走一段时间后，奔入了云岭的旭日阁。她一定要找到冰雪莲心丸，不然明日，云岭酒醒后，必定会藏得更严实。

既然已经确定云岭在议事堂，欣心非常直接地用脚踹开了云岭的房门，“噔噔”地快速步入内室，接着一阵凌乱地翻找起来。

暗影隐匿在暗处，幽深的眼睛带着复杂，瞅着欣心就这样大大咧咧地踹门，堂而皇之地步入云岭的内室，翻东西还翻得惊天动地，生怕别人不知道屋内有贼似的！

这个笨女人，难道不知道，做贼不能如此嚣张吗！

欣心恼火地一阵翻箱倒柜，都找不到暗阁，墙壁上也都研究了个遍，还是没找到。

欣心随手将那些抓在手中无用的东西乱扔。

一个瓶子朝着暗影的鼻子冷不防地飞了过来，接着一堆乱七八糟的东西，都朝着暗影的方位丢了过去。

暗影默不作声地狼狈躲过。

欣心手中扔的东西越来越凌乱，不规律，但好像长眼似的，只朝一个方位丢去。不一会儿，暗影身上便挂彩了。暗影摸了摸额头，感觉有股温热的液体流下来，借着昏暗的灯火随意地扫了眼，竟然是血……

欣心不解气地对着云岭的床被一阵猛砍。

暗影快如闪电地朝着欣心出手，点了欣心的穴道。

欣心动弹不得地转动着黝黑的双眼，无奈看不到背对着她出手的人，心头带了丝慌乱。

暗影俊美的下巴，没什么表情，但从他紧抿的性感薄唇可以看出来，他在忍着不快，幽深的双眼，挂着淡漠的不满。在欣心胡乱猜测的当口，他一把搂抱起欣心，把她往肩膀上一扛，快速地离开了云岭的房间，奔走在屋檐上。

欣心被吊挂在他的肩头上，望着一排排的屋檐从她的眼中闪过，风声刮着脸颊，将她黑色的面纱扬起，随风舞动。

动弹不得的欣心选择了沉默，这人扛米袋似的将她扛走，心头虽然慌乱，可她记得很清楚，这是云岭那女人的地盘。

那人也只是沉默地不断奔走，欣心揣测，这人该不是把她当作云岭了吧？

被扛着，脑中血液逆流，欣心越来越不舒服，无奈浑身动弹不得又不能挣扎。“你想干吗？”她忍不住问。

暗影不接话，依旧奔走。

“是杀是剐，你倒是先给点儿提示，这样扛着我，我会吐的。”欣心只能一个人自言自语地继续说。

“捉贼！”冰冷的声音，没好气地从暗影嘴里飘出来，丝毫不带热度。不过下一秒，他便把扛改为抱。

欣心知道是暗影，稍微定心了，闻着怀里暗影熟悉的淡然清香味，干脆闭上眼，安心地窝到暗影怀里。

暗影将欣心往草垛上一扔，便紧抿着唇，望着欣心。

虽然是草垛，但被人货物一般地扔，还是会疼啊！尤其是细皮嫩肉的欣心，从疼痛中睁眼，看着破烂不堪的破庙，又把视线对上暗影，茫然。

清冷的月光，从破庙屋檐的缝隙播洒在庙堂上，暗影银白色的面具，隐隐泛着白光，半个优美的下巴，挂着冷然的怒意，幽深的眸子瞅着欣心，好像欣心做了什么见不得人的事。

“快点把我的穴道解了！”

暗影手环着胸，轻扫了眼欣心，不为所动，半晌后问：“你去玄天门干吗？”

“做贼啊！”欣心漫不经心地回答。

“偷什么东西要偷到云岭的房间里？”

“当然是偷……”欣心话说一半，好奇地凝神望着暗影。他去云岭的房间干吗？

“偷什么？”暗影冷哼着问。

“我还想问你呢，你去云岭的房间做什么？”欣心一脸兴师问罪的模样，孤男寡女共处一室。

暗影眼睛动火，不由得动怒地提高了音量，“快点坦白交代！”

“你管我偷什么？我需要向你交代什么？”

暗影的眼神一黯，沉默许久后，道：“下次，不许再去玄天门，也不许靠近云岭！”

“为什么呀？”

“因为云岭很危险。”暗影冷冰冰地吐了这么几个字。

“有啥危险的？”欣心小声地辩解了句，“一个性情古怪的女人而已。”

“她喜欢女人！”暗影咬牙切齿地说道。

“她喜欢是她的事，跟我有啥关系？”

暗影猛地一步朝欣心靠近，紧扣着欣心的手腕，威胁道：“你敢给我去惹她试试看！”

被暗影的身影笼罩着，心头的压迫感袭上来，让欣心有点儿不安地推了推暗影，无辜地说道：“其实，我也不想去惹她。”

“狡辩！”暗影冷冷地打断。

“我说的是实话，绝对没有狡辩！”欣心可怜兮兮地说，“我已经很注意跟云岭保持安全距离了。”

“那你身上怎么会中春花醉？”暗影斜睨了眼欣心问。

“春花醉？啥东西？”欣心不解，凑着衣服就要闻。不会是毒药之类的吧？她没感觉到云岭给她下药了啊。

暗影一把拉住欣心，捂着她的鼻子，“别闻了，无色无味的！”

“啊？是什么毒药？为什么我没感觉啊！”欣心激动地抓着暗影。

“本来就没感觉的。”暗影嘴角扯了扯，撇了撇嘴道，“春花醉不是毒药，而是催情药。要是中了春花醉，没有天香做引子，也不会起作用的。”

“真的？”

“假的！”暗影没好气地顶了一句。

“既然无色无味，又不是毒药，我自己都不知道，为什么你那么清楚？”

暗影抿了抿嘴，懒得理她。

“听你的口气，好像跟云岭很熟啊？”欣心好奇地问。

“你想说什么？”

“既然你开口了，那么我不客气了啊！”

暗影幽深的眸子，微微地动容了一下，瞅着欣心，看她想说什么。

欣心拉着暗影的手臂，开始问："你跟云岭什么关系？为什么会在她的房间里？莫非你们两个有什么……"

"有什么？"暗影沉着脸，口气冷冷的。

"孤男寡女的！云岭名声那么差，我当然会联想到很多事情啦！"

"比如？"暗影问。

"比如，你们有没有什么暧昧的行为？"

"别胡思乱想！"暗影没好气地敲了敲欣心的头。

"我没胡思乱想啊，只是事实难说……"欣心的话还没说完，便被暗影冷冷地扫了一眼，"胡说八道！"

"你这样的神情，我可以理解为恼羞成怒吗？你肯定是在心虚。"欣心正喋喋不休地声讨暗影，结果暗影粗暴地扣着欣心的后脑勺，霸道地拥吻住了欣心的小嘴……

暗影的吻让欣心差点儿喘不过气来，过了好半天才放开了她。她在那儿一个劲儿地猛吸气。这会儿若是因接吻而窒息身亡的话，欣心可就真的是前无古人，后无来者的"神人"，丢脸丢到下辈子都没办法翻身。

暗影嘴角突然勾起一抹淡笑，手指顺着欣心的脸颊，抚上她细嫩的颈脖，顺着衣领，滑入她的衣内。

胸口传来一阵冰凉的触摸，让欣心迷乱的双眼恢复了几分理智。她顺手抓着暗影的手，按住，朝暗影羞红了脸讷讷地道："君子动口不动手！"

暗影微微愣了愣，不过还是将手从欣心胸口撤出，帮欣心把斜开的衣领轻轻地拉拢。

欣心的脸红得不成样子，窘迫地望着暗影，跟他四目相交，凝神对上。不得不说，这会儿，她的心跳得很快，脑子里什么想法都没有，甚至"冷浩风"三个字都全无，只有眼前的暗影！

暗影将欣心再一次扣实地抱在胸前，在欣心的额头上轻柔地印下一吻，"我真的很喜欢你！"

欣心嘴角挂着弯弯的笑，攀着暗影的脖子，也轻轻地在暗影的嘴角印下一吻，柔声道：“你不要喜欢我！”

暗影不再为这个问题浪费唇舌，再次扣着欣心的后脑勺，细细密密的吻铺天盖地地印在了欣心的脸颊上，颈脖处，最后又回到了唇间……

再一次喘息的空当，欣心手指戳了戳暗影，不死心地问：“你到底在云岭房间干吗？”

暗影没好气地回道：“看我行头就知道，偷鸡摸狗地做贼啊！”

“偷东西还是偷人？”

“废话！”

“废话是什么意思？到底是偷东西还是偷人？”欣心这会儿为这个问题纠结了起来，还非得问个一清二楚。

“偷东西！”暗影老实回答。

看着欣心的嘴巴似乎又要开口，他忙再次封住了欣心的嘴。欣心不满地咬了下暗影的唇，一股血腥味在两个人的唇齿间蔓延了开来。

欣心趁着暗影吃惊发愣的瞬间，轻巧地移开身子，嘟着被亲肿的嘴，撒娇道：“你别以为堵住我的话，就能蒙混过关！你给我老实交代！”

“交代什么？”

“你身上怎么有血迹？你的衣衫怎么会那么凌乱？为什么半夜还在云岭的房间里？”欣心理直气壮地指着暗影问。

暗影纠结了一下，最终选择沉默！这些都是欣心的杰作。

“不说话，就是有奸情！哼！”欣心不悦地挑了挑眉。

暗影不可思议地瞅着欣心，他跟云岭？

“要知道，云岭的私生活很混乱的，你如果真跟她有啥猫腻，我可劝告你，很容易得病的。虽然花柳病也不是很难治，但是……”

暗影的脸上挂满了黑线，手握着拳。他真想将那喋喋不休的欣心直接掐死算了，这女人的想象力也太丰富了！

“够了！”暗影忍无可忍地打断欣心。

“还不够！”欣心缓了口气，准备继续。

“那你继续说。”暗影咧着嘴，朝欣心诡异地笑了笑。

在欣心被他美色迷住的当口，暗影咧着白森森的牙齿，直接啃咬在了欣心的脖子上。颈上传来的疼痛，让欣心不由得浑身一颤，忍不住出声惊呼：“啊！疼……”

“我不疼！”暗影淡淡地说。

欣心咬着唇，一把拉着暗影的耳朵，怒气冲冲地道：“你属狗的啊？还咬我！”

“继续说。”暗影任由欣心揪着他的耳朵。

“说就说啊！你敢做，我还怕你不成？”欣心不服气地挺了挺胸，再一次清了清嗓子说道，“别怪我没提醒你，云岭练的可是采阳补阴神功。”

暗影的嘴角不自在地抽搐了一下，想也从欣心的嘴里不会有好话说出来，所以在听到欣心说了一系列的名词，诸如，纵欲过度、阳痿、早泄……他的脸色已经臭到不行了！

“你别不相信，我说的都是事实！”

暗影磨了磨牙，冷冷地说道：“欣心，你别逼我！”

“我逼你啥了？”欣心松开揪着暗影耳朵的手，改换成戳他的胸口。

“逼我咬你！”

欣心愣了愣，“你敢！”

暗影直接用行动证明，他敢！于是欣心的脖子上，再一次被种了颗大大的草莓。

真的疼啊！欣心欲哭无泪地哭丧脸对暗影道：“你的牙没毒吧？”

暗影斜睨了眼欣心道：“有毒！你刚才说的那些症状，全都会传染到你身上！”

“暗影，你今天要不跟我交代清楚，我……我……我就……”

“你就干吗？”暗影俊美的半个侧脸笑得邪气又得意。

“我就阉了你！”欣心面不改色地说道。

暗影眼光一冷，略带着凌厉的肃杀之气，盯着欣心。

“瞪什么瞪？想吓唬我？姐姐我就是被吓大的！”

暗影冷然地抿了下唇。

欣心恼火，怄气地说道："如果被我知道，你亲过云岭又亲我的话，我肯定会把你'咔嚓'掉！"说完这话，欣心不忘记面带阴狠地补一个"咔嚓"的手势！

"我跟云岭真没关系！"暗影终于受不了欣心的胡搅蛮缠，面无表情地快速吐出这么几个字。

"那你那么紧张干吗？"欣心顺着竿子，继续不怕死地往上爬，还深切地记得刚才暗影打断她、强吻她的镜头来着呢！

"紧张你不行啊？"暗影隐在面具下的俊脸，晕红了，识相地在欣心抓狂前，停止了撩拨欣心的找死行为。

"紧张我？"

暗影睨了眼欣心，口气依旧清冷地道："云岭喜欢美女多过男人，你不会不知道吧？"

"好像……知道那么点儿。"欣心挠了挠头，也感觉自己似乎有点儿小题大做了！瞅着暗影的装备也不像是云岭的入幕之宾，那他真是去偷东西的？

"现在该我跟你算账了！"暗影一把拖住欣心的手臂，认真地说。

"我们算什么账？我没欠你银子吧！"

"你去玄天门做贼，我就不说了！"

欣心睨了睨暗影，"你也不好意思说我吧？首先你自己也是贼！"

暗影沉着脸，扫了眼欣心。

欣心撇了撇嘴，识相地选择了不说话，免得一会儿暗影又咬她。

"做贼就低调点儿，你那么嚣张做什么？"暗影冷着脸问欣心。

"有吗？我觉得很低调了啊。"欣心小声地辩解了一句。

"你低调？你低调就不会把我砸得浑身脏兮兮的了，还有这边的伤。"暗影用事实指控着欣心。

欣心指了指暗影的额头，血迹干枯了，那道划痕更加醒目惊心。"被我砸伤的？"欣心内疚地抚上那道划痕，细腻的触感从手指尖传来，但是感觉却有些不真切。

暗影不自然地将欣心的手从那伤痕处抓下来，按在胸口处，继续说："做贼还粗心大意，竟然被云岭下了春花醉！最可气的是，自己被下药了，竟然还不知道！”

“你不是说，春花醉不是毒药吗！”欣心无辜地闪着明亮的星眼装无知，“而且要天香做引，才能发挥催情功效，我安全得很！”

“你身上沾惹的量，七天左右才能退！谁知道你这七天够不够安分！”

“七天？”欣心愣了愣，“怎么看得出来啊？”

“等你脸上的印文退去才算安全！”

“我脸上有印文？”欣心惊奇了，手扒着暗影的眼皮，一个劲儿地往里面瞅。

暗影不明所以地挑了挑剑眉，

“别动！让我看看，印文在哪？漂亮不漂亮！你眼睛再睁大点儿，快使劲儿看我。”欣心认真地把暗影的眼珠当镜子照着。

暗影忍无可忍地将欣心的脸蛋推开了，“够了你！”

“不看就不看嘛！”

“别怪我没提醒你，给我离云岭远点儿。”暗影对欣心再次警告。

“远点儿就远点儿，下次我绕开她就是了！”

“你下次还敢来玄天门试试！”暗影面色一冷，眼光直朝着欣心射去。

“啊？”欣心惊愕。不去？那怎么行呢，吉吉还要死不活地躺在床上呢！欣心当然还要去偷那冰雪莲心丸啊！这玄天门，当然还要继续逛。

“啊什么啊？”暗影不悦地再一次将视线对上欣心。

“玄天门都不让我来？凭什么啊！”欣心不满地大叫了起来。

“不凭什么！”暗影霸道地对欣心再次说道，“反正，我说不行就不行！”

“你怎么比我老爹管的还宽呀？”

暗影面色窘了一下，随后有些不自在地说：“喜欢你才关心你，别不知好歹！”

“暗影，你为什么喜欢我啊？”

暗影阴沉着脸不说话，直接低头封住了欣心的唇。在欣心准备抗议的当口，霸道地啃吻了起来。

欣心被暗影啃吻的生疼，不安分地挣扎了起来，推了推暗影宽阔的胸膛。暗影惩罚性的吻，慢慢地变得轻柔了起来，扣着欣心细腰的手不断地游移着。

欣心渐渐地从不安中柔化，纠缠着暗影。

良久后，暗影放开欣心，嘴角挂着一抹邪魅的笑，点了点欣心的鼻尖，略带着一丝柔情地说道："把我的劝告听进去，玄天门下次不要来了！"

欣心言不由衷地点头，口气漫不经心地道："不来就不来吧！"

暗影凝神地望着欣心不敢直视他的眼睛，肯定她是口是心非，不由得有点怒意，一巴掌拍到欣心柔嫩的臀上，没好气地说道："你别给我耍花样！"

"不会，不会，我肯定不会！"欣心摸着疼痛的臀部，尴尬地赔了个笑脸。

"不信！"暗影打断欣心。

老爹都不曾打过她的屁股，"暗影，够了你！再打我屁股，我跟你没完！"

暗影嘴角的线条缓和了一下，勾着浅笑，顺手将欣心一把捞到了怀里，咬着欣心的耳垂道："你别被我逮住，不然我要你好看！"

"要我多好看啊？"

"把你脱光了，打屁股！"暗影面色严正地说。

欣心彻底石化了，满头黑线，暗影说到肯定也做得到。

"还有，这几天你别沾染到天香！"暗影严肃地提醒道。

"为什么？"

"别忘了，你身上中了春花醉！"暗影撇了撇嘴。

"七天内，我如果不小心沾染了天香会怎么样？"欣心小心翼翼地问。

"催情素生效，当然发挥媚药的功能！你说会怎么样？"暗影冷着脸给欣心解答道，最后嘴角挂着嘲讽的反问。

"媚药啊？"欣心惊讶地睁大眼。

暗影面色冷然地点了点头。

"要七天啊？这么邪恶？"欣心咋舌。

暗影回了个"知道就好"的表情。

"那你快点儿送我回冷家吧。"欣心勾拉着暗影的手臂急切地说。

暗影的面色僵了一下，最终还是什么话都没说，直接抱起欣心，再一次施展他那绝世的轻功，朝着冷家飞跃而去。

“到了！”

“嗯！”欣心依旧依靠在暗影怀里，贪恋着他身上温暖的怀抱。

“冷浩风在呐！”暗影冷冷地道。

欣心触电似的将暗影放开，往后退了几步，面色紧张。

暗影的眼光黯淡了，不动声色地瞅了眼欣心，沉着俊美的脸，抿着唇纵身便走了。

欣心四周瞅了一眼，安静的连一丝风声都没有，哪儿来的冷浩风呀！欣心轻叹了口气，被暗影耍了！她表现得那么心虚，暗影一定生气了。

第十三章　冷浩风的残忍拒绝

刚推门，欣心便傻眼了，那背对着欣心的月白色身影，不是冷浩风是谁？只是，这会儿大半夜的，他不睡觉，跑自己房间里来干吗？

冷浩风优雅地转身，漂亮的桃花眼好奇地扫了眼欣心的装扮。

欣心也发现了她的不妥之处，一身夜行衣，半夜不在闺房。不过既然被冷浩风撞见了，这会儿她也懒得去多费唇舌解释了。

“去哪了？”冷浩风微挑剑眉问。

“赏月！”欣心心虚地回道。

“莫非你也有夜游的习惯？”冷浩风漂亮的嘴角略微弯起，挂了一抹嘲讽的笑。

“有又如何？”

“不错！”

不错？这话是从冷浩风嘴里说出来的吗？欣心带着不安瞅着面无表情的冷浩风。真不明白，他到底怎么回事。

“南宫欣心，你到底是什么身份？”冷浩风探究地问。

“逍遥侯府的千金啰！”欣心面不改色地回答。

“大家闺秀半夜会穿得如此怪异去夜游？”

“浩风哥哥，你都说了怪异夜游了！当然不怪不行啦！”欣心捧着凉茶，豪饮了几口，伶俐地回着冷浩风。

“你的丫鬟好像中毒了吧。”冷浩风转移话题。

“噗……”欣心刚喝的茶就这样呛了出来。

冷浩风灵巧地闪身。

“浩风哥哥，关于这个事，好像有点儿误会！”欣心清了清嗓子，从容地说道，“这个事说来话就长了！浩风哥哥，这会儿天色好像不早了，你是不是该回房睡觉了？”

“我不介意你长话短说！”冷浩风抿了抿茶，漫不经心道。

“浩风哥哥，有什么事，还是明天再说吧！我有点儿累了！”欣心打了个秀气的哈欠，嘟囔着，摆出一副疲倦的样子。她真不能解释吉吉中毒，自己去偷药，还差点儿被女人给轻薄了，最后是被一个有奸情的帅哥送回来的这一系列事情。

“我怕你明天就忘记了！”冷浩风站起身子，修长的身子，朝着欣心靠近了一步。

欣心头上袭来压迫感，不自然地往后退了退，尴尬地扯了个笑脸，道：“怎么可能会忘记呢！”

“难说！”冷浩风嘴角挂了抹意味深长的笑。

“好吧！我坦白！”

冷浩风轻扯了下嘴角，示意欣心可以说了。

欣心舔了舔嘴唇，轻咳了下说道：“其实呢，吉吉没有中毒，只是每个月那几天的时候，身子比较弱……”

冷浩风面色窘迫地红了起来。

欣心心底窃笑了一下，继续说道：“浩风哥哥，你可能不知道吧？每个月那几天，女人的血流量是很恐怖的，所以面色惨白、头昏无力、疼痛难忍，等等，这些症状都是很正常的！”

“够了！”冷浩风忍不住打断欣心。她好意思说，也得看看他是不是好意思听啊！

“不够啦！浩风哥哥，你可能还没听明白，我不介意多告诉你一些。”欣心忍住爆笑的冲动，不怕死地向冷浩风普及生理知识。

“南宫欣心，你故意的？”

“什么故意的？我不太明白。”

“你到底还有什么身份，给我交代清楚！”冷浩风面色严肃地质问。

“逍遥侯府千金大小姐南宫欣心！”

“还有呢？”冷浩风眼睛中的精光一闪。

“我不明白浩风哥哥是什么意思，我就这么一个身份啊！”打死都不认是欣心的生存法则。

冷浩风冷嘲地哼了声，“骗鬼呢！”

欣心恍然大悟地拍了拍脑勺，道：“莫非，浩风哥哥改变主意，想要娶我了？”

冷浩风两眼不客气地直射向欣心。

欣心缩了缩脖子，继续硬着头皮道：“如果浩风哥哥想娶我了，我便有另外的身份，比如冷家大少奶奶、浩风哥哥的娘子，或者孩子他妈。”欣心边说边偷偷地抬眼瞄了下冷浩风。

冷浩风嘴角挂着冷笑，口气凉凉地道：“南宫欣心，你就继续装傻吧。”

“我没有装傻啊。”欣心眨了眨明亮的星眼，真想补一句，我是真傻。

冷浩风斜睨了眼欣心，面色阴冷得能把人冻出冰来。“你最好给我老实交代！”冷浩风严肃地审问。

“我交代什么？”欣心理直气壮地反问。

“除了南宫家大小姐外，你还有什么身份！”冷浩风剑眉微微挑了挑，性感的嘴略扯了个弧度，凑到欣心的耳边，威胁道，“南宫欣心，你别忘记，现在是在冷家！客人要有客人的本分！”

“我怎么不本分了？”

“本分的话，会穿成这样出去赏月？”冷浩风嘲讽道，没好气地瞪了眼欣心。

“我有恋装癖不行啊？”

恋装癖？冷浩风活这么大了，还是头次听到如此特殊的词汇。

“别皱眉了，恋装癖指的是喜欢穿夜行衣的特殊爱好！”生怕冷浩风不理解，欣心还热心地解说了一番。

“强词夺理！”

“强你的词，夺你的理了？”欣心故意胡搅蛮缠。

“娉婷郡主的手链怎么会在你这里？”冷浩风随意地扬了扬手中的链子，眼光紧盯着欣心。

“貌似，现在这个手链是在浩风哥哥手里吧！跟我有啥关系呢？”

“南宫欣心，我的耐性不好！”冷浩风口气不善地警告。

“我耐性好就行了！”欣心依旧嬉皮笑脸，不承认。

“你最好别让我查出什么。”冷浩风手紧握着拳，嘴角淡漠地扯了扯。

“查吧，查吧。”欣心满脸不以为然地挥挥手，不把冷浩风的警告当回事。

“南宫欣心！”冷浩风不悦地挑眉，咬牙切齿地喊。

“在呢，浩风哥哥，我耳朵没聋，你不用那么大声！”欣心掏了掏耳朵，谄媚地对冷浩风俯身，要多恭敬有多恭敬。

“你别跟我嬉皮笑脸的不当回事！我警告你，”冷浩风的话说到一半，便生生地卡住了。他目瞪口呆地看着欣心双手直接勾上他的脖子，温热的气息扑到他的唇边，略带诱惑性地轻舔了下唇。

该死的！冷浩风的心猛地增快了好几拍。

欣心乖顺地在冷浩风怀里蹭了蹭，寻了个舒适的角度，才慵懒地说：“浩风哥哥，夜深了，欣心犯困了，你要审问的话，明天再说吧！”

“南宫欣心！注意你的举止！”

欣心对冷浩风灿烂地浅笑了一下，依旧优雅地搂着冷浩风，娇媚地说：“浩风哥哥，我的举止怎么了？”如果欣心触觉没出错的话，这会儿冷浩风的手，是主动搁在她的腰上吧！

冷浩风强咽了下口水，目光不自在地撇过头，冷声道：“你看你，像个大家闺秀吗？”

“哪里不像啊？”欣心认真地问冷浩风。

“男女授受不亲，你成何体统！”冷浩风没好气地哼了声。

欣心“扑哧”一声便笑了起来，“是不成体统！我该把浩风哥哥的手抓开的。”

冷浩风面色窘得通红，忙把手缩了回来，尴尬地轻咳了下嗓子。

欣心不以为然地微挑了下眉，伸手抓过冷浩风的手，主动牵握上去，十指紧扣在一起，指尖相互传着温热。

冷浩风试着抽了一下，无奈欣心握得太紧，或者说欣心柔嫩的柔荑触感，使他有一阵茫然地怔住，并不想真的抽开，“南宫欣心，我会有办法查出你的身份，看看你到底想玩什么花样！”

瞧着冷浩风那淡定的模样，欣心就不爽，顺手将冷浩风的脖子拉过，踮着脚，凑着唇，直接亲吻了上去。

冷浩风傻眼，任由欣心亲吻着他性感的唇角。冷浩风僵硬地将手扣上欣心的后脑勺，更加大力地拉着她贴近自己，由被动变为主动地亲吻着欣心，而他的手游移在欣心的腰间，不断地摩挲着。

“浩风哥哥，你准备娶欣心了吗？”欣心轻喘地离开了冷浩风的唇，凑在冷浩风的耳边问道。

敏感的耳垂，被欣心呼出的热气给搅和的酥麻了一下，冷浩风神色僵了僵，眼中的欲火渐渐退去，恢复了清明，淡漠地说：“南宫欣心，你准备色诱我，让我负责娶你？”

欣心绯红着脸，咬着唇，颓然地不知道该接什么话。刚才那吻，真的是意外，她压根就没准备对冷浩风使用美人计。

“南宫欣心，你的如意算盘打错了！”冷浩风嘴角挂着嘲讽的笑，毫不留情地将欣心一把推开。

欣心再一次撞到冰冷的墙面上，忍不住痛呼出声，龇牙咧嘴地反手抚上后背，真疼啊！

冷浩风扫了眼欣心含泪的神情，猜测着又是她的计划，不由得气不打一处来，口不择言道：“南宫欣心，我死也不会娶你的！你趁早死心吧！”

“冷浩风！你别自我感觉太好，我现在不准备嫁给你了！”

“你没准备嫁给我，那何必再三勾引我？”冷浩风嘲讽地扫视着欣心红肿的唇。

“你如果真那么正人君子，又怎么会一次次被我勾引呢？”欣心回道。

冷浩风尴尬了一下，双颊红了起来，“南宫欣心，别扯开话题。今天我们好好谈一下，关于我们的婚事！”沉默半晌，冷浩风严正地开口。

“谈吧！”欣心深吸了口气，朝冷浩风嘟了嘟嘴，满脸的不以为然。

“不过，我希望你能换点儿新鲜的说辞，不然也没什么好说的，很无聊！”欣心拢了下肩头略散的发丝，明显不感兴趣。

“你不要再自作多情，一厢情愿地玩花样。我说不会娶你，便不会娶你的！”冷浩风清了清嗓子，面色淡然地朝欣心说道。

欣心不解地朝冷浩风回道：“我没耍花样。我也说了，不准备嫁给你了，你还想我怎么样？”

“还有你们冷家我也玩腻了，早就想回家了，现在是你老娘请我住下的！”欣心不给面子地朝冷浩风说道。难道因为喜欢他，自尊都要被践踏得没脸见人吗？不！我南宫欣心办不到！她是喜欢冷浩风，但不会喜欢到卑微地失去自傲。

冷浩风面色一僵，不悦地挑了下剑眉，“那你爹去求皇上赐婚是什么意思？”

“我爹爹去求皇上赐婚？给我们两个吗？”欣心也有点儿吃惊，忙站立了起来。她还真不知道老爹去求皇帝赐婚呢！

“南宫欣心，别说你不知道，这不是你的计谋吗？”冷浩风冷冷地嘲讽。

“我还真不知道赐婚是怎么回事。”若欣心知道，肯定不会在冷浩风排斥她的前提下，怂恿老爹去请皇上赐婚。这追求他是一回事，但求赐婚又是另一回事。

欣心会努力地去追求冷浩风，直到他喜欢上自己，然后心甘情愿地提出婚约。而不是这会儿，两个人的心意都不确定，被赐婚圣旨绑到一起！这样的包办婚姻显然是不会幸福的。

冷浩风扯了扯嘴角，冷漠地说：“你算计我，还真不是一般的用心呐！”

“这事跟我没关系！”欣心认真地撇干净。这误会若横在他们俩之间，不用说了，以后两个人更没戏！

“谁信？”冷浩风冷哼了一下，轻蔑地扫了眼欣心，“真没想到，你竟然如此不择手段！可惜倒贴给我，我也不要！”

“冷浩风，你不要太过分！我说了跟我没关系！”欣心面色恼怒。她最讨厌别人冤枉她了！

“现在你们南宫家跟郡王府就慢慢斗吧！你们两个，我谁都不会要！”冷浩风轻蔑地说道。

欣心沉默了一下，老爹求赐婚可能是看郡王爷上折子了，才急着出此下策，不然没道理不先知会她一声的。

“南宫欣心，你可以用计请皇上赐婚，也可以用手段将我绑上花轿拜堂。但是，我不会喜欢你，也不会尊重你！我会将这些耻辱，双倍奉还给你！”冷浩风说到最后，口气冷得咬牙切齿。

“还有呢？”欣心仰头朝冷浩风问。

“如果真赐婚的话，你就跟娉婷郡主斗去吧！死一个是一个……两个都死了，正好一双！我乐得清闲看戏！”

冷浩风性感的唇间飘出如此刻薄的话语，让欣心有些心寒！

“你的话说完了吗？”

冷浩风拂了下衣袖，起身继续说：“希望你好自为之！”

欣心满面怒火地朝冷浩风挥出一掌，掌风一带，直接将冷浩风从屋内扇了出去。

冷浩风脑袋短路地看着怦然在他眼前关上的房门，有些不可思议地张着嘴。他，竟然被南宫欣心给扔出了屋子！

欣心气呼呼地用手扇风降火，胸口怒意滋生。“气死我了！该死的冷浩风！”

“有必要气成这样吗？”

欣心回眼看着在那儿气定悠闲地喝着凉茶的紫衣，没好气地道：“衣衣，你是来看笑话的？”

紫衣食指轻摇了摇，比画了个嘘声的动作，“你的笑话有什么好看的，又不给我银子！”

晕，看戏的不给银子打赏，反倒要演戏的贴钱？欣心真对紫衣无语！

“那你这时候来找我做什么？”

紫衣默不作声地转动着那茶杯，研究着水纹。那神情，要多认真便有多认真，也正大光明地无视欣心的问话。

“你该不是无聊才来串门的吧？还是冷浩风出银子，买我性命呀？”瞧着冷浩风一副恨不得掐死欣心的愤恨模样，买凶杀人算得上正常！

“你啊，三句不离冷浩风，中毒了！”紫衣轻点了点欣心的额头，严正地问，“欣心，你真那么喜欢冷浩风？”

欣心静默了一会儿，才回答：“其实也不是那么喜欢，现在感觉挺淡的。”

“那你还追着他不放？”紫衣疑惑地问。

“我就觉得追着他挺好玩的！而且他越是抗拒，我就越想征服他。”欣心老实地对紫衣说。其实，欣心自己也很茫然，她对冷浩风的爱，到底有多深？但随着冷浩风一次次无情的话语，将欣心推开。此时欣心更多的是茫然，到底要继续爱下去，还是就这样放手？其实自从那次温泉落水，差点儿小命不保后，欣心对冷浩风的执着，就减少了很多，也尽量不跟冷浩风硬碰。避开他，别扭的是冷浩风，不是欣心。

“欣心，如果你不喜欢冷浩风的话，放手吧！”紫衣神情难得严正。

“我现在没对冷浩风做什么事啊，也没准备缠着他，我都顺其自然了！至于留在冷家，我也只是帮冷伯母针灸而已！”

紫衣不苟同地摇了摇头，“我刚才还看着你们俩打得火热接吻呢，你好意思撇干净吗？”

“意外，那纯属意外！”

“你说意外就是意外吧！”紫衣也懒得为这个话题跟欣心纠缠，“不过，我可提醒你了，明天娉婷郡主也会来冷家做客！”

欣心一愣，傻乎乎地问：“娉婷郡主明天要来冷家做客？”

紫衣手朝欣心一伸，“一千两！”

欣心认命地将银袋以及暗影给的那两颗大明珠，给紫衣恭敬地递了过去。

紫衣随意地瞄了眼，喜笑颜开地将事情交代了个遍。“娉婷郡主让郡王爷上折子，请求赐婚。你家老爹急了，红着老脸说，冷浩风与你已有婚约，请皇上赐婚。这下子，两家争着要赐婚，皇帝为难，在斟酌呢。”

大致的情况跟欣心猜测得差不多，她忍不住打断紫衣，“娉婷郡主听说我在冷家做客，所以也要来？”

“你这不是废话吗！”

“那我完蛋了！”欣心挂着愁眉苦脸。

紫衣拍了拍欣心的肩膀，安慰道：“别怕，她不是你的对手！”

欣心自嘲地轻笑了一下，“冷浩风会成为我的对手！”

紫衣茫然地望了眼欣心，不解地问：“什么意思？”

“他会挑拨，帮着娉婷郡主找我碴！”欣心淡定地说，仿佛已经能料想，娉婷郡主来后的日子，将会多么“热闹”了，一山不容二虎啊！

“他这样做有什么好处？”

“看戏啊！我跟娉婷郡主斗，斗死一个是一个，斗死两个，正好凑一双呗！这话是冷浩风刚才说的。”欣心把冷浩风的话向紫衣复述了一遍。

紫衣面带怒容，“砰”的一下子拍在桌子上，激动地对欣心道：“欣心，说什么都不能让冷浩风得意，一定要给他点颜色看看！”

“淡定，淡定，衣衣，你激动什么？”欣心不解。

“当然激动啊，逍遥侯跟郡王府为了冷浩风撕破了脸。这会儿，大家都津津乐道，猜着到底谁会嫁给冷浩风，娉婷郡主或者欣心小姐。”

“紫衣，你是不是又准备开赌了？”欣心似笑非笑地打断紫衣的话。

紫衣干笑了一下，“有银子，当然要赚。”

欣心一拳击在桌子上，那桌子轰然倒地。

“欣心，开赌的事先不提，但你总不能怕娉婷郡主吧？作为一个二十一世纪的穿越人，你连冷浩风跟娉婷郡主都搞不定的话，你对得起再世为人吗？”

欣心轻叹了口气道：“衣衣，老实说，我不想跟娉婷郡主争冷浩风了，也不想再缠着他了，我很累！”

“欣心，你别那么没斗志！冷浩风算啥？他这样再三地侮辱你，你一定要把他追到手，然后狠狠地踹了他，让他抱着被子哭上个大半年！”紫衣对欣心煽风点火道。

“衣衣，其实这世界上，又不只冷浩风一个美男，即使放弃他这棵树，我还有大片的森林呢！”欣心自我安慰地对紫衣说。

“你的森林里就冷浩风一棵树吧！”紫衣接得果断。

“衣衣，我真的不稀罕冷浩风了，竟然说那么过分的话，说我倒贴他都不要。他怎么不去死！”欣心愤慨地说着，心里憋得慌！

“欣心，你这样子，很像被抛弃的怨妇。”紫衣小心翼翼地说。

“衣衣，你不信就算了。我跟你说，我的森林里绝对不止冷浩风一棵树，所以我真的不稀罕他了。”欣心激动地朝着紫衣叫道。那神情，恨不得将暗影拉出来，给紫衣看。

“虽然，你的森林里有很多树，但冷浩风这棵长虫子了，我见不惯，还非得修上一番。”紫衣拨了拨算盘，说得轻柔。

“不用你修了，这树就让他自生自灭吧，反正我不缺！”欣心激动地挥手否决。紫衣的手拨动算盘，就意味着欣心要花钱。

“欣心，你不会真的移情别恋了吧？劈腿了？”紫衣被欣心激动的神色感染了，也从疑惑中严正了起来，

“有待发展中。”欣心干笑了两声，神色有些不自在。她也不确定，现在到底想要执手的是谁了。她也没办法依旧像开始那会儿，斩钉截铁地说非冷浩风不嫁。

人果然是会变的，欣心的心意已经开始动摇了。

“那棵树是谁啊？你怎么劈的腿啊？”紫衣眼光闪闪的，绝对是看到银子的讯号。

欣心瞅了瞅紫衣，没好气地道：“东边大街的采花贼，穷得叮当响，你别指望捞好处了！”

紫衣一巴掌就朝欣心的头顶盖下来，“我说，你有点儿骨气好不好？不就是没追到冷浩风吗？何必掉价地跟采花贼混在一起。采花贼就采花贼，还

是穷得叮当响的，看我不抽死你！”

“有银子的采花贼你就没意见了是吧？”

“那是，我从来不跟银子过不去，有钱的就是大爷！”紫衣边说边朝欣心身上拍去。

“好了，衣衣，不闹了！”

“我本来懒得闹你，只是最近没银子数，太无聊了！”紫衣拨弄着那小算盘，若有所指。

欣心保持沉默，这会儿接紫衣的话，简直就是自寻死路！

“欣心呐，吉吉好久没去飘香阁坐镇了，飘香阁冷清得很。”紫衣嘴角弯弯带着浅笑，不容欣心装死，“飘香阁冷清了，我就没银子数了；没银子数了，我就喜欢找碴。”

“吉吉中毒了！”欣心打断了紫衣的话，不安地摸了摸鼻子，挑了挑眉。紫衣总不会要一个病人去飘香阁坐镇吧，显然又准备算计她了。

“我知道啊，今晚我还帮她去玄天门偷解药来着，喏。”紫衣话说了一半，脸上挂了些微怒。

欣心手一伸，没有注意到紫衣不自在的神色，讨要道：“解药呢？”

“被人抢了！”

欣心愣了愣，疑惑道：“到你手的东西都能被别人抢去？”

紫衣点点头。她只进不出的惯例被打破了，到手的解药都被人抢了，实在是怄气！

“没了就没了吧！”欣心轻叹了口气，出师不利的，也包括她，空手而归！

“吉吉身上的毒，小蓝蓝看过了，暂时没事。大不了，明天我再去玄天门找找。”

“算了，明天还是我去吧！”欣心遇到云岭，还会想办法躲躲，避避风，两个人玩不出人命。但是紫衣对上云岭，不用说了，王对王，死局，非得出人命。

“你去就你去，不过我今天来可告诉你一声。初三有个神秘人物包了神秘花魁的场，吉吉的状态是没办法出场的，你做好准备顶上！”紫衣说完这段话，抿了口茶，拍了拍欣心的肩膀道，“欣心，我相信你！”

“又是我顶？”欣心指了指自己的鼻尖，不可思议道。

“你可以不顶，那我直接把飘香阁关门大吉去！”紫衣丢完这句话，潇洒地在欣心眼前跃上屋檐，快速地闪身不见。

好吧，欣心也只能顶了。

第十四章　情敌来袭，心伤意冷

“哎呀！你们小心点儿。”

“轻点儿，轻点儿放！坏了你们赔得起吗！”

“乒乒乓乓”的好一阵搬东西声，杂乱的脚步声、吆喝声……

欣心睡眼蒙眬地听着屋外的阵阵喧哗声，实在是扰人清梦！欣心还没发怒，她的房门便被人一脚踹开了。

娉婷郡主摇曳地朝屋内移了下小碎步，站到欣心的床前，轻蔑地朝她说道：“这个房间以后我住，你马上滚出去！”

欣心看了眼娉婷郡主，连话都懒得跟她说，拉上被子蒙着头，继续大睡。

娉婷郡主勃然大怒，朝身边的丫鬟指了指旁边的盆。那丫鬟端着盆出去了。

她一把拉开欣心的被子，手指着她道：“南宫欣心，本郡主在跟你说话，你听到没？”

欣心懒洋洋地用手捂着嘴，打了个哈欠，揉了揉惺忪的睡眼，才淡淡地说道：“郡主，你想跟我说什么？”

娉婷郡主一把拉住欣心的衣领，拖起她，口气恶狠狠地道：“南宫欣心，冷浩风是我的，你想跟我争，门儿都没有！”

“你哪只耳朵听到我说要跟你争冷浩风了？”欣心似笑非笑地睨着娉婷郡主，“现在把冷浩风送给我，我也不要！你要有本事，自己拿去！”

“你不喜欢冷浩风，那你厚颜无耻地待在冷家做什么？”

“既然我是厚颜无耻地待在冷家，那何必要告诉你我做什么呢？”

娉婷郡主被欣心的话堵得很难看，整个脸青白交加。欣心挑了挑眉，继续把话踢给娉婷郡主，“如果待在冷家做客被称之为厚颜无耻的话，郡主你的脸皮也不薄呐！”

“南宫欣心，你有种！”娉婷郡主咬牙切齿地骂道。

“我没种，我的种，在我未来的相公那儿！”欣心面不改色地说道。

“果然跟浩风说的一样不要脸！”娉婷郡主冷哼了一下。

冷浩风竟然跟娉婷郡主说她不要脸！欣心怒了，“冷浩风还跟你说了什么？”

娉婷郡主看着欣心满是怒意的脸色，心情没来由地变好，掩嘴轻笑了一下，“还有很多，当然没有一句好话！你要听吗？”

欣心忍无可忍地磨了磨牙，看着得意扬扬的娉婷郡主，真恨不得伸手掐死她，当然还有冷浩风！

“南宫欣心，冷浩风不喜欢你，你趁早死心吧！不然难堪的是你！”娉婷郡主非常诚心地劝告着。对于冷浩风，她一副势在必得的姿态！

“郡主，你就那么确定，冷浩风不喜欢我就会喜欢你？还有，难堪的难道就我一个吗？”欣心怒极反笑，暗爽娉婷郡主不自在的脸色。

“浩风会喜欢我的！”娉婷郡主强装得自信满满。

“既然你那么有自信，还来威胁我干吗？”欣心不以为然地挑了挑眉。

“欣心，你少自我膨胀了！你争得过我吗？”娉婷郡主的嘴角满是嘲讽，“不自量力！”

欣心耸了耸肩，漫不经心地说：“本来我不稀罕冷浩风，可是有竞争才有动力。这会儿我死咬着他不放了，你能拿我怎么样？”

娉婷郡主扬手一巴掌抽到欣心的脸上，咬牙切齿地道：“跟本郡主争，简直就是找死！不知好歹！”

欣心扣住娉婷郡主的手腕，面色愠怒地说道：“别拿你郡主的身份来压我，我让你打一次，但绝不会有第二次！还有冷浩风，我们各凭本事去抢！”

娉婷郡主挣扎了几下，手依旧被欣心捏得很紧，疼痛蔓延开来。她不由得恼怒地喝道："南宫欣心，放手！"

欣心手指再一次加大了力量，在娉婷郡主手上捏了捏，满意地看着郡主疼得龇牙咧嘴，才挂着温和的笑意，道："郡主，求人的时候，记得口气要客气点儿。"

娉婷郡主紧咬着下唇，眼中疼得泪花直闪，但碍于身份，只能咬牙切齿地威胁欣心道："你再不放开我，我一定会让你后悔的！"

"郡主，我南宫欣心活这么大了，什么都吃，就是不吃威胁！"

"来人哪！来人！"郡主扯着嗓子尖叫起来。

郡主身边的那个丫鬟气喘吁吁地提了盆水进屋，瞅了下情势，直接将盆里的水朝欣心身上泼去。

冷不防被一盆冷水迎头泼来，让欣心忍不住打了个冷战，也松开了紧捏着娉婷郡主的手，眼睛喷火地扫了眼那丫鬟，冷声问："叫什么名字？"

那丫鬟有恃无恐地朝欣心扬了扬下巴，清脆地回答："奴婢月牙！"

"月牙，很好！"迟早打到你没牙，欣心愤恨地想着。

"南宫欣心，你敢动我的丫鬟试试！"娉婷郡主警告，斜睨了眼满身狼狈的欣心，嚣张地将手搁到月牙的臂上，"本郡主不跟落水狗一般见识。走，找浩风哥哥吃早饭去！"

"阿嚏！阿嚏！"欣心捂着鼻子连打了几个喷嚏。该死的娉婷郡主！一来就给她下马威是吧？好，这仇记下了！换洗妥当，小小地化了个浅淡的妆容，欣心便优雅地朝冷家的饭厅走去。

桌子上三个人严正地端坐着，面色各异。

冷然跟冷夫人不会把不悦挂在脸上，娉婷郡主好歹也是客人，只是离那娉婷郡主远远地坐着，礼貌地挂着客气的假笑。娉婷郡主这会儿也收起了嚣张的姿态，安静地坐着喝茶，偶尔朝欣心投去几眼不屑。

欣心扫了圈三足鼎立之态的人们，便甜甜地朝冷然唤了声伯伯，又自然地搬了椅子，在冷夫人身边坐下去。娉婷郡主，咱惹不起，还躲不起吗？

冷浩风一进屋子，便发现四道怪异的目光直直地扫向他。他从容地扫了眼娉婷郡主，又面无表情地看了眼欣心，最后把视线往冷然下手边的位置瞅了瞅。正当欣心猜测，冷浩风会远离欣心跟娉婷郡主而坐到冷然身边去时，他出乎意料地拉了把椅子，朝欣心跟娉婷郡主中间一搁，坐到了两人之间。

欣心不动声色地端着茶杯抿了抿，想看看冷浩风准备玩什么花样。

娉婷郡主热切地将椅子又朝冷浩风身边挪了挪，撒娇道："浩风，什么时候开饭呀？人家好饿哦。"

这声音，嗲得让欣心鸡皮疙瘩掉了一地。冷眼瞅着冷浩风对娉婷郡主挤了个浅笑，道："郡主不要急，马上就能吃饭了。"

冷然给丫鬟使了个眼色，她便快速地将膳食端了进来。

"郡主，可以用膳了。"冷浩风朝娉婷郡主做了个请的手势。

"不要叫人家郡主嘛，好生疏哦！叫我娉婷嘛！"娉婷郡主的手很自然地攀上了冷浩风的手臂，就差把整个身子往冷浩风身上趴了。

冷浩风尴尬地抽回了手臂，悄然地勾着椅子，朝欣心这边挪了挪。

"浩风，你就叫我娉婷嘛！"娉婷郡主拉着冷浩风的手臂撒娇。

看到娉婷郡主的举动，冷然皱了皱眉，冷夫人不满地哼了哼。

冷浩风的嘴角挂着一抹淡漠的浅笑，不动声色地继续朝欣心身边挪，嘴里也适当地改口唤道："娉婷！"

娉婷郡主满意冷浩风的改口，整个脸上都挂满了灿烂的笑，"浩风，你再多唤几声嘛，真好听。"

欣心搓了搓掉落满地的鸡皮疙瘩，冷浩风眼见时机成熟，悄然地抽身，快速闪身站立一旁，准备看戏。娉婷郡主倚靠着冷浩风的身子，重心不稳，绝对会倒向欣心。他计划在吃饭前，让她们两个先热闹地吵上一架。

果然，欣心防备不及，被娉婷郡主直直压倒在地，额头撞上了桌角，肿起了个大包。她把娉婷郡主从身上推到一旁，揉着疼痛的额角，余光扫了眼面色淡然的冷浩风。浑蛋，他绝对是故意的！

娉婷郡主的额头也撞上了桌子角，惊呼起来，"啊，疼！"

"欣心呐，你没事吧？"冷夫人关切地搀扶起欣心。

"伯母，我没事！"欣心忍着疼说。

"浩风，我有事！我有事！呜呜……"娉婷郡主边说边哭了起来，手指捂着的地方，竟然有股红色的血流出来。欣心只当没看到，淡扫了眼冷浩风，嘴角挂着嘲讽，用嘴形说道："冷浩风，你很好！"

冷浩风微挑了挑剑眉，朝欣心同样轻扯了下嘴角，"这只是个开始！"

"郡主，你好像撞伤了，在流血。"欣心事不关己地再次落座后，看着依旧跌坐在地上的娉婷郡主，好心提醒道。

"啊！流血了！"娉婷郡主后知后觉地望着满手的血迹，更加惊天动地地叫唤了起来，"我在流血……我流血了……呜呜……"

月牙怯生生地站立在一旁，也不敢贸然去扶娉婷郡主。这会儿谁去扶她，绝对要被娉婷郡主骂得体无完肤。

眼瞅着娉婷郡主毫无形象地在那里大呼小叫，冷然的眉头皱了皱，对她的不满似乎更甚了。

"浩风，你快扶我起来！"娉婷郡主朝冷浩风求助。

冷浩风硬着头皮搀扶起娉婷郡主，清冷地说道："郡主，没事，只磕破了点儿皮而已。"

娉婷郡主顺势靠在冷浩风的怀里，哭得满面胭脂水粉混合在一起，在冷浩风的衣衫上蹭了蹭，委屈地说道："可是，人家好疼，好疼。你给人家吹吹嘛！"

冷浩风的面色僵了僵，朝娉婷郡主的额头乱吹一气。

娉婷郡主立马笑了，嗲声道："果然浩风哥哥一吹，娉婷就不疼了！"

"不疼就坐好，吃饭吧！"冷浩风悄然地从娉婷郡主的臂弯里抽手。

欣心面不改色地饮着茶，偶尔扫两眼娉婷郡主，她完全就是一个跳梁的小丑，直接无视她！还有故意在那儿演戏的冷浩风，直接当他是透明的。

"郡主，吃饭吧！我给你布菜，你喜欢吃什么？"冷浩风眼瞅着欣心淡定得激不出火来，带了些挫败问。

娉婷郡主正春风得意，故意将欣心扯出来，朝欣心努努嘴，说道："浩风，你不问问南宫小姐想吃什么吗？"

“郡主，云和泥的差别，你应该理解吧？”冷浩风丝毫不以为意地说。

“理解是理解，只是不太明白。浩风，是什么意思？”

“意思是，你们不是一个档次的，郡主是云，某些人就是给人踩的烂泥！”冷浩风不留情面地指桑骂槐。

欣心的手在桌下紧握成拳，冷浩风自己在的时候可以羞辱她，但当着别的女人的面，将她说得如此一文不值，实在是该死！

“浩风，你能这样看我、夸赞我，我真的好开心哦！”娉婷郡主喜笑颜开地看着冷浩风给她殷勤地倒水，“不过，你下次不要再叫我郡主，直呼我娉婷就好！”

冷浩风将那杯水递给娉婷郡主，冷淡的脸上，嘴角向上扯了扯，挂了个笑，道：“能为郡主效劳，实在是浩风之幸！娉婷。”

“浩风，你真好！”

“娉婷人更好！”冷浩风皮笑肉不笑地夸赞。

“郡主，那杯子，我刚喝过了。”欣心冷不防地冒了这么句话出来。娉婷郡主“扑哧”，满口的水，一半朝冷浩风面上喷去，一半呛得直在那里咳嗽。

冷然忍着笑，跟冷夫人相互交换了个眼神，依旧保持着观望态度。

冷浩风面色不悦地用袖子抹去脸上的茶水，不满地瞪了眼娉婷郡主，又冷冷地瞅着欣心。

“浩风，对不起，我不是故意的！”娉婷郡主抹了下脸，忙抽着帕子，往冷浩风脸上胡乱地抹去。

冷浩风急忙抓住娉婷郡主的“魔爪”，接过帕子道：“多谢娉婷，我自己来就好！”

欣心只当作没看到，晃悠着脚丫，嘲讽地说道：“浩风哥哥，这会儿是吃饭时间，你们恶心得我连饭都吃不下去了！”

娉婷郡主“刷”地一下子站到欣心面前，指着她骂道：“嫉妒死你！南宫妖怪！”

“嫉妒倒是没有，就是觉得某些人，人品太次，喝水都会被呛。”

“说谁呢？南宫妖怪，你给我说清楚！”这下子娉婷郡主顾不得形象，朝欣心大声地喝问。

“说谁？谁在跳就是谁呗！”欣心轻耸了下肩，朝着娉婷郡主在唇边比画了一下食指，“嘘，郡主，注意云的形象，轻柔的，飘浮的，你这样子，很像。”

欣心比画了个大便样，便不再言语了。

娉婷郡主没理解，一脚踩在凳子上，一手叉腰，趾高气扬地叫嚣道：“南宫妖怪，你给我把话说清楚，不然我跟你没完！”

“好一朵飘浮的云啊！耍泼的姿态都如此让人敬仰，欣心自认比不上！”

“南宫妖怪，给我把话说清楚！”这下子，娉婷郡主彻底歇斯底里地尖叫了起来。

欣心收回笑意，无视娉婷郡主，清了清嗓子，朝冷然问：“冷伯伯，我们可以开饭了吗？”

冷然朝欣心宠溺地笑了笑：“当然，当然。”

“郡主，该吃饭了。”欣心朝娉婷郡主似笑非笑地说。

“南宫妖怪，不说清楚，不许吃饭！”娉婷郡主刁蛮的脾气上来了，丝毫不顾忌自己是客人的身份，俨然一副唯我独尊的姿态。

欣心从容地说：“郡主呐，这儿是冷家，你不吃饭请走。冷伯伯、冷伯母可不会陪你饿肚子！”

娉婷郡主面色窘了一下，忙朝月牙发火道：“还不给本郡主喂饭！”

“娉婷，我给你布菜。”冷浩风冷淡地说道。

第三次了！

欣心面色愠怒地瞅了眼冷浩风将她看上的菜肴，讨好地往娉婷郡主碗里夹去，一次是巧合，两次是意外，三次绝对是故意的！

欣心再一次悠闲地将筷子伸进一盘鸡肉中，冷浩风的筷子随即跟了过来。欣心随意地挑了挑，冷浩风也不动声色地挑挑。欣心刚想夹起那块肉，冷浩风的筷子便快一步夹了上去，明显先下手为强。

欣心嘴角忍着笑，朝着豆腐羹动了动筷子，冷浩风的筷子又一次跟了过来。

欣心筷子停在那里，用勺子舀了勺豆腐羹，笑嘻嘻地朝冷浩风道：“浩风哥哥，你要吃吗？欣心让给你啊！”

冷浩风傻眼地戳了戳那碎裂的豆腐，从容地将筷子伸入旁边的菜盘中。

欣心继续将筷子伸入那盘鸡肉中，冷浩风的筷子再一次捞走了欣心夹住的菜，直接搁到了娉婷郡主的碗里。

月牙面色微微变了变，犹豫着要不要喂郡主。

“浩风给我夹的菜，你还不给我喂？”娉婷郡主不耐烦地催促。

欣心的筷子在盘子里东挑西拣地游走，别怪她没礼貌啊，只是冷浩风的筷子如影相随。她就想故意逗逗他，只挑不下手，把每个菜都搅和了一遍。

“郡主，这菜……”月牙犹豫了一下，实在不知道怎么开口。

“这菜怎么了？浩风夹的！”娉婷郡主不悦地朝月牙道，明显是说给欣心听的。

“郡主，这菜，这……”月牙为难。

娉婷郡主不爽地看着欣心跟冷浩风的筷子，在一盘一盘的菜肴中嬉戏，特别不是滋味，咬咬牙道：“这什么这，浩风给我夹菜容易吗？看那南宫妖怪几百年没吃饱似的，尽跟浩风抢！”

冷然刚喝的汤，就这样直直地喷了出来，呛得直咳嗽。

冷夫人忙帮着他拍了拍，现在这些孩子啊，真逗！

欣心瞅了眼冷浩风，又无语地看了看娉婷郡主。拜托，到底是谁跟谁抢？长眼睛的都看得出来，是冷浩风在找碴，怎么一到娉婷郡主嘴里就变味了呢？

原来一个人可以无知到这般地步，睁着眼睛说瞎话！

“死丫头，还不给本郡主喂？”娉婷郡主再一次催促。

月牙忙把那“东西”朝娉婷郡主嘴里送去，真不知道冷浩风啥意思，怎么这玩意都夹给郡主吃。

娉婷郡主望着冷浩风，开心地吃着，秀色可餐呐！

冷浩风微微地缓了下脸色，心底暗爽地瞅了下欣心吃瘪的神情，特别舒畅。

“郡主，好吃吗？”欣心咧着笑问娉婷郡主。

娉婷郡主得意地瞅了眼欣心，边吃边回答：“浩风给我夹的，当然好吃。

嫉妒死你！”

“哎呀，我是嫉妒啊！我都嫉妒死了，郡主，你的胃口真好！”欣心忍着笑，朝娉婷郡主比了个大拇指，全然钦佩的神情。

“嫉妒也没你的份儿！”

“看郡主意犹未尽的样子，需要再来一盘吗？”欣心讨好地问着娉婷郡主。

“你有那么好心？”娉婷郡主警觉，疑惑地扫了眼欣心。

欣心笑而不答，回头朝冷夫人清脆地说道：“冷伯母，郡主既然对凤尾肉如此情有独钟，那么还请厨房再多做一盘吧！全是凤尾肉就行了。”

冷夫人“扑哧”一声笑了出来：“郡主的爱好，还真特别！”

冷浩风面色僵了僵，娉婷郡主茫然地问：“什么是凤尾肉？”

欣心笑够了才优雅地对娉婷郡主说道：“郡主连自己吃的是什么都没搞明白，实在是无知啊。”

“南宫妖怪，我没跟你说话，你闭嘴！”娉婷郡主不悦地打断欣心。

欣心好心地给娉婷郡主解释，“本来我也不想开口的，但看浩风哥哥似乎也不知道如何解答郡主刚吃的美食凤尾肉为何物，只好多嘴告诉你了。凤尾肉呢，就是俗称的鸡屁股……”

欣心的话还没有说完，娉婷郡主“噗噗”地将嘴里的东西都喷了出来，手指不断地扣挖着嗓子，好像刚吃了毒药似的。

欣心最喜欢的就是落井下石，“郡主那么高贵的人，肯定是不知道鸡屁股的，鸡屁股就是鸡排泄的地方。”

“南宫妖怪，够了你！”

“郡主，我不会因为你喜欢吃鸡屁股而鄙夷你的，你不用介怀！”

娉婷郡主恼怒地抓着手边的东西，就要朝欣心扔去。

“停！”欣心大声地朝娉婷郡主喝道。娉婷郡主一时倒也被唬住了，没将手里的东西丢向欣心，瞪着喷火的双眼，想听听她又想说什么。

欣心无辜地来了句，“郡主，在扔之前，我先提醒你一下。这刚出炉的佛跳墙，热乎着呢，小心烫手呐。”

娉婷郡主面色大变，看着手里抓着的盆，“烫啊！”惊天动地的叫唤了一声，便朝着自己的脚上扔了下去，“啊！好疼……”

“郡主，烫伤了没？”

“找大夫。”

“对呀，快传太医。”

一屋子的人都忙得人仰马翻。

欣心离开了那是非之地，一路上得意地哼着小调，往屋内走去。这会儿戏也看够了，娉婷郡主打她的仇也报了，心情舒畅啊。

“南宫欣心，我看你能得意多久！”冷冷的没情调的话，从冷浩风嘴里飘出来。

欣心瞅了眼杵在她门口的冷浩风，直接无视，随手便推开挡道的人，径自跑进屋。他会影响自己好心情的。

冷浩风伸手，将欣心的去路拦住，“南宫欣心，我在跟你说话！”

“你跟我说话，我就非得跟你说话吗，冷少爷？”

“南宫欣心，这就是你的礼貌？”

“冷浩风，你不是第一天认识我了。我的礼貌，早被你磨光了。你今天来，是想跟我谈什么？谈我脸皮到底有多厚，还是谈我到底不要脸到什么地步去倒贴你？”欣心自嘲地笑了笑，“把我的自尊践踏到泥里，你的心情很爽是不是？那我是不是还要检讨一下自己，为什么要那么不要脸地纠缠你，为什么要去自贬身价地勾引你、倒贴你，还让你嫌弃我？”

欣心不容冷浩风接话，把累积在心头的不爽一吐为快，“现在，我，南宫欣心，明确地告诉你，我不稀罕你！你从哪儿来，滚哪儿去！”

冷浩风面色一冷，“南宫欣心，你说话注意点儿分寸！成何体统！”

欣心嗤笑了一下，嘲讽道：“我如此不要脸，倒贴你的人，你不是看见就烦吗？那现在是我哭着求着，让你跟我说话了？”

“你……”冷浩风被堵得哑口无言。

“冷浩风，你可以不喜欢我，也可以拒绝我，甚至可以跟我说很多难听的话。但是，你不该在另外一个女人面前如此践踏我的尊严，还有最该死的是，你诬蔑我！”欣心理直气壮地朝冷浩风声讨着。

“欣心，这会儿你还有理了？”冷浩风嘴角挂着嘲讽地说道。

“我有理没理，我自己心中有数，懒得跟你再说，你滚！”欣心手指着屋外，神情难得坚决而又认真地送客。

冷浩风面含不快地哼了一声，便大步地走了，想必也是被欣心堵的无话可说了。

欣心望着冷浩风走远的背影，良久之后，才深叹了口气，略带了些疲惫地靠着门框无力地倒了下去……

欣心现在面对冷浩风，就如刺猬遇到危险般，不由自主地自保，把刺拱起来……其实这样尖锐的对话，也不是欣心所希望的。只是，已经走到这一步，欣心已经没办法控制她的感情了……

冷浩风可以对欣心说些过分的话，她甚至可以一笑而过。但如果冷浩风在另外一个称为情敌的人面前，将欣心贬得一无是处，抱歉，欣心还没有那么大的度量，可以装作不在乎。

娉婷郡主的脚被烫伤了，晚上的餐桌上，欣心少了一个碍眼的人，但她的心情一点也不好。

“欣心呐，你怎么不吃菜？”冷夫人顺手帮欣心舀了勺汤，关切地问，“是不是饭菜不合胃口？”

欣心把视线对上冷夫人，挤了个笑，道：“没有，只是刚才吃了点心，这会儿还不饿！”

“浩风，给欣心布菜！”冷然端着碗饭，朝冷浩风使了下眼色。

冷浩风瞅了眼欣心，也被她身上不同于平常的沉稳给怔住了。他今天是不是真的把话说得太过分了？真的伤到了欣心的自尊？

欣心朝冷然也挤了个笑，道：“冷伯伯，不用麻烦浩风哥哥了，欣心担不起！”

冷浩风夹了筷子菜，就那样面无表情地望着欣心再次把头埋在饭碗里，漫不经心地扒着饭。而他的手僵在那里，两根筷子夹着一块红烧肉。

"浩风，愣着干吗？给欣心布菜啊！"冷夫人也忍不住出声。

冷浩风赌气地将那块肉直接朝欣心面前的碗里一扔，"啪！"肉掉进冷夫人给欣心舀的汤里，溅起的汤汁，直直地朝欣心低垂着扒饭的脸上而去。

毫无意外的，欣心面上、额前散落的发丝上，油光闪闪。

欣心面色愠怒地猛地抬头，眼里满是怒意地直视冷浩风。

冷浩风略有点心虚，道："我……我不是故意的！"

欣心手指掐着筷子，恨不得就是冷浩风，"啪"的一下，筷子一折为二了。"冷伯伯、冷伯母，我身体不适，先走了。"道了声歉，欣心转身便走，自始至终都没有看一眼冷浩风。

每个人都有底线，一旦过了底线，女人除了善变，也是有脾气的！

欣心刚回到屋子里，冷然便差遣丫鬟送来了一份丰盛的晚餐。欣心的心头有了点儿温暖。冷伯伯跟冷伯母对她的好，让她很感动！不过，欣心也是真没胃口去动那些吃的，换了身夜行衣，就等着深夜来临！没错，今晚欣心还要去玄天门，给吉吉偷解药！

"今天看你那么古怪，我就知道有猫腻，原来你是急着去做贼！"冷浩风猛地一脚直接踹开门，双手环胸静立在门口，眼睛轻蔑地扫视着欣心，嘴角尽是嘲讽的笑意，"逍遥侯府的千金大小姐，南宫欣心！"

"你话说完了？那就滚吧！"欣心没好气地扫了眼冷浩风。

冷浩风不以为意地跨步进屋，淡扫了眼桌上冷了的菜肴，说道："现在你的计谋得逞了，该偷笑啊！"

"冷浩风，你到底想说什么？"

"我在想，以后冷府里，你跟娉婷郡主同时进门的话，岂不是天天有热闹看了？"冷浩风面不改色地在欣心对面坐下。

"做梦去吧！"欣心冷笑了一下。

"这个梦，不久会成真吧！"冷浩风笑得特别邪魅，"说真的，这会儿我还挺期待，你们两个一起嫁给我的场面，至少我能看到狗咬狗的精彩场面了！"

“冷浩风，我有没有说过，你的嘴巴很臭？”欣心的怒火“噌噌”地直上心头。

冷浩风可以不喜欢她，可以拒绝她，但是别在这会儿她已经准备放弃他的时候，再三地对着她说些没素质的话。真的很让人恼火、烦躁！

“我可以把你不善的口气，理解为恼羞成怒吗？”冷浩风嘴角微微上扬，看着欣心如此不爽，他心情倒是好得很！

原来他今天不正常，是因为没有看到欣心抓狂呀！真没想到，欣心恼怒的样子，也是那么可爱……他竟然觉得欣心可爱？

冷浩风一个激灵，他该不会是喜欢上欣心了吧？

“就你？还没那本事！”欣心冷笑地说。

“欣心，你别不好意思承认，我知道你喜欢我，可惜我不喜欢你！”冷浩风面色装作严正地道，眼睛的余光不时地偷瞄着欣心。

欣心磨了磨牙，自嘲地笑了下，道：“冷浩风，你不用每天来提醒一遍，说你不喜欢我！这会儿我都说了，我不稀罕你。你有多远，就爬多远，别在我面前晃悠。看着你，我就心烦！”

“看你如此清晰地记着我所说的每句话，可见你对我还是不死心啊。”冷浩风的话刚得意扬扬地说完，欣心迎面就给他飞了一个盘子，外加一盘子的菜肴。

自大狂！欣心真的怒了！

冷浩风飘然地转身闪过，不怕死地继续撩拨着欣心，“南宫欣心，你做梦都该要偷笑了，能跟郡主共侍一夫，多大的荣耀啊！

“冷浩风，你给我闭嘴！滚出去！”

“欣心，我知道你喜欢我，就别口是心非了。”

欣心这下子面色铁青，连话都懒得接了，不断地将桌子上的盘子、碗筷，摸到什么就朝着冷浩风扔过去。“噼里啪啦”地摔东西声，不绝于耳。不一会儿，屋子里乱得不成样子，菜肴汤汁、盘子摔了一地。

冷浩风躲得狼狈，眼瞅着桌子上已经空空如许了，才拂了拂被溅满菜汁的衣衫，轻扯着嘴角，说道：“欣心，你太开心也不用这样乱扔东西，表达你的欣喜之意啊！糟蹋食物呐！”

欣心这会儿火气也过了，嘴角挂着一抹玩味的笑容，伸手朝着冷浩风勾了勾手指，淡笑着朝他走近，咬牙切齿地说道：“我开心，我当然开心。”“砰”的一下子，将背在身后手里的那个茶壶，朝冷浩风面上泼过去。

冷浩风面色阴冷地瞪着欣心，俊脸上，茶水顺着流了下来。

欣心随手将茶壶一扔，朝冷浩风娇媚地笑了笑，“我开心，你也不至于伤心得泪流满面吧？瞅瞅，这张俊脸，真让我恶心！”

欣心刻薄的话语，让冷浩风面色更阴沉了几分，一把扣住欣心的手腕，将她粗暴地拉近。欣心冷不防地被他这样大力一拖，脚步不稳地朝着他胸前倒靠了上去。

冷浩风得意地扬了扬眉，“你如此迫不及待地投怀送抱，我成全你便是！”

欣心目瞪口呆地望着冷浩风突然凑低、放大的俊脸，慌乱地说道：“你……你想干吗？”

“你说呢？”冷浩风邪魅地扯了个蛊惑人心的笑。

祸水呐！欣心吞了吞口水，不安地往后挣扎，免得被冷浩风的美色迷倒了，而忘记现在要准备讨厌他、无视他、放弃他的事实！

冷浩风粗暴地用力一手扣住欣心的后脑勺，另外一只手强制地捏着欣心的下颌，眼睛幽深地凝视着，性感的薄唇飘了句：“南宫欣心，其实，接受你暖床，也不错。”

欣心大脑反应过来后，直接朝冷浩风踹了上去。

冷浩风钳制住欣心胡乱蹬踢的脚，将她大力地扣在怀里，俯身直接凑着欣心的嘴，胡乱地亲吻了起来。唇上传来的疼痛，让欣心明白过来，她，竟然被冷浩风强吻了！

冷浩风粗暴地啃咬着欣心的唇，大力地捏着她的下巴，将她的牙关撬开，长舌霸道地伸入，用力地撕咬着。

欣心奋力地挣扎着。她现在不想跟冷浩风有关系，在冷浩风眼里，她都成暖床对象了，唇齿的疼痛根本不及欣心的心痛。在冷浩风眼里，喜欢他，就要如此不堪吗？

欣心委屈的眼睛中，积满泪水。

冷浩风粗暴地扣住欣心，顺手将她的穴道点住了，毫不怜惜地在欣心的唇舌间霸道地吻着，手指速度将欣心的衣衫胡乱地剥着。

欣心被冷浩风粗暴地压倒在地上，动弹不得地瞅着她自己身上的衣衫一件一件地被撕裂剥去。不一会儿，欣心身上，便只有贴身的衣物了。冷浩风望着欣心，眼中的玩味，渐渐地深沉了起来，不知不觉带上了欲火。

虽然动弹不得，但是腰间抚上的触觉，使欣心敏感地打了个冷战，奋力地咬了下冷浩风的唇舌。一股浓重的血腥味，在两个人紧贴的唇齿间蔓延了开来。

冷浩风覆身压在欣心身上，嘴角挂着鲜红的血，邪魅地扯了个笑，冷冷地说道："南宫欣心，这不就是你想要的吗？这会儿装什么清高！"

"滚！"

"我滚了，怕你舍不得！"冷浩风自恋到了极点。

"噗！"欣心直接吐了口唾沫在冷浩风的脸面上，咬牙切齿地说道，"冷浩风，你现在真让我恶心！"

冷浩风不以为意地抹去脸上的唾沫，再一次倾身，朝欣心的唇靠近，手指更是挑逗地在欣心的红唇上描绘着。欣心张口便咬住了冷浩风的手指，很用力地咬了下去，直到鲜血顺着她的嘴角流下来。

冷浩风的俊脸疼得狰狞了起来，掰开欣心的牙关，望着差点儿被欣心咬断的手指，真恨不得对欣心抽上几巴掌，"南宫欣心，你觉得很委屈吗？"

欣心眼睛垂下，直接无视冷浩风。

冷浩风不容欣心无视，凑着欣心，恶狠狠地说道："南宫欣心，早知现在，何必当初？你之前对我做的那些事，难道就不过分吗？"

"冷浩风，你够了！"欣心气急地打断。

"我说过，游戏才刚刚开始！"冷浩风放开欣心，面色木然地说，"你给我的那些惊喜，我会一一奉还给你的！"

"我不想玩了，我退出。"欣心有气无力地说。她真的不想再继续玩下去了！

“可是，我不想停了。南宫欣心，我们有的是时间慢慢耗！”冷浩风邪恶地笑了笑。

直到欣心眼睛中，泪水克制不住地溢出来，顺着脸颊滑落，才浇熄了冷浩风体内狂躁的怒火。

冷浩风面无表情地伸手将欣心的泪水拭去，冷冷地道：“南宫欣心，你不用再演戏了！”

“把你的脏手拿开！”欣心沉着脸怒喝道。

冷浩风的手抬着，僵立着，最后紧握着拳，缓缓地站立起身子。

“欣心，我进来了哦。”冷夫人敲了下门，也不待欣心回话，直接推门进屋。

屋子里的凌乱跟春光，让她尴尬地张着嘴，半天都没开口说话。

冷浩风面无表情地扫了眼欣心，连跟冷夫人的招呼都没打，气呼呼地直接夺门而走了。

冷夫人望着欣心衣衫半褪，凌乱地躺在屋中央，实在是尴尬得老脸不知道往哪里搁了！

“欣心，你要不要起来啊？地上凉。”半晌后，冷夫人见欣心依旧维持睡躺的姿势，不得不善意地出声提醒。

欣心眨了眨眼，深吸了口气，努力地将委屈的泪水吞进肚子里，才缓缓地说：“冷伯母，我被浩风哥哥点住穴道了！”

冷夫人一听，脸色马上怒火冲天，“该死的浑蛋，竟然点了穴欺负你！欣心，你别急，伯母一定帮你讨回个公道！”

欣心无奈地瞅着冷夫人华丽地从她眼前，快速地朝冷浩风离开的方向追去。她欲哭无泪！这会儿她不需要人负责，需要人帮她解穴啊！

第十五章　暗影的温暖

屋内，又恢复了死寂般的沉静。

靠人不如靠己，欣心只能静心靠自己冲破穴道了。受委屈的时候容易胡思乱想，欣心越想越气，越气就越委屈，眼泪“哗啦啦”地流了出来。

“哭什么啊？”熟悉的语调，冷冰冰地在欣心耳边出声。

欣心睁眼，看着眼前那隐没在银边面具下的俊脸，星眼闪烁着幽深的光芒，不由得叹息了声，唤道：“暗影，你怎么来了？”

暗影没有接话，伸手将欣心眼角的泪水拭去，“受委屈了？”

欣心抿了下唇，答道：“没有！”

“那怎么动弹不得，还衣衫不整的？”暗影口气里隐含了怒意。不过说完话，还是跨了大步，从床上抓了条被子，将欣心裹了起来。

“知道我动弹不得，还不快给我解穴？”欣心朝暗影不满道。

“你这是求我的态度吗？”暗影没好气地睨着欣心，淡漠的嘴角随意地扯了扯。

“暗影，快帮我解穴啊！”欣心眼睛中有点哀求的意味。

暗影这次点了点欣心的额头，满意地说道：“你要记得啊，欠我一个人情！这会儿是你求我的！”

“算我求你的！暗影，你最好了！”

穴道一解，欣心立马站起身子，身上披盖的被子，也就这样掉在地上了。

暗影眼光幽深地望着欣心，裸露的肩头，大片白皙如凝脂的肌肤，呼之欲出的胸满是春光，不由得略带艰难地吞咽了下口水。他可是个正常男人。

欣心也意识到不妥，忙蹲下身子，抓起被子，再一次将自己包裹严实。

暗影伸手将欣心捞进怀里，沉着嗓子，在欣心耳边道："别动，让我抱会儿！"

欣心乖巧地贴在暗影胸前，倾听着他沉稳有力的心跳声，没有由来地感到一阵温暖。

"欣心，你真是个妖精！"半晌之后，暗影的神色恢复了正常，语气又有点冷冷的味道，即使调情，也觉得是冰的。

欣心干咳了一下，才红着脸说道："暗影，你怎么来了？"

暗影扯着嘴角笑了，淡淡地说道："我知道你想我了，所以就来了！"

欣心惊讶地望着暗影，这冰块是在调情吗。不过暗影这么说话，让欣心还真感觉别扭。

于是，欣心忍不住"扑哧"一声笑场了。

暗影的神色更加不自在了，红着半个俊脸没好气地问："你笑什么啊？"

"笑你说的话，好玩！"

暗影这会儿再次板起脸，嘴角扯了扯，不满地道："有什么好玩的！再笑，我……我就生气了！"

"生什么气呀！"欣心讨好地拉着暗影的手臂，撒娇地开口。

"你笑话我！"暗影委屈地回答。

欣心忍着笑，无奈憋得太辛苦，浑身都在那微微颤抖着。

暗影赌气地将搂抱在怀里的欣心放开了，沉着脸，浑身都散发着冻人的冷意。

欣心再次如无尾熊般地攀着暗影，慵懒地说道："我有什么好笑话你的？我早就知道你喜欢我嘛！"

暗影被欣心说的无语地抿了抿嘴，没好气地回道："知道还说。"

欣心伸手勾着暗影的脖子，轻叹了口气，严正道："我只是好奇，是谁教你说那些话的。"

暗影转过脸，别扭地不看欣心，闷声地问：“你怎么知道是别人教的？”

欣心嗤笑了一下，捏了捏暗影半个俊脸，嘴角挂着弯弯的笑，说道：“我是谁啊，我是南宫欣心！当然未卜便知了啊！”

暗影俊美的嘴角不自在地抽了抽。

“暗影，教你的人，肯定没跟你说，说这些甜言蜜语前，动作一定要耍得帅气，脸色一定要摆得好看，不能这样死板。”

暗影带着求知的眼神热切地注视着欣心，“怎么说？”

“学着点儿哈！”欣心朝暗影点了点头，熟门熟路地挑起暗影的下巴，故作登徒子般地轻佻说道：“小爷，来给姐笑个！”

暗影的脸色黑了，嘴角的笑淡去。

欣心依旧不怕死地捏着暗影俊美的下巴，继续说道：“小爷，笑好看了，姐给你打赏！”

暗影面色一沉，捏着欣心的手腕，生气地开口，“闭嘴！”

被暗影阴沉的神色怔住了，欣心忙讨好地说道：“爷，你别生气，姐给你笑一个好了！”然后勉强扯了个笑出来。

暗影的面色更加难看了，捏着欣心的手腕，气恼地道：“你在飘香阁就是这样勾引别的男人的？”

欣心愣了愣，忙摇头，“没有，没有，我没勾引过别人！”

拜托，她又不是飘香阁的真花魁，赚银子也轮不到她这个幕后老板出去抛头露面啊！

暗影疑惑地扫视着欣心，努力辨别了一下她话中的真伪。

“暗影，我说的都是真的！”欣心急切地为自己的名誉争辩。

“那你跟谁学的？”暗影冷冷地质问。

“跟谁学的啊？”欣心纠结了一下。

“说！”暗影动怒了。

欣心忙竖着手指，就差指天发誓了，无辜地说道：“我随便乱做的，你别当真！”

“以后只能勾引我一个！”暗影冷冷地说道。

被暗影严正的神情忽悠住了，欣心好半天才回神，理解暗影那话的意思，“你，你……”

“下次不许去勾引别人！”暗影霸道地说。

欣心忙点头。

“下次不许衣衫不整地见别的男人！”暗影继续面无表情地说。

“为什么呀？”

“我说不许就不许！你要敢试试，看我怎么收拾你！”这句话，暗影不但带着警告，还给欣心射了好几个冷飕飕的凉眼。

欣心很没骨气地点头，谄媚地朝暗影笑道：“我保证做到！以后我一定穿得好好的见人！”

“也不尽然！”

欣心不解地回眼，对上暗影，不明所以地眨了眨眼。

“你在我面前还是可以这样的。”

欣心满头黑线，伸手一巴掌拍在了暗影胸口，指着暗影的鼻子骂道：“色狼！”

暗影不动声色地转头，直视着欣心，冷冷地道：“再说我是色狼试试，我现在立马色给你看！”

那不是要流氓吗？欣心汗死！这古人的思维，语言模式，也都如此强悍呐！她被暗影的神情吓到了。

“我开开玩笑嘛，你当真，不好！”

“不当真，你就不长记性！”暗影冷哼了一下。

“不会的！我保证！”欣心信誓旦旦地保证。也是，这一次在冷浩风面前吃了亏，下次说什么也不会那么没骨气，让他欺负了！

“记着自己的话！”暗影微挑了下俊眉，非常满意欣心的配合。

欣心垂着脑袋，撇了撇嘴。她怎么感觉，暗影是不是管的有些宽？她跟暗影，最多也就接过几次吻，连一夜情都算不上，更别说男女朋友了。可暗影今天的行动、言语之间的意思，似乎是把欣心当成所有物一般了。

“还想嫁给冷浩风吗？”暗影嘴角的弧度微微上扬了些。

“不嫁。”欣心咬牙切齿。

“你不是口口声声嚷着要嫁给冷浩风吗？”暗影抬了抬俊美的下巴，一点也不给面子地拆欣心的台。

“年少无知！”欣心急切地摆手，配合着摇头。

暗影冷然的嘴角，渐渐柔和地扯了抹笑出来，朝欣心道：“年少无知，是非君不嫁，那么这会儿，你又是什么想法呢？”

“当然是迷途知返，回头是岸啊！”欣心坚决地说，“我不会再提嫁给冷浩风的事儿了，我不稀罕他了！”

“真的？”暗影剑眉微挑。

欣心严正地点了点头，“之前还犹豫过、纠结过，但这件事后，我就不犹豫了。我真的不会再跟冷浩风牵扯下去了！”

“那就好！”暗影肃然道。

“我说暗影，你别这样严肃好不好！”欣心熟稔地伸手捏了捏暗影的脸颊，灿烂地一笑。

“你少给我嬉皮笑脸！”暗影被欣心这么一捏，神色尴尬了一下。

“那我也严肃点好了！”欣心努力地假装绷紧了下神色，还清咳了一下，伸手抱着暗影，舒服地在暗影的胸前找了个位置窝着。

暗影随手敲了敲欣心的额头，“你啊，真不知道说什么好！”

“哎呀！”欣心一拍脑门，大声地惊呼了起来。

暗影忙关切地说道：“怎么了？被我敲疼了？”

“没……没有！”欣心连忙摇了摇头。

“那你鬼叫什么？”暗影不满地扫了欣心一眼，

“没什么，给你一打岔，我都差点儿忘记正事了！”

“什么正事？”

“去……”去玄天门偷解药，在欣心刚打算中气十足地说去那儿，脑袋里浮现出暗影不让她去的警告，忙把剩下的话语全部吞进了肚子里。若被暗影知道，她还想去玄天门偷解药，暗影说过了，要把她脱光了打屁股。

“去什么？”暗影似笑非笑地问。

欣心紧张地咬着手指，眼珠不安分地转了几圈，赔了个笑脸道：“去茅房。”

“去哪里的茅房呢？”暗影双手环胸，漫不经心地问。

欣心沉默不语。

“我知道了！”暗影凑着欣心，将欣心的手指从嘴里解救出来，再问，“你是不是准备去玄天门上茅房啊？”

“不是！”欣心虚假地笑了笑。

“真的？”

欣心忙不迭地点头，“玄天门的茅房有点儿远，远水救不了近火，我现在就要去。”

暗影一把提着欣心的后衣领，毫不费力地将欣心给提了起来。

重心不稳的窘迫，让欣心失声惊叫起来，“暗影，你想干吗？”

“这话该我问你才是！”

“我只是想上茅房而已。”欣心依旧死鸭子嘴硬地死不承认。

“你还想骗我？”

“暗影，有话好好说，君子动口不动手！”欣心难受地挣扎了一番。

“欣心，你下次再睁着眼睛说瞎话，看我不揍你！”暗影不满地将欣心往地上一扔，眼冷冽地盯着地上某处。

欣心顺着暗影的视线，看到地上被冷浩风撕裂的夜行衣，面带不自然地说道：“误会！”

“你是不是准备去偷解药？”暗影无视欣心的掩饰，开口问。

欣心纠结了一下，还是老实地点点头，说：“我一定要去偷解药，帮吉吉解毒。”

“你怎么不问问我？”

欣心的星眼不可思议地睁大，接口问：“你有？”

“这个不知道是不是你要的。”暗影从怀里掏了一个白色的玉瓶，搁在手里把玩着。

欣心忙从暗影的手里抢了过来，揭开瓶盖，放在鼻尖细闻了一下味道，开心地惊呼起来，“真的是冰雪连心丸，而且好多。”

暗影的情绪也不由得被欣心感染了，嘴角挂上了柔和的笑。

惊喜过后，欣心恢复正常，狐疑地盯着暗影问：“你怎么会有解药？”

“弄几瓶解药有什么难的？”

“你去偷的还是找云岭要的？”欣心严肃地问。

暗影抿了抿唇，漫不经心地回道：“要的。”

“你竟然问云岭要得到解药，你……你跟她什么关系？”欣心因为急切而面色微微地晕红，质问道。

“没关系！”暗影淡淡地撇清，嘴角扯了个弯弯的弧度。

“没关系，那个变态女人肯给你解药？你当我三岁小孩！”欣心气恼地一把揪住暗影的耳朵，激动得跳脚。

暗影无语，不过瞅着欣心似乎在吃醋的样子，心情不由得明朗起来，任由欣心不痛不痒地责备着。

欣心眼见暗影不辩驳，更加恼怒地用脚踩着暗影，怄气道：“祝福你跟云岭那变态女人，以后我不理你了。”

“吃醋了？”暗影的嘴角微微地向上扬起。

“吃你个头！”欣心没好气地推开暗影，直接几步爬到床上去，不文雅地踢开了鞋子，揽过被子，倒头就睡了。也是，这会儿欣心能睡得安稳了，吉吉需要的解药有了，冷浩风的心事又放下了，明天就回南宫家。

暗影无奈地叹息了一声，也跟着欣心上床，手起，烛火熄灭。

欣心不悦地将暗影踢了几脚，想踹开暗影，心里特别恼火。

暗影依旧不恼，只是将欣心更加用力地往怀里带了带，低沉着嗓音道：“在我心里，只有你一个，南宫欣心！”

“鬼才信！”欣心忍不住接话。

“你不信算了！”

欣心沉默不语！或许心里知道，暗影的话，是认真的。

“欣心！”暗影惆怅地开口。

欣心面色淡然地回望着暗影，星眼略带着不自在地眨了眨。

“我喜欢你，你喜欢冷浩风，这是不是很可笑？”暗影的嘴角自嘲地说。

“我说了，我不喜欢姓冷的了，你给我闭嘴！”欣心恼羞成怒地喝止道。

“那你喜欢谁？”暗影凝神地看着欣心。

“反正不是你，暗影，我现在不想见你！”欣心没好气地说。

“我喜欢你，你不喜欢我，所以你有权利朝我发脾气！”

“才不是呢！”欣心娇羞地嘟囔道。

“那是什么意思？”暗影的口气缓和了。

“字面的意思！”欣心飞快地回答。

“不理解！”暗影隐在银边面具下的脸，挂着满足的微红，口气却强装淡漠。

“不理解，你给我滚蛋！”欣心没好气地赶人。

“更加不理解，你抱着我，却要我滚。”暗影捏着欣心的皓腕，口气里尽是戏谑。

欣心不自在地撇过脸，恼怒地说道：“放开我！”

“不放！就不放。”暗影的大手更加有恃无恐地伸向欣心的腰身，搂过欣心。

欣心的身子明显软化了，反手抱着他，蹭在他的胸前，甜甜地进入了梦乡。

第十六章　花魁斗艳　矛盾升级

清晨的阳光，透过屋檐，暖洋洋地撒在欣心的脸上。欣心一夜好梦，睡得酣甜。脸上一阵扰人清梦的触感，让欣心不悦地皱眉，嘟了下嘴，挥手直接胡乱地推开。

骚扰者却一点自知之明都没有，依旧不依不饶地在那捏着欣心的鼻子。

欣心恼火地翻起身，睁开星眼，睡眼蒙眬地揉了揉双眼，正想要好好教训一下这个不知死活的家伙。却在看到眼前的人时，很没骨气地赔了个笑脸道："衣……衣衣！"

"衣什么衣？快点儿起来。"随着紫衣的话落，欣心身上便被招呼了好几巴掌。

"衣衣，你干吗？会疼的！"

"还有一会儿就到神秘花魁出场了，你不给我撑场子，难不成我还去拉要死不活的吉吉？"紫衣边说，边手脚麻利地将准备好的衣衫往欣心身上套。

欣心倒是挺配合地伸手、缩手，任由紫衣殷勤地帮她更衣。

紫衣使劲一勒腰带，差点儿把欣心给勒岔气。

"衣衣，你温柔点儿，我一把老骨头，经不起你这样折腾啊！"欣心不由得抱怨了声。

"你以为我想折腾你啊，还不是赶时间！"紫衣没好气地说道。

"赶什么时间啊？"欣心问了句。

“该神秘花魁出场了。”紫衣利落地抽了块白巾，胡乱地朝着欣心脸上抹去，擦洗着。

欣心睡得糊涂了，脑子里的认知慢了半拍，“神秘花魁出场？什么意思？”

紫衣懒得跟欣心废话，开口道：“上次不是跟你说了吗？要你来飘香阁顶吉吉露个脸，我知道你忘记了，所以直接把你先接过去再说。你快点儿，无双这歌唱完了，就该你上场了！”

“我啥都没准备啊！”欣心急切地开口，身子动了一下。

这一动，紫衣帮欣心描眉的手一抖，一条非常粗壮的一字眉，弯曲地爬在了欣心的脸上。紫衣犹豫了一瞬，毫不犹豫地在另外一边，也对称地画上另一条粗眉，两条蜿蜒攀爬的虫子，就这样华丽地定格在欣心的眉梢。紫衣忍住想笑的冲动，面色严正，安抚着欣心道：“上次比赛，你都能临场发挥，这会儿要准备什么啊，随便给我唱个小曲就成了！”

“随便唱个小曲？”欣心皱了下眉，那两条墨黑的眉毛，就拧到了一处，跟个肥胖的蝌蚪似的。

紫衣终于忍不住捂着嘴笑出了声，许久才恢复常态，道：“你别磨蹭了，如果不是我有先见之明，把你先带回飘香阁，这会儿你肯定更加赶不及了！”

“这……这……这是飘香阁？”欣心激动得差点儿咬到舌头。

紫衣撇了下嘴，扫了眼欣心，淡淡地道：“要不然你以为呢？”

“那我昨天不是睡在冷家？”还有，明明是跟暗影一起睡的，这后半句话，欣心自动吞到肚子里了。毕竟名不正言不顺，有伤风化呐！

“对啊，你是住在冷家的，为了把你搬回来，我家墨离喂了大半夜的蚊子。”紫衣说得那叫义正词严，把欣心搬回飘香阁？

“偷人？”欣心不是货物，还有依照欣心的敏感，暗影的警觉性，要神不知鬼不觉地将她从冷家搬到飘香阁，根本是不可能的。除非，紫衣用了非常手段。

欣心似笑非笑地斜睨了眼紫衣，“昨天给我下什么药了？”

紫衣面不改色地回道：“驱蚊水！”

“冬天有蚊子吗？”欣心挑了挑眉梢，真当她弱智啊！

“蚊子没有，苍蝇倒是不少，我都差点儿长针眼了！”紫衣说得漫不经心。

欣心面色窘迫一红，忙尴尬地问紫衣：“你看到了些什么？”

“该看的不该看的，我都看见了啊！”紫衣说的无辜，叹息了声，“哎，可怜我幼小的心灵，就这样被你污染了！”

欣心恼火地朝着紫衣便是一肘，外加几个白眼，“你少跟我装纯，你就一见钱眼开的老鸨，还幼小心灵！”

紫衣手里沾了满手的胭脂，胡乱地朝着欣心的脸上抹着，嘴里不忘嘲讽道：“我是装啊，你纯洁，半夜还有人暖床！哦，貌似还是个男人！”

欣心直接被口水给呛着了，好一阵咳嗽。

“激动什么啊？不就是住在冷家，跟个野男人偷情吗，你至于这样心虚？”紫衣口气刻薄地说。

“不是野男人啦，你说话客气点儿。”欣心不满地抗议。

“不是野男人，那暗影是你什么男人？你养的？”紫衣将手里的事情都停了，眼神凌厉得大有一副你敢说是你男人的话，就直接杀了你的姿态。

欣心缩了缩脖子，吞了口唾沫，免得一不小心给呛死，才小心翼翼地说道：“只是普通朋友啦！”

“我还真不知道，你现在的作风变得如此大胆了，普通朋友就敢随意往床上带？”

“衣衣，你知道我不是那种人！”欣心没好气地扫了眼紫衣，口气有点儿抑郁。

“那你跟暗影算什么？”紫衣的口气咄咄逼人。

“这问题，有些惆怅，你不要跟我讨论了！”欣心无奈地摇手，实在是一言难尽啊！

“欣心，暗影跟你不适合！”紫衣语重心长地劝慰。

“为什么？”欣心倒是不解了。

“反正你以后就知道了。相信我，跟暗影保持距离对你有好处！”紫衣的面色难得严肃。

欣心干笑了两声，自嘲道：“衣衣你别那么严肃嘛，吓到我了！”

“不是我吓你。你要真跟暗影有一腿，到时候，绝对是要抱着被子哭死的！我可不想安慰伤心的女人。”

紫衣的话，让欣心有那么一小会儿闪神。

“安慰伤心的女人很浪费时间的，又没银子数，实在是不好，不好！”

欣心终于忍不住再一次敲上紫衣的头，嗤笑道：“你就知道银子，你这个恶俗的财奴！”

紫衣懒得跟欣心辩解，非常严肃地劝说：“欣心，神秘门的人，我们尽量不要去招惹，尤其是暗影这个神秘门门主。他这个人喜怒无常，杀人如麻，凶暴至极。你趁早收手，不然迟早会成为正派人士的公敌的！”

紫衣的友情提示，在欣心耳边吹过就散了，“那又怎么样？”

紫衣倒是被欣心给问蒙了，因为这些都不是借口。她曾经还是出名的冷蝶杀手呢，这会儿还不是跟欣心情如姐妹？

欣心严正地说：“我交什么朋友，难不成还要看别人的脸色行事？我不管暗影有什么身份，他只是我认识的一个朋友而已！”

“算了，这会儿也没工夫跟你磨蹭，你快点儿准备出去唱歌。要伴舞，还是伴乐？”紫衣拢了拢欣心的衣衫，急切地将欣心往外推。

“我要刷牙。”欣心不满地嚷嚷着。

“别刷了，又不是让你吃饭。你快点儿先去唱歌，一会儿唱完再洗。”紫衣边拉着欣心，边将手里的纱巾往欣心的面上遮去。

“哎呀！”紫衣倒退着撞上了一脸漠然的冷浩风。她傻眼地朝他干笑了两声，“冷公子，你好啊！”

冷浩风面色淡然地随意应了声，扫了眼紫衣，再顺着她的视线，扫了眼欣心，又将视线散开，扮演着“冰山王子”。

欣心面色镇定地将遮了一半的纱巾，优雅地继续系上，才朝冷浩风略微地福了福身子，打了个招呼：“冷公子好！”

冷浩风淡漠的视线，在听着欣心甜腻、清脆的声音后，才好奇地凝神望着她。总觉得，这神秘花魁跟某人有相似之处，除了一样让人避恐不及的杀伤力，还有那条标志性的浓眉，某人也曾经画过这样的妆容。而那个某人，竟然会连夜不告而别，倒是让冷浩风有些措手不及。或许，他玩得有些过火了，把南宫欣心吓跑了。见鬼的，南宫欣心不在冷家，倒让冷浩风真的有些不习惯，吵架斗嘴都没对象了。

冷浩风探究的视线，将欣心吓得半死！她求救地朝紫衣不断地打眼色。

紫衣回神，忙把欣心往身后一挡，遮住了冷浩风的视线，嬉笑地对冷浩风做了个请的手势，“冷公子，我们的神秘花魁马上要准备登台献唱了，不知道你是不是能移一下步？”

冷浩风不解地微微朝紫衣颔首，挪了几步，不再挡道，完全是一副谦谦君子的模样。

欣心忍不住在心底唾弃：该死的冷浩风，就会欺负她，在别人面前就那么君子。伪君子！大坏蛋！

欣心目不斜视地扭着细腰，走着小碎步优雅地走过冷浩风身边，准备登台献唱。

冷浩风在欣心毫无防备之下，偷袭出手将欣心的面纱撕开。

欣心的面色“腾”地一下涨红，冷浩风却“刷”地一下子脸色铁青。两个人四目相对，满是怒火，电光乱闪。

“南宫欣心，你给我解释一下这是怎么回事！”冷浩风大力地扣握着欣心的手腕，将她往一边拖了几步。

欣心挣扎着跟冷浩风对了几招，没好气地回道：“跟你有什么好解释的？”

“跟我没什么好解释的？”冷浩风一字一句地从牙缝里挤出这几个字。

“废话！你又不是我的谁，我干吗跟你解释？冷浩风，你放开我！”欣心没好气地斜睨了眼冷浩风，口气里满是遮掩不住的不耐烦。

“南宫欣心，要嫁我的人是你。你现在的行为，你认为我还会娶你吗？”冷浩风面色冷然地嗤笑了一声。冷浩风真的想象不到，南宫欣心竟然是飘香阁的神秘花魁。该死的，想到那么多男人都垂涎的神秘花魁是欣心，他的心就堵得慌。

“你说完了吗？说完的话就可以滚了！”欣心气得忍不住浑身打战。她真的很想敲死这个自大的男人。都说了多少次了，她不会再嫁给他了，他还那么自我感觉良好！

“好端端的南宫大小姐不当，跑来做花魁，你就那么缺男人？”冷浩风淡漠的脸上，尽是怒火。仿佛抓住了红杏出墙的老婆，绿帽压顶般暴怒。

“冷浩风，你滚！”欣心的面色变了。

“难怪，你死皮赖脸地非要嫁给我，原来真是缺男人！”冷浩风刻薄地说完，心里也经不住有些懊恼。他现在真的是气得口不择言了，道歉的话刚到嘴边，说出来就变味了，“我冷浩风娶谁都不会娶你这个人尽可夫的妓女！”

欣心想也不想地，直接朝冷浩风漂亮的俊脸，用力地甩了一巴掌上去，“冷浩风，我说过了，我不会再提嫁给你的事了，你不要自我膨胀了！”

冷浩风摸着被欣心打过的俊脸，气急败坏地道：“南宫欣心，别以为你说不想嫁给我，就真的不会嫁了……”圣旨都搬来了，欣心的气话，他显然不会当回事。

“啊……啊……啊……”秀才遇到兵，有理说不清，欣心要抓狂了！她猛戳了下冷浩风，继续说道，“我人尽可夫又如何？碍着你了？你以为你是谁？你有什么资格说我？你还不是在逛花楼，真以为你有多高尚？”

冷浩风撇了撇嘴，想再说几句，又一次被欣心打断了，“我当花魁，不偷、不抢、不骗，正当地赚钱。你冷大少爷，高兴了可以打赏；不高兴，我也不会倒贴纠缠着你。你还想怎么样？”

“南宫欣心，你竟然没有廉耻之心！”冷浩风不可思议地指责着欣心。

“冷浩风，在我没发飙之前，你给我有多远滚多远去！”欣心努力地克制想掐死冷浩风的冲动。

“南宫欣心，被我拒绝了，你也不需要这样自甘堕落……”冷浩风语重心长地劝告。

欣心额际不但挂满黑线，亦不断闪过豆大的汗珠。冷浩风不但清高自傲，还想象力丰富，真不是一般的欠揍！

于是欣心再一次抽了冷浩风一巴掌，清脆的巴掌声，静默地在两个人心头徘徊着，欣心心头的不爽才稍微解气了那么点儿。

“南宫欣心，被我说中心事，你恼羞成怒了？”欣心抽打冷浩风，他倒是没有动怒，仿佛挨打的不是他似的。

“冷浩风，之前是我瞎眼了，才瞅上你这么个混账东西。现在我说了，不会再嫁给你。所以，我南宫欣心嫁鸡嫁狗，都跟你冷浩风没一丁点儿关系，你可以滚了！”欣心咬牙切齿地一字一句恶狠狠地对冷浩风说。

冷浩风的面色更加青白交加，忍不住怒吼道：“南宫欣心，你闹够了没有。跟我回家去，省得你在这儿做花魁丢人现眼！”

花魁怎么了？怎么丢人现眼了？

试问，在古代，有她这么多才多艺的花魁吗？

还有，回冷家算什么？跟娉婷郡主去争冷浩风这个自大狂？想的倒是挺美！

“做梦！”

“南宫欣心，跟我走！”冷浩风直接拉着欣心的手腕，丝毫不怜香惜玉地拖着就走。

欣心终于忍不住愤怒，朝冷浩风攻击了上去。冷浩风避开欣心的攻击，依旧不放手。

欣心已经抓狂了，出手也越来越没分寸，新仇旧恨，一股脑儿地朝着冷浩风打上去。

冷浩风被欣心逼得到处闪躲，也终于忍无可忍地回手，控制住她。

欣心瞪圆了大眼，望着冷浩风浑身怒意地朝她靠近，心头有些惧怕、发慌，“你……你想干吗？”

冷浩风嘴角挂着邪魅的笑，道：“逛花楼，当然是找花娘玩了。而你这个花魁，还算能入我的眼，你说我想干吗？”

“呸！”欣心没好气地朝冷浩风的脸上吐了口唾沫。有钱就是大爷吗？她这个飘香阁的老板，才不稀罕冷浩风那几个臭钱。

冷浩风霸道地扣着欣心的后脑勺，俊脸朝着欣心拉近。

欣心感受到冷浩风呼出的热气已经喷到鼻尖了，心头的不安扩的更大，昨晚噩梦般的记忆再一次侵入脑海。

唇上传来的陌生、温和的舔吻，让欣心更加傻眼，冷浩风又强吻她了？

欣心动弹不得地怒瞪着冷浩风，忍不住张口想骂人。

被欣心瞪圆的双眼盯着，冷浩风偷香的行为有点儿不自在，不舍地放开了欣心，嘴里小声地嘟囔了句：“南宫欣心，你之前也强吻过我……你别这样无辜地瞅着我！”

欣心无语，自食恶果，说的就是她现在这情形！

冷浩风漂亮修长的手指略有点凉意地搁在欣心的唇上，顺着欣心娇艳的红唇描绘了一下。欣心被冷浩风的举动惊愣了。

冷浩风轻微地在欣心的耳垂边叹了口气，道：“南宫欣心，我不挣扎了，我决定接受你。”

欣心的大脑有那么一瞬间的空白，冷浩风竟然说，不挣扎了，要接受她？

“南宫欣心，你赢了。”冷浩风再一次轻叹了口气。他承认，刚才他妒忌了，他喜欢上南宫欣心了。

在欣心闪神的当口，冷浩风的舌带着霸道伸入了欣心的嘴里，强势地吻着她。

欣心的脑海一片空白，冷浩风不挣扎了？那不是就要跟她成婚了？可她现在不想嫁给他了啊。暗影，暗影怎么办？还有娉婷郡主，定然不会善罢甘休的。欣心以后的日子，不是要被她找碴整死了？

冷浩风更加大力地将欣心搂向自己，不断地加深着吻，不同于以往的尖酸刻薄。

冷浩风的温柔，让欣心渐渐有些迷乱，仅剩不多的理智，挣扎着推开了冷浩风。她南宫欣心不是人尽可夫的花魁！

四目无语地相对，激吻后略带着轻微地喘息。

欣心咬了咬唇，口气稍微缓和了一下，对冷浩风说道：“玩笑适可而止！冷浩风，我现在不玩这个游戏了，请你也终止！”

“我是认真的，不是游戏！欣心，相信我！”冷浩风的嗓音低沉而又温和。

祸害啊！妖孽啊！

欣心努力抵挡着美男的诱惑，严正地保持立场，“冷浩风，我不再去招惹你，也希望你不要再打扰我。我们桥归桥，路归路！”

冷浩风勾着嘴角浅笑了一下，“欣心，我们已有这么多次肌肤之亲了，你还能一笑置之？”

晕！男人没事长这么漂亮干吗？

如此倾国倾城的一笑，不是让欣心更加难以抵挡吗？

欣心面色不自在地一红，强硬地说道：“那只是一时地情迷，过了就算了，不用放在心上！

“你可以不用我负责，但是我的良心过不去！”冷浩风面色缓和地说道。

一听他要负责，欣心更加头疼了，“你不用过不去，还跟以前一样对我就好了。”

“我以前做了那么多的混账事，说了那么多的混账话伤害你，怎么还能跟以前一样呢？我都决定接受你了！”冷浩风面色严正了起来。

“那你准备怎么样？”

“从现在开始，好好地疼你、包容你，当然也会娶你！”冷浩风唯一没有说出口的是爱你，甚至连句喜欢都没有，让欣心有些失落。虽然欣心对冷浩风已经不抱希望，但毕竟是年少的心动，曾经那么执着地想要嫁给他，现在说没一点感觉，肯定是骗人的！欣心惆怅地将视线从冷浩风身上挪开，低垂着头，盯着自己的脚尖，脑海中闪过暗影。两个人不断地飘浮，交替闪现。

冷浩风不容欣心无视，伸过漂亮修长的手指，抬起欣心的下巴，自信满满地说道：“欣心，乖，听话，跟我回家！”

听到冷浩风这话，欣心的心头略带了些暖意。回家？多么温暖的词汇。只是，欣心想到暗影，脚步再也没有勇气提起来。

冷浩风漂亮的桃花眼更加不吝啬地朝着欣心放电，黑眼明亮，深情地凝视着欣心。

欣心娇羞地撇过脸，心“怦怦”地跳得很不规律，犹如小鹿乱撞。没办法，美男的诱惑，实在是太难抵挡了。

冷浩风明亮、深邃的星眼中，笑意一闪而逝。再一次俯身，在欣心的耳边，继续说了句让欣心失神的话，“欣心，其实你很美，我就喜欢你执着的狠劲。你不要放弃我，我会寂寞的。”欣心真没回过神来，冷浩风的脑子抽风了？

还是被欣心打傻了？

冷浩风再次靠近，温柔地浅吻着她，不同于初始的霸道。

欣心本能地开始回应着他。

他的心情没有来由地变好，朝欣心眨了眨漂亮的桃花眼。

欣心不安地伸手推开了冷浩风，戒备地后退了几步，完全是防狼的姿态。

冷浩风忍不住嗤笑出声，越来越觉得欣心可爱了！

欣心心虚地撇过眼，淡淡地道："别对我那么邪魅地笑！"

冷浩风无辜地眨了眨桃花眼，直视着欣心。

"不要用你那么恶心的眼神看我！"

冷浩风刚伸手，欣心再一次毫不客气地说道："也不要用你的脏手碰我！"冷浩风僵立着手，朝欣心跨了几步过去。

欣心戒备地再次往后退了几步，拒绝道："也不许你靠我太近，请保持三丈以上的距离！"

冷浩风不再说什么，伸手将欣心拉到胸前，微哑地说道："下句是不是要说不许再亲你？"

"嗯，是。"欣心靠着冷浩风的胸膛，条件反射地接口。

冷浩风的细吻便再次铺天盖地地袭来。

欣心挣脱不得。冷浩风恶作剧般地偷香成功，才心满意足地放开欣心。他嘴角挂着戏谑的笑，看着欣心手忙脚乱地擦拭着嘴唇，好心情地加了句，"刚才，你应该吞了我不少口水吧？"

欣心的手，就这样华丽地定格了。该死的冷浩风，他肯定是故意的！

"欣心，之前是我错了，原谅我好不好？"冷浩风拉着欣心的手，深情地凝视着欣心。

那温柔的神色，深邃的星眼，让欣心的心跳漏了半拍。冷浩风在跟她道歉啊，太阳还真从西边出来了。

"欣心，跟我回冷家吧，明天我就回复皇上，我们尽快完婚！"冷浩风脸上尽是春风满面之色。

"完婚？"欣心再一次被惊到，她才不要呢！

“没错！”

“谁要跟你完婚？”欣心茫然地问。她南宫欣心说了不嫁，就肯定不会再嫁了。

“你啊！”冷浩风理所当然地说。

晕，之前冷浩风说的那么刻薄，这会儿说娶欣心，难不成还要她感恩戴德？想得倒美，做梦去吧！欣心的小脸一瞬间闪过好几种神色。

“欣心，你乐傻了？”冷浩风自然地伸手抚上欣心的额头。

欣心没好气地挥开，“冷浩风，你听不懂人话吗？我说了我不会嫁给你了！你以为随便说几句好话，我就会乐颠乐颠地跟着你走啊？你说完婚，我就得嫁给你啊？你以为你是谁？”

“欣心，我是认真的！”

“冷浩风，我也很认真！我不会嫁给你！”欣心面色更加坚定地对冷浩风说。

“欣心，那你想怎么样？”冷浩风带了些挫败地退步。

“先跟我赔礼道歉，看我哪天心情好了，再原谅你之前的无礼。”

“没问题！”冷浩风毫不迟疑地应承下来。

“听着，只是原谅你之前的无礼！不代表我会嫁给你噢！”欣心得意地弯起了嘴角。

“欣心，你故意为难我？”冷浩风不悦地扬了扬眉。

“还有，冷浩风，你别叫我欣心，我跟你没那么熟！”

“那叫你什么？”冷浩风饶有兴味地戏谑道，“欣妹？欣妹妹？”

“冷浩风，请叫我南宫欣心！”

“欣心，欣心。”冷浩风犹如复读机般不断重复。

欣心听得头大了，忙讨饶地道：“算了，你爱叫什么就叫什么吧！”

冷浩风这才满意地弯起了嘴角，再次呼唤了声：“欣心！”

“干吗？”欣心撇了撇嘴，没好气地问。

“没事，就想叫叫你，你名字还挺好听的！”说完，冷浩风附送给欣心一个倾城的笑容。

“冷浩风，你今天脑袋抽风了吗？”

“只是突然想通了！”冷浩风回答得真切，“其实，你很讨人喜欢的。”冷浩风黑亮的星眼中隐闪着笑意，为欣心无法抗拒他的美色微微感到得意。

欣心真恨不得挖个地洞钻进去，定力实在太差了！

“欣心，去把衣服换了，我们回家！”

冷浩风的话让欣心傻愣了几秒，才想到她这会儿是要顶吉吉上场的神秘花魁。

欣心摇了摇头，对冷浩风说：“不了，我还要上台表演。”

冷浩风的面色立马就变了，漂亮的桃花眼瞪得滚圆，咬牙切齿地说：“欣心，你再说一次！”

欣心从容地甩开冷浩风的钳制，一字一句清楚地说道：“我说了，我还要上台表演，怎么啦？”

“你竟然还敢说？”冷浩风朝着欣心怒吼了一下，粗暴地拉着她，一副恨不得抽她的模样。

欣心瞅了眼被冷浩风捏青了的皓腕，柳眉迅速拧了起来，心头的怒火也蹿了出来，“我为什么不敢说？你刚才不就知道了，我是神秘花魁，上台表演怎么了？”

冷浩风被欣心堵得无话可说，瞪圆了星眼怒视欣心。

欣心也不怕死地直视着冷浩风。

四目相对，完全忽略了旁人。

紫衣趁着冷浩风死瞪着欣心的闪神当口，手肘直接打上了冷浩风的颈脖。冷浩风修长的身子，就这样颓然倒地。一击便中，不愧是杀手啊！

紫衣拍了拍手，朝墨离打了个招呼，道：“抬走。”

欣心朝紫衣比了个大拇指，嘴角挂着笑意。

“笑什么笑？都要上台了还出来偷情。要不是我机警，场子就被你砸了！”紫衣没好气地说。

“拜托，这哪里是偷情啊？明明就是吵架！”

“吵架是用嘴的，你们不但嘴用上了，舌头、牙齿、口水都没落下，打得真够彻底！”紫衣似笑非笑地开口嘲讽着欣心。

“衣衣，你现在说话越来越经典了。”欣心好不容易才憋出了这么一句话。

“我说的话不经典，是你的行为比较经典！”紫衣这次把话说得挺含蓄。

“你就别糗我了！一会儿我表演啥呀？”欣心懒得跟紫衣争论这个话题，横竖都说不过她，而且自己明显理亏在先。

“一会儿先唱歌吧，《月亮代表我的心》你会吧？”紫衣也收起了嬉笑的模样，严正了起来。

欣心点了点头，“除了唱歌，还有别的活动？”

“有！”紫衣干脆地点了点头，“一会儿我要拍卖神秘花魁跟无双。”紫衣拨弄了下小算盘，笑得特别奸诈，仿佛看到了大把的银子朝着她飞奔而来。

拍卖神秘花魁跟无双？欣心的腿一软，差点儿就这样倒地了。她没听错吧？

“你什么表情啊？”紫衣不满地说。

“衣衣，人口拍卖是犯法的！你可不能为了银子，做出如此丧尽天良之事啊！”欣心特别语重心长地拍了拍紫衣的肩膀，劝道。她才不想被人当货物般拍卖呢！

“你急什么？我又不真卖你！”紫衣撇了撇嘴。

“那怎么个拍卖法？”欣心问得小心翼翼，免得一会儿被紫衣卖了，还傻乎乎地帮着她数银子。

“拍卖会以竞价的形式进行，每个竞拍者入场先交一万两纹银的资格费，到时候再喊价，价高者得美人！得不到美人的，资格费也泡汤了。”紫衣简洁地说完，再把视线望向欣心，显然是问欣心理解没有。

欣心点了点头，“貌似理解了那么点儿吧。”原来紫衣是要赚那报名费啊，真够霸王条约的。没得到美人，银子还得照花，潜规则，真黑暗！

紫衣详细地解释了一下，免得她担心。“什么叫貌似？你笨死了，一会儿墨离跟蓝奕晨会分别出价拍下你跟无双的！”

紫衣才不做亏本生意呢！

神秘花魁跟摇钱树，都是飘香阁的镇店之宝，哪能那么容易就被拐跑了？紫衣精明着呢！

守着神秘花魁和摇钱树这两个宝贝，多搞几次活动，银子就大把大把地进了口袋，银子就是要细水长流嘛。

“万一他们银子不够呢？”欣心小声地嘟囔了句，这事关“自己”，不得不紧张啊！

“找抽了不是？”紫衣朝欣心打了几下，“我把当铺跟钱庄的银子都垄断了，比现银，整个都城没人敢跟我叫板！”

“皇上呢？”欣心漫不经心地问。

“皇上也没我银子多！”紫衣嗤笑了一声，心情非常好。

如此大言不惭的富婆啊！

瞅着紫衣如此信心满满地开口，欣心只能硬着头皮当被拍卖的货物了。

“欣心，你一会儿可要好好表现啊，看看你的身价值多少！”紫衣和颜悦色地朝欣心挤眉弄眼。

“我只是替身好吧！”欣心睨了眼紫衣。她可没真转行做花魁，这不就跟吉吉抢饭碗了吗？所以，一会儿的表演凑合就行了。

“欣心，既然你都做替身了，当然得合格点儿，不然后果自负！”紫衣笑得特别奸诈。

“知道了，哪有你这样的，到底谁才是飘香阁的老板啊？你太奴役我了！”欣心发着牢骚。

“欣心！”紫衣怒了，顺手又一次敲了敲欣心的额头，“你废话完了，给我上台去！再啰唆一句，试试看？”

真是暴力！

“衣衣你别乱敲，发型乱了，我怎么登台啊！”欣心不满地抗议。

紫衣没好气地瞪了眼欣心，道：“我说欣心，你跟冷浩风接吻就算了，竟然弄得妆都花了，还好意思跟我提形象？”

本来那粗厚、个性的一字眉，都一片模糊了，还有那些化开了的脂粉，条条分明地爬在欣心清丽的脸上，色彩斑斓。

紫衣真的很佩服冷浩风，这怎么亲得下去啊？

“我的形象很糟糕吗？”欣心眨着清澈的星眼，问紫衣。

紫衣从怀里掏出一面小铜镜，朝欣心面前扬了扬。她实在不好意思说了，怕形容的不好，欣心要去撞墙自杀。

“鬼啊！”欣心望着镜子里那副模样，条件反射地惊叫了起来。

紫衣撇了撇嘴。

“紫衣，谁让你把我化成小丑的？”欣心一把拉住紫衣，双眼尽是怒火，恨不得将紫衣烧几个洞出来。

“我觉得挺好看啊！”紫衣心虚地夸赞。要是被欣心知道，她因为失手才把欣心化成这鬼样，欣心一定会吃了她。

“这鬼样叫好看？恶心死了！”欣心嫌恶地推开镜子，免得看着自己那么丑的妆容，吓出噩梦来！

“欣心，有点儿自信嘛，多另类啊！”紫衣这会儿变脸的速度够快的，睁着眼睛说瞎话地夸赞着欣心。

“真怀疑你的用心。”欣心疑惑地扫视着紫衣。

“我的姑奶奶，我还指望你这张脸赚银子呢，我怎么可能故意跟银子过不去呢？”紫衣这会儿说的倒是实话。但是，化妆那会儿绝对是意外才失手的。不过，最主要的原因，还是冷浩风。

“那你为什么把我化成这样？这不是故意把你的客人吓跑吗！”欣心不解地说道。

“那还不是让冷浩风给亲的！”紫衣一个激灵，忙把冷浩风抬出来。

欣心面色一红，满脸羞涩。

紫衣继续把黑锅往冷浩风身上安，“我刚化好的妆，就这样毁了，我才郁闷呢。欣心，你别拉着我，我去找冷浩风算账。亲哪里不好，非得亲你的脸！”

欣心急打断紫衣，“够了，衣衣。”

“你以为我想说啊？”紫衣不满地弹了弹身上的灰尘。

“帮我把妆擦了吧。”欣心朝紫衣扬着脸道。

“来不及了，无双都独撑好一会儿了，你再不上去，估计要闹翻了。”紫衣也严正起来。

“那我也不能顶着这张鬼脸出去见人啊！”欣心拉着紫衣，死活都不挪步子，形象是事大啊！

“你这鬼脸魅力挺大的嘛，至少冷浩风那么清高的人都亲的不亦乐乎！”紫衣非常中肯地开口。

“你……”

“哎哟，不知道，我明天会不会长针眼噢！”紫衣损得更加起劲。

“紫衣，你再乱说话，我翻脸了！”欣心面色不由得恼怒起来。

“恼羞成怒了。”

“你再刺激我，我不去表演了！”欣心端起了架子。

“反正损失找你算就行了，今天不数银子明天数，其实是一样的！”紫衣轻柔地笑了笑。

欣心被紫衣那笑搞得心里毛毛的。紫衣绝对不会跟银子过不去，她一定有阴谋。

“欣心，你不想明天大街小巷都贴满你跟冷浩风亲吻的画吧？”

赤裸裸的威胁！欣心不接话。

紫衣拨弄了一下小算盘，喜滋滋地道：“真卖出去，还能狠赚一笔信息费呢！俊男美女啊，八卦的好素材！”

“懒得跟你计较！”

“你不跟我计较，晚了！”紫衣长叹一声道，“我想跟你计较了！”

欣心瞪着紫衣。

“我现在发现，卖你跟冷浩风的八卦消息，应该赚得也不少！”紫衣娇媚地掩嘴轻笑。

欣心像被踩着小尾巴，再一次心虚地保持了沉默。

“好了，不闹了，到你了！”紫衣终于良心发现地适可而止。

欣心沉着脸，心情有些说不出来的惆怅、烦闷！

“笑一个。”紫衣伸手，在欣心的脸上扯了个笑出来。

欣心咧了咧嘴角，挤了个勉强的笑容。

“难看死了！”

欣心轻舔了下唇，轻叹口气。她是真的笑不出来啊！不知道为什么，今天没什么心情闹了。

紫衣拿了纱巾，将欣心整个蒙了起来，还真有点儿担心欣心那小丑妆面，将客人都吓跑了呢！

“衣衣，你把我的眼睛蒙都住了，看不见啊。”

紫衣伸手搀扶着欣心道：“我现在扶你上台去，你一会儿唱完歌，再接你去洗刷。”欣心小心翼翼地凭着感觉慢慢地行走，敏感地觉得似乎有人热辣地注视着她。

到了舞台中央，欣心深吸口气，准备表演。

紫衣清脆地开场：“我们的神秘花魁轻烟，现在给大家演唱《月亮代表我的心》，大家鼓掌。”

雷鸣般的掌声便“噼里啪啦”地响了起来，当然还有不少热切的“粉丝”在那大声呼唤着，“轻烟，轻烟。”

欣心轻抚上琴弦，拨弄了两下，调了调音，掌声便消了，场上立马静谧了下去。

欣心清了下嗓子，便抚琴开唱了，“你问我爱你有多深，我爱你有几分，我的情也真，我的爱也深，月亮代表我的心……”悠扬的琴声，一阵清丽的箫声伴随着欣心的琴音，高低委婉地吹奏着，知音呐！

欣心忍不住好奇，谁在伴奏了？

在她的记忆里，唯有哥哥南宫轩的箫声，才吹得如此传神。琴箫合奏的日子，多么纯真快乐，让欣心陷入了回忆里。南宫轩俊朗的笑，如暖阳般温和的深邃双眼，总围绕在欣心的身边，为欣心鞍前马后。那种骨子里的溺爱，说不感动是骗人的。欣心突然觉得，有南宫轩那么一个哥哥，其实是很幸福的。

南宫轩，去了灵山那么久，音信全无，没有他在身边的日子，欣心心底不由得有些小小的失落之情，欣心调皮的故意走低了一个音，那箫声明显的顿了顿，欣心恶作剧成功，心情没来由得明朗了起来，欣心将琴弦再一次正调，拨动了起来，不一会儿，那步步紧随的箫声，继续悠扬地附和着演奏了起来。

欣心嘴角的笑意越来越明显，嘴里认真地唱着：“轻轻的一个吻，已经打动我的心，深深的一段情，叫我思念到如今。你问我爱你有多深，我爱你有几分，你去想一想，你去看一看，月亮代表我的心。”欣心最后一个音调下去，四周静默许久，接着雷鸣般的掌声便响了起来。欣心婀娜多姿地顶着面纱，隐在纱幔后，朝众人有礼地福了下身，就等待着紫衣来搀扶着她退场。

“下面，我们先看场舞蹈，一会儿就是我们的高潮了，拍卖大典。”紫衣的声音刚落，下面的起哄声、口哨声，响得更加激烈了。紫衣扭着优雅的小碎步，迈入纱幔，朝欣心伸手，准备搀扶着欣心离场。

欣心被一个快如影子般的身影，先一步拦腰抱起，接着快速地闪身而去。

欣心准备出手的当口，在面纱的缝隙里，看到了那个熟悉的银边面具，便将手缩了回去，改为抱着暗影的脖子。

“轻烟被抢走了。”不知道谁喊了一句，众人便炸开了锅，惊吼了起来。

“跑那边去了。”

竟然有人公然在台上抢人，从她紫衣的手里抢人，还真是不可思议。紫衣愣了几秒，忙回神，朝众人摆摆手安抚道：“大家别急，这是我安排的节目，少安毋躁！”

众人的声音才渐渐地平稳了下来。

原来是“惊喜”啊！

第十七章　拍卖会暗影吃醋　冷浩风救场

欣心目瞪口呆地靠着那人的胸膛，闻着熟悉的味道，还有那灼人的怒火，该不会要把她给烧了吧？

暗影隐在面具下的脸挂满了愠怒，没跑几步，便甩开紧追而来的墨离。他推开了欣心在飘香阁的房门，沉着脸进屋，勾上门，恼怒地将欣心往床上一扔。

欣心摸着疼痛的屁股，不满地刚想抗议，结果抬眼望着暴怒的暗影，便吓得噤声了。

“说吧！”暗影面色冷冷地朝欣心质问，“你在搞什么？”

欣心赔了个笑脸，“我什么都没做啊！”

暗影紧握着拳，恨不得将欣心掐死，忍无可忍地朝桌子挥了一掌。那桌子便四分五裂地炸开了。“拍卖花魁是怎么回事？”暗影的面色依旧沉着，问了出来。

欣心忍不住想夸他，有进步了啊！

“真的是要拍卖你？”见欣心不说话，暗影怒气冲天地确认。

“大概是吧！紫衣的话，一向都是权威！”欣心点点头。暗影吃醋的样子，让她觉得好可爱啊！

“你给我严肃点儿，现在是要准备拍卖你啊！”暗影气急败坏。

“哦，那我该有点儿什么反应？”

暗影伸手一把掐住欣心的脖子，恨铁不成钢地说：“你别挑战我的耐性，我真想掐死你！”

“别那么认真嘛！”暗影的力道并不大，欣心轻轻一挥，便推开了。要拍卖的是花魁，拜托，她又不是真的花魁，急什么？

“你都要被拍卖了，还让我别认真？”这下子暗影真怒了。

“玩笑，玩笑。”欣心挥手赔着笑脸。

“有这么开玩笑的吗？”暗影气恼，恨不得咬人。

暗影这老虎发威了，欣心识相地选择当病猫。

暗影再一次气恼地说道：“欣心，你别忘记了，你可是逍遥侯府的大小姐！”

“咦，你怎么知道的啊？”

“你别扯开话题！我怎么知道的不是重点。重点是，你好好的大小姐不做，当什么花魁？当神秘花魁就算了，还真学人家花娘搞什么拍卖？”暗影气恼地怒瞪着欣心。

欣心没敢把视线跟暗影对上，只瞥向他身上的别处，眼尖地在暗影腰间看到了一支玉白色的箫。她笑着对暗影说道：“原来刚才吹箫的人是你啊！”

“欣心，你不要给我扯开话题！”

欣心无趣地撇了撇嘴，小声地回答：“我没扯开话题啊！”

“那你说说，拍卖花魁是怎么回事？”暗影瞪着欣心。

“紫衣喜欢银子，最近缺银子数，所以搞点活动嘛！”欣心漫不经心地朝着暗影解释。

“缺银子？”暗影皱了皱眉。

欣心认真地点了点头，其实她是想纠正暗影的，紫衣不是缺银子，是缺银子数。

“她准备把你卖多少？”

欣心眨了眨星眼，摇了摇头，“我也不知道。”还没开价竞标呢，欣心的身价，不对，是神秘花魁的身价还是个未知数呢。

“快去问她！”暗影冷冷地道。

“啊？”

“让她说个价，我给！”暗影豪爽地说。

“你给什么？”

“我给银子，你让她取消拍卖神秘花魁！”暗影严正地说。

“让紫衣取消拍卖神秘花魁？不可能！”欣心摇头否决。

紫衣就是为了赚那些报名资格费的，让她取消，等于是让她吐银子，根本没门！

“为什么？”

欣心一时之间也不知道该怎么给暗影解释。

暗影失态地大吼，“她不是缺银子才拍卖神秘花魁吗？只要她开价，多少银子我都给。”

欣心忙上前捂着暗影的嘴，朝他做了个嘘声的动作。要是暗影刚才那句话让紫衣听到，他绝对会被紫衣算计得倾家荡产的，而且花魁拍卖会照旧举行。银子嘛，谁会嫌多呀！

“暗影，祸从口出，你可别乱说话啊！”欣心小心翼翼地告诫着暗影。

暗影不爽地将欣心的手拿开，面色阴沉地叫道：“欣心！”

欣心瞅着暗影冰冷的脸被气得走形，心情非常好地对着暗影一笑，安抚着说道：“暗影，其实呢，花魁拍卖是假的！”

暗影沉着脸，没接话，辨别了一下欣心话中的真伪。

“紫衣早就安排好人，最后标中的肯定是我们自己人！她只是要赚那些报名的资格费。”欣心撒娇地勾着暗影的脖子，认真地跟暗影解释。

“真的？”

欣心忙点头，“真的，相信我！”

“真的我也生气！”

欣心抬眼看着暗影，不解地问：“你生什么气啊？”

“你说你，好端端的，做什么花魁？”暗影的口气里竟然带了些挫败。

“好玩嘛！”欣心嬉笑道。

“你这个神秘花魁，还不能赎身，该死的！”暗影想到外面那些对着欣心流口水的男人便来火。而那爱财如命的紫衣，竟然正义凛然地拒绝了暗影给欣心赎身。条件任开，价格随便说，这么诱惑的条件，紫衣竟然还能面不改色地道："倒了飘香阁，也不会卖花魁，即使卖了我自己也不卖花魁。"

欣心看着暗影又气又恼还带着挫败的样子，实在好笑。笑过后，欣心才严正地问暗影："你给我赎过身了？"

暗影别扭地转过头，"嗯！"

"出了多少银子啊？"欣心扳过暗影的头，浅笑着问。

"价格随便紫衣说，条件也任由她开。"暗影闷声地回。

"哇！这么好的条件，紫衣都不卖啊？"欣心夸张地开口。还真没想到啊！爱财如命的紫衣，也有如此坚定的信念，还知道欣心是不能卖的。这姐妹之间的情深，暖了欣心的心。

"你很想自己被卖掉吗？"暗影怒瞪着欣心。

欣心摇了摇头，"不想！"

"欣心，你做贼也好，做南宫小姐也好，但是不要再做花魁了好不好？"暗影红着脸带着请求。

"花魁怎么了？"暗影该不是跟冷浩风一样，瞧不起花魁，瞧不起欣心吧？那欣心肯定失望死了，浅薄的男人，踢飞！

"那么多男人垂涎你，我生气。"

呃？暗影这个醋坛子，欣心嘴角的笑越来越明显。

"我真恨不得将那些男人都杀光！"

暗影的话倒让欣心失神了，哭笑不得地待了一会儿，才严正地说："暗影，你不觉得，其实我很有才艺吗？"

"那又如何？"暗影不悦地挑了挑眉。

"在众人面前展示我的才艺，得到大家的认可，其实也是一件很骄傲的事，不是吗？"

"是很好，但是那么多男人色眯眯地垂涎你，我就觉得不好了！"暗影都快被欣心气得跳脚了。

欣心却仍是那么一副悠闲的样子，"暗影，他们只是看看，根本就接触不到我，甚至连我的面都不曾见识过。如此盲目地追求，你不觉得很好玩吗？”

“一点儿也不好玩！”暗影没好气地回。

“真没情调！”

“欣心，今天我就问你一句话！”暗影严正地清了清嗓子。

欣心点了点头，“你问吧！”

“你心里，到底有没有我的位置？”

欣心犹豫着。

暗影轻叹了口气，“欣心，你还要逃避吗？”

欣心纠结地抓着衣摆，紧咬着唇。暗影说对了，她一直在逃避这个问题。欣心真的不知道，自己对暗影到底是什么感觉。

“欣心，我会一直在你身边守护着你！”暗影面色严肃地承诺。

暗影的好，欣心知道。接受暗影，其实并不难；喜欢暗影，更加不是问题。欣心纠结的是，她现在对冷浩风到底是什么感觉。她可不想在接受了暗影后，却发现还是喜欢冷浩风，那样对暗影也不公平。欣心现在有多讨厌冷浩风，便能看出当初有多喜欢他了，爱得深才会恨得深！

“暗影，我应该是喜欢你了。”欣心犹豫着开口。

“真的？”暗影惊喜地问。

“我不是很确定，你给我点儿时间好好想想。”

“我可以给你时间想！”暗影朝欣心说道，“但是我没有那个肚量，看着你跟冷浩风走那么近；也没有那么好的心情，看着你游走在别的男人之间，嬉笑嫣然。欣心，我会抓狂的！”

“你抓狂会干吗？”

“抓狂了会杀人。”

“不是吧？”欣心小心翼翼地接话，“我是花魁，看我的人，当然多了。”

暗影冷冷地道：“以后哪个浑蛋多看你一眼，我便去把他的眼珠子挖了；哪只脏手碰你了，我就去剁了。”好多断手、断脚、残缺的身子，从脑海中飘过，欣心恶心得想吐了。

“欣心，我是神秘门的门主！”

“啊？好大的官啊！”欣心有点意外暗影竟然说出了他自己的身份，不过她一笑置之。门主又怎么样？神秘门又怎么样？她认定了就不会管那么多。

“欣心，你会怕吗？”暗影问得有些小心翼翼。神秘门是正派的公敌，欣心若怕也是情有可原。

“暗影，你真恐怖，那我不要喜欢你了！”

“你敢？”暗影恼怒地朝欣心吼道。

“你还吼我？你真暴力！不好，我不要喜欢你了！”欣心调侃着暗影。

“喜欢都喜欢了，不许收回！”

“后悔了不行啊？”欣心耍赖着继续跟暗影调笑。

“我不许你后悔！”暗影严正道。

欣心被暗影那么严肃的神情给逗笑了。

暗影也知道自己太过严肃，欣心明摆着是耍他，不由得恼怒地道：“不许笑！”

“笑都不行？”欣心戳了戳暗影的胸膛，不满意暗影的强制和霸道。

“不许笑话我！”暗影恼怒地瞪着欣心。

“那我不笑了。”

“不行，你一定要对我笑，也只能对我笑！”暗影霸道地将欣心固住，口气狂妄地说。

“暗影。”

“怎么了？”

美男啊！欣心被电了一下。为啥这年头，男人都那么倾国倾城啊！

“看傻了？”暗影朝欣心挥了挥手。

欣心这才收起“花痴”的神色，严正地对暗影解释，“其实，我不是神秘花魁。”

“什么？”欣心的话还没说完，暗影便急切地拉着欣心问，“你不是神秘花魁，那你上台表演什么？”

欣心刚要张口。

暗影又快一步说道：“你不是神秘花魁，那一会儿拍卖你做什么？”

欣心伸手点住暗影的唇，娇笑道：“你别急，听我说完嘛！”

暗影感受着唇上柔软的手指，轻点了点头，等着欣心说。

“神秘花魁是我的丫鬟吉吉！”欣心告诉暗影这个秘密。

暗影的眼光隐隐的闪了闪，拉着欣心的手，轻吻了一下道：“我没猜错的话，你才是这飘香阁的主人吧？”

“暗影，你真聪明，我对你的敬仰，犹如滔滔江水连绵不断，又犹如黄河泛滥，一发不可收拾。”

“你少给我灌迷魂汤！”暗影下巴微抬了抬，打断欣心。

“切，好话都不要听，拉倒！”

“因为我发现，你好话后面，肯定有不好的话要说！”

“知道我有话说，你还故意打断我，不让我说？”欣心不满地开口。

暗影亲昵地捏了捏欣心气鼓鼓的脸颊，道：“那你说吧，我听着。”

“我哥哥南宫轩好像在查神秘门的事！”

暗影的身子不太明显地僵硬了一下，嘴角淡然的笑意也隐去了。

欣心的眼睛紧紧地锁住暗影，把他的动作看在了眼里，紧张地问：“你是不是跟我哥哥照面了？”

南宫轩对暗影？王对王，死局！欣心可不想看他们打斗！

暗影面色冷然地摇了摇头，“没！”

“可是暗影，你的表情很奇怪耶！”

“怎么奇怪了？”暗影轻扯了下嘴角，再一次挂了抹淡然的浅笑。

“你笑得有点儿勉强。”欣心伸手捏了捏暗影的嘴角，“而且，听到我哥哥南宫轩的名字，你好像很激动。”

激动？亏欣心想得出这么一个形容词，暗影的心头百般滋味杂生。

“暗影，你给我老实交代，你为什么会神色大变？”欣心认定了事实般地朝暗影质问。

“有吗？”神色大变？暗影嘴角不自在地抽搐了一下，有那么明显吗？

“有！”

“你看错了！”暗影冷冰冰地否认道。

“不知道哥哥怎么样了。”欣心见暗影不愿承认，便也识相地转移话题，轻叹了口气。

“你想你哥哥了？”暗影漫不经心地顺着欣心转移话题。

“那当然了！那么好的哥哥，我不想他，那就太没人性了。”

“南宫轩听到了一定会很开心的！”暗影嘴角的线条再一次柔和下来。

“那是肯定的！”

“南宫轩真幸福！”暗影的嘴角挂着笑。

“以后你不在了，我也会一样想你的！”

“我宁愿你不想我，只要你一直陪在我身边。”

这样的情话，欣心听得浑身舒坦，尤其是心里，暖暖的。“暗影，你没遇到我哥哥就算了。若是以后遇到了，不要跟我哥哥过不去，好不好？”

“你在为南宫轩求我吗？”

欣心点了点头，“算是吧！”

“我答应你，我不会跟南宫轩过不去的！”暗影郑重地许下承诺。

“真乖。”

暗影的星眼不自在地移开，不满地开口，“该乖点儿的人是你！”

“我也很乖啊！”

“你乖？那你就该窝在南宫家，乖乖地做大小姐，而不是来飘香阁当花魁！”暗影以事实指责着欣心。

欣心伸着手指，比画了一下道：“难得一次嘛，你何必揪着不放！”

暗影轻叹了口气道：“都城上次传得沸沸扬扬的花魁之王争霸赛，将冷浩风衣服剥光的，应该也是你吧？”

欣心尴尬地笑了一下，承认道：“好像我曾经做过这么一件事吧……”

暗影的面色如预料般不悦地沉了几分，欣心忙识相地勾着暗影道：“反正看他裸体的也不止我一个，我不怕长针眼。”

暗影气恼地捏了捏欣心的鼻尖，“你顶过多少次神秘花魁了？老实给我交代！”

“不多，就两次！”

“哪两次？”暗影寻根究底。

“第一次是吉吉病了，花魁争霸那次，还有就是今天。”

“今天是最后一次，下次再被我发现，后果自负！”

欣心点了点头，“嗯！嗯！”

“应承得那么快，一看就知道没上心！”暗影没好气地说。

欣心厚着脸皮赔了个笑说道：“暗影，你何必说穿呢，有些事情，放在心底就好！”

“你啊，真拿你没办法！”暗影无奈地开口。

“暗影，你是不是发现我的才艺，做花魁绰绰有余啊？”欣心不由得有些飘飘然地自恋起来。

“歌唱得还不错！”暗影中肯地发表着评论。

“对哦，暗影，你的箫吹得也很好啊！”欣心抓着暗影挂在腰间的玉箫说道。

暗影面色不太自然地将那玉箫抓着，不动声色地朝一边藏去。

“不给我看？”欣心疑惑地挑了挑眉。

“就一支破箫，有什么好看的！”

“本来是没什么好看的，但是你藏起来，我就觉得好看了！”欣心眼睛一眨不眨地盯着暗影，“给不给我看？”

暗影面色不太自然地将那箫藏在背后，“真没什么好看的。”

“那就拿给我看。”

“来人了。”暗影说完，身影“嗖”的一下子从欣心眼前飞走了。

暗影的玉箫上，肯定有秘密！别问为什么，女人的直觉。欣心不满地嘟了嘟嘴。算了，以后有的是机会，眼前再不出去撑场子，欣心绝对会被紫衣数落得找绳子上吊去。

欣心蒙着面纱在紫衣的数落中，再一次站上了舞台。

“刚才无双已经被成功竞拍，这会儿，我们的神秘花魁将继续进行拍卖，大家可以喊价了。”

一阵喧哗后，立即有人开始出价，一个比一个高的价喊出来，那些竞拍者的语气也一个比一个激动。

紫衣瞅了瞅竞拍者，竟然没发现墨离，忙拉着一旁的姑娘，低声吩咐了几句，可不能在这关键时刻出差错呀！

“十万两！”温和磁性的声音一出，众人奇迹般地安静了下来，都不由得将头转向那位阔气的主。

云岭雌雄莫辨的俊脸朝着纱幔中的欣心，端着酒杯，轻浮地斜笑了笑。欣心没来由得起了一阵鸡皮疙瘩。

“十万两？还有没有要出价的？”紫衣扫了眼云岭，丝毫没有银子进账的喜庆，相反有点儿咬牙切齿的意味。

云岭不以为意地朝着紫衣抛了个媚眼，飞吻了一下。

云岭这个大变态、死女人，来凑什么热闹？欣心在心底诅咒着！

紫衣从容地转移视线，朝众人盈盈一笑，“神秘花魁哦，还有更高价的吗？”

众人窃窃私语声变大了起来，终于有个怯怯的声音大声地喊道：“我……我……我出十……十……一万两！”虽然这声音结结巴巴的，不过听在欣心耳朵里，可真成了天籁之音。

紫衣再一次喜笑颜开地继续搞热气氛，“十一万两了哦！我们的神秘花魁，妖娆而又倾国，绝对不会让大家失望的。还有出价的没？”

“我出十二万两。”这会儿，加价都加的阔气了，一万两起了。

云岭不爽地灌了杯酒，大口喝了下去，“二十万两。”

众人还没来得及惊讶地去瞅瞅这位主，下一秒，又一个高价出声了。

“二十五万两。”又一个低沉的嗓音响起，直接跳了五万两喊出来。

云岭斜睨了眼那不怕死的主，一下子跳到二十五万两，果然是“财大气粗”啊，那体重估计都好几吨了吧！

浑蛋，敢跟她抢美人，晚上就让他家破人亡。云岭愤恨地倒满酒，怒视着他。

“还有人出价吗？二十五万两一次。”紫衣强装镇定地在那儿嚷嚷道。

“三十万两。”云岭又灌了杯酒，气恼地捏碎了杯子，咬牙切齿地喊了出来。

紫衣面色僵了僵，没有马上接话。云岭是什么人呀，紫衣又不是不清楚！

云岭不耐烦地说道：“还有比三十万两高的没？没得话，这个神秘花魁今晚就归我了。”

晕！归云岭？

那今天晚上，岂不是欣心跟云岭又要打个你死我活了？

欣心念叨死了墨离，关键时刻，怎么还不来？

云岭耐性不佳地起身，飞身到了台上，扬手就要揭纱幔。

众人的起哄声、嘘声响成一片，大家当然都希望能有幸目睹神秘花魁的真容。

紫衣快一步伸手拦住，不动声色地跟云岭过了几招。云岭不悦地使出杀招。她还真没想到，飘香阁的老鸨竟然会功夫，而且底子还不错。

紫衣做了个暂停的手势后，又挂了个虚伪的笑，对云岭说：“这位大爷，希望你尊重一下我们的规矩，美人归你可以，但必须是要等拍卖结束，成交以后，你才有权利揭开我们神秘花魁的面纱，一睹真容！”

“拍卖没结束吗？我的价最高！”云岭得意扬扬地说道。

“公子的价，真的是最高的吗？”紫衣嘴角挂着清淡的笑，心里不由得焦急起来。这墨离不来，真被云岭拍去了，欣心肯定跟她没完，现在只能无赖地拖延点时间了。

“三十万两现银，谁还比我高？”云岭从胸前掏了一大摞银票，朝着众人扬了扬。

众人都有心无力地瞅着，不再吱声。

“即使目前是公子的价最高，但没成交之前，还是有变数的。”紫衣含蓄地跟云岭解释。

云岭忍下了紫衣给的软钉子，不耐烦地道：“现在我出三十万两了，没人比我更高，美人当然是我拍得的！你收了银子，我们便成交，废什么话？”

紫衣带着微笑，清淡地说：“三十万两，目前只有一次，公子至少得给我时间喊上三次吧？”

“那行，你快点儿喊！”云岭急切地催促道。她感觉到了紫衣的勉强跟不乐意。不过云岭就喜欢争，越是别人不舍得的，她就越喜欢抢。

本来竞拍这神秘花魁，云岭只是来凑热闹的。没想到竟然有“猫腻”，让云岭玩心大起，还非要拍下这个神秘花魁。

“公子不急，现在是拍卖高潮，我们可以暂停一会儿！”紫衣笑嘻嘻地对云岭安抚道。

“什么意思？”

紫衣耸了耸肩，对众人扯了个灿烂的笑靥后，开口说：“这个神秘花魁的拍卖，非常刺激吧？为了让大家更刺激点儿，我们将最后的结果，放到舞蹈结束之后再告诉大家花魁落谁家，好不好？”

众人的胃口被吊起，但碍于那天价实在拍不起，也只有噤声了，反正就图个热闹。不过云岭不依了，“你这是什么意思？三十万两，我明明拍下了你的神秘花魁，你还在拖延时间，莫不是故意想变卦吧？”

紫衣被云岭这样毫不客气地拆台，脸色明显不自在，“公子真会说笑，我们飘香阁就是打开门赚银子的，你这会儿标价三十万两，我怎么可能会变卦，将银子白白往外推呢？”

“那很难说！”云岭笑脸都懒得给了，打断紫衣。

紫衣也不好撕破脸，只好再尴尬地赔了个笑，道：“公子，你这个玩笑一点儿也不好笑！”

“我没跟你开玩笑！”云岭阴柔的俊脸，严正地端视着紫衣，“我怕你这花魁拍卖是假，赚银子是真！”云岭一针见血地将紫衣的心思全盘托出。

“公子，话不可以乱说！”紫衣愠怒。

“事实如此，你的花魁根本就不想拍卖，只是为了赚那报名费吧？”

紫衣的面子有些挂不住，但气势上还是强硬地辩解道：“当然不是啊！拍卖花魁，只是为了大家有个公平竞争的机会。谁的价码高，谁就拍得美人，如此而已！”

云岭斜睨了眼紫衣，嘴角挂着邪魅的笑，道：“我的价是最高的，那我得到美人，又有何不妥？”

“没说不妥。”

“那你何必拖延时间呢？快点拍完！”云岭咄咄逼人。

紫衣从容地接口，“只是，我想玩点儿更刺激的而已。”

“不需要！”云岭强硬地说出口。

台下一些花了报名费却没有标到的人，也开始跟着起哄，大呼道：“不要节目了，我们就看花魁拍卖。”

紫衣只能硬着头皮朝众人摆了摆手，从容地说：“既然大家都不想看别的节目了，那么我们的神秘花魁拍卖就继续吧！”

“继续，继续。”穿插了这么个事件，众人的热情依旧不改。

紫衣清了清嗓子道：“现在这位公子，出价三十万两，有没有更高的？”

“三十万两一次。”紫衣的额头开始冒汗。

云岭一副势在必得的模样。

“三十万两两次。”

众人这下子都鸦雀无声，等待着成交。

“三十万两三次，没有更高的价的话，我们的神秘花魁就是这位爷的了。”紫衣挫败地朝那击锣手，使了个眼色。没办法，只能一锤定音了。

那锣鼓手举着锤子，刚要往下敲。

“五十万两。”沉稳、清晰的话落在众人耳中，众人都不约而同地朝着那人看去。

欣心意外地瞅着冷浩风，他不是被紫衣敲昏了吗，从哪里冒出来的？

冷浩风紧抿着唇，隔着厚重的纱幔，朝欣心冷冷地扫视了一眼。

那凉飕飕的目光扫过，隔着纱幔，欣心的鸡皮疙瘩不由得泛起。冷浩风跟云岭，对欣心来说，都是克星啊，结果都不会好的！

紫衣从初始的惊愕中回神，忙急切地对大家道：“五十万两一次，五十万两两次，五十万两三次，没出价的？好成交！”

锣鼓“咚”的一下敲响，紫衣才微微松了口气，对大家谢幕道：“感谢大家的捧场，今日的拍卖大典，圆满结束！希望大家吃好、喝好、玩好！”

欣心还没来得及起身，便被冷浩风一把拉住。她立马不安地挣扎起来。

紫衣抓住冷浩风的手，将他从欣心身上拉开，清冷地说道：“冷公子，这儿是飘香阁，请你注意点儿形象！”

冷浩风心不甘情不愿地将欣心放开。

紫衣拍了拍衣服上不曾沾染的灰尘，温和地说：“有话一会儿好好说，你们别在这台上给我丢人！”

冷浩风忍着满面的怒火，漂亮的桃花眼带怒地瞪着欣心。

欣心不甘示弱地回瞪冷浩风，谁怕谁啊？

“你们两个跟我来！”紫衣无奈地瞅了眼在那儿大眼瞪小眼的人，摇了摇头。

刚进屋子，冷浩风一拳打在桌子上，那桌子短命的四分五裂了。

紫衣无所谓地补了句，“一会儿烧水不用劈柴了，冷少，你记得将银子赔了就成！”

“买桌子的银子，运费五百两，安装费一百两，管理费两百两。”紫衣边说，边不断地拨弄着算盘，脸上的笑意越来越明显，“一共一千五百八十八两。”

“这桌子是金子做的？”冷浩风呆了一下，望了望桌子，还有他那罪魁祸“手”，小心翼翼地问。

“有些东西不是金子做的，但比金子值钱，比如，我对这个桌子的感情。”紫衣神色认真地说。

“唉，说到这感情，以后我没这桌子了，只能怀念了。冷少爷，你还要赔我一笔精神慰问费！凭我们之间的交情，我就随便算个五千两好了。”

冷浩风彻底石化、傻眼，银子能这样算吗？

“扑哧！”欣心忍不住爆笑出声。

“欣心，你还好意思笑？”冷浩风的面色再一次板了起来，朝欣心没好气地出声。

“我说冷浩风，你没搞错吧，我笑关你什么事？”欣心理直气壮地回吼冷浩风。切，老虎不发威，真当她是病猫啊！

“我已经拍下了神秘花魁，你说关不关我的事？”冷浩风漂亮的桃花眼，闪着邪魅的幽光。

“你等等！”欣心朝冷浩风比画了个暂停的手势，转过脸就朝在那依旧拨弄算盘的紫衣问，“你不是安排好了吗？”

“发生了点儿意外。”

“意外？你竟然敢跟我说发生了意外？”

紫衣有点儿心虚，“我也不知道，墨离怎么会临时找不到人了。”

“你觉得这个借口我会接受吗，紫衣同学？”欣心挑了挑眉。

“墨离被我打昏了。”冷浩风风轻云淡地朝欣心说道。

欣心还没激动，紫衣激动的手颤颤地指着冷浩风，愤怒地说道：“你竟然把墨离打昏了？”

“很意外吗？”

想到欣心差点儿被云岭拍走，紫衣的气就不打一处来，怒火在心头越烧越旺盛。她严厉地指责着冷浩风道：“你很欠揍！”

冷浩风还没理解紫衣的意思，紫衣就朝冷浩风突然发难，用行动来表示，冷浩风很欠揍。

欣心搬了个椅子坐着，看他们两个人打得不分上下，难舍难分的。

“欣心，你帮我记数，坏了多少东西。”紫衣朝冷浩风边挥掌，边不忘记吩咐道。

“懒得数，你总会有办法叫他赔的。”

“那倒也是！”紫衣嘴角挂着浅笑，继续朝冷浩风的空门攻击着。

冷浩风漂亮的一个转身，优雅地躲过，摆了个漂亮的造型等着紫衣的下一次攻击。

欣心轻饮了口茶，打了个秀气的哈欠，才慵懒地说道：“你们一会儿打完了叫我，我现在很困。”

冷浩风月白色的身影，飘忽地闪躲着紫衣的攻势，随手不忘记抓点东西朝紫衣扔去，以减除紫衣的压迫。

“冷浩风，你竟然敢扔我的天香，我杀了你。”紫衣的话刚落，屋内便弥漫了股浓郁、奢靡的芳香。

好香的意识先传到欣心鼻子里，欣心脑海中才闪现天香的词汇，天香？欣心一个激灵，忙捂住鼻子，会中毒的好不好？

“衣衣，你善后，我先闪了。”欣心迅速地朝门边奔去。

冷浩风快一步挡在门口，将欣心堵住，“欣心，你想跑，门都没有！”

紫衣也一把拉住欣心，不满地说：“不打了，欣心，你先别走，我有事要跟你说。”

欣心顺手便将冷浩风的穴道点住，急切地朝紫衣说道：“你先别跟我说，快去给我准备洗澡水，快点儿！”

“你等等再洗澡，我先跟你说暗影的事。”

“暗影的事肯定没我急，我现在要泡澡，快点儿！”欣心再一次打断了紫衣，眼睛中带上了恳请之色。

“欣心，你怎么了？”

“我中毒了。”欣心忍无可忍地解释。

紫衣疑惑地扫了几眼欣心，口气有些讷讷地道：“看着不像啊！”

“媚毒，快点儿，快点儿啊！”欣心面色微红，感觉浑身的血气都在慢慢升温。

紫衣见欣心神色严肃，便也不再耽搁了，直接快步出去帮欣心准备洗澡水。

“冷浩风，你别用这样的眼神瞅着我，我不会吃了你的！”欣心没好气地朝冷浩风瞥了一眼，淡淡地说。

冷浩风轻扯了一下嘴角，挂了抹笑意，道：“媚毒？欣心，你可真让我意外呐！”

“你少来！我现在也懒得跟你玩游戏了，你既然拍下了神秘花魁，明天我会将吉吉送到你府上的。”欣心严正地对冷浩风说。

至于吉吉会把冷府搅和成什么样，那就跟她无关了。

“什么？”冷浩风有点儿咬牙切齿。

欣心魅惑地朝冷浩风抛了个媚眼道：“神秘花魁呢，是我的丫鬟吉吉，很意外吧？”

冷浩风不可思议地瞅着欣心。

“今天的游戏到此结束，明天一早，我就把吉吉打包给你送过去。你们想怎么玩，就怎么玩！”

欣心说完后，便朝冷浩风轻蔑地扫了一眼，扭着优雅的水蛇腰，快步地朝她在飘香阁的房间走去。

紫衣的效率不是吹的，她已经把欣心所需的草药，都准备好了搁在那里。欣心快速地抓了几样，丢入木桶中，急切地将身上的衣物全部撕除了……她浑身热血沸腾地泡入放了清凉草药的木桶中。

一阵清凉的触觉，浸泡上了灼热的肌肤，欣心舒服地眯起了双眼。由腹内升起的燥热，也渐渐地疏散开来，现在暂时能把毒性克制住，不知道一会儿，会不会有后遗症。

第十八章　暗影的心伤和在乎

“让开！”暗影银边面具下的侧脸，蕴含着怒意。

紫衣淡淡地扫了眼，轻声道：“暗影，你不能再去招惹欣心了！”

“滚！”

“这是飘香阁，我的地盘！”紫衣冷笑了一下，“我的地盘我做主，该滚的人，是你！”

“你别逼我动手！”暗影幽深的星眼，含着怒意地扫视着紫衣。

“暗影，你跟欣心不适合，你比我更清楚！”紫衣没有翻脸而是语重心长地劝道。

“不用你管！”

“我是懒得管，但是云岭如果把我的飘香阁拆了，你负责吗？”紫衣嘴角挂着嘲讽的笑意。

“不会的！”暗影冷冰冰地说道。

“难说！”紫衣严正地摇了摇头。

“你想多了！”

紫衣拨弄了下手指甲才说道：“云岭的性子，你比我了解。你既然已经跟她定亲了，这会儿再跟我们欣心牵扯不清的话，后果会很严重！”

“云岭喜欢的是女人！”暗影耐着性子给紫衣解释。

“全世界都知道云岭喜欢女人！”紫衣耸了下肩膀，又开口，“但是名义上，你还是云岭的未婚夫呢！”

暗影沉默。

“你们订婚是事实吧！”紫衣眼光严正地反问。若不是欣心那会儿在冷家，实施猎美男三十六计对付冷浩风，这玄天门跟神秘门再怎么隐蔽地结亲，想必欣心都非得插上一脚，寻寻乐子了。

“我不喜欢云岭！”暗影解释。

紫衣再一次沿着暗影的小尾巴踩了上去，“不管你喜不喜欢她，还是她喜欢女人，至少你们是名正言顺的未婚夫妻，你还是离我们欣心远点儿。”

“还有，你本身就是神秘门的门主，你自己的身份都见不得光，你又有什么资格要的起我们欣心？”

暗影撇了撇嘴，性感的唇紧抿了一下。无论哪种身份，他都要不起欣心吗？

紫衣想到什么似的补充着说：“欣心好歹还是逍遥侯府的千金大小姐！要嫁的对象，至少也是能见光的。”虽然紫衣也知道，感情的事情，旁人插不得嘴，说不上什么话，但是作为欣心的姐妹，她不能眼睁睁地看着欣心跟个身份不明的人纠缠不清，更不能知道了云岭跟暗影的“亲事”，还无动于衷地任由欣心跟暗影继续发展下去。再有一点，从冷浩风在意欣心的态度看来，欣心离要嫁冷浩风的梦想不远了。

冷浩风虽然脾性冷点，但是洁身自好，真爱上欣心的话，绝对会宠着欣心。而事实上，看着冷浩风目前的举动，他爱上欣心的可能已经是百分之九十，稍微给点提示，便能觉悟了。

冷浩风的家境跟欣心又是门当户对，家里的长辈都乐见其成。最主要的一点是，还有赐婚的圣旨压着，冷浩风绝对不会对不起欣心。所以在紫衣看来，欣心跟冷浩风其实挺相配的，至少冷浩风比暗影更多了安全的稳定性。

欣心若真的选择了暗影，将有可能卷入江湖厮杀，而且还有一个变态的情敌，云岭。这个女人还喜欢收集美女，欣心的危险系数，实在是太高了！

紫衣是从杀手门退隐的，当然不希望欣心再踏入黑暗中，去招惹武林正派的公敌，下嫁神秘门门主。

在劝说欣心无效后，紫衣才决定跟暗影好好地谈谈，“冷浩风跟欣心月底会完婚，冷家已经发出喜帖了。”

暗影的手紧握着拳，关节都微微泛白，可见隐忍得多么痛苦！

“暗影，你没机会了！”紫衣知道自己这样做很残忍，可是她有这样做的立场。

暗影面色大受刺激般地苍白了起来，口气木然地道：“我无所谓，我只在乎欣心！”

“莫非，你还想着带欣心私奔？”紫衣嘴角扯了个玩味的笑容。

暗影沉着脸，不再接话。事实上，若欣心真跟冷浩风成婚，他确实会动私奔这个念头。

“不可能！”

暗影幽深的眸子，冷冷地直视着紫衣。

紫衣有点不忍心地说:“冷浩风说的,皇上下的旨,欣心应该不会跟你走。”

“暗影，我不想跟你们神秘门过不去。但是希望你带着云岭，离我们飘香阁远点儿，离我们欣心远点儿。”

“紫衣，你到底想说什么？”暗影不耐烦地打断紫衣。

“让你跟欣心分开！”紫衣直言不讳地说。

“不可能！”暗影冷笑了一下，坚决地开口。欣心才说喜欢他，暗影说什么都不会放手！暗影一定要把冷浩风从欣心的心里一点点地删除、取代，直到欣心眼里、心里，只有他暗影一个人。

“事实上，你们也不会有结果！”紫衣中肯地说。

“闭嘴！”

“我可以闭嘴不说，那我跟欣心说去！其实，我不用多说什么，只要告诉欣心，你跟云岭定亲的事，其他的就交给欣心自己想！”

暗影冷眼凉飕飕地直视着紫衣，咬牙切齿地道：“你敢？”

紫衣轻蔑地扫了眼暗影，嘴角挂着淡笑道：“我为什么不敢？难不成你还想杀人灭口？”

暗影有点挫败地瞥过眼。

“欣心最讨厌的就是欺瞒，你跟云岭订婚不算小事吧？”

暗影面色一暗，欣心若知道他跟云岭订婚的话，后果想都不敢想。

“暗影，我劝你，适可而止！”紫衣脸上挂着清淡的笑容，“我是不会让欣心跟你在一起的！”

暗影一把捏住紫衣的手腕，面色冷然地威胁道：“我跟欣心的事，你最好别多管闲事，不然我不会放过你！”

“我很怕噢！你威胁我？”紫衣不把暗影的警告放在心上。

“你到底想怎么样？”暗影的语气里有点挫败的意味。

紫衣良心稍微发现了那么一点，正犹豫着，她是不是太过分了。“我……”紫衣还没开口，便被暗影快速地点住了穴道。紫衣目瞪口呆地望着暗影，恼怒地道：“你竟然偷袭！”

“我跟欣心的事，谁都不许多嘴，你给我好自为之！”暗影冷冷地警告着紫衣。

“卑鄙！”

“那是因为你可耻！”暗影冷冷地接话，堵得紫衣倒是面色通红。

“快放开我！”

暗影面色冷然地将紫衣从面前推开，恼火地一脚将门踹开。

“暗影，你不能进去！”紫衣急切地大呼。欣心这会儿中了媚毒，在泡澡啊！

孤男寡女，干柴烈火，生米做成熟饭？暗影挥了下手，将紫衣的哑穴点住，便怒火冲冲地往内室走去。紫衣动了动嘴，但是无奈出不了声。

暗影才离开那么一小会儿时间，欣心就差点儿被云岭拍走不说，最后竟然还让冷浩风拍下来了。想到欣心跟冷浩风，暗影心头的怒火便狂烧了起来，揪心地疼痛。他用劲地一挥手掌，将围得密不透风的纱幔挥起。纱幔随着暗影强劲的掌风，四散飘浮了起来。当那些四散飘动的纱幔再一次静止的时候，一股热浪迎面扑来，伴随着一阵浓郁的草药芳香，以及一股女子特有的芳香直直蹿入鼻尖。一个完美的裸背跃入暗影的眼帘，冲击着暗影的视线，大片白皙如凝的肌肤，光滑的曲线，在水中，隐隐泛着如莹的光芒，眼前的景象，让暗影一时之间茫然震撼地怔住了。美，欣心，实在是美得让人移不开视线。

“登徒子！”欣心迅速地反应过来。一定要把这个不长眼的浑蛋挖了双眼，不，一定要杀人灭口！

欣心迅速地回转身，睁大了星眼，目瞪口呆地望着暗影，小嘴因为激动而微张着。本来准备出手的攻势，也条件反射地收回，遮住了胸前的春光……

暗影幽深的星眼，渐渐地染起了情愫。

欣心胸前的一片春光，在放满草药的木桶中，若隐若现。一双白皙的藕臂，自然防卫地搁在了胸前。晶莹的水珠，顺着脸颊滑落，沿着漂亮的颈脖、性感的锁骨一路向下……

暗影死死地顺着那水珠，凝神地望着，眼睁睁地望着那水珠，流入了欣心胸前，那致命诱惑般的乳沟里……

欣心俏丽的小脸，不知道是被热水熏红的，还是被暗影的闯入窘红的……

暗影艰难地吞咽了下口水，目光依旧一眨不眨地紧锁着欣心。

“啊！”一个准备给欣心添水的丫鬟，惊呼着大叫了起来。因为激动，将盆都打翻了，洒了一地的水。暗影挥手，直接将那丫鬟隔空点住了穴道。

欣心被那丫鬟一叫，也回神过来，忙将身子朝木桶内缩了进去，只露了个头出来，严正地瞅着暗影道：“你给我出去！”欣心可没忘记，自己此时中了媚毒，随时有化身为狼的可能。她可不想把暗影给吃了，因为她不想做女色狼啊！

暗影沉着脸，不发一语，燃着情欲的双眼，在清明跟迷茫之间徘徊……理智上他不能碰欣心，但心里真的想要欣心。他爱欣心，已经彻底地爱到骨子里了。多少年的沉淀、积累，才凝聚成这样的爱情，却可望而不可即！

“你出去！”欣心再一次对着暗影说道。

暗影抿着唇，吞咽了下口水，“欣心，你欠我一个解释！”

欣心可没有裸着被人观看的习惯，即使是暗影，也不行！“暗影，我叫你出去，你听到没？”

“你不说，我不会出去的！”暗影拉了把椅子，大大咧咧地在欣心木桶边，坐了下来。

欣心头疼地瞅着暗影，没好气地问：“你到底又抽什么风了，要我解释什么？”

“为什么冷浩风拍下了你？为什么你闻了天香，中了媚毒？”暗影飞快地将口中的疑惑，一股脑地朝着欣心丢出来。

“冷浩风拍下的是神秘花魁，所以明天我会将吉吉送到他的府上去！”欣心朝暗影解释。

暗影面无表情的神色微微动容了一下，不过依旧示意着欣心，继续解释另外一个问题。

欣心实在没好心情裸着身子跟他谈话，口气里不由得带了些恼怒回答第二个问题，“至于闻到天香，那纯属意外，我也不知道怎么解释！”

暗影略带着不满地挑了挑眉。

欣心轻叹了口气道：“你既然知道我已经中了媚毒，就离我远点儿。”

“需要我帮你吗？”暗影哑着嗓音玩味地开口。

“滚！”欣心没好气地从水中掏了一掌水花，朝着暗影迎面泼了过去。

暗影不以为然地用手抹去满面的洗澡水，轻舔了下唇，嘴角挂着邪魅的笑意，说道：“欣心，我可以把你这样的举动，理解为勾引吗？”

晕，见过脸皮厚的，没见过这么厚的！

既然暗影有心要撩拨欣心，那么她一定要好好地成全暗影，让他知道，女人是不好惹的！

于是欣心嘴角也挂着一抹玩味的笑，调皮地将隐在水中的身子，悄然移出了几分，毫不吝啬地朝暗影露了些许春光，还附送了几个妖娆的姿势。她就不信整不到暗影！

毫无意外的，这直接的视觉冲击，导致暗影全身沸腾了起来，“腾”地一下子，脸色红到了颈脖、耳朵。尤其以鼻尖的冲击更大，一股热流，控制不住地喷涌而出。

欣心优雅、从容地将搁在一边的白色围布，往身上围了起来，朝暗影又毫不吝啬地抛了个媚眼。白皙如凝的肌肤，粉色娇羞的小脸，光滑的裸背，俏丽的笑容……在暗影的脑海中不断交错闪现，诱惑啊。

欣心惹火的诱惑，直接引得暗影腹内蹿起了热流，手指捂着的鼻尖，殷红色的血越流越多。

欣心都忍不住要怀疑了，到底谁的样子更像中了媚毒啊？这般看来，暗影的情况貌似比她严重得多。

暗影朝点火的欣心伸出“魔爪”，理所当然地准备抓着欣心灭火。

欣心轻巧地闪身，一跃跳上了屋檐，晃着洁白、秀气的脚丫子，朝着暗影风轻云淡地说：“就是逗你的！”

暗影也轻巧地跟着欣心跃上了屋檐，刚伸手，欣心朝暗影灿烂地笑了笑，接着竖着食指捂着嘴，对着暗影严正道：“今天，你要是敢碰我一下，这辈子，我都不会原谅你，也不会再见你！”

如此磨人的妖精！故意考验暗影的意志力吗？

暗影很努力地克制住即将崩溃的理智，压抑地将腹内蹿起的火苗扼杀，半个侧脸，青筋突起，狰狞着，咬牙切齿地说道：“欣心，快把衣服穿上！”

“就不！我就不穿！”欣心漫不经心地回了个笑脸给暗影，故意挺了挺半露的酥胸，扭了下柔软的腰肢。

暗影不自在地撇过头，手捏着鼻子，仰着头，含混不清地道：“欣心，你别逼我！”

欣心眨了眨明亮的星眼，笑意盈盈地说：“我就逼你了，怎么样？”

欣心脸上的笑容，绝对是邪恶的！暗影犹豫再三，在理智跟情感之间，不断地纠结。

眼瞅着暗影再一次欺身朝欣心靠近，欣心的面色挂上了不悦，“暗影，你最好把我的警告听进去！”

暗影僵立了，沾染情欲的双眼也渐渐清明了起来，不满地嘟囔了句，“欣心，你这个妖精！”有的看，没的吃先不说，还故意挑逗他，会出人命的好不好？

欣心对于这样的成效是非常的满意！所以说，女人是不好惹的！欣心围着那白布，跃下屋梁，招摇地在暗影眼前又晃荡了一圈。

“欣心，求你把衣服穿上！”暗影捏着鼻子，忍无可忍地求饶。

看着暗影说的那么可怜兮兮，欣心才勉为其难地指了下外面，说道："那你先出去。"

暗影忙不迭快跑了出去，生怕晚半秒，他就因鼻血流光而死。

欣心瞧着暗影那落荒而逃的模样，不由得"扑哧"一笑出声。

暗影自嘲地扯了下嘴角，自己实在是不争气！

欣心快速地穿上衣衫，稳了稳心神，媚毒已经暂时克制住了，她才迈着优雅的步伐走出内室。眼睛对上暗影，嘴角扯了个娇媚的笑容。

暗影面色有些不自在地也勉强挤了几分笑出来。他隐在银边面具下的半个脸，俊美的下巴，性感的唇角，都挂着殷红色的血渍，给欣心视觉冲击亦是强悍，好邪魅，倾城的美啊……

欣心抽了块帕子，体贴地帮着暗影擦拭了一下。细腻温热的触感隔着帕子传到了欣心柔嫩的指尖。

暗影看着欣心额前散落、微湿的发丝，因刚出浴而散发的浓郁芳香直刺鼻尖，不由得又一阵心猿意马！

"暗影，你真逊，竟然流鼻血。"

暗影被欣心如此直接地损着，面色更加发红滚烫，喉咙艰难地吞咽了下口水，才故作冷然地开口，"不许再说了！"

"恼羞成怒了？"欣心嬉笑地继续说。

暗影一把抓着欣心不安分的小手，赌气地说："我脱光了站你面前引诱你，你也会流鼻血的！"

"会吗？"欣心嬉笑着反问。

"肯定的！"

"那你脱光了给我看一下，看看我会不会流鼻血！"欣心歪着头，认真地对暗影说道。

暗影傻了眼，欣心说的是什么话？要他脱光了给她看？

"暗影，现在试试吗？"

"试什么？"暗影顺着欣心反问。

"你脱光了诱惑我，看我会不会流鼻血啊！"

暗影对欣心的认真劲，实在无语！她的思想、行为，果然不是用一般言语能够形容的。

“你不会不好意思脱吧？那我帮你！”欣心边说，手指边灵巧地往暗影身上的衣衫伸去。帮美男脱衣服，她非常乐意效劳！

暗影激动地护着衣衫，淡然的半个侧脸上，带了一点儿慌乱，脚步不动声色地往后面悄然退着。

“暗影，你别躲，我会很温柔的。”欣心挂着奸邪的笑容，犹如恶狼扑食般地伸手，揪上了暗影的衣衫，粗暴地撕了两下。暗影衣领被欣心扯裂了大半，胸前一片春色直接跃入她的眼睛。

欣心故作轻佻地轻舔了下唇，诱惑地朝着暗影抛了个媚眼。相对于欣心的从容，暗影倒是越发的不自在，半个俊脸都红得能烧起来了。

“事实上，我这个中了媚毒的人，都没有流鼻血，可见你定力实在太差！”

暗影胡乱地将衣衫往身上套，长这么大了，还是头一次被个女人剥衣服，实在是没脸见人。

欣心捂着嘴，娇笑了起来，浑身都克制不住的花枝乱颤。没想到，暗影竟然也会有如此慌乱、委屈的神色。

暗影对欣心轻扯了个笑容，淡淡地说道：“欣心，你少得意！”暗影终于想到了一个对付欣心的办法。

“暗影，你笑得那么奸诈干吗？”欣心被暗影那抹魅笑，震了下心头，心“怦怦”地跳了起来。

暗影伸手亲昵地揉了揉欣心散落额间的发丝，凑着欣心敏感的耳朵，温和地吹了口气道：“如果你想玩火，我一定陪你玩到底！”

“不玩了！不玩了！”欣心忙识相地摆摆手，“玩火会自焚的，不好。”

“现在说晚了！”暗影俊美的嘴角，扬着得意的笑，很满意欣心敏感的耳垂带来的效应。怕痒啊，这就更好玩了！暗影趁着欣心不注意，将她倒提了起来，顺手快速地将她的鞋子脱去，挠起了她的脚底……

又痒又麻直接蹿入欣心的脑海中，“啊哈哈哈哈……”她情不自禁地狂笑了起来，“暗影，不要，不要。”

屋内欣心暧昧的言语，激烈的喘息，不得不让人想歪。

紫衣面色回红地站在门边，手扣着门，迟迟没有勇气去推开。欣心中了媚毒，暗影进去帮忙解毒，这男欢女爱的，若进去撞见了，岂不是要长针眼？欣心跟暗影，既然生米已经做成熟饭，那么还是把饭好好地保护起来，免得凉了就不好了！

紫衣立马从反对，转变到拥护。

其实欣心跟暗影在一起也没什么不好！暗影好歹也是神秘门的门主呢，而且对欣心死心塌地的。若生在叛乱年代，紫衣如此的信念不坚定，又爱财如命，肯定是个“汉奸”。

“云公子，你好像走错地方了！”紫衣清了清嗓子，尽可能地将音量放大，对着偷偷摸摸溜进神秘花魁院落的云岭，礼貌又疏远地提醒。猜都不用猜，云岭准没好心，也不是闲逛这么简单。当然，紫衣的提醒也是给屋内两个正在“激烈运动”的人的听，免得被“抓奸”在床。云岭好歹还顶着某人未婚妻的名号呢。

暗影眼疾手快地用手捂住欣心的嘴，“嘘”了一下。

欣心无辜地眨了眨眼，不明白暗影莫名其妙的紧张，不过被暗影捂得结结实实的，让欣心不由得难受得“呜呜”抗议了几声。

暗影心疼地将欣心放开，轻声丢了句，“我有事先走了！你自己小心点儿！”

欣心一把拉住暗影，暗影的身子不动了，回眼直视着欣心。

欣心磨了磨牙，张口就朝暗影的手背咬了上去。敢用刚才挠脚的手捂她的嘴，她抓狂了。

暗影疼得龇牙咧嘴，紧咬着唇忍着，不发一语，直到有淡淡的血腥味，从暗影的虎口飘洒出来，欣心才松了口，对暗影没好气地说道：“下次再欺负我，我咬死你！”

“记得想我！”暗影轻柔地在欣心额前落下一吻，便朝梁上一跃而起，快速地消失在欣心的眼中。

欣心理了理散乱的衣衫，拢了拢发丝，听着门外紫衣跟云岭的对话。

“云公子，你不会是迷路了吧？”紫衣伸手拦在云岭身前，成功地阻止了云岭推门的姿势。

“你怎么知道我走错地方了？又怎么判定我是迷路了呢？”

“因为这个地方不接待任何客人！公子如此贸然闯入，好像有些不妥！”紫衣含蓄地向云岭解释。

“何以见得？”云岭挑挑眉，阴柔的脸上挂着漫不经心。

“公子如果没有眼疾的话，应该早看到那字了吧！”紫衣俏笑，手指指向院落月牙门口竖着的醒目招牌，“后院禁地，闲人莫入”。

云岭淡扫了眼，丝毫不以为意地说：“我不识字！”

“那我可以为你解释一下！”

云岭摆了摆手拒绝，“不需要！”

紫衣将愠怒的神色悄然隐藏起来，心口却因云岭的傲慢而堵得慌！真恨不得将云岭一脚给踢出去。这个变态，明明是女子却装扮成男人，拈花惹草，还大把大把地将银子往“花楼”砸，实在是让紫衣又爱又恨。恨她傲慢无理，爱她把大把大把的银子送进飘香阁。反正她是女人，姑娘也没损失。

“神秘花魁呢？”云岭直言不讳地问紫衣。

“被冷浩风冷公子拍走了，当然是在冷府！”紫衣皮笑肉不笑地向云岭回道。既然有心拥护暗影跟欣心，那么麻烦的事，就都丢到冷浩风身上去。

“可我看到的是，冷浩风还竖立在飘香阁偏房的小院子里做动弹不得的人体塑像呢！”云岭邪魅地朝紫衣勾着嘴角浅笑了一下。

欣心开门，视线对上了云岭，扯了个灿烂的笑，“嗨，我们又见面了。”

云岭见鬼似的瞅着欣心，倒退两步，手指着欣心微微有些颤抖地问道：“你是神秘花魁？”

紫衣紧张，情敌见面分外眼红啊。可千万不要话不投机半句多，两个人打起来。虽然欣心跟云岭都不知道，她们之间还有个关键的男人——暗影！

欣心朝云岭挤了下眉，“看我不像吗？”

“早知道你是花魁，我就不浪费时间了！”

“我不够美？”欣心故意摆了个风骚的姿势，朝云岭抛了个媚眼。惹的紫衣一阵鸡皮疙瘩，她还真没看明白欣心的意图。故意去调戏云岭做什么？难不成真的想被云岭收纳进房？

“太让我失望了！太让我失望了！”云岭大受刺激，不断地重复，摇头后退着。

“我今天本来指望你拍下我，晚上跟你打个你死我活呢，可惜你也让我很失望啊！”欣心笑意盈盈地朝云岭说。

“真庆幸没拍下你！”云岭自我安慰地拍了拍心口。

“真恶心！吃不到葡萄说葡萄酸！”

“欣心，我们还是保持安全距离！”云岭眼瞅着欣心朝她挪了一步，忙再一次后退了些距离。清醒的时候，就会躲了？那天喝醉酒了，竟然为了亲欣心，抱着柱子猛亲的那个人，不是云岭这变态是谁？

“不就花个五十万两，收集个美人吗！”

云岭朝欣心撇了撇嘴，“收集美人，也要看对象的。如果是你的话，倒贴我也不要！”

有够打击人的！

欣心面色不爽地朝云岭瞪着星眼，不服气地说：“不识货！”

“那是因为货实在太次！”云岭不甘示弱地回瞪欣心。

“变态！”

“什么意思？”云岭问欣心。

欣心刚张嘴，紫衣快一步地将话接过去，“欣心的意思是，你需要改变说话态度！所以才叫你变态！”

“你才变态呢，大变态！”云岭指着欣心。

“我？我变态？”

“对，你需要大大的改变态度！欣心！”云岭认真地将紫衣的解释听了回去。

欣心被堵的还真不知道该怎么接口说话，“好了，我懒得跟你说话！”

“你以为我很稀罕跟你说话？真让我恶心！”

“老规矩，我们井水不犯河水，你请吧！”欣心礼貌地将云岭“请”走。

“你以后少拿这些花魁拍卖什么的唬我，不然我一定拆了你的飘香阁！”云岭心头还是有些小小的遗憾。那花魁的歌唱得真好听！不过一想到是欣心，好听也得说恶心！云岭的原则性还是挺强的！

“我们飘香阁的活动，以后谢绝你参加！”欣心扫了眼云岭，认真地宣布。

“切！”云岭嗤了一声。

“既然你想参加，那以后就少废话！”欣心扬眉吐气道。

“后会无期！再也不见！”云岭决然地说完，纵身便消失在欣心跟紫衣的眼前。这速度，还真够快的！

“欣心，你跟她？”紫衣指了指云岭消失的方向，脸上挂着问号，到底是敌还是友啊？

“当然是敌啊！”

“那你故意勾引她做什么？莫不是希望被她收集回去？”紫衣疑惑地朝欣心问。

“我跟云岭有个君子协定的，井水不犯河水。上次我悄悄去玄天门，跟她打了个照面，我毁约在先，今天当然要努力弥补啦。”欣心含混不清地解释了一下，无非是故意轻浮，引走云岭细究的注意力。

“没兴趣！”随即，紫衣关切地问了下欣心的中毒情况，“欣心，你身子没事了吧？”

欣心摇了摇头，淡淡地道：“我没事，先回家了！”

第十九章　全家总动员逼婚

南宫府，非凡小楼，欣心卧室内，灯火通明，投影在纸窗上的那几抹影子，无非是家里几位“重量级”的长辈。上次的齐聚，是为了帮欣心挑夫，这会儿该不是找欣心“半夜赏月”吧？

欣心硬着头皮，推开了她闺房的大门，脚步迟疑着，在进与退、跑与不跑之间纠结。

南宫楼老爹，面色挂着狰狞的怒意，朝在门口傻站的欣心，惊天动地的一吼，“还不进来？”

欣心心头一震，老爹的脸色很不好啊，再偷偷地瞄了眼老娘秋月，面色竟然也是怒火满天的。

师父季田的脸色，欣心看都不需要看了，肯定是跟着老娘的脚步走的，这会儿也是怒火满面地瞪视着欣心。

欣心小心翼翼地朝屋内跨进去，脸上不自在地挤了个笑容，乖巧地朝众人打招呼道：“爹、娘、师父，好！”屋内的气氛沉重得让欣心真的很想跑。可是，欣心实在没那个勇气跑，因为老娘都生气了，她跑会被追杀的。

欣心眼角悄然地扫到了一堆刑具，鞭子、竹棍、藤条，种类齐全，该不是想动用家法吧？可是，欣心实在不知道，自己今天犯错了吗？不就是去飘香阁露了个小脸，顶了下神秘花魁……欣心倒退，该不是她做的这些好事，被家里的“几尊”知晓了吧？

“娘，这么晚了，你还不睡？”赔笑总是没错的，欣心忙对老娘秋月讨好地开口。

“你眼里还有我这个娘？”秋月娘亲面含怒意地拍案而起。

“我说娘啊，您消消气，生气容易长皱纹，容易老的！”欣心不顾秋月的怒火，拍着马屁道，“我说娘啊，你看你嫩得远看二十八，近看十八。这么嫩，一定要保持愉悦的心情跟充足的睡眠，不然长黑眼圈、皱纹什么的，就不好看了！”

秋月娘亲不为所动地冷笑了一下。

欣心只能厚着脸皮，继续说着，“娘亲美得像朵花，来，笑一个嘛，别那么严肃，会影响美观！”

秋月娘亲比画了个停止的手势，把欣心的马屁奉承给打断，“欣心，你少在那吹嘘我！今天家庭会审，你给我老实交代！若敢说半句假话，家法伺候！”

“这些刑具都是我从刑房刚借来的，你若不老实，我今天一定打死你！”南宫楼老爹板着脸，口气也恶狠狠地在那儿发出警告。

“我一定坦白！”欣心老实地举手示意。

三位家长都默契地相互扫了几眼，交换了几个眼色。

“家庭会审？审什么？”

“飘香阁！”南宫老爹给了点提示。

“飘香阁啊，那是花楼嘛。”欣心“嘿嘿”地干笑了两声，还真是为这件事呢。

“你还笑？”南宫老爹同样拍案而起，一掌猛拍完桌子后，疼得龇牙咧嘴地直抖手。

秋月娘亲没好气地睨了南宫老爹一眼，嘴角不自在地抽搐了一下，转过头对欣心严厉地问：“你知道飘香阁是花楼，那你跟我说说，这是怎么回事？”随着秋月娘亲愤恨地一掌劈过去，欣心的闺床，瞬间四分五裂地炸开了。

“娘亲，你的功力又长了啊，恭喜，恭喜！”欣心边出声，边准备往后面退，此时不跑，一会儿可真要死得很难看了！

秋月娘亲快一步闪身，将欣心的去路封死，挂着阴冷的笑意，“宝贝女儿，你准备往哪边走呢？”

“哪儿都不去，我站娘身边！”

“可我瞅着，你怎么想跑啊？”秋月皮笑肉不笑。

欣心只觉得“笑面虎”用来说秋月娘亲，一点也不为过。

“欣心，你可不要挑战你娘我的底线，不然，后果自负。”秋月娘亲严肃地警告。

“我怎么敢呢！”千错万错，拍马屁是不会错的！即使拍不到马屁，抱着马腿也行的。

“我看见你动了！”秋月丝毫不给面子地拆穿。

“我只是站久了，身体僵硬了，稍微活动一下筋骨嘛！”欣心边说边扭了扭腰，转了转脖子，伸了伸手，做起了健美操。

“你今天要是敢跑，试试看！”季田咧着白牙，也森森地朝欣心发出警告。

欣心满头黑线，无力地垂着肩，看来，今天是躲不过了！

秋月娘亲满意欣心吃瘪的神情，面色挂上了得意的神色，迈着优雅的步子，拖着略显沉重的身子，在欣心床底下那方见地，细细地敲打，倾听了一下。移开地上的一块板，醒目地出现了一条地道，是一条通往飘香阁的地道。

欣心紧张地咬着手指，心底大呼，糟了。

南宫老爹捂着疼痛的手，好奇地问秋月，“娘子，家里怎么破洞了？改天得找人补上！”

“笨！这是暗道！”秋月没好气地点了下南宫老爹的额头解释道。

“暗道？”南宫老爹依旧不明所以，“娘子，我们宝贝的房间里怎么会有暗道？”

“你闭嘴！”秋月没好气地朝南宫老爹吼道。

“我只是好奇嘛，娘子，你动什么气？”南宫老爹委屈道。

“果然是书呆子！”季田插话。

“要你插嘴？滚一边去！”南宫老爹对季田，脸色永远是臭臭的。

“我是看你太无知了，实在忍无可忍了！”季田轻蔑地扫了眼南宫老爹，嘴角挂着嘲讽的笑。

“你好像知道？”

“这不是废话吗！”季田冷嘲道。

“相公，你的问题真的很蠢！”秋月娘亲嘴角都抽搐了，“这是你宝贝女儿通往飘香阁的暗道！”

“欣心，你跑飘香阁去做什么？”南宫老爹的面色一沉，也想到了今晚审问的主题。

“玩。”欣心憋了半天，红着脸丢出一个字。

“你玩什么不好，去逛妓院？”南宫老爹一把揪着欣心的耳朵，满脸的痛心疾首。

欣心哀号着闪躲南宫老爹的“魔爪”，小心翼翼地辩解，“我没逛妓院。”

“胡说！”南宫老爹朝着欣心的耳朵一声大吼。

“我是顶替花魁表演的。”欣心刚说完，就发现暴怒的南宫老爹无意识地松开了手，欣心忙快几步躲到吉吉身边。

“你逛花楼还能听听，竟然还跑去做花魁？”秋月老娘手指着欣心，受的刺激不小。

“你做花魁？”

“你是花魁？”

这次，季田跟南宫老爹倒是非常默契地异口同声地朝欣心怒吼了起来。

欣心躲在吉吉背后，只露了个脑袋出来，小心翼翼地解释，“这个说来就话长了，你们先坐着，喝喝茶，我慢慢交代！”

南宫老爹气呼呼地一屁股坐到椅子上，结果椅子不稳，摔了个四脚朝天。

秋月老娘上前搀扶着，将在地上试了几次都没成功起身的南宫老爹安抚着坐好了，才拉了把椅子坐着。欣心拉着吉吉壮胆，也坐到了桌子的边角上，刚伸手想拿杯茶，喝口茶润润嗓子，再开口讲这些年的“丰功伟绩”。

“快交代！”秋月娘亲一拍桌子，娇声大喝。

让欣心惊得手都不由自主地抖了抖，喝的茶大半呛了出来，咳嗽着对秋月娘亲求饶地道：“娘，你能不能不要吓我？喝水被呛死，很丢人的好不好？”

“你竟然还知道怕？”

“这么多刑具摆着，我能不怕吗！”欣心含混不清地嘟囔着。就近的吉吉一听，忍不住“扑哧”一声，笑了出来。

“笑什么笑？”季田冷着脸对吉吉喝道。

吉吉隐忍住了笑意，乖巧地说：“奴婢知道错了，下次不敢了！

“没大没小的，真是无法无天了你！”季田含沙射影地朝吉吉骂道，眼睛不满地扫视着欣心。

吉吉垂着脑袋，虚心地听教着，引得欣心一阵鄙视！吉吉还真会装！

“你对吉吉恼火什么？我们今天要解决的是欣心的问题！”秋月不满地扫了眼季田。显然，对于吉吉，她是挺喜欢的。

“月儿说的对！”季田讨好地朝秋月娘亲奉承道。

南宫老爹立马跳脚，站起身子，对季田怒喝道：“姓季的，月儿是你叫的吗！”

“我爱叫我小师妹月儿，关你姓南宫的什么事？”季田故意挑衅着南宫老爹。

“你给我滚！”南宫老爹毫不客气地指着外面。

“你让我滚我就滚吗？你当我是什么？”季田厚着脸皮反驳。

“当你是吃白食的、要饭的！姓季的，你在我们南宫家混了这么多年，白吃白喝了这么久，该滚了！”南宫老爹说到这儿就心头来火了，季田还没开口，便再一次哭诉了起来，“都是你这个浑蛋，我好端端的宝贝闺女被你教坏了！”

“我最多教了欣心防身的功夫，欣心逛妓院，还不是跟你这个老爹学的！”季田嘴角挂着嘲讽地反指责。

老爹也逛妓院？绝密的大情报啊！欣心倒是第一次听说，忙竖着耳朵，等着季田多曝些内幕出来。

“姓季的，东西可以乱吃，话不能乱说，请你注意用词！”南宫老爹忍着不快，没好气地对季田道。

季田更加得意地说：“被我说出了事实，你还想狡辩？你今天明明也去飘香阁了！”

南宫老爹一时无语。

秋月娘亲听到南宫老爹逛妓院，面色就冷了下来，对南宫老爹问：“你去花楼了？”

南宫老爹无辜地忙摇了摇头，“冤枉死了，没有的事！”

“得了吧！今天若不是你去飘香阁，怎么会认出神秘花魁跟我们宝贝欣心相似？”季田以事实说话。

秋月忙扫视着南宫老爹，口气不善地质问：“南宫楼，你最好给我老实交代，不然大刑伺候！”

南宫老爹瞅了瞅那些刑具，心虚地说：“娘子，我有那个贼心，也没那个贼胆啊！”

秋月面色缓和了下来，想到什么，开口问：“对了，你今天不是进宫面圣去了吗？”

南宫老爹举手表清白地说：“我是进宫面圣去了啊！”

“狡辩，我明明在飘香阁看到你了！南宫楼，你撒谎！”季田义正词严。

“我是去过飘香阁，”南宫老爹的话刚说一半，便被秋月娘亲迅速地揪起了耳朵，“娘子，疼，疼。”南宫老爹小心翼翼地呼救求饶。

“你竟然敢去花楼，你活得不耐烦了！”秋月娘亲揪得越发用力，恨不得将南宫老爹的耳朵给揪下来。

“我也不想去啊！”南宫老爹可怜兮兮地瞅着秋月。

“你不想去，那还去！”

南宫老爹小声地辩解，“皇上，他要去看热闹，他要去，我能不陪吗！”君要臣死，臣不得不死！皇帝要悄悄逛妓院，拉着他，他能说不吗？南宫老爹特委屈！若不是陪皇帝逛妓院，还真不知道，他家的千金宝贝竟然是神秘花魁，真的是把祖宗的老脸都丢光了！若不是顾及家丑不可外扬，南宫老爹早在飘香阁，就将欣心给提回家了！

欣心心头一惊，总感觉有股火辣辣的视线瞅着她，原来是南宫老爹。不过欣心也挺佩服南宫老爹的，在知道欣心是神秘花魁的前提下，还能不动声色。若是换作师父季田，或者娘亲秋月的话，大概会闹翻天了吧，直接把飘香阁拆了都有可能！

“这事先记着！”秋月娘亲愤恨地放开了南宫老爹那被揪红的耳朵，冷冷地扫了眼欣心。

“我说实话！”欣心可不想成为秋月娘亲暴力下的炮灰，忙识相地主动坦白。

“吉吉，你去拿纸，把欣心招认的都给我记下来！”秋月特别认真地对吉吉吩咐。

“说吧！”南宫老爹沉稳地执笔，对欣心说道，完全是一副公事公办的笔录状态。

欣心清了下嗓子，“其实呢，我是飘香阁的老板，吉吉是神秘花魁。不过，吉吉最近身子不太好，所以今天的花魁表演，我就去顶了一下吉吉！事情就是这么简单！”

南宫老爹执笔的手抖了一下，黑黑的墨汁渲染在洁白的纸上，脑袋里“嗡嗡”作响。欣心说，她是那飘香阁的主人，吉吉是神秘花魁，那皇上看上的到底是欣心还是吉吉？

皇上慕名神秘花魁，所以悄悄出宫，跟南宫楼去逛花楼，想见识一下。神秘花魁是欣心顶着吉吉表演的，那么不就是欣心了？欣心被皇上看上了？

刚有这么一个认知，南宫楼额头的冷汗狂冒。这皇上都能做欣心的爷爷了，皇上指名要他将神秘花魁给想办法弄进宫去。可是这个神秘花魁是欣心啊，是南宫楼的宝贝女儿啊！毫无疑问，南宫楼当然是不会把欣心弄进宫去送给皇上的。

可神秘花魁怎么办？得给皇上整个神秘花魁出来啊！这个世上，还真的很难再找个能跟他们家宝贝媲美的奇特女子了。

“爹，你干吗这副表情啊？”欣心被南宫老爹的神色弄蒙了。

南宫老爹知道了这么劲爆的消息，应该狠狠地骂她，或者干脆念叨得让欣心惭愧得无地自容啊！怎么这会儿倒是沉默不语了？

南宫老爹从怀里掏了卷明黄色的东西出来，恭敬地放到了桌子上，轻叹了口气道："欣心啊，你怎么这么顽皮啊？真不让人省心！"

秋月娘亲拿着那布卷飞快地扫了两眼，面色也凝重了起来，这个一道圣旨啊。

季田也发现情况不太对了，忙也朝着那布卷扫了两眼，看完后忙道："谁叫你没事带皇帝去花楼啊，你把我们家欣心害惨的话，我第一个杀了你！"

欣心不由得也好奇起来，这个看着怎么像传说中的圣旨啊？

她也小心翼翼地接到手里，瞄了几眼，蒙了！

"宝贝女儿，千金大小姐，这会儿你让你老爹我怎么办？"南宫老爹头疼地瞅着欣心，小心翼翼地问。

圣旨静静地躺在桌上，一屋子的人，都火辣辣地盯着那卷布瞅着，恨不得烧几个窟窿出来。皇帝伯伯看上神秘花魁了？实在是一件有趣的事！八卦的好素材啊！但是主角发生在欣心和吉吉身上，就不那么好玩了！

"这……这……这怎么办啊？"南宫老爹犯愁了。

"搁着，凉拌！"欣心不以为然地说。

"如何是好啊？"南宫老爹皱着眉，满腹的心事，就差捧着那横躺着的圣旨，泪流满面了！

"我说爹，你如果愁这个的话，我跟你说吧，简单得很！"欣心大大咧咧地朝南宫老爹说，"直接扔掉。"说完，将那桌子上横躺着的圣旨给扔远了些。

南宫老爹急切地奔过去捡起来，宝贝似的护在怀里，嘴里念叨着，"小祖宗，小心点儿，弄坏了会出人命的！"

晕！不就是块破布吗，擦手欣心都嫌粗糙呢！

"爹，如果神秘花魁死了，皇上还会找你麻烦吗？"欣心挑挑眉对南宫老爹献计。

"大概……不会吧。"南宫老爹回答得有些不确定。

"那我尽快让神秘花魁轰轰烈烈地离开这人世！"欣心朝吉吉挑了挑眉。吉吉赞同地点了点头，反正不做花魁，她还能继续做"神偷"，横竖都饿不死！

"这事，我心里算是有谱了！"南宫老爹松了口气。

"相公，那么另外一件事，现在可以说了？"秋月娘亲朝南宫老爹柔媚地笑了笑，满眼的喜色。

“嗯，说吧！”南宫老爹一扫之前的颓然、郁闷之色，脸色明显地喜滋滋起来。人逢喜事精神爽，这件事，应该是好事了吧。

“欣心，我这儿还有样东西，给你看！或许你会开心地跳起来。”秋月娘亲也从怀里掏了张明黄色的绢布出来。

看这样子，跟刚才的如出一辙啊！这次又是啥旨意呢？这皇帝伯伯也太能折腾了吧？让人欢喜让人愁的……

欣心傻傻地打开圣旨，望着龙飞凤舞的字，奉旨成婚？绝不！她绝不嫁给冷浩风！

“宝贝女儿，你乐傻了？”秋月娘亲朝欣心挤眉弄眼的，对于欣心追美男冷浩风的事，当初参与过，嗯，也就是给冷浩风下过药，盯过岗，这会儿真的是如愿以偿了！实在是妙不可言啊！她有个帅气的儿子、漂亮的女儿，再加上贤惠的媳妇、漂亮的女婿，一家都是俊男美女。

欣心毫不犹豫地回答：“我不嫁！”

“女儿啊，你不是一直想要嫁给浩风吗？这会儿如愿了，你干吗不嫁了？”秋月娘亲实在不理解。

“那会儿是年幼无知！”欣心认真地解释道，“现在我大梦初醒了，坚决不嫁冷浩风！”

“欣心啊，那么个美男，你都不嫁，那你想嫁谁啊？”

“美男又不能当饭吃，我想嫁的人多着呢，反正不会是冷浩风！”欣心从容地接受了秋月娘亲的冷眼。

“说个备用的给我听听！”秋月娘亲再问。

“暂时没有！”欣心回答得有点儿犹豫，纠结是不是该把暗影给推出来。

秋月娘亲思想倒是开通，“你别说没有，知女莫如母，你那点小伎俩我还看不穿？你肯定是移情别恋了！”

“没有的事，娘啊，你可别乱说！”

“我什么都没说，你激动什么，心虚什么？”秋月娘亲淡扫了眼欣心。

“我这哪是心虚啊？我是怕你把我的闺名给毁了，我能不急吗！”

“你继续掰。”

“天地良心，我说的都是事实！”欣心继续扮演弱者的身份，博取其他几位的同情。不过，效果好像不明显，白白浪费了那么经典的表演。

“信你才有鬼！”秋月娘没好气地扫了眼欣心。

“反正我嫁鸡嫁狗，嫁什么都好，就是不会嫁给冷浩风！”欣心瞪着明亮的星眼，气呼呼地说。每个女人都有底线，一旦过了，出局！冷浩风已经彻底惹毛欣心了，这会儿欣心一定要好好地争口气，说不嫁就不嫁！

“欣心，莫非你想要抗旨？”吉吉朝那圣旨挑了挑眉。

“我没见过圣旨，何来抗旨之说？”欣心将那圣旨往外一扔，真恨不得来个毁尸灭迹。

季田眼疾手快地飞身而出，在那圣旨落地前，稳当地接住，“我们都见过了！欣心，你的话，太没说服力了！”

“师父！”欣心有点撒娇的意味。

“拿着！”季田将那圣旨往欣心怀里一扔。

“你们别这样看我，我说不嫁了，肯定不会嫁！”欣心不耐烦地说。

“宝贝，你该不会是真的不想嫁吧？”南宫老爹问得有些小心翼翼，额头上不断地有冷汗冒出来。

“真的不想嫁！”欣心说得斩钉截铁。

“不行！”南宫老爹的脸色说变就变了，瞬间俊脸扭曲，怒目相向，“欣心，你必须嫁！”

“不嫁！”欣心回答得毫不犹豫，态度坚决。

“嫁！”南宫老爹朝欣心瞪圆了双眼，怒吼。

“那行，老爹，你嫁！”欣心朝南宫老爹漫不经心地挑了挑眉。

“我？我怎么嫁？”南宫老爹手指着自己，俊朗的脸上挂满了不可思议。

“就这样，换个喜服，直接把你嫁到冷府去啊！难不成，你还指望冷浩风来迎亲？”南宫老爹的俊脸彻底变形。在抓狂前，欣心眨了眨眼，无辜地道：“老爹，冷浩风可是个美男噢，委屈不了你的！而且，按照年龄，你还有老牛吃嫩草的嫌疑。”

“你……你……你……”南宫老爹被欣心气得差点儿提不上气来。欣心说的这话，像话吗？

“老爹，你别激动，深呼吸！”欣心朝南宫老爹深呼吸了几口气。

南宫老爹一巴掌拍到欣心的脑袋上，在落下前，又放松了力道，犹如给小猫挠痒痒似的。

欣心不痛不痒地假装很痛地求饶了几声，“爹，疼！很疼啊！”

“看你还乱说话！没大没小，没礼貌！实在是不像话，成何体统！”南宫老爹又气又急，又好笑……这几种神色，瞬间在脸上转变了几圈。

“老爹，我错了还不成？”欣心可怜兮兮地认错。

“错了还是要打，不打不长记性！”南宫老爹这会儿想法很坚定，抓着欣心，完全是要严办的态度。

“老爹啊，打在女儿的身，疼在你的手、你的心。再说了，女儿知道错了嘛！”欣心悄悄掐了自己的大腿一把，挤出了几滴热泪，说得那个诚恳、动容。

南宫老爹准时地放下高扬的手，改为揉摸，语气温和地问欣心，“宝贝欣心，你知道你错在哪里吗？”

“女儿不该跟爹爹顶嘴！”

“知错能改，善莫大焉！”南宫老爹点了点头，完全一副孺子可教也的欣慰表情。

“那是老爹教育得好！”欣心逮着机会就拍马屁。

“你知道就好！”南宫老爹喜笑颜开，俊脸尽是和善之色。

“爹，我越看越觉得爹爹长得好看，俊朗不凡！”欣心嘴里抹了蜜似的，继续夸赞南宫老爹，反正说好话又不要钱。

“欣心真是爹爹的宝贝！”南宫老爹被欣心夸的得意地扫了眼季田。瞧着没？我家欣心最喜欢的还是我这个爹爹！

季田面无表情地给了南宫老爹两个冷眼，得意什么？没用的破书生，空有一副臭皮囊！

你就羡慕吧，你就嫉妒吧！南宫老爹得意扬扬地将脸转回来，笑得有够灿烂的。

“老爹，我们换个地方，好好研究一下，为什么你那么的驻颜有术啊？越看越年轻。”

“我们去书房，老爹给你看点好东西！”南宫老爹乐颠乐颠地拉着欣心便要往书房走，分享他的驻颜术。

欣心垂着头，嘴角挂着浅笑，跟着南宫老爹的步子便往外挪。她心底窃喜，成功转移了要嫁给冷浩风的话题。一会儿等这几位一起走了，欣心绝对要背着小包包浪迹天涯去，圣旨？狗屁，她才不稀罕嫁给冷浩风呢，好马不吃回头草！

“南宫楼，站住！”秋月娘亲一声轻淡的呼唤，成功地把南宫老爹从欣心的迷魂汤中唤醒。

“娘子，怎么了？”南宫老爹忙放开欣心，奔向秋月娘亲的身边。

欣心嘴角瘪了瘪，无语，老爹这个妻奴！

“南宫楼，欣心随意夸你两句，你还真给我飞上天了？”秋月娘亲没好气地揪了把南宫老爹的耳朵。

“娘子，轻点儿，轻点儿。”南宫老爹可怜兮兮道。

“谁叫你意志不坚定！”秋月娘亲恼怒。

“娘子，我意志很坚定！真的，比黄金还坚定着呢！”南宫老爹说得信誓旦旦。

“今天的主题是什么？”

“主题？”南宫老爹刚才被夸得心花怒放，忘记了。

“南宫楼你皮痒了，找抽是吧！”秋月娘亲的面色瞬间挂上了不满。

“娘，爹爹皮痒了，你给他挠挠吧！”欣心朝秋月娘亲怂恿道，丝毫不认为，她这话该是多么的大逆不道。

“欣心，你闭嘴！”秋月娘亲果断地打断准备火上浇油的欣心。

“娘啊，你让我闭嘴的哦！今天我保持沉默了，什么都不说了，大家散会！”

吉吉目瞪口呆……

季田傻眼……

秋月娘亲愣了愣……

南宫老爹张了张嘴……

欣心说得干脆，“大家该干吗都干吗去！散了，散了！”

“那就散了吧！”南宫老爹有心要哄秋月娘亲，便也不管欣心的错误了，点头认同散会。

“今天你们父女俩都是存心找打是吧？”秋月娘亲扫了眼南宫老爹，又把冷眼“嗖嗖”地朝欣心射过来。

“娘，你打爹爹我不反对，但是别扯上我！”

“嗯哼？”秋月娘亲鼻子里冷哼了一下。

“娘，你要什么刑具，我帮你找来！”欣心一脸的热切主动，反正又不是打她，“娘，打爹爹，还是用藤条吧，爹爹皮粗肉厚的，打着也不碍事！”

南宫老爹受刺激地瞪着欣心道：“宝贝女儿，你怎么可以这样无情无义，落井下石？”

“爹爹，大难临头，咱们还是各自飞吧！”欣心虚假地笑了笑。秋月娘亲发威，很可怕的好不好！

“欣心，你今天是不是就准备胡扯了？”秋月娘亲拨弄了下指甲，说得漫不经心。

“我没扯啊！”

“那你故意挑拨我跟你老爹干啥，有何不良居心？”秋月娘亲挑挑眉，问得严正。

欣心小声地辩解了句，“男人就是要打的嘛，不打不成器，不打不听话，不打还容易出墙呢。爹爹都去逛花楼了，谁知道以后会干啥啊！”别怪欣心故意挑拨南宫老爹跟秋月娘亲啊！没办法，这会儿若不给他们之间放点火、浇浇油，一会儿，他们三个大人统一战线，一致敲定，将欣心就地正法，绑着出嫁，欣心铁定死得很难看！

“娘，您认为我说的话，有理吗？”欣心赔着笑脸问。

“说得也是！”秋月娘亲听了欣心这几句话，觉得有道理。

“所以说，男人要打，要教训嘛！”欣心再接再厉地煽风点火。

“拿鞭子来！”秋月娘亲喊。

季田忙讨好地从刑具里挑出鞭子，反正打南宫楼，他幸灾乐祸得很！

“欣心，你……你害我？”南宫老爹委屈地指责着欣心。

“对不起啊，老爹，打是亲，骂是爱，娘亲打你是因为你们比较相爱。老爹，您挺住啊！”欣心同情地说，“娘亲打得越狠，越是真爱啊。”

南宫老爹含情脉脉地瞅着秋月娘亲深情地说：“娘子，我的心里，永远都只有你一个！我不会变坏，月亮代表我的心。”

“噗……”欣心差点儿吐出来，南宫老爹学得够快啊，月亮代表我的心都被他给盗版了过去。

秋月娘亲的脸色好转，嘴角挂着笑意，心花怒放了。女人，果然都吃这一套啊！

“娘啊，我支持你打爹爹！打倒爹爹！”欣心只能继续不厚道地怂恿。

“大人的事，我们自己会协商处理，现在我先好好管教你，欣心！”秋月娘亲面色肃然地说。

欣心傻眼！秋月娘亲不是来真的吧？鞭子？打她？

“娘亲，你为什么要打我？”

“第一，挑拨父母之间的感情，该打。第二，不听父母的话，顶嘴，还是该打。第三，今天我就是想打你，怎么样？”秋月娘亲睨了眼欣心，“如果你有意见，想反驳，尽快！不过，最好是有理的，瞎扯的话，责罚加倍！”秋月娘亲带着威胁地说道。

欣心无语，好像这三条，都是有道理的。

“师兄，鞭子给我！”秋月娘亲对季田轻柔地开口。

季田紧抓着鞭子，摇了摇头，“月儿，有话好好说，不能太暴力，欣心还小……”

欣心忙认同地点了点头，“娘，我还小，还是个孩子，童言无忌。”

“都要出阁了，还小？”秋月娘亲不可思议。

“是小嘛！”欣心厚着脸皮开口接话，要是被秋月娘亲抽上几鞭子，那才惨呢！

“欣心，你再说一句话，我现在立马把你丢出去！”

“娘，那你丢吧！我继续说。”欣心不怕死地继续撩拨着秋月娘亲，丢出去都比被揍好！丢出去了，至少还能跑了。

“师兄，鞭子给我，再不给我，我连你一起抽！”

季田神色尴尬了一下，红着老脸道：“反正不管怎么说，孩子要慢慢教，打是不能解决问题的。”

“师兄，欣心都是你给惯坏的，你看她都成什么样子了。”秋月娘亲有点愤恨地说。

季田委屈地撇了撇嘴，要说惯着欣心，貌似秋月师妹的份也不少吧？每次季田抓狂动用暴力的时候，还不是被师妹拦着。这会儿推的倒是干净！

“娘，我这样子不是挺好的嘛！”欣心小声抗议。

“你好？都跑去当花魁了。”秋月娘亲冷笑道，“今天不教训你，还真无法无天了！嫁人的事，我说了算！”

“不要！”欣心硬着头皮拒绝。

“再说不要试试？”秋月娘亲一记掌风迎面朝欣心扫了过去。

欣心倔强地站立着不动，任由那掌风扫到，被击退飞几丈，直直地朝着地上倒了下去，嘴角吐了口血出来。

“不同意，我今天就打死你！”秋月的脾气上来了，准备以暴制暴，用暴力强迫欣心嫁给冷浩风。

“你打死我也不嫁！冷浩风要是高兴娶尸体回去，你就打吧！”欣心朝秋月挺了挺胸，更加肆无忌惮。

“真以为我不敢打你吗？我今天就打死你，就算是尸体我也要送到冷家去，给冷家当媳妇，葬冷家祖坟！”秋月气得直吼，又朝欣心出手。

季田眼疾手快地拉住了秋月，“你还来真的？打伤了欣心，我跟你没完！”

“滚一边去！”秋月没好气地朝季田撒火。

“南宫楼，你怎么当人家爹的？你不会当，要不我来当？”季田一手压着秋月的攻势，一手护着鞭子，没好气地对南宫楼说道。

南宫老爹也没有料到秋月说打就真打了，蒙了一会儿，被季田大声一吼，也回神了。面色虽有不悦，但还是朝秋月说道：“你跟个孩子较什么真？”

“南宫楼，你也闭嘴！”

“你打我的宝贝欣心，还让我闭嘴？秋月，你再说一次！”南宫老爹扶着欣心，朝秋月也不由得扯大了嗓子。

“她现在连圣旨都无视，不肯嫁，难道任由她这样无法无天，目中无人吗？”秋月娘亲对南宫老爹这样严肃的神色还是有些小小的忌惮，语气明显缓和了那么点儿。

“你打了有用吗？”南宫老爹冷着脸朝秋月问。

“至少比你护着好！”

“这个嫁人的问题要好好地谈，不能强迫孩子，这是关乎咱们宝贝欣心一生的大事呢！”南宫老爹显得民主多了。

“我看你们谈！”秋月娘亲挣开季田，说完就沉着脸。

南宫老爹温和地扫了眼欣心，对欣心和颜悦色地说：“欣心，今天我们要好好地谈谈关于赐婚的事！”

“这个问题不用谈了，我不嫁！”欣心直接拒绝。

“你们先别说话，听我说！”在南宫老爹、秋月娘亲准备开口的时候，欣心再一次出声打断。“首先，我跟冷浩风八字不合，每次遇见了，不是他克我，就是我克他，大事、小事、倒霉事不断。真要成婚了，两个人天天相互克，短命！我不想那么早死！”欣心一口气说完，缓了缓，又伸出了第二个手指，“第二，虽然有赐婚的圣旨，但是人家娉婷郡主还垂涎他。我不想被娉婷郡主那么强悍的情敌盯着，谁知道皇帝哪天脑袋抽风又给冷浩风赐几房美女。”

秋月娘亲的脸色渐渐凝重了起来。

欣心再接再厉地比画了第三个手指，“第三，冷浩风长得比我还漂亮，倾国倾城，我自卑。我一旦自卑了，就喜欢躲起来，你们不想天天看着我抑郁地躲起来，忧伤成疾吧？”

“瞎说，冷浩风哪有你漂亮。”季田不给面子地打断。

“师父，你别说话，等我说完呢！”欣心不悦地朝季田挑了挑眉，这不是帮倒忙吗！季田忙识相地闭嘴，用手捂着。

欣心比画了第四根手指道："最后一点，冷浩风不喜欢我，我嫁给他，只是个悲剧的开始！所以，我不嫁！"

"欣心，说了这么多，上面几点其实都不是问题，就是因为冷浩风不喜欢你，你才不肯嫁的，是吧？"南宫老爹难得如此精明，一针见血地说。

"错，现在他即使喜欢我，我也不会嫁给他了！女人都是有尊严的，他没机会了！"欣心朝南宫老爹摇摇手，决心坚定。

"欣心，那要是冷浩风倒追你呢？"吉吉忍不住插话。

南宫老爹、秋月娘亲、季田都盯着欣心，等待她的回答，如果冷浩风倒追的话……

"看他本事吧！"欣心这会儿没把话说死。冷浩风如果有胆倒追她，那么之前欣心受的气，一定要加倍还给他！

"欣心，严正点儿！"吉吉好奇第一手的内幕消息。

"有可能改变主意，也有可能誓死不嫁，我也不知道。"欣心确实不知道未知的设想。

"吉吉，欣心到底什么意思啊？"众人见欣心卖着关子，不肯多说什么，忙疑惑地问吉吉。

"意思就是一切皆有可能！总的还是要看冷浩风的造化！"吉吉认真地对他们三个解释。

"我好像明白了那么一点儿。"秋月娘亲若有所思。

南宫老爹也点了点头，"欣心，你一定会嫁给冷浩风的！"

"我不会嫁的！老爹你想嫁的话，我没意见！"欣心眼瞅着秋月娘亲、南宫老爹的神色缓和了下来，危机解除了便又口无遮拦了。

"胡扯！我怎么能嫁给冷浩风呢！"南宫老爹没好气地出声，"欣心，你再乱说话，我可真打你了！"

"我不嫁，老爹，你不能嫁，要不把我娘嫁了吧。"欣心灿烂地笑了笑，存心跟南宫老爹绕圈子。

"把你娘嫁了？"三声不同的怒吼直视着欣心。

欣心不安地缩了下脖子，有些服软地赔了个笑脸，朝着那三位头顶冒火的“大人”小心翼翼地讨饶道：“口误，口误！”

欣心原来是想制造气氛的，一时得意忘形，忘记了老爹、师父都是醋坛子。家里谁都好欺负，就是老娘不能动！

“欣心，你还真不把我这个娘放在眼里了！”秋月娘亲冷哼一下。

“绝对没有的事！在我心中，娘最重！娘是我的心，娘是我的肝，娘是我生命的四分之三！”欣心虚伪地拍马屁，恨不得将秋月娘亲给拍晕过去。

秋月娘亲勾着南宫老爹，朝季田使了个眼色道：“你这几天就安分地待在家里，哪都不许去！不然……”

欣心心头一沉，小心翼翼地问：“不然什么？”

“不然，你就等着，毒发身亡吧！”秋月娘亲极其认真地对欣心说。

“给我下毒了？”欣心不确定地立马搭上自己的脉门，果然被下毒了。

“你追冷浩风的时候，我们也是下药看着他不准跑，现在我们让冷浩风追你，当然你也不能跑！”季田给欣心解释下毒的原因。

欣心的面色惨白，报应来了吗？那么快。冷浩风追她？怎么追？用什么方法？

“明天，我就邀请冷浩风来我们南宫家玩玩！”南宫老爹把欣心往死里踩。

秋月娘亲更是乐得合不拢嘴地补了句，“都说丈母娘看女婿，越看越欢喜，我觉得还真有道理。我现在越看冷浩风，越觉得好，顺我的心。”

“娘子，我们去帮欣心准备婚礼吧！”

“嗯，还有些细节问题，我们好好讨论一下。”

屋子里，随着那三位家长的离去而安静了下来。

欣心抓狂地抱着椅子差点儿想撞墙，这都什么跟什么啊？

吉吉同情地瞅着欣心道：“欣心，我劝你，还是不要垂死挣扎了，你斗不过你娘的。”道高一尺，魔高一丈……

“难不成我就这样坐以待毙？就这样等着嫁给冷浩风？”

吉吉撇了撇嘴，“你不是心心念念要嫁给冷浩风吗？怎么这会儿翻脸比翻书还快，说不嫁就不嫁了？”

“说来话长啊。”

“那你就长话短说吧！”吉吉的兴致很高。

欣心便也不再遮遮掩掩了，从冷府里吉吉中毒后的一系列遭遇说给吉吉听，从冷浩风的冷言冷语，到娉婷郡主到来后的种种行为，以及最后那次差点儿被强暴的事，说得详细至极。

“他实在太过分了！这样尖酸刻薄的话都说得出来，这样禽兽不如的行为都做得出来！欣心，你当时就该阉了他！”吉吉听得满面怒火，拍案而起。

欣心安抚地拉着吉吉坐下，又凑着说了些暗影的事情。“所以，我现在说什么都不会嫁给冷浩风！”

“欣心，我对不起你！”吉吉歉疚地朝欣心说。

“做什么坏事了？”

“冷浩风之前找过我，问了我一些事情。”吉吉的话说到一半，欣心的脸色就有些不自然了。吉吉咬了咬唇，思考着要不要继续说。

“吉吉，你继续说。”

“我教了冷浩风一些话，追妹子的一些法则，还有一些行为。”吉吉含蓄地说。

“难怪我觉得，他在飘香阁的一些语言、行为怪怪的，原来是你教的啊！”欣心恍然大悟。

吉吉这个二十一世纪的穿越人，教冷浩风泡妞法则，那么冷浩风的所有行为，都不难理解了！

“欣心，你不会怪我吧？”

“怪你？这有什么好怪的！”欣心爽朗地拍了拍吉吉的肩膀道，“兵来将挡，水来土掩，我现在就等着冷浩风出招了！”

“欣心，我顶你！”吉吉满怀鼓励，朝欣心竖着拇指。

“吉吉，你说冷浩风会出什么招对付我？”欣心朝吉吉挑了挑眉。她上次在冷家，可是三十六计都使上了。这冷浩风明天真来南宫府做客，会有些什么样的意外呢？

“拜托，冷浩风现在是准备要追求你，怎么可能对付你，说的跟什么敌对组织似的！”吉吉保持着中立地开口。

“你还别提追求，那会我追冷浩风，可是什么都用上了。”欣心坦白地说，不过话说到一半，也意识到不妥，于是红着脸皮吞下了另外的话语。哎！往事不堪回首啊！

“冷浩风没有你那么强悍吧！”

“谁知道呢！哥哥之前告诫过我，冷浩风不好惹。”欣心撇了撇嘴，心有余悸。

“欣心，你怕冷浩风？”

“我才不怕他呢！”事实上，怎么可能不怕呢！冷浩风小宇宙爆发，也是相当恐怖的，欣心深有体会！

吉吉脑子里光浮现冷浩风倒追欣心，已经是很不可思议了，别说冷浩风再使些计谋了！

两个欢喜冤家，折腾到一起，欣心克冷浩风或是冷浩风克欣心，都不重要。重要的是，他们这些旁观者，有好戏看了。女追男，男追女，计谋与智慧的较量，情感与理智的巅峰……

吉吉脑海中联想到，若冷浩风将欣心那些计谋一个个地再用回来，那南宫府肯定热闹得很，鸡飞狗跳……

“吉吉，你都教了冷浩风些什么啊？”欣心还是忍不住问。知己知彼，才能百战百胜，她这次绝对不能输给冷浩风！

“好像蛮多的吧。”

“举些例子来听听。”欣心微微挑了挑眉。

“我教的都是理论，冷浩风用的是实际行动，我这会儿说了也没用啊！”吉吉实话实说。

“算了，我才不怕冷浩风呢！不想了！”欣心豪气地挥了挥手，满不在乎，“先休息吧！累死我了。”欣心秀气地打了个哈欠。

“累？”吉吉嘴角挂着笑意道，“顶花魁好玩吧？听说冷浩风可是花了五十万两把你给拍了下来，我好像错过了好戏！”

“下次顶花魁这事，千万不要找我了，受不了！”欣心说得可怜兮兮。

吉吉“扑哧”一声笑了出来，“我觉得，你顶得挺不错的，看冷浩风都一掷千金，为博花魁一笑呢！”

“他？算了吧！”欣心又冷笑一下说，“再说了，谁稀罕冷浩风那点银子，切！”

“你不稀罕，咱们衣衣稀罕呐！呵呵，欣心，你还真是全能！”吉吉由衷地夸赞。

“得了得了，你别拍我马屁了，这会儿我没心情跟你斗嘴，我要睡觉，强烈需要补充睡眠！”

吉吉瞅了眼外面泛白的天空说：“这会儿都要天亮了，你还睡？你睡得着吗？”

“现在不睡，等冷浩风来了，我还睡什么？我这个叫垂死挣扎，懂不？”欣心边说，边往床边走，看了看四分五裂的床。

“欣心，没床，你睡地板？”原来欣心也有如此可爱的小白时刻。

“吉吉，你在幸灾乐祸？”

吉吉边后退，边不怕死地说：“难得，偶尔为之不为过。欣心，晚安哈！”

欣心几个箭步，蹿到吉吉眼前，将吉吉的后路封死。

“欣心，你这个表情很恐怖啊，到底想干吗？”吉吉赔了个笑脸。

“之前都是你霸占我的床，今天我要睡你的床！”

吉吉忍着笑点了点头，贼兮兮地说：“欣心，你睡我的床，没问题，但是可千万不要后悔哦！”

“什么意思？”

“字面的意思，友情提示而已！”吉吉对欣心让开了一条路，伸手做了个请的手势。

欣心决定把吉吉这句警告无视之，迅速地朝吉吉的闺房床铺飞奔而去，先睡好了再说。冷浩风明天来做客？切，明天的事情，明天再说啦。

锦绣良缘

顾七兮 著

内蒙古出版集团
远 方 出 版 社

第二十章　冷浩风千奇百怪的求婚

“亲爱的去花间里，玫瑰花开娇艳独妩媚，亲爱的你张张嘴，沉醉花香感觉伴雨飞，转眼间雨花飘散，就是辗转飞舞未觉累，无对错也休顾虑，爱的春天渐满泪水，我俩醉花荫翩翩展翅飞，留住这春光人间里，分手已别去一生几多泪，都交给开心欢笑来面对，我俩醉花荫不觉红叶坠，莫负这春光多少岁，凡尘岁月里抛开世间事，来伴你一起飘去也无悔……”欣心烦躁地捂上了被子，大清早的就扰人清梦，简直就是找死！琴声一阵比一阵激奋，注意这里的用词，不是悠扬，是激奋，就跟杀猪似的吼叫。那些合唱的音，温和、磁性，大概是很多个人组成的合唱团之类，有条不紊地重复唱着……真的是让人很不爽！要参加合唱团比赛，练音、吊嗓子，也不用这样妨碍邻居休息吧？唱什么歌不好，还唱《两只蝴蝶》，都落伍多少年了，莫非是个老年合唱团比赛？

实在是忍无可忍了！欣心抓狂而起，朝屋外一阵怒吼，“妈的，有完没完？大清早的，还让不让人睡觉了？再唱，我找物业投诉去！”吼完，欣心目瞪口呆地看着一字排在她床前，统一黑色玄袍的帅哥们，手拿着册子，在那儿吟唱着。还有一排统一着白衣的丫鬟，在那儿撒着鲜花……

花瓣飘着是挺好看的，可这么个场景搭配，怎么看，都感觉是在给欣心送终啊！

那些人见欣心醒了，大气都不敢出，训练有素地、有组织性地退出了屋子。

冷浩风手捧着一盆鲜花，款款地朝欣心走来，

欣心戒备地往床内缩了缩，眼瞅着冷浩风问：“你想干吗？”如果欣心没有看错的话，那盆花，是仙人球吧！冷浩风该不是想刺她吧？

这浑身是刺的玩意，欣心会怕的好不好？

冷浩风无视欣心的惧意，仍是一厢情愿地大步走到床边，朝欣心单膝半跪着，说：“欣心，请接受我的追求！”

欣心愣是半天没回神，这就是传说中的追求吗？可是，有人是连盆带着送花的吗？还有，有人送仙人球这么有个性的花吗？

“欣心，你是我的心，你是我的肝，你是我生命的四分之三。你问我爱你有多深，月亮代表我的心。”冷浩风一字一句皱着眉头，好不容易才将这么一句话肉麻兮兮地说完。

嗯，这个孩子，背的也真挺辛苦的！

这年头，盗版太张狂了吧！这每个人都来句月亮代表我的心，欣心真受不了。

冷浩风幽深的星眼，深情地凝视着欣心，那眼神温柔得能溺死人。

欣心搓了搓浑身的鸡皮疙瘩，对冷浩风朝外面指了指，“你脑袋如果搭错筋，请去疯人院；如果吃错了药，去找季田师父；如果无聊，想找人切磋、打架玩，吉吉很乐意奉陪。”

冷浩风被欣心的话给绕晕了，茫然地眨了眨漂亮的桃花眼，使劲地朝欣心放电，力图将美男本色发挥到极点。

“冷浩风，不许电我！”

冷浩风轻扯了下嘴角，温润地说：“欣心，我在表白，你至少得给些正常反应吧？”

“我的反应不正常？”

冷浩风沾沾自喜道：“欣心，你至少要狠狠地感动一下！我第一次如此深情地跟人表白呢！”

欣心顺手从冷浩风手里接过那盆带刺的花，嘴角挂着冷然的笑意。很好，道具齐全，免得一会儿欣心找不到利器砸死冷浩风，自大狂！

“欣心，你接受了我的花，就是表明接受我了！”冷浩风漂亮的嘴角扯了一抹倾国倾城的笑出来。

“靠！这个叫花吗？冷浩风，你有点儿常识好不好？”欣心指了指手里那浑身是刺的玩意。

“在我心里，欣心就跟这个仙人球一样，生命顽强，意志坚定，虽然浑身带刺，却又让人爱不释手。”冷浩风这次的实话，比那恶心的月亮代表我的心有效果多了。因为欣心将顺手抽起，准备朝冷浩风飞去的带刺花盆缓缓地放下了。

“欣心，之前是我错了，原谅我好不好？”冷浩风含情脉脉地认错。

“冷浩风，冷少爷，大清早的别吓我，我的小心肝受不得你这样的惊吓，万一吓出病来了，你赔不起的。”欣心搓了搓手臂上掉了满地的鸡皮疙瘩。

“欣心，我知道，我之前做过很多混账的事，说过很多混账的话，你一时之间没办法接受。我有耐心，一定能让你对我改观的！因为我知道，你是很爱我的！你迟早还是会喊着要嫁给我的！”冷浩风自信满满地说。

“冷浩风，我说了，不许对我放电，你听不懂人话啊！”

冷浩风无辜地眨了眨漂亮的桃花眼道：“欣心，我就是喜欢你这样率性的性情，抓狂的表情，实在是太可爱了！”

“冷浩风，你给我闭嘴！”

“我不闭嘴！我还有话没说完呢！”冷浩风漂亮的脸颊浮现了点点可疑的红晕，“欣心，现在鲜花也送了，表白的话也说了，你该不会再抗拒我们月底的婚礼了吧？”

欣心终于忍无可忍地将刚才放下的花盆，毫不犹豫地朝冷浩风头上砸去。冷浩风脑子本来就不正常，这会儿要砸坏了，正好是负负得正，指不定就变聪明了呢！

冷浩风机警地闪过，在那花盆倒地摔碎前，飞快地上前接住了盆子，紧紧地抱在了怀里，“欣心，你可以不喜欢我送的花，但是，怎么能用我送的花砸人呢？”

“我没用花砸人，我是想杀人！”

冷浩风俊眉微挑，说：“你对我有什么不满，直接说，何必气自己。”最后又红着脸补了句，“而且你气坏了，我会心疼的！”

欣心被冷浩风堵得不知道回什么话了！吉吉的功力实在太猛了，能把一个冷漠的大木头，逼得硬着头皮说出这么多肉麻兮兮的话来。可是，欣心怎么办？真受不了这样的冷浩风。

“欣心，你如果还生我的气，我让你打，打到你消气为止！”

欣心不安地往床内缩了缩，虽然是真想打，但也不好真下手。

冷浩风一脸的坚决，慷慨就义，“欣心，你动手吧！”

欣心目瞪口呆地看着冷浩风紧紧地抱着那盆带刺的球，他胸前的白衣，竟然开始渗出点点殷红色的血迹。冷浩风不疼吗？好多细细密密的刺啊！

“你别靠过来了！”欣心结结巴巴地说。

“欣心，我不会再对你使用暴力了，我会好好地疼你，呵护你。”冷浩风信誓旦旦地举着手发誓。

“冷浩风，你能不能正常点儿？”

“我这样有什么不对吗？莫非你不喜欢？”冷浩风无辜地眨着漂亮的桃花眼反问。

“见过不要脸的，没见过比你还不要脸的！”

冷浩风的面色立马就变了，但咬着牙，忍了下来，“欣心，你喜欢什么，可以跟我说，我会尽量满足你的。”

“我希望，你立马从我眼前消失！”

“除了这条，什么都好商量！”冷浩风温和地笑。

“冷浩风，你到底想怎么样？”她怕了冷浩风还不成吗？

“追求你！”

“免了！我现在不想被你追求！”欣心拒绝道。

“拒绝是你的权利，喜欢是我的事情，追求也是我的事情，你拒绝不了！”冷浩风做好了被拒绝的准备，从容地开口。

“冷浩风，你把刚才那些话，去对娉婷郡主说吧！”

“原来你还在介意娉婷郡主的事啊！”冷浩风一副恍然大悟的样子。

“没有，你别误会！”

“事实就是事实，我不会误会的！”冷浩风嘴角扯了抹笑给欣心。那意思根本就是在说，我知道你还是为了娉婷郡主的事在吃醋，我知道，你还是喜欢我的。

“冷浩风，我有掐死你的欲望，所以你现在最好离我远点儿！”欣心再三深呼吸。

“为什么呢？”冷浩风“不耻下问”。

“因为越看你越觉得你变态，越让我感到恶心。”

冷浩风虽然不太明白变态的意思，但她后面那句话，听懂了！他让欣心感到恶心了，冷浩风的俊脸再也挂不住地难堪了起来，自嘲地说：“欣心，有些气话，说过了就算了，不要得寸进尺！”

欣心面无表情地扫了眼冷浩风，她说的是气话吗？晕！冷浩风理解有问题！

冷浩风扯了一下嘴角，淡淡地补了句，“欣心，万事适可而止！别得了便宜卖乖！我现在不跟你一般见识！”

“我说的不是气话，我说的是实话！”

“欣心，你到底要我怎么样才满意？”冷浩风冷着脸对欣心大声问。

欣心掏了掏被冷浩风震疼的耳朵，心有余悸，认真地点了点头道：“这样的你，正常多了！”

“欣心，你……”冷浩风被欣心的话，堵得满脸怒火，俊脸狰狞地扭曲了几下，又恢复了淡然，深深地叹了口气，“欣心，给你一个机会，也给我一个机会，让我们告别单身，一起携手共创美好的未来！”冷浩风不知道又从哪里背了这么句经典的台词出来。

冷浩风不痛不痒的还有心思背台词，欣心一定要好好地“慰问”一下他。她从床上跳起来，坏心眼地伸手拍向那盆底，那颗带刺的球，又刺得更深了。

“啊。”冷浩风终于后知后觉地痛得忍不住呻吟了起来。

“疼吗？啊呀，都刺进身子里去了。”欣心问得无辜，还不忘将眼见的事实对冷浩风形容道，“好多密密麻麻的刺啊。”

冷浩风的俊脸，疼的满面冷汗，“欣心，你是故意的！”

“我不是故意的！你别诬赖我！”

冷浩风欲哭无泪地看着那满身的刺，眉宇不由得都纠结了起来，“欣心，你最好不是故意的！”

欣心不以为意地扮了个鬼脸！她就是故意的，怎么样？不过表面上，欣心还是友好地问：“冷浩风，你是不是很疼啊？”

冷浩风扫了个冷眼给欣心，伸手颤抖地想将那带刺的球从身上给抓下来。欣心漫不经心地说道：“我觉得不疼！”

冷浩风阴着脸，口气挫败地道：“没刺在你身上，你当然说风凉话了！”

“哦，原来你很疼啊，那我帮你吧！”欣心伸手，朝那盆给抓去，用力地掰了几下。

“啊。”冷浩风闷哼了几声，额头上的冷汗顺着俊美的脸蛋流了下来，晶亮晶亮的。

欣心不由得加大了力度掰扯那个盆，还稍稍往后退着，使劲地拔着，“冷浩风，你要真疼，就叫出来吧。”本来她是恶作剧，但看冷浩风确实疼得不行，也觉得自己残忍了，想帮他。

冷浩风无语地瞅了眼欣心，什么叫要是真疼，这么多刺，全刺在身上，能不疼吗？他细皮嫩肉的。

“我不会鄙视你的，真的！”

“欣心，用力啊！”冷浩风已经疼得龇牙咧嘴的，从牙缝里挤出这么几个字。

“又不是我生孩子，我用什么力啊！”欣心还想说个冷笑话，转移冷浩风的注意力。

“欣心，你认真点好不好？”

“我也想用力啊！可是，我用不出来。”欣心心虚后怕了，这么多刺，全刺在冷浩风的胸膛上，欣心看着就手软了。

“你闭上眼睛，使劲一拔，不就行了！”冷浩风说得有些吃力。

“你忍住！”欣心朝冷浩风点了点头，闭着眼睛，抓着那花盆狠狠地用力拔了出来。

“啊。”冷浩风闷哼了一声。

欣心捧着那盆倒退了几步，刚想松口气，不容易啊。

“欣心，小心。”吉吉端着盆水，边喊边往欣心身上撞了过去。由于惯性，欣心被吉吉撞倒着朝正前方滑倒了过去。冷浩风蒙了，就这样傻傻地望着欣心朝他怀里撞了过来。

吉吉端着空着的脸盆，就这样呆呆地望着欣心跟冷浩风来了个亲密接触。

“啊。”惊天动地的惊叫声，响彻了整个南宫府。

“发生命案了吗？”南宫老爹朝秋月不安地问。

“命案大概是没有，不过欣心跟冷浩风肯定擦出火花了。”秋月懒洋洋地翻了个身子，继续补充睡眠。

欣心抬眼，看着冷浩风漂亮的桃花眼内，已经疼得尽是泪花了，不由得内疚地问：“冷浩风，你没事吧？”

冷浩风扶着欣心的身子，将她推远了点儿，浑身湿嗒嗒地滴水，一股淡淡的血腥味弥漫在屋内。

吉吉也注意到了冷浩风跟欣心之间的不同寻常，吃惊地瞪大了双眼，那是什么玩意？浑身是刺。

“好像……又刺进去了。”欣心小心翼翼地朝冷浩风胸前指了指。

“废话！”冷浩风有气无力地出声，冷眼狠狠地朝欣心跟吉吉射去。

欣心忙举手示意，拼命地摇着双手解释，“真的不关我的事！”

吉吉也忙澄清事实，推脱道：“我也不是故意的！”

冷浩风深吸了口气，忍着怒意，催促，“还不帮我拔掉。”追究谁的责任已经晚了，要怪只能怪冷浩风自己选的道具太另类。

“我怕疼！”吉吉弱弱地来了这么句。

冷浩风凶狠地射了两个冷眼过去，拜托，到底谁比较疼？

“吉吉，其实你不疼，冷浩风比较疼。”

吉吉很没骨气地脚底抹油，溜了，“小姐，我再给你弄盆洗脸水。”

欣心也想跟着吉吉身后跑，可是没那个勇气，因为冷浩风的眼神好可怕，只能赔笑道：“浩风哥哥，我去给你准备早餐，你等等啊。”

冷浩风一把拉住欣心，冷着脸道：“闯祸了你还想跑？”

“我没准备跑。”

“那你准备什么早餐？”冷浩风斜睨了眼欣心，带了几分哀求道，“欣心，帮我拔了。”

欣心轻柔地朝冷浩风那带刺的胸膛伸手，在那渗血的地方手抖地摸了一下。

冷浩风浑身打了个冷战，倒退了一小步。

欣心忙把手缩了回来，歉疚地说：“是不是碰疼你了？”

“嗯。”冷浩风点点头。

“浩风哥哥，你是不是真的很疼？”

冷浩风漂亮的桃花眼略带了几分哀怨，反问：“这么多刺搁在身上，你说疼不疼？”

“你先站着别动，我去给你准备药物！”

“你会跑了不理我吗？”冷浩风盯着欣心问。

“当然不会！”欣心朝冷浩风的胸前拍了拍，安抚道，“相信我。”

冷浩风再一次疼得龇牙咧嘴。

欣心望着那正巧拍在冷浩风胸前的花盆，忙道歉：“对不起啊！”

“你谋杀亲夫啊！”冷浩风朝欣心没好气地怒吼，手指都微微地颤抖着。

虽然欣心很想为冷浩风这句话，好好地辩驳一番，但欣心看着冷浩风那么凄惨的样子，打消了这时候辩论的想法。冷浩风两手都没有抱着装那可爱的仙人球的盆，不过那些刺都刺进了肉里，因为那球，连带着盆，就这样非常有个性地挂在冷浩风的胸前而没有掉到地上四分五裂。那股红色的血迹沿着冷浩风白色的衣衫流了下来，让欣心心头的负罪感占了点上风，“你在这里等我，我给你找药。”

冷浩风顺着欣心的手指望着胸前，漂亮的桃花眼中溢满了泪花，忍着痛意说：“欣心，我就知道，你还是会关心我的，我不疼！”

“我还是先扶你去床上躺着吧！”欣心懒得跟冷浩风这个病号计较太多了，随他说什么就是什么吧。

“欣心，你肯定你不会跑吧？”冷浩风任由自己修长的身子，朝欣心压倒过去，可怜兮兮地问。这血都流成这般了，欣心就是想跑，也没那个胆子，万一真出人命了怎么办？

冷浩风紧紧地靠着欣心，不动声色地闻着她发间的幽香。原来苦肉计，确实挺好用的。

欣心将冷浩风扶到床上，还没放下，便被冷浩风修长的身子压倒了下去，配合场景，带着几分无辜地闷哼了几声，以表示他的体力透支及疼痛。身体上亲密的接触，让欣心略带不安地挣扎起来，刚伸手要去推开冷浩风，手碰到冷浩风略带湿意的胸膛，缩了回来。万一把他的伤口不小心整恶化了，她可赔不起！

冷浩风痛苦地呻吟了两声，眼睛凝神地锁着欣心，艰难地吞咽了下口水。

欣心被冷浩风那么灼热的目光看得羞涩，忙把脸往一边撇过去，低声说：“冷浩风，你要没事的话，就起来吧，我去给你找药！”

冷浩风猛地将欣心的头圈住，唇凑着欣心的脸颊胡乱地亲吻了起来。

欣心惊愣了，这个是什么情况？

“唔……”冷浩风你放开我，欣心刚张嘴想抗议，冷浩风的长舌已经滑入了欣心的口腔。欣心意识到自己被冷浩风强吻，顾不得冷浩风的伤，直接出掌朝冷浩风的胸前拍去。

冷浩风防备不及被欣心弹开，胸前适时地掉出一袋红色的物体。

欣心瞅了几眼，一个箭步蹿到冷浩风面前，快速地将那带腥味的血袋捡起来，扔到冷浩风面前，面色阴冷道：“冷浩风，麻烦你解释一下，这是什么血？”欣心如果没有猜错的话，冷浩风送这个仙人球的用意，就是为了表演这场苦肉计吧！即使欣心没用盆砸他，冷浩风也会故意用那盆仙人球受伤，就为了博取欣心的内疚。

冷浩风俊美的脸上浮现了一丝尴尬，沉默着不出声，计谋被拆穿了，当然是无言以对！

欣心恼怒地上前将瘫坐在地上的冷浩风彻底推倒，迅速地骑坐在了冷浩风的腰上。冷浩风面色通红，欣心这个姿势……实在是太让人心猿意马了。欣心面无表情地三两下便将冷浩风外面的衣物撕开，这会儿她的头顶都是冒火的。她竟然被冷浩风耍了，还被他吃豆腐、占便宜了。欣心真恨不得将冷浩风几巴掌拍死。

冷浩风手护着胸前死活不让欣心将内衣剥除，面色尴尬地说："欣心，男女授受不亲，你不要太过分了！"

欣心阴沉着脸，伸手将冷浩风的穴道点了，一把将冷浩风的白色内衫给撕开。果然，冷浩风胸前挂着一面硕大的镜子，连根刺的影子都没有。

欣心没好气地朝门口吼，"吉吉，你给我死进来！"

吉吉冷不防地被欣心这么一吼，连滚带爬地摔进了屋子，"欣心，我是爬进来的，不是死进来的，死人是不会动的。"

欣心指着那红色的袋子，没好气地问："这个恶心的计划，也是你教冷浩风的？"

吉吉捡起来，放在鼻子下闻了闻，摇了摇头，"不是我！我没教过这么恶心的方法。"

"欣心，有话好好说，先把我的穴道解了。"

"冷浩风，你给我闭嘴！"欣心冷着脸打断。

"欣心，我不是故意的，原谅我好不好？"冷浩风可怜兮兮地求饶。没办法，动弹不得的是他，他必须要扮演弱者，不然，铁定被欣心给玩死。

欣心无视冷浩风，新仇旧恨正好一起算！

欣心搓了搓手，对吉吉撇了撇嘴，道："去给我拿把剪刀来！"

"你想干吗？莫非你？"吉吉若有所思地瞄了眼冷浩风的胯间，朝欣心挤眉弄眼的。

欣心不耐烦地挥了挥手，"你快点儿给我去拿，不然我连你一起打！"

吉吉立马脚底生风地去给欣心拿剪刀了。

欣心从冷浩风身上起身，顺手拿起那盆仙人球。冷浩风眼睛更是一眨不眨地紧锁着欣心，浑身汗毛都竖了起来，有点惧意地勉强赔笑道："欣心，我知道错了，你不会跟我一般见识的，是吧？”

欣心不答话，似笑非笑地从那仙人球上，随意地拔了根刺下来，转动玩了几圈，嘴角挂着阴冷的笑意。

冷浩风不安地眨了眨桃花眼。他还真猜不到，欣心要剪刀做什么，阉他是不可能的，那么？

欣心蹲在冷浩风身前，凑着冷浩风的耳朵道：“浩风哥哥，只有你受伤了，我才会心疼你、照顾你哦。”

冷浩风从脚底开始不断地冒汗，当然是冷汗。还没回答欣心的话，她迅速地将从仙人球上拔下来的刺，朝着冷浩风光滑裸露的胸膛上刺去，连续插了好几根，而且都是挑了冷浩风的痛穴扎的。

“啊。”这下子，冷浩风真的是疼得呻吟了起来。

欣心默然地看着血顺着刺流了出来。

冷浩风面色阴冷地道：“欣心，你这样真的好可怕。”

“还有更可怕的招呼你呢。”欣心从容地接话。

冷浩风气急，却又无可奈何。

欣心顺手将那盆仙人球朝冷浩风的胸前搁去，一松手，再用力，那冷浩风的胸一定坑坑洼洼，斑斑点点。

冷浩风这才意识到欣心是来真的，非要把他整成刺猬了，不由得惧怕了起来，口气里遮掩不住地带上了威胁，“欣心，做人要适可而止，你今天如果不整死我，以后我一定加倍整回来！”

“我这辈子，最讨厌的就是欺骗！而冷浩风你竟然一来就挑战我的极限，你很有勇气！”欣心将那仙人球搁在了冷浩风的胸前，冷冷地说。

冷浩风胸前搁着这么一个恐怖的玩意，大气也不敢出，尽量放轻呼吸。这可不是开玩笑的事！“欣心，你到底想怎么样？”既然落在欣心手里，要杀要剐一句话，何必这样兜兜转转地让他心发慌！

欣心朝冷浩风咧着森森的白牙，笑了笑道：“很好嘛，冷浩风，到现在你还有胆子吼我？”

“我倒要看看，你准备怎么对付我！”冷浩风冷笑一下，以掩饰心头的慌乱。

既然苦肉计失败，注定免不了一场恶罚！他堂堂七尺男儿，怎么能在欣心面前露出惧怕的神态呢！

欣心连话都懒得接了，回了冷浩风一个阴森的笑容，又拔了根刺，轻柔地吹了吹。

冷浩风已做好被欣心刺的准备，大义凛然地说："欣心，你要刺就快点儿，少拿捏着来吓唬我，我不是吓大的！"

"浩风哥哥，我这么温柔善良，怎么可能刺你呢？可是既然你开口邀请了，那么我就勉为其难地刺几下吧。"

冷浩风无语！睁着眼睛说瞎话，大概就是说欣心的！

"刺哪里好呢？这么大的球，全是刺啊。"欣心继续将为难的表情演绎到底，"呼呼，好痛噢，好痛！"欣心摸了摸那些尖锐的刺，咧嘴惊呼了几声。

冷浩风敢怒不敢言，瞪着漂亮的桃花眼，死盯着欣心，生怕欣心一失手，他就成浑身是刺的玩意。

"浩风哥哥。"欣心甜腻腻地唤了声。

冷浩风一阵鸡皮疙瘩乱抖。

欣心带了技巧性地将那盆提起，那颗满是刺的花球，在冷浩风眼前慢慢地晃悠着。冷浩风的眼珠，完全随着那球的运转而运转着。欣心轻柔地说道："如果我把这个球，在浩风哥哥漂亮的脸蛋上滚一圈，你说好玩不好玩？"

漂亮的脸蛋上挂满刺？冷浩风想都不敢想。

冷浩风将脸撇向一边，不再逞强接话，因为欣心，绝对做得出来。

欣心的"魔爪"还真在冷浩风的脸上四处揉捏了番，不得不说，细腻的触感，真的让人爱不释手。

"欣心，你玩够了没有？"

欣心抬手将冷浩风的鼻子捏住，摆了个猪头的造型出来，才满意地点了点头道："玩得差不多了，该做正事了。"

冷浩风认命地闭着双眼，紧抿着唇，任由欣心折腾去了。

欣心强硬地将冷浩风的双眼掰开，认真地盯着冷浩风说："浩风哥哥，我不许你闭着眼睛装死，如果你不看着，我一会儿把你剥光了，丢大街上去游行。”

欣心绝对是赤裸裸的威胁！该死的，冷浩风还真怕这样的威胁。他睁大漂亮的桃花眼，直勾勾地盯着欣心，“欣心，今天的事，真的是意外！”今天他是真的很有诚意地来南宫家做客，想娶欣心为妻的。不然冷浩风何必花心思，出钱要紫衣帮忙训练那个合唱队，再听吉吉的建议，来丢脸表白呢！那些台词，冷浩风可是背了整整一个晚上！至于这个苦肉计，那完全是想增加筹码，博取欣心的同情才加上去的！谁知道会弄巧成拙，这下子，被欣心打入黑名单了。

“你这样算是认错，在跟我道歉吗？”

冷浩风从容地点了点头，认真地说：“对不起！”

“耶？今天的太阳是从哪边出来的？”欣心嘲讽道，“冷浩风，你别以为随便说两句好话，我就傻乎乎地跟着你跑了！我欣心，没有那么笨！”

“我不是随便说的，更不是随便做的！欣心，我在认真地告诉你，我喜欢你！”冷浩风毫不犹豫地表白。

欣心的心被震了一下！冷浩风说，他喜欢自己？

“欣心，我喜欢你，所以我去求皇上赐婚了！”冷浩风见欣心傻愣地望着他，认真地说。

“赐婚是你去求的？”

“你应该开心啊，如愿以偿了！”冷浩风漂亮的嘴角扯了个风情万种的笑意来。

“我开心什么？如愿什么？”欣心蹙眉反问。

“你终于嫁给我了，我终于喜欢上你了！”

“我求你喜欢我了吗？我同意你去求赐婚了吗？我非你不嫁吗？”欣心嘴角冷笑了一下，一个接一个地将问题朝冷浩风丢过去。

“你之前不是不择手段地非要嫁给我吗？这会儿你可别说，你已经不喜欢我了！”

“恭喜你，答对了！我现在已经不喜欢你了！”

冷浩风不悦地对欣心说道："欣心，我现在给足你面子了，有些气话，不要一再地说出来，挑战我的底线！"

"冷浩风，你所谓的气话是什么？"欣心挑眉反问。

"比如说，你已经不喜欢我了。"冷浩风满怀信心地补充着说，"事实上，你是喜欢我的，你对我不是全然没感觉的！"

"如果，我还有什么行为让你误会我还喜欢你的话，请你见谅！"欣心坦诚地朝冷浩风鞠躬。

冷浩风不可思议地张着嘴，没办法接受欣心如此绝情地拒绝。

"我不喜欢你了，冷浩风！这是实话，不是气话！"

"我不相信！"冷浩风挫败地开口。

"事实如此！"欣心耸了下肩膀，附送了冷浩风一个节哀的眼神。

"不管你怎么想，我喜欢你，我们成婚以后，感情还可以慢慢地培养！"冷浩风淡淡地说。之前冷浩风那么抗拒欣心，这会儿也能容忍一下她的小脾气，冷浩风心底不断地给自己打气。

"冷浩风，现在无论你做什么，我都不会再喜欢你，也不会再嚷着要嫁给你了！"欣心缓了缓，严正地对冷浩风说。

"为什么？"

"因为女人是善变的，我以前是真的很喜欢你，也不否认现在对你还有那么点感觉，但是我已经不想再喜欢你了，所以才强烈地拒绝嫁给你！"欣心终于实话实说了。刚说完，欣心便觉得胸口松了口气，舒服了不少。唉，憋着原来真难受！

"难道在你的心里，我现在真就没有一点点可取之处了？"

"谁让你前科太多，这会儿我对你是没啥好感了！"

"欣心，我一定会让你对我改观的，会重新想要嫁给我的！所以我会努力地追求你！"冷浩风信誓旦旦地对欣心宣告。

"那随便你吧。"

"欣心，现在先把我的穴道解了！"冷浩风决定退而求其次，先让自己自由，追求的事，慢慢来，急不得。"欣心，今天的事，算我错了，对不起！"

“今天是你先惹我的，所以你玩火自焚，后果自负！”欣心说。

冷浩风愣了愣，道：“我已经道歉了，你还想怎么样？”

“随便说一句对不起就了不起了？如果对不起有用的话，要警察干吗？”欣心冷笑。

“警察？”冷浩风的眉头打结，“什么玩意？”

“跟你这个顽固不化的木头人也没啥好说的！”欣心连解释都懒得解释了。

“顽固不化？我？”冷浩风重复了一遍。

“你是鹦鹉吗？我说一句，你学一句，你不烦我烦！”

冷浩风识相地闭嘴，俊美的脸蛋上挂着漠然。欣心又把他给惹毛了，但是他在尽可能地容忍着。

“欣心，剪刀给你送来了。”吉吉讨好地搬了把大剪刀进来。

“吉吉，你想看美男的脱衣舞表演吗？”

吉吉的脸上挂着兴奋之色，不过瞅了眼冷浩风淡淡地道：“如果是冷公子的裸体的话，我不看了。我怕消化不良，长针眼。”

切！欣心朝吉吉鄙视地竖了中指，明明就是害怕冷浩风的打击报复，胆小鬼！

欣心拿了剪刀，要对冷浩风做什么呢？欣心其实也不知道。她随意地摆弄着剪刀，在冷浩风敏感的耳边不断地发出刺耳的“咔咔”声。

冷浩风瞪大眼紧张地瞅着欣心，“欣心，你到底想做什么？”

欣心被冷浩风一吼，吓了一跳，没好气地回道：“一会儿有你受的，何必这么迫不及待。”

冷浩风气恼地闭上了眼。

“浩风哥哥，我是在考虑，把你剥光你出去裸奔呢，还是……”欣心回答的漫不经心，似乎真犹豫不决。

“还是什么？”冷浩风蓦然瞪眼。

“不告诉你！”

“你尽管得意！风水是轮流转的。”冷浩风面色也渐渐地恢复了淡定。

“浩风哥哥，要不一会儿，我送你一件乞丐装，让你维持帅气的姿势，去我家门前做雕塑吧！”

冷浩风瞪着欣心，不太明白雕塑的意思，但肯定不会是好事。

欣心朝冷浩风笑了笑，抓着那把大剪刀开始裁剪冷浩风的衣衫，“咔咔咔……”几大剪刀下去，冷浩风月白色的衣衫，成了一片片碎布。欣心全神贯注地继续修修剪剪，不一会儿，衣服被欣心裁剪出了一套比较时尚的三点式衣衫，吊脖的文胸，加宽肥大的短裤。

欣心忍着狂笑，将裁剪好的衣衫往冷浩风身上套去，脑海中不断闪现冷浩风穿着这套衣衫，立在她家门前的样子，肯定能轰动京城。

如果放到飘香阁门前做招牌，这么漂亮的美男，这么性感的衣衫……那紫衣肯定乐得合不拢嘴了！

“哈哈哈……”想着想着，欣心便克制不住地狂笑了起来，直笑得眼里流出了泪花，又打量了下冷浩风，审视着，是不是缺了点什么？

冷浩风面无表情地闭着眼，完全是一副事不关己的模样，任由欣心折腾。

欣心兴奋地从梳妆台上抓了胭脂水粉，几步跑到冷浩风面前，喜滋滋地说道：“浩风哥哥，我给你化个妆，一会儿保准让你大红大紫！”

冷浩风凝神冲破着穴道，幸亏欣心功力散了，这会儿再拖一段时间，他就有把握解开穴道。那么欣心，看谁整谁！

欣心用手抹了把粉，迅速地在冷浩风的脸上涂抹着，整个动作就跟刷墙一样。欣心满意地望着冷浩风可以跟面粉媲美的白脸，又非常好心地给他双颊刷上了一层浓厚的腮红，增加了几分颜色。最后欣心奸笑着又在冷浩风的俊眉上加了两笔墨黑的蜡笔小新式招牌大眉，多余的墨汁没用完，顺手在冷浩风的额间，点了颗硕大的痣，才开心地拍拍手，“好了，这造型不错！”

“欣心，你好像很开心？”冷浩风坐起身子，伸手掐向欣心的颈脖，将欣心直往怀里带。

脖子上传来的钳制，让欣心一惊，情况顿时逆转，不由得有些结结巴巴地说道：“你……你怎么解……解的穴道？”

“我……我……当然能解开穴道！”冷浩风现学现卖地朝欣心说。

“那你想怎么样？”欣心满脸戒备。

“你刚才在我身上做了多少手脚，我会加倍奉还给你啰！”冷浩风将脖子上的吊带扯断，拎在手里瞅了几眼，面色微微浮现了一丝尴尬。

“不用你代劳，我自己脱了，穿给你看好了！”欣心强装镇定地面不改色，顺手将冷浩风拎在手里的衣服拿过来瞅了两眼。没见识，那么好看的小可爱都不懂欣赏！欣心鄙夷了一下冷浩风！

“你需要这样目不转睛地看着我换衣服吗？”欣心带着浅笑，温和地朝冷浩风问，“还有你的手现在掐在我细嫩的脖子上，如果一不小心把我掐死了，你可要偿命的哦。”

冷浩风松开欣心，冷着脸道：“欣心，你最好老实点儿，别耍花样！”

“我本来就很老实，怎么可能耍花样呢！”

“你这话去说给鬼听吧！”冷浩风面无表情地打断。对欣心的劣性，他已经深有体会。

“冷浩风，你总欺负我这么个弱女子，好意思吗？”欣心瞟了眼冷浩风，淡淡地说。

“我不认为你很弱。”

“这话可是你自己说的。”欣心嘴角挂了抹笑就朝冷浩风的穴道点去。

冷浩风眼疾手快地抓住了欣心使坏的“小爪子”，嘴角同样挂了抹浅笑道：“不再扮演弱女子了？准备发挥强悍的母老虎攻势了？”

“要你管！”

冷浩风早有防备，“俗话说，江山易改，禀性难移。欣心，你给我的惊喜跟意外，还真是越来越多了！”

“我也觉得，你越来越恶心外加变态了！”

“恨有多浓，就表示爱有多深。我非常荣幸，你对我的印象越来越深了。”冷浩风轻扯了下嘴角，从容地说着。

欣心抖了抖满身的鸡皮疙瘩，这还真的是人不要脸，天下无敌！

“吉吉，给我死进来！”欣心朝着门外扯着嗓子喊道。她不是冷浩风的对手，打了也是自讨苦吃，还不如叫救兵呢！

冷浩风分了下神。

欣心趁机朝冷浩风软挥了一掌，拳打脚踢，外加咬了冷浩风手臂一口。

冷浩风手臂上一阵吃疼，让他不由得龇牙咧嘴地呻吟了一下，随手放开了欣心。这女人属什么的？冷浩风无语地望着手臂上那惨不忍睹的伤口，她还真咬的下去。

欣心迅速地跑开了好几丈，直到自认为安全了，才松了口气，说道："我现在要脱衣服，换新衣衫了，你要站着看吗？"

冷浩风不接话，在辨别欣心话里的真实可信度。

欣心装模作样地抖了抖肩头的衣衫，松了松腰带。

冷浩风嘴角挂了点痞痞的笑，朝欣心又挪了几步，"欣心，快脱吧！你要是不好意思的话，我帮你！"

"浑蛋，色狼！"欣心毫不客气地朝靠近的冷浩风补上了两脚。

冷浩风眼疾手快地抓着欣心的脚，口气不耐烦地道："欣心，你还来？不自量力！"

"放手，冷浩风！浑蛋！"

冷浩风似笑非笑地瞅着欣心金鸡独立的姿势，满意地点了点头道："欣心，你的身体平衡感不错！"

"滚！"欣心欲哭无泪！好后悔，干吗要去踢冷浩风呢！被他这样抓着脚吊着很难受。

冷浩风似乎拉着欣心的小脚玩上瘾了，完全把欣心当作牵线木偶般，一前一后地拉动着欣心的金莲。

欣心的身子不断地摇晃，气恼地咬牙切齿，但无奈有力使不出。"吉吉！"她鼓足了嗓子大声呼唤吉吉，"无影腿，我踢踢踢踢……"欣心满眼希冀地瞅着吉吉推门而入，朝冷浩风飞了好几个无影腿。

冷浩风却仍旧抓着欣心的脚不放，拖着她闪躲。

欣心一个脚离地，一个脚根本没办法灵活地跟着闪躲，姿势极其狼狈、笨拙！

没两下，欣心便朝冷浩风身上华丽地倒了下去，将弯腰躲吉吉连环踢的冷浩风压在了身下。吉吉见状，忙“砰”的一下子压了上去，来了个人叠人。欣心的身子骨“咔嚓”一声……这人压人，会死人的好不好？

冷浩风垫底，闷哼了一声，他的手无力地垂着。

“欣心，你没事吧！”

“疼！”欣心朝吉吉摆摆手，龇牙咧嘴地喊。

“怎么了？”

欣心面色有些惨败地指了指她另外一只手，吉吉才注意到欣心的手圈压在冷浩风的腰下，忙伸手去抓。欣心急切地按住，摇了摇头，“可能骨头断了。”

吉吉这才将冷浩风粗暴地往边上一推，小心翼翼地把欣心的手解救出来，捏了捏骨头。欣心忍不住“啊啊”的惊叫了几声，疼啊！

“没事，脱臼了！我帮你接上，你忍着点儿！”吉吉顺手抓了样东西塞进欣心的嘴里。

冷浩风不满地说道：“欣心，你啃的是我的手！”

吉吉愣了一下，同情地瞅了眼冷浩风。欣心毫不客气地咬着冷浩风的手背，朝吉吉点了点头。

吉吉来了句，“开始啰！”“咔嚓”一声，欣心狠命地咬了下去，冷浩风惊天动地地叫了起来。

“啊！”吉吉配合地也陪着惊叫了两声。

欣心抹了下额头的冷汗，将冷浩风的手吐出来，苍白的唇上，染了几分血色。

冷浩风垂着手，漂亮的桃花眼内溢满了泪珠，不是委屈，是疼的！

“冷公子，你的手也脱臼了吗？”吉吉搀扶着欣心站起来后，又同情地看了看冷浩风，关切地问。

冷浩风点了点头，淡漠的脸上把不满跟愤怒隐忍了下去。

欣心没好气地瞅了眼冷浩风，“活该！”

“是啊，我活该！”

欣心还准备说点什么，被吉吉拉住了。吉吉对欣心说道：“你说话别太刻薄了，冷浩风是真的喜欢你，你就别闹脾气了！”

“你以为我想闹啊？”欣心不满地“哇哇”大叫起来，“是冷浩风先使心计，故意要我心急、难堪的！”

“我跟你表白，向你求婚叫作使心计吗？”冷浩风冷冷地质问。

“这个盆，还有这袋血，还有你胸前那铜镜，你别跟我说，是为了好看，是为了时尚、另类才带的！”欣心义正词严地反问冷浩风。

提到这些事实，冷浩风真的是百口莫辩。

“欣心，今天的事可能有误会，算了，适可而止！”吉吉充当和事佬，安抚道。

“冷浩风，你抱着你的盆，带着你的甜言蜜语，现在滚出我的房间。我是说什么都不会嫁给你的，你就别在我身上浪费时间了！”欣心下逐客令。

冷浩风也起身，不再自讨没趣，沉着脸走了。没事，这只是个开始！之前冷浩风也对欣心过分过，大不了，把之前对欣心的难堪，再过一遍到自己身上。冷浩风有的是信心，将欣心重新收入“花痴”的崇拜者之一，让她重新甘愿地喊着嫁给他。他在心底不断地给自己打气，爱就是要越挫越勇。

“欣心，这个房间是我的。”吉吉眼瞅着冷浩风的身影走远了，才软弱地提醒。

“今天的事，我家三位，还有你，肯定都有份。现在我没心情跟你们算账，先记着！”欣心朝吉吉挑了挑眉不悦道。

“欣心，说句实话，你这样挣扎也是徒劳的，月底你跟冷浩风一定会成婚的！”

“我不嫁，谁逼我，我咬谁！”欣心磨了磨牙，凶狠地说。

“我不打击你了，你自己看着办吧！现在赐婚的圣旨下了，喜帖已经发出去了，取消根本不可能！”

欣心的面色变了变，惹不起，还躲不起吗！逃婚，欣心就不信邪了，还非嫁冷浩风不可吗！

“欣心，你别想着躲，你的功夫不但被化功散限制了，行动也被看着呢，你插翅也难飞。”

欣心热切地瞅着吉吉：“你这个神偷，有办法帮我的是吧？”神偷，偷个人出去，问题不大！

吉吉耸了下肩膀，无奈地说：“我也被下了化功散，而且看着我的人，只多不少！”

“那我还是回自己的屋子里去吧！”欣心精明地想到，房间还有一条通往飘香阁的暗道呢。

“你别指望去飘香阁求救了，你的暗道被你娘改了。”昨晚她本来还想着悄悄溜去飘香阁找紫衣要化功散的解药，谁知道，那暗道一走，便走到了季田的屋子。吉吉可怜兮兮地躲了大半夜，差点儿没被季田给打死。

第二十一章　逃婚也要智勇双全

夜深人静的时候，即使没了功夫不能翻墙，欣心还有一处小门留着能出府呢！不过，欣心的如意算盘打错了。

深更半夜了，府内依旧灯火通明，甚至比白天还要亮上几分。欣心无语地望着那些来来往往的人影，这比看犯人还要紧，秋月娘亲，你何必那么执着呢？打更的声音，在寂静的夜里，更显得幽深绵长，这意味着欣心盯着那门，已经整整一个多时辰了。别怀疑欣心为什么只盯住门看而不出去，实在是一言难尽啊！那么多人看着，苍蝇都飞不出去，她这么个大活人，当然更加不能动。

“咕咕……咕咕……”几声不伦不类的暗叫声，让欣心带了几分希冀地推开了窗子。吉吉蹲缩着，朝欣心比画了个嘘声的手势，唇语道：“欣心，这边几个人，被我引开了。你快跳下来，悄悄地从暗门走。”

关键时刻，还是吉吉好啊！

欣心小小地感动了一下，忙搬了把椅子，朝窗户边一搁，便手脚并用地爬了上去。

“欣心，小心点儿。”在吉吉关切声中，欣心带了几分笨拙地攀上了窗沿，又小心翼翼地准备往下跳。

冷浩风懒懒地看着欣心爬窗，嘴角带了几分玩味。这欣心，还真是不肯消停！要不要出声去阻止她？还是看着她玩下去呢？冷浩风犹豫着。

欣心停留在窗棂上，平时没觉得有什么难度，轻盈一跃就可以。今天感觉特别恐怖，好高啊！

欣心脚底打了个滑，便摔了下去。这人还真是，怕什么来什么，欣心忙捂着嘴，免得失声惊叫，把吉吉好不容易引开的人给引回来。

“啊。”欣心压在身下的人，却忍不住疼痛出声，被欣心眼疾手快地捂着嘴道：“吉吉，你想害死我啊，叫那么大声！”

吉吉被欣心捂着嘴，摇了摇头，表示不乱叫。

欣心才松开了吉吉，认真地说：“我这次是非走不可了，吉吉，有什么事，我们暗号联系！家里你给我顶住！”

“欣心，我会想你的！过几天我能溜了，一定背着我的小包包，浪迹天涯去找你！”

“切！”欣心鄙夷了一下道，“这么俗套的台词，你别跟我说。我走了啊，拜拜！”欣心躲躲闪闪地绕了好几个弯，终于在后院的拐弯处，找到了她的暗门！

欣心嘴角挂着笑意，扒开了杂乱的货物，把堵着的石块搬开。没错，欣心的暗门，便是狗洞。她亲切地望着那扇小门，小时候，不会功夫、不会爬墙那会儿，都是靠着这个暗门，才能在南宫老爹那么多夫子的监视下，悄然地溜走。虽然，好久没用了，感觉有点儿危险，但欣心仍旧手脚并用地往外爬去。

自由，我来了！冷浩风，你滚蛋！

欣心前半个身子刚探出头，一双暗红色的绣花鞋便映入眼帘。

不会这么邪门吧？

欣心心头默哀，顺着那暗红色的绣花鞋抬眼望了上去。果然，秋月老娘扭着那富态的腰身，挪了下脚步，似笑非笑地瞅着欣心。

欣心心虚地想缩回身子，动了两下，竟然被卡住了！天哪！被卡在狗洞里，欣心一世英名岂不是要毁了？

“欣心，你想干吗？”

“吃夜宵！”

“今晚月色那么好，气氛那么妙，你就想着吃夜宵，不想跑？”秋月娘亲笑得特别轻柔。

知女莫若母！

欣心的想法，已经被点破，只能保持沉默。

“你还不给我死出来！”秋月娘亲说翻脸就翻脸，见欣心竟然无视她，不为所动，怒了！

“娘，我也想出来啊。”欣心可怜兮兮地开口。

“你再不出来，小心我动粗！”秋月娘亲无视欣心的可怜，带着威胁说。

“娘，我被卡住了。”虽然真的是非常丢脸，但是不得不说啊。

“活该！”秋月娘亲依旧板着面色。

“娘，你帮我，把这个墙拆了吧。”欣心满眼希冀地瞅着秋月娘亲。

“你这个败家女，家里的墙，能随便拆吗！”

“不拆，我怎么从这个迷你门里出来啊？”欣心急得“哇哇”大叫着。

“你直说狗洞得了！”秋月娘亲没好气地蹲下身子，点了点欣心的额头，“你就这点儿出息了。”

“疼，疼。”欣心适当地扮可怜，博取同情。

“你少来，我怎么生了你这么一个没骨气的家伙，竟然连狗洞都钻。钻就钻了吧，竟然还被卡住，你简直把老祖宗的脸都丢光了。”

欣心无语。

“师兄，你把欣心给我踹出来！”秋月娘亲中气十足地朝着院内的人吩咐道。

欣心刚想大叫不要啊！屁股上已经被人狠狠地踹了一脚，卡着的身子，也华丽地从狗洞内飞了出去。

欣心想借着这力度飞远些，然后逃跑。不过，在瞅着娘亲身后的那堆人后，她放弃了这样愚蠢的想法，乖乖地朝秋月娘亲走过去，揉着被师父季田踢得不轻的屁股，还赔了个笑脸，甜腻腻地唤了声：“娘！”

“真乖，你是要自己回去呢，还是娘带你回去？”

废话，当然是自己回去了！欣心懒得跟秋月娘亲啰唆，转过身子，“蹬蹬”地直接跑回府去，当然身后不可避免地跟了一群跟班。

秋月娘亲得意扬扬地笑了起来，对季田道：“准备下一招！”

“月儿，这招是不是缓缓再用？”

“缓什么缓？冷浩风现在已经中药了，欣心本来就中了媚毒，这会儿生米不做成熟饭，难不成等馊了？”秋月娘亲不悦地挑眉反问。

“那就按计划行事吧！”

欣心打了个喷嚏，心里头总觉得毛毛的，屋内飘出一阵幽香。她浅吸了一口，便发现不对劲，是天香！忙捂着鼻子，关上门，一想不对，忙打开门跑出去。

“吸都吸进去了，你这会儿捂着鼻子跑还有用吗？”秋月娘亲阴魂不散地出现，手里不忘捧个大鼎炉。如果欣心鼻子没出问题的话，那焚烧着的香料是天香。

欣心捏着鼻子，哭丧着脸，对秋月可怜巴巴地说道：“娘，你到底想干吗？”

天香，她会中毒的好不好？而且是媚毒！到时化身为狼，做了不该做的事，怎么办？

“我不想干吗，只是成全你，让你乖乖出嫁！”秋月娘亲朝家丁使了个眼色。四个人便朝欣心围堵了上来。欣心想躲，退路已经被季田封死，脖子上挨了一记，便软绵绵地倒地了。

秋月娘亲对季田努了下嘴，吩咐道：“我把欣心丢屋子里去，用天香熏，你现在去把冷浩风带过来！”

欣心垂着沉重的脑袋，迷迷糊糊的，浑身如火烧般的燥热，让她急不可耐地撕扯开了自己的衣衫。

冷浩风俊美的脸上没有什么表情，紧闭着微卷的眼睫毛，浑然沉睡着。他被下了迷药。

欣心茫然地睁开双眼，望着床上的睡美男，理智全然让情欲占据了，美男，美男，扑倒……她一个健步，蹿到了冷浩风面前，毫不客气地伸手朝他的衣衫抓去。

“刺啦”一声，冷浩风的衣衫已经被欣心粗暴地撕裂开来了，在清雅的月光下，暴露出了温润的肩头和胸前魅惑的春光。白皙的胸膛，沾染了点点细碎的伤口，是欣心那仙人球的杰作。

欣心满意地捏了捏冷浩风的胸，毫不意外地听到了冷浩风的轻吟声。她邪魅地笑了笑，又好玩地抚摩了起来。

冷浩风长长的睫毛，微微地颤动了一下，却依旧没有清醒的迹象。

欣心捏了捏冷浩风触感细腻的脸颊，有些淘气地不断将冷浩风的俊脸捏出不同的形状。沉睡着的冷浩风略带不满地撇了撇嘴，俊美的脸蛋微微带了些纠结。她舔了舔干裂的唇，略带艰难地吞咽了下口水，便朝着冷浩风扑了上去。

“啊……”月黑风高，欣心化身为狼了，在冷浩风身上胡乱地啃着。

冷浩风沉迷在药物中，身体完全是本能地迎合着欣心的摧残。欣心越来越不满足，准备撕扯冷浩风的裤子。

暗影又气又恼地一把拎着欣心的后襟，将她从冷浩风的身上提了下来，粗暴地往地上一扔。

暗影绿帽压顶。差一点儿，只差一点点，欣心就把冷浩风办了。

没美男了！欣心不满地嘟着嘴，转过头望着暗影，又是一个美男。她咧着森森的白牙，灿烂地笑了笑。

暗影心头莫名地一阵发寒。

欣心伸着手朝暗影走近，迷糊不清地说：“热，我好热啊。”

暗影幽深的眼睛，有点意味深长地凝视着欣心，心底也在犹豫，可不可以？

欣心一个纵身上前，蹿到暗影面前，灵巧地将暗影脸上的银边面具摘去。

“欣心，够了你！”

欣心困惑地摇了摇头，望着暗影俊美却不太真实的脸，总觉得哪里不对劲。熟悉却又陌生的脸，怎么会有那么奇怪的感觉呢！

暗影被欣心如此仔细地研究，带了几分心虚，伸手便要从欣心手里抢过面具。欣心将面具往身后一藏，摇了摇头。

暗影轻扯了下嘴角，哄道："欣心，把面具还给我！"

欣心护着面具往后倒退了几步，拒绝道："不给，不给！"

暗影无奈地摇了下头，从怀里掏了个瓶子出来，快速倒了颗药，递给欣心道："把这个吃了！"

欣心疑惑地看着暗影，又扫了一眼他手里的药。

"欣心，快点过来把药吃了！"

欣心不接药，瞅了床上的冷浩风几眼，又将视线对着暗影死死地盯着。美男，两个，哪个比较好呢？

暗影伸着手，不耐烦地朝欣心靠近。

欣心朝暗影快速地冲过去，直接将他扑倒在地上。

暗影吃疼地闷哼了声，抬手便准备将趴在他身上的欣心给推下去。不过手在碰到欣心软香暖玉般柔软的肢体时，再一次犹豫了。在这犹豫的几秒内，欣心的动手能力是非常强的！欣心直接将暗影的衣衫给撕裂了。实事上，遇到化身为狼的人，千万不能犹豫，哪怕只是一秒！

暗影还真被欣心急不可耐的粗暴惊吓到了，傻愣了一下，忘记了抵抗。欣心自顾自地撕着暗影的衣衫。皮肤暴露在微凉的空气里，暗影浑身打了个冷战。欣心的"魔爪"上下其手，让暗影的面色窘然变红，腹内蹿起一股火苗。他抓着欣心使坏的"小爪子"，翻身将欣心反压在了身下，吻得激烈，难舍难分。

欣心舔了下干裂的唇，吞咽了下口水，伸手抚摩上了暗影俊俏的脸。那股奇怪的触觉，让她怀疑他的真实性。

脸上的触摸，让暗影的心头一惊，迷失在情欲里的理智渐渐回神，这里是南宫府。暗影直接将欣心的手从他的脸上掰下来，紧紧地扣在手里，免得欣心将不该碰的东西给扯了下来。欣心不安分地挣扎了两下。暗影轻叹了口气，撑着身子，想将她从身上揪下来。再任由这样的情欲泛滥下去，肯定要走火了。

欣心死扒着暗影，趴在他的身上不肯动，甚至还在他的怀里蹭了蹭，调整了一个比较舒服的姿势。

“欣心，下来！”暗影的口气有点无奈，伸手去扯欣心。

“别动，别动，再动我咬你！”

暗影不把欣心的胡话当回事，仍旧拉扯着，想将她从他身上扯下去。

“啊。”暗影忍不住低叫了声，欣心果然说到做到，真的在暗影的肩头狠狠地咬了下去。

暗影吃疼地推着欣心，却在碰到欣心胸前的柔软后缩回了手，紧咬着唇，任由欣心啃咬。反正，也不是第一次被欣心咬了，忍忍也就过去了。而且欣心咬人，有个习惯，咬到了血腥味后，喜欢在伤口上舔。这样的痛，痛并快乐着，暗影自嘲地扯了下嘴角，咧了个纵容的笑意。

欣心咬够了，自觉地松开口，星眼迷糊着，扯裂着自己的衣衫，嘴里嘟囔着：“热，好热啊。”

暗影的双眼再一次清明了起来，一手按住欣心撕扯衣衫的行为，一手忙从怀里掏出药丸，朝欣心嘴里塞去。他可不是圣人，能经得起一再的考验！喜欢的女子在怀里，却又顾及重重，实在是作孽。

欣心冷不防地吞咽了药物下去，忙不断地“噗噗”乱吐一番。

暗影刚撑着身子，准备站起身子帮欣心拍拍背、顺顺气。

“你……你是谁？”欣心手指着暗影质问。

暗影听着就不悦了，抓着欣心的手，冷冷地问：“你连我是谁都不知道了？”

欣心没有焦点的双眼凝视着暗影，摇了摇头，可怜兮兮地道：“我是谁？”

暗影无语！

欣心不满地将暗影一把推倒在地，嘴里含混不清地说：“你乖乖的，别动。”

暗影还没接话，欣心朝暗影又比画了个“嘘”声的手势。

暗影瞅着欣心如此严正的表情，倒也真没动，想看看欣心到底要说什么？

欣心低头，瞅着暗影白皙如玉的胸膛便啃了上去。“冷浩风，你身上的伤口怎么都不见了？”

暗影手握着拳，忍着将欣心打飞的冲动。她竟然把他当成冷浩风了，实在是可恶！

欣心抬眼，朝暗影磨了磨牙，盯着他的脸，看了老半天，才憋出一句，“冷浩风，你的脸怎么变了？”

暗影终于沉着脸，将欣心从他身上提了下去，冷冷地道：“我不是冷浩风！”

欣心默不作声地看着暗影，水汪汪的星眼有点无辜。

“欣心，你好好休息吧！”暗影瞄了瞄地上被欣心撕裂的衣衫，不由得轻叹了口气。不得不承认，他现在很生气！

“冷浩风，你怎么变成暗影了？”欣心后知后觉地问。

暗影的身子顿了顿，僵立了一下。

欣心忙伸手朝暗影抱了上去，可怜兮兮地说：“暗影，你带我走吧，我不要嫁给冷浩风。”

暗影心底柔软的角落被欣心的泪水征服了，微不可闻地轻叹一声后，认真地对欣心说：“我会带你走的，你不要急！”

欣心乖巧地点了点头，“暗影，我现在好难过。”

欣心的邀约太过明显，暗影嘴角挂着浅笑，认真地问：“欣心，你现在是清醒的还是迷糊着？”

“大概，介于清醒跟迷糊之间。”

暗影将欣心伸手揽到怀里，低下头，吻住了欣心娇艳的红唇，渐渐辗转着深入。欣心的口腔内，带着淡淡的血腥味，弥漫在两个人交接的唇齿间……如果，这是毁天灭地的不伦之恋，那么为了这样的爱，暗影愿意下地狱去忏悔。

他此时只是暗影，一个深爱着欣心的男子，仅此而已。

第二十二章　暗影竟然是哥哥

暗影的抚摩缓解了欣心浑身滚烫的热辣，娇喘与呻吟不断从欣心的唇间飘逸而出。

暗影渐渐地迷失在这样的情欲内，伸手将欣心身上的衣物除去。欣心迷蒙着双眼，斜躺着，任由暗影将内衫都脱去。如雪般白皙的肌肤，暴露在湿冷的空气里，不由得让欣心打了个冷战，朝暗影的胸膛缩了缩，温热的肌肤相贴，让暗影忍不住低吟出声。

欣心闭着双眼，靠着暗影的胸膛，那熟悉的感觉再一次袭上心头。而这样熟悉的，只有她从小吃豆腐长大的哥哥，南宫轩。

欣心心头突地一怔，心头慌乱了起来，那是一种前所未有的警觉，那是一种没有理由的惧意。

暗影用力地搂抱着欣心，恨不得将她揉进骨子里。欣心抗拒地推了推，再一次严正地盯着暗影的脸瞅着。

暗影不自在地撇过脸。

欣心把暗影的脸掰过来，四目相对，认真地问："暗影，你不会欺骗我、伤害我的，对吧？"

暗影不自在地僵硬了起来，面色尴尬地摇了摇头。前者是善意的，后者绝对是不可能！暗影那么喜欢欣心，怎么可能会伤害她呢！

欣心伸手就往暗影的脸上摸去，那细腻不真实的触感，真的有点儿怪异！

暗影抓着欣心乱摸的手，圈在精瘦的腰身上，才淡淡地说道：“看来解药已经发挥功效了，你的理智现在恢复了。”身上的火热渐渐随着汗珠而流逝，迷失的理智也渐渐清明了起来，欣心对暗影的好奇、疑惑也随即产生。现在南宫府看管得那么严，暗影怎么能神不知鬼不觉地溜进来？莫非功夫真到了神出鬼没的地步？还有为什么每次靠近暗影，总有股说不出来的熟悉感徘徊着，他实在是太像南宫轩了。虽然暗影身上的冷漠、阴冷，跟哥哥南宫轩犹如春风拂面般的暖阳、和煦截然不同，但是，偏偏欣心就会有这种错觉。

欣心沉思了半晌问：“暗影，是你的真名吗？”

“我是神秘门的杀手，我们没有名字，只有代号！”

“我不信！告诉我，你的真名！”规矩是人定的，所以是活的，欣心想知道暗影的本名，而不是代号。

暗影为难地抿了下唇，保持了沉默。他不是不想告诉欣心，而是不能说。

“暗影，你现在给我的感觉，真的好奇怪。”欣心想了半天，才想出了这么一个词来，“我总觉得，你很像一个人。”

暗影将欣心的头按进胸膛，呢喃地朝欣心问：“像谁呢？”

“我哥哥，南宫轩！”欣心毫不犹豫地说出来，眼睛直视着暗影，想看出点什么不自在之处。她不得不承认，她现在有一种说不出来的紧张。她渴望知道暗影的真实姓名，但同时又害怕。害怕什么，欣心自己也不知道，就是心底深处有一种惧意。

明明是截然不同的两个人，她怎么会有那么奇怪的想法？暗影，怎么跟南宫轩相似了？

欣心一时犹豫了起来，是该继续装傻，还是揭开这个谜底？

暗影的面色，如此淡定、从容，没有丝毫的慌乱，清冷地开口，“我跟南宫轩哪里像呢？长得像吗？”

“其实，你们长得一点也不像，个性也南辕北辙。”

暗影嘴角弯起了抹淡笑，“那你怎么又说像？”

就是感觉！感觉怎么说？怎么形容？感觉只可意会，不可言传！

“其实我哥哥比你们都好！”欣心朝暗影灿烂地笑了笑，骄傲地说。

“我们？”暗影的俊眉微拧了一下，冷冷地问。

“你跟他啊！”欣心指了指床上的冷浩风。

暗影的面色一僵，口气冰冷地道：“别拿我跟别的男人比！”

“有比较才能有选择，才能突出你的好嘛！”欣心从容地说。

暗影听着这话，脸色明显转暖了起来。果然，男人有时候也是需要哄的，欣心心底不由得笑了起来！

“你哥哥有多好呢？”暗影好奇地问。

“好到不能用言语来形容！”欣心夸张地说。

“真的？”暗影嘴角带着温和的笑意，似乎被夸的是他。

“那是当然！”欣心理直气壮地回答，随即想到什么，又补充了句，“我哥哥才不像你们，整天顶着一张好像谁欠了你们几百万的冰脸呢！”

你们，显然还是指冷浩风跟暗影。

暗影愣了愣，这会儿倒是不计较欣心再一次把他跟冷浩风放在一起比较了，呆呆地开口反问，“你不喜欢吗？”

“谁会喜欢面对个大冰脸？我又不是欠虐！”听暗影这话，难道他以为欣心只喜欢冰脸？

“我以为你喜欢。”暗影的下半段话，被欣心两个冷眼一射，自动吞入肚中。原来一开始，他就会错意了！

“欣心，你喜欢你哥哥吗？”暗影带过了这个话题，又装作无意地问。

“当然喜欢啊！”欣心坦荡地承认道，“你这不是问的废话吗，那么疼我的哥哥，我怎么会不喜欢，又不是脑子进水了！”

“欣心，有没有想过，有一天，也许你会不喜欢你哥哥了？”

欣心瞅了眼暗影，微挑一下眉，不动声色地拉过暗影的手，装作无意地反问：“暗影，你什么意思？为什么有一天，我要不喜欢我哥哥？”

“因为，他可能做了你不喜欢的事情。”

欣心强装自在地摇头否认，“哥哥不会做让我不喜欢的事情！所以你这个理由不成立！”

“万一你哥哥不疼你了……”

“我哥哥不疼我疼谁？”欣心不悦地挑眉反问。

暗影哑口无言，讷讷地道：“那万一他做错事了。”

“暗影，你在挑拨我跟我哥哥的关系？”

“没！”暗影摇头。

“那我听你的意思，好像希望我不要喜欢我哥哥。”欣心戳了戳暗影的胸膛。

暗影从容地道：“因为你喜欢我，我就不会允许你再喜欢别的男人，哪怕是你哥哥！”

“霸道，自私！”

“欣心，你说我霸道也好，自私也罢，我对你，是不会放手了！”

“醋坛子，我连哥哥都不能喜欢吗？”欣心似笑非笑地看着暗影问。

“不能！”暗影毫不犹豫地回答。

“切，谁理你！”欣心娇嗔。

暗影面色一如既往的淡然，“欣心，不许不理我！”

“看心情啦！”

“将来无论发生什么事情，欣心，你都不许不理我，也不许恨我！”暗影扳正欣心的身子，带了些肃然地说。

暗影这样肃然的神色，只会让欣心的心不觉又是一沉。对于暗影，真的有很多的疑惑，除却他跟南宫轩相似外，欣心同样担心，南宫轩跟暗影已打过照面。南宫轩音信全无，是不是遭了暗影的毒手？

“暗影，你到底见过我哥哥没有？”

暗影眼睛中的幽深更深了几分，眼光也不自觉地从欣心脸上移开，冷冷地朝欣心回道：“没，但是听说过！”

“传闻是怎么说我哥哥的？”欣心的心底有股说不出来的沉闷，但是嘴角还是挂了抹笑意朝暗影问。

“当然是很多赞美之词！”暗影回答得很平静。

“看你的表情，好像很不屑。”

暗影淡扯了下嘴角，漫不经心地说：“有机会，我去会会他！”

“不用了！”

“你会担心我多一点儿，还是南宫轩多一点儿？”暗影开口问着欣心，脸色带了几分凝重。

“这个问题啊？”欣心拖长了调调，歪着脑袋装作思考的模样，不再开口出声。

暗影急了，抓着欣心的手，犹如孩子般不耐烦地催促，“快说！”

欣心笑而不答，故意逗着暗影，“大概会担心哥哥多一点儿吧。”

“为什么不是我？”暗影的面色冷了下来。

“你功夫那么好，我当然得担心我哥哥吃亏啦！”欣心不以为然地说。

“你这个妖精！”暗影顺手将欣心揽入怀内，嘴角不自觉地向上扬起。

“你不喜欢吗？”欣心淘气地朝暗影眨了眨眼。

“我喜欢！很喜欢！”

欣心蹭着暗影的胸膛，满足地轻吟了几声，带着嘟囔道：“暗影，我发现，我好像喜欢上你了。”

暗影一怔，接着喜悦之情晕染了整个俊脸。他急切地抬着欣心的下巴，问道：“真的吗？”

欣心看着暗影的欣喜之情，点了点头，“暗影，找机会带我走吧。我跟你浪迹天涯去。”

“我一定会带你走的，再等我几天好吗？”

欣心点了点头，将暗影的手臂拉过来，张嘴就啃咬了下去。

暗影心头一阵发虚，欣心今天该不是啃上瘾了吧？他虽然疼得龇牙咧嘴，但也舍不得把手臂缩回去。

欣心松开口，手指微微颤抖地掀开了暗影的衣袖，那醒目的牙印带着血痕，映入欣心的眼帘，当然还有一排深刻的牙印痕迹，赫然排列在一起。欣心木然地退后了一步，满脸不可置信。

暗影遮掩不及地想掩上袖子，脸上带着慌乱之色，急呼道：“欣心。”

为什么，会是这样？暗影的手臂上，怎么会有那么醒目的牙印？欣心的招牌式牙印，那个印记，也唯南宫轩所有。

暗影，他明明就是南宫轩，他明明就是哥哥。哥哥是暗影？欣心突然觉得自己很傻，兜兜转转爱了一圈，却是自己的亲哥哥。前一秒，欣心甚至都想跟着暗影去江湖上浪迹天涯，掀开手臂，纯粹是为了让自己能够安心，不再胡思乱想。却没有想到，害怕什么事实偏偏就是什么，那么，那些缠绵悱恻的情话，那些亲昵的举动，又算什么？虽然欣心是穿越来的，但是这样的乱伦帽子，她戴不起。

真相原来是那样的不堪。

刚理清楚的思绪，又混乱如麻，欣心甚至忘记了该说什么，大脑空白一片。

“欣心。”暗影痛苦地出声，眼前这样漠然的欣心，让他不由得心惊害怕。

“不要叫我！”欣心抓狂地尖叫道。

“欣心，你听我解释好不好？”暗影眼里带着哀求之色。

“你想解释什么？你认为你还能解释什么？”欣心很努力地克制住泪如雨下的冲动，指着暗影质问。

“我……”暗影撇了撇嘴，不知道该怎么开口。

“你什么你？”

暗影无言以对，没有想到，在这样的情况下身份被拆穿。欣心那么烈性，一定不会再原谅他了。暗影的眼睛中，也渐渐地染上了绝望的神色。

“暗影，你到底是谁！”欣心歇斯底里地问。她就是要亲耳听到暗影说，他是南宫轩，让她一次痛个够！

暗影俊美的脸上，布满了忧伤，出神地望着手臂上的那两排牙印，一排已经深深嵌入肌肤，一排鲜血淋漓的触目惊心……虽然，暗影明知道，解释无用，但仍是不甘地挣扎了一下道：“我是暗影！”

“你能遮盖事实的真相吗？”

暗影放下了手中卷着的袖子，眼光深邃，温和地望着欣心。

欣心将视线从暗影的手臂上撇开，深吸了几口气，“你为什么要耍我？”

“我没有！”暗影急切地否认。

“我最恨别人欺骗我！”欣心绝望地说，手指紧紧地拽着衣摆，指尖微微泛白。

暗影小心翼翼地注视着欣心的一举一动，大气都不敢出，脑海中不断闪过欣心的话语，“最讨厌欺骗了”……

“欣心，你听我说……”

“我不想再见到你，你滚！”欣心背过身子，捂着嘴，泪珠不断地顺着眼角滑落。

“欣心。”暗影悲伤地嘶喊着。

“南宫轩，你还要继续伪装下去吗？”欣心肃然地朝暗影道。

欣心都知道了，他小心翼翼遮掩的事实，就这样暴露了出来。暗影开始懊恼起来，他不应该放松警惕的，这下子他跟欣心之间，算是彻底完了。

“欣心，对不起。”南宫轩痛苦地道歉。

“南宫轩，我不想说第三遍，你现在给我滚！”欣心咬牙切齿道。

南宫轩不为所动，浑身僵立着，脸色“刷”地苍白了起来，眼光悲伤地凝视着欣心，哀伤地说道：“欣心，原谅我好不好？”

欣心转过身子，泪眼婆娑地望着南宫轩，一字一句地道：“南宫轩，暗影，你很好，我欣心发誓，这辈子，我都不会原谅你！”

南宫轩面色惨然地倒退了几步，欣心这辈子都不会原谅他了。暗影有些怯意地望着欣心，眼睛中的疼痛、哀伤，绝不亚于欣心。他低沉地唤着欣心解释，“欣心，我也不想这样的。”

“可你却这样做了。”欣心满眼泪花地嗤笑了一声，那一刻，心扉之门轰然地关上了，只是浑身都觉得冷。

“欣心，我只想做暗影，一个没有道德束缚，能够爱你爱得彻底的男人！”南宫轩凄凉地在嘴角挂着一抹笑。

欣心的心头莫名的纠结，疼痛了起来，哽咽道：“可是除了暗影，你还是南宫轩，还是我哥哥！我的亲哥哥！”

南宫轩失神地倒退了一步，喃喃地道：“欣心，我真的很抱歉。”

“你以为，你顶着暗影的身份，把我当傻瓜一样耍着，我还能若无其事地叫你一声哥哥吗？”

“欣心。”南宫轩深叹了口气。他有一千个一万个不是，但深爱着欣心却是不争的事实。什么时候起，他对欣心的呵护之情转变成了爱情，南宫轩自己也不清楚。有时候，南宫轩甚至会厌恶，他为什么是南宫轩？为什么他们是兄妹？南宫轩眼睁睁地看着欣心犹如飞蛾扑火般执着地追着冷浩风跑。他的心，总是不自觉地抽搐、疼痛着。看着冷浩风不珍惜欣心，南宫轩比欣心还痛上几分。他南宫轩只是哥哥，除了劝慰，什么都做不了。他痛恨这样的无能为力，却又不能将心思告白天下。戴着面具，用暗影的身份爱着欣心，那么的彻底，那么的投入，以至于南宫轩真的想刻意忘记他是南宫轩，是欣心的哥哥。

暗影渐渐沉迷在欣心的柔情中，一点一滴地用心经营着跟欣心之间的爱情种子，眼看着将要发芽，却生生地死了，因为他们是兄妹！这样的幸福实在太过短暂。

“欣心。”

“你别叫我！”欣心失声尖叫起来。

南宫轩眉宇痛苦地纠结着，朝欣心伸手，说道：“我承认，是我不好。我不该爱上你，爱上自己的妹妹。曾经我也纠结过，犹豫过，但还是克制不住地想跟你在一起。”

“南宫轩，你给我闭嘴！”欣心冷着脸呵斥道。突然觉得，她的世界倒塌了，黑暗了下来，深深的绝望弥漫在心头。

“欣心，对不起！”

欣心苍白着脸，漠然地看着南宫轩，依旧是那副陌生的面孔。但是南宫轩深邃的目光，浓浓的情意，却将欣心紧紧地锁住。

“欣心，不管你能不能接受，我都想说，我真的不是故意的。”南宫轩的话没说完，欣心的眼角便流下了两行醒目的泪水。

南宫轩看在眼里，疼在心头，却不敢朝欣心靠近。

“我是不是很傻？”不待南宫轩回答，欣心自嘲地扬着嘴角道，“一定是老天爷惩罚我太花心了，不能一心一意地喜欢冷浩风，才要生出这么多的枝节。”

南宫轩幽深的眼光，带着哀伤恳求道：“欣心，都是我不好，你别责怪自己！”

“我错了。”欣心无视南宫轩，无力地跪倒在地上。

“欣心，你可以怪我、打我、骂我，甚至杀了我，但不要不理我。”南宫轩满眼的恳求之色，让人不由得动容。眼瞅着欣心茫然失神，他满面坚决地将腰间的软剑抽了出来，对欣心道：“欣心，我让你难过了，你杀了我吧。”

欣心面无表情地将南宫轩手里的软剑接了过来，望着那泛白的冷然光芒。

“你下不去手的话，我帮你。”南宫轩握着欣心的手，便将那剑往自己身上刺去。

血顺着剑尖流了出来，渐渐映入了欣心的眼睛中。

南宫轩紧握着欣心的手，再一次加大力度，朝着胸口摁进去。

欣心触电似的丢开了剑，抬眼望着南宫轩。

“欣心，明知道爱你是错的，我却一错再错，我还有何颜面存活在这世上？”南宫轩面色惨白地说。

欣心依旧沉默不语，犯错的，又不是南宫轩一个，她也有份。如果没有心动，如果没有情动，如果欣心还是执着地一心想嫁给冷浩风，那么不管是暗影也好，南宫轩也罢，结果就不会如此的让人绝望、神伤了。

“欣心，你说句话，好不好？”

欣心思考再三，南宫轩毕竟是她哥哥，她动摇了。虽然欣心知道，她跟南宫轩回不到过去了，跟暗影也没有未来了，但是问题始终是要解决的，逃避不是办法。毕竟欣心跟暗影，不，南宫轩，还没有铸成大错。

欣心沙哑着嗓音，淡然道：“南宫轩，我对你无话可说，你走吧！”

南宫轩深叹了口气，温和地说：“我不走，我要陪着你！”

欣心凌厉的双眼，朝南宫轩射去，满是遮掩不住的愤怒，“用不着！”

“我知道你现在厌恶我，不想看到我，但是我决不走！”南宫轩说道，幽深的眼睛淡扫了眼床上的冷浩风，意味不言而喻。如果欣心因他转移目标，跟冷浩风生米做成熟饭，失去理智而下嫁冷浩风的话，还不如直接将他杀了。

“南宫轩，你怕我跟冷浩风在一起？”

南宫轩不知道该接什么话，是或者不是，欣心都会生气。

“其实，我很喜欢冷浩风。”欣心挂着浅笑，心底叹息了一声。如果没有暗影的话，欣心依旧会去追冷浩风，以嫁给冷浩风为目标。

“欣心，你不要故意说气话来刺激我，我这里会痛！”南宫轩的面色更加纠结、惨白，手捂着胸口道。

“我不想说气话，因为没那个必要！”欣心朝南宫轩摇了摇手。

南宫轩的身子，明显不稳。

“南宫轩，我会继续爱冷浩风，所以我希望，你依旧是我那个完美的哥哥！”欣心很努力地装作从容。

欣心跟暗影，也就是南宫轩这不伦之恋，现在还没有到无法挽回的地步，回头是岸！

“在你眼里，我还能做回完美的哥哥吗？”南宫轩嘴角带着自嘲。

“我相信你可以！”欣心对着南宫轩笑了笑，隐去了眼眶中打转的泪珠。

“但是我不相信我自己！”南宫轩凄凉地冷笑。

欣心细不可闻的轻叹了一声，“南宫轩，你是个聪明人！”

“聪明人也有糊涂的时候，就像明知道我不该爱你，却偏偏爱了；明知道是错的，还是不肯放手，以后大概还会一错再错吧！”

“南宫轩，不许你再跟我提爱这个字！”欣心恼怒地打断南宫轩。

“欣心，跟我走，我们离开这儿。”南宫轩严正地提议，“去一个谁都不认识我们的地方，忘记我们的身份，平平静静地过日子！”

“做梦！”

“两个相爱的人，执手偕老，也叫做梦吗！”南宫轩温和的声音中，有着渴望。

“南宫轩，停止你愚蠢的行为！”

“欣心！”南宫轩不悦地挑眉。

“我不喜欢你，更不会跟你走！”欣心果断而坚决地说，“你不要逼我翻脸！我大不了连哥哥都不要！”在不知道暗影身份的情况下，她喜欢暗影，愿意跟着他浪迹天涯。但是一旦知道暗影便是南宫轩，欣心说什么都不会明知道是错却仍继续犯下去。

乱伦，是要遭天谴的！

“欣心，你亲口说过，你喜欢我！”南宫轩抓着欣心的肩膀激动地质问。

“我对你的喜欢，仅止于兄妹，别无其他。如果你不想要的话，我立马收回！”欣心朝南宫轩冷着脸说。

“那么，你亲口说喜欢暗影呢！”南宫轩不甘心地问。

“那是个无知的错误！”

“欣心，因为我是南宫轩，所以你就要否决对我的爱吗？”南宫轩面色决然地问。

欣心眼睛的余光淡扫了一眼，依她对南宫轩的了解，如果欣心否决的话，南宫轩定然会选择死亡。但欣心若是承认的话，又实在没办法再坦然地面对南宫轩。她暗自咬了咬牙，准备快刀斩乱麻，挥刀砍情思。

“欣心，你就当我是暗影，就认真地回答我一次，好吗？”暗影急切地确认，“你到底有没有爱过我？哪怕一点点，我是暗影的时候！”

“南宫轩，你不是暗影！这个问题，不要再说了！”欣心忍无可忍地打断。

“欣心，过去的那些事，你真的要丢开吗？”南宫轩小心翼翼地问着。那么多温馨、幸福的场景，都要硬生生地从记忆里剥夺掉吗？

欣心实在太过残忍了！

欣心咬着唇，淡淡地说：“过去的事，我们都不要再提，忘记吧！但是以后，你回灵山去，我们尽量不要再见面了！”

“即使再见面，也当作陌路。”欣心脸色淡然地补充道。她不可能做到还跟以前一样，毫无芥蒂地对待南宫轩，更不可能任由暗影破坏她的心境。欣心需要很长的一段时间，去慢慢地忘记这些不愉快的记忆。

南宫轩浑身一僵，这就是欣心想要的结果吗？这层纱挑开了，真的连兄妹都做不了了吗？真的要各奔西东成为陌路吗？以后远远地、默默地守护都不能了？不！这不是南宫轩想要的结果！

“欣心，这不是我要的结果，对不起！”

这是个下下策，也是目前唯一能做到的。欣心心头蓦然一惊，南宫轩要做什么？还没有猜测出他的想法，他已经朝欣心闪电般地出手了。

欣心甚至都忘记了抵抗，还来不及看清楚，便直直地朝后面仰倒了下去。

南宫轩抄手接住欣心，捏着一颗药丸，朝欣心的嘴里喂了进去，手掌在欣心的背后运气，让那药丸快速地在欣心体内发挥药效。忘忧，不是毒药，只会让人失去记忆。本来，南宫轩是为自己准备的，他喜欢欣心，喜欢到已经不可自拔的地步，生怕自己做出禽兽不如的事，才向前门主要了世上罕见的忘忧。

原本只等欣心安心地嫁给冷浩风后，他一个人偷偷地吞食忘忧，将欣心忘却，将这段见不得光的恋情扼杀。所有的伤痛，他南宫轩一个人背，绝不让欣心受一点委屈。谁知道，上苍的安排太过可笑了！

暗影的身份，让南宫轩一再与欣心相遇，擦出火花。夜幕下的欣心，飘香阁的花魁，这些与众不同的个性，都让南宫轩对欣心有了新的认知。越来越多的发现，她是那么的与众不同，他本意只是想陪伴着欣心胡闹。谁曾想，冷浩风会一再欺负欣心、辜负欣心。他唯有一次次地出现在欣心身后，给她依靠，帮她擦干泪水。

南宫轩的意念渐渐地背离，他只是暗影，用暗影的身份，单纯地去爱着欣心。以后南宫轩还是会在欣心找到幸福后吞食忘忧，那么请在这之前，让他放纵地、好好地、彻底地去爱一回。

暗影的身份，曾经让南宫轩不耻，因为暗影只是个杀人不眨眼的恶魔。但是跟欣心相处，却是南宫轩最幸福的快乐时光。直到最后，南宫轩的眼里，除了欣心，什么都容不下了。南宫轩也曾担忧过欣心知晓真相后的反应，但还是忍不住这样去冒险了。他真的很爱欣心，愿意丢开世俗的一切，只想跟欣心携手到老！

也许在世人的眼里，南宫轩是个疯子，但他只是单纯地爱着。显赫的家世，他可以不要；江湖上的名声，他可以一笑置之；门当户对的姑娘，他更是不屑，只想守护着他的宝贝妹妹。望着她犹如婴孩般纯真的笑容，南宫轩的心，就莫名的满足。欣心，对于南宫轩来说，是个解不开的魔咒！

南宫轩小心翼翼地抱着欣心，看着她红润的脸颊，亲昵地吻了吻，俯在她的耳边，轻声地说：“欣心，如果爱你是种错的话，我不想对。如果对等于失去你的话，我愿意一错再错。可是，我不想看你难过。”

南宫轩怔怔地看着欣心，犹豫是该将欣心留在南宫府，还是带着欣心去江湖上。前者欣心醒来，不记得暗影，不记得冷浩风，但至少还记得南宫轩是她的哥哥，自己还能继续名正言顺地留在她的身边，保护她；而若把欣心带入神秘门，一无所知的欣心，能接受满手血腥的他吗？还有南宫府，真的能让他将欣心带出去吗？

冷浩风从昏迷中渐渐醒转，映入眼的便是一袭黑衣的背影，再仔细一看，似乎还抱了个人。“有贼！”还是个采花贼。

南宫轩抱着欣心，终于下定决心将她带走，一切重新开始。因为，南宫轩没办法再如之前一般，强装无动于衷地看着欣心去找寻自己的幸福。

冷浩风迅速起身，身影犹如影子般，快速拦在南宫轩面前，将南宫轩的去路堵住。“想跑？”他斜睨了眼南宫轩。

南宫轩面色淡然地瞅了眼冷浩风。

冷浩风没有认出南宫轩，出手攻击了上去。

南宫轩抱着欣心侧身闪过，轻巧地挪远了几步，不想跟冷浩风纠缠。

冷浩风眼光从南宫轩怀里扫过衣衫不整的欣心，眼睛中的怒火烧了起来，口气冷冷地道：“把人放下！”

“看你本事！”

冷浩风出手更加阴狠、快速，南宫轩抱着欣心有些不便，躲得狼狈。冷浩风朝欣心身上挥去一掌，南宫轩急切地侧身挡过，将欣心护了起来。冷浩风那掌便实实在在地打到了南宫轩的身上。南宫轩倒退几步，吐了口血。冷浩风眼疾手快地将欣心从南宫轩手里抢了过来，往床上一丢。南宫轩不顾空门暴露，直接飞身将欣心抱住。

冷浩风的两掌如预期般地朝着南宫轩的后背再一次袭击了上去。

南宫轩喷吐几口血，将欣心轻柔地放在床上，回转身，幽深的眼睛凝视着冷浩风。两个人，四目相对，浑身都散发着怒意。

冷浩风朝南宫轩再一次出手。他还不信了，挨了他三掌，这个人还能逞强多久？

南宫轩不敌冷浩风，节节败退，轻咳了几声，背后顶着墙，才知道退无可退了。

“你到底是谁？”

南宫轩不再多言，朝床榻上的欣心深情地望了一眼。

冷浩风顺着南宫轩的视线望着床榻上的欣心，嘴角挂着冷意道：“原来是个偷香窃玉的采花贼！”

南宫轩慵懒地扫了眼冷浩风，连话都懒得接。

冷浩风不甘心被如此无视，一扬手，朝南宫轩扔了个花瓶过去。南宫轩随手挥开，清脆的破裂声，在屋内特别清晰。

“怎么了？”

“出什么事了？”

季田跟秋月的声音由远而近。

南宫轩随手扬了把粉末，便轻巧地从天窗翻越而出。冷浩风挥开满天的粉末，黑衣人却不知道所踪了。

“师妹，人往那边跑了，快追！”季田的声音，在夜里格外清晰。

第二十三章　忘记了前情骗不了心

冷浩风止住追出去的脚步，面无表情地朝床边走近。看着欣心熟睡的面容，他白皙、修长的手指，忍不住朝那面容抚摩了上去。这样的欣心，比平日里少了几分张牙舞爪的凶悍，纯真得犹如孩子般透彻，手掌中传来的细腻的触感，让冷浩风不由得在欣心的脸颊上，流连忘返，细细地描绘着欣心的唇、眉、眼……

欣心似乎不满冷浩风打扰她的梦境，不满地嘟囔了下嘴。

冷浩风低头看着身上斑斑点点的血迹，如果他没猜错的话，这些都是某人的杰作吧！冷浩风嘴角挂着邪魅的笑，俯身朝欣心的唇吻了上去……贪恋着那柔软微凉的触感，却因得不到回应而微微地感到恼怒。

欣心沉睡着，挪动了一下嘴，似乎呢喃了句："暗影，别走。"冷浩风凑近了欣心的唇，侧耳倾听，又什么都没了。

冷浩风纠结着俊眉，总觉得哪里似乎不对劲！

刚才那黑衣人是谁？为什么要抱欣心走？从他护着欣心的举动看，冷浩风的心底有些抽痛，嫉妒了起来。那个黑衣人，跟欣心是什么关系？为什么宁愿自己受伤，也要护着欣心？

冷浩风为什么跟欣心在一个房间，还有身上那么多暧昧的齿痕。

半醒半梦间，冷浩风似乎做了一个很长的春梦，梦里尽是欣心跟他激情悱恻的缠绵……

“欣心，欣心！”冷浩风伸手拍着欣心的脸颊，呼唤道。

欣心迷糊中不满地翻了个身。她陷入了一个很长很长的梦境里。她在不停地奔跑，追着一个黑色的影子，却怎么也追不上，一个人站立在苍茫中哭泣着，泪水顺着眼角滑落。

冷浩风一怔，伸手温柔地将欣心的泪水拭去。

欣心迫切地抓着冷浩风的双手，在那儿喃喃自语，“为什么……为什么……我恨你……我恨你……”

欣心的指尖，掐着冷浩风的掌心。

冷浩风吃疼地抽了抽手，想继续唤醒欣心。欣心将冷浩风的手抓得更紧了，用尽了力气，犹如溺水的人抓住浮木一般，按在胸前，呢喃着，“南宫轩，我恨你！你为什么要骗我！”

冷浩风又傻眼了几秒，呆呆地不知道该有什么举动。南宫轩骗欣心？这两兄妹之间发生什么事了？

冷浩风脑海中浮现宠妹如天的南宫轩，不知不觉在心头有些说不出来的吃味。

“滚！我不想再看到你！”

冷浩风心虚地将手从欣心怀里抽了出来，她在睡梦中都要他滚，这，太让他自尊受挫了！

“你现在就真的这么讨厌我？”冷浩风反握着欣心的手，带了几分受伤地开口问着噩梦中的欣心。

欣心不安地挥舞了几下手掌，蓦然地睁大了星眼，无焦点地睁着，一动不动。

冷浩风倒是被欣心的举动吓了一跳，双手自然地推了推欣心的双肩，关切地问：“欣心，你醒了？”

欣心腾地一下子，僵直了身子，半坐了起来，睁着大眼，也不说话，也不看冷浩风，静立犹如雕塑。

冷浩风伸手在欣心的眼前扬了扬。欣心的眼睛暗淡无神，依旧没有焦点，也没有出声。

“欣心，你没事吧？”

冷浩风目瞪口呆地看着欣心从容地闭眼，仰躺下去，再一次睡着了。看着欣心纯净如婴孩般的脸庞，有一瞬间，冷浩风有掐死欣心的冲动！他翻身直接把欣心压在身下，报复地对着欣心白皙纤细的脖子用力地啃咬下去。他就不信，这样她还能睡得着！

一声短促的吃痛，从欣心嘴间飘了出来，她怒气冲冲地睁开眼。盯住眼前的人影，放大的俊脸，让欣心失神了那么一会儿，呆呆地说了句：“你是谁？”

一股怒火直冲冷浩风的头顶，欣心竟然问他是谁？要装傻，也要找个好点的理由！

欣心伸手抚摩上了冷浩风俊美的脸，明媚地朝冷浩风笑了笑，“长得可真美！”

冷浩风石化。

“欣心，你没吃错药吧？”

“你才吃错药了呢！”欣心俏皮地朝冷浩风笑了笑，勾着冷浩风的脖子，亲了一下。

冷浩风浑身僵立。他忍不住要怀疑，自己是不是真吃错药了，才产生了幻觉！欣心如此和颜悦色地对他，还主动亲吻他？欣心在冷浩风怀里蹭了蹭，又疲倦地打了个哈欠。冷浩风受宠若惊地抱着欣心，忍不住试探般地轻轻地吻了吻欣心的唇角。没有往日的冷言冷语，欣心主动勾着冷浩风的脖子，调整了一个较为舒适的姿势。

欣心睁着星眼看着眼前的冷浩风，犹豫了几秒，这样做，对不对？

冷浩风沿着欣心白皙柔嫩的脸蛋不断地印下轻柔的吻，渐渐地转移到颈脖、耳垂。欣心紧拽成拳，咬着唇，闭上眼，淡淡地对冷浩风说：“去点天香。”她虽然不知道南宫轩给她吃了什么药，但在刚才全身如火般地焚烧后，暗影的身影越来越模糊。她虽然还不确定，但已猜到了，应是忘忧。

南宫轩给她下忘忧做什么？如果，在乱伦跟不爱之间，欣心宁愿选择不爱，也不要一错再错，因为，要忘记一切爱上冷浩风这样的男子，不算难事！

如果，因为没有记忆而选择南宫轩的话，将万劫不复。

欣心在记忆没有被完全洗刷之前，选择跟冷浩风在一起，杜绝一切隐患。

冷浩风燃着欲火的桃花眼，清明了起来，忙将欣心的衣衫拉好，不安地道歉，“欣心，对不起。”

欣心没有睁开双眼，因为她怕流泪，深吸了口气，才说：“其实，我们已经生米做成熟饭了。”

冷浩风不敢置信地看着欣心！因为他一点印象都没有。当然，欣心的亲吻他是有点儿模糊的印象，可是，他有对欣心做什么吗？为什么一点那样的认知都没有？欣心伸手，将身上拢着的衣衫拉开。冷浩风的视线，沿着欣心扯裂开的衣衫，自然地望了下去。欣心颈脖上那些印记不由得让他陷入了深深的回忆里，似真，似假……这些都是他的杰作吗？

冷浩风不确定地指了指自己，开口问：“我们真的已经？”

“冷浩风，你别说了。”欣心急切地打断冷浩风，豁出去般地将衣衫半褪下去。

冷浩风刚想撇开眼，但想到已经跟欣心生米做成熟饭了，不由得红着脸看了过去。果然欣心的胸前大片白皙的肌肤上，布满了密密麻麻的印痕。冷浩风惊得退后几步，他有那么粗暴吗。欣心垂眉，没有否认，亦没有承认。

“欣心，这事我会负责的！我们尽快成婚！”

欣心看着冷浩风，只说了一句话：“那就好！”

冷浩风虽然依旧处于大脑空白状态，很多个“为什么”徘徊在心头，但还是聪明地选择了闭口！欣心肯心甘情愿地嫁他了，也许事出有因，但只要能娶到欣心就够了。

欣心努力克制着不让忘忧游走全身，终于抵挡不住吐了口血，喷的冷浩风满脸都是。

冷浩风用手抹了下鲜血，急切地伸手抓着欣心问：“欣心，你到底怎么了？”

欣心强咽下余血，喉咙和口中都是腥味弥漫，正色地对冷浩风说：“你先出去吧，我要疗伤。”

冷浩风伸手，抵着欣心的后背，缓缓地将真气注入欣心的体内，帮着她一起克制胡乱游走的真气。欣心也不客气，闭目开始专注地调整乱窜的真气。

时间悄然流逝，漫漫长夜很快红烛烧尽，欣心顾不得冷浩风，一个人沉沉地靠着床沿边睡了下去。

冷浩风看着欣心熟睡的脸，心头带些暖意，将衣衫脱了，伸手搂过欣心，也渐渐地进入了酣甜的梦乡。

一夜耗费体力地逆行血脉，欣心真气乱窜，差点儿走火入魔，还是没能把忘忧克制住，任由着记忆被一点儿一点儿地吞噬，渐渐地开始遗忘，曾经心动的脸，曾经犹豫、挣扎过的爱。

南宫家的家长，因为心虚自己做的“好事”，也不敢贸然差遣丫鬟前来催促辛劳了一个晚上的人。

日上三竿，恍惚醒转。

欣心想懒懒地翻个身，却发现身体被什么禁锢着，根本不能动。但是很暖很软很舒服，欣心习惯性地朝那柔软暖和的地方蹭了一下。

冷浩风宠溺地看着欣心的举动，主动伸手环上了她的细腰。欣心看着腰间突然多出来的手，忙警觉地转头，首先映入眼帘的是冷浩风赤裸的胸膛，接着才对上冷浩风俊美的脸。冷浩风眨着漂亮的桃花眼，朝欣心飞了个媚眼。

欣心一阵哆嗦，抱着被子，不断地往后退，嘴里不忘失声惊叫，“啊！”

这惊天动地的尖叫声，响彻了整个南宫府。抱着脸盆在门口的吉吉忙丢开脸盆推门而进，“啊……”

欣心退到床边，随着吉吉的惊叫声，连人带被子滚下了床。

冷浩风捂着被欣心高音震疼的耳朵，不满地扫了眼在门口配合欣心惊叫的吉吉。这对主仆倒是心有灵犀！

欣心跟吉吉的惊叫声，将早就守在屋外把风的三位大人引来。三位同样心急如焚的人，一起冲向门口。

“砰”！

吉吉眼疾手快地迅速将门拉上，背顶着门。

欣心忙把自己结结实实地用被子盖严了，只露出个小脑袋，眼睛不安地瞅着冷浩风。

屋外的拍门声，一声比一声急切。

南宫老爹怒道："吉吉，快点儿开门！"

"快点儿开门。"秋月娘亲也中气十足地催促。

"死丫头，快开门！不然我踹门了！"季田师父威胁道。

吉吉不为所动，这一室的春光若被三尊家长看到，非把欣心绑上花轿不可。虽然没办法雪中送炭，但这落井下石的事，实在是不能做！

欣心从被子里伸出手，微微颤抖地指着冷浩风问："你……你是谁？"

冷浩风被欣心的举动倒是搞得哭笑不得，他有那么可怕吗？还有为什么欣心每次醒来都会不认识他，来句他是谁？莫非这是欣心睡醒后遗症。

吉吉比欣心先回神，指着冷浩风便破口大骂，"你这个禽兽。"

冷浩风不悦地朝吉吉冷眼一射。吉吉望着冷浩风赤裸的胸膛，那上面全是密密麻麻的伤痕，不用说，这么明显的牙痕，定是欣心所为。到底谁比较禽兽，这个问题，还是得再议！

"欣心，你可以起来了，地上凉！"

欣心摸着跟大地接触过的屁股，蜷缩在被子里站起身子，朝吉吉问："他……他怎么在我的床上？

吉吉耸了耸肩，茫然地摇了摇头，"我不知道啊！"

"哗啦"，踹门声响起，季田大大咧咧地走进屋子，瞅了眼两位当事人，从容地道："我知道！"

秋月娘亲夸张地指着冷浩风的胸膛惊叫起来，"怎么那么残暴啊？"

冷浩风面色不自在地撇过脸，伸手就要去扯衣衫。毕竟，他没有当众裸奔的爱好，这么多人盯着他看，他会不好意思的！

秋月娘亲不依不饶地抓着冷浩风破裂的衣衫，手指着欣心，喝道："欣心，你干的好事！"这春药好猛，把美男摧残到这般地步。

欣心被骂得莫名其妙，无辜地指了指自己的鼻尖，反问："我怎么了？"

"欣心哪，你还好意思问怎么了？"南宫老爹撩了下额前的刘海，装作无奈地长叹了口气。

欣心茫然，那就不问了。

“出了这么大的事，你还真不闻不问？欣心，责任不是这样逃避的！”秋月娘亲一把揪开欣心裹着的被子。在场的南宫老爹、季田师父都默契地转过身子，免得瞅着欣心的春光乍泄。

欣心衣衫有些凌乱，但绝对不是裸体。秋月娘亲意外地问冷浩风，“浩风，你们是怎么回事？”

冷浩风俊眉微微地挑了挑，看着欣心问：“欣心，你不记得了吗？”

“记得什么？”

“你把我给吃了。”冷浩风从容地说。

“不是吧？”欣心一点印象也没有，昨晚发生什么事了？

冷浩风还真看不透欣心，昨日生米做成熟饭是她说的，今天又似乎有变卦的迹象。女人善变，也不是这样的变法吧！

欣心无辜地瞅着冷浩风。她也不知道，为什么昨晚的事，一点印象都没有啊！

欣心没有办法将忘忧在体内克制住，但是逆行经脉动了真气，又获冷浩风相助，将忘忧的功能也改变了。欣心忘记的东西不多，只是把昨晚那些惊心动魄的事全忘记了。

依旧是那个纯真的欣心，依旧是那个暧昧游走在暗影身前的欣心，南宫轩依旧是欣心喜欢、思念的哥哥……

冷浩风这会儿也顾不得遮掩，直接顶着胸前那些“罪证”，一个箭步蹿到欣心面前，淡漠地道：“你可以不承认，但这些罪证，你可以消灭掉吗？”

欣心不自觉地后退了一步，这些真的是她做的？

那招牌式的牙印，让欣心不得不弱弱地说道：“冷浩风，我们之间真的那个……”

冷浩风紧抿着唇，不再多言语，对于欣心全然忘记的做法不满至极，冷眼直直地朝欣心射着。

欣心求助地将目光转向吉吉。吉吉不动声色地朝镜子走去，对着欣心的颈脖处，一照。

“呀！”望着颈脖上醒目的伤口，欣心不自觉地惊叫声。看来昨晚跟冷浩风的战斗挺激烈的，可是为何欣心没有印象呢？

“欣心，你该不是想吃干抹净了不认账吧？”

“当然……不是！”欣心硬着头皮，不安地咬着手指。问题是，她都不知道到底是不是吃了啊！除了这些印记外，欣心身体也没什么别的不适啊！

“你承认就好！”冷浩风安心地浅笑了一下。

欣心纠结着，欲哭无泪地说：“这承认了，下一步是不是要我负责？”

冷浩风嘴角弯弯向上扬起，对于欣心有这个认知而感到心情愉悦。

欣心恼怒地磨了磨牙，这些台词倒过来还差不多！

“昨天的事，我不记得了，不过肯定是遭人算计！”欣心口气严厉地说道，不爽地扫了眼秋月娘亲、季田师父，那算计之人，不言而喻。

“那又如何？算计了，发生过的事，就不用负责了吗？欣心，你可是把冷浩风给吃了啊！”季田师父明显为冷浩风出头。他是始作俑者之一，当然要帮冷浩风了，不然昨晚的一切，都白费了。

“这……也不能全怪我呀！”欣心的气势明显下降。

“不怪你媚毒发作，难不成还怪冷浩风睡错觉了？”南宫老爹这会儿难得跟季田师父统一战线。

欣心撇了撇嘴，选择了沉默，好一会儿再闷声地说：“既然是个误会，大家一笑而过就算了，不要计较那么多！”

冷浩风斜睨了一下，嘴角轻扯。依他对欣心的了解，这个女人又开始脑子抽风了，大概说什么都不会嫁他了！

秋月娘亲不爽地跳脚，“欣心，你给我把话说清楚！什么叫一笑而过！”

欣心快一步躲到吉吉身后，毫不犹豫地说：“就是忘记就好了，他好我好大家好，才是真的好！”

秋月娘亲抬手就朝吉吉挥了一掌，吉吉忙识相地抱着身子蹲下去闪躲。

欣心也要跟着闪躲，却被秋月一把拎到手里，恨铁不成钢地骂道：“欣心，你顽皮、淘气、使性子都可以，甚至烧杀掳掠，我也都能当作不知道，但你要为自己的行为负责，不能逃避责任！”

“我没逃避责任！”欣心嘟囔道。

“那你要对我负责了？”冷浩风俊美的脸上竟然挂着看戏般的玩味，大大咧咧地接话。

晕！如此大言不惭！

“浩风的话有理！”秋月娘亲点头赞同。

欣心满头乌云罩顶，委屈地朝秋月娘亲问：“那你想让我怎么负责啊？”

“不是我想让你怎么负责，而是冷浩风，你准备对他怎么负责！”秋月毫不留情地朝欣心的头拍去。

欣心吃疼地闷哼了声，无奈道：“娘说什么就是什么吧！”

“欣心，你现在还有理由不嫁给冷浩风吗？”秋月娘亲温和地朝欣心问。

欣心有气无力地摇了摇头，都把冷浩风给吃了，都要她负责了，是没有理由拒绝了。

秋月娘亲“啧啧”了几声，转头对冷浩风问：“浩风哪，这件事是我们欣心的不是。放心，我们家欣心会对你负责的！”

冷浩风朝秋月娘亲毫不吝啬地给了个倾国倾城的笑，道：“那浩风多谢伯母成全了！”

“嗯，把月底的婚礼提前，三日后，我送欣心嫁过去，你们来得及准备吧？”秋月娘亲笑得特别和善，完全就是丈母娘看女婿，越看越欢喜！

为免夜长梦多，她这个娘还真想马上就把女儿给嫁掉呢！

冷浩风微微沉思了一下，满面春风地回答：“应该来得及！”

“那就这么定了！”南宫老爹一锤定音，将欣心的终身大事给定了！

欣心连个抗拒的理由都说不出来，实在是够憋屈的。

“老爷，三日的话，少爷赶不回来吧？”吉吉适时地提醒。

说到南宫轩，欣心忙点头迎合道：“是啊，爹，娘，反正我一定会嫁冷浩风的，还是缓缓，等哥哥回来再说吧！”欣心心底鄙夷。就算等到六七十岁了，再嫁冷浩风也不迟，就看他有没有命活那么长！

“这……”南宫老爹犹豫了起来，欣心出嫁是大事，轩儿这个哥哥不在场，总说不过去。

"这什么这？我们江湖中人，不讲究那些规矩！我说三天后嫁就嫁，南宫楼，你要是敢说个不字，试试看！"季田师父忙打断了南宫老爹的话。

"季田，你闭嘴，到底是你嫁女儿还是我嫁女儿？"

"欣心是我半个女儿，我有权力做主！"季田理直气壮地朝南宫老爹吼了回去。

南宫老爹被气得脸红脖子粗，"你……你做梦！"

"你们两个别吵了，三天后是黄道吉日，就把欣心嫁了，你们都不许再议！"秋月娘亲拉开两个看着就要吵得面红脖子粗的男人。

吉吉给了欣心一个节哀的眼神，无力回天了！谁叫欣心饥不择食啊，把冷浩风给吃了，不负责都不行！

第二十四章　新婚之夜

欣心被捆绑在椅子上，严加看管了三天，差点儿没给捆得四肢瘫痪，这比看犯人还要严厉几分！欣心满心指望着暗影出现，不过渐渐心灰，麻木了。

暗影没有出现，紫衣派来慰问的人也都被秋月娘亲、季田师父给请在家“喝茶”了。那间暗室，加上可怜的吉吉，大概关了不止十个人了。

欣心百无聊赖地望着屋顶，看来，还真要嫁冷浩风不可了！

三天后，欣心终于有幸得见阳光！

欣心被当作木偶般梳洗、打扮完毕了，便搁在了床上。别怀疑她为什么不跑，因为除却穴道被点住不说，欣心像个粽子似的被捆绑了三天，四肢都麻木了，一时提不起劲儿，一阵黯然的幽香蹿入欣心的鼻尖。

欣心不由得暗骂了声卑鄙，都点住穴道了，还下药，这么狠！爹爹跟娘亲到底是不是亲生的啊？不过，欣心没抵抗一会儿，便倒在床上昏昏欲睡了。

嫁吧，嫁吧！欣心不挣扎了。

新郎早早地穿着艳红色的喜服，骑着俊伟的白马，来南宫家迎亲了。

一路吹吹打打，好不热闹！

新郎那张俊美的脸，在喜服的衬托下，更是英俊非凡，偶尔朝着众人和善的一笑，倾国倾城。

街上密密麻麻地排满了看热闹的人，这第一美男娶妻，碎了多少姑娘的芳心啊！

大红花轿，大红嫁衣，鞭炮声更是响彻了大街小巷，这是一场空前绝后的豪华婚礼……

家长和宾客们都是满脸喜气，互道恭喜。

冷浩风从容地接受了一波又一波宾客的贺喜，带着微醉的步伐，飘飘然走进了新房。

开门进去，入眼便是在一堆红花、喜字锦被间坐着的身穿红色喜袍，顶着凤冠霞帔的新嫁娘。

冷浩风嘴角挂着浅淡的笑，揣测着此时红盖头下的欣心，该是何种反应。

满面含羞、眉眼含春地期待这场婚礼，或者满面黑脸、愤怒地抗拒，指责这场婚礼？

冷浩风猜不到，但是能娶到欣心，就有追求自己幸福的资格了！

“欣心，真没有想到，我这么快就娶到你了！”冷浩风低笑出声，踩着微醺的脚步，朝着喜床边靠了过去，满心的欢喜。

红盖头下的欣心，竟然乖巧、温顺得一动不动，也不出声，倒是让冷浩风意外了。他忍不住戏谑地说道：“欣心，都这个时候了，你该不会还在赌气，说不肯嫁我吧？”

横竖都被绑上花轿，拜了天地，入了洞房，就没有反悔的余地了！红盖头下的人，犹如雕塑般，一动不动。

冷浩风心头的疑惑渐渐扩散，继续自说自话道：“欣心，你是不是准备跟我赌一辈子气，不再开口说话？”又是意料中的沉默，看来冷浩风踢到硬铁板了！

冷浩风叹口气，站在新娘面前，瞅了几眼，总觉得有点儿不对劲，心头警觉起来！

这煮熟的鸭子，该不会还是飞了吧？

冷浩风顾不得去拿秤杆挑红盖头，伸手直接拉开喜帕。飘起的红盖头下，一张精致、绝色的容颜，瞪着明亮的星眼，可怜兮兮地瞅着冷浩风，当然嘴里还塞着东西。

冷浩风一张俊脸却在看到新娘子的面孔时，脸色“唰”地变得铁青无比，满头黑线！

该死的！这煮熟的鸭子，还真飞了……

身穿嫁衣，乖乖坐在喜床上的并不是他的娘子欣心，而是那个丫鬟吉吉，这到底是怎么一回事？

逃婚？听说欣心已被下药，并且绑了三天，还有那么多高手看着，根本没机会。

私奔？也没听说欣心被掳走之类，在南宫家，秋月夫人跟季田的功夫可不是吹出来的！

怎么欣心会突然变成吉吉了？

冷浩风接新娘、拜天地的时候，可都是欣心本尊。别问为什么，就是直觉！

为什么到了新房内，却变样了呢？新婚之夜开这样的玩笑，实在是过分！

冷浩风惊怒交加，呆愣了好久，才回神，怒道：“吉吉，怎么是你？”

吉吉没好气地扫了眼冷浩风，吼什么吼？没看到她不但被点穴，嘴里还塞了东西吗？

冷浩风反应过来，将吉吉身上的穴道解开，没耐心地吼道：“还不快说？”

晕！声音大了不起啊？吉吉又不是被吓大的！

吉吉慢条斯理地将硬塞在嘴里的布取下，四肢随意地扭了扭，动了动，完全无视冷浩风的怒火冲天。也是，丢了新娘的是他，着急的当然是他，关吉吉什么事？

冷浩风粗暴地捏住吉吉的手腕，愤怒地问吉吉，“欣心呢？”

吉吉也冷着脸，将抓着她的手一指一指地掰开，同样黑着脸道：“冷浩风，在问别人话之前，请你注意态度！”

死男人，一点儿也不懂得怜香惜玉，吉吉这细皮嫩肉的，经得起他这样摧残吗？难怪欣心不肯嫁了！原来这男人脾气还真不好！真没风度，光长了一张祸水的皮囊！

吉吉在心头鄙夷了一下，不过也严正了起来，欣心到底让谁掳走了？

冷浩风讪讪地放开吉吉，脸色阴沉得吓人，“吉吉，快说，欣心到底去哪儿了？”

他努力克制暴怒，一定是欣心玩的小把戏，看在新婚之夜，就不跟她计较了！

吉吉摇了摇头，“我也不知道欣心被谁掳走了。”

吉吉的话刚说完，冷浩风便立马跳脚，粗暴地扣着吉吉的肩膀，道：“欣心被掳走了？你还在这儿不急不火的！说，是不是你把她藏起来了？”

“冷浩风，你闭嘴！”

冷浩风也意识到自己的情绪似乎过激了，忍着怒意问：“你说，到底是怎么回事？”

吉吉甩手，挥开冷浩风的钳制，忍着肩头的酸疼，认真地说：“其实我也不知道是怎么回事。在入洞房之前，欣心被看得严严实实的。刚进新房，便来了两个蒙面黑衣人，直接将欣心掳走了。”吉吉缓了缓气道，“我被点住穴道了，动弹不得。后来又进来两个蒙面人，直接将红嫁衣往我身上套，接着，你就进来了！”

冷浩风转身便要出去，新娘被人掳走了，当然要找人去。

吉吉快一步想拦在门前，但因为四肢僵硬，华丽地摔倒在冷浩风面前。

冷浩风总不能踩着吉吉过去，恼怒地吼道：“你拦着我干吗？莫非是欣心的诡计？”

就知道这丫鬟有问题！那就代表着，欣心也有问题！

吉吉揉着疼痛的膝盖，没好气地瞅着冷浩风道：“我活这么大了，还真没见过你这么没品的男人！”

什么事都往欣心身上推，虽然欣心前科是很多，但今天这事，还真跟她没啥关系！

欣心再怎么没分寸，也不会在新婚之夜跑人。要跑，肯定是之前就跑了！

吉吉利索地站起身子，严正地指着冷浩风道：“虽然欣心是一千个、一万个不想嫁给你，但她既然不长眼地把你吃了，还是肯负责的。这会儿她被人掳走了，当然是先分析情况。你这样贸然地派人出去找，找得到吗？”

冷浩风的脚步，适时地停住了，她说的好像有那么点道理。不管欣心是自己跑的，还是被别人掳走的，还真需要有个目标，不然那么个大活人，该如何去找呢！

“你这样没目标地去找，先不提找不找得到人，还可能把欣心的名声都给毁了！你赔得起吗？”

新婚之夜，不论什么理由，新娘不见了，名声总归不好听！

冷浩风峻拔的身影僵立了一下，朝吉吉虚心地问：“那现在该怎么办？”

“你去找秋月夫人跟季田师父！我们一起讨论一下，到底是谁把欣心给掳走的，再商量一下营救计划！”

冷浩风疑惑地扫视着吉吉，小心翼翼地确认，“真的不是欣心计划的逃婚吗？”

“欣心能用这么蹩脚的计划吗？再说了，欣心能跑早就跑了。”

被吉吉这样不留情面地一顶，冷浩风自知理亏，摸了摸鼻子，讪讪地出去找人。

欣心到底被谁掳走了呢？

话说欣心被三位家长下药后，便一直浑身软绵无力，脑袋更是昏昏沉沉的。依稀记得冷浩风来迎亲，她被丫鬟搀扶了出去。确切地说，是被背出去的，因为她根本无力行走。接着，欣心无力地倒靠在那花轿上，颠簸了一天，满耳朵都是吹吹打打的吵闹声，让她不由得心浮气躁，更加烦闷！也不知道到底吹打了多久，欣心只觉得在闷热的轿子里已经被闷得头昏脑胀、有气无力了，才等到冷浩风接她下轿，将她背进丞相府。欣心是被喜娘搀扶着，勉强拜完天地的。

她是在吉吉的可怜、同情声中，才被安全地送到了洞房。耳边的吵闹声一下子安静下来，一切都被隔在门的另一端。

欣心不由得长叹口气，终于能够好好地休息休息了！这当新娘，还真不是人干的事儿，又累，又饿。不对，她一个激灵，猛然张开了星眼，这个情况，好像不太对劲啊！欣心是累得迷迷糊糊睡过去的，她，她不是应该在新房等着冷浩风掀盖头的吗？

可是眼前这间屋子，华丽是华丽，但怎么看都不像是新房啊！

欣心疑惑地四周扫了一眼，将那顶沉重的凤冠朝地上一扔。这迟迟不见新郎的人影，冷浩风个浑蛋到底在干吗？莫不是娶欣心回来就是为了报仇吧？这还没洞房，就先把欣心晾在新房了。

欣心将身上那些碍事的东西一一抓下，随地丢着，没好气地对屋外吼了声，“死人啦！”“嘎吱”一声，门开了。

外面走进来了两个丫鬟，关切地问：“小姐，有什么吩咐？”

欣心见她们两个异口同声地说话，不由得感到好玩，忍不住逗道：“没看到我身上的红嫁衣啊？现在该叫我夫人！”

那两个丫鬟相互对视了眼，默契地叫道：“夫人，不知道有什么吩咐？”

欣心心底暗忖道，算冷浩风还有良心，知道给她留两个丫鬟候着。她打量了一下这两个丫鬟，眉清目秀，但看着相当眼生！想当初，她可是在冷府小住过不少日子，丫鬟也都是挺熟的。

“你们是新来的？”欣心挑了挑眉问。

那两个丫鬟再一次异口同声，“回夫人，我们在这服侍少爷有四年了！”

“那我怎么没见过你们？”

那两个丫鬟心里也委屈，你没见过我们，我们还没见过你呢！这少爷的爱好，越来越奇特了！养了那么多美人不算，竟然连抢婚这种勾当都做得出来。这姑娘的胆子倒是大，遇到少爷那么奇怪的人，还能面不改色。

欣心被两个丫鬟看得浑身都有点儿不自在，口气不善地道：“看什么看？没规矩！”

那两个丫鬟忙低头，不再乱看。

欣心又觉得无趣，问：“你们不认识我？”

那两个丫鬟诚实地点了点头，“我们也是第一次看见夫人！”

欣心环视了一下屋子，安静得诡异，忙问：“我的陪嫁丫鬟呢，你们给我把她叫来！”

“少爷带夫人来的时候，就夫人一个人！”两个丫鬟低垂着眼睛回话。

这是变相的软禁吗？新婚洞房还没进，冷浩风就准备将她藏起来凌辱吗？欣心心底有点儿不安，面色也渐渐浮现出一丝焦虑。

那两个丫鬟察言观色后，讨好地对欣心说："夫人，少爷要我们好好照顾你。你有什么吩咐，尽管说。"

"还算有点儿良心！"

那两个丫鬟尽责地站在一边，大气也不敢出。

"你们叫什么名字？"欣心问。

那两个丫鬟眼神交换了下意见。

欣心当作没看到，从桌子上抓了杯茶，猛灌几口。她现在是又累又渴，喝几口凉茶，冷得牙齿都有些打战，忍不住便吐了出来。冷浩风这浑蛋，果然准备虐待她，连茶都是凉的。欣心一个恼怒，将被子捏碎了，又将那壶茶朝桌子上一扔。壶碎，水"滴答滴答"地沿着桌角滴落了下来。

那两个丫鬟忙上前收拾残局。

欣心沉着脸打断，"先别收拾了！"

那两个丫鬟立马停下来，乖巧地等着欣心吩咐。

"叫什么名字！"欣心随手指了那个红衣服的丫鬟问。

"婢女叫秋！"那丫鬟机灵地下跪。

"起来。"欣心朝秋扬扬手，秋站了起来。又指着另外那个水蓝色衣衫的女子问："她叫秋，你该不会叫冬吧？"

"回夫人的话，婢女不叫冬，婢女叫春！"

欣心忍不住"扑哧"一声大笑，便被口水呛到了，"咳咳咳……"

春跟秋不明所以地看着欣心，小心翼翼地问："夫人，你没事吧？"

欣心喘了口气，严正地指着春调笑，"你再说一次，你叫什么！"

"婢女叫春。"

"叫春哪。"欣心苦中作乐得仰天长笑，"哈哈哈哈，叫春，叫春，好玩死了！"

春跟秋不明所以，她们的名字，有那么好笑吗？

笑够了，欣心心里头的憋气也好了，再一次打量了一下这个屋子，开口问："这是哪里？"

“群芳阁的彩蝶楼！”春和秋又是异口同声。

欣心茫然地眨了眨眼，群芳阁？冷家有这么块地盘吗？彩蝶楼？怎么听着感觉像花楼？“你们少爷呢？”欣心忍不住朝那两个丫鬟问。她该不是被冷浩风卖入花楼了吧？这人心肠也忒毒了点儿吧。

春跟秋有些局促不安，看看欣心，又看看屋外，低着头，不回答。

欣心忙冲向门边，一把拉上大门，拉了几下都不动。该死的，竟然被锁上了？

欣心忙怒火腾腾地瞅着那两个丫鬟，质问道：“钥匙呢？”

“从外面锁上的，我们没有钥匙！”

“该死的！”欣心抓狂，狠命地朝那门踹了上去。

春跟秋被欣心的气势吓到，怯生生地缩着身子，头低得都快埋到胸口了！

“到底怎么回事？”欣心渐渐觉察出不对劲。冷浩风再怎么不好，也不会在新婚之夜，将欣心给锁起来，更别说将她关到这陌生的地方！

春跟秋摇了摇头，“夫人，我们也不知道是怎么回事！”

欣心正要发怒，秋眼疾手快地拿着帕子在欣心鼻尖拂过。她眼前一黑，便往后倒了下去。

春伸手将欣心扶住，不安地对秋道：“你怎么又用上迷香了？姑娘刚醒，又下药，对身体很不好的。”

秋扫了眼春，撇了撇嘴道：“你以为我想啊！还不是少爷说的，如果她醒了，吵闹的话，再把她弄晕了就成！”

“真不知道少爷是怎么想的。自己都要大婚了，还去抢别人的新娘子，简直就是，简直就是……”春绞尽脑汁想了一下，没有找到适合的形容词。

“简直就是太异类了！”秋帮着春补了句。对少爷喜欢收集美女的爱好，已是见怪不怪了。没办法，习惯成自然，从小姐、少主，喊到少爷，她们的主子，一向都是狂妄自大，唯我独尊的。

“这新娘长得确实美，难怪少爷要抢亲！”欣心绝色的容颜，在明艳的红嫁衣的衬托下，更加美艳夺目，秋仔细地打量着欣心说。

“别人家的新娘也抢，实在是不成体统！”春无奈地摇了摇头。

“少爷顽劣又不是一天两天，姑爷还不是更怪，竟然纵容少爷去抢亲。”秋嘴角带着抹无奈的笑，怪事年年有，今年特别多！

春的眉头蹙了起来，“你说，少爷跟姑爷到底是怎么回事？”

有这么奇怪的未婚夫妻吗？竟看上同一个女人，还为此大打出手。两个人打了大半个晚上，不分胜负，却又勾肩搭背地凑在一起商量着抢亲的计划。

春、夏、秋、冬四个女婢以为他们两个是无聊说着玩的，结果，少爷跟姑爷还真扛了个新娘回来。这不，人扛回来了，分赃不匀，还在外面切磋，打着呢。

“少爷跟姑爷怎么回事，我不清楚，但是这位姑娘一定不简单！”

“有什么不简单？不就是那冷浩风的娘子吗！”春有些不以为然。

秋低下头想了想。

“秋，少爷为什么不把冷浩风一起抢回来啊，多个美男看看，也不错！”春又把话题跳到了冷浩风的身上。

“少爷喜欢美女，不喜欢美男！”

“我也就是说说而已。不过，这姑娘来了，估计我们的生活平静不了了！”春的神色也从遐想中归位。

“少爷跟姑爷都喜欢她，而她似乎也不是个善茬！”春严正地分析。

“你希望少爷赢得这个美人，还是姑爷？”秋正笑嘻嘻地问。

“我希望他们两个都不要，别忘了，他们都快大婚了。这个姑娘搁在这儿，其实很碍事！”春心直口快地说。

“我们不要再多说了，出去吧！”

欣心蜷缩着身子，靠着药物，睡得香沉。

一道白影在黑夜里如鬼魅般一闪，从天窗悄然翻身跃进了屋内。一双幽深明亮的眼睛映着月光，熠熠生辉地注视着屋内的人影。

床榻旁纱帘浮动，隐隐显现着榻上的人影。

云岭的嘴角挂着一抹奸计得逞的笑意，她一定要毁了南宫欣心的清白，出出之前所受的那些恶气。南宫欣心，看你明日还能不能嚣张！云岭得意地眯起了星眼，那俊美的五官，更加阴柔，雌雄莫辨！

云岭轻巧地往那纱幔后的大床上走去，今晚一定要给南宫欣心一个永生难忘的夜晚！

云岭一把掀开那纱幔，抬起欣心的下巴，掰着欣心的嘴喂了颗药进去，靠坐在床头，静静地等待着媚药的发作。

欣心浑身开始燥热，不断地由小腹向四肢蔓延。她紧闭着眼，伸手不自觉地胡乱在身上抚摩，以求减轻些酥麻的灼热，低沉的呻吟，克制不住地从唇间飘散出来。

云岭笑得更加邪媚，性感的唇便往欣心的脸上凑去。欣心虽然昏沉，但疼痛让她不由得蓦然睁大了星眼，望着云岭，软绵无力地朝她便挥了一掌。

云岭毫不费力地抓着欣心的手，扣得死死的，接着张扬地“哈哈”大笑起来。

欣心撇过脸，挣扎着骂了句，“不要脸！”

浑身的燥热及云岭的出现，欣心不用大脑思考都知道，自己是被云岭这个变态女人掳来的。也只有这个变态女人才拥有那么俗气、恶心的群芳阁，外加彩蝶楼，还有那该死的春药！

“你今天敢动我试试看，我明天就一把火烧了你的老窝！”

云岭不怒反笑，捏着欣心的下颌，道：“南宫欣心，神秘花魁，这么辣的个性，我喜欢！我今天不会碰你，但一定会让你这辈子都记得，今晚销魂难忘的时刻！”

欣心嫌恶地朝云岭吐了口唾沫，“滚远点儿！”

“你中了我的夜夜醉，让我滚了，我怕你会痛苦难熬自残而死呐！”云岭微挑了下英眉说道。

“大变态！”欣心动弹不得地看着云岭从袖内抽了条花斑点点的小蛇出来，疼爱地在那蛇脑袋上亲吻了几下。

欣心恶心地想吐了！

云岭似乎很满意看到欣心如此惧怕的情景，捏着那条吐着红信子的蛇，轻柔地搁在了她柔嫩、敏感的颈脖上。欣心浑身燥热，贴上那略带凉意的蛇，泛起一阵鸡皮疙瘩。

欣心的心底泛寒，云岭这个变态女人，什么事都做得出来，该不会想拿那蛇……

“南宫欣心，你放心，我的宝贝，绝对比男人还能将你伺候好！”云岭边说边开始动手解欣心的大红嫁衣。不过扣子太多，她解了几次，都没有顺利解开，恼怒地挥手，直接将欣心的衣衫给撕裂了。

见过变态的，没见过如此变态的女人。

云岭欣赏地将手抚上欣心的颈脖，然后顺着一路向下，停在了欣心酥软的胸前，爱抚般地揉捏了起来。

欣心真恨不得咬舌自尽，被个变态女人吃豆腐，说出去，老祖宗的脸都丢光了。她不甘受辱，决然地闭眼，准备咬舌。

云岭似是料到了欣心的举动，顺手将欣心的穴道点了，嘴角勾着笑意道：“南宫欣心，我不会让你死的。你死了，我多无聊！”云岭就是喜欢凌辱欣心，定要把她身上的傲气都消磨干净。

欣心求死不能，漠然地闭眼，即使身上火热得好似要燃烧起来，仍忍着不发一语，豆大的汗珠不断从身上冒出来，莹光闪闪的。

“你抗拒不了我的夜夜醉，一会儿，我就等着你理智全失，哭着求我。”云岭边说着，“魔爪”还不断地在欣心的身上游走，点着火。

欣心的理智渐渐地被药物迷惑，眼神迷乱了起来，不小心瞟到云岭手上那条吐着信子的花斑蛇，胃里恶心地翻腾起来。

云岭对于欣心能撑这么久有些意外，随手将那蛇搁在她的胸前，抬手便捏着她的下巴，凑嘴靠近。欣心挣扎地撇过脸。云岭亲到了枕头上，耐心十足地圈固着欣心的头，再一次凑着她的脸，用力地啃咬了下去。欣心柔嫩的脸上，被云岭如此大力地啃咬，不一会儿便有血腥味弥漫了出来。云岭轻舔了下那些血丝，邪魅地说：“南宫欣心，夜还很长，我们慢慢玩。”

“你今天要么折磨死我，要么我会百倍千倍地还给你！”欣心有气无力地威胁道。

“我不是吓大的，你尽管威胁我好了。”

欣心的心越来越沉重，嘴里越来越干燥，理智越来越混乱。

云岭撩拨着欣心的唇，厚颜无耻地问："你知道我为什么喜欢女人吗？"

欣心无视她，就当被狗咬了，总不能去回咬狗吧？

"因为女人比男人柔软，摸着舒服。"云岭边说，嘴又朝欣心靠近。

突然，有一道身影直接趁云岭不备，敲上了她的颈脖。云岭靠着欣心胸前倒了下去。

欣心看着蒙面人，从他的身影可以看出是个男人，但他的脸却捂得严严实实的。

是敌是友，欣心已经没有理智思考了。

暗影嫌恶地将云岭从欣心身上拽下去，又将那条恶心的花斑蛇直接捏碎了。如果不是暗妖娆命令不许伤害云岭，他这会儿捏的就不是蛇，而是云岭这个变态的女人了。

暗影隔空将云岭点住穴，又将欣心的穴道解了，生怕她嫌恶似的，远离了几步。他克制住上前搀扶欣心的欲望，刻意压低嗓音道："快点儿穿好衣服，离开这里！"

欣心迷蒙着星眼，已看不清楚眼前的人是谁，只觉得浑身热得受不了了，犹如烈火焚烧，却找不到突破口。她无意识地撕扯着衣衫，不一会儿，连贴身的艳红肚兜都扯裂开来，大片春光，直射入暗影的眼。

看来欣心已经被春药折磨得无意识了，根本别指望她还能自己穿衣服！暗影很努力地撇开脸，忍着满眼的欲火，上前颤抖地拾起被子，准备将欣心裹住，带她离开玄天门。

欣心伸出白皙的藕臂将暗影的脖子钩住，魅惑般出声，"热，我好热。"

暗影的眼睛复杂，隐忍地将手握成拳：欣心，你不要再勾引我了。

欣心将滚烫的身子朝暗影的胸膛靠了上去，抱得更加密实。暗影犹豫地将欣心的手臂从他脖子上掰下来，犹如哄孩子般道："乖，欣心，穿好衣服，我送你回家！"

欣心恍若未闻，脚甚至勾着他的腰，将暗影推倒，火热的吻铺天盖地地朝他亲吻过来。她眼睛睁开，看着眼前的黑衣人，呢喃着问：“暗影？”

暗影浑身一僵，刻意压低着嗓音道：“我不是暗影，我是云岭的侍卫！”

欣心怒瞪着他，只说了一个字，“滚！”

“是你勾引我的，我自然会好好疼你！”暗影故意用痞痞的腔调说着，手指也配合地粗暴了起来。

欣心再也斗不过那药性，眼神迷乱地闭上了星眼。

暗影低下头，动作不再野蛮，温柔地吻上了欣心紧闭的双眼。他吻的那么认真而又专注，让欣心忍不住动情起来，眼角不断地有泪水滑出来。

暗影轻柔地为欣心舔干净，眼睛中的神色更加复杂，到底该怎么办？

欣心替他做出了选择，因为她猛然伸手抱住了他。暗影不自觉地从唇间飘出一声呻吟，再也按捺不住，彻底失去了理智，两个身体便紧密地融合到了一起。

欣心吃疼地咬住了他的肩膀。

一夜纵情迷乱，欣心体力消耗过多，而陷入了短暂的昏迷。

暗影本来想把欣心送回冷府，但是看着欣心身上布满了密密麻麻的印痕，便打消了这个念头，体贴地为欣心穿上衣衫，便提着云岭出去了。

云岭睁开眼，就看到暗影一动不动地坐在她的床头。脖子上的酸疼，意味着她受到袭击了，而能神不知鬼不觉偷袭到她的便只有眼前这位了。云岭恼怒暗影打断了她折磨欣心的好戏，阴狠地朝暗影出手攻击。

暗影面色阴冷，眼疾手快地朝云岭扔出了那条死蛇。

“暗影，卑鄙小人！浑蛋！”爱蛇的死亡，让云岭异常地心疼，忍不住破口大骂。

“对付下流之人，当然得用下流的手段！”暗影幽深的眼眸淡扫一眼云岭，从容地说。

“你别忘记了，玄天门是我的地盘！”云岭恼羞成怒。

“我也说过，不许你动欣心！”暗影冷冰冰地说。

“我们不是说好今晚休战，不吵不打的吗？你偷袭我，违背了条约！”

云岭义正词严地转移话题，暗自在那儿冲穴道。

“是你自己不肯罢休，去招惹欣心的！”暗影理直气壮地朝云岭吼。该死的女人，竟然敢欺负欣心，若不是跟她之间还有那该死的交易，暗影真想把她掐死。

“南宫欣心在我的玄天门做客，我去关心一下不可以啊？”云岭脸红脖子粗地扯了一个连鬼都很难相信的理由出来。

“你这么没道德的人妖，还用那么下三烂的春药，叫作关心客人？真是让我笑掉大牙了！”暗影一点也不给面子地损着。

“暗影，你够了！”云岭被暗影堵的更加怒火腾腾，无奈动弹不得。

“这话也是我提醒你的！”暗影从鼻子里冷笑了一下。

“你少唬我，我不是吓大的。我跟南宫欣心之间的事，我们自己解决，你少管！”

云岭的美目喷火，恨不得将暗影烧死。

“你再敢动欣心试试！”

云岭不甘示弱地回瞪着暗影，“我还怕你不成？”

“你若再敢招惹欣心，我会把你的群芳阁一把火烧了！”

云岭怒道：“你敢！”

“你可以试试我敢不敢！”

“暗影，别以为我会怕你！”云岭怒极反笑，“别忘记，我们现在是一条绳上的蚂蚱！撕破脸皮，谁都不好看！”

“你若再敢去惹欣心，我们的合作就终止！”暗影沉着脸对云岭道，完全是一副豁出去的神态。

云岭愣住。

“你可以不用怕我。”暗影嘴角扯了个笑容出来，“但是，你群芳阁的美人们，可就不安全了。”

“你别吓我，我的群芳阁没了，你的神秘门也休想安宁！”云岭不甘示弱地顶回道。

暗影不以为然，“我没准备吓你，事实上，你小小楼珍藏的那些玩意，我也都会毁掉！”

云岭睁大了眼睛，指着暗影，不可思议地道：“你，你……”小小楼藏的宝贝，可是比云岭的身家性命都值钱。里面机关重重，云岭自己都很难进去，没想到暗影竟然已进去过了。

暗影比画了个嘘声的手势，认真地说：“你知道的，我脾气不好！”

“卑鄙，无耻，浑蛋！”云岭边骂边朝暗影出手。两个人再一次无声无息地交起手来，打得天翻地覆。

第二十五章　三月契约婚姻

欣心醒来的第一感觉，就是疼！浑身都疼，火辣辣的疼，犹如浑身被碾压过一样，四肢都疼的不像是自己的了。她龇牙咧嘴地轻吟了一下，昨天发生的事，便如电流般传入脑海中，心头的疑惑越来越多。但她没时间思考了，先想办法逃命要紧！凝神提了口气，发现功力恢复了几成，便不再犹豫，忙从窗口翻越了出去。

当欣心一袭红嫁衣回到南宫府敲门时，那开门的南叔愣了一下，然后揉了揉眼睛，茫然地开口问："小姐，你怎么回来了？"

这新媳妇要三日后回门，小姐怎么在新婚第二天就回来了？也不见姑爷陪着，莫不是小两口吵架了？

欣心不知道怎么解释，直接吩咐南叔，"去叫丫鬟给我准备洗澡水，还有吃的，马上送到我的屋子里去！"吃喝饱足了，才有力气思考！

不一会儿，欣心便泡在了漂着花瓣的木桶中，四肢的酸疼让她不由得闭目，舒适地窝在水里，以减轻些疼痛，脑子里却不断地在思考。

首先，欣心跟冷浩风之间应该没有发生关系，大概是只做到一半吧。但是，她媚毒发作的那个晚上又发生了什么？昨晚那人到底是谁？云岭身边只有四大护卫，都是女的，这个男人是从哪里冒出来的？

暗影，如果是他，为什么他又不承认呢？

"欣心，快开门！"急促的敲门声让欣心不由得有些恼怒地蹙眉，"等等。”她不满地刚裹上衣衫，将门拉开了一点，吉吉焦急的脑袋便探了进来，接着秋月娘亲、南宫老爹、季田师父都一起进来了。欣心刚想转身，冷浩风俊伟的身子也跨进了屋子，脸上同样挂着焦虑。

“到底怎么回事？”南宫老爹一进屋子便焦急地问。

欣心没有往日的嬉皮笑脸，抬手对吉吉吩咐道：“去拿纸、笔、墨。”

“欣心，你没事吧？”吉吉不安地问。

“我没事！你快去拿！”

“欣心，到底怎么回事？我们都寻了你一个晚上了！”秋月娘亲口气里也是遮掩不住的担忧。

“这个事，先不说！”欣心挥了挥手，招呼大家道，“坐下，我有事要说！”

冷浩风蹙眉看着欣心，口气不悦地开口，“这个事先不说，你倒是风轻云淡的，我们疯了似的找了你一个晚上。”

欣心本来想回顶冷浩风的，但扫了眼他尽是疲惫的俊脸，心里有点儿愧疚，便不再出声。

“欣心，到底怎么回事，昨晚你怎么不见了？今天又怎么回来了？”秋月夫人拉着欣心的手，出神地盯着欣心脸上那醒目的牙痕。她没看错的话，那是被人咬的吧。

“我先说第一件事吧！”欣心瞅了眼在座的四位，不准备为昨晚的去向交代，毕竟也不好交代。她总不能说，自己是被云岭那个大变态给掳走了，然后又差点儿被她强暴了吧？再后来又冒了个男人出来，她失身了。

欣心轻咳了下嗓子，瞅着冷浩风，严肃地问：“我跟你上次的事情，是误会吧？”

冷浩风面色一冷，“你想说什么直说，别拐弯抹角的！”

“我们的婚约算了！”欣心接过吉吉手里的笔墨，认真地宣布。

南宫老爹跟秋月娘亲呆住。

“欣心，你认为一句算了就行了吗？”冷浩风冷笑。

欣心还没开口接话，南宫老爹拍案而起，一把捏着欣心的耳朵，恨铁不成钢地道：“欣心，婚姻岂是儿戏，你说算了就算了？”

“岳父、岳母，你们先出去，我跟欣心好好谈谈！”冷浩风对长辈谦和有礼地说。

秋月娘亲扫了眼冷浩风，又看了眼欣心，拉着南宫老爹跟季田出去了，年轻人的事，还是交给年轻人处理吧！

“吉吉，你也下去吧。”

清场完毕，就剩下冷浩风跟欣心四目相对，两个人一时无语！

“冷浩风，我很认真地告诉你，我真不想嫁给你！”

“欣心，你不觉得现在说这些已经晚了吗？”冷浩风嘴角微微扬起，扯了抹戏谑的笑意。花轿进门了，拜过天地了，就差入洞房了。

欣心撇了撇嘴，委屈地说：“就算晚了也要说，我就是不想嫁给你！”

“事实上从皇上赐婚那刻起，就由不得你了！”冷浩风面无表情地说，“欣心，你任性可以，但是希望你顾念大局！婚是你爹——南宫侯爷去求着赐的。”

欣心理亏，悔不当初。想当年，她也是被冷浩风的美色所迷惑，相处了才知道，相爱容易，相处太难。

“欣心，你不满也好，愤怒也罢，但是无法更改你是我明媒正娶的娘子这个事实！”冷浩风眼睛严正地盯着欣心，说得理直气壮。

欣心心虚地低头，沉默不语。

“欣心，昨晚的事，过去就算了，我不计较了。你收拾收拾东西，跟我回府，爹娘还等着喝茶呢！”冷浩风一脸的宽容大度，不计前嫌。

新婚之夜，新娘莫名其妙的不见了，第二日，衣衫不整地回来，是正常人都该过问去处吧？冷浩风从求婚，到主动张罗婚礼，这些态度变化实在太快了，快得让欣心措手不及。

当然，欣心可不会自恋地真以为冷浩风有多喜欢她，好感大概有点儿，但是，深爱、喜欢之类的，靠边！看冷浩风笨拙的表情就知道，肯定很牵强！

“冷浩风，我觉得你对我的态度，好的实在有些可疑！你说吧，你有什么坏主意，或者，目的？”欣心微眯星眼，直言不讳地对冷浩风发问。

冷浩风脸色有一瞬间微微僵立，随即又挂上那副风轻云淡的样子，漫不经心地说：“欣心，你想多了，我只是想娶你为妻，仅此而已！”

欣心指着冷浩风说：“你在说谎。”

“欣心，我一定要对你不好，才算正常吗？”冷浩风几乎是从牙缝里挤出来这么几个字。

“我又不喜欢受虐，当然是希望别人对我好。可是，你的好，太不正常了。如果不是你脑子烧坏了，那肯定就是有目的！”欣心缓了口气，“冷浩风，你不用因为被我吃了，而要负责娶我，因为那晚，我们根本没发生什么！”

冷浩风别扭地转过脸。

欣心从容地说：“那晚是被人设计的，其实真的什么都没有发生！”当然，那几个牙印，是她咬的。

冷浩风似乎早料到欣心会如此说，淡淡地开口，“现在这些都不提，我只认你是我冷浩风娶进门，拜过天地的娘子！”

“冷浩风，你别那么死心眼！”

“欣心，收拾东西，回府！”冷浩风没啥耐性跟欣心继续谈下去。

“冷浩风，我知道你不喜欢我！”欣心严正地说，“反正，我现在也不喜欢你。”

听到欣心这样说，冷浩风的面色立马黑的跟什么似的。

欣心选择无视，继续说着：“既然我们彼此不相爱，婚姻就当作不存在，以后男婚女嫁，互不相干吧！”

“欣心，你真是天真！”冷浩风嘴角带着冷笑地嘲讽。

欣心扫了眼冷浩风，反问：“我怎么天真了？”

“我们的婚姻不是儿戏，更不可能当作不存在！收起你那些乱七八糟的想法，在我没发怒之前，乖乖地跟我回去。不然，我要你好看！”冷浩风善意的规劝中，带着霸道的威胁。

“你何必咬着我不放呢？虽然我承认，之前我也有错，对不起你，但是你大人有大量，别跟我这个弱小女子计较，成不？”欣心口气里尽是无奈，“我们以后桥归桥，路归路，互不相干，可好？”

“你知错就好。欣心，你要记得，你现在已经是我的娘子了，而我是你的夫君，我们的婚姻，不但有父母之命、媒妁之言，还有皇恩浩荡的圣旨压着。

你想不算数，做梦！”冷浩风轻蔑地瞅了眼欣心。

欣心纠结了一下，口齿伶俐地说：“既然你不肯，算了，那么我们走走过场形式，也是应该的！”

冷浩风俊眉微微地皱了一下，在斟酌欣心的过场形式是什么玩意。

欣心已经给出了答案。

欣心手执笔墨，在白宣纸上大大地写下了“休书”两个字，接着欣心犹豫了一下，龙飞凤舞地又写下了“红杏出墙”四个大字，才将笔跟纸给冷浩递过去。“你签个字，盖个章，画个押都成！”

冷浩风瞄了两眼那字跟纸，眼睛微微地带着不悦，忍着暴怒，淡淡地嘲讽道：“说你天真还真抬举你了，简直就是傻！”

竟然敢说她南宫欣心傻？她真怒了，伸手拎着冷浩风的衣领，咬牙切齿地道：“再说一次，试试看！”

冷浩风从容地将欣心的手指一个一个地掰开，清冷地说：“我就说你傻了，怎么样？”

欣心扬手就朝冷浩风的脸上抽去，冷浩风眼疾手快地拿捏住欣心的手腕，面色隐隐地动怒了，口气冰冷地道：“你以为，你随意写几个字，就能掩盖我们成婚的事实？你以为你写了休书，就能跟我一刀两断了？你如果想看着南宫家因为你的抗旨而惹了圣怒的话，大可以试试看！”

“冷浩风，你什么意思？”

“既然说开了，我也不妨实话告诉你。我跟你的婚事，攸关皇上跟皇后的一个赌约，所以你如果贸然抗旨，不嫁或者逃婚的话，他们两个的颜面何存？南宫家的处境会怎样，你自己想！”

皇上跟皇后？什么赌约？

“什么赌约？”欣心蹙眉问。

“无可奉告！”冷浩风不愿意为这个话题多谈。

“那就是我跟你一定要成婚不可？”欣心算是明白了那么点。原来求赐婚，不是她算计冷浩风，而是别人在算计她。

“你记性真不好的话，回府抄写一千遍‘我是傻子’！”

欣心面色大变，怒火腾腾地道：“做梦！”想变相地奴役她，也不看看，她南宫欣心是什么人！

“出嫁从夫，看你一点也没出嫁的念头，更没有把我当夫君的概念，我很失望！”冷浩风风轻云淡地说。

本来就没有想嫁，何来出嫁从夫的概念？欣心不接话，保持沉默，免得说出自己的三从四德，将冷浩风给吓死。第一你从我，第二只能从我，第三必须从我。

“不管怎么说，事实就是事实，我现在没耐心跟你耗下去了，你自己看着办吧！”

“就算有赌约，我还是不想嫁给你，最多我们算契约婚姻。”沉默半晌，欣心终于认真地开口。

“欣心！”冷浩风愤怒地一掌拍在桌子上。免得失手之下，新婚第二天，把新娘给掐死了，府里直接办丧事。

“我不是聋子，我听得到！”欣心识相地离开冷浩风几步远，免得真把他惹毛了，被他使用暴力，她这会儿可没体力跟冷浩风大战三百回合。“我们定个契约，白纸黑字，如何？”

“你不要一再挑战我的耐性！”冷浩风真想不明白，当初想方设法要嫁给他的女人，现在为什么对他这样不屑一顾？自尊真的很受伤。

“冷浩风，我说的是事实，我真的不想嫁给你，非要嫁的话，最多也只能跟你保持貌似神合的假象。”欣心看着冷浩风，“被这样的婚姻捆绑一辈子，你不痛苦，我也会痛苦的。”

“我们现在是别人手里的棋子，没有抗拒的余地！”冷浩风嘲讽着解释。

“既然是因为那该死的赌约和圣旨，我们才成婚的。那你至少要告诉我，这是盘什么棋，我们代表的又是哪一方，下棋的人目的何在吧？”欣心不满地望着冷浩风。她可坚决不会做任人摆布的棋子。

“说了无可奉告！你只要记得，安分地做好冷府少奶奶就行了！”冷浩风的面色挂满了不耐烦，“你可以拒绝我们的婚姻，那就准备拿着休书，去嫁下任吧。当然，我可以提前将人选告诉你，麻子成风将军！”

“不是吧？”欣心的面色不自在地垮了下来。麻子成风将军，听着是挺威风的，但是满脸的刀疤，脸上还密密麻麻地爬满了狰狞的毒物后遗症，苍老得能做欣心的爷爷了。在美男跟爷爷之间，当然是选择美男了，即使冷浩风非常讨厌，但他那张脸凑合着还是能看看的！

“这是皇上下圣旨赐婚的前提之一，你不嫁给我，就得嫁给他！”冷浩风得意地弯起了嘴角，他对于自己的相貌还是非常自信的。

“这是为什么？”欣心真不理解了。她不就嫁个人吗，家长关心子女，进来搅和一下，还能理解。可关皇帝跟皇后什么事啊？他们简直就是吃饱了撑的没事做嘛！

冷浩风耸了下肩膀，“你跟娉婷郡主同时要求赐婚，两家谁也不肯退让。皇上跟皇后娘娘商量了一下，抽签决定给谁，人选是我跟麻子成风将军！”

“你的意思是，皇上本来指望着我们两家知难而退，结果我老爹跟王爷耗上了，于是就真的抽签了？”

冷浩风孺子可教地扫了眼欣心，漠然地点了点头。若不是他去求赐婚，也不知道还有这么层关系。

“结果，我们家抽到了你？”欣心小心翼翼地确认着。

冷浩风冷笑了一下。

“那娉婷郡主跟成风将军了？”欣心想到那娉婷郡主跟成风，心头不由得一阵大爽。

“没有，王爷说，我不肯娶你，而你不肯嫁我，所以即使南宫侯爷抽到签，也不作数！”

“然后，我老爹该不是说，我们一定会成婚的，然后又杠起来了？”欣心有些肯定地说。

冷浩风点了点头，“确实如此，王爷还定了条更损的，如果你不乖乖嫁给我，就要嫁给成风将军去！”冷浩风在欣心抓狂前，还不怕死地补了句，“所以这个是赐婚圣旨的前提条件之一！”

欣心疑惑地瞅着冷浩风，“那我不肯嫁，或者你不肯娶，我们的婚约都不作数，我还要嫁给成风将军，没道理你没事吧？”

“很显然啊，我得娶娉婷郡主！”冷浩风有些漫不经心地回答。

听冷浩风这么一说，欣心心头的疑惑明显少了，问：“我明白你的意思了，不过这个赌约到底要持续多久啊？”

总不能为了这个破赌约，真要嫁给冷浩风一辈子吧？

“三个月！”冷浩风竖着三个手指，“三个月期限，若我们夫妻关系融洽，那么指婚就有效；若指婚无效，你要嫁给成风将军，我娶娉婷郡主！”

三个月婚期过后，指婚有效了，更没有反悔的余地了，这个话冷浩风吞回了肚子里。人不为己，天诛地灭，他宁愿娶欣心，也不想娶娉婷郡主，或者做南蛮公主的和亲驸马。三个月，熬上三个月吧！

“三个月，我们之间关系不融洽怎么办？”

“你不是那么笨的人吧？”冷浩风斜睨了眼欣心，“装也得给我装融洽。”

欣心撇了撇嘴，愤怒地瞪着冷浩风。

“我娶娉婷郡主无所谓，大不了晾着她，再娶个三妻四妾的。你嫁给成风将军的话，好像比较凄惨。”冷浩风冷冰冰的话，硬生生地将欣心的火气给浇灭了。

欣心点了点头，不就是跟冷浩风过三个月吗，没问题！

“好了，既然我们已经成婚了，也是拴在一条绳子上的蚂蚱了，那我们就定个君子协议吧！”欣心继续刚才的契约，她得给自己争取最大的利益。

“什么协议？”

“以后在外人眼里，我是冷家少奶奶、你的娘子。但是私底下，你不能干涉我做任何事，也别妄想拿以夫为天之类的道德伦理来约束我！”欣心严正地说。

冷浩风装作思考了一下，“你如果不是特别过分的话，我可以不管你，但是——”

“但是什么？”欣心问得急切。

“但是，为了监视我们是否心甘情愿成婚，王爷跟皇上都派了丫鬟在你身边伺候着，随时汇报情况！如果，因为你出问题，而影响我们之间的关系，我想，我不会让你好过的！”

“这太过分了！”欣心不满地大叫。

冷浩风一把捂住欣心的嘴，凑着欣心的耳边说：“欣心，你最好做个贤惠的娘子，不然，要死一起死，但是你绝对会比我死的更难堪！”

欣心不满地挣扎了两下，冷浩风松开了手。她吃瘪地说：“我尽量注意分寸就是了！”

“那收拾东西回府吧！”冷浩风对欣心的识相颇为满意。

欣心也顾不得跟家里几尊长辈道别，忙一溜烟地跟着冷浩风身后走了。拜托，夫唱妇随，她现在就是装也要装的郎情妾意，恩爱无比！

吉吉看了看秋月夫人，再看看南宫老爷，最后看着季田，疑惑地问：“欣心，真的心甘情愿地跟冷浩风回去了？”

南宫老爷意味深长地抹着下巴道：“真希望他们两个这三个月能好好过！”

“皇上跟皇后拿欣心跟冷浩风赌气，也忒过分了点儿吧！”吉吉小声地嘟囔了一句，引来三道华丽的视线，紧紧地盯着她。“我开玩笑的！当我不存在！”吉吉干笑了一声，准备溜之大吉。

南宫老爷眼疾手快地一把拉住，没好气地拧着吉吉的耳朵道：“死丫头，还不是你的臭主意！”

“我也是无辜的受害者啊，谁叫老爷你把我送进宫去的。”吉吉这会儿可委屈了。

关于这个赌约的由来，冷浩风只说了一半！

真实情况是这样的。

确实是南宫老爷跟福王爷一起求皇帝赐婚引起的，两家为了争冷浩风，闹得天翻地覆。皇帝左右为难，除了娉婷郡主想嫁给冷浩风外，他还有意让冷浩风去做和亲驸马。冷浩风对欣心比其他两位的感觉浓烈些，肯定选择欣心了。接着南宫老爷为了讨好皇帝，非跟福王爷将冷浩风争个彻底，就将吉吉这位神秘花魁带进宫去了。吉吉的表演让皇帝刮目相看，也听了南宫老爹精彩地叙说欣心跟冷浩风之间的求爱路程，不由得大加赞赏，准备给欣心跟冷浩风赐婚。

而皇后娘娘对吉吉相当排斥，于是就跟福王爷统一战线，也说了娉婷郡主跟冷浩风之间的故事，当然不忘记把欣心不嫁冷浩风，冷浩风不娶欣心的事，添油加醋地说了一番。两边都有理，皇帝两边都不想得罪，犹豫不定。吉吉就说了句，那就听天由命，抽签决定。

最后皇帝同意了吉吉的意见，皇后娘娘跟皇帝明显怄气，赌约便出现了。而皇帝跟皇后的赌约又暂时不方便透露。

第二十六章　人前恩爱背后斗

欣心跟着冷浩风从容地回到冷府，冷家两位长辈也没多说什么。敬完茶，又去拜祭了冷家祖宗，欣心跟着冷浩风东奔西跑地折腾了一天，才算停歇。

回到新房的时候，欣心连鞋子都来不及脱，不文雅地立马扑倒在床上，嘴里直呼着“累死了”！

冷浩风随后跟着进屋，将门扉扣上。欣心满脸警觉地看着冷浩风，再瞅了下屋外黑色的夜幕。糟糕了，白天扮演恩爱夫妻，还只是演技问题，没啥难度。可是，晚上冷浩风该睡哪里啊？

冷浩风也不理会欣心，坐到桌子边倒了杯茶，轻抿了几口。

欣心想了想，从床上扔了一叠被子在地上，对冷浩风咧了个灿烂的笑，讨好地说：“冷浩风，你自己搞定吧，我睡觉了！”

冷浩风桃花眼淡扫了下地上的被子，微微不悦地说：“欣心，你让我睡地上？”

欣心笑了笑，“地上、桌子上、椅子上，随便你睡哪里，当然，除了床！”

“除了床？”冷浩风的双眉不自觉地向中间靠拢，越拧越紧。

“那不是废话吗，难不成你还想睡床？”

“当然。”冷浩风不容置疑地对欣心说。

“不行！”欣心拒绝。开玩笑，她才不要跟冷浩风同床共枕呢！演戏，没必要逼真地滚到一张床上去！

“欣心，我们是夫妻！”冷浩风淡淡地提醒，“没有夫妻是分床睡的！”

“冷浩风，你别忘记了，我们不是真夫妻！”

冷浩风主动无视，嘴角轻扯了一下不满地说：“欣心，我发现，你的习惯真的很差，竟然连鞋都不脱便上床！”欣心眼睁睁地望着冷浩风伸手，将她的脚拉过去，轻轻地帮她把鞋脱了。

欣心的脑子短路了几秒，最后终于忍不住地冒了句：“冷浩风，你今天吃错药了？”

冷浩风这下子连看都懒得再看她了，将被子往地上一铺，抬手将烛火熄灭，背着身子便睡觉。

欣心眨着眼睛，看着从屋外射进来的月光照射到冷浩风的身上。他的举动让她费解，他到底搭错什么筋了？那样温柔地帮她脱鞋，会让她误以为，冷浩风真的非常宝贝她。

清晨的阳光，透过窗帘，照射到熟睡中的欣心的脸上，暖洋洋的。她慵懒地翻了个身，便感觉不对劲。她好像睡的是枕头，为什么成手臂了？腰上貌似还有不属于她的手。欣心警觉地抬眼，冷浩风的俊脸便在眼前放大。“啊！”在欣心惊天动地地吼起来时，冷浩风另外一只手已经大力地捂住了欣心的嘴。

“唔，唔，放开我！”欣心挣扎着，含混不清地说。

“姑奶奶，你别乱叫了！你想把人都引过来吗？”

欣心胡乱地点了点头，冷浩风才将手从她的嘴边挪开。欣心深吸了口气，一脚踹在冷浩风腿上，骂道：“卑鄙小人！”

冷浩风不可置信地指了指自己的鼻尖，反问：“我？卑鄙小人？”

“废话，不是你，难不成我还骂自己？”

冷浩风的脸色愠怒了起来，一把扣住欣心的手腕，“欣心，你说话注意点儿！”

“我还怕你不成？你本来就无耻！不然，你干吗半夜偷偷摸摸地爬上我的床？”欣心边说，还不忘记朝冷浩风身上恼怒地再补上一脚。

冷浩风吃疼地皱着眉头："欣心，你够了，你看看，我们是在床上吗？"

欣心这才看到，原来她跟冷浩风睡在地上。这下子，她更加不悦了，连续地朝冷浩风踹了两脚。

"欣心，你干吗还踢我？"

"我明明睡的床，为什么这会儿成睡地上了，你给我解释一下！"欣心手指关节都不爽地"咔咔"作响。

冷浩风面不改色地道："欣心，你别得了便宜还卖乖，你垂涎我的美色，自己半夜从床上爬下来的！"

"有吗？"欣心轻柔地问冷浩风。

冷浩风点了点头，打死也不承认，是他半夜趁欣心熟睡，将她从床上给拖下来的！一个人睡地上，多冷啊！抱着欣心，纯粹当暖炉！

欣心磨了磨牙，一把掀开被子，冷浩风赤裸的上身便华丽地映入眼帘。她指着冷浩风，犹如被踩了尾巴似的快速倒退了几步，再一次吐出三个字："不要脸！"

冷浩风将被子往身上拢了拢，面色委屈地说："你竟然说我不要脸？衣服还不是让你给剥的！"

"我剥你衣服？"欣心不可置信。她有那么饥不择食到剥冷浩风的衣服吗？

冷浩风点点头，欣心还要说话，门外的丫鬟便扣着门问："少爷、少奶奶，你们起来了没？"

欣心快速地将衣衫整理妥当，便不管冷浩风还赤身裸体着，一把就将门给打开了。两个丫鬟眉目低垂，端着洗脸水，悄然地打量着房内。欣心心知，这两个丫鬟，肯定是派来监视她跟冷浩风的。她捋了下额前的发丝，面色羞红地说："昨夜，你们少爷操劳过度，这会儿还在休息呢。你们先下去吧！"

那两个丫鬟，临走前眼睛还不忘朝屋内扫了几眼。

欣心看着屋外明媚的阳光，心情也灿烂起来，嘴角挂着浅笑，恶作剧地端着脸盆，婀娜多姿地朝冷浩风走了过去。冷浩风裹着被子又睡下了。欣心一阵恼怒，压低声音对冷浩风道："相公，奴家伺候你起床吧！"

欣心那甜腻腻的声音，让冷浩风不由得心底打了个冷战。刚想说不用，欣心连盆带水地朝冷浩风面上砸了过去。禽兽，刚刚诬蔑、诽谤欣心剥他衣服，非给他点教训不可。

冷浩风满脸水渍，怒火直冲脑海，立马从地上起身，一把揪着欣心的衣衫，面上青筋暴怒。欣心一反常态地笑嘻嘻的，正准备用针偷袭冷浩风。

"少爷，老爷跟夫人传膳。"那丫鬟去而复返，目瞪口呆地看着冷浩风提着欣心的衣领。他的表情看起来好凶悍，少奶奶跟少爷，不是在打架吧？

欣心悄然地收起了针，朝冷浩风笑笑。冷浩风牵强地挤出一丝笑，咬牙切齿地装着温柔地对欣心说："娘子，你看你多不小心，端个水都会洒了，我看看伤着了没有？"

"多谢夫君关心，我没事！"

冷浩风这才放开欣心，慵懒地斜睨了眼那丫鬟，装作刚看到地问："小红，你刚说什么事？"

那小红愣了愣，看看冷浩风跟欣心，又看看地上的一片狼藉，好半天才找到自己的声音，说："老爷跟夫人，请少爷、少奶奶一起过去用膳！"

"你先下去吧，我跟少奶奶一会儿便过去！"冷浩风淡定地从床边抓起衣衫，对欣心道，"娘子，你替我更衣吧！"

欣心配合地拿着冷浩风的衣衫，认真地帮冷浩风套上去。

那小红丫鬟见欣心跟冷浩风的亲昵互动，便也识趣地把门关上了，快速地奔去回话。

欣心抓着冷浩风的腰带，狠狠地使劲勒了一下。冷浩风吃疼地闷哼一声，没好气地道："欣心，你就不能消停会儿？大清早的就来惹我生气！"

"冷美人，今天的事，是我不对，我不该拿盆砸你！"欣心说完，心底补了句，盆都砸不死，也砸不晕，下次还是换别的东西吧。

冷浩风狐疑地望着欣心。她这认罪的态度不错，该不是又想打什么坏主意吧？他保持警惕地看欣心，嘴里客气地说："不用客气了，欣心！"她竟然端着茶水？冷浩风更戒备了。

"冷浩风，莫非你怕我在茶里下药不成？放心，我对做寡妇没兴趣！"

冷浩风被欣心这么一说，感觉自己有点儿太过分了，朝她歉然地笑了笑。

欣心优雅地挪了几步，端着茶，走到冷浩风面前了，脚踩在水渍上，打滑，伴随着“啊”的惊呼声，那杯茶准确地泼到了冷浩风面上。她忍着笑，装作手忙脚乱地扔下杯子，当然那杯子也是长眼地朝冷浩风赤着的脚上飞去，接着，她急忙用袖口擦拭他脸上的污渍。“对不住啊，浩风哥哥，我不是故意的，你别动，我给你擦擦。”

冷浩风听着久违的“浩风哥哥”，爆发的怒意竟然就这样熄灭了。他面无表情地任由欣心摘去茶叶末，虽然心里知道她肯定是故意的，但就是没办法生气。唉！冷浩风不知不觉地深叹了口气，要欣心对他改观，还真的是挺难。

欣心后知后觉地看着冷浩风被砸到的脚，大呼小叫地惊叫起来，“呀，流血了。”

冷浩风瞄了两眼，淡淡地说：“没事！”

“怎么能叫没事呢？你可别小看这些伤口，很容易感染生病的。不行，得包扎一下！”欣心认真地对冷浩风说。

冷浩风拧了拧俊眉，终于忍不住地问：“欣心，你到底准备干吗？”要杀要剐，给个痛快，这样一会儿踢他一脚，一会儿给他颗糖吃，很容易让他误会的好不好？

“当然是让你躺着，帮你包扎了！”在欣心说话的同时，她的手已经非常配合地将冷浩风给推倒了。

冷浩风跌坐在地上的那堆被子上，暗自庆幸，还好有被子。

“欣心，这点小伤没事的！”冷浩风看着欣心抄起床单，心头不断地响着警铃。

欣心将床单扯裂了，不一会儿撕了一堆，才对冷浩风灿烂地笑了笑，“既然是我让你受伤的，这会儿帮你包扎也是应该的。浩风哥哥，你不用跟我客气的！”说完，尽责地帮冷浩风包了一圈又一圈。

当冷浩风看着他的脚犹如裹在被子里，不由得喃喃地说了句，“这个，是不是夸张了点儿？”

欣心笑得特别和善，摇了摇头，“不夸张，这样刚刚好！”一条腿的冷浩风，更好欺负了！她在心底奸笑着。

冷浩风终于知道，今天欣心绝对是跟他耗上了，想看他金鸡独立的姿态。他看着欣心玩心四起，也不去拆穿，至少她还肯跟他和颜悦色地说话，哪怕是装的。冷浩风挺珍惜这份难得的和谐。

欣心将冷浩风搀扶起来，关切地问："你能不能走啊？"

冷浩风面色淡然地点了点头，跷着一只脚，笨拙地道："走吧，一会儿爹娘要等急了！"

欣心就这样忍着笑，跟在冷浩风身后，瞅着他一跳一跳地走。看了一会儿，她最终还是忍不住，"扑哧"一声笑了出来。

冷浩风知道欣心在笑什么，也不拆穿，朝她伸手，要求道："娘子，来扶着我！"

欣心刚瞪圆了星眼要发怒，便见小红跟小绿端着盘子，目瞪口呆地看着她跟冷浩风。也罢，演出恩爱的戏码给她们两个丫鬟见识下。欣心的脸色立马一转，热切地勾着冷浩风的手臂，小心翼翼地搀扶着他，大声地嚷嚷道："夫君啊，你走路小心点儿，摔着了，我可是会心疼的！"

冷浩风将浑身的重量恶作剧地朝欣心身上靠过去，嘴里心疼道："娘子，辛苦你了！"

欣心差点儿就支持不住倒地了，不由得压低声音，不善地道："冷浩风，我给你点阳光你就灿烂了，给你点洪水你就泛滥了，给你几分颜色你就给我开染坊了？"

"娘子，别忘记，我受伤了！"

欣心嘴角挂着邪魅的笑容，皮笑肉不笑地对冷浩风说："浩风哥哥，你走路可要悠着点儿！一只脚，总归是不方便。"

"有你扶着，我放心着呢。"冷浩风的话刚说完，欣心就朝他另外独立的那条腿的膝盖处，不动声色地踹了一脚，手里放开，一个闪身到他的前面，快速推了他一下。

"扑通！"

小红跟小绿傻乎乎地看着冷浩风倒进了荷花池，手里还拖着少奶奶。这一大早，就要洗鸳鸯浴吗？

欣心被冷浩风硬拖下水，“扑腾扑腾”的胡乱地挥舞着小爪子。

“看吧，偷鸡不成蚀把米了吧？”冷浩风还算有良心，将欣心拉靠在身上，漂亮的桃花眼带着明亮的笑意。

本来欣心是想让金鸡独立的冷浩风来个意外落水，谁知道，他眼疾手快地在掉池的同时，不忘记拉她下来做垫背的。

冷浩风嘴角带着笑，抬手捏着欣心的下颌，戏谑地说：“娘子，你对我实在是太好了，竟然肯陪我一起跳下来，感动死我了！”

欣心咬牙切齿地说：“夫君，感动吧？”

冷浩风面色一僵，目光自然地落到了欣心停留在他胸前的爪子上，忍着疼痛，尽量装作无动于衷，“当然！有妻如此，夫复何求啊！不过，你若是能把芊芊玉手钩着为夫的脖子的话，我们就能快一点儿上去了。”

欣心用力地捏着冷浩风的胸，坏心眼地看他会忍到什么时候，嘴里淡淡地说：“我觉得这池子里的水挺好的，多泡会儿。”

冷浩风凑着欣心的耳垂，轻吐了句：“欣心，可是你自己想泡的哦！”

等欣心意识到这句话的含义时，冷浩风已经做出实际行动了，将她悄然地从身上推离，直直地掉入池子。欣心跟水绝对犯冲！她越挣扎，越觉得无力，水底好似有东西拉着她的脚，忍不住一边呛水，一边呼叫：“救命！”

冷浩风朝欣心伸手，不忘记调侃道：“娘子，抓住哦。”

欣心被冷浩风抱到池子边的时候，面色灰败。倒不是被水呛的，而是被冷浩风气的！

“娘子好像需要人工呼吸。”神游太虚的欣心一听这话，立马回神。她戒备地望着眼前放大的俊脸，生怕冷浩风真给她来个人工呼吸。

冷浩风故意地朝欣心靠近，呼出热气，喷洒到她的面上。欣心忙挣扎着起身，幅度太大，撞到了冷浩风的下巴上。

“啊。”欣心跟冷浩风异口同声地惊呼出声。

“你的下巴是石头做的啊！”

“欣心，你的头是铁打的啊？”

小红跟小绿掩面，想笑又觉得失礼，忍着，肩膀都微微地在颤抖。

冷浩风摸着俊美的下巴，清淡地说："娘子，我下巴撞歪了，给我揉揉。"

欣心全身一阵发麻，瞪着星眼，警告着他要适可而止。帮他揉下巴？自己的头还疼着呢！

冷浩风玩上瘾似的，朝欣心便凑了过去。

"阿嚏——"

冷浩风面色不悦，沉闷地道："欣心，你的口水喷得我满脸都是！"

欣心揉揉鼻子，讪然道："对不起啊。"

"娘子。"冷浩风带了几分惆怅地唤道。

欣心也不答话，"阿嚏——阿嚏！"煞风景地又连打了两个喷嚏。

冷浩风无语地翻了翻白眼，俊脸上被喷了不少唾沫星子。

"你该庆幸，我没感冒，没有鼻涕！"欣心忍着笑，伸手帮冷浩风去擦。

"我起来了。"欣心利索地站起身子，朝小红、小绿招招手，"扶我。"

冷浩风也浑身湿嗒嗒地起身，伸脚的时候，不小心将欣心拖拽了下来，再一次倒在他的身上。他刚想搀扶欣心，"阿嚏——阿嚏——"欣心又连续朝冷浩风脸上打喷嚏，这也实在太过巧合了。

冷浩风愤愤地抹去沾在额头上的口水，咬牙切齿地道："欣心，劳烦你下次打喷嚏时，不要对着我的脸，好吗？！"

欣心回了句"知道了"，便拉着小红、小绿，跑得比兔子还快。

冷浩风意味深长地望着欣心消失的方向。

第二十七章　顺手救凌云

今天跟冷浩风折腾够了，回房后，欣心便差遣两个监视她的丫鬟去伺候冷浩风。她换上了一袭白色的男装，风度翩翩地出现在了飘香阁前，严正地对看门的小厮说："我找紫衣姑娘。"

那小厮本来想说还未到营业时间，不过看着欣心随手递来的一锭银子，忙乐颠乐颠地跑进去通报。

"我说欣心，你进飘香阁需要通报吗？难道自己不会进来？"紫衣没好气地点了点欣心的额头，对欣心花钱打赏小厮，出手太过大方而感到不满。

"没吉吉跟我玩，我无聊啊！"

"无聊你就逛花楼？"紫衣狐疑地打量着欣心。

欣心被紫衣看得不太好意思，恼怒地问："衣衣，干吗这样看着我？"

"你跟冷浩风不好？他欺负你了？"紫衣小心翼翼地揣测着。

欣心摇了摇头，"目前不算吃亏！还好。"貌似风水又轮流转了，她欺负冷浩风的次数比较多点儿。不过有那么多的教训，这会儿可不敢沾沾自喜！

紫衣还要开口，欣心出声打断，"衣衣，最近我行动不便，你帮我查一下，云岭身边有多少护卫。"

"不用查啊，就春、夏、秋、冬四个贴身护卫！"紫衣拨弄了下小算盘，随口回答。

欣心的眉微微地蹙了一下。

“你不会是又想去招惹云岭吧？”紫衣面色肃然地朝欣心问，“我劝你最好不要！”

“你放心，我不会去招惹她的。不过我们之间有账，要好好算算！”

“欣心。”紫衣的话还没说完。欣心一个闪身，快速地从她眼前消失，走之前，还飘了句：“我去玄天门玩玩。”

欣心轻巧地闪过玄天门的暗哨，躲过了巡逻的人，大大方方地在群芳阁内游走。云岭大概怎么也想不到，欣心胆大地敢白天独闯玄天门吧。

欣心嘴角弯弯，敢暗算她，这笔账，一定会好好地跟云岭那变态女人算的。欣心熟门熟路地在群芳阁飘忽着走，没一会儿，便到了小小藏宝楼。云岭的宝贝，这里藏的可多了！一会儿宝贝搬不掉的就毁掉，一定要气死那个变态女人。

“翡翠，你说，彩蝶阁的那位，能支撑多久啊？”欣心警觉地听到两个丫鬟的说话声，忙翻身跃上屋檐，隐藏起身子。

“不知道，我又没去那边伺候！”

“门主不是只喜欢女人吗，怎么这会儿对男人也下药了？”玛瑙好奇地问。

那个被叫作翡翠的，警觉地四周望了望，“玛瑙，你别问了。知道多了，容易出事。”

“好奇嘛，随便聊聊！翡翠，最近姑爷在门内吗？”玛瑙满脸不以为然地对翡翠继续瞎扯。

“当然不在，被姑爷知道，门主才不会对他下手呢！”翡翠这会儿见四周无人，胆子也微微大了点儿。

“不过门主也太过分了，对姑爷的客人都下手。万一姑爷知道了，肯定又要打的天翻地覆了！”

“主子的事，我们还是少说闲话，免得被人听到，少不了一顿挨打！”翡翠警觉地劝着玛瑙。

“知道了，这不是随便说说嘛。翡翠姐姐，你太当真了。”玛瑙的声音，也渐渐低了下去，“慢点儿，翡翠姐，等等我！”玛瑙的声音也远去了。

欣心翻身下来，看着她们两个渐渐走远的背影，凝眉深思。姑爷？那不是云岭的相公的称呼吗？云岭这个变态女人都有相公？太没天理了吧！到底哪个不长眼的男人要云岭这样的女人？彩蝶阁的那一位又是谁？

欣心放弃了毁坏小小藏楼的想法，悄然地跟着那两个丫鬟而去。因为跟云岭抢人，肯定更好玩。

曲曲弯弯地走了一段路，欣心看着门扉上彩蝶阁三个字，不由得嘘了口气。终于到了，这么偏僻的屋殿，看来猫腻很多。

欣心四周观望了下地形，轻跃上一棵大树，将身子藏了起来，等待最佳时机。那两个丫鬟也只是靠着门，往屋内看了两眼，便匆匆地走了。

“热……好热……”欣心的手停在门边，房里传来的细细呻吟声，那么低沉、痛苦、无助、微弱……不过这都不是重点，重点是这情景实在是太熟悉了，那明显是被下了媚药！欣心犹豫，要不要救一个被下了媚药的男人。

云岭只喜欢女人，这会儿对个男人下药，很显然他很不一般。跟云岭抢人，欣心不惧怕，但万一抢了个麻烦，岂不是很麻烦的事。尤其欣心这会儿还是冷家的少奶奶。救，还是不救？

房里有碰撞声，似乎是那个男人从床上跌了下来。“嗯。”一声痛呼，外加呻吟，再一次清晰地传到了欣心的耳朵里。欣心毫不犹豫地将门推开。

四目相对，一时之间，相对无语！果然是个漂亮的男人，没有冷浩风那般清冷嚣张，也不似南宫轩那般和煦优雅，更没有暗影那种神秘诱惑。但是，他干干净净的，让人一看就很舒服，跟邻家男孩那般亲切。那张略显稚嫩的俊脸上，眉清目秀，皮肤白皙，比女孩子都看上去秀气几分。那双水汪汪的星眼，可怜兮兮地看着欣心，口气却硬气地说：“云岭派你来的？我不需要，你走！”说完这句话，他似乎用尽了力气，喘气声更加急促起来。

“你就没想过，我是救你出火坑的？”

他撇过脸，转过身子，不再看着欣心，声音带着颤抖地说：“我没那么天真！你再不走，我便不客气了！”他背对着欣心，白色的衬衣已经被汗水浸湿了一大片，白皙的肤色透过薄薄的衣料清晰地隐现进欣心的视线。

欣心不动声色地欣赏着美男那弧线优美的背脊，身材不错！不知道，有没有腹肌？

许是因为欣心出奇的安静，他还是转过身子，脸上尽是豆大的汗珠，口气里带了丝恳求，“你走吧，快点儿。”

欣心挑眉望着他青筋暴露，面色狰狞，不由得嘴角微扬浅笑，道：“我要走了。你还要继续熏天香吗？”

欣心之前受过这媚毒的亏，心里也有点惧意，好在这个药引只是天香。欣心只觉得闻着刺鼻，倒没有什么不适。欣心见他不答话，口气恼怒道：“虽然天香很好闻，能增加闺房之乐，但像你这样熏下去，肯定会欲求不满而变成脑残加白痴的！”

凌云的神色动容了一下。

欣心的口气也缓和了点儿，“我是好心，才说这么多废话的，不然我才懒得管你的死活呢！”

“凌云不会妥协的，你去跟云岭说吧！”那男子面色红得都快滴血了，仍是紧握着双拳，咬牙切齿地坚持。

“不妥协什么？云岭逼你做什么了？”欣心好奇地问。云岭莫非用媚药，逼迫这个凌云跟她那啥。云岭也实在是太强悍了吧？霸王硬上弓，那个姑爷呢，绿帽压顶？

凌云怔怔地看着欣心，淡淡地说：“云岭要武林盟主之位，大可以正大光明地跟凌某争，何必使用这种下三烂的招数？”

“云岭想跟你争夺武林盟主之位，而不是想招你做小？”

凌云面色一僵，“说来话长了。”

“怎么回事？你就长话短说好了！”

凌云讷讷地瘪了下嘴，似乎在想欣心是否可信。天香的香味，越来越浓烈，欣心捂着鼻子，蹙着眉，沉着嗓子道：“不管你是谁，云岭跟你过不去，我就救你了！走，回头再告诉我是怎么回事！”欣心蹲下身子，将男人撑扶起来，警觉地四周观望了一下，才转过头，对着男子道：“抱着我的腰，走了！”

那男子也不多话，伸手就揽住欣心的细腰，将浑身的力量都靠在欣心的身上，含混不清地说了句：“我叫凌云！”

欣心在云岭的地盘，也不说话，悄然地带着凌云出了玄天门。

“你还好吧？”欣心到了飘香阁的小楼，才放下他，拍拍那张被长发盖住的脸，关切地问。

“好难受。”性感的唇瓣蠕动一下，凌云吃力地回道。

欣心吩咐丫鬟准备好冷水，这才将门掩上，打量起凌云来。天香熏红了他稚嫩的脸，鲜艳红润，黑眼也因为迷香而变得迷蒙，看上去确实想让人咬两口。

就算美色当前，欣心还是非常理智，因为这个男人眉宇间，跟云岭有着几分相似的俊朗，只不过一个阳刚，一个阴柔。凌云？云岭？这两个人的名字倒是怪异得很！

“好难受。”凌云含混不清地说。

“当然难受了，这个媚毒很邪恶的！”刚掩着他出玄天门时，他身上的热度烫的惊人，差点儿没把欣心给灼伤。

“我好热。”凌云沙哑地呢喃出声，字字都消耗着极大的力量。

欣心对凌云一直用内力克制着媚毒，心生了几分好感，瞅着凌云汗湿了发丝，不断地开始撕扯自己的衣衫。她警觉地站开了点儿，免得被他一不小心，化身为狼给吃了。

“一会儿冷水来了，你好好地泡泡就没事了！我先去拿杯水给你喝。”欣心母性大发，用衣袖替凌云擦了擦额上不断冒出的汗珠，擦完起身准备给他倒杯水喝。

凌云伸手拉住欣心，可怜兮兮地说：“别走。”

欣心对这个漂亮的男人很好奇，一会儿看着气势挺霸道的，一会儿又跟个孩子般幼稚。不过好在他长了张娃娃脸，无论哪种气势，总归让人觉得要好好地护着。

“你的手好凉，好舒服！”凌云的脸无意识地蹭了蹭欣心的手背，嘴角浮现着满足的笑。

欣心见他笑得那么纯真无邪，倒是没有一掌将他劈飞，任由他灼热的手抓着自己不放。

凌云见欣心没有狠心地抽出手，便大着胆子，伸手朝欣心的细腰上抱去，凑着嘴便要往欣心的脸上吻。欣心不悦地微眯了双眼，侧过脸，便打上去！

“对不起！我失控了。”凌云涨红了脸，星眼带了丝歉疚，艰难地撑起身子。

欣心忙一把推开他，满脸严正地说：“你如果不想用功力抵抗，而想要女人的话，这里是飘香阁，多的是女人，我帮你去叫！”

凌云摇了摇头，浅笑了一下，“我不要！”

“不要？那你刚才的行为算什么？”

“对不起！”凌云不安地红着脸，低下头，不敢正视欣心，像个做错事的孩子。

欣心对着那张娃娃脸，倒也生不出气来，轻叹了口气。

“公子，你要的水来了！”丫鬟敲门声响起。

凌云不安地瞅着欣心，漂亮的唇，讷讷地吐着，“对不起。”

“算了，原谅你这一次的无心之过，快点儿去洗澡吧！”欣心大度地挥了挥手，不准备跟凌云计较。

“我……我没力气起身了。”凌云涨红着脸，断断续续地说。

欣心这才注意到，他白色的衣衫上正渗出血迹。忙推倒他，拎起来看，一把小刀刺在腿上，鲜血就是从那里流出来的。

“你……你……”欣心知道，这是他为了控制理智，自己刺上去的。

“快带我去泡澡吧，我很难受！”凌云不想为这个话题多谈，催促道。

欣心搀扶着凌云，小心翼翼地扶入澡盆，从怀里掏出瓶药，散了点粉末下去。

“你在这冷水里泡上两个时辰，媚毒便能解了。”欣心也抹了下额头上的汗水。

“你叫什么名字？”

“我？我叫欣心！”欣心并没有说全名。毕竟跟这个凌云，还算不上很熟，她才不会傻乎乎地告诉他全名呢！

“欣心？名字很好记，也很好听！”凌云挂着讨好的笑。

欣心不再理会他的恭维，交代道：“有事的话，你大声唤一下，我让丫鬟在屋外候着。”

“欣心，谢谢你！”

“不客气！”欣心礼貌地回了个笑脸。

“你怎么不问问，我为什么被下药了？”凌云疑惑，欣心为什么不问这个问题，一般人都该有点儿好奇之心吧。

欣心愣了愣，才回道：“我看你现在需要的是解毒，这些问题不太重要，没必要问！”

凌云嘴角轻扯了个笑容出来，“欣心，你果然特别！”

“还好啦！”欣心谦虚地挥了挥手。

“今天算我凌云欠你一个人情，以后有什么事，你尽管差遣我！”凌云的衣衫全部在水中浸湿了，紧贴着肌肤，不自在地将身子往水下缩了缩。

欣心倒是从容地转过身子，淡淡地丢了句：“你慢慢泡吧，我先出去了！”

“欣心，有句话我要劝你，以后孤身一人，不要去玄天门！”凌云清了清嗓子，严正地说。这个话，暗影也这样警告过她，不过欣心一只耳朵进，一只耳朵出，完全当作耳边风！

欣心走到门边，突然想到什么似的转过身子，凝神地望着靠在桶边的凌云。怎么看，都觉得凌云很熟悉，很像某个变态女人。

“欣心，你看什么呢？”凌云被欣心看得有些不自在，窘迫地问。

“没什么！”欣心摇了摇头，拉开门，刚跨出了一步，又缩了回来，忍不住问，“凌云，有个问题，我倒是比较好奇，你叫凌云，她叫云岭，你们什么关系啊？”

“我是云岭的哥哥！”凌云风轻云淡地回答，一点也不忸怩。

欣心的手就这样愣在门边。虽然她有点儿疑惑，但是被凌云这样一说，意外的有点不知所措。半晌后，欣心才找回自己的声音，看着凌云问：“那她干吗给你下药啊？”云岭莫不是想要来个兄妹乱伦，将自己的哥哥给吃了吧？

“这个问题，说来话长了。”凌云深叹了口气，精疲力竭地靠着木桶边沿，有气无力地说，“我现在好累，好难受。我稍微眯一会儿，回头再告诉你！”

“不急的，你先泡着，我出去了！”

第二十八章　针锋相对的婚姻生活

欣心刚拉上门，便警觉地感觉到有人，忙机警地四周观望了一下，嘴角挂着玩味的笑，叫道：“暗影，给我出来！”

四周的空气静得出奇，欣心再一次倾听，那短促的呼吸已隐了下去。她不悦地蹙眉，优雅地挪步，走向一旁的大树，不动声色地仰头望了望。树枝繁茂啊，果然是个藏人的好地方，欣心恼怒地说道：“再不出来，莫非还要我上去请你不成？”随着欣心话落，她朝那颗树上扔了块石子。

一声轻微的闷哼声响起，暗影还是没有下来。他不出来，欣心自个上去！

“暗影，你吃错药了？”

暗影全黑的劲装打扮，戴着银色面具，微微侧着头看着欣心，幽深的星眼中，闪过几丝复杂的情绪，性感的唇瘪了瘪，心虚地不敢贸然出声。欣心服了忘忧，应该不认识他了！但她的表现让暗影有点儿吃惊，能清楚地喊出暗影，表示她没有全部忘记，那么暗影是南宫轩的事，为何她又只字不提呢？

“干吗跟着我又不出来？”欣心看着暗影顿感有些委屈。

暗影不安地拽紧着拳，手心里全是虚汗。

“你怎么不说话了？”欣心不满地质问。

“欣心，你不生我的气了？”暗影沙哑着嗓音，小心翼翼地问。

“你做了什么让我生气的事吗？”欣心好奇地反问。

暗影趔趄地差点儿从树上摔下去。欣心顺手拉住暗影，眨了眨明亮的星眼，严正地问："暗影，你好像很心虚，是不是做了什么对不起我的事？"

暗影的眼光，一眨不眨地盯着欣心，心里头有不少疑惑，"欣心，你记得我是暗影，还记得别的什么吗？"

"我还需要记得什么？"欣心挑眉反问。

暗影的话让欣心想到那晚的纵情迷乱，云岭就四个侍卫，而且都是女的。那晚的男人，不用说，肯定是暗影！虽然她中了媚药，迷糊不清，但是断然不会傻的真随便就找个男人解毒。那人身上，明明就有暗影的气息，才会让她心甘情愿地交出身子。只是欣心不明白，为什么暗影对那晚的事，只字不提，莫非是怕负责？既然暗影不提，她也不会贸然开口说要暗影负责之类，毕竟作为一个穿越女，一夜情发生就发生了，过去就过去了！

"欣心，你什么都不需要记得，只知道我是暗影就好！"暗影在心里深叹了口气，如释重负。

"暗影，你的表情很奇怪，是不是……"欣心的话还没说完，就看到一条血红色的蛇嗞嗞地吐着信子。她脚底一软，人直直地朝着后面仰倒了下去，嘴里只吐出一个字，"蛇！"

暗影眼疾手快地纵身跟下去，伸手拦腰将她抱住，飞旋了两个圈，才安然地放到地上。

欣心的面色有些苍白！没办法，怕蛇是本能啊！

暗影的嘴角挂着浅淡的笑，伸手将她紧紧地搂在怀里，温和地出声安慰，"别怕，有我在呢！"

"还不是怪你，没事跑树上去干吗？"

暗影将欣心抱得更紧，柔声地认错道："是我不好，都是我的错！"

欣心也伸手勾着暗影，在他怀里不安分地蹭了蹭，问："你最近去哪里了？"

暗影有些不自在地僵硬，抬眼望着前方。

欣心见暗影不再开口说话，抬眼，顺着暗影的视线望过去。冷浩风俊美的脸上，布满阴沉，漂亮的桃花眼带着骇人的冷意，一眨不眨地望着欣心跟暗影。那神情，恨不得将她拆了，吃进肚子里去。

欣心没有惊慌失措，依旧大大咧咧地窝在暗影怀里，淡定地问冷浩风，“你怎么来了？”她的神态自然得就好像在说，今天天气很好！

冷浩风看着欣心那坦荡的样子，一点也没被抓奸在场的概念，鼻子里不由得冷哼了声，“欣心，你有点儿羞耻心好不好？”

暗影的面色一僵，眼中怒火闪现，碍于自己理亏在先，不然早就跟冷浩风开打了。

欣心从暗影怀里出来，看着冷浩风，挑眉反问：“我怎么没羞耻心了？我又没做见不得人的事！”

冷浩风冷冷地一笑，性感的薄唇轻启，“大庭广众之下，与别的男子搂搂抱抱，成何体统？”

欣心被冷浩风说的面色尴尬。

“你有什么不满，冲我来好了，别难为欣心！”暗影将欣心一把护到身后，面色凌然地朝冷浩风说道。

冷浩风淡扫了眼暗影，冷冷地说：“你都不敢以真面目示人，有什么资格跟我说话？”

暗影被冷浩风点住死穴，不满地握着拳，手指微微泛白。他确实是不敢以真面目示人，倒不是怕冷浩风。

“欣心，你给我死过来！”冷浩风见暗影不出声了，没好气地朝欣心吼道。

欣心犹豫了几秒，还是挪了下脚步，朝冷浩风移去。暗影的眼光紧锁着欣心，张嘴想说点什么，最终还是没有开口。

冷浩风看着欣心走过来，寒冷的脸稍稍缓和了几分。

“暗影，你个浑蛋！”伴随着一声娇呼，一把剑一个人影，在欣心眼前闪过。

偷袭？暗影？欣心的脑海中闪现了这么几个词，呆呆地看着暗影轻巧地闪过朝他直刺去的寒剑。冷浩风一把将欣心拉远几丈，手抱着胸，冷眼旁观。欣心这才注意到，那个偷袭暗影的竟然是云岭。

云岭跟暗影，又有什么过节呢？欣心疑惑。

“人在哪里？”云岭手指着暗影怒问。

暗影不悦地拧眉，不屑地冷哼了声："我还没跟你算账呢，你倒先找上门来了！"

"浑蛋！"云岭恼怒地咒骂了一声，手里的长剑毫不客气地朝着暗影再一次刺去。暗影侧身闪过，云岭收势不及，刺到了一个花盆，转个身子，又朝暗影打了上去。

"今天什么日子，怎么都跑到我这飘香阁来了？"紫衣似笑非笑地迈入院子内，当然，手里还不忘记拿着她那招牌的金算盘！

暗影跟云岭默契地朝紫衣望了一眼，彼此又负气地转过头。接着，在欣心、冷浩风、紫衣的注视下，暗影跟云岭同时跃上了墙头，又开打了。紫衣眼瞅着他们两个越打越远，才把视线收回，定在欣心的身上。

欣心被紫衣看的心虚，赔了个笑脸道："衣衣，你别这样看我，我会不好意思的。"

紫衣轻咳了下嗓子，对冷浩风说："冷公子，你砸了我飘香阁两个上好的花瓶，一张桌子，外加踹坏一扇门，赔我一千两，明天我差人上门去取！"

冷浩风满面黑线，从怀里掏出一张银票，对紫衣冷冷地说道："你先下去！"

紫衣接过银票，给了欣心一个自求多福的眼神，便很没义气地转身走了。

欣心刚想跟着跑，被冷浩风一把拉住。他粗暴地拽着欣心的手腕，拖着便走。

欣心被抓得生疼，忍不住喊道："冷浩风你干吗？好疼的！"

冷浩风阴沉着脸，一脚踹开房门，正要拉她进去，便看见屋内竟然有人在沐浴。该死的，还是个男人！

冷浩风的怒火直冲脑海，冷冷地盯着欣心："欣心，给你个机会，最好解释清楚！"这个房间是神秘花魁，欣心的老窝。这会儿，凌云赤裸着身子，靠着木桶，正在排毒，不过看在别人眼内，却又另当别论了！

"有什么好解释的，你不眼见为实了吗？我这叫红杏出墙！"

冷浩风一把拎着欣心，扬起手就要打。欣心倔强地看着冷浩风，预期中的那巴掌并没有下来。冷浩风深叹了口气后，无奈地说了句："回家吧！"

"你怎么不打了？"

冷浩风俊眉微挑，面无表情地问："你很希望我打你吗？"

欣心忙摇了摇头，赔了个笑脸，"当然不希望！"

"回家吧！"冷浩风沉默了半晌，最终轻叹了口气。欣心还没反应过来，冷浩风已经伸手抱起欣心，翻身上了围墙，悄然地从飘香阁撤离。欣心犹如受气的小媳妇，跟着冷浩风回到了冷家。

冷浩风一言不发地坐在书桌边，扣着桌子，也不说话。

小红跟小绿顶着低气压，站在门口，怯怯地望着屋内两个面色各异的主子。

"想说什么就说吧！"欣心站的实在是无聊，说道。

"这话，该是我说的吧。欣心，你有什么想说的，自己坦白交代吧！"

"我没什么好说的！如果你没事的话，我先走了！"

"站住！"冷浩风轻咳一下，不悦地喝道。

欣心看了眼门外的两个丫鬟，非常给面子地站住，转过身看着冷浩风，挑了挑眉，示意"这会儿，我可是给你面子了，你可别得理不饶人"！

冷浩风的面色微微缓和了点儿。

"冷浩风，你到底想说什么，拜托你一次说完！"

冷浩风淡淡地叹了口气，含蓄地问："今天的事，你自己说吧，希望我怎么处理！"

欣心指了指鼻尖，莫名其妙地反问："处理？今天我做什么坏事了，需要处理？"拜托，她又没有做错什么事！

冷浩风朝着欣心勾了勾手。欣心一脸心不甘情不愿地朝他挪近，一副洗耳恭听的模样。

"欣心，身为冷家的少奶奶，先不提你去逛花楼，跟别的男人搂搂抱抱。你房间里居然还有别的男人在洗澡，你认为还没错？"冷浩风语气阴冷，整个脸都是黑黑的。

欣心无语地撇了撇嘴，不甘地反问：“这些算什么错？”这简直就是欲加之罪何患无辞嘛！

“这是冷家，你是冷家少奶奶，做事前，我希望你能动动脑子！”

欣心被冷浩风如此直白地教训，心头也不由得上了怒火，“我怎么不动脑子了？冷浩风，不要以为我给你几分颜色，你就真开起染坊了！”

“你还敢顶嘴？”冷浩风粗暴地一声大喝，顺手往桌子上一拍。“砰”的一下子，那桌子四分五裂地炸开了！他不解气地又将手里的杯子朝门口摔去。小红惧怕地惊叫一声，捂着嘴朝小绿使了个眼色，悄悄地进屋，麻利地收拾了起来。

欣心看了看那两个丫鬟，暂时忍着没吱声。

“知道错了没？”冷浩风面色淡然地问。

“知错了！”欣心心不甘情不愿地说。

“下次没有我的允许，不能擅自出府，更不准去见那些乱七八糟的人！”冷浩风面色肃然地宣布。

这不是变相地软禁吗？做事还要请示他。“冷浩风，我们是不是需要好好地沟通一下？”欣心这会儿也顾不得丫鬟在场了，免得被冷浩风吃得死死的，没有翻身之地！

“不必，我是你夫君，一切我说了算！”冷浩风口气坚定的一锤定音。

“夫君，也要对我有点儿尊重好不好？”

“你认为我不尊重你？”冷浩风不悦地拧眉。

欣心不甘示弱地回道：“我做事情自有分寸，不用你管东管西的！”

“我不管你？你做事有分寸吗？”

“我怎么没分寸了？你倒是给我说说看，我哪里没分寸了？”欣心不满地道，“我做什么让你们冷家丢脸、让你蒙羞的坏事了？”

“没有吗？那我看到的是什么？”冷浩风冷笑了一下，显然有点儿抑郁。

“抓贼拿赃，抓奸拿双，你无凭无据的，就是污蔑、诽谤！”欣心理直气壮地说着。

"欣心！"冷浩风阴着脸，见欣心越说越没有分寸，不由得出声打断。

"真有的话，你还能好脾气地站着跟我说话？"欣心没好气地扫了眼冷浩风，满脸的不以为然。

那两个丫鬟密切地注视着他们两个斗嘴说气话。

冷浩风的面色黑得吓人，语气阴冷地说道："欣心，不管怎么说，你现在是冷家少奶奶。你擅自出门就是不对的，尤其是去飘香阁那种地方。"

欣心没有反驳，这点她确实理亏。

冷浩风又凑着欣心的耳朵，咬着牙道："要出去，你也给我把尾巴甩干净！"

欣心的星眼有点不可思议地望着冷浩风。

冷浩风没好气地丢了个冷眼给欣心，音量再一次提高，道："既然你犯错了还不肯承认，那么今天晚就不用吃饭了，给我好好地反思！"

欣心知道，大概她出去被人跟踪了，不然冷浩风怎么可能一找就找到飘香阁呢！

欣心有些懊恼，怎么就没防备这两个丫鬟呢！都是皇上跟郡王府的人，想必也是不简单的！冷浩风的惩罚是做给门口那两个丫鬟看的。

"欣心，知错的话，来书房找我！"冷浩风轻描淡写地对欣心说完，又装作漫不经心地扫了两眼那收拾半天还在屋内的丫鬟，轻叹了口气，走出屋子。

欣心赌气地将门掩上，气呼呼地拉过被子就睡。那两个丫鬟，意味深长地看了眼欣心，才悄然地拉上门出去。

夜深人静的时候，欣心神采奕奕地穿着夜行衣，翻身从窗口跃上屋檐。切，白天不小心被跟踪了，晚上总能自由活动吧。

一袭月白色的衣衫，在清冷的月光下，显得有些寂寥。欣心受惊，差点儿脚步不稳而摔下屋檐。

冷浩风面色冷然地一把拉住欣心，阴沉地问："少奶奶，请问你准备干吗去？"

欣心瞅了几眼冷浩风，漫不经心地回答：“这样月黑风高的晚上，当然是要做偷鸡摸狗的事了！”

“你就不能消停消停，让我省省心？”冷浩风捏着眉宇，有些头疼。

“别说我们的婚约现在只是三个月的约定，即使我真嫁给你了，你也不能限制我的自由。”

“欣心，你还记得我们有婚约、你是我娘子这事，那就好！”冷浩风沉着脸冷冷地说。

“我也不管你，你也不要管我，人前我们做对恩爱夫妻，人后你知我知，不是挺好的吗？冷浩风，你不要欺人太甚，把我惹急了，我会不顾一切的！”

“不顾一切？你想干吗？难不成，还想跟着那个男人私奔？”冷浩风嘴角挂着嘲讽。

“不用你管！”欣心赌气地转过头。

“不用我管？那你的意思是我眼睁睁地看着你跟别的男人拉拉扯扯，暧昧不清？哪怕绿帽压顶，还必须忍气吞声，当作什么都不知道？”

“你别告诉我，你这是吃醋了。”欣心睨了眼冷浩风，淡淡地说。

“谁吃你的醋啊？想得倒是美！”

“我怎么感觉我闻到酸味了，好浓的陈年老醋！”欣心淘气地笑了笑，捏着鼻子，故意奚落道。

“欣心，你识相的话，现在跟我回去，不然别怪我动手！”冷浩风面色肃然一板，带着怒意。

“你认为你打得过我吗？”欣心玩味地笑了笑。

冷浩风语气阴冷地说：“欣心，你若不经过我同意跨出这个院子的话，明天我就去岳父、岳母那儿坐坐。他们会怎么办，想必你比我清楚！”

欣心面色恼怒地跺了下脚，对冷浩风骂了句：“卑鄙！”

“卑鄙也好，无耻也罢，欣心，你不用管我，走吧！”

欣心白了眼冷浩风，气呼呼地回到屋子里，直接走到床边，对着被子胡乱地撒了通气。“冷浩风，你要真禁我足，我就把你们冷家闹翻天！”

冷浩风随手将门关严实了，才淡淡地说：“你尽量闹，最好闹得人尽皆知。

我就不相信，没人敢管你了！”

欣心从床头抓了个枕头，愤怒地朝冷浩风扔去，“滚！”

冷浩风接着了枕头，扫了眼欣心，清冷地说：“欣心，每个人都是有底线的，不管你有多少理由，你现在是我的娘子，我会紧张你是正常的！”

“所以呢？”欣心不动声色地接话。

“所以今天我看到的那些，我介意，我非常介意！你给我记着，下不为例，不然，我一定不会放过你！”冷浩风的语气中带着不容置疑的严肃。

“你在警告我吗？”

“警告也好，威胁也罢，希望你给我装进脑袋里去！”冷浩风说道，“下次，不许再跟别的男人走近！在你身边十丈内，不许有雄性动物出现！”

欣心愣愣地看了冷浩风半晌，才冒了句：“冷浩风，你知道吗？你这个样子，很像妒夫！你可千万别告诉我，你爱上我了！”

冷浩风吞咽了下唾沫，俊美的脸上淡漠地看不出一丝神色，淡淡地说：“爱上你又如何呢？”

欣心愣住。是啊，冷浩风爱上她，她会如何呢？

“欣心，我会努力让你对我改观，然后心甘情愿地嫁给我！”沉默半晌，冷浩风坚定地说。

欣心尴尬地笑了笑，对冷浩风摇了摇头，“对不起，我不奢望了！”她不想嫁给冷浩风，更不会心甘情愿地嫁。

冷浩风面色一僵，脚步有点踉跄，匆匆地走出了屋。他能感觉到自己刚动的心，就这样被冷冷地浇灭了。

欣心睡眼蒙眬地揉了揉双眼，打了个哈欠。

“少奶奶早！”小红同情地瞅着欣心。

“你们在干吗呢？”欣心眨了眨眼，终于忍不住问。小红将厚厚的一摞书和纸搁在桌子上，才恭谨地回话，“少奶奶，是这样的。少爷说，老夫人要你帮忙抄写点经文，就让我们搬来了！”

“老夫人？抄写经文？让我？”欣心茫然地问。

“少奶奶，少爷还说了，你最近身子不太好，得在家好好地修养着，没事的话，尽量不要乱跑！”小绿嘴角挂着幸灾乐祸。

欣心也懒得跟个丫鬟计较，起身瞅了瞅满桌子的经文，种类还真齐全。不用说了，这是冷浩风变相地软禁、责罚她！

“你们少爷，是不是把书房内的经文都搬我这儿了？”

小红点了点头，“一共一百三十二本，少奶奶得抄写完了，才能出去！”

欣心没好气地睨了眼经文，选择无视，迈着优雅的步子便往外走。她还没有走到门口，便被小红一把拽住，急切地说：“少奶奶，你还是安心地在家里休养吧。你若是出去了，少爷说，要请南宫老爷过来，亲自监督你，直到抄写完为止！”

欣心愣了愣，将脚步收回，淡淡地问：“还有呢？”

“还有就是，少奶奶抄写完了，活动范围就是院子，不能出清风阁。”小绿得意地扬起嘴角。

欣心忍着不快，瞅着小绿。这丫鬟，貌似对她意见挺大的啊！她可不记得有得罪过这死丫头啊！

“我出去了，少爷是不是还会罚你们呢？”

“那倒没有，不过少爷说，如果我们看不好你，就要请人来看你、伺候你！”小红泪眼婆娑地说完，立马朝欣心跪下，“少奶奶，我不想走，我想伺候你！”

看着小红泪眼婆娑的样子，欣心一时也没脾气了。这孩子做丫鬟和卧底也挺可怜的，欣心不会给她好脸色看，要是真换走了，她回去的日子更不好过。

“少爷人呢？”欣心的脸上努力装作风轻云淡。天知道，她现在有多抓狂地想杀人。

“少爷在老爷、夫人那里，一会儿就会过来看你！”小绿抢答完毕。

“经书先搁着，我出去透透气！”在小红、小绿还没有回神的时候，欣心已经脚底生风，快步地走了出去。冷浩风想要变相地体罚、软禁她，也得看有没有那个实力！

欣心刚出院子，一下子就撞到一个人身上。由于惯性，她屁股向后，摔了个四脚朝天。

冷浩风拧着眉，用一只手揉着撞疼的下巴，另一只手伸到半空又缩了回去，冷眼旁观着。犹豫了一下，最后，还是不由自主地朝欣心伸手。

欣心没好气地扫了眼，将冷浩风的手不留情面地拍开。

冷浩风尴尬了一下，欣心轻巧地站了起来，伸手极其不文雅地拍拍屁股上的灰，再揉着摔疼的地方。“相公，听说你要我帮娘抄写经文，是吗？”欣心绝对是咬牙切齿地从牙缝里挤出这句话的。

冷浩风转过身子，没有看欣心那骇人的眼光，淡定地回答：“我看娘子最近身子不太舒服，不适合乱走，又怕你在屋子里闷得慌，所以给你找点儿事做做！”

“如果我说不抄呢！”

“娘子，为夫忘记告诉你了，要你抄写经文，不只是娘的要求，还是岳母大人希望的呢！”冷浩风俊美的脸上挂着浅笑。

晕！秋月娘亲捣什么乱？欣心鄙夷了一下，又不满地扫了眼冷浩风。

“欣心，你还是乖乖地抄写经文去吧，不然一会儿，你娘来看你，没完成目标的话，要打要骂，我可不敢跟岳母顶嘴，帮你开脱哦！”冷浩风凑在欣心的耳边，轻轻地说。

欣心不服气地瞪着冷浩风。

冷浩风嘴角的笑意越发灿烂，“娘子，需要我扶你进屋吗？”

“冷浩风，你不要太过分了！”

“欣心，过分的是你，不是我！”冷浩风的面色也阴冷了下来。

欣心还想继续开口，被冷浩风捂着嘴，压低声音道：“欣心，今天皇上都过问起我们之间的事了。你去逛花楼的事，在郡王爷的大力宣传下，早就被广而告之了。你莫非嫌丢脸还丢的不够？”

“我又不是第一次逛花楼，有那么夸张吗？”欣心茫然地反问。

“你之前怎么样，我不管，也懒得管。但现在你是有夫之妇，自然另当别论了！”

“怎么个论法？”欣心无辜地问，“会不会休妻？”

“你很想被休了，嫁给麻子将军吗？”冷浩风挑眉反问。眼瞅着欣心犹如拨浪鼓般地摇头，冷浩风的心情，才稍微明朗了那么一点儿。

“算了，我还是去抄经书吧！”欣心有气无力地说。胳膊扭不过大腿，这会儿做做样子，罚抄经文，还不算是太严重的事！

“娘子，辛苦你了！”

欣心看着冷浩风那么虚伪，不由得心情抑郁地道：“麻烦相公给我磨墨！”

冷浩风没料到欣心会如此开口，也不好意思明着拒绝，只好无奈地点了点头，“为夫的荣幸！”

欣心看着冷浩风无奈的样子，心情不由得大好。一会儿便让冷浩风见识一下，欣心抄写经文的绝招，一定要让冷浩风磨墨磨到手软为止。

欣心进屋后，便将纸摊好了两张，又从笔筒内直接抽了两支笔，睨了眼冷浩风还不为所动，有点儿发呆地望着她，不由得催促道：“相公，你是不是该磨墨了？我等着用呢，很急！”

冷浩风轻咳一下，微微掩饰了一下内心的不自在，便执起磨砚，不一会儿，欣心两支笔同时沾染上了墨汁。冷浩风有点儿不明所以地问：“欣心，你在玩什么？”

欣心两支笔，左右同时开工，不忘记抬头跟冷浩风说道：“难道你没看出来吗？我在抄写经文！”

“你左右两只手都能写？”冷浩风有点不可思议。

“切，还不是小意思！”想当年用圆珠笔，欣心一只手都能连写两份！

冷浩风漠然地望着欣心龙飞凤舞地在那儿抄写经文，突然觉得，其实他很不了解欣心，之前对欣心的认知是破坏力超强，成事不足，败事有余的。不过随着跟欣心的熟识，他发现，其实欣心身上的闪光点还是挺多的，总能给他平淡的生活，带来一次又一次的意外。他看着欣心认真地在那儿抄写经文，那文静、婉约的模样，确实也挺耐看的。

如果欣心跟神秘门没有关系，而他帮皇上查清楚神秘门的势力，铲除神秘门后，或许两个人在一起也不算是坏事。三个月，他要好好地表现，将神秘门铲掉。

欣心埋头苦干，当然没注意到冷浩风那明媚的笑意，左右同时开工，越抄越顺手，不一会儿，好几本就抄完了。

冷浩风清了清嗓子对抄得不亦乐乎的欣心招呼道："欣心，你休息一会儿再写吧！"

"怎么了，看不过去了，心疼我了？"

冷浩风被欣心顶的微微有些不自在，淡淡地开口，"好心让你休息一下，不领情就算了！"

欣心一听这话，乐了，真想直接把两支笔扔过去。不过，她还是假装无视冷浩风的提议，嘴里却不依不饶地说："一会儿我娘要来检查，不完成目标，我怕被打啊！"

冷浩风看着几本完工的，又看着她抄写得认真，淡淡地说："反正也不是一天两天能抄完的，你最近不出门，搁着慢慢抄好了！"

欣心一听这话，怒了，直接将手里的笔朝冷浩风脸上一扔，双手插着腰吼道："冷浩风，你不是说，我抄完了就能出去吗，你敢反悔？"

冷浩风面上被墨汁染的黑白分明，虽有不悦，但还是耐着性子解释，"欣心，提议禁足的是你老爹，我只是负责监督而已！"

欣心恼怒地抓着笔，"啪"的一声，一折为二了，不爽地朝地上一扔，对冷浩风一字一句地说："姑奶奶我不写了！"

冷浩风也不生气，风轻云淡地说："不写，也不能出门！"

"冷浩风，你认为你看得住我吗？"

冷浩风面色淡淡的，"一会儿岳父、岳母都要来，郡王爷、娉婷郡主也会来！你要出门的话，请趁早！"

"来干吗？"

"来看看，我们是不是恩爱夫妻！"冷浩风从容道。

"你当我三岁小孩啊？继续蒙我！"欣心冷笑。

冷浩风保持沉默。

“我知道了，他们是来看我有没有乖乖抄写经文的，是吧？”欣心做出恍然大悟的样子，拍了拍后脑勺，笑得特别和善。

“知道就好！”冷浩风漂亮的嘴角，也扯了抹笑意。

“冷浩风，为什么我觉得你越来越奸诈了？”

冷浩风凑着欣心，羞涩地说：“因为我发现，我真的越来越喜欢你了，欣心！”

欣心很不给面子地将喝着的茶水，朝冷浩风脸上喷了出去。

冷浩风从容地擦掉茶渍，说了声：“一回生，两回熟，我被你喷的习惯成自然了！你要不要继续？”

欣心这下子，被自己的口水呛到了。冷浩风什么时候转型了？竟然也会说经典的冷笑话了！

吃饭的时候，欣心跟冷浩风尽可能地表现出恩爱的样子。众人虽然有疑，面面相觑，但总算也没有多说什么。

临走的时候，秋月娘亲抓着欣心的手，依依不舍地问：“欣心，娘真是不明白了，当初，你死活要嫁给冷浩风，这会儿如愿以偿了，为什么又处处抗拒？”

欣心真是一言难尽。之前，想嫁冷浩风的是她，可是为什么现在想逃离的也是她呢？莫非，女人真的那么善变？

“娘亲，我跟冷浩风的婚约，三个月为期限，你是不是也清楚内幕？”欣心严正地朝秋月娘亲发问。

秋月娘亲面色上浮现了一丝尴尬，“呵呵”干笑了两声，道：“其实，不管期限也好，赌约也罢，事实上，你是冷浩风的娘子、冷家的少奶奶，已经是无法更改的事实了！”

“事实要改变也很容易啊，冷浩风休了我便成！”

“你啊，还是那么天真！”秋月娘亲点了点欣心的额头，“想让冷浩风休你，做梦去吧！”

欣心警觉地望着娘亲，认真地问：“娘，你该不是跟冷浩风有什么协议、交易之类的，把我卖了吧？”

秋月娘亲打着马虎眼，“哈哈”地笑了两声，“娘怎么可能把你卖了，娘当然希望你过得好！”

“真的吗？”欣心疑惑。

“欣心，其实浩风这孩子挺不错的，你不要带着偏见去看他，就照之前欣赏他的眼光去看他，你会重新爱上他的！”秋月娘亲意味深长地劝着。

欣心漫不经心地点头，转移话题，“对了，娘，好久没有哥哥的消息了，哥哥现在好不好？”

秋月娘亲的面色也挂上了担忧，摇了摇头，“我也好久没有轩轩的消息了，真的挺担心他的，千万不要遭神秘门暗算了才好！”

“应该不会吧！”暗影，应该不会对南宫轩下手，可是为什么南宫轩连个消息也没传回来呢？

“没消息，也算是好消息。轩轩那么机灵，肯定没事！”秋月娘亲自我安慰地对欣心说。

欣心勉强挤了个笑容出来，“大概是吧！”

“娘亲要走了，欣心，别怪娘啰唆，你跟冷浩风的婚事，是圣上做主的。你做事，要三思而后行，不然被抓着小辫子了，可不是你一个人的事。我们家都有可能要买好风水宝地，给你陪葬啊！”

“娘，我总觉得，有点儿不对劲！你们肯定瞒着什么事没告诉我！”欣心不死心地问。

“欣心，你还是不要乱七八糟地瞎想了，娘走了！”

欣心目送着秋月娘亲，几乎是夺路而逃，心头的疑惑更多了！不过，欣心也懒得计较这么多，目前先去找暗影比较重要。

第二十九章　赌坊历险救吉吉

暗影会在哪里呢？欣心还真没想过，因为从来没有想过要去找他，一直以来都是暗影直接来找欣心的。这时她才发现，原来她对暗影的了解那么少！几乎除了名字外，什么都不知道，甚至连相貌也那么模糊。欣心想起那熟悉却又陌生的脸，心头总是忍不住一番唏嘘！她换上冷浩风的男装，便悄然地出府。当然这次，她学乖了，对小红、小绿两个丫鬟防着一手。兜兜转转几圈后，她抬眼望着“聚钱庄”三个大字。紫衣说过，聚钱庄是神秘门的地盘，暗影有可能在这里！

欣心做了个深呼吸，便抬脚跨进了赌场。这里人声鼎沸，喧哗至极，她微微不悦地蹙眉，拉了个伙计，问了下掌柜在哪里。

伙计伸手便朝二楼一指，欣心仰着颈脖，朝二楼那方位看去，似乎是个包间，但是，貌似人气不错。她掏出碎银给那伙计打赏后，便朝二楼走去。

这不看不知道，一看吓一跳，真是冤家路窄！

檀木红桌前，面对面坐着的两个人，其中一个面戴黑纱，若隐若现。另外一个悠然自得在那儿抿茶的，不是云岭，又是谁？

这个死女人，倒是吃喝嫖赌，样样俱全。

欣心收起之前对她的鄙视。女人能在古代混得这么风生水起，还真让欣心有点儿怀疑，她是不是也是穿越过来的。

欣心拉了拉旁边的人，问：“掌柜的在哪儿？”

那位仁兄不耐烦地指了指云岭身边的那位五旬老者，“他就是掌柜的！”

欣心这才发现，这人山人海的，要不动声色地挤进去，还真不容易！

云岭悠闲地扣着手指，在桌面上敲击着，不急不缓。

旁边那位五旬的掌柜，倒是急得满头大汗，弓着身子，不断地朝那蒙面的人伸长脖子望去。

那位面蒙黑纱的男子，一身纯黑色的劲装，如果不是在这赌桌上看到，肯定会以为他是江湖杀手！

欣心被旁边的人挤到边上去，差点儿因站立不稳而摔跤。她不悦，正要朝那人出声谩骂。那人朝欣心竖了个嘘声的手势，神秘兮兮地问：“公子，你要不要也加注，来赌一把？”

“怎么个赌法？”欣心好奇地问。

那人目不斜视地望着桌子，紧张地说：“云公子跟黑纱公子，你赌哪一方会赢，就把银子压哪一边！”

欣心瞄了眼那桌子上堆叠得都快成山的银票，不急不缓地说：“好像赌得挺大的！”

“大，当然大！那银票是一千两一张的，现在两边都下了一百张。而今天的彩头，还有神秘礼物呢！”那人回答得特别兴奋，好像赌的人是他一样。

欣心从怀里掏了几张一百两的银票，朝那蒙面人面前压了上去，银票稳当地落在那黑面的公子面前。

黑面公子转过头，看着欣心的方向，对她颔首，露了个浅笑出来。欣心眼尖地发现，那因为转动而扬起的侧角，黑薄纱巾下露出的小半个侧脸，肤色白皙，轮廓清秀，明显是美男凌云嘛。

这对兄妹在搞什么？

凌云漫不经心地扫了眼云岭，淡淡地说：“云公子，我再追加一万两，不知道你还跟不跟呢？”

云岭笑着朝掌柜使了个眼色，没好气地说：“跟，怎么不跟？”

那掌柜明显抹了下额头上的汗水，不过还是唯唯诺诺地从怀里掏了一摞银票到云岭手里，那哭丧的脸色，实在可怜！

“掌柜的，将神秘礼物拿出来吧！”凌云优雅地朝掌柜笑了笑。可惜遮在面纱下，那表情纯属浪费了！

欣心身边的那男子自言自语地道：“哇，要一把定输赢了！”

掌柜拍了拍手。不一会儿，四个小厮抬出了一个黑布遮住的笼子。众人都好奇地望着笼子里的东西，唏嘘声不断。

掌柜朝云岭跟凌云都点了点头，示意过后，扬手将那黑布给揭开，竟然是个人，还是个美人！而这个被捆绑的犹如粽子一般的美人，正是欣心的好姐妹、金牌大丫鬟、神秘花魁，吉吉！

欣心望着被绑得无法动弹的吉吉，嘴里塞了布，昏睡着，是被下药了！

欣心怒火冲天，“啪”的一掌拍在桌子上。敢欺负到她的头上，实在是可恶！那桌子被欣心那么大力一拍，四分五裂开来。

“砸场子了，来人！”随着掌柜的一吆喝，欣心被围了起来，一堆打手虎视眈眈地瞅着她，拿着棍子之类的东西，想以多欺少。欣心压根没把这些人看在眼里，冷冷地扫了眼掌柜，指了指吉吉，愤怒地质问：“怎么回事？”

掌柜的被欣心的气势吓到，但看着人多势众，又朝云岭看了眼找到了撑腰的主，理直气壮地说：“这是今晚云公子跟凌公子下注的彩头，神秘礼物！”

“竟然强抢民女，你还理直气壮？”

“我……我花了银子买来的，你少……少诬蔑我！”那掌柜的被欣心一顶，说话都带着些结巴。

“她是我的丫鬟，识相的赶快把人放了！”欣心抬眼盯着掌柜，那眼里的意思不言而喻。若不放，她就直接抢！

“你说是你的丫鬟，便是你的丫鬟吗？”云岭吹了吹指甲，要多管闲事了。

欣心不悦地扫了眼云岭。

云岭轻笑着说：“我还说，她是我的小妾呢。掌柜的，你肯不肯就这样，让我把人给带走啊！”

掌柜对云岭“嘿嘿”地干笑了两声，又看了眼满是怒火的欣心，从容地说道：“这位公子，东西可以乱吃，话可不能乱说。你如果是来我们赌坊闹事的话，我立马报官处理！”

欣心默不作声地看着那掌柜，只见他从怀里拿了张纸，对众人扬了扬道：“我这里有这位姑娘的卖身契，这位姑娘是自愿做彩头的！”

欣心扫了眼那红手印，不以为然地冷笑了一下。吉吉都被整昏了，别说一张卖身契了，即使要吉吉承认是杀人犯，都能签字呢。不过有了这张该死的破纸，欣心还真不能直接将吉吉给抢走！

凌云轻咳一下，不动声色地走到欣心身边，凑在她的耳边提醒道：“这会儿，你要砸场子带人走的话，有难度了！”

欣心看着凌云，不满地把头扭向另外一边，朝云岭挑了挑眉道：“今晚的彩头是吧？我也要赌！”

云岭十指朝欣心伸着，轻摇了一下，拒绝道：“此彩头，只赌一次，而我跟凌公子已经开赌了，你下回请早！”

看着云岭那嚣张的模样，真让欣心恼恨得牙都痒痒，却又无可奈何。

“看你这么可怜兮兮的，真是大快人心！我就不跟你赌！”云岭欠扁地哈哈大笑了起来，阴柔俊美的脸上尽是得意。“凌公子，我再追加一万两，看你的底，揭底吧！”随后云岭又甩出一摞大面值的银票。那些围观者不断发出抽气声，闹哄哄的场景，立马就安静了下来，众人都屏气凝神地望着桌子上那两个盖着的蛊钟。

凌云淡扫了眼云岭，又将眼光看着欣心，淡淡地说：“你替我赌吧！”

“凌公子，你什么意思？”云岭不爽。

“没什么意思，输了算我的，赢了算她的！”凌云从容地说。

欣心也不客气，几步便蹿到了那桌前，大方地落座。云岭虽有不满，却也无可奈何，没好气地从鼻子里冷哼一下。

欣心悄然地拿起盖着的蛊钟瞄了眼，有好奇者也都伸着脖子望了过来。她迅速地将蛊钟盖上，“啪”地扣在桌子，嘴角挂着得意的笑容。今天，新仇旧恨，外加众多不爽、怨气，通通要朝云岭出个够！

云岭挑了挑眉，催促，“开吧！”

欣心摇摇头，转过脸对凌云道：“慢着，我要加注！”

凌云抿唇一笑，对欣心赞赏地点了点头，又自觉地从怀里掏了一沓银票出来，规矩地排放在那叠银票上。

云岭疑惑地看着欣心，面色有点不自然，那掌柜的则在一边拼命抹汗，神色焦急至极。

欣心瞅了瞅银票，一副胜券在握的得意模样。刚才一揭开那蛊，欣心入眼的是三个六点，比大小，还有比三个六点更大的吗？

“这些是凌公子的加注，我也要加注，云公子！”欣心看着云岭说。

云岭一扫之前的悠闲淡然，朝欣心问：“你加什么？”

“赌我自己！我要赢了，一把火将你的群芳阁烧了；我若输了，送给你为奴为婢，任凭你处置！”欣心淡定地将话说完。众人的抽气声更大了，这不是押身家性命赌吗！

欣心看出了云岭的犹豫，不由得笑得更加灿烂，“云公子，你可要快点儿想好啊，到底跟不跟？”

“云公子，我劝你别跟了！”已经有沉不住气的，开始在那里嚷嚷了。

欣心淡定的双手环着胸，百无聊赖地打了个哈欠，“云公子，我赌的是自己，你只是赌个群芳阁而已，加不加，一句话！”

“欣心，没想到你赌起来，也挺狠的嘛！”凌云嘴角挂着纵容的笑意。

“我只是比较喜欢那群芳阁而已，其他的我还看不上！”欣心回眼朝凌云笑了笑，完全势在必得。

云岭咬了咬牙，准备跟，被掌柜的拉了拉衣袖。他擦了一下汗道：“公子，今天别跟了，这个彩头，送给他们得了。”

云岭歪着头想了一下，为了吉吉这么一个美人，赔上整个群芳阁，似乎有点儿不划算。而且，欣心那么淡定的表情，是吃定了激自己下注，不行，一定不能中了她的激将法！

“欣心，你不催云公子下注了？”凌云忍不住问。

“急什么呀？你等着收银子就成了，我还要群芳阁呢！”欣心朝凌云信心满满地说。

云岭咬牙切齿道：“不跟了！”

欣心看着云岭，落井下石地嘲讽，“不跟了？云公子，你是不想跟呢，还是不敢跟呢？”云岭被欣心一激，拍案而起，揭开那盅钟，没好气地道：“我输了，但是不服气，我要看看你的点数！”

欣心瞅着云岭那两个一点，一个两点，乐不可支地狂笑了起来，才四点，就出来赌，简直就是没脑子！或许，欣心笑得太过张狂了，众人对她手底的点数更加好奇。“欣心，你给我揭开，别给我装神弄鬼！”云岭恼羞成怒地对欣心吼道。

欣心笑而不答。云岭被欣心笑得恼羞成怒，一拍桌子，“我输，也要输得心服口服，今天还非要看看你是什么底！”

欣心朝云岭摇了摇头，比画了个嘘的手势，“我怕你看见了，会更加激动，还是不刺激你了！”

云岭懒得跟欣心废话，一个箭步飞身朝她面前的盅钟揭去。凌云快一步伸手按住。

欣心刚伸手想揭开那盅，气死云岭，凌云急切地打断，“欣心，不给云岭看，急死她！”欣心一听，也对，看不到，心痒死云岭。于是伸手，用力地朝那色子捏去，她吹了吹手上的粉末，“毁尸灭迹”了。

众人又是一阵惊呼，凌云跟云岭交手，打了一会儿，不分上下。凌云分神地对欣心道：“彩头，我送你了，后会有期！”

欣心知道这个地盘是神秘门的，虽然不知道云岭跟神秘门是什么关系，但从掌柜对云岭那么恭谨的态度来看，云岭定然也不是简单人物。要把昏迷的吉吉带出去，还真不能惹事！

欣心见云岭跟凌云打得难舍难分，便朝那笼子走过去。那些个打手都戒备地望着欣心。欣心理直气壮地对那掌柜说：“愿赌服输，这个彩头是我的，莫非，你们想赖账不成？”

掌柜的点头哈腰道：“没有，这个彩头，公子你尽管带走。”

“你那卖身契还不给我撕了？”

那掌柜倒也识相，忙将那张按着吉吉手印的破纸给撕了。

欣心在众目注视下，打开笼子，将吉吉往背上一驮，便大步地出了聚钱庄。刚迈出门口，便有几个人挡住去路，欣心不悦地蹙了下眉，看着这几个华丽衣衫的公子，不像是打手，于是口气缓和道："麻烦让让！"

那几位显然有话要说，依旧占据着门口。其中一位跨步出来，朝着欣心鞠了个躬，发问："这位兄台……"

欣心不悦地扬手，直接将那公子给扇到一边去了。"砰"的一声，那公子直接撞到门帘上，晕乎乎地转了几个圈，其他几位面面相觑。

欣心挑眉，冷然地问："莫非，你们想讨打？"

"兄台，你误会了，我们只是想知道，你到底拿了几点。"虽然心有余悸，但还是有一位不怕死地挡着欣心问。

"赢都赢了，关你们什么事？你们再不让路，我一个一个打趴你们！"

欣心的话一出，他们都识相地让出一条道路来。她也不想在这地方多耽搁，带着吉吉快速地离开。

欣心刚走过拐角处，凌云已经浅笑着站在那里，还风度翩翩地拿着把扇子在那儿扇着。欣心将吉吉往凌云身上一推，嘲讽道："这么冷的天，拿着扇子也不嫌冷！"

凌云面色浮现了一丝尴尬，不过稍纵即逝，扶着吉吉，对欣心夸奖道："说真的，欣心，我真佩服你！"

"别太崇拜我了，小心爱上我！"

凌云愣了愣，接着"哈哈"地笑了起来，"原来有个性的女子，不止我妹妹云岭啊。欣心，你也算得上奇女子了！失敬，失敬！"

欣心自我感觉良好地朝凌云浅笑一下，对于奇女子这个词，非常受用，"一般，一般！"

"欣心，像你这样豪气的女子，实在不多见，刚才我都替你捏了把汗！"凌云嘴角挂着笑说。

"你急什么？三个六，这么大的点数，需要急吗？我还嫌押得少呢！"

"咦？"凌云的脸上挂着明显的疑惑。

"不是我说，云岭脑子是不是有问题？四点都出来了，还押那么多，钱多也不是这样糟蹋的啊！"欣心鄙夷地说。这兄妹俩是嫌家里银子多得没地方放吗，需要这样来败家？

凌云不可思议地望着欣心，半晌才说道：“欣心，你不知道赌什么吗？”

“知道啊，赌大小嘛！”欣心接得理所当然。

“问题是，我们刚刚那把是，比小。”凌云面色不太自然地说。

“什么？比小？”欣心脚底一软，差点儿摔倒。

凌云严正地点了点头，“我跟云岭今天比两把，一把大，一把小！第一把大，我赢了。刚才那把是比小，我以为你知道呢！”

欣心惊魂未定地拍了拍胸口，对凌云不满地瞪了两眼，“晕，你怎么不早说？”

凌云尴尬地笑笑。

“凌云，你是不是早知道，你是大点数？”

凌云面色不自然地点了点头，他摇的色子，当然心知肚明。

“你知道你大点数会输，竟然还叫我去赌？你实在太恶毒了！”欣心激动地说，“真怀疑，你是不是跟云岭下的圈套，等着我傻乎乎地往下跳。”

“欣心，你救过我，我怎么可能害你呢！”凌云为自己辩解了一句。

“你刚才的行为，明显就是坑我！”欣心用事实指控着凌云。

“错有错招，你不知情，竟然那么气势凛然地将云岭给吓退了。欣心，你很了不起了！”

“也不知道你是夸我还是损我！”欣心没好气地斜睨了眼凌云。

凌云笑而不答。

第三十章　暗影竟然是云岭的未婚夫

欣心对凌云扬着下巴开口问："对了，上次你还没告诉我呢，你是云岭的哥哥，那她干吗要给你下药啊？莫非，她看上你了？"

"不是这样的！"凌云急切地打断欣心，甚至被自己的口水给呛了一下，不断地在那咳嗽着，半晌才顺过气说，"云岭的性子比较倔，一直不肯认我这个哥哥，也不肯回家！"

云岭就是个问题小孩，欣心认同地点了点头。

"关于明年五月的武林盟主大选，云岭跃跃欲试。但是，她发现我是保选的武林盟主唯一候选人，就不服气了，非要跟我一较高下！"凌云的眉拧得越来越紧。

"你们两个开打了？"欣心好奇地问。这对兄妹，还真是活宝。

凌云摇了摇头，"没有打成！"

"那后来呢？"欣心接着问。

"后来的事，你不都知道了。云岭给我下了媚药，还安排了一堆的美女。"凌云红着脸，羞涩地说。

"知道是知道，但是不明白啊。给你下媚药，安排美女给你，我觉得是你这个哥哥赚了。云岭考虑得挺周到的嘛！"欣心老实地说。云岭没有给凌云下药后，让他欲火焚身而死，就已经很厚道了。

"她就想破坏我的名誉，然后害我被取消武林盟主的保送资格！"凌云摇了摇头，叹息一声，显然对于这个妹妹也头疼得很。

“嗯，这个嘛。”欣心干笑了两声，“就她能想得出来。”这么损的招，也只有云岭想得出来。

凌云自嘲地摇了摇头，“云岭，实在是淘气得让我不知道说什么才好！”

“那你们刚才怎么又那么和谐地坐一桌上去开赌了？”欣心又问，“而且，赌得好像挺大的！”

“我看到云岭对这姑娘挺上心的，暗影又没在，随便激两句，她就非要跟我赌了！”凌云朝手里扶着的吉吉看了两眼，才回话道。

“暗影？”这下子轮到欣心蹙眉了。可千万不要告诉她，暗影的神秘门，专门做这些拐卖良家妇女的勾当啊！

“哎，也只有暗影能收拾我这个淘气的妹妹了，我是没办法了！”凌云挫败地摇了摇头，非常有自知之明地说。

“暗影跟云岭？他怎么收拾云岭？”欣心有些搭不上边，做梦也想不到将这两个人扯到一起。

“暗影当然有本事管住云岭，他是云岭的未婚夫啊！”

“暗影是云岭的未婚夫？玄天门的姑爷？”欣心急切地抓着凌云问。

“欣心，你认识暗影？”凌云好奇地反问。

欣心心虚地摇了摇头，“听过，但不是很熟。”

“欣心，我看你的神色，好像……”凌云的话还没说完，欣心便出声打断，“你给我说一下暗影的事！”

“暗影是神秘门的门主，也是这个聚钱庄的幕后老板，更是我的妹夫，云岭的未婚夫！”凌云说到暗影的时候，神采飞扬，他对于暗影是非常欣赏的，“虽然正邪两立，但是我跟暗影还是相当不错的兄弟！”

欣心充耳未闻，只觉得脑子“轰”的一声，心底似乎有些东西破裂了开来。凌云的那句“我的妹夫、云岭的未婚夫”，将欣心压得喘不过气来。暗影，他竟然是云岭的未婚夫，他竟然一次又一次地骗她，说跟云岭不认识。暗影就是个骗子！

难怪暗影在跟欣心有了肌肤之亲后，宁愿否认，也不肯轻易地开口说负责。原来，一切只是因为，他是云岭的未婚夫！欣心神色恍惚地倒退了两步，原来，她是那么傻，那么天真……

凌云手里扶着吉吉，一时也没办法腾出手去扶欣心，只能关切地问：“欣心，你到底怎么了？”

欣心自嘲地对凌云摇了摇头，“我没事！”

“可是……”凌云想说，可是你的神色很不好！

“没什么，我现在赶时间回家，麻烦你帮我把她送到飘香阁紫衣那里！”欣心指了指吉吉，也不顾凌云答不答应，直接转身跑了。她的脑子里一片空白，唯一徘徊着的便是暗影骗了她。欣心眼中，凝聚的水花越来越多，不一会儿便顺着脸颊，不断地流了下来。她伸手去擦那些眼泪，却发现，泪水越来越多，根本就没办法擦干净。

欣心胸口被堵的酸涩，有股抑郁感压得她差点儿喘不过气来，一种疼痛撕心裂肺地开始蔓延。

她可以不计较暗影在那晚之后，只字不提。

她可以不计较暗影总是神出鬼没以及他神秘门的背景身份。

她可以不计较暗影甚至有可能跟哥哥南宫轩对立。

她就是那么单纯地喜欢着暗影，但是她无法容忍暗影的欺骗。

为什么，暗影明明跟云岭订婚了，却还要来招惹她？为什么要欺骗她，说他跟云岭不认识，没关系？欣心越发的委屈起来。暗影，你个大骗子！浑蛋！

冷浩风蹙眉望着欣心，这个女人搞什么？一辆马车朝欣心疾驰奔去，欣心依旧自顾自地在大街上，神色恍惚地游走，压根觉察不到任何危险。

“吁……”眼见那马车要撞上欣心了，赶车的大叔忙拉着马缰绳想减速，可是马高扬着前蹄，就要踩下去了。

冷浩风终于按捺不住，飞身将欣心带离了那危险地带。

欣心茫然地从冷浩风怀里抬眼，看着他一时无语。她伸手推了推他。

冷浩风阴着脸看着欣心，手里的力道更大地抱着欣心。刚才眼见那马车朝欣心身上撞过去，他的心竟然会跟着揪疼，生怕一个闪失，她便丧生在马蹄之下。

“放开我！”欣心挣扎。

冷浩风冷着脸充耳不闻，依旧紧抱着她，眼里的怒火被强硬地遮盖在冷然之下，四周的空气都被他满脸的冷意冻结了起来。

“冷浩风，你放开我！”

“欣心，你到底怎么了？”冷浩风放开欣心，关切地问。见她双目微微红肿着，来不及拭去的泪珠，还亮晶晶地挂在眼角。他心底某处柔软的角落，便不由自主地动了。欣心竟然在哭！

条件反射似的，冷浩风的手便朝欣心眼角温柔地伸了过去。当他发现自己的举动时，尴尬地愣了愣，讪讪地将手缩了回来。

“我没怎么样，就是想静静，你离我远点儿！”

“欣心，跟我回去！”冷浩风面色愠怒地抽手，一把扣着欣心的手腕，准备强硬地拉她回去。

“冷浩风，你放开我！”欣心恼怒地挣脱冷浩风的钳制，“我现在就想静静。”

冷浩风的神色更加不悦了，“欣心，你注意点儿形象！”

“我不要你管。”欣心烦躁地推开他。

“浩风，是你吗？”一声清脆的女声，从背后清晰地传入欣心耳内。

冷浩风面色淡然地看了眼娉婷郡主，招呼道：“郡主好！”

“我说过很多次了，你唤我娉婷就好，郡主太生疏了！”娉婷郡主熟稔地对冷浩风灿烂一笑。

“郡主，这是礼数，自然少不得！”

娉婷郡主看出了冷浩风的故意疏远，面色微微不悦，随即说：“浩风，你怎么跟个男人在大街上拉拉扯扯的，实在是不成体统。”娉婷郡主的话说了一半，再看欣心的脸时，嘴巴微微张开，暂时把下半句话吞进了肚子里，“这不是欣心吗？”

冷浩风淡定地扫了眼欣心，再把视线对上娉婷郡主，扯了个笑容道：“我跟娘子一起逛街呢，郡主认为有什么不妥吗？”

“欣心，逛街需要穿成这样不男不女的吗？”

冷浩风的面色有点不自在。他根本料想不到，郡主会那么直白地将话说了出来，只能护着欣心道：“我家娘子穿什么，用不着郡主费心吧！”

“浩风，你这话就错了！欣心现在好歹是冷家少奶奶，这副形象让人见着了，总是不妥的！”娉婷郡主硬着头皮说。

冷浩风不接话，冷眼扫了两眼娉婷郡主，眉宇微微地纠结了起来，

“哪里不妥呢？”欣心挑眉，淡淡地出声，朝娉婷郡主问。

“作为端庄得体的少奶奶，你这样男不男、女不女的，简直就是丢人现眼，成何体统！”娉婷郡主刻薄地说。“真不知道，是你们南宫家的家教如此，还是你欣心的本性如此。”

“郡主，请注意你的措辞。我家娘子爱穿什么是她的事，我都没意见，外人更管不着！”冷浩风的意思很明确，娉婷郡主狗拿耗子多管闲事。

“原来是欣心爱穿男装啊，这个爱好，果真特别！”娉婷郡主不爽地嘲讽道，“不知道，只是爱穿男装呢，还是跟男人一样爱女人呢！欣心，逛妓院好玩吧！”

欣心逛飘香阁的事，果然被广而告之了。

冷浩风的面色已经铁青了，浑身都散发着怒意，除了对娉婷郡主的不满，还有对欣心的。他就快要克制不住，火山喷发了。

虽然欣心没心情搭理娉婷郡主，更没心情陪着冷浩风说谎、秀恩爱，但她的个性，还真是什么都能吃，偏偏就不吃亏。所以，欣心朝娉婷郡主笑着摇了摇头道：“错，大错特错！郡主，我不是爱穿男装，而是我不得不穿男装！”

“还有不得不穿之说？我还真要洗耳恭听了！”

欣心朝娉婷郡主挤了个笑容道：“郡主，我穿男装还不是因为我天生丽质，我家相公怕我出门招蜂引蝶，才特意要我穿的！我这个叫作低调！”

娉婷郡主不吃欣心的这一套，毫不给面子地嗤笑了一下。

欣心也不动怒，看着娉婷郡主，继续说：“当然，像郡主这样长得比较安全的人，是不需要像我这样的！”

“什么叫长得比较安全的人？”娉婷郡主“不耻下问”。

欣心歪头想了想，认真地说：“具体也不太好形容，大概就是字面上的那些意思吧！郡主，理解不了就算了！”欣心心里补充了句，反正也不是什么好话，等你明白过来，大概要气得半死！

“欣心，你明摆着就是强词夺理！”

欣心不以为然地淡笑一下回道：“我说的这是事实，不用抢也不用夺！女扮男装出门，完全是为了避免不必要的麻烦。”

娉婷郡主被欣心说得哑口无言。

欣心又淡然地补充说：“也是，这个是为人妻者的自觉，郡主没有嫁人，自然是体会不到的！”说完这句话，她貌似想到了什么，忙捂着嘴，不怕死地继续说，“哎呀，郡主，都怪我不好。瞧我，说什么不好，非说嫁人这档子事。郡主，你别往心里去，我可不是故意提醒你，你求旨不成嫁不出去啊！”

娉婷郡主的脸色，在听到欣心这句话时，都气绿了！

欣心忙装作惧怕地说：“郡主，对不起啊，我一紧张就容易说错话，您怎么可能嫁不出去呢！人家陈风将军，就很乐意娶你的！”

“欣心，你给我闭嘴！”娉婷郡主终于维持不住那端庄的形象了，犹如泼妇，手指着欣心喝道。

“郡主，被我说中恨嫁的心思，也别恼羞成怒吼我啊！我胆小，会怕。”欣心说完，冷浩风配合地拍了拍欣心的背，以示安慰。

娉婷郡主看得真是怒火直冲脑海，口不择言地说：“欣心，你就继续装！你这个喜欢逛花楼的变态女人！”

“郡主，你亲眼在花楼看见过我吗？”欣心眨着明亮的星眼，严正地问娉婷郡主，“若你亲眼看见的话，那郡主，是不是也算逛花楼呢？”

“我……我当然没有……没有亲眼看到！本郡主，怎么可能去那种不入流的地方呢！”

欣心撇了撇嘴道：“你都不知道耳听为虚，眼见为实吗？既然无凭无据的，如此说我，岂不是有毁坏我名誉之意？”

娉婷郡主被欣心这么一说，面色更加窘迫。

“还有，郡主说，那是不入流的地方，那去飘香阁的人是不是都不入流呢？如果我记得不错的话，貌似里那可是很多达官贵人的销魂窟呢！郡主，这个话说出去，可是会得罪很多人的哦！”

娉婷郡主被欣心吓得额上微微开始冒汗。别人先不提，那贵王爷，可是飘香阁的老主顾。她当然知道，被欣心这么一说，还真会得罪很多人！

“欣心，你不要故意曲解我的话！”娉婷郡主没好气地说。

“我只是照着郡主的意思说出来而已，郡主可别往我头上栽赃！这样的黑锅，我背不起！”

“我说的不入流指的是你，一个大家闺秀，出入花楼，就是不知廉耻，真替浩风汗颜！”娉婷郡主直接把矛头对着欣心，全然不怕撕破脸皮。

“郡主，我没记错的话，冷浩风是我的相公吧，要你汗颜什么？还有，你不觉得，作为一个大家闺秀，你对我家相公的称呼，过于亲热了点儿吗？”

娉婷郡主理不直气不壮，一时气得在那儿跳脚，转头对冷浩风说：“冷浩风，你就这样宠着欣心，我建议你回家照照镜子，看你头上戴了顶多大的绿帽子！新婚之夜，新娘就跟人跑了！”娉婷郡主的话，戳到了冷浩风的死穴。

冷浩风面色不悦地对娉婷郡主冷冷地说道：“这些都是我的家务事，郡主，你管得太多了。有那么多的闲时间，还不如回家多看看书，提高一下自身的礼仪修养！”

“冷浩风，你嫌我礼仪修养不高？”娉婷郡主不可思议地质问。

“一个得体优雅的大家闺秀，断然不会在街上对他人说三道四，搬弄是非的！”冷浩风说得含蓄，却字字不留情面地影射着娉婷郡主。

娉婷郡主恼怒地一跺脚，“我还不是被欣心气的，你们两个人都讨厌！”

冷浩风冷然地撇过脸，不想理会娉婷郡主。

“欣心，你得意了吧？冷浩风现在要利用你，自然宠着你，我看你能笑到什么时候！”娉婷郡主嘴角挂着气恼的笑意。

冷浩风的身子微微地僵了僵，面色不太自然地越过欣心，望着娉婷郡主，冷冷地说道：“郡主，我希望你说话之前，先斟酌一番，不要任性妄为地挑拨我跟欣心，不然别怪我不讲情面！”

“干吗，敢做却不敢承认啊？”

冷浩风面色阴沉地扫了眼娉婷郡主，冷冷地质问：“我做什么了，不敢承认？”

娉婷郡主明显被冷浩风的气势吓到了，撇了撇嘴，什么都没说。

欣心置身事外地望着娉婷郡主跟冷浩风，看着他们打哑谜。

“欣心，嫁给冷浩风，总有你后悔的一天！”

“郡主，虽然你是郡主，但你这样三番五次地挑拨我跟我相公之间的关系，是何居心？我可是会多想的啊！”欣心风轻云淡地笑了笑。

“你多想什么？”郡主没好气地扫了眼欣心道，心头的气堵的发慌！

“我会想，你是不是垂涎我家相公，很希望我家相公休了我，然后自己替补上来！”

娉婷郡主手指激动地颤抖着，指着欣心半天，却不知道该怎么为自己辩解。因为欣心说的都是事实，她确实有这样的打算。

欣心伸手轻柔地将娉婷郡主的手给放下来，淡淡地说：“得体优雅的大家闺秀，是不会用手指指着别人的，因为很不礼貌！郡主，你这个习惯非常不好！”

冷浩风意犹未尽地看着欣心，骂人不带一个脏字，却能把人气得半死，真长见识。

“欣心，你故意让我难堪是吧？”娉婷郡主咬牙切齿道。

“没有，我怎么舍得让郡主难堪啊，郡主可比飘香阁的那些姑娘有才多了！我怜香惜玉还来不及呢！”欣心的脸上挂着笑，只是眼里淡淡的，无任何波澜。

娉婷郡主被欣心气得上火了，手指着欣心丢下狠话，“欣心，你少得意，有的你哭的时候呢！”

冷浩风深叹了口气，将那些不快渐渐压在心底后，向娉婷郡主淡淡地告辞，“浩风跟娘子还有事，先行一步！”

欣心装作没有看到，勾着冷浩风的手，撒娇道：“相公，我们的事不急。我还想跟郡主多聊会儿呢！”

冷浩风伸手亲昵地勾着欣心的手臂，哄道：“娘子，就算我们的事不急，也该回家了，家里人等着呢。”

欣心不动声色地抽了抽手，无奈被冷浩风握得太紧，也只能跟着他走。

“欣心！”娉婷郡主伸手拦住欣心跟冷浩风的去路，冷着脸唤道。

欣心从容地望着娉婷郡主，“郡主，有何指教？”

“你不要嚣张得意，你还不算赢！”

“什么是输？什么是赢？”欣心挑眉反问娉婷郡主。

“冷浩风，我是不会放弃他的！”

欣心顿时没了兴致，“你若是喜欢，拿去好了，我送给你！需要打包的话，说一下！”欣心刚说完这句，便感觉手臂上一阵疼痛，她吃疼地望着面无表情的冷浩风，竟然耍阴的！

冷浩风带着警告，不满地扫了眼欣心。

娉婷郡主被欣心那么一顿抢白，面上挂不住了，恼怒道：“欣心，你果然很无耻！”

“遇到无耻的人，我也只能学着无耻点儿！虽然我现在还比不上郡主你的境界，但是你放心，我会向你好好学习的。”

娉婷郡主的面色青白交替，被气得浑身颤抖。

冷浩风不动声色地捏了捏欣心的手臂，意思不言而喻。

“郡主，下次再跟你聊吧，要说我的不是之前，麻烦你先做足功课！”

娉婷郡主愤恨地望着欣心扬长而去，那张小脸被气得彻底变形。“该死的欣心，你千万不要落在我手里，不然，我一定要你好看！”

失去了斗嘴的目标，卸下了战斗的防备，欣心的情绪再次低落下来，茫然地走着。她的脑海中不断地闪现着跟暗影相识的一幕幕，他竟然是云岭的未婚夫。欣心的心很痛，真的很痛，就好像有无数的针，细细密密地扎似的。

欣心愤恨地握拳，若是暗影这会儿出现在她面前，她真的会跑过去咬死他！坏人！浑蛋！骗子！

冷浩风看了眼面前的建筑物，来来回回，他们已经沿着这条街走了三遍了。欣心很不对劲！冷浩风犹豫着是要让她继续走下去，还是拉住她，问问她到底怎么了。

欣心满脑子乱七八糟的思绪飘忽着，脚底由着惯性行走，不到疲惫至极，不罢休！

冷浩风终于忍不住，出手将欣心拉住，进了一家店。他拧了下俊眉，望着欣心，问："欣心，你到底怎么了？"

"我没事。"欣心不愿意多谈。

"可我觉得你有事。"

欣心沉默，冷浩风见她无视自己，不由得有些挫败，皱着眉，进了一家店，招呼来一个店小二，"去帮我买套女装来！"

店小二捏着手里的那锭大银子，乐得合不拢嘴，忙点头哈腰地拉上门出去了。

欣心沉默，冷浩风跟着沉默。

不一会儿，店小二便敲门，冷浩风看了眼欣心，对着店小二道："衣服放下，你出去吧，把门带上，没有我的吩咐，别来打扰！"他目送着店小二出去，才把眼光对着欣心，"欣心，既然没事的话，我们回家！"

欣心失神地看着冷浩风，回家？她有家可回吗？感觉心碎的同时，她一无所有。原来，心里藏着一个人的时候，哪里都是幸福的家。

"看什么看啊？你把衣服换了，我们回去了！"冷浩风皱着眉说。

欣心看了看桌子上那套粉色的女装，不为所动。

"欣心，你有意见？"

欣心摇了摇头，"我没意见，但是你能不能出去一下？"

"欣心，你可别跟我说，你在害羞。"冷浩风嘴角挂着戏谑的笑意，依旧端坐着，没有想挪位的迹象。

欣心咬了咬牙，没好气地说："害羞？我倒是不会，但是我怕你会流鼻血。"

冷浩风被欣心的回答怔了怔，哭笑不得地转过身子，背对着欣心，"换吧，我不偷看。"欣心便也不扭怩，伸手将外面的男装给脱了，快速将那女装套上了。

冷浩风听着欣心“窸窸窣窣”的换衣声，心头不免唏嘘了起来，惆怅着，为什么，他跟欣心，会走到这一步呢？到底是谁在开谁的玩笑？到底是谁不珍惜谁呢？冷浩风的眼里心里，越来越多地装着欣心，可是她却离得越来越遥远了。冷浩风甚至都不知道，该怎么去跟她相处。因为他靠近一步，欣心必定会倒退三步都不止，当初那个口口声声要嫁他的欣心不见了，还找得回来吗？冷浩风自嘲地摇了摇头，大概，消失了的，就再也找不回来了。

“我换好了！”欣心将束着的发，拆开散了下来。冷浩风转过身子，便看着欣心披散着一头乌黑的秀发，叹息道：“你看你，披头散发的，像什么样子？”

欣心不以为然地将头发抓在手里把玩着，“我喜欢，我愿意！”

冷浩风懒得再对欣心发表什么评论，淡淡地说：“你今天闹腾够了，是不是要回家了？”

欣心沉默了一下，缓缓地点了点头，讷讷地说：“是折腾够了，回家吧。”

第三十一章　欣心心伤躲进祠堂

欣心跟着冷浩风回了冷府，那些下人、丫鬟都好奇地扫视着披头散发的欣心。

冷浩风不悦地轻咳一下，面色阴沉地扫了几眼。那些好奇者便识相地盯着地面，垂着头，大气也不敢出。

冷浩风拉着急急忙忙奔回房的欣心，面色肃然地说："欣心，今天的事，你自己去写份检讨给我吧！"

"噗！"欣心差点儿被自己的口水呛死。"咳咳咳"，她没有听错吧？检讨？冷浩风竟然叫她写检讨？简直太好笑了！欣心放肆地大笑起来，如果可能，如果可以，她其实是想大哭的。她想哭泣之后，忘记暗影，忘记所发生的一切。

冷浩风一把狠狠地捏着欣心的手腕，口气遮掩不住怒火地道："欣心，你以为我在跟你开玩笑吗？"

欣心咳得涨红了脸，一字一句地对冷浩风说："叫我写检讨？这是我听过的，最，最，最好笑的笑话了！"

冷浩风的脸色更黑了，"欣心，你不听话？"

"要我写检讨，冷浩风，做梦去吧！"欣心奋力地挣脱冷浩风的钳制。该死的冷浩风，每次都那么大力地捏她那么纤细的手腕，真担心有一天，会被他捏断了。

“欣心，你不要故意惹我生气，我可不会怜香惜玉！”

“你以为你威胁我，我会怕你吗？”

冷浩风浑身一颤，恼怒地朝一边的家丁道：“少奶奶需要反思，关到祠堂里去吧！”

“凭什么啊？冷浩风从体罚、抄写经文到关祠堂，你还有什么招数，一次使完吧！”老虎不发威，你当欣心是病猫啊！

“欣心，你还敢顶嘴？”冷浩风怒火直冲脑海，手高高地朝欣心扬起。

“冷浩风，你敢打我试试看！”

冷浩风望着他失控的手，讪讪地收了回来，面无表情地说：“我不会打你！今天的事，你认错的话，就回房去！”冷浩风息事宁人地准备给欣心台阶下。

“我有什么错？”欣心激动地朝冷浩风反问。

“你竟然都不知道错，还好意思如此理直气壮地叫嚣？”冷浩风没好气地冷笑两声，“我没记错的话，你今天是该在家抄写经文的吧？”

欣心无视冷浩风。

“你该不会连自己被禁足了都不知道吧！”冷浩风嘴角挂着嘲讽。

欣心沉默地撇过头。她活这么大，还真没被禁足过呢！

“欣心，你在禁足期间，偷偷溜出去，这是不对的。其次，作为相公的我，罚你反思，你还顶嘴，也是不对的。最后，你竟然无视家法，实在是错得离谱！”冷浩风言语激烈地指着欣心一条条地说，最后又丢了句，“既然你不知错，那么就去祠堂反思吧！”

欣心蹙着眉，听了冷浩风一通废话，赌气道：“反思就反思！”反思，至少能清静清静。

冷浩风被欣心这么一堵，更是急怒攻心，“好，是你自己说的，在没有认识到错误之前，不许吃饭！”

“不吃就不吃！”欣心难不成还怕饿死？

“好，你有种，我看你能撑几天！”

欣心嗤笑一下，不再接话。区区祠堂，能管得住她？简直就是笑话！

冷然刚跨到门口，便听到这句话，忙一个箭步进屋，拉了拉冷浩风，又看了看欣心，拿出家长的姿态，淡淡地问：“怎么回事？”

冷浩风满眼期待地望着老爹，欣心脾气那么臭，要真把她关起来了，倒是有点儿不忍心了。不过话说到那份上，冷浩风也拉不下脸收回这些话，毕竟要给她个下马威，提醒她以夫为天，万事都不能再像之前那般任性妄为！

欣心心烦得很，懒得跟冷浩风多计较，看了眼冷然，回了声，“公公，我去祠堂了！”说完便潇洒地近着优雅的步子，朝屋外走。不就是去祠堂反思吗，正好可以静静心！

冷然一听这话，傻眼了。

冷浩风也对着欣心走出去的背影愣了半晌，她竟然不哭不闹不吵，乖乖地去祠堂反思了？实在是太让人不可置信了！

冷然指着欣心的背影，对冷浩风面色肃然地问：“浩风，你干吗欺负欣心？”

“谁敢欺负她啊，脾气拽的跟什么似的！”冷浩风没好气地朝冷然回话。

“那你让欣心反思，还不认错不许吃饭？”

冷浩风有点理亏，叹了口气道：“爹，那是欣心太不让人省心了，不给她点教训，她实在是不成体统！”

冷然瞅着冷浩风说这句话的时候，满面纠结，倒像是恨铁不成钢的家长，不由得微微动容了一下，面色缓和，开口问：“到底怎么回事？”

“一言难尽啊！”冷浩风挫败地摇了摇头。

“欣心或许是顽劣了点儿，但本性不坏的。浩风，既然你娶了欣心，就要好好对她，知道吗？”冷然语重心长地教育冷浩风。

“我对她好，她也不领情啊！白费力气……”冷浩风讷讷地说。

冷然严正地瞅着冷浩风半晌，才丢了句：“谁叫你死小子整天板着个冷脸，我要是欣心，也不想看见你！见了就来气！”

冷浩风无语地望着冷然，拜托，有这样当人家爹的吗？有这样说自己儿子的吗？

“你小子，要好好地改正态度，首先不许再顶着冷脸给欣心看！”

“爹。”冷浩风无奈地想出声打断。

可是，冷然说得正起劲，他被无视掉了，“下次，见到欣心，你要给她笑，笑得她心花怒放的！她自然也就不跟你怄气了！”

“这不成了卖笑的嘛！”

“对，就是要跟卖笑的多学学，你小子，这样顶着个死人脸，实在不行！”

冷浩风无语地翻了个白眼。

冷然想到什么似的，热切地说：“浩风，我去花楼，请个会笑的姑娘，教你怎么笑吧。你认真点儿学会了，就能讨欣心的欢心了！”

冷浩风差点儿被自己的口水呛死，不满地说：“爹，为什么要我去学笑，讨欣心欢心啊？你改造我，还不如改造她呢！”

“改造欣心？”冷然若有所思。

冷浩风振振有词地说：“欣心率性是不错，但已经为人妻了，还是那么任性妄为、顽劣至极，以后怎么在家相夫教子啊！”冷浩风又补充了句，“爹，你总不想以后你的孙子、孙女，都跟个野猴子般，不识礼数、目中无人、顽劣至极吧！”

“嗯，这个欣心，确实也需要改造改造。”冷然认同地点头。

冷浩风略微松了口气，改造欣心去了，老爹自然就顾不上给他请师父，学卖笑了。

“浩风，那就这么定了吧！”冷然拍了拍冷浩风的肩膀，笑得特别和善可亲。

好奸诈的笑容！冷浩风心底一紧，忙追问：“爹，定什么啊？”

“你学卖笑，欣心学相夫教子啊！”冷然一锤定音。

他学卖笑，欣心学相夫教子，两个人或许能有幸福互动？冷浩风的脑海里这一瞬间想了许多。

冷然看着冷浩风眼光幽深地盯着他看，不由得清了清嗓子，神色装作严肃起来，“浩风哪，既然定好了，拣日不如撞日，就从今天就开始吧！”

“爹，这是我跟欣心之间的事，你别管了。我不会学卖笑的，欣心估计也不肯学相夫教子！”

“欣心是我的儿媳妇，你是我的儿子，你们两个，我都要管！”冷然面色肃然地警告道，“你小子，不许再说不学，不然我揍你！”

“那你还是先去教欣心相夫教子吧，等她得体优雅了，我再去学卖笑！”

“你们两个同时开工，我双管齐下！”冷然摸着光滑的下颚，笑得特别灿烂。

欣心堵着口气问了几个丫鬟，便直奔祠堂而去。一推开门，映入眼帘的便是整整齐齐的牌位。冷浩风，竟然要把她跟这堆牌位关在一起反思。看来，他低估了她的胆量，以为她会害怕吗？欣心虽然任性，但对逝者，还是挺尊重的，随手抄着供台上的香，点了，拜了拜列祖列宗。她在祠堂内，四周观望了一下，发现一角搁了个书桌跟书柜。欣心闲着也无聊，随意找了本书，拉了把椅子，开始安心地看书了。刚翻了两页，她便发现，她的脑子里，还是什么都看不进去，乱哄哄的，不由得心浮气躁了起来。

“嘎吱”一声，欣心拉上的门被推开了。不是在关禁闭吗，怎么还有人来？欣心抬眼，漫不经心地望了望。小红、小绿抱着一堆书走了进来，异口同声地道：“少奶奶好！”

欣心淡扫了一眼，问：“冷浩风这次准备让我抄写多少本经书呢？”

小红掩嘴一笑，俏皮地说：“少奶奶，你误会少爷了！”

“我误会什么了？”

小绿有点幸灾乐祸地插话，“这次是老爷让我们搬来的！让少奶奶静心看看！”

老爷？冷然？

欣心蹙着眉，起身，随手从小红的手里抽了本书，瞄了眼。“女诫”两个字，大大地映入了欣心的眼帘。她不死心地又从小绿手里抽了本书，一看，果然，《女则》。其他几本书，更加不用看了，肯定是四书五经、仪容、仪态之类的，欣心再一次回到八岁那会儿的噩梦时代！那时候，天真快乐的童年，就是被这堆该死的书籍给剥夺了！要不是她天生聪慧，穿越而来，不然肯定要被这些书给毒害得不成样子。

小红笑嘻嘻地对欣心道：“少奶奶，老爷说了，让您将这几本书看完，然后他会来抽查！”

抽查？欣心的额头，已经满是冷汗了！若是冷浩风将这些书搬来的，她一定会毫不犹豫地直接砸在他那俊美的脸蛋上，再奉送一句：“做梦，滚蛋！”可是，现在竟然是冷然派人送来的，而且还要来抽查，实在是让她头疼！

欣心蹙着眉，看了看小红，疑惑地问：“老爷怎么想到要我看这些玩意的？”

“老爷说，要改造少奶奶跟少爷！少奶奶需要娴静地看书，少爷需要……”小红心直口快地说。

小绿不满地瞪了眼，意思是小红多嘴了。小红撇了撇嘴，便不再出声了。

“少爷需要干什么？”欣心好奇地问。

小红看了看小绿，低着头，不说话。

“小红，你说吧，没事的！”

小红这才忍着笑说：“老爷从花楼请了个姑娘，教少爷笑！”

欣心愣了愣，听明白了小红的话，冷然抽什么风啊，竟然突然来了个大改造，明摆着就是要人玩嘛！

小红跟小绿将书本放下后，小红对欣心又说了句：“少奶奶，老爷说了，少奶奶随时可以搬回卧室去，但是这些书本要带着，好好地看。”

小绿更是幸灾乐祸地道：“少奶奶，你可要做好准备哦，老爷可是随时都会来抽查的！”

欣心不满地扫了眼小绿，真不明白这个丫鬟对她的敌意从何而来，她可不记得，有做过什么对不起她的事！

小红真诚地问：“少奶奶，要不我们搬回卧室去吧，这个祠堂，阴森森的，待不住人哪！”

欣心不以为然地扫视了眼祠堂，淡然地说：“我觉得这里挺好的啊，清净！”

“可是……”小红似乎还想开口说什么。

欣心转过头，不耐烦地打断她，“没什么可是的，我都知道了。你们先下去吧，我暂时不回去！”

既然是冷浩风要求她去祠堂反思，欣心怎么说，都要做足了样子给他看！她跟冷浩风赌上气了。在小红、小绿两个丫鬟退下后，欣心看了几眼那些书，没好气地拎了本起来，撕了个粉碎。或许是撕碎了书本，也宣泄了一下她心头的不快。

没一会儿，那几本书，都被欣心撕了个粉碎。她抬眼，望着那些飘散而下的纸屑，心头竟然有种毁灭的快感，从四肢蔓延了开来。

白天，欣心在祠堂里疯癫了一日，将那些书通通撕了个粉碎倒也痛快。夜晚来临，初冬的寒意，也渐渐地随着夜幕降临。欣心穿着单薄的衣衫，抱缩着身子，蹲靠在墙角，全身泛起了无力感。中午跟晚上，她都赌气地将送饭的丫鬟给赶了出去，什么也没吃，这会儿真的是饥寒交迫。

这个漫漫寒夜还有那么长，又冷又饿又那么安静，实在是太容易让人胡思乱想。暗影的身子密密麻麻地徘徊在欣心的脑海中，她努力抗拒，努力遗忘，回忆却越来越清晰，让她有一种无力感。

“人是铁，饭是钢，一顿不吃饿得慌。我傻了我，干吗跟自己的肚子赌气，不吃东西呀！”欣心自言自语地说着，想转移满脑子的思想，“我跟冷浩风赌气，犯不着饿自己的肚子呀。他大鱼大肉地吃，我却饿得要死，他估计都笑得半死了！”欣心说到这儿有点儿愤慨，“我找东西吃去，气死冷浩风！”主意打定，她立马利索地从地上起身朝门边奔去。她的手刚拉上门，便感觉不对劲，使劲摇了摇，竟然被从外面锁上了！

“你以为，上锁了，姑奶奶我就出不去了吗？我爬窗去！”欣心对那上锁的大门狠狠地踹了一脚，以泄心头的不满！绕了祠堂一圈，竟然没有发现天窗之类的。看来要出这个祠堂，还只有这个门了。欣心盯着从外面反锁的门，思考着该从何处下手，能神不知鬼不觉地偷溜出去。

她灵巧地用头上的发簪，从门缝里伸出去，凭借着感觉，勾着门锁，“嘎吱——”推门声在静寂的夜里，格外的阴森，将欣心吓得心头“怦怦”地乱跳，安抚了好一会儿，才平静下来。一个黑影，投影到欣心的眼前，是人就不可怕了！

欣心从惊惧中回神，随着门开，漠然地看着冷浩风。

冷浩风与欣心打了个照面，口气清冷地惊讶道：“欣心，赌气要来祠堂反思的是你，怎么才一天就受不了了，准备溜出去吗？”说完，眼光幽深地望着欣心手里的那“作案工具”。

“你哪只眼睛看到我准备溜出去了？”欣心不甘示弱地朝冷浩风回道，面色淡定地将那发簪往头上别去，丝毫没有慌乱。

“我两只眼睛都看到了！”

这次算欣心点儿背，被冷浩风正好逮住了！他想奚落欣心，就让他说去！欣心沉默。

“欣心，看来我高估你了，受不了的话，别赌气，出去吧！”

靠！赌气，被激得在祠堂反思确实是欣心任性造成的，这会儿被冷浩风这样一说，她要真出去了，就没有骨气可言了。可是为了那骨气，跟自己的肚子、身子过不去，值得吗？欣心脑海中微微犹豫了几秒，到底出去还是不出去。

“门，我给你开好了，不用你千方百计地用手段了！”冷浩风说完这话，还做了个请的手势。

欣心一听冷浩风这话，满腔的怒火，再一次冲上头。

“请啊！”

欣心本来跨出去的脚，被冷浩风这么一激，又生生地缩了回来，没好气地道：“冷浩风，我现在不想看到你，地球有多远，你就给我滚多远！”

“欣心，我给你机会，你确定不出去？”冷浩风的面色有点尴尬。他的本意是将欣心带出祠堂，可是不知道该怎么表达，结果又一次将她逼到了死胡同。

“我欣心要出这个祠堂，还需要你冷浩风来开门放出去？简直是好笑！”

冷浩风愣了愣，“还真没看出来，你挺有骨气的嘛！”

欣心白了冷浩风一个冷眼，没好气地道：“你屁放完了，就滚吧！”

冷浩风的面色更加阴沉了下来，退步地说：“欣心，让你认个错，真有那么难吗？你就不能服个软吗？”换了口气，他继续说：“你就非要把事情弄僵，才满意是吧？”

冷浩风也不想真将欣心关在这祠堂内，毕竟今天的事是他小题大做！但是他就是想趁机挫挫欣心的锐气，提醒她为人妻的自觉。谁知道，欣心的思维实在太怪异了，宁愿在祠堂反思，也不肯对冷浩风说一字半句的软话，实在是让他纠结抓狂！这会儿，他三番五次地给欣心台阶下，她竟然还那么不识好歹，他也被气得上火了！该死的，就该让她吃点苦头，看她准备犟到什么时候，反正受冷、饿肚子的也不是他。冷浩风想到这儿，神色复杂地看了看欣心。

“我没错，干吗要认错？而且，我干吗要向你服软，切！”要她对冷浩风服软？下一步，那冷浩风岂不是还要得寸进尺地要她大门不出、二门不迈，做深闺少奶奶？想得美！欣心排斥地撇了撇嘴。本来她是想着溜出去的，但这会儿被冷浩风一搅和，有点儿精疲力竭了，全然没有了出去的欲望。

关吧，关祠堂吧！他虐她的次数越多，三个月后，她才有更多理直气壮的理由休夫！

“冷浩风，如果你认为你错了，也想在祠堂反思的话，请你记得先跟我道歉！”

冷浩风气恼地指着欣心，半天也没说出什么话来，只冷冷地吐了句：“欣心，你简直无可救药了！”

“既然你不是来反思的，那请你不要来打扰我，给我滚出去！”

“欣心，你好样的！”冷浩风咬牙切齿道。

“我当然是好样的，我跟你们冷家的列祖列宗在一起培养感情呢！你妒忌啊？”

冷浩风气呼呼地拉上门，丢了句：“那你继续培养吧！”

“不送！”欣心朝门外吼着，随之而来的便是锁门声。她听着冷浩风沉重的脚步声，从门前渐渐地远去，一会儿，整个屋子，又恢复了死寂般的宁静。

第三十二章　祠堂动情互表心迹

欣心深深地叹了口气，冷浩风，你根本就不懂我。虽然我们之间不是平行线，但是我们之间已经是背道而驰的两道线了，只会越走越远。

欣心瞅了瞅黑漆漆的祠堂，凭借着感觉，走到白天撕书的地方，将那些零碎的纸片，随意地扫到一个角落。她坐了上去，睡意袭来，她秀气地打了个哈欠，渐渐眯上了略带红肿的眼睛。细微的开锁声，惊扰了欣心敏感的神经。她蓦然睁大眼，凝神地望着门的方位。小偷？谁那么不长眼，会偷到祠堂来啊，全是祖宗的牌位，又不是缺人供奉，需要偷一个回去拜拜。欣心嘴角自嘲地挂着浅笑，又一阵“窸窸窣窣”的开锁、扳动声。她的秀眉，不由得微微拧了起来。该不是冷浩风气坏了脑子，去而复返，想跟她打上一架吧？想到这，欣心的心便凉了半截，该死的冷浩风，趁她肚子饿的时候欺负她，明摆着就是卑鄙无耻的小人！总有一天，她要连本带利地将这些账讨要回来！欣心紧咬着嘴唇，在心底暗暗地发誓！“窸窸窣窣”、“咔咔”的声音依旧不断地惊扰着欣心敏感的耳朵。她又觉得不对劲，冷浩风有钥匙，当然不会这样偷偷摸摸地撬锁！

这个声音，很明显就是在破坏锁子嘛！不是小偷，不是冷浩风，那是谁？欣心可没法去想，冷府里还有谁半夜三更不睡觉，好心来看望她，如果说有，也只有那玩味十足的公公冷然跟婆婆会来了。不过这会儿夜深人静，他们估计也不会有那么高的雅兴来祠堂。一个俊伟的黑色身影，轻轻地推开了门，朝着祠堂内观望了一下。

欣心准备装死不出声。反正她现在缩在角落里，不细看是发现不了的。

暗影借着清冷的月光，望着角落里的那团人影，拧着眉，放轻了脚步，靠过去。

欣心背着月光，看不清楚来人，警觉地问："谁？"

暗影听着欣心的声音，便回身将那半开的门轻掩上。欣心这下子更加不解了，该不是遇到采花贼了吧？她可不是好惹的，不动声色地任由那黑影朝着她靠近，在只差三尺的距离时，欣心翻身直接朝那黑影攻击了上去。暗影没有料到欣心有那么凌厉的出手，被打了个措手不及，略带狼狈地朝一边闪躲一下。

欣心不依不饶地欺身而上，不给暗影喘息的机会，又拍了一掌过去。暗影顺势拉住欣心的手腕，低声道："欣心，是我！"

欣心一听见暗影的声音，气不打一处来，更加恼怒地朝他挥了两拳。

暗影吃疼地闷哼了一声，心不甘情不愿地将欣心放开。

欣心又恼怒地朝暗影补上一脚，将他狠狠地推离。

暗影蹲着身子，在那儿疼得龇牙咧嘴地叫了几声，欣心不为所动地背过身子，只当作没听到。暗影眼见着苦肉计没用，只能作罢，起身朝欣心走了几步，问："欣心，到底怎么了？"

欣心不悦地往边上挪了两步。

暗影伸手想拉着欣心，她轻巧地闪身躲过，戒备地看着他。

"欣心，干吗不理我？"

欣心沉着气，没接暗影的话，只是不悦地咬着唇。他竟然还有脸问她干吗不理人？

暗影怔怔地望着欣心，关切地问："你今天去赌坊找我了？"

欣心没好气地别过头，无视。暗影忍不住了，闪电般地上前，直接扣着欣心，将她强行抱入怀里。欣心不安地挣扎了起来。暗影更加大力地钳制着欣心，甚至将头搁到了她的颈窝处，喃喃地道："欣心，你在生我的气？"

欣心忍不住地冷哼一声，他也不算没得救，至少还知道自己在生气！

暗影将头抬高了点儿，凑着她敏感的耳垂道：“欣心，你为什么生我的气？”

“为什么？你还好意思问为什么？”

暗影的胸口被欣心戳的生疼，但咬了咬牙，隐忍了下来，拧着眉问欣心，“欣心，到底怎么了？”

“暗影，我只问你一句话，你给我老实回答！”

暗影被欣心那么肃然、认真的神色搅得心头有些微微发慌，但还是点了点头，“欣心，你问吧！”

欣心看着暗影俊美的下巴，又将视线对着暗影幽深的眸子，一字一句地说道：“你跟云岭到底是什么关系？”

暗影浑身不自在地微微一颤。

欣心嘴角挂着淡然的冷意，努力将眼角滚动的泪珠收了回去，强势道：“暗影，你回答我！”

暗影颓然地将欣心松开，视线不自在地从她的脸上移开，淡淡地道：“云岭，是我的未婚妻！”

“那你之前都是怎么跟我说的？”

暗影急切地抓着欣心的手，便要解释。欣心戒备地退后几步。

暗影再一次抓了个空，挫败地道：“欣心，对不起，我不是故意要瞒着你的！”

“暗影，你给我走！我不想再看见你！”欣心背过身子，口气冷冽地说道。

“欣心，你听我说！”暗影急切地想解释，却又不知道这样荒唐的事该从何说起。他跟云岭的婚事，本来就是一个荒唐的玩笑，是一场交易，

“你现在马上给我滚出去，不然，我要叫人了！”

“欣心，你听我说！”

欣心捂着耳朵，急切地摇头，漠然地回道：“我不听！暗影，你就是个大骗子！”

暗影的神色僵了一下，面带无奈地道：“欣心，我真的不是故意的，我是有苦衷的。你听我说好不好？就一句话！”

“我不听，我不听，我不听啊。”欣心犹如复读机，不断地摇头抗拒。

暗影见欣心的情绪如此激动，不由得轻叹了声，“欣心，等你冷静点儿，我再跟你说吧！”丢下这句话，悄然地背着月光，拉上门，走了出去。

欣心听到关门声，才无力地抱着膝，泪水不知不觉地流了下来。她在生暗影的气，很气很气，气得她浑身都疼。

暗影亲口承认了，他是云岭的未婚夫，那她怎么办？欣心突然发现，原来自己很在意暗影，在意得连她自己都意外！是什么时候起，她对暗影的喜欢、在意，变得那么深了？是什么时候起，她对暗影的喜欢，已经悄然地升华为爱了？是什么时候起，她对暗影的喜欢，已经刻上了强烈的霸道、占有欲了？可是为什么，暗影口口声声说喜欢她，在乎她，却又瞒着她自己是云岭的未婚夫呢？暗影的欺骗，还是刺疼了欣心敏感的心。她纠结着，是不是该原谅暗影，还是真的一辈子就这样讨厌他、远离他？

“嘎吱——”

在欣心烦躁得无与伦比的时候，那门再一次被轻轻推开了。祠堂真是个好地方，客人源源不断啊！欣心心底没好气地冷笑了一声，嘴里不屑地道：“哪个不长眼的毛贼，缺祖宗供奉，要来别人家的祠堂偷啊？”

暗影听着欣心这句话，有些哭笑不得。欣心这才抬眼，望着去而复返的暗影，没好气地别过头，看都不想看。

暗影丝毫不顾欣心的冷脸，从容地在欣心对面坐下。

一阵浓郁的肉香扑鼻而来，欣心的肚子“咕咕”地叫了两声。

欣心不自在地又往墙角缩了缩，眼里跟脑海中，努力地挥去暗影手里拿着的香喷喷的鸡腿。

暗影伸手朝欣心递了个鸡腿，温和地道：“欣心，这可是醉乡楼的招牌菜噢，你不尝尝吗？”

欣心艰难地吞咽了口口水，闭目养神。

暗影挫败地将那鸡腿随意搁在一边，“欣心，你生我的气没关系，但千万别跟自己的肚子赌气，吃点儿吧！”

欣心漫不经心地扫了眼暗影，也是，有的吃干吗不吃？顺手抓起搁在一边的鸡腿，便不顾形象地直接往嘴里送去。要知道，她可是被冷浩风那浑蛋给激将的，活活饿了两顿。

暗影眼瞅着欣心肯吃他的东西了，便向欣心解释，“欣心，你听我说，我跟云岭……”

暗影的话还没说完，欣心一听到云岭，便恼火地冷扫了一下暗影，打断道：“我不想听你的事，你滚！”

暗影目瞪口呆地望着欣心没好气地朝他直接将啃了一半的鸡腿砸了过来。暗影本来想闪避的，但是想着欣心火气那么大，还是让她出出气的好。欣心扫了眼，她啃了一半的鸡腿，就这样扔在了暗影的头上，欣心有点儿想笑，但是又很气恼，于是整个脸色，红白交加。

“欣心，出气了没有？”暗影的眼光有点可怜兮兮地瞅着欣心。欣心丢了个白眼给暗影，不接话。暗影伸手，将另一个鸡腿掰下来递过去，“你如果没有解气的话，再扔一次吧！”

欣心沉着脸，不说话。

暗影再接再厉的道：“欣心，我站着不动，给你扔到解气为止，好不好？”

“我不想看见你！”欣心推开鸡腿，不耐烦地吼道。

“可我想见你，想得发狂！”暗影含情脉脉地凝视着欣心。

“恶心！滚蛋！”欣心没好气地回道。一想到他是云岭的未婚夫，她听着这些情话，就恼怒火大！

“欣心，你就不能跟我好好说话吗？”

“我不想跟你说话，识相的话，你自己滚！”

暗影借着地理优势直接扑身，将欣心圈固在他的胸膛跟墙面之间。

欣心挣扎地推了几次，都被暗影大力地圈固而动弹不得。欣心口气冷冷地道：“放开我！”

暗影面色也冷了下来，“不放，永远都不放，除非你听我解释！”

“不听，永远不听！你给我滚！”

暗影面色肃然地望着欣心，冷着脸，一字一句地道：“你必须听！”

挣扎没用，欣心恼怒地朝着暗影的肩膀狠狠地咬了下去。

暗影吃疼地闷哼了声，紧紧咬着唇，等她消气。欣心半晌之后，才揉了揉发酸的牙关，松开了口。

“欣心，我跟云岭的婚事是场交易，维持一年，便能解除婚约了！”暗影这次学乖了，知道欣心没那么多耐心听他解释，干脆挑重点说。

欣心不满地瞪着暗影，磨了磨牙，厉声地质问：“为什么？”

晕！什么年代啊？莫非都流行契约交易婚姻？貌似欣心跟冷浩风也是一场赌约，是硬绑着的苦命鸳鸯。

“因为我跟云岭为了某些原因不得不联姻。但是欣心，你相信我，再给我点时间，我一定会把这些事情处理好！”

“鬼才信你呢，谁知道你跟云岭有什么见不得人的关系。”

暗影的嘴角微微地向上弯起，心情没来由得变得很明朗。欣心这话说得酸酸的，满满的都是醋味哪！

暗影忙识相地解释，“欣心，你也知道的，云岭喜欢女人，我喜欢你，我跟云岭怎么可能有见不得人的关系呢，只是很纯粹的交易，合作伙伴而已！”

“停，你不要给我打马虎眼，糊弄我！”欣心伸手，做了个暂停的动作。

暗影眼光幽深地望着欣心，俊美的嘴角微微抽搐了一下，有些事还真不好解释！

“暗影，你跟云岭是为了不得不联姻的原因订婚了，那么我呢？你对我算什么？”

欣心严正地望着暗影，真不明白他为什么要欺骗她，他要掩饰些什么？甚至，在将她吃干抹净后只字不提，实在是让她想不明白！欣心虽然不似古代那些贞节烈女，将名节看得很重要，也从来没有想过，因为这个要暗影负责。但是丢失得这样不明不白，她实在是有点儿不甘心。

“暗影，我想知道，我出嫁那晚，在玄天门发生的事，你知道吗？”

暗影点了点头，半个隐在银边面具下的俊脸，都染起了红晕。那一晚的纵情迷乱，是暗影这辈子做得最错的一件事，同样，也是最开心的一件事。

欣心别扭地转过头，心里没好气地道：“我都没脸红，你害臊什么呀！

被吃干净的是我！”

暗影喃喃地说道歉：“欣心，对不起！”

“没关系！”欣心心头的疑惑终于被证实，松了口气，但是心头却又隐隐浮出另外一种失落感。

暗影像个做错事的孩子，垂着脑袋，继续道：“那晚，我冒犯你了。”

“过去的事就让它过去吧！”欣心苦涩地挤了一丝笑容出来。她想要的，不是暗影的对不起，而是“亲爱的跟我走吧”！

“欣心，是我对不起你，我懦弱，我害怕，所以，我……”暗影断断续续地说。不是他不想对欣心负责，只是他的身份，根本没办法见光。暗影害怕，当她知道他是南宫轩的时候，再一次崩溃。那么决裂的伤痛，一次就够了，暗影不想再去承受第二次！

老天还是很善待暗影的，欣心服了忘忧，只忘记了那晚知道暗影是南宫轩的事。她潜意识里，还是喜欢暗影的，这点让暗影知道后，欣喜若狂。原来，一切还能从头再来！

那么暗影绝对不会再让欣心知晓，他是南宫轩。他怎么能轻易再失去欣心，怎么能因为自己是南宫轩而遭欣心嫌弃呢！暗影只能遮遮掩掩地逃避责任，只为了能够待在欣心身边，不顾一切地爱着她。

欣心会毫无保留地爱着暗影，但不会爱南宫轩，因为南宫轩是哥哥。既然身份注定了，一个能爱，一个不能爱，为了爱，暗影愿意舍去能见光的身份，默默地做个守护者。

暗影，只是深爱着欣心的暗影，但他没有办法带着神秘门门主的身份，去南宫家提亲，娶欣心为妻，对欣心负责。因为一旦那样做了，凭借着秋月跟季田的人脉，指不定哪天就查出暗影的真实身份了。若他的身份曝光了，欣心跟他将再一次成陌路。她那么爱憎分明的个性，指不定还会做出什么过激的行为呢！暗影心底，还是惧怕欣心的，害怕她无法承受兄妹乱伦之恋的苦楚。他也害怕，欣心知晓真相后的决裂与恨意，显然，这不是他想要的。或许，他很自私，但是感情的世界里，有时候需要的就是这样的自私。

“欣心，委屈你了。但是没办法，我真的不能失去你。”暗影含蓄地说，不过讲了半天，欣心并没有理解他的意思。

“挑重点说！”欣心看出暗影想遮掩些什么，她的心头总觉得，似乎有哪里不太对劲，又说不上来。但是，心头有些不安徘徊着，她似乎忘记了些什么。

暗影定定地望着欣心，严正地道：“欣心，很多事，我是有苦衷的，不是有意想瞒着你，但是，原谅我不能说。”

欣心不满地冷哼了一声。

暗影将欣心抱得更紧了，咬着欣心的耳朵，低沉地道：“欣心，相信我，我是真的喜欢你，我不会伤害你！”

欣心不为所动地保持着沉默不语，心里却相信了暗影的解释。

暗影看着欣心明显缓和的脸色，知道她气也消得差不多了，淡淡地问：“你怎么认识凌云的？”

“他被你的未婚妻下了春药，我就顺手把他捡回家了。”

暗影的面色一板，肃然地扫了个冷眼，没好气地道：“你竟然随便就把个中媚毒的男人带回家？”

欣心悄然地瞄了眼暗影的神色，哇，这个就是他吃醋的行为吗？

她点了点头，装作无辜地道：“救人一命，胜造七级浮屠，我还帮他解了毒呢。”

暗影一听这话，整个脸色都绿了，咬牙切齿地问：“怎么帮他解毒的？”

欣心故意吊着，歪着脑袋，思考了下，才道：“就是把他脱光了，然后……”

“然后怎么样？”暗影的手已经气地握成拳了。

“然后把他丢入水里泡着，不然你还希望我怎么样啊？”

暗影望着欣心嘴角挂着的笑意，不满地朝着她屁股上狠狠地打了两下，“淘气。”

欣心哭笑不得，委屈地道：“疼！”

“谁让你把他脱光的？”暗影恼怒地质问。

“不脱光怎么泡澡？暗影，莫非你都是穿着衣服洗澡的？”欣心纯真地眨了眨眼，嘴角的笑意更浓了。

“他是个陌生男人！”

“朋友都是从陌生到熟悉的嘛！”欣心笑嘻嘻地说，丝毫不把暗影的恼怒当回事，“现在我跟凌云，算是挺熟的朋友了！”

“你……”暗影被欣心堵的胸口硬憋了口气。

“我？我怎么了？不就是看了凌云的身子嘛！你放心，他没说要我负责！我还真的占便宜了。”欣心装作很放心地拍了拍胸口。

暗影的面色已经相当难看了，拧着俊眉，没好气地低吼了声，“欣心，你故意惹我生气是吧？”

“没有啊，我不认为看别的男人的身子这么小的事情，你都会生气！”

“欣心，你不许说话！”暗影气恼极了。

欣心逗暗影上瘾了，谁叫他让自己气了一天，气得浑身都不舒服，这会儿得收点儿小小的利息。哪里能让暗影跳脚，欣心就戳哪里！女人的心眼，都是很小的。

“不说就不说嘛！但是不说，也不能掩盖我看了凌云身子的事实啊！”欣心嘟着嘴，神色无比认真。

暗影沉着脸，冷冷地道：“下次除了我以外，不许你接近别的男人。我发现一次，打你一次！”

“暗影，你真暴力！”

暗影得意扬扬地轻扯一下嘴角，“我就是暴力，怎么样？”

“暗影，你浑蛋！”欣心气恼地揉着被暗影再一次招呼的屁股。这么大的人了，竟然还被打屁股，她真是没脸见人了！

“我就浑蛋了，怎么样？你要是再敢惹我，我更浑蛋给你看！”暗影痞痞地朝欣心咧了咧嘴，笑得特别明亮。

“讨厌你，浑蛋！”

“下次不光要打你屁股，而且是脱光了打，看你还胡说不！”暗影的口气带着认真。

欣心望着暗影俊美的半个侧脸，情不自禁地伸手勾着他的脖子道：“暗影，以后不要再欺瞒我，不然，我可不会再给你机会原谅你噢！”

暗影微微不自然地僵硬了下笑意，不动声色地扯了下嘴角，回答道：“我不会再欺瞒你了，尽量吧。”暗影没办法保证，因为他除了是暗影，还是南宫轩。暗影的话一说完，欣心便非常暴力地朝着他的手臂，狠命地一捏，口气凶狠地说道：“什么叫尽量？”

暗影疼得龇牙咧嘴，但还不忘记赔个笑脸，“开玩笑嘛，欣心，我答应你便是了！”

“暗影，你要记得你说的话哦！”

暗影点了点头，无辜地反问：“我答应你什么了，提醒我一下！”

欣心再一次恼怒，双眼怒瞪着暗影，一字一句道：“暗影，你故意跟我装傻是吧？”

暗影抚摩着欣心额前散落的发丝，那细腻的触感，让他心头不由得一怔，浅笑着道：“欣心，我有没有说过，你生气的时候，泼辣得跟个母老虎似的？”

“诬蔑，诽谤！”

“我说的是事实，你看你现在的样子，可不是河东狮吼？”暗影嘴角挂着淡淡地戏谑。

“哪有啊？我只是气你而已！”欣心窘红着脸，有点儿不好意思。

“欣心，我错了，你可不要再生气了啊！”

欣心挑眉反问：“错在哪儿了，知道不？”一看暗影的认错态度，就知道是敷衍，欣心可不是那么好糊弄的！

暗影见欣心还真认真了起来，忙点了点头，温和地说：“我不该瞒你我跟云岭的关系，不该那么懦弱地不负责任！其实我很该死，是不是？”

要是暗影连欣心生气什么都不知道，那还真的是该死了！

暗影只是挑逗一下欣心，让她不再计较上一个话题，转移了她的目标，欣心一听这话，面色才由阴转晴。暗影也不是无药可救。

“欣心，不生气了吧？”暗影小心翼翼地哄着。

“还是有那么点气，没消呢！”

“那要我怎么做，你才消气呢？”暗影挑了挑眉问。

“你欺骗我，我要收回点对你的喜欢！”

暗影凝神地望着欣心的神色，心头不由得一暖，捧着欣心的脸蛋认真地问道："欣心，你现在喜欢上我了？"

"有一点喜欢啦！"看着暗影那惊喜的神情，欣心忍不住把喜欢缩小。其实她现在，应该是很喜欢暗影了吧，不然，为什么听到云岭是他的未婚妻，会那样情绪失控呢！

"一点是多少，有没有比冷浩风多？"暗影这句话，问得比较迫切，"欣心，快说，我跟冷浩风，现在你更喜欢谁？"

欣心愣了愣，反问："暗影，你觉得呢？"明眼人都应该能看出来，欣心跟冷浩风已经是越走越远的平行线了，怎么还会有交点呢！

"欣心，不管你现在怎么想的，但总有一天，我一定会把冷浩风比下去！"

欣心无奈地眨了眨眼，暗影要作茧自缚地跟冷浩风比较，由着他去。暗影有个未婚妻云岭，她也给他找个假想敌冷浩风，要不然，男人对于到手的感情，肯定不会如先前那般珍视了。欣心既然对暗影投入了感情，也明白了自己的心，那么这一份感情，是断然不会轻易地放手了！

"欣心！"暗影突然面色肃然地喊了声。

欣心被暗影那么严肃的神色吓了一跳，没好气地回神，反问："干吗？"在这阴冷的祠堂里，不要这样吓人好不好？虽然她没有做过亏心事，但是也会害怕的好不好？

"不许收回对我的喜欢，哪怕只是一点点！"暗影非常认真地一字一句地对欣心说。

欣心故意扭过头，潇洒地道："晚了，已经收回了！"

暗影面色一冷，直接扣着欣心的脑袋，吻上了她的唇。暗影吻得霸道而狂野，欣心微微地惊愣了一下，又被他强吻了？

暗影的力道有些失控，扣着欣心的细腰，不断拥紧着，生怕下一秒，她会消失了似的。欣心有些不适地推了一下，"嘤嘤嗡嗡"地抗议了一下。暗影放松了点，但是又不缺温柔。欣心从开始的惊愣，渐渐转化为主动，最后也陷入了这个热辣的吻中……

暗影嘴角僵冷的线条也渐渐缓和，伸着洁白修长的手指，在欣心柔嫩的脸颊上，轻柔地抚摩了一下，俊美的下巴再一次朝着欣心靠近。

欣心慌乱地说道：“等等。”

暗影忍不住地嗤笑出声，咬着欣心敏感的耳垂道：“等等干吗呢。”

欣心不敢看暗影沾染着欲火的双眼，抬眼转向别处，一眼便瞄到那排列得整整齐齐的排位，心里“咯噔”了一下！

天哪！她在做什么？竟然在冷家的祠堂，顶着冷家少奶奶的身份，在冷家的列祖列宗面前，跟别的男人拥吻，欣心感觉脑海里一群乌鸦飞过。

虽然欣心敢大大方方地在冷浩风面前，大言不惭地说红杏出墙，但骨子里还是个保守之人。在没跟冷浩风解除婚约之前，她断然不会再跟暗影有过分之举了。欣心的面色窘迫了起来，她可不是故意要亵渎冷家的列祖列宗！

暗影饶有兴味地望着欣心那张俏脸上，闪过几丝明显的情绪，不由得感到好笑，“欣心，在想什么呢？脸色那么红？害羞了？”

欣心被暗影这么一说，来不及吞咽下的口水，就这样呛在嗓子里，乱咳了一通。拜托，她不是害羞，是害怕好不好？那么多冷家列祖列宗的牌位，都森森地望着她呢，她的心头一阵发毛。

“欣心，是不是嫌我吻的不够卖力啊，竟然还被口水呛到！”暗影嘴角轻扯，咧了个得意扬扬的浅笑。

欣心顺了半天气，才红着脸，对暗影没好气道：“滚开。”

暗影也不打趣欣心了，伸手帮着她拍了拍背，抚了抚她的胸口。

欣心好不容易才缓过神来，看着暗影大大咧咧地搁在她胸前柔软处的“魔爪”，红着脸，尴尬地道：“暗影，你的手，可以换个地方了。”

这家伙越来越会挑地方吃豆腐了！男人果然不能惯！

暗影恍如未闻，顺手再一次将欣心拉倒怀里，手更是不客气得抚摩上了欣心胸前的柔软，熟稔着揉搓着。欣心的面色一僵，伸手捏住暗影使坏的“魔爪”，脸色红得能滴油了。

不过，欣心对着那些黑漆漆的牌位，冷家的列祖列宗，还是心有余悸的，从容地推开了暗影，淡淡地说道：“暗影，今天到此为止！”

暗影逗欣心，粗重地喘息了声，打趣道：“欣心，怕什么？”

“没什么，暗影你走吧！”欣心理了理稍微凌乱的衣衫。

“不走！”暗影坚决地吐了这两个字出来。

欣心愣了愣，眨了眨眼，望着暗影。

暗影从容地对着欣心道：“除非，你把刚才收回去的喜欢，加倍地还给我！”

“扑哧！”

欣心差点儿就喷了！他到底是什么怪胎啊，竟然还想着刚才那事。如果他不提，自己都忘记了！

“欣心，说你喜欢我！”

欣心撇过脸，也严正地吐了几个字，“我偏不说！”

“那我亲到你说为止！”暗影说完，手便开始在欣心身上灵活地游走。

欣心刚伸手想阻止，暗影已挠着欣心的胳肢窝了。“咯咯……”，她忍不住出声大笑了起来，求饶道：“不玩了，我说。”

暗影才放开欣心，掏了掏耳朵，道：“说吧，我认真听着呢！”

“我不喜欢你！”欣心嬉笑着对暗影道，明显跟他唱反调。暗影手指动了动，威胁的意味十足。

欣心也觉得闹够了，才严正地对着暗影道：“好了，我喜欢你。还有，我不收回对你的喜欢了！”

暗影的面色还是板着的，有点肃然地道：“不仅不许收回，而且要加倍喜欢我！”

“那个，我尽量吧！”

暗影听了这话，才满意地点了点头，“欣心，这才乖，我也喜欢你，很喜欢，很喜欢！所以你要努力地喜欢我，只喜欢我一个人！”

“霸道！”欣心朝着暗影吐了下舌头，扮了个鬼脸。

“我就霸道了！”欣心撇了撇嘴角，还没来得及出声，暗影长臂一伸，直接将她拉到了怀里，道：“欣心，我只对你一个人霸道！谁叫我先喜欢你呢！”

欣心的心头却因为暗影的话语，而感到暖暖的。她从来不知道，原来，她也会因为暗影而情绪失控，泪如雨下。她也从来不知道，原来暗影的一句话，能够温暖到她的心里，甜甜的。或许，这样比喜欢多一点的感觉，就叫爱吧。那么，她已然爱上了暗影吗？

欣心的心里，唯一还有疑惑的是，之前她对冷浩风的心跳加速，又算什么呢？欣心心底有些发虚，她该不是博爱主义者吧？

暗影眼见欣心的神色已经恢复正常，心头的疑惑便不断开始冒泡，忙对欣心道："对了，你跟冷浩风怎么回事？"

"没事啊！"欣心跟冷浩风见面就吵架，一天一小吵，三天一大吵。对于今天这样莫名其妙的吵架，她都习惯成自然了，根本没放在心上。

"没事他干吗把你关在祠堂里，还不许你吃东西？"暗影的口气里有些恼火，不知道是对冷浩风还是对欣心的。

欣心一听到暗影在那说不许吃东西，条件反射似的，肚子"咕咕"地叫了起来。她避重就轻地说："都怪你，惹我生气了，鸡腿都被我砸没了，饿死我了！"

欣心这会儿可是没有心情跟暗影解释，怎么跟冷浩风莫名其妙地吵架了……然后还赌气，自己跑祠堂来反思……最后，更是傻乎乎地跟自己的肚子过不去，不吃东西！

欣心望着地上那油光闪闪的鸡腿，真恨不得捡起来，再啃几口……后悔啊！

暗影听着欣心这话，看着欣心这神情，便有些哭笑不得。

欣心可怜兮兮地摸着自己的肚子，"都怪你，暗影，你害得我没鸡腿吃了，讨厌你！"

暗影从怀里掏了个纸包出来，朝欣心递过去，浅笑着说："好了，不就是个鸡腿嘛！这里有你最爱吃的南街的包子。"

一听这话，欣心的眼光精光一闪，接过纸包撕开，随手就抓了个包子啃了起来。她边吃边含混不清地道："看在你那么有诚意的分上，我就先不讨厌你了！"她确实是饿惨了，狼吞虎咽地啃完了一个包子，被噎得直翻白眼。暗影不知不觉地叹息了一声，顺手帮着欣心拍了拍，淡淡地说道："欣心，别吃得那么急，没人跟你抢！”

欣心好不容易才摆脱了差点儿被包子噎死的窘态，微红着脸，没好气道：“我现在又冷又饿，后悔死了！早知道，就不跟冷浩风怄气了，没意思！”

暗影挑了下俊眉提议道：“那跟我出去吧！”

欣心想也没想地直接摇头拒绝，“我若是想出去，早就出去了。这个破祠堂，还能关住我？我就是想跟冷浩风耗着！”

暗影隐在面具下的神色，微微有些不自在。

“你放心吧，冷浩风不敢关我太久的，我得等着他给我赔礼道歉！”

冷浩风既然提出要跟欣心扮演恩爱夫妻，当然不会将她关太久的，要不然，谁跟他演戏去呀！再说了，她是被冷浩风关进祠堂的，即使跟他分了，也不要嫁给那个麻子将军。所以说，欣心跟冷浩风的赌气，还是有点儿智慧的，这招就是暗度陈仓！

“你……”暗影一时之间，真不知道该说她什么！

“我很聪明是不是？一举数得的好处，都给我捞到了！”欣心“嘻嘻”地笑了笑，接着笑脸有点儿委屈，“就是这个祠堂条件太差了，又冷又饿的。”

暗影心疼地揉了揉欣心的面颊，轻柔地道：“等我一会儿！”说完，身影一纵，便华丽地从她的眼前飘了出去。

欣心愣了愣，接着又专注地啃她的包子了。不知不觉三个热乎乎的包子，全部吞下肚子，她才后知后觉地想到一件重要的事：为什么暗影会知道她最爱吃的是南街的包子？

夜里的祠堂，格外宁静。

欣心刚进来那会儿，满心气恼着暗影，倒也没什么别的想法。接着又跟冷浩风大吵了一架，也没心思想别的。这会儿吃饱了，她想小睡一会儿了，可是脑袋里止不住地开始胡思乱想了。黑漆漆的牌位，似乎有无数双眼睛在紧盯着欣心。

从窗户跟门缝里吹过一阵阵阴冷的风，让人忍不住浑身发抖。欣心睡得不太安稳，心里头渐渐有些发毛，背后的墙面实在有些凉得透骨。但是，她不敢睁眼，因为睁眼的话，看着白天里亲切的牌位，在这深夜里却显得越发诡异。暗影手里抓着一条毛毯，就这样看着欣心，整个小脸都皱成一团，明显浑身不舒服。

他轻柔地帮着欣心盖上毯子，心底不知不觉再一次叹息一声。

欣心蓦然睁眼，望着眼前的暗影，仿佛抓到了救命草，扑在他的身上，勾抱着他，浑身止不住地瑟瑟发抖。又一阵阴冷的风，扫过欣心柔嫩的脸颊，“暗影，我有点儿怕！”

暗影握着欣心略带着冰凉的小手，柔声安慰，“欣心，别怕，有我呢！”紧扣的十指间，传递着温暖的力量。欣心也渐渐安定下来，毛毯盖在身上，身子暖和了起来，但是背后顶着那又硬又冷的墙，还是不太舒服，微微调整了下姿势。暗影见状，忙一把将欣心捞到怀里，又帮她温柔地将毛毯拉好。

“暗影，我有点儿累了。”

暗影轻声地说：“欣心，你睡吧，我陪着你！”

欣心靠着暗影的肩膀，心安理得地睡了起来。

暗影安抚地轻拍着欣心的背，幽深的眼睛，望着黑漆漆的祠堂，低声说道：“欣心，如果，能一直这样地跟你在一起，该多好啊！”他温柔地注视着怀里的欣心，嘴角始终挂着浅淡的、温和的笑意。

第三十三章　我们终究是两条平行线

欣心这一觉睡得很足、很香，以至于艳阳高照了，她也只是不安地转了个身子，紧闭着双眼，不愿意醒来。

祠堂的门锁一阵响声，冷浩风拧着眉，望着在角落睡得安详的欣心，不由得有些恼怒。这个女人，还真是另类，这样都能睡得着，枉费了他因为担心她而辗转难眠。

冷浩风面无表情地朝欣心走过去，伸手直接在她柔嫩的脸颊上掐了一把。欣心吃疼地醒来，望着在她眼前放大的俊脸，神色有些不安，惊慌失措地四处望了望，暗影不知道什么时候离去了。她的心头松了口气。既然没有被冷浩风“抓奸”，她理也直气也壮了，淡扫了眼面无表情的俊脸，恶作剧般地“阿嚏……”狠狠地打了个喷嚏。

冷浩风忙急切地往边上闪躲了一下，那张脸立马就拉长，变色了，恼怒地道：“欣心，你一大早就要跟我过不去吗？”

“冷浩风，请你搞清楚，一大早的，到底是谁在找谁的碴？”

冷浩风还没来得及接话，她干脆地打断，“我好端端地在祠堂反思，你三番五次地过来找碴，打扰我，你是何居心？”

“欣心，你还记得你是在反思哪！”

欣心戒备地望着冷浩风，微微地蹙了下眉。

冷浩风嘲讽地指了指欣心身上的毛毯，“我记得，我们冷家祠堂里，没有这个毛毯吧。”

欣心心理暗叫了声糟糕。果然，冷浩风在看到地上那掉落的鸡腿后，更是笑得让她毛骨悚然，“欣心，看来你对关祠堂反思的概念，还不理解吧！”

欣心吞咽了下口水，强硬着头皮道：“谁规定，反思不能吃东西，不能盖被子了？”

冷浩风怒极反笑，“是没人规定！”

“没人规定，那就是可以了！我反思的是我的脑子，我要吃东西，我要盖被子，那是我的自由！”

冷浩风朝欣心轻扯了下嘴角，遮掩不住地冷嘲热讽，“欣心，你既然那么没骨气，何必假惺惺地拒绝丫鬟给你送来的食物！莫非你就是爱好偷鸡摸狗？”

冷浩风也是气得不轻，他还真担心，欣心绝食两顿，会饿坏肚子，一大早便招呼丫鬟，带了吃的来看她。谁知道，她不但不领情，还处处与他针锋相对，真把他气得快抓狂了！

“我爱吃什么，不爱吃什么，关你屁事！我就是不吃你们冷家的饭菜，怎么样？”欣心气呼呼地回道。

“千面妖姬，果然好本事，想吃南街的包子，便逼着老板半夜起来做，不做还要让那老板脱光了裸奔、游街。”冷浩风面色不善地出声。

欣心在冷浩风说她是千面妖姬时愣了愣。

“可怜那老板，进行到一半的闺房乐趣，就这样生生地被打断了。欣心，你果然很有本事！”冷浩风心里又补充了一句，果然很剽悍！

欣心听了这话，倒是没有马上发作。原来为了她喜欢吃的包子，暗影竟然去逼迫人家老板半夜起来做，还把老板的闺房之乐给打断了……虽然有些荒唐，但是欣心的心里却有着不小的感动！暗影，对她真的好好啊！

冷浩风眼瞅着欣心不但没有发怒，嘴角竟然还挂着让他碍眼的笑意，真是恼怒地恨不得上前将她的笑容给撕下来。“欣心，你到底有没有点儿羞耻心？”冷浩风拧着眉，实在是不敢苟同。一个姑娘家，半夜去打断别人的闺房之乐，还如此沾沾自喜面不改色……实在是无可救药了！

欣心深吸了口气，不想跟冷浩风计较。

冷浩风却不依不饶地说："你们南宫家的家教，实在让我汗颜！你跟南宫轩实在是天上的云彩跟地下的烂泥之别！"

冷浩风的话有些刻薄，听着就不舒服，但是欣心还是没有动怒。夸南宫轩，贬低她，她都无所谓，反正哥哥将她当珍宝，她在心头还偷乐着呢。冷浩风以为欣心没听明白，所以才没动怒，又刻薄地补了句："欣心，你就是那堆，地上任人践踏的烂泥！"

欣心淡扫了眼冷浩风，风轻云淡地说："是啊，我跟哥哥就是天上的云彩跟地上的烂泥，不过，云彩就是爱围绕着烂泥转呢，看来这团烂泥，也是很珍贵的！"

冷浩风被欣心气得无话可说。

"冷浩风，如果我没记错的话，你好像是我相公吧？俗话说，不是一家人，不进一家门，我们是同类，我是烂泥，那么，请问娶了烂泥的你是什么？"欣心嘴角竟然挂着玩味的笑意，问着他。

"欣心，你竟然厚颜无耻到如此地步。"冷浩风满脸的不可思议。

欣心嗤笑一下，从容地道："还好，我算不得什么，因为跟你比起来，我还是差了那么一大截的！"

树没有皮，必死无疑；人不要脸，天下无敌！欣心虽然也不想这样，但只能怪冷浩风实在是欺人太甚了！

冷浩风被气得俊脸都扭曲了，满面青筋突兀。

欣心倒是淡定地拨弄了下手指甲，等待着他的反击。冷浩风手指关节都"咔咔"作响，真恨不得将她捏碎了。

欣心淡扫了眼冷浩风，不怕死地继续道："那个，浩风哥哥啊，你想好了没？你到底算是哪块地方的烂泥呢？我有哥哥这片云彩围绕着，不知道你这堆烂泥，有没有人罩哦！"

冷浩风面色阴沉地道："欣心，算你狠！"

欣心嘴角得意地弯弯向上扬起。

冷浩风一把拎着她的衣领，口气冷冷地道："欣心，你果然是被南宫轩给宠坏了！”

欣心趁冷浩风不注意，手里抓着毛毯，就朝他的头上盖了下去。冷浩风防备不及，被罩了个正着。他狼狈地揭开毛毯，发丝有些散乱开来，形象有点不雅，怒瞪着欣心。

欣心出了口气，漫不经心地补了句：“有些福分，别人嫉妒也嫉妒不来，有些恶人想做烂泥都没资格，只是堆狗屎！”

“欣心，我还真看不出来，你的魅力那么大，竟然能把你哥哥都迷得团团转，怎么不来场突破世俗的兄妹乱伦之恋呢！”

欣心一听这话就怒了，眼直冒火地瞪着冷浩风。如果眼光可以杀人的话，冷浩风这会儿早被欣心千刀万剐了！

冷浩风嘴角的嘲讽更浓，“怎么？你那么厚颜无耻，也有恼羞成怒的时候，也有羞耻的时候？”

欣心咬着唇，冷着脸，对冷浩风一字一句地说：“姓冷的，东西可以乱吃，但是话不要乱说！如果你再敢拿我的哥哥开玩笑，我发誓，我一定会杀了你，杀了你们冷家上下，一个都不留！”欣心也不知道为什么，在听到冷浩风那句话的时候，情绪波动会那么大，仿佛，心底有个未知的黑洞，等待着欣心沦陷，掉落下去。

冷浩风看着眼前的欣心，浑身散发着惧人的寒意，仿佛真是个杀人不眨眼的魔女，还真有点儿意外。第一次见到这样的欣心，不过他可不怕，嘴角挂着嘲讽的笑意，冷冷地回道：“欣心，你的情绪好像太过激动了，是不是有什么不可告人的事，怕我知道呀？”

欣心冷冷地扫了眼他，“冷浩风，你果真是俗不可耐的浑蛋，越来越让我感到恶心了！我为之前看上你而感到汗颜！”

“欣心，你终于承认看上过我了！”

欣心扯了扯嘴角，清冷地道：“冷浩风，下次请你注意一下措辞，我不介意你贬低我、侮辱我、谩骂我，但请你不要扯上我哥哥，也不要带上我任何的家人。因为，他们没有欠你什么，没必要承受你这疯狗的乱咬！”

冷浩风淡定地接受了欣心那凶狠地瞪视，淡淡地说：“欣心，你这样盯着我看，我会误会你对我有企图！”他也意识到了，刚才的话或许是过分了，赶紧转移话题。

“很好，你的理解能力不错，我确实对你有企图，因为我现在很想揍你！”欣心一字一句地说完这句话，磨了磨牙，手非常配合地朝他俊美的脸上挥了一拳。冷浩风防备不及，那漂亮的桃花眼被欣心直接敲成了熊猫眼。欣心不动声色地甩了甩手，还真挺疼的！

冷浩风疼得蹲着身子，在那儿龇牙咧嘴地叫了几声。

“冷浩风，如果你想吵架，今天我们已经算吵完了，下回请早，你滚吧！”

冷浩风捂着被欣心打肿的眼，恍然起身，俊脸更是狰狞，扭曲地皱在一块儿了。

欣心面不改色地站在冷浩风面前，做好随时跟他打架的准备。

半晌之后，冷浩风认命地叹了口气，冷冷地丢了句：“一会儿，爹要你去背书！”

欣心蹙眉，望了望那堆被撕成碎片的纸，这个背书，该不是要她去背这些该死的《女诫》、《女则》吧？

冷浩风一只桃花眼顺着欣心的视线，望着那堆废纸，没好气地哼了一声。

欣心目不斜视地对冷浩风丢了句：“我换身衣服就去背！”

“果然丑人怪事多！背书还要换衣服，笑死我了！”

“果然丑陋的男人说话刻薄！真是越看越恶心，倒胃口！”欣心倒是从容地回敬了一句，要比骂人、耍泼、无赖，冷浩风不是她的对手。

冷浩风没好气地撇过头，哼了哼。

“让开，姑奶奶赶时间换衣服去！”

“欣心，就你这副尊容，换什么衣服都是浪费！”冷浩风刻薄地出声打击道。

欣心转过身子对上冷浩风嘲讽的眼光，风轻云淡地道：“那是本姑娘天生丽质，那些俗气的衣物穿在我身上，只是用来保暖的。”

冷浩风气恼地转身便挡住欣心的去路，脸上尽是怒火。

“怎么，羡慕我天生丽质，还是嫉妒我长得比你漂亮啊？”欣心没好气地将冷浩风一推。

冷浩风捂着眼睛，没好气道：“欣心，你还是不是女人？”

欣心朝冷浩风挺了挺傲人的胸部，直言不讳地道：“货真价实，如假包换！”欣心这个动作，让冷浩风哑然失笑道：“欣心，我还真见识到了，原来，你的自我感觉是那般良好！”

“必需的，我可不像某些人，没有自知之明！”

“你就继续逞口舌之快吧，我看你背不出书来，还能不能那般嚣张！”冷浩风幸灾乐祸道。

欣心漫不经心地打了个哈欠，满脸的不以为然。

“如果背不出来，可是要罚抄的哦。你撕掉的那些，通通要你抄回来。”冷浩风阴魂不散的声音，继续骚扰着欣心。

“冷浩风，别那副小人得志的嘴脸，看着你就讨厌！”

“欣心，你讨厌我，也得称呼我一声相公！”冷浩风再一次欠扁地说着。

欣心终于知道什么叫作爆发，一不做二不休，她干脆握着拳，朝冷浩风另外一边没有受伤的眼睛打了过去。熊猫要两个黑眼圈才对称！她成全他，让他做国宝去！

冷浩风再一次被欣心闪电出手击中，疼得龇牙咧嘴，暴怒道：“欣心！今天我非掐死你不可！”

欣心快速闪身，躲过冷浩风朝她伸来的爪子，嬉笑道：“相公，我去公公那儿背书了，您自便！”

“欣心！”冷浩风发狂般暴怒。

欣心已经快跑到了祠堂门边，一出门便朝冷浩风扮了个鬼脸，手快速地拉上了门，“咔嚓”一声，利索地上锁了。冷浩风，你欺我一尺，我定要还你一丈！这些都是你逼我的！

跟着冷浩风而来，在门口等着的那几个丫鬟，目瞪口呆地望着冷浩风被锁在了祠堂内。几人面面相觑，这少爷跟少奶奶，到底在玩什么把戏？感情莫非真那么好，连关祠堂反思都是一个接一个？

欣心冷然地扫了眼那几个丫鬟，严正地说："你们少爷为了跟我同甘共苦，决定今晚也体验一下关祠堂的乐趣，所以没事的话，你们不要来这边了！"

那几个丫鬟虽心里有疑虑，但是少奶奶如此说了，就都识相地转身下去了。

欣心对她们又补了句："一会儿饭也不用留了，更不需要送过来！你们少爷不吃！"

"欣心，你闹够了没？"

欣心漫不经心地回道："游戏才刚刚开始！"

冷浩风眯着被打肿的桃花眼，拉了拉门，没好气地道："欣心，你不要玩得太过火了！"

欣心凑着门框对冷浩风甜腻腻地道："相公，我真感动，你为了跟我同甘共苦，特意跑来祠堂住。我现在就去找公公。"欣心一溜烟就跑了。当然，冷浩风那狂暴的咆哮声飘在耳边，"欣心，等我出去，一定要你好看！"

欣心走了一段路，便随意地将那钥匙往草堆里一扔，"找不到最好，冷浩风，今天就奉还你气我进祠堂、饿肚子的仇！"

"欣心，你好厉害啊！"吉吉的声音从欣心身后冒了出来。

欣心听到忙惊喜地转过身子，果然看到吉吉利索地翻身跃下墙头。"吉吉，想死我了，你最近都死哪儿去了？"

吉吉淡笑不语，朝欣心竖着手指，"欣心，没有想到你现在那么牛啊，美男的面子一点儿也不给，竟然下得去手，把冷浩风打成那样！"

欣心撇了撇嘴，有点儿气恼地道："吉吉，我跟你说，那是因为冷浩风实在太欠扁了！说话尖酸刻薄，实在很讨厌！"

"当初，不知道是谁死活要嫁冷浩风哦。"

欣心一听这话，笑脸垮得更加难看了。"可是后来我也强烈要求不嫁了。"被爹娘绑上花轿的苦楚，她算是吃尽了！

吉吉浅笑着摇了摇头，对欣心道："欣心，你既然嫁给冷浩风了，就不要带着异样的眼光去看他。用平常心去对待他，或许你会发现，你还是喜欢他的！”

欣心意外地看着吉吉，有点儿惊讶吉吉会说出这番话来。不过，她还是认真地对吉吉说：“吉吉，我觉得我是真不喜欢冷浩风了。”欣心现在越看冷浩风越觉得来气，果然，一定程度上，为啥喜欢一个人，要倾向喜欢心灵美，因为皮囊的魅力，总归有审美疲劳的时候。现在她对冷浩风已经产生审美疲劳了，对这个曾经心动不已的大帅哥有免疫力了！

吉吉拉着欣心的手，认真地说：“欣心，其实冷浩风，没有你想的那么坏。你既然已经跟他结婚了，就好好跟他过日子！”

“我跟冷浩风说好了，只维持三个月的婚约！”

吉吉目瞪口呆地问：“还有这么回事？我怎么不知道？”

欣心蹙眉，也不再多说这个话题，对吉吉问：“你今天怎么来了？最近家里人还好吧！有没有我哥哥的消息？”

吉吉望着欣心，淡淡地说：“没有少爷的消息，现在季田师父已经去灵山查看了！”

欣心撇了撇嘴，心里头总觉得有些不安，不确定地问吉吉，“吉吉，你说，哥哥会不会出什么事？”

吉吉摇摇头，安慰着欣心，“没事的，倒是你，天天跟冷浩风吵架，我们跟着天天看戏和担心！”

“你们担心什么？”欣心不解地朝吉吉反问，莫非是怕他们俩闹出人命？

吉吉心知差点儿说漏嘴，忙捂着嘴，含混不清地解释，“你们天天吵架、打架的，我们当然要担心你们两个哪天会不会失手，谋杀了亲夫或者亲妻的。”

欣心嘴角不自在地抽搐了一下，就知道，吉吉逮着机会就会打趣她。

“欣心哪，你刚才在祠堂干吗又跟冷浩风吵架啊？冷浩风不是一大早特意叫丫鬟做了粥跟点心、小菜去看你了吗？”

“冷浩风会那么好心？”欣心听了吉吉的话，疑惑地问。

吉吉点了点头，指了指自己的眼睛，认真地说：“我亲眼所见，绝无虚假！”

欣心心头这才微微浮现了一丝内疚，看来冷浩风也不是真的无药可救。

“那我是不是得去找钥匙，让人把冷浩风给放出来啊？”

“那倒不必了！”冷浩风清冷的声音清晰地传到欣心的耳朵内。

欣心一个激灵，仿佛想到了什么似的，拍了拍后脑勺，对吉吉惊呼道：“糟糕了！”

吉吉目瞪口呆地看着欣心转身就跑，那速度叫一个快！

“怎么了？”吉吉忙快速地追了上去问。

“公公要我去背书。”欣心边快速地跑，边朝着一头雾水的吉吉解释，其实她是在躲冷浩风。拜托，冷浩风这样阴沉着脸出现在她的身边，她能不怕吗！

“不是吧？”吉吉傻眼。这年头，竟然还有人要求背书？

吉吉跟着欣心跑了大半个冷府，却见她跑进了卧室，不由得急喘了几口气，道：“我说欣心，你要背书，怎么跑到房间里来了？”

欣心随手将门拉上，对吉吉面不改色地道：“我要去见公公、婆婆，当然得换身衣服。要不，这么糟糕的形象，我走得出去吗？”

吉吉无语地翻了翻白眼。

欣心换了一身艳红色的纱衣，外面披了件珍珠流纱，得意地转了个圈后，对吉吉道：“来，给我化个妆！”

“欣心，你到底是去背书，还是选美？还化妆！”

欣心熟练地在脸上抹了点儿粉，来不及接吉吉的话。吉吉又道：“欣心，你该不是想去勾引冷然吧？”

欣心的手一抖，粉盖了大半个脸上。

吉吉大呼小叫道：“欣心，你可不能这样糊涂啊，虽然冷浩风跟你关系不好，但你不能因为报复，去勾引他爹啊！怎么说，冷然都是你公公。”

“停！”欣心忍无可忍地打断吉吉的臆想。

“吉吉，你从哪里看出来，我要去勾引冷然了？”

吉吉“呵呵”地干笑了两声，“你去背书，换那么红火的衣衫，还要化妆，又跟冷浩风不对盘。众多理由，可以看出来，你是想去勾引……”

“好了，好了，吉吉，你不要说话了！”欣心闭着眼睛，任由着吉吉给她上妆，才淡淡地说，“我身边有两个眼线，我得做做样子给他们看，绝不会因为在祠堂待一宿而狼狈了！而且，我还要气气冷浩风，姐姐我关完祠堂，不但不沮丧，反而更风采照人，清丽脱尘！”

吉吉撇了撇嘴，原来说到底，欣心还是在跟冷浩风怄气！

欣心风姿绰约地走到正厅时，屋内人的目光都毫不意外地落在她的身上。也是，欣心那么醒目的妆容、衣衫，回头率高也不算怪事！

冷浩风寒眼中意外之色一闪而逝，接着便是淡淡地嘲讽跟鄙夷。

欣心不以为然地朝冷然跟冷夫人甜甜地笑了笑，打了声招呼道：“爹，娘，早啊！”

冷夫人热切地起身，拉着欣心的手，就差泪眼婆娑，道：“孩子，可苦了你了！”

欣心尴尬地笑了笑。

冷夫人没好气地扫了眼冷然，口气不善道：“你们父子两个昨日乘我不在，竟然让欣心去祠堂，一点分寸也没有！”

冷然的面色尴尬了一下，带了几分委屈。他本来就不知情，等知情的时候，欣心已经自愿去祠堂了，他劝都劝不住！

冷浩风倒是风轻云淡，“娘，我跟我娘子之间的事，你就别管了！”

冷夫人没好气地扫了眼冷浩风，气恼道：“冷浩风，我可没让你说话，没大没小的，怎么跟娘说话的？一会儿给我去祠堂反思去！”一听冷夫人这话，欣心嘴角便克制不住地挂着笑意，隐忍得浑身一抖一抖的。

冷浩风满面的不可思议，指了指自己，“我去祠堂？娘，你不是跟我开玩笑吧？”

冷夫人严正地转过身子，一字一句地道：“你看，娘的样子，像是开玩笑吗？”

冷浩风撇了撇嘴，识相地保持沉默。冷然轻咳了一下，想出声帮冷浩风解围。

冷夫人厉眼淡然一扫，轻柔地说：“相公，莫非你是怕浩风一个人关祠堂寂寞，想去陪陪他？”

冷然被冷夫人这么一堵，面色立马就转变了，谄媚地对冷夫人道：“夫人说笑了，即使浩风真怕寂寞，也轮不到我们两个操心啊！”

欣心一听这话，面色马上严正了起来，因为冷然下面肯定要说她了。

果然，冷然狡黠地朝着冷夫人笑了笑，朝欣心努了下嘴道：“浩风现在可是有欣心陪着，小两口感情好得很呢！”

冷夫人面色缓和了一下，恍然大悟道：“对了，你说的改造欣心跟浩风的计划是什么？”

冷然不断地朝冷夫人使眼色，无奈冷夫人的眼光就是围绕着欣心在转。

冷然只能“咳咳咳咳”地不断出声，冷夫人这才讪讪地保持了沉默，拉着欣心在桌子边坐了下来。

“欣心哪，我听说，你从小就熟读四书五经、《女诫》、《女则》是吧？”冷然朝欣心温和地笑了笑，完全是一副慈祥家长的样子。

欣心优雅地帮着冷夫人倒了杯茶，硬着头皮点了点头，“还算看过一些！”

“爹，你何必跟欣心绕圈子呢，直接说要她背就好了！”冷浩风幸灾乐祸地说，“欣心率性惯了，我们说话不需要那么含蓄的！”

欣心不悦地扫了眼冷浩风，真是幼稚，小人得志！

冷浩风倒是从容地接受了欣心的怒瞪，嘴角挂着冷笑。

冷然摸着光滑的下颌，笑眯眯道：“欣心，实不相瞒，我觉得吧，浩风这个孩子太严肃了，缺乏亲和力！”

欣心被冷然话题一转，好奇地把眼光对上了他戏谑的笑意。刚才不是还在扯背书的话题，怎么这会儿扯到冷浩风的个性上去了？拜托，冷浩风不是拘谨，而是会装！再说了，冷浩风拘谨关她什么事？缺乏亲和力都能招蜂引蝶的，要是亲和力够的话，冷家有那么多门槛给人踏吗？欣心心里的鄙夷，毫不遮掩地挂在脸上。

冷然显然一眼就看出了，忙严正地朝欣心道：“欣心，你在听我说吗？”

欣心撇了撇嘴，点了点头：“在听啊，爹，你说吧，我听着呢！”就是听得有些郁闷！

“所以呢，我就想啊，帮着浩风改变一下，免得你天天对着一张冰块脸，看着心烦！”冷然这次倒是实话实说，没有拐弯抹角。欣心更加茫然了，改造就改造吧，跟她说有啥用？

“爹，你改造去吧，我没意见！”欣心毫不犹豫地点了点头，反正折腾冷浩风，好坏都跟她没关系！

“你是没啥意见，不过浩风就有意见了！”冷然话锋很自然地一转，直接引出冷浩风。

欣心吸吸鼻子，“冷浩风有意见，那爹爹要跟他好好沟通，找我来是没用的。我可没那本事去改造冷大少爷！”

冷然不以为然地干笑了两声，“实话说了吧，浩风说你的礼仪、举止不够大家闺秀的标准，尤其是还做了一些不得体的事，若要改造他，先得改造你！”

冷浩风不悦地扫了眼冷然，这个爹真是会挑拨离间，这会儿把事情全推到他的身上了。他背了黑锅，接受了欣心的怒瞪。

欣心风轻云淡地扫了眼冷然，问：“爹，你看我的行为哪里不得体了，哪里失仪了，哪里不够优雅了？”

冷然被欣心问得哑口无言，“呵呵”地干笑了两声，“那是，那是！”

冷浩风的嘴角不自在地抽搐了一下，欣心果然牙尖嘴利，不过，她张牙舞爪的，真是可爱！

欣心顺着阶梯往上爬，认真地对冷然、冷夫人说道：“爹、娘，不瞒你们说，我从八岁起就窝在闺房，熟读四书五经、《女诫》、《女则》！像我这样，从小养在深闺里的大家闺秀，怎么可能做出失礼的事？我需要改造什么呢？”

一时之间，冷家的两尊家长被欣心问的无话可说。

欣心进门没几天，谦卑有礼，还真说不出来有什么出格的事。要说有，那也是之前她追冷浩风时所留下的剽悍印象。不过，年轻人的男欢女爱，激烈点儿又何错之有？谁没有个年少轻狂的时候……眼瞅着，爹跟娘被欣心三言两语糊弄过去了，冷浩风不由得有些急切，“欣心，你说你从小熟读四书五经、《女诫》、《女则》，那一定记忆犹新吧？”

欣心默不作声地扫了眼冷浩风，浑蛋，看来今天不背书，他还真没完没了了！

冷浩风又接口道："即使你有些淡忘了，昨日我拿了那么多本书过去给你温习，你也应该能背点儿吧？"

冷浩风明明就知道，那些该死的书都被她撕碎了，这会儿提起来，明摆着是找碴！

欣心挑了下眉，不动声色地问冷浩风，"能背又如何？不能背又如何？"她的口气，让冷浩风更加确定她完全是在逞强，根本背不出来。

冷浩风嘴角挂着嘲弄的笑，"如果你能背出来，并且是不需要改造的优雅千金小姐，我愿意去学笑来讨好你！"

欣心忍不住嗤笑出声，"你以为我稀罕看你冷笑？皮笑肉不笑的，看的我心头发毛！"

冷浩风被欣心如此一顿抢白，面上有些挂不住，气恼道："欣心，你就是嘴皮子厉害了点儿，真要你背，你能背得出来吗？"

欣心竟然不稀罕他的讨好，简直太伤自尊了！

冷然跟冷夫人面面相觑，这对小夫妻，好像吵斗得更凶了！他们夫妻俩识相地闭嘴，任由年轻人吵去。其实背不背书，学不学笑，都无所谓，小两口能找机会擦出点火花来，早点让他们抱上孙子就行了！

"能不能背那是我的事，想不想背也看我心情，你爱不爱学笑跟我没啥关系！"原本欣心就奇怪，冷然竟然要她背这些东西，原来怂恿者是他这个浑蛋。既然冷浩风非要如此，那么她就陪他好好地玩玩。他不是利用她赌气心理，把她关在祠堂反思吗？这笔账，她要连本带利地收回来，以其人之道还治其人之身！

"嗯哼！吉吉，亲爱的，你看看，这个女人写得多好：'卑弱第一。古者生女三日，卧之床下，弄之瓦砖，而斋告焉。卧之床下，明其卑弱，主下人也。弄之瓦砖，明其习劳，主执勤也。斋告先君，明当主继祭祀也。三者盖女人之常道，礼法之典教矣。谦让恭敬，先人后己，有善莫名，有恶莫辞，忍辱含垢，常若畏惧，是谓卑弱下人也。晚寝早作，勿惮夙夜，执务私事，不辞剧易，所作必成，手迹整理，是谓执勤也。正色端操，以事夫主，清静自守，无好戏笑，洁齐酒食，以供祖宗，是谓继祭祀也。三者苟备，而患名称之不闻，黜辱之在身，未之见也。三者苟失之，何名称之可闻，黜辱之可远哉。’”

吉吉嘴角无奈地抽搐了一下，“我说欣心，你心情大爽，也不用一天到晚念这玩意儿啊，我听着就头大！”

欣心哈哈大笑了起来，“光想想冷浩风在祠堂抄写着这些玩意，我的心就莫名地解气！对了，这可是冷浩风的手迹哦！”说完，又“哈哈”地笑了几声，“真想拿到大街上卖钱去！”

“可是，你已经笑一天了，就不能正常点儿？”

“我要笑到冷浩风抄完为止！”欣心朝吉吉明媚地笑了笑。

“欣心，你这个样子，其实也很猥琐。”吉吉忍了半天，终于忍不住说了出来。

欣心嘴角的笑意越发明朗，心情大好地一把扣上那本书，书皮上写着几个大字“女诫，著者：班昭”。而那些刚劲有力的字，为冷浩风的笔迹。风水轮流转，冷浩风找碴找到自己身上，也算牛人一个了！要怪，只能怪他遇到的对手，实在太过剽悍！

想跟她斗，没门！早上的背书事件，最后是在冷浩风跟欣心的打赌中完成的！

若是欣心背不出来，就主动禁足在家，哪儿都不许去。反之，如果欣心背出来了，那么她撕的那些书，就由冷浩风在祠堂抄完。结果，欣心一字不漏地背了出来，而冷浩风呢，她落井下石地给加了一堆罪名：对欣心公报私仇，冷家祠堂大门被他拆了，她撕的那些书都算到了他身上。结果，冷浩风背下一系列的黑锅，灰溜溜地去祠堂面壁思过了。

当然，他在抄写完这些四书五经后，还得找个花姑娘学笑，欣心负责验收。欣心有的是机会恶整冷浩风，心情能不爽嘛！冷浩风那么一板一眼的冷脸，以后见到欣心就得给她笑，想想就觉得好笑！

“好了好了，别笑了，我去睡觉了！”吉吉终于受不了欣心的傻笑，摇了摇头，闪人了。

第三十五章　两人热恋　暗影受伤

欣心望着那本书，半晌之后，心情大好地吹灭烛火，上床去了。刚翻了个身，便隐约觉得房内有另外一个气息出现。

欣心机警地起身，随手将烛火点燃。暗影吊挂在屋梁上，朝她咧着森森的白牙，笑了笑。

“呀，暗影，你怎么来了？”

暗影朝欣心淡淡地笑了笑，“想你了，就过来看看你！”

“昨天不是刚见着了吗？”欣心听着暗影的话，喜滋滋的，但是嘴里还不忘记跟他打情骂俏。

“一日不见，如隔三秋啊！我现在时时刻刻都想见到你！”暗影幽深的瞳眼，带着款款深情地说道。

不得不说，女人都喜欢听甜言蜜语，暗影这几句话，让她脸上的笑意如花开般灿烂。欣心挑了挑眉，笑嘻嘻地道：“这样啊，我好感动啊。可我想不明白，为什么你知道我今晚在房间，而不在祠堂呢？”

暗影嘴角微微抽动，淡淡地道：“我去过祠堂了。”黑暗之中，暗影还遇到了面壁思过的冷浩风。于是，他很痛快地跟冷浩风打了一架，帮欣心出了口恶气，也帮自己出了口积压很久的恶气！

欣心的嘴巴微微地张成了圆形，关切地问：“你没遇到冷浩风吧？”

暗影微微地挑了下俊眉，“遇到了。”

欣心的嘴巴张得更大了，“那你……你们……”她指手画脚地比画了一下，意思是你们有没有打起来。

暗影点了点头，直言不讳道：“我把冷浩风敲昏了！”

“你确定是敲昏，而不是敲死？”

暗影不明所以地将视线凝神地对着欣心，把她这番话当作是关心冷浩风了。他的心情没有由来得暗了下来，有点儿抑郁地问她，“欣心，你在担心冷浩风？”

欣心诚实地点了点头，“对啊！”拜托，若是暗影把冷浩风失手给敲死了，那么她可要守寡了，万一被冠上克夫的称号，那她可就对不起南宫家的列祖列宗了！

暗影的脸色阴沉了下去，口气冷冷地道：“那你现在可以去祠堂看看！”

欣心毫不犹豫地摇了摇头，“我才不去呢！”她若是幸灾乐祸地去祠堂，闹不好冷浩风那小人，就要把这些账算到自己身上了。

暗影口气淡淡地道：“那你可以选择把我抓了。”

欣心茫然地转过头，看着暗影浑身散发着疏离，不由得蹙了下眉，问：“暗影，我抓你干吗？吃饱撑的啊！”

暗影面色淡然道：“若是我失手把冷浩风敲死了，你不就能抓我帮他报仇了吗？”

欣心“扑哧”一声笑了出来。

暗影的俊眉拧得更紧了，面色更加不悦。

欣心笑够了，才望着暗影，认真地说：“暗影，即使你真把冷浩风敲死了，我也不会抓你帮他报仇的！”

暗影愣了愣。

“若不是害怕背上谋杀亲夫的罪名，我还真想掐死冷浩风。”

暗影的嘴角不自觉地抽搐了一下，“那我现在帮你去把冷浩风掐死算了！”虽然，出手偷袭很不光明磊落，乘人之危把昏迷的冷浩风掐死更不仁道，但是，为了欣心，暗影可以做一切事情！

欣心一听暗影这话，神色忙认真起来，免得冷浩风真被暗影给掐死了。“那个，暗影，我只是开玩笑的！你别当真！”

暗影一点儿也不给面子地将眼光扫向别处。

“暗影，你要知道，女人都是口是心非的。虽然，我很想掐死冷浩风，但心里还是不想他死的。暗影，你就无视我的话吧！”欣心神色复杂地给暗影解释了一下。她再怎么讨厌冷浩风，也不会真想要他的命，毕竟冷浩风还是她名义上的相公呢。再者，冷家跟南宫家还是多年的世交呢。不过，暗影的面色，明显挂着“不悦”两个字，而且比先前更黑了！欣心虽然神经大条，也看出来这个玩笑要适可而止，不然真要出人命了，暗影的日子绝对不好过，因为会被众人追杀……欣心可不想因为一句玩笑话，害得暗影不得安宁！

“暗影！”

“嗯。”暗影淡淡地接了句，显然没啥热情。

“暗影！”欣心再一次扯着嗓子，娇柔地唤了一声。

“嗯！”暗影这次回答，稍微有点儿不耐烦。

“暗影——”欣心这一次拖长了调调。

暗影连“嗯”都懒得了，沉默着不说话。

“暗影，暗影，暗影……”欣心不断地重复着。

暗影终于忍不住，嘴角抽搐了一下，“够了！别叫了！”

“我觉得不够，我还没烦得你抓狂呢！”欣心认真地说道。

暗影没好气地撇过脸，在一边生着闷气。

欣心仰头，瞅了眼暗影，轻柔地撒娇道：“暗影，你如果不理我的话，我就一直叫，叫到烦死你为止！”

暗影恍如未闻。

“暗影，暗影，暗影，暗影……”欣心一个人自娱自乐地叫唤得起劲，半天后才淡淡地道了声，“暗影，不玩了，我累了。”

“暗影，我知道你气什么，我不是关心冷浩风，我是怕你出事！”她轻叹了口气。

暗影的神色微微动容，努力克制着内心的狂喜。

欣心撇了撇嘴，解释着，“冷浩风的死活跟我没关系，但是我不想因为我的关系让他出事，那样的话，我会良心不安的！”

暗影的嘴角渐渐扬了起来，浅淡地挂着一个和煦的笑。

“等我玩够本了，就将冷浩风休了，有他抱着被子哭的时候呢！”

暗影的眼光不动声色地微微闪了闪，淡淡地问：“你会休了冷浩风？”那个口口声声说喜欢冷浩风、非他不嫁的欣心，会休了他吗？

欣心认真地点了点头，毫不犹豫地说：“迟早的事！”

暗影的脸色阴转晴，终于轻声地戏谑道：“果然最毒妇人心。”娘子休夫，简直就是闻所未闻，欣心果然是女中的另类豪杰！只是，这样率性的欣心，到底能否接受他，暗影也不敢确定。

欣心倒是不气恼，还得意扬扬地朝暗影笑了笑道：“孔老夫子很早以前就说过了，世界上唯女子与小人难养也。而我，非常荣幸，既是女子，又是小人，合称为小女子也！”

暗影被欣心那怪异的理论，搞得实在有些哭笑不得，半晌才淡淡地说了声，“欣心，你果然特别！”

“那是必须的，我要不特别，你会喜欢我吗？”欣心倒是不以为然地笑了笑。

暗影被欣心说的，面色有些微微泛红。

欣心大大咧咧地朝暗影咧着嘴，灿烂地笑了笑，打趣道：“暗影，你好像脸红了耶！”

暗影被欣心如此直白的一说，脸色更是窘迫，喜欢她是一回事，表白是一回事，但是被她这样拿出来一说，又是另一外回事了！

“暗影，你昨晚做什么好事了？”欣心笑嘻嘻地问着暗影。

暗影微微拧了下眉，茫然地摇了摇头，“昨晚？好事？”

欣心见暗影理解不了，忙提醒道：“就是南街的包子，怎么回事？”

暗影半个隐在面具下的俊脸微微尴尬。

“别不好意思嘛，说给我听听！”欣心兴致盎然地朝着暗影眨了眨眼。还真没看出来，暗影那么厉害，竟然打断老板的闺房之乐，还那么义正词严地警告着不做就让他裸奔，实在是牛人啊！

“也没什么好说的！”暗影很努力地装作一本正经的模样。

欣心仰着头，不满地嘟囔道：“你明明就是打断了人家老板的闺房之乐嘛。”

暗影抓着屋梁的手一抖，差点儿手软滑下去，不满地说：“好了，欣心，不说这个了！”

“我只是比较好奇，当时，他们是什么姿势嘛。”欣心小声地嘟囔了一句，那音调控制得正好能让暗影听见。

当时什么姿势？

暗影只觉得满面黑线，她的脑子里装的都是什么啊。

“欣心，你够了！”

欣心笑嘻嘻地对暗影吐了吐舌头，扮了个鬼脸，故作可怜地说：“人家只是有点儿好奇嘛。”到了古代，都没有影片可以观看，甚至连春宫图都只能偷偷摸摸地去紫衣的飘香阁瞄一下，还得提心吊胆地怕被紫衣发现。

欣心可是好奇极了！当然，因为好奇，她跟吉吉曾经还做过半夜蹲在飘香阁的屋顶，偷窥姑娘接客的场景。结果是在紫衣的威胁外加墨离鄙视的眼光下，灰溜溜地躲了回去。

暗影气结，“这有什么好奇的！”

欣心咬了下唇，“就是，想研究一下。”

欣心的话还没说完，暗影已经阴着一张脸，朝她走了过来，咬牙切齿道：“想研究什么？”

欣心勉强扯了下嘴角，朝着暗影尴尬地笑了笑。她可不敢说，是想研究古代人到底用哪些姿势。

暗影阴郁着半个俊脸，恼怒的直接伸手，一把将欣心抓到了怀里，冷冷的告诫道：“欣心，把你那些乱七八糟的想法给我收起来，不然我打你！”

“我只是问问你嘛，我又没有去找别人研究。”欣心小心地解释。

她一说完，暗影的面色更黑了，甚至青筋都突起了。

欣心忙捂着嘴，不安地后退了几步。

暗影冷着俊脸，咬牙切齿地一字一句地问：“你，竟然还想着去找别人研究？”

“口误，口误！”

“口误？”暗影微眯了眼森冷的寒眼，紧紧地锁着欣心。

欣心轻巧地闪身，从暗影怀里钻了出去，倒退了好几步，拍了拍胸口，惊魂未定道：“暗影，你别那么凶嘛！”

暗影冷着脸，不出声。

欣心嬉笑嫣然道：“就想了一下，又不犯法！而且，这是一门很高深的学问，可以取其精华，去其糟粕。”

暗影的嘴角忍不住抽搐了下道：“看人家的闺房之乐，还是很高深的学问？”亏得她能面不改色地吐出“取其精华，去其糟粕”这么有文化涵养的词汇来！暗影对欣心，真的是服了！

欣心小鸡啄米地点了点头，“那是，那是！我可是带着纯粹学习、观摩的思想，来说‘研究’这两个字，跟那些偷窥、猥琐的行为，是不一样的！”

这是什么乱七八糟的想法？暗影只觉得头都大了。而且，他还发现，欣心的话中，有很多的词汇，是他闻所未闻的。他忍不住怀疑，这真的是他从小看着长大的妹妹吗？虽然，欣心从小就天赋异禀，但是如此异类的话语，倒是不曾听她说过。不过，欣心的话虽然另类，但不得不说，其实还是有那么点儿道理的！

暗影额头冒了几丝黑线，果然，情人眼里出西施，他算是彻底完蛋了，这会儿脑子里竟然浮现出昨日那包子铺的老板跟老板娘的姿态。暗影不由得感觉腹内蹿起一股灼热，沿着四肢，开始不断地蔓延……

欣心开始滔滔不绝地说：“这个闺房之乐呢，其实有很多姿势是值得研究的！比如说……”她的比如还没有说完，暗影已经快如闪电地出手，直接将她搂到了怀里。欣心一声惊呼“啊……”还没有完，暗影的嘴已经适时地封住了她的嘴，将那余音吞入口中。暗影的吻很霸道，欣心感觉呼吸都越来越困难了，才忍不住出手推了推。暗影也觉察到了，放开了她，深情的眼里满是欲火。欣心在那儿狼狈地大喘了几口气，才起伏不定地朝着暗影道：“你差点儿就闷死我了。”

暗影眼光幽深地望着欣心半晌，有些哭笑不得，真不知道该拿她怎么办了！

欣心望着在那儿微微粗喘的暗影，没好气地道："暗影，你接吻的技术，好像越来越好了！你是找人研究过、练习过？"

暗影面色微微一僵，欣心竟然质疑他跟别的女人亲热，实在是该打！

欣心伸手戳了戳暗影，"暗影，快点儿坦白，你到底有没有跟别人亲过？"

暗影扫了眼她，恼怒地将她的手抓在怀里，没好气地回道："当然没有！"

"那你接吻的技术，为什么会那么好？"欣心不依不饶地继续问。

暗影的嘴角抽搐一下，停了会儿，淡淡地道："天生的！"

欣心这才面色缓和地"哦"了一声。

暗影正松了口气时，她又丢了一个爆炸性的问题出来，"那暗影，你做爱的技术，是不是也是天生的？"

暗影只觉得眼前一阵乌鸦飞过，脑袋里"轰"的一声便炸开了。

欣心眨着好奇的眼睛，上下扫视着暗影，最后总结道："身材不错，功能齐全，大概是天生的！"

暗影只觉得腹内的热流在控制不住地奔腾……再三深呼吸后，才拧着俊眉，微微地挑了挑，对欣心道："欣心，你不觉得，你说话太过直白了吗？"

欣心茫然地眨了眨眼，认真地道："我怕说得太含蓄了，你听不懂嘛！"

听不懂？暗影一头黑线。

欣心倒是面不改色地说："暗影，其实这些话题很正常啊！你不用害羞的。"想他们俩都亲热过了，现在只是随意说说而已嘛！

暗影选择了保持沉默。

欣心笑嘻嘻地对暗影道："暗影，有机会我带你去紫衣的飘香阁，偷偷拿点春宫图研究一下。"

暗影生气也是枉然，而且，她根本不把他的怒火当回事。暗影最终无可奈何地叹了口气道："欣心，你有点儿女孩子的矜持好不好？"

欣心不怕死地笑道："那行，下次你别亲我，我很含蓄的！还有，见到我，离我三丈以上远，以保持安全距离！"

暗影面色一僵，终于知道，什么叫作搬起石头砸自己的脚！

欣心手指着暗影，严正地道：“男女授受不亲，你别过来了！”

暗影面色微微有些苍白，额头上竟然还在细细密密地冒着汗珠。

欣心扫了眼，不由得有些奇怪，因为随着暗影的靠近，她的鼻尖隐约闻到一股淡淡的血腥味。她忙严肃了起来，一把拉着暗影的袖子，说道：“暗影，你受伤了？”

暗影随意地点了点头，轻声道：“嗯。”

晕！受伤了也不吱声，还强装得跟没事人一样，面不改色地跟着她玩闹。欣心恼怒地对暗影道：“那你怎么不早说？”如果她感冒了或者鼻子不灵敏，闻不到血腥味的话，暗影是不是就不准备说了？

暗影轻扯一下嘴角，淡淡地道：“见到你，我很开心，就忘记说了。”

欣心有点儿哭笑不得，忙问：“伤到哪里了？”

暗影朝背后的腰侧指了指，淡淡地道：“没事的，小伤，别急！”

欣心拉着暗影的手臂，直接指着床，强势地命令道：“给我趴着。”

暗影点了点头，乖乖地在床上趴下。

欣心伸手便去扯暗影的衣衫。该死的黑色劲装，要不然她早就能发现暗影受伤了。

暗影伸手按住了欣心的手，轻声地道：“我上过药了，让我休息一下就好！”

“上过药我也要检查一下。你再动，信不信我不理你？”欣心没好气地将暗影的手给推开，利索地解开他的腰带，缓缓地将他的衣衫褪了。一条五厘米长的刀口，便直接映入欣心的眼帘，那鲜红的血，还在不断地往外涌。

欣心只觉得一下子眼眶便湿湿的，泪水克制不住地在打转。

暗影有些不安地转过头，望着欣心泪眼婆娑的模样，忙转过半个身子，伸手将她眼角的泪擦去，轻柔地安慰道：“欣心，没事的，只是小伤。”

欣心没好气地甩开暗影的手，怒道：“小伤？你还好意思跟我说是小伤？是不是要被整把刀插进去，才算伤？”

暗影有点儿不自在地道：“欣心，真的没事。”

“你给我闭嘴！”

被欣心这么一喝，暗影识相地不吱声了。

“躺着别动！我给你包扎。”欣心蹙眉看了看暗影那血肉迷糊的伤口，轻叹了口气问，“谁伤的你？冷浩风吗？”

暗影的嘴角轻轻上扬，淡淡地道：“不是。”

“那是谁？”欣心的手指，轻柔地在暗影那伤口处擦拭。

暗影吃疼地轻哼了一下，声音虽然很小，但在这寂静的深夜，清晰地传入了欣心的耳朵内。

欣心面色急切地问道：“弄疼你了吗？”

暗影咬着牙，回道：“没事，我不疼！”

欣心丢下暗影，在屋内四处地翻找了起来。没一会儿，整洁的屋子，被她翻得乱七八糟。

“欣心，你找什么呢？”暗影微眯了下星眼，不解。

“酒精，药水，白布。”欣心越急越手忙脚乱。该死的，在冷家，她都找不到东西。欣心只觉得，她眼内，泪水越聚越多了。

暗影眨了下眼，道：“不用那么麻烦的，随便上点儿药就行了！”

欣心恼火地将手里抓着的东西往地上一扔，对暗影道：“你等等！我马上就来！”

暗影叹了一声气，就这样看着欣心迅速地从眼前消失，脑袋有些昏昏沉沉的，眼睛更是支持不住，困意袭来。

没一会儿，欣心便抱着壶酒，气喘吁吁地朝着房间奔来。

当欣心看到暗影支持不住而昏睡过去时，忙急切地拍了拍他的脸颊，急切地叫道：“暗影，你不要睡，不要睡。”

暗影微微睁了睁漂亮的星眼，呢喃道：“欣心，我不睡。”

欣心这才深呼了口气，轻轻地将暗影的衣衫都揭开，喝了口酒，朝暗影的伤口处喷洒了上去。

暗影一阵闷哼，痛苦地呻吟了一下，整个人也清醒了点儿。

欣心稳了稳心神，拿了一块干净的白布，手指微微有些颤抖地擦了下暗影身上那道触目惊心的伤口。暗影疼得更厉害了，用力咬着唇，忍着痛。

欣心快速地帮暗影简单消毒，擦拭干净后，才利索地帮着他上药。包扎完了，她才抹了把额头的汗，看了看暗影隐在面具下的脸色，半个俊脸因为失血过多显得更苍白了。

暗影松开牙关，嘴唇上一排明显的牙印泛着白色。欣心突然觉得，她的心很痛。

暗影很艰难地朝欣心挤了一个笑容出来，“欣心，谢谢你。”

欣心伸手，抚摩了一下暗影苍白的脸。

暗影心里紧张，生怕欣心将他的面具扯下，忙不安地把头转过去，后退了点。结果，牵扯到刚刚包扎好的伤口，又是忍不住拧着俊眉闷哼了一声！

欣心倒是愣了愣，手微微地僵立了下，暗影的神情，好像有点儿奇怪哦……是不是紧张过头了？

暗影伸手扣住了欣心的手，十指紧握着，“欣心，我累了。”

暗影的手，不似以往那般暖和，此时略带着冰凉，该不是伤口拖久发炎，发烧了吧？

欣心有了这个认知，忙朝着暗影的额头探去。暗影再一次情急之下往床内缩了缩。

欣心蹙眉，不悦道：“暗影，你干吗？躲什么躲？把那该死的面具给我摘了！”戴着面具，她连体温都不能测，实在是碍事！

暗影的嘴角不自觉地抽搐了一下，窘迫地道：“不摘！我怕吓到你！”

“有什么好吓的？我又不是没见过你的尊容！”

“那不一样。”

“我还偏要摘了看！”欣心恼怒地伸手便朝暗影的脸上探去。

暗影不安地再次闪躲，牵扯到伤口，又痛苦呻吟了一下。

欣心怒了，恶狠狠地盯着暗影道：“你再敢乱动试试看，我火了！”

暗影幽深的眼里，有点恳求，“欣心，你不要逼我好不好？”

第一次看到暗影如此仓皇的神色，欣心撇了撇嘴，“算了，不看就不看吧！”

暗影的心头悄然松了口气。

“暗影，你到底是怎么受伤的？”

暗影的眼光闪烁了几下，最终清淡地说了声，“被仇家追杀。”他可不敢说，自己是被季田打伤的。

欣心最终什么都没说，叹息了一声，对暗影道：“你好好休息吧，明早我再给你换药！”

暗影点了点头，伸手将欣心揽到怀里，接着才放心地闭目，沉沉地睡了过去。

欣心靠在暗影温暖的怀里，因为他搂得太紧，她只能蜷缩着身子，不是很舒服。但是她怕牵扯到暗影的伤口，一动都不敢动。不一会儿，暗影的呼吸便渐渐地沉重了起来。

欣心仍睁着明亮的星眼，凝神地看着暗影俊美如常的侧脸，手朝着他的面具悄然地伸了过去。她心里有种恐惧，在揭与不揭之间，犹豫了一下。

暗影蓦然睁开了眼，望着欣心，第一反应便是朝脸上摸去，接着才淡扫了眼她的手，撇了撇嘴角，轻声地道：“欣心，我走了。”暗影说完，便要起身。欣心没好气地拉着他的手，再一次将他扯进被窝里。暗影的眼睛熠熠生辉，玩味地道：“欣心，这算是邀请吗？”

“邀请你个头！”欣心没好气地将暗影朝她靠近的俊脸推到一旁。

“那你把我扯回被子里干吗？”经过一会儿的养精蓄锐，暗影的精神恢复得不错。

欣心望了下屋外的天色，才微微亮，严正地说：“还早，你再睡会儿，我给你去找药！”

暗影的眉拧了一下，温柔地看着欣心，提醒道：“欣心，被人发现我在你的闺房，会影响你的清誉的。”

“你就别瞎操心了，我还指望冷浩风抓奸在床，把我休了呢！”欣心满脸无所谓地撇了撇嘴。

暗影突然向欣心做了个噤声的手势，手指朝屋顶指了指。

欣心的面色微微带了点儿不自然，不是吧，刚说抓奸，便真的有人来抓奸了？没有这么背吧！

暗影面色窘迫地用唇语对欣心道：“要不，我出去解决了他。”暗影想杀人灭口，不过，就他这么个伤员，被人灭口的可能更大。

欣心摇了摇头，轻声道：“你就躺着不许动，我看看去！”

暗影一把拉住欣心，不让她冒险。

欣心朝暗影摇了摇头，给了他一个安慰的眼神，把暗影的手掰开，接着便利索地从床上翻越而起。下床后，她不忘记将被子盖住暗影，侧耳倾听了一下，没好气地道：“死吉吉，给我下来！”

暗影浑身戒备着，在听到欣心说吉吉后，才微微松了口气，手朝着伤处一抹，又是湿嗒嗒的一片殷红。

第三十六章　季田师父被神秘门杀死了

“哗啦”一声巨响，屋顶上的人受惊，脚底打滑，华丽丽地摔倒在欣心眼前。虽然摔得狼狈，但爬起得挺快，站稳身子后，不忘记臭美地摆了个自恋的姿势。

欣心愣愣地望着也是全身黑色劲装的凌云，嘴巴都微微地张成了圆形。今晚什么状况？老朋友都来叙旧，挤一堆了？

凌云朝欣心笑了笑，接着大大咧咧地道：“我受伤了，借你的地方歇歇。欣心，你不会介意的吧！”

欣心就这样目瞪口呆地看着凌云直接朝床边走去，一把掀开被子。

暗影跟凌云，就这样大眼瞪小眼地相互呆愣着。

“是你……”

“你……”

两声不约而同地惊呼响起，又气呼呼地相互有节制地压低。

凌云激动地跳脚，指着暗影大骂道：“该死的暗影，你浑蛋！”

暗影面色不悦地扫了眼凌云，又扫了眼在那默不作声的欣心，恼怒道：“凌云，你来这干吗？”

看着凌云跟欣心丝毫不生疏的模样，暗影的心头莫名其妙地酸了。

“受伤了，养伤呗！”凌云笑嘻嘻地说，丝毫不把暗影的恼火当回事。

暗影一把提着凌云的衣衫，冷冷道：“受伤不滚回你的老窝去，来欣心这里干吗？”即使是好兄弟，如果凌云要打欣心的主意，他也绝对会翻脸不认人！

凌云忙出手抓着暗影的手，无奈地叹息了声道：“我也想回我的窝里去啊，可是我的窝被你未婚妻、我的妹妹给拆了。”

暗影的面色微微有点窘迫，还没出声，凌云又委屈地补了句道：“我现在是可怜兮兮，无家可归好吗，再说了……”

暗影恼火地松开凌云，没好气地打断凌云的话，道：“无家可归，你也不许来欣心这里！万一被人看见了，你想欣心多难做啊！”

凌云的嘴角挂着浅笑，漫不经心地嘲讽道：“我被人看到了，欣心会难做。难道，你被人看到了，她就会好做了？”

暗影被凌云堵的没话说。

“暗影，你浑蛋，也不想想，我是为谁受的伤！我是为了你，好不好！”凌云说到这儿，激动了起来。若不是为了掩护暗影，他至于被季田打伤吗？

“别说了！”暗影冷声打断凌云的话，免得他失口说出季田来。

凌云微微愣了愣，眼光悄然扫视了眼暗影。暗影比画了个停止的手势。

凌云不满地瘪了下嘴，识相地不出声了，见欣心还呆愣着，忙催促道：“欣心，来给我包扎一下。”凌云那阵势，要多理直气壮，便有多理直气壮，好似欣心就该伺候他一样。

暗影不悦地拧了下眉。

欣心摸了摸鼻子，将给暗影包扎剩下的那些东西，重新端到床边。

凌云倒是大大方方地解开衣衫往下脱。

暗影眼疾手快地一把拉住，没好气道：“不许脱衣服，万一欣心看见，长针眼了怎么办？”

凌云愣了一下，“不脱衣服，我怎么让欣心包扎啊？”

“那是你的事！”

凌云不满地撇了撇嘴。还未出声，暗影再一次地补充道：“你来欣心这，没把你扔出去就已经算很给你面子了。要是再得寸进尺，我管你是兄弟还是朋友，照扔不误！”

欣心忍着笑，瞅了眼暗影，这个家伙，未免太大惊小怪了吧。

“暗影，你浑蛋，是不是非逼我翻脸揍你啊！”凌云神情激动了起来。

暗影翻身下床，也戒备地摆好了姿势。

欣心眼瞅着暗影跟凌云真要大打出手，不由得皱了下眉，往两个男人中间一站。她先指了指暗影，没好气地道：“暗影，你嫌自己的伤口没裂开，没事找事是吧？”

暗影被欣心说的有些心虚，沉默不语。

“你要找事的话，立马给我滚出房间！”欣心气呼呼地说完，又对着在那儿暗自窃笑不已的凌云，更没好气道，“你要是来包扎伤口、养病的，就给我闭嘴！再多说半句话，暗影不扔你，我也要把你扔出去！”

凌云依旧嬉皮笑脸道：“不说了，欣心，给我包扎吧。流了这么多血，要补多久才能补回来啊……”

“你浑身穿得黑不溜秋的，还能看得出来流血了？倒也是本事！”

凌云这回倒没有辩驳，“呵呵”地干笑了两声。

“反正就是不许你脱衣服，要包扎赶快，包完了给我滚蛋！”暗影面色阴冷地说道。

欣心指了指床，淡淡地道：“暗影，你现在给我上床去，闭嘴！”

暗影乖乖地爬到床上去了。

凌云嬉皮笑脸地道：“哎呀，欣心，你温柔点儿，会疼的。”

欣心嘴角抽搐了一下，暗影“嗖嗖”地朝着凌云不满地射了好几个冷眼。

欣心看着凌云胸前那触目惊心的伤口，还是忍不住倒吸了口冷气。一条三寸多长的伤口，血肉模糊地混合在一起，加上衣服的纤维粘住了血肉，看着让人心头一颤。

暗影跟凌云都不是正常人，受了那么重的伤，竟然还能嬉皮笑脸地开玩笑，简直就是不拿自己的身子当回事！

欣心的神色严肃了起来，小心翼翼地将凌云身上伤口处的衣服撕开。

凌云紧咬着唇，偶尔发出一两声低吟。

暗影正经地瞅着欣心，接着把眼光对住凌云身上的伤口，神色也微微动容。

欣心认真的时候，神情是相当专注的，咬着唇，手上更是动作利索，有条不紊地消毒、上药、包扎。

凌云静静地望着欣心，余光偶尔扫到暗影，小心翼翼地收起情绪，随意地挂上一副风轻云淡的神色。他的心头，也是几多唏嘘，欣心那毫不遮掩的情绪，一点一滴落入他的心头，暖暖的温情，不断地在他的心底蔓延着。凌云从来没有想过，原来有个女人，还能如此抓住他的眼球，还能如此让他看得目不转睛。想到暗影，凌云再一次深深地叹息了一声……

欣心终于处理完凌云的伤口，撇了撇嘴，淡淡地道："你们两个，下次都不要穿这样黑乎乎的衣服了！"黑衣服，看不出触目惊心的血迹，也看不出那么严重的伤势。

凌云看了眼暗影，又看着欣心，大大咧咧地道："欣心，我渴了，给我拿杯水来。"

"我说，你能不能脸皮薄点啊？我不是你的丫鬟，你别老使唤我！"欣心不满地撇了撇嘴，抗议道。

"欣心，你别理他！要喝水，自己去拿！"暗影没好气地从鼻子里哼了哼。

"我受伤了，我是个虚弱的伤员。"凌云淡定地出声，毫不遮掩地展现着他的虚弱。

欣心嘴上虽然不乐意，但还是很自觉地去给凌云倒了杯水。

凌云伸手接过，仰头便一饮而尽，意犹未尽地道："欣心，我还要。"

欣心无语地望着他手一摊，完全大大咧咧的样子，更加无语，再一次起身给他倒了杯水。凌云刚伸手接过水，便被暗影出其不意地伸手点住了穴道。凌云不满地"哇哇"大叫道："暗影，你个卑鄙小人，你偷袭我。"

暗影漫不经心地将凌云手里的杯子拿过来，接着帮他喂水喝。当然，大半杯是洒了的。凌云嘴里被暗影硬塞着杯子，嘤嘤嗡嗡的，满脸的抗议。

暗影喂完了水，将那杯子往床边一搁，便将凌云踹倒在地上。凌云扯到伤口，不由得惊呼了声"啊……"

欣心看不下去了，伸手扶了一下凌云，对暗影道："你们两个就不能安分点养伤吗？别忘记，这是冷家，你们再继续折腾，看冷浩风会不会来。”

暗影朝欣心笑了笑，亲昵地捏了捏欣心的面颊，道：“你也折腾一晚上了，要不再去补个回笼觉吧！”

欣心笑嘻嘻地摇了摇头，看了眼凌云，又看着暗影，道：“你把凌云扶到床上去吧！我给你们去弄点吃的。”

凌云感激地瞅了眼欣心道：“还是我家欣心贴心。暗影，你个死没良心的家伙！”

暗影摸了摸鼻子，深吸了口气，走到凌云面前，似笑非笑地道：“凌云，你今天皮痒找抽是吧？”

凌云识相地对着暗影“嘿嘿”干笑两声道：“暗影，你可别在我受伤的时候欺负我，不然，欣心一定跟你没完！”

欣心无奈地翻了个白眼，到底谁跟谁没完啊？他们两个大男人，没事干吗老扯她呀？

暗影伸手将凌云扶起来，没好气地哼了哼，道：“请你搞清楚状况，欣心是我家的！我的欣心！你要是再敢乱说，就算是兄弟我也照打不误！”

凌云龇牙咧嘴地望着暗影粗鲁地扯他的衣物，忙叫道：“暗影，不是吧，你竟然想非礼我？”

“扑哧……”欣心忍不住笑喷了，凌云果然是个活宝啊！

看暗影的神色，那隐在面具下的半个俊美侧脸，犹如吞了苍蝇般青白交加。

暗影没好气地道：“我非礼你？也不看看你自己是啥货色！”

凌云理直气壮地道：“那你剥我的衣服干吗？”

“我怕你身上脏，将欣心的床给污染了！”暗影从容地道，刺激着凌云。

凌云轻声地道：“那你温柔点儿啊。”

欣心看着凌云那小媳妇般的委屈模样，终于忍不住“哈哈大笑了出来。

凌云不满地扫了眼欣心，气恼道：“笑什么笑！”

欣心无视凌云的怒火，学着他的腔调道：“那你温柔点儿啊，呜呜呜，我怕疼……”

暗影嘴角不由得上扬，浑身亦是克制不住地微微颤抖着。

凌云撇了撇嘴，淡淡地道："你们两个实在是很讨厌！"

欣心跟暗影还没出声，凌云再一次出声笑骂道："果然是奸夫淫妇……"

"凌云，你是不是很想我把你的哑穴一起点了？"

暗影淡淡地威胁道。

凌云恼怒地扫了眼暗影，对欣心道："欣心，你来给我评评理，我怎么说都是云岭的大哥、暗影未婚妻的大哥。可是，暗影如此没礼貌，还欺负我。"

欣心在听到云岭这个名字时，心里忍不住"咯噔"了一下。

暗影面色不悦，冷冷道："凌云，你今天还真想惹毛我？"

凌云淡扫了眼暗影不善的面色，识趣地不撩拨暗影了，转头对欣心甜腻腻地叫道："欣心，还是你对我好。我发现，我越来越喜欢你了。"

欣心没好气地撇了撇嘴，凌云当着暗影的面说这话，纯属找抽啊。

暗影的面色一黑，摩拳擦掌地对着凌云道："刚才我没听清楚，你再说一遍！"

凌云望着暗影，满脸写着，再敢多说一遍，便直接抽死的神色，忙撇过脸，淡淡地道："好话不说第二遍！"

"凌云，原来你也是个欺善怕恶的主啊。"欣心笑嘻嘻地打趣。

"要你管！"凌云没好气地白了欣心一眼，直接闭上眼睛，"呼呼"地睡去了。

暗影抬眼望着欣心。

欣心看了眼暗影，"看什么看，你也给我乖乖地去睡觉！"

暗影撇了撇嘴，朝门边指了指。欣心朝着暗影比画了个噤声的手势。

"嘘……"

欣心跟暗影都神色戒备，屏息地倾听着，有两个浅浅走近的脚步声。

两个人有默契地相互交换了个眼神。

欣心用唇语道："暗影，你跟凌云去床上躺着别动，其他的交给我！"

在小红伸手准备敲门的时候，欣心已经快一步将门拉开了。

欣心倚在门边，成功地阻挡住了小红、小绿两个丫鬟前进的脚步，淡淡地道:“我今天不舒服，你们把饭菜给我送到房间里来，顺便跟爹娘去告声假，我就不去请安了！”

小红跟小绿疑惑地交换了个眼神，道：“少奶奶哪里不舒服，需要请个大夫看看吗？”

“不用了，我躺躺就没事了！你们下去给我端早饭来吧！”欣心说完，直接将半开的门顺手拉上了。

“少奶奶。”小绿不死心地敲了下门。

欣心恼怒地一把打开门，瞪了她几眼。

小绿有点心虚地问：“少爷那儿需要去说吗？”

欣心淡扫了眼小绿，一字一句地道:“今日我身体不爽，心情不好，谁惹我，都是一个下场。你现在去柴房给我闭门思过，一天不许吃东西！”

小绿惊愣地望着欣心，有点儿不可思议。

欣心严肃地扫了眼小红，清冷地说：“我的话你们都听不懂？是不是要我家法处置？”

“奴婢告退。”小红跟小绿识趣地退了下去。

欣心在她们身后补充说：“别忘记去领罚！”

暗影紧绷的神经松懈了下来，淡淡地对着欣心道：“我现在就带着凌云走吧。”

欣心扫了眼暗影，略带着不满，“走什么走，我批准你走了吗？”

“可是，如若不走，会给你带来麻烦的。”

“你已经给我带来麻烦了！”欣心撇了撇嘴，直言不讳。

暗影的眼睛微微地暗淡了几分。

“你跟凌云就在这儿安心地住着，有什么事我担着！你们的当务之急是，先把身上的伤快点儿养好！”

“欣心，你就不怕冷浩风看见？”凌云挑了挑眉，带了几分调侃道。

“看见就看见，我又没有做什么见不得人的事！我都不急，你们两个愁啥？”欣心淡扫了眼凌云，仪态万千地端坐在桌子前，手指扣打着拍子，心里在那边默数着一、二、三……冷浩风大概到几的时候，会杀过来……

“咚咚……”，又是一阵惊天动地的敲门声，终于等来了！

欣心嘴角挂着浅笑，带了几分气恼地准备去开门。

暗影眼疾手快地扣住欣心的手腕，淡淡地道：“欣心，会不会有麻烦？”

欣心摇了摇头，“没事！”

冷浩风终于忍不住地大喊：“欣心，开门！”

欣心“砰”的一下子拉开了门，直接伸手将冷浩风拖进了屋内，留下小红对着关上的门唏嘘不已。

冷浩风拧着俊眉，死死地盯着暗影，面上青筋狰狞着，他要暴怒了！

欣心还来不及出声，冷浩风已经快如闪电地朝着暗影出手，攻击了上去。

暗影轻巧地侧身闪过，后退了几步。

欣心忍不住飞身上前，将暗影护在身后，接了冷浩风一掌。冷浩风面色愠怒地收回掌，冷着脸，望着欣心。那眼光中冻人的寒意，实在叫人心寒至极！

“欣心，你可知道他是谁？”冷浩风恼怒地一字一句地问。

欣心迈着优雅的小碎步，坐到暗影身边，淡淡地对冷浩风道：“我不管他是谁，我只知道，我朋友受伤了，过来养几天病！”

“欣心，你竟然还有脸开口说话？”

“你在问话，我不回答，岂不是没礼貌？拜托，请你搞清楚状况好不好！这跟我的脸，根本就搭不上关系。”

“果然脸皮够厚！”冷浩风冷笑了声道。

欣心斜睨了冷浩风一眼道：“你又不是第一天认识我，我脸皮厚不厚，你不是最清楚吗？”

“欣心，我真的是对你无话可说了，你就不知道什么叫男女有别吗？”冷浩风戒备地望着暗影，浑身都充满了敌意。

欣心淡定地回道：“那又如何，我又没做什么见不得人的事！”

“孤男寡女共处一室，你竟然还能面不改色地说没做见不得人的事？你不害臊，我都替你汗颜，你们南宫家就是如此教养女儿的？”冷浩风咄咄逼人。

欣心斜睨了眼冷浩风，默不作声。

暗影同样阴冷着脸不吱声，该死的冷浩风，竟然这样说他的宝贝欣心。

“砰！”暗影忍无可忍，一拳拍在桌子上，对冷浩风道：“冷浩风，原来你如此没风度，今日我就带着欣心走！”

“你有什么资格带她走？欣心是我冷浩风明媒正娶的娘子！”冷浩风嘴角挂着嘲讽的笑，丝毫不把暗影当回事。

暗影被冷浩风一堵，恼怒地紧紧握拳。该死的，当初就该带欣心走的，而不是因为懦弱，眼睁睁地看着欣心在冷家受气。

“他怎么没资格？我跟他私奔不就行了！”

“你竟然说出如此有违妇德的话！你说，我该拿你怎么办？”冷浩风再一次从鼻子里冷哼出声。

“休了她呗！”凌云淡淡地掀开被子，说道。

冷浩风诧异地看着凌云，手指微微地颤抖着，“欣心，你……”

欣心垂眉，瞅了几眼冷浩风，正经道：“冷浩风，你想说什么？想好了再开口！”

冷浩风再三深呼吸后，冷眼扫了下暗影。

欣心忙装作一副洗耳恭听的模样。

“季田死了。”冷浩风面色阴沉道。

欣心心头一怔，忙抓着冷浩风的衣袖，急切地问：“你说什么？”

冷浩风面无表情道：“季田死了，你爹、娘要你回去。”

欣心不敢置信地后退了几步，季田师父，死了？怎么可能！那个嘻嘻哈哈地将欣心捧在手心里的季田师父，怎么可能会死呢！他不是去灵山探查南宫轩的消息了吗？他若死了，南宫轩呢，会不会也出事了？

暗影跟凌云相互对视了一眼，显然，情况有些意外！

“冷浩风，你在跟我开玩笑，是不是？”欣心犹如抓着救命稻草，紧紧地拉着冷浩风。或许，欣心的神色太悲切，太过浓烈，冷浩风淡扫了眼凌云跟暗影，叹息了声，才说道：“你现在跟我一起回去吧！”冷浩风也懒得再去跟欣心计较，屋内多了两个受伤的男人，这两个男人还是典型的邪派！

欣心失神地任由冷浩风搀扶着，消失在暗影跟凌云的视线里。

凌云拧着眉，对暗影道：“季田昨天不是还好好的吗？”

暗影隐在面具下的俊脸，也微微动容着，幽深的眼内，带着悲切。凌云久等不到暗影的出声，忙伸手推了推他，正经道：“暗影，你是不是知道些什么？”

暗影摇了摇头，丢了句，“我回神秘门去看看！”

凌云就这样看着暗影快速地从他的眼前消失，心头的疑惑更加浓烈了。

灵山派，神秘门？季田，暗影？似乎有着什么说不清道不明的关系在内。

欣心定定地站在南宫府门前，望着高高挂起的白布，心头的寒意越发冷了！季田师父，怎么可能，那么容易就死了！怎么可能？

冷浩风默不作声地伸手，拉着欣心冰凉的小手，将她牵引着走入了内堂。

屋内，入眼的便是白茫茫一片，正厅中央，端端正正地摆放着一口檀木大棺。

欣心脚底突然无力迈开步子，眼前更是黑了一下。秋月娘亲的双眼早已哭得红肿不堪，南宫老爹一身白衣地在帮着秋月娘亲擦泪。

冷浩风半扶半搂着欣心，朝棺木那边靠近。她泪眼婆娑地望着棺木内，面色早已灰白的季田，手指掐握成拳，季田师父，真的死了。

他就那样安静地躺在那儿，一动不动。

秋月娘亲终于发狂地挣脱开南宫老爹，怒道：“师兄，我一定会为你报仇的，不铲除神秘门，我誓不为人！”

欣心木然地听着这话，浑身忍不住颤抖了起来，季田师父，是被神秘门的人杀的。

昨日，暗影跟凌云都相继受伤，莫不是因为跟季田交手了？若是暗影跟凌云杀了季田师父，那么欣心该怎么办？

南宫老爹心疼地搂着秋月娘亲，道：“你别激动，报仇，我们一定会报仇的。不过先要把轩轩给救回来！”

秋月娘亲情绪激动地吐了口血。

欣心突然一阵恶心，忍不住干呕了一下，稳住心神，上前抱着秋月娘亲，哽咽地问："娘，到底怎么回事？师父，他怎么会……"

秋月娘亲回神搂着欣心，道："师兄是被神秘门的人给害的。欣心，欣心，我要为师兄报仇。"

果真是神秘门的人杀了师父。暗影，以后叫我如何面对你？欣心只觉得心头袭上一阵疲惫，眼前一黑，便昏倒了过去。

秋月娘亲忙上前一把扶住欣心，急切地对南宫老爹道："快去请大夫！"冷浩风忙伸手，从秋月娘亲手里接过欣心，抱着便往她的卧室跑。

第三十七章　欣心有孕心更痛

没一会儿，大夫便来诊脉。半晌之后，在冷浩风、秋月娘亲、南宫老爹迫切的审视下，那大夫才摸着花白的胡须，说："你们不用担心，是有喜了。"

一听大夫这话，在场的几个人都没有回过神。

大夫自言自语地道："我开几服安神保胎的药即可，你们注意不要让她情绪太过激动。"

秋月娘亲率先回过神来，对丫鬟道："送大夫出去，顺便去抓药，多打点赏。"

冷浩风的面色一直是淡淡的，始终看不出喜怒，怔怔地望着床上的欣心。

欣心有喜是件喜事，但这会儿季田尸骨未寒。秋月娘亲认真地交代冷浩风，"欣心就拜托你照顾了，我们先出去了。"

南宫老爹朝冷浩风意味深长地点了点头。

冷浩风回了一个浅淡的笑，道："你们放心吧，欣心交给我照顾！"

瞅着南宫老爹、秋月夫人从房内出去，冷浩风才收起那抹硬扯出的苦笑，眼光复杂地望着床上的欣心，深深地叹息了一声，帮欣心将被子重新掖了掖。

欣心面色微微惨白，蓦然睁开了星眼，淡扫了眼冷浩风，正经地说："孩子不是你的。"

冷浩风浑身克制不住地颤抖了一下，冷然地转过身子，淡然道："欣心，你好好休息！"

“冷浩风！”

冷浩风漂亮的桃花眼微微不悦地眯了眯，“欣心，你给我闭嘴！”

欣心的神色有些恍然，依旧坚持地说：“冷浩风，这个孩子是……”

冷浩风快一步伸手，捂住欣心的嘴，冷声阻止，“欣心，我叫你闭嘴，你听不懂吗？”

欣心的面色有些委屈。

冷浩风声音清冷地丢了句，“季田死在了神秘门。”

欣心的心头一震，神秘门，暗影是门主。莫非，冷浩风知道了些什么？

冷浩风淡扫了眼欣心，面无表情地伸手将欣心的手指掰开。

欣心泪眼婆娑地问：“冷浩风，你是不是知道些什么？”

“我什么都不知道！”冷浩风生硬地回答。

“不可能，你一定知道暗影，你一定知道神秘门的事，也一定知道季田师父是怎么死的，对不对？”欣心任性地坚持着问。

“你好好休息吧！”说完这句话，冷浩风已经冷着脸，仓皇地走出了室内。他什么都不想听，不想知道。冷浩风的心头，感觉有种尖锐的刺疼，渐渐地由心底蔓延到四肢。欣心，吵也好，闹也罢，他都能睁一只眼闭一只眼，由她去。可这会儿她竟然冒出句孩子不是他的，这对于一个男人而言，是多么大的耻辱！

欣心愣愣地望着床头的纱幔，脑海里空白一片，孩子是暗影的。暗影是神秘门门主。季田师父死了，死在神秘门。她突然觉得，她的头很疼很疼。

欣心木然地起身，望着家里到处挂着白布，心里特别烦乱，恍惚地走出了南宫府。她沿着人来人往的大街，不断地奔走，只是一种潜能，惯性地奔走，漫无目的。

欣心不知道她想去哪里，她想做什么，只知道她再一次泪如雨下。季田师父死了，那么好的一个人死了，那么疼爱她的人死了。天空平地炸响了声雷，欣心恍如未闻。不一会儿，豆大的雨倾泻而下，打在她柔嫩的脸颊上，生疼生疼的。欣心在雨中，已然分不清楚脸上到底是雨水，还是泪水。她不知道，在这样的电闪雷鸣中，到底行走了多久，直到无力地跪倒在地上，渐渐地陷入昏迷。

冷浩风面色焦虑地寻过了一条又一条街，他从来没有这样慌乱仓皇过。他本是不想管欣心的，可是脚步却克制不住地出来寻她，生怕她出什么事！

冷浩风从初始就知道，他跟欣心之间已经有了裂痕，却不曾知道，那裂痕已越来越大。现在突然有个孩子横在中间，欣心面无表情地说出那句，“孩子不是你的”时，冷浩风的心突然就抽紧，生疼！他只觉得，心头越来越慌乱，心情越来越烦躁不安。他尽量压抑着心中的烦乱，一次次耐着性子问着路人，寻找着欣心的下落。

终于，在一个死胡同口，冷浩风眼尖地发现一抹淡白色的身影，晕倒在风雨中。他一个箭步上前，翻开那个身子。欣心苍白的小脸，便赫然映入他的眼睛。

冷浩风焦虑地拍打着欣心的面颊，关切地问：“欣心，你没事吧？”

欣心紧闭着双眼，昏迷着。

冷浩风赶忙伸手揽住欣心，将她从地上捞了起来，探了探她的额头，滚烫滚烫的。当即，他将欣心拦腰抱起，直奔冷府而去。

冷浩风刚跨进院子，便气呼呼地对小红道：“快去找大夫！”

小红愣了愣，好一会儿才拉着小绿夺门而出，寻找大夫去了。

冷浩风将欣心轻柔地放到床上，欣心浑身湿漉漉的，他不由得拧着俊眉，手指利落地将她的外衫给脱了。

欣心面色苍白，毫无血色，额头不断地冒着细密的汗珠。

冷浩风心理复杂地帮着她盖上被子，将她整个人都捂了起来。

没一会儿，小红便带着大夫来了。把过脉后，大夫也不敢贸然开药，只关照着散热、退烧，便走了。冷浩风笨拙地从小红手里接过绞湿的帕子，搁在欣心的额头上；又拿了块干净的帕子，帮欣心擦拭了身子。他冷冷地对小红、小绿道：“去给少奶奶拿件干衣服来！”

小红端着衣服，看了冷浩风一眼，小声地道：“少爷，衣服拿来了。”

冷浩风抬眼扫了眼小红道：“你们两个帮少奶奶把衣服换上吧！”

冷浩风刚起身准备出去，赫然转头，才发现，他的衣摆竟然被欣心紧紧地拽着。他淡然的面色，不由自主地放柔和了，回过身，伸手拉着欣心略带着冰凉的小手。

欣心紧闭着双眼，眉头紧紧蹙着，满面都是痛苦纠结的愁容。她无意识地呢喃着，“为什么……为什么……”

冷浩风心底最柔软的角落，不由得被欣心的无助给敲击到了。他温和地放低了声音，在欣心的耳边问：“欣心，怎么了？乖，好好睡一觉就没事了！”

小红羞红着脸，望着如此温和的冷浩风，心“怦怦”直跳。小绿满脸不悦地妒忌着，冷眼直扫着欣心，恨不得将她给吃了。

“暗影。”欣心不自觉地呢喃道。

冷浩风浑身一颤，面色立马由晴转阴，恼怒地喊道：“欣心！”

欣心已经全然没有意识了，只在那儿不断地低低呻吟着。

冷浩风越想越恨，握住欣心的手也不自觉地加大了力道。无意中看到欣心紧锁的眉头，痛苦的脸，猛然松开手，才意识到他再一次被嫉妒冲昏了头脑，不自觉地又在伤害着欣心！可是，他怎能不嫉妒，怎能不抓狂呢？

欣心是他的娘子，却怀着别人的孩子，甚至在昏迷中呼叫的也是别人的名字，而那个人，很有可能还是仇人。

两个丫鬟面面相觑地望着冷浩风阴晴不定的神色，实在不明白，少爷的脸色为什么如此难看。

冷浩风终于将这些烦躁，统统归结成一声叹息，淡淡地对丫鬟道：“给少奶奶端的姜汤呢？”

小绿对着小红撇了撇嘴，小红忙转身从桌子上端了碗过来，讨好地对冷浩风道：“少爷，姜汤早就准备好了！”

冷浩风淡扫了眼小红朝他递来的姜汤，伸手接了过来。小红帮着将欣心半扶了起来。

他随意地舀了勺，轻吹两下，便朝着欣心的嘴里喂过去。不过，欣心紧咬着牙关，汤汁都洒落了出来。冷浩风不死心地又试了一次，汤汁依旧顺着欣心的嘴角滴落到衣衫上。冷浩风有点不耐烦，一手端着碗，一手用力地钳制住了欣心的下巴，要将汤汁强行喂入她的口中。这下子，流出来得更多了，欣心前面的衣襟，再一次湿漉漉一片。

小红提醒道：“少爷，您这样是喂不进去的，要不然等少奶奶醒了再喂吧！”

冷浩风面色不悦，恼怒地扫了眼小红，挫败地将碗往她手里一扔，没好气地道：“你们好好看着少奶奶！”说完便冷然地拂袖离去。

小红一惊，不知道冷浩风的反复无常到底是为何，刚刚明明还温柔似水，转眼就那么恼怒粗暴。看来，漂亮的男人，脾气都不怎么好！

冷浩风烦躁的在屋内不断踱步，来来回回地走了不知多少遍，克制着去探望欣心，但是又管不住自己去猜测，她到底醒了没有。

冷浩风随手抄了本书，努力地想平稳自己的心情，却发现，思绪更加凌乱不堪了，满脑子都是欣心苍白的面色。

他终于忍不住，恼火地一把甩开了书本，便大步地朝欣心的屋内走去。

欣心刚醒了一会儿，小红侍候着喝了点姜汤，又沉沉地睡了过去。

冷浩风坐在床沿，望着欣心那因为生病而苍白的神色，那纠结的眉宇之间少了往日的生气跟活泼，病怏怏的，他竟然没有由来地心疼，不由得温柔地伸手，去抚平欣心眉宇之间的褶皱。欣心的面颊，依旧带着滚烫。

冷浩风帮着欣心将额头上的湿布揭下来，重新过水后，再一次铺盖上。他就这样静静地端坐在床边，不时地给欣心拉拉被子、换换帕子。冷浩风抓着欣心略带冰凉的小手，不停地给她摩擦着，生怕她就这样醒不过来。

欣心一直在冷热交替的煎熬中沉睡，到了傍晚，才悠悠地醒过来。她抬眼，便看到在床头打着瞌睡的冷浩风。他紧闭着眼，俊美的脸上挂着疲惫，嘴角紧紧地抿着，少了往日的嘲讽跟冷然，给人几分亲切感。欣心伸手想推醒冷浩风，但在他微拧着的俊眉下，怯怯地缩回了手。那一瞬间，欣心对冷浩风是有几分情意的，也同样有着心动。她不得不承认，她确实被冷浩风感动了！但是，这一份情动，来的太迟了，她细不可闻地微微叹息了一声。欣心最终没有狠下心推醒冷浩风，而是将被子盖在他的身上，轻手轻脚地起身。

刚跨下床，冷浩风长臂一捞，再一次将她抱到怀里。欣心不安地挣扎了几下，却因为在病中，显得那么无力！

冷浩风蓦然睁眼，不悦地扫视了几眼欣心，紧抿着嘴，默不作声。

房间里的气氛陡然变得异样起来。

欣心咬着唇，“冷浩风，你放开我！”

冷浩风充耳不闻，“欣心，别吵！”

欣心此时也有些心力交瘁，便靠着冷浩风，不再吱声了。

冷浩风在欣心的耳边道：“欣心，过去的事就算了，我们以后好好过日子吧！”

欣心浑身一颤，愣了愣，忙推开冷浩风：“冷浩风，那不可能！”让她怀着暗影的孩子，跟他好好地过日子？对不起，她办不到！

“欣心，你还想自欺欺人到什么时候？”

欣心垂着脑袋，默不作声，心头微微有些刺疼。

“暗影前晚受伤了来找你，而季田死在神秘门，你不会蠢的连这都想不到吧？”冷浩风面带怒火地出声。

欣心就是知道，就是清楚，才会情绪失控的。

“很显然暗影跟季田交手了，季田的死跟暗影脱不了干系。”冷浩风愤愤不平。

“够了，冷浩风，你不要说了！”欣心忍不住打断。她心里就是在害怕，害怕季田的死，是暗影跟凌云造成的。

冷浩风的眼微微不悦地眯了眯，但最终还是选择了沉默不语。

欣心深吸了口气道：“冷浩风，我们之间的乌龙事件，就到此结束。我要去查清楚，师父是怎么死的！”

冷浩风恼怒地扣着欣心的手腕，双眼怒瞪着她。

欣心淡定地将冷浩风的手指掰开，“冷浩风，我们之间闹也闹够了，玩也玩腻了，就这样散了吧。以后你走你的阳关道，我过我的独木桥，男婚女嫁，互不相干！”

冷浩风嘴角忍不住再一次高挂起嘲讽，道：“欣心，没想到，你竟然堕落至此。”

“是啊，我也觉得，我很堕落。可是，我心甘情愿。”欣心忍着眼角的酸涩，背过身子，深深地叹了口气。

冷浩风浑身克制不住地颤抖了一下，嘴角的笑意越发邪魅了，“欣心，你走吧，我以后不会再管你了。”

欣心点了点头，对冷浩风道了一声，“再见！”

冷浩风同样背对着身子，丢了一句，“再也不见！”

欣心嘴角带了几分凄凉地笑了笑，便头也不回地拖着病弱的身子，决然地走出了冷府。

冷浩风的眼内，溢满了忧伤的泪，俊美的脸上满是落寞。欣心，真的就这样走了，义无反顾地走了。

第三十八章　南宫轩回来了

欣心走出冷府后，带了几分惆怅地望着大门上朱红色的字。欣心，从今天起，再一次恢复单身了，你要去查季田师父的死是不是跟暗影有关。一想到暗影，欣心的心又不自觉地疼。暗影，你为什么偏偏是神秘门的门主呢！即使师父的死跟你没关系，可是这账也得算在你神秘门头上。她用手抚摩着平坦的肚子，眼内闪烁着不明的光泽，这里有一个小生命，正在酝酿着。可是万一，季田师父真的是暗影杀的，那该怎么办？

她该大义灭亲地找到暗影，为师父报仇吗？即使她下不去手，秋月娘亲也不会善罢甘休的。她该何去何从呢？在亲人跟爱人之间，她真的没有办法选择。欣心用手抹了把眼角的泪水，轻轻地闭上了双眼，叹息了声，孩子啊，你来得实在不是时候！她迷茫地望着灰蒙蒙的天空，心头一片灰暗！头顶上，一把伞盖住了细细密密的雨，欣心抬眼，望着白衣胜雪的南宫轩，眼内尽是酸涩的泪水。

南宫轩熠熠生辉的星眼，带着温和的暖意，伸出洁白修长的手指，轻轻地为着她拭擦着，温和地道："欣心，别哭！"

欣心克制不住地伸手紧紧抱着南宫轩，大哭了起来，"哥，师父死了，师父死了……"

南宫轩的面色僵硬，温和地安慰，"欣心，别难过，师父只是睡着了，做了一个很长很长的梦而已！"

欣心抱着南宫轩，哭道："师父是睡着了，可是，再也醒不过来了，永远就只能在那儿睡着了……"

南宫轩的眼内也带着自责的湿意，"都是我不好，是我害了师父。"

欣心急切地拉着南宫轩的衣袖，迫切地问："哥，到底是怎么回事，你跟我说啊！"

南宫轩的面色越发不自然了，伸手拉着欣心的手道："欣心，你先跟哥哥回家，这些事以后再说！"

欣心点了点头，任由南宫轩牵着手，一步一步地往家走。

冷浩风静静地站在门口，任由细密的雨打在脸上，目送着那两道白色的身影，逐渐地拉长，远去。他闭上酸涩的眼，深深地叹息了一声，终于，在风雨中，流下了泪水。原来，不知不觉中，他已然情动，却浑然不知，任由欣心消失在他的生命中。

南宫轩牵着欣心刚进门，秋月娘亲便跑了上来，关切地说："欣心，你到底怎么回事？有了身孕还乱跑，你要急死你娘啊！"

南宫轩的面色微微变了变，浑身不自觉地僵硬了一下。

秋月娘亲又往后瞅了两眼，才问："欣心，浩风呢？怎么没有跟你一起回来？"

"他有点儿忙，一会儿就来！"欣心实在没办法跟娘亲他们说，她和冷浩风已经分开了。

"欣心哪，你既然有了浩风的孩子，以后两个人可别再吵吵闹闹的了，好好过日子吧！"秋月娘说道。

欣心虽然知道娘亲误会了，但也不好解释什么，只能哼了两声道："知道了，娘，我去看看师父。"

她当然不会告诉秋月娘亲，她要带着身孕去闯江湖，去查季田师父死的真相。一说到季田，秋月夫人的眼睛立马就红了，泪水克制不住地往下掉。

她伸手搀扶着欣心，道："走，我们一起去看看。"

等她们两个身影渐渐地走远，南宫轩伸出紧拽的拳头，摊开手掌，那指尖已经微微泛白。欣心有了身孕，南宫轩很激动，但竟然是冷浩风的孩子。他心头的失落，不断地在四肢蔓延着。

晚饭的时候，欣心吃得很少，南宫轩放心不下，又带了些食物来敲欣心的门。

欣心正在整理东西，顿了顿，忙把包袱往床内一藏，才对着门外道：“进来吧！”

南宫轩推门进屋，环视了眼，才温和地对欣心道：“妹妹，你晚上没吃什么东西，再吃点儿吧！”

欣心看了眼南宫轩手上的食物，都是她喜欢吃的，但是她实在没有胃口，只能随意地向南宫轩扯了个笑，道：“哥，我现在不饿，你拿走吧！”

“你即使不饿，肚子里的孩子也饿啊！不行，你一定要吃点儿！”南宫轩用了很大的力气，才把“你肚子里的孩子”这句话说出来，心中又是一阵抽痛！

说到孩子，欣心又忍不住纠结了一下，才淡淡地对着南宫轩道：“哥，那你放着吧，我一会儿再吃！”

南宫轩放下手里的盘子，走到欣心面前，宠溺地揉了揉她额前的发丝，轻柔地问：“欣心，你跟冷浩风现在过得好不好？”

欣心不想让南宫家的人担心，更不希望他们怀疑她与暗影的关系，忙对南宫轩点了点头，“开始不怎么好，但现在冷浩风对我不错！”

南宫轩的手指僵了僵，不动声色地收回，温和地说：“那欣心确实要跟冷浩风好好过日子了，不容易啊！”

欣心点了点头，乖巧地道：“哥，我会的！倒是你，为什么去了灵山那么久？你为什么连个消息都没传回家？还有师父，到底是怎么死的？”

南宫轩被欣心一个接一个的问题弄得有些头疼，叹息了声道：“我去灵山就中了调虎离山之计，然后被引到关外。最近不太平，没办法进城传递消息，就拖了下来。”南宫轩总不能跟欣心说，他去灵山是个幌子，为了扮成暗影接近欣心才是事实吧！

“那师父呢？不是去灵山找你的吗，怎么会出事？”

对于这个问题，南宫轩也很纳闷！那晚灵山派莫名其妙地带着人去攻打神秘门的总舵，暗影只能奋力抵抗，结果看到季田也在其中。暗影没法跟季田过招，只能喊了凌云过来帮忙。当时，暗影是在凌云的掩护下，将神秘门的人全撤了，自己跑到欣心屋内疗伤的。后来凌云也受伤借机逃跑，根本没有人伤到过季田，但季田为什么会死，而且还嫁祸给神秘门，南宫轩也真的是百思不解！

“哥，哥。”欣心在南宫轩面前摇了摇手。

南宫轩回神，凝神地看了几眼欣心，叹息了声道：“欣心，给哥哥点时间，哥哥一定会查出师父到底是什么死的！”

“哥，神秘门到底是个什么组织？”欣心小心翼翼地试探着。以她对暗影的了解，实在没有办法将季田的死跟他排上号。

“我也不太清楚，待查了后再说吧！”

欣心凝神想了一会儿，才点了点头道：“嗯，那哥哥这次要小心点了！不然，我们都会担心你的！”

南宫轩伸手，将欣心抱进怀里，温和地说：“其实哥哥最放心不下的是你！”

这样熟悉的怀抱，这样熟悉的味道，欣心蹭着南宫轩闻了闻，伸手抱住南宫轩的腰，严肃地问：“有药的味道，哥哥，你受伤了？”

南宫轩忙一把将欣心放开，退远几步，回道：“没有的事，欣心，你闻错了！”

南宫轩的神色太过紧张，让欣心不得不怀疑起来。

欣心凝神望了南宫轩一会儿，认真地说：“哥，你肯定受伤了，把衣服脱了，让我看看！”

南宫轩这一次后退得更快了，面色微微不自然道：“一点小伤，不碍事的！”

“小伤吗？我看看。”南宫轩的神色实在太奇怪了，欣心感觉有异。

“欣心，哥哥不方便给你看！”南宫轩护着身子，生怕她一个激动，直接上前将他剥光。

“哥，你身上有什么不方便给我看的？你别别扭扭的做什么，我还非看不可了！”欣心的执拗劲也上来了。

南宫轩一把拉开门，仓皇地就想跑。

欣心急切地想去追，脚底被绊了一下，身子便倒了下去。“啊！”她忍不住出声惊呼。

南宫轩回身，忙眼疾手快地在欣心要撞上桌角前将她抢救了下来。

欣心惊魂未定地拍了拍胸口，长嘘了口气道：“好险哪！”

南宫轩不悦地道：“欣心，你都这么大的人了，别这样没个分寸！真是放心不下你！”

欣心一把拉住南宫轩的衣服便要往下扯，嘴里说道：“哥，我也不放心你。给我看看，你到底伤在哪里了！”

南宫轩忙扯着自己的衣服，拉住欣心不安分的小手道：“欣心，不闹了，哥哥要去看看爹娘，你好好休息吧！”

欣心就这样目送着南宫轩逃跑似的匆匆离开。她细细地闻了闻手上清淡的膏药味，如果她的鼻子没有出错的话，南宫轩的伤，在后背腰处。很奇怪，暗影也是伤在那个位置，欣心实在不敢再联想下去。为什么，南宫轩不肯给欣心看伤？为什么，南宫轩受伤的位置跟暗影是同一个地方？为什么，南宫轩迟迟没消息，却在季田死后便马上回到了南宫家？而且，南宫轩所谓的那些理由，其实疑点还有很多！即使，南宫轩真的在关外，怎么可能一个讯息都没传过来呢？而季田之所以去灵山查探消息，也是因为知道南宫轩被困在神秘门才去的。

欣心感觉，事实似乎就在眼前了，却又不敢真的去揭开那真相。

欣心的心底开始泛起无助的恐惧！这样的真相，到底意味着什么？她不敢去想，心底真的很害怕。

南宫轩奔走了一段路，才长嘘了口气，手抚上后腰的伤处，一片殷红，血透过衣衫渗了出来，在雪白的色衣衫上，犹如一朵妖娆的红花，异常醒目。

南宫轩的眉宇微微拧了下，思索了一会儿，才面色复杂地越墙离去。

他浑身黑色劲装地静坐在屋内，望着眼前那细白的人皮面具，犹豫了许久。欣心此时，已经怀了冷浩风的孩子，是不是意味着，他们该结束了？到底该用南宫轩的身份守护在欣心的身边，做个能看不能爱的哥哥；还是选择做一个暗无天日，见不得光的神秘门主暗影呢？可是即使做了暗影又如何？欣心跟冷浩风会好好过日子，他掺和一脚，又算什么？南宫轩再三犹疑地拿起面具，焦虑地在屋内不断踱步，到底该怎么办？屋外，一阵细微的脚步声，惊扰了暗影。

暗影忙顺手扯起那精致的人皮面具，往怀里一藏，又迅速地将屋内的烛火吹灭，才悄然地步出了屋外。

冷浩风正倚靠在墙角，大吐特吐。

南宫轩心底泛起一阵愤怒，欣心正怀着他的孩子，在家里哀思季田的离世。而冷浩风竟然还有心思在这儿喝酒，他实在太不珍惜欣心了。在欣心痛苦时，都如此不闻不问，还有什么资格拥有她呢。南宫轩想到这儿，就恨得牙痒痒。和煦的面色陡然变冷，上前一把抓着冷浩风，怒吼道："冷浩风，你竟然还有心思喝酒？"

冷浩风抬起失魂落魄的俊脸，看了眼浑身黑色劲装的南宫轩，扯了抹嘲讽的笑，道："一醉解千愁，为什么不喝？"冷浩风的嘴中，一股浓烈的酒味扑面袭来。

南宫轩不禁皱了皱眉，这该死的家伙，什么时候成醉鬼了？

冷浩风淡定地朝着南宫轩，冷笑了一下道："我是不是很可悲？竟然为了个女人堕落至此。"

南宫轩的眉皱得更紧了，一把揪住冷浩风，面色冷然地质问："什么女人？"该死的冷浩风，竟然还敢搞外遇，真恨不得直接掐死他！

冷浩风淡扫了眼南宫轩，笑而不语，渐渐的，眼角都带着自嘲的湿意。

南宫轩满面怒容地更加大力地揪紧了冷浩风的衣衫，道："该死的浑蛋，到底是哪个女人？你竟然敢背着欣心乱来！"

冷浩风眨了眨迷茫的桃花眼，自嘲地道："背着欣心有女人？哈哈哈……"

浓烈的酒味熏得南宫轩头脑有些发晕，尤其冷浩风还在那儿漫不经心地狂笑，让他更加恼怒，道：“冷浩风，你个浑蛋！”

冷浩风双手抓向南宫轩提着他衣领的手，因为南宫轩情绪渐渐失控，已经使他的呼吸有些不畅。他挣扎着拨开南宫轩的手，醉酒后的他却有些有心无力，不由得火道：“南宫轩，你放开我！”

南宫轩紧拽着冷浩风，朝着一边有水的木桶内，狠狠地按了进去。冷浩风挣扎得更厉害了！“咕咚咕咚”地在水里泡了半晌，冷浩风的挣扎才渐渐转小。南宫轩面无表情地将冷浩风提了出来，冷冷地道：“酒醒了没？”

冷浩风抹了把满脸的水，恼火地道：“南宫轩，你有什么资格管我？”

南宫轩面色肃然地一字一句道：“凭我是南宫轩，欣心的哥哥！”

冷浩风漂亮的嘴角不自觉地嗤笑了一声，“你有管我的时间，还不如去管管欣心呢！”

南宫轩幽深的黑眼微眯了眯，语气关切地问：“欣心怎么了？”

冷浩风失神的桃花眼暗淡了，道：“欣心很好，是我不好。”

南宫轩一听这话，自动理解为，冷浩风乘欣心怀了孩子之际，做了对不起欣心的事。

南宫轩就差头顶冒火了，手指紧握成拳，努力克制着想掐死他的欲望。

冷浩风的面色恢复了一如既往的淡然，似自言自语地道：“南宫轩，我跟欣心已经完了。”

南宫轩面色阴冷地说：“冷浩风，欣心现在有了你的孩子，你竟然还做出对不起她的事！”

冷浩风惊愣地微微张了张嘴，没有辩解。

“玩完了？冷浩风，你有种，再给我说一次试试！”南宫轩面色复杂地朝着冷浩风狠狠地踹了上去。浑蛋，他竟然敢如此对不起欣心，实在是死一千次一万次都活该！

冷浩风不躲不闪地任由着南宫轩踹。他眼瞅着冷浩风那失魂落魄的样子，不由得微动了恻隐之心，道：“不管什么女人，冷浩风，你不能对不起欣心，她都有了你的孩子，你们就该好好地过日子！”南宫轩说到最后，声音都带着不可思议的哽咽、不舍及压抑！南宫轩是以哥哥的身份，将欣心亲手推向了冷浩风，以后，也许不会再有暗影的存在了，因为他是那么渴望着欣心能够幸福！

冷浩风听了南宫轩的话，微醉的面色僵了，微微泛着苍白，接着不可节制地狂笑了起来。

南宫轩被冷浩风那么凄凉的笑意震的心头有些发毛，不由得恼怒地捶了冷浩风一拳，制止道："该死的，笑得这么难听，你给我闭嘴！"

冷浩风擦了擦眼角的水渍，才淡淡地对南宫轩道："欣心肚子里的孩子根本就不是我的。"

南宫轩不可思议地望着冷浩风，情绪激动地抓着他的衣袖道："冷浩风，你说什么？"

冷浩风再一次失落地自嘲道："我说，欣心肚子里的孩子，不是我的！"

南宫轩的手，颤抖地松开了冷浩风的衣袖，彻底蒙了。孩子不是冷浩风的，那么，那个孩子是暗影的，那不就是他的吗？欣心竟然怀了他的孩子？南宫轩的心头，不可抑制地升起了一阵狂热的窃喜！

南宫轩忍着狂喜，再三确认道："冷浩风，你确定欣心肚子里的孩子不是你的？"

冷浩风冷笑了一下，便头也不回地走了。绿帽压顶，将冷浩风的自尊彻底践踏得抬不起来！

南宫轩望着冷浩风那仓皇的步子渐渐远去，那道孤寂的身影，被拉得很长，很长……

南宫轩在心底犹豫不决，终于坚定了一个信念。他回到屋内，从怀里掏出精致的人皮面具。戴上后，一张清秀俊美的脸蛋，便映照在灯光底下，有些事总该有个了断了！

第三十九章　“南宫轩”死了

欣心睡得半清醒半迷离的，耳边有两个小丫鬟“叽叽喳喳”地说道：“香香，姑娘怎么还不醒啊？”

那个被唤作香香的丫鬟，轻嘘一声，道：“飘飘，你轻点儿，吵醒了姑娘，小心门主罚你！”

飘飘撇了撇嘴，“门主才没空管我呢，现在门主该是头疼怎么对付灵山派呢！”

香香轻轻地帮着欣心掖了掖被子，并不接话。

飘飘不死心地说：“最可惜的就是那个南宫轩了。”

欣心心头一怔，南宫轩？灵山派？该不是南宫轩带着灵山派，来讨问季田之死吧？那现在，她在哪里呢？听这丫鬟的口气，她现在应该是在神秘门，为什么最可惜的是南宫轩？莫不是哥哥出什么事了。欣心竖着耳朵，闭着眼睛假寐，很用力地倾听着。可是半晌，那两个丫鬟都没再吱声，放轻脚步出去了。欣心这才睁开眼，茫然地环视了眼四周。这是个简洁又不失幽雅的环境，屋内的摆设有条不紊，都是欣心喜欢的古色古香，甚至在窗边还搁了一把檀木的琴。

欣心起身朝门口走去，那句“最可惜的是南宫轩”，一直在脑海里徘徊。一拉开门，暗影修长的身影便背对着欣心而立。从他淡定的气息可以看出，他站在门口不是一会儿的时间了！

欣心伸手从背后环抱着暗影，紧紧地贴着。

暗影有些热血沸腾，温和地问："欣心，住的还习惯吗？"

欣心已经不想去追究，她为什么会在神秘门醒来，暗影又是如何在秋月娘亲、南宫轩的眼皮底下，将她带走的。

欣心贴着暗影的背，眼睛复杂地转了几个圈后，还是忍不住问道："暗影，老实告诉我，季田师父是怎么死的？"

暗影僵立的身子微微地颤抖了一下。欣心敏锐地感觉到了，但不动声色地继续靠着暗影略微僵立的背。

暗影转过身子，将欣心紧搂在怀里，淡淡地道："季田的死，虽然表面上跟神秘门有关系，其实另有隐情！"

"到底是什么隐情呢？"

暗影面色有些尴尬，轻扯了下嘴角道："暂时还没有查出来！"

"暗影，你连撒谎都不会！"

暗影的面色更加窘迫了，撇了撇嘴，什么话都没有说。

欣心轻轻地推开暗影，看着他隐在面具下那幽深的眼睛，道："南宫轩呢，他出了什么事？"

暗影心虚地转过头去，轻声道："南宫轩没事！"

"你撒谎！"

暗影浑身不自觉地心虚了一下。

"南宫轩是不是出事了？"欣心的神色带着歇斯底里。

暗影垂着脑袋，默不作声。

"暗影，跟我说实话，不然我会恨你！"

暗影眼光复杂地望着欣心，轻扯了下嘴角，终究还是开不了口。

"南宫轩死了。"一声清晰、温和、磁性的嗓音从屋檐上传了下来。

欣心回眼，看着带了几分玩味的凌云，认真地问："再说一次，南宫轩到底怎么了？"

凌云拍了拍衣服上并不存在的灰尘，淡淡地说："南宫轩死了！"

欣心面色惨白地倒退了一步，脑子彻底蒙了。

南宫轩死了？那么疼爱她的哥哥也死了？

暗影朝痛不欲生的欣心伸手，想抱着她，给她点支柱。

欣心面无表情地打掉暗影的手，哭泣地问："说，南宫轩到底是怎么死的？"

暗影幽深的眼光闪烁了几抹复杂的神色，深吸了口气道："昨晚我跟凌云去带你回神秘门，被南宫轩发现了，他追出来后，中了埋伏，掉下断崖了。"

"掉下断崖了？"

凌云点了点头，道："是的，掉下深不见底的断崖了。"

"中了埋伏？是不是你们设置的埋伏？"欣心尖锐地朝暗影质问。

暗影摇了摇头，小声地辩解："是灵山派设置要对付我的，但是南宫轩运气不好，误中了。"

"不会的！"欣心还是不信地在那儿猛摇头。哥哥怎么可能就这样死了呢！运气不好？她打死也不相信，南宫轩会那么背。

"欣心，虽然我很抱歉，但是，节哀！"凌云面色复杂地带着歉意出声。

"我不信，我一个字都不信，你们两个合伙在骗我！我不会相信的！"欣心说着说着，泪水止不住地往下掉。

凌云轻扯了下嘴角，代替暗影说道："暗影回神秘门后已经派人下去搜寻过，而南宫轩的尸体也找到了。"

欣心一听这话，只觉得头脑里轰然倒塌，抓着凌云的衣摆，激动地问道："尸体在哪里，我要去看看！我要去看看我哥哥！"

暗影心疼地一把将欣心拦腰抱起，忍着情绪，不动声色地说："在正堂内，我这就带你去。"

屋内，随意地拉了几块白布，欣心眼睛闪烁着泪花，望着正厅内那黑漆漆的棺木，心头一阵酸疼不断地蔓延开来。哥哥，真的就这样死了吗？

暗影温柔地将欣心放下，担忧地扶着她站立着。欣心浑身止不住地颤抖着，巍巍颤颤地朝着那冰凉的棺木走去。开着的棺木内，白布盖着一个身影，欣心几次伸手，都无力地垂下，手指在微微地颤抖，"这里面真的是哥哥吗？"

欣心泪眼婆娑地转过头问暗影。她真的没有勇气去揭开那白布，看看哥哥的容颜。那天还要她好好照顾自己的哥哥，这会儿跟季田师父一样，长睡不醒了。她以后，再也不能窝到他的怀里撒娇了。

暗影眼光幽深地转过视线，淡淡地应声道：“嗯。”虽然这样做，他知道自己很残忍，但是南宫轩不死，就没有办法收场了。欣心虽然会伤心，但是暗影相信，这是他跟欣心之间唯一的机会。如果被欣心再怀疑到他就是南宫轩的话，他这次再没有忘忧了，也许就要一辈子永远地失去她了！

欣心颤抖着，再一次伸手，触到白布后又缩了回来。

凌云迅速地出手，一把掀开了白布。那张犹如暖阳般和煦的脸，除了有些擦伤的痕迹，那飞扬的俊眉，那熟悉的容颜，真的是南宫轩。

欣心不可置信地倒退几步，拼命地摇头，哭道：“不，不是的，你们一定弄错了，不是哥哥，怎么可能是哥哥呢。”

暗影一把搂紧欣心，暗哑着声音，细不可闻地轻叹了口气，道：“欣心，事实虽然很残忍，但你一定要坚强！”

欣心只觉得浑身的力气，犹如被抽干了似的，无力地坐倒在地上。那棺木里，真的是南宫轩，真的是哥哥，欣心再也没有勇气去看第二眼。

暗影黝黑的眼中溢满了心疼，上前将欣心抱了起来。

他怜爱地揉弄着欣心额前散落的发丝，安慰道：“欣心，你要是难过的话，就哭出来。”

欣心整个人恍惚了一下，奋力地推开暗影，道：“你不要碰我，你走，我不想见到你！”暗影幽深的眼光暗淡了几分。

“你们都是害死哥哥的凶手！”欣心情绪失控地尖叫了起来。明明那团迷雾，她感觉到就要揭开了，哥哥南宫轩却死了。事情再一次乱如麻，纠结成一团。

“欣心，你不要不讲理好不好？南宫轩的死，跟我们一点关系也没有！”暗影被欣心眼里的疏远刺伤了，忍不住出声辩解。他可不想因为这样，被欣心判了死刑，那样实在是太冤枉了！

欣心哭诉道：“如果不是你们把我带走，哥哥一定不会追出来，也就不会出事！你们就是凶手！”

暗影被欣心这句话，堵的实在不知道该怎么接。照她这样的理解，他们也确实算间接造成了南宫轩的死亡。

暗影真的是郁闷，有苦难言，想着怎么百密还有一疏。而恰恰就是这一疏，造成的结果又那么不可推卸。

“欣心，你听我说……”暗影的声音带着急切和焦虑。

欣心失控地捂着自己的耳朵，大声地喊道：“我不听，我不听……我不要听你说话……”

暗影的眼光越发的暗淡、失神了。

欣心犹如一只受伤的动物，无力地倒在地上，戒备地望着暗影，不断地挪动着身子后退着。

凌云那清澈悠远的眼紧紧地锁着欣心，手指握着拳，轻微地叹息了一声，最终转过身子，大步走了出去。

暗影深情地望着欣心，喑哑着嗓音道：“欣心，你别这样。”

欣心的眼光失神，毫无焦距，一动不动地端坐着身子。

暗影终于有些烦躁地拦腰抱起欣心。

欣心不安地挣扎了几下，哭喊着，“放开我，你放开我……”

暗影叹息了一声，不顾欣心的哭闹、挣扎，直接将她抱回了房。刚将她放到床上，还没来得及拉上被子，欣心已经利索地翻身而起，疾驰而出。暗影拧着眉，快速地追了上去。一前一后，两道相互追逐的影子，不断地闪过一间又一间屋檐。

“欣心，你到底要干吗？”暗影终于在欣心跨入大堂之前，伸手拉住了欣心。

欣心定定地望着暗影好一会儿，才一字一句地说：“我要带我哥哥回家。”

暗影浑身一阵，不自觉地后退了几步，才淡淡地道：“我会派人送他回去的！你乖乖地去休息！”

欣心一把推开暗影，恼怒地吼道：“不需要！”

暗影仓皇地倒退了几步。

欣心厉声指着暗影，哭喊道：“都是你，都是你害死我哥哥的，我讨厌你！”

“是我不好，都是我不好，欣心，你不要激动好不好？”暗影耐着性子哄着，想让她平静下来。

“暗影，我恨你，我恨你！”欣心口不择言地哭道。

暗影的心纠结着，眉宇之间尽是阴郁。他拉着欣心的手，温柔地道：“欣心，你如果难过，就痛快地哭出来吧。”

“不用你假惺惺！”欣心恼怒地甩开暗影。

暗影僵立地伸着手，眼光幽深、暗淡地望着欣心。

欣心双眼瞪着暗影，恼怒地道：“我要带哥哥回家，我以后再也不想看到你！”

“欣心！”暗影忍不住唤道。

“滚！”欣心头也不回地丢出这么一个字。

暗影撇了撇嘴，似乎想说点什么，最终还是轻微地叹了口气。

欣心一步一步地朝着棺木走去。

暗影就这样随着欣心那一步一步的坚定，而越发的心疼。

欣心终于大力地一把掀开了盖着南宫轩的白布，眼泪止不住地往那张熟睡的脸上滴落。

暗影快速地闪身，将欣心一把拉开，又迅速地将白布盖上，对欣心道：“欣心，你不要这样好不好？”

欣心不说话，只是不停地哭。

暗影强硬地将欣心抱到怀里，劝慰道：“欣心，不要难过了，南宫轩知道你哭得这么伤心，他一定会更加难过的！”

欣心抽泣着，不接话，泪水还是不断地落下来。

“欣心，不要哭了，好不好？”暗影实在不忍心，伸手轻柔地为欣心擦去泪水。

欣心木然地挥开暗影的手，坚定地吐出一个字：“滚！”

暗影深吸了口气，凑着欣心的耳边，说了一句：“对不起！”

欣心只觉得眼前一黑，人便直接昏了过去。

暗影将点住睡穴的欣心一抱，眼光幽深地看了几眼那棺木，最终快速离去了。

半梦半醒之间，欣心的脑海中总会浮现一些若有若无的画面，面具下的暗影，那张清秀绝美的脸，触感却是那么的细腻跟不真实。南宫轩的死，实在有些怪异。她再一次睁开眼睛，屋内的光线很充足，甚至微微有些刺眼。欣心忙用手抵挡了下阳光，微微地蹙了下眉。她的心头总有些疑惑，困扰着敏感的神经。

欣心第三次站在黑漆漆的棺木前，心头一片平静，神色淡然地掀开了白布，忧伤地看了看那熟悉的容颜，轻声地说了句："对不起。"伸手解开南宫轩的腰带，犹豫了一下，还是将衣摆掀了上去。欣心将僵硬的尸体微微侧翻了一下，那腰节处，光滑一片。欣心的心头突然有些悲喜不定，这个根本就不是哥哥南宫轩。那暗影为什么要说他是南宫轩呢？

暗影、南宫轩之间，似乎有着什么关联。

欣心淡定地重新帮着那尸体穿戴好衣物，手指抚摩上那张熟悉的脸。那细腻的触感，让她不由得微微地怔了怔，从每个角落都仔细地抚摩了一番那张脸。

暗影见到欣心如此，不由得心绪不定，轻声地唤了声，"欣心。"

欣心淡定地转过身子，朝暗影随意地扯了下嘴角，淡淡地道："暗影，我累了。"

暗影见欣心少了往日的活力，心头有些酸涩，朝着欣心轻扯了个笑容，道："累了，我就抱你回去，好好休息，好不好？"

欣心嘴角也挂着浅淡的笑，点了点头，乖巧地道："好！"

暗影放下心头的疑惑，伸手抱起欣心。

欣心倚靠在暗影熟悉的怀里，感受着紧贴在她耳边那强劲有力的心跳声，眼中带着复杂。

暗影搂抱着欣心，怜爱之情溢满心头，抱得越发紧了。

欣心低低地问："暗影，你不会骗我的，是不是？"

暗影的脸有些不安地变了下色，强硬着说道："我怎么可能骗你呢！欣心，最近你太累了，该好好休息了，别胡思乱想。"

"暗影，暗影。"欣心不自觉地又唤了几声。

暗影眼中闪烁着浓浓的深情，应道："欣心，怎么了？"

欣心挂了个纯真无瑕的笑，道："没事，就是想叫叫你。"

暗影朝欣心露了一个开怀的笑，轻轻地在她的眉宇之间印了个吻，"欣心，你不要担心，一切有我，我会一直陪在你身边的！"

欣心默不作声地点了点头，细闻着暗影身上的清香味，心头自然又是一阵心惊，脑子里很乱很乱。

暗影只觉得欣心是因为南宫轩的死受了太大的刺激，情绪不稳定，所以，也不敢贸然出声。

暗影轻柔地将欣心放在床上，蹲下身子帮着欣心将鞋子脱去，帮她拉上了被子。欣心淡然地望着暗影细心地为她做完这一切，又端坐在床边，凝神地看着自己。

欣心伸手，拉了拉暗影的衣袖。

暗影忙伏下身子，关切地问道："欣心，怎么了？"

欣心朝暗影挤了抹笑出来，轻柔地道："陪我睡会儿。"

暗影意外地看着欣心，她似乎不像玩笑之意，忙迅速地脱了鞋，跨上床，伸手将她紧搂在怀里，头抵在她柔软的颈窝处。欣心身上散发着的幽幽清香飘入鼻孔，带着甜甜的味道。暗影的嘴角渐渐上扬，如此温馨、动人的时刻，若是能定格住，该是多美好哪！

欣心温柔地伸手抱住暗影的脖子，翻过身子，带着点迷离，说道："暗影，你爱我吗？"她温热的气息，喷在暗影敏感的俊脸上。

暗影只觉得浑身开始紧绷起来，紧贴着欣心的身子，不由自主地开始滚烫起来。暗影艰难地吞咽了下唾沫，坚定地点了点头，回道："我爱你，很爱很爱你！"

欣心略显冰凉的手指，轻轻地覆上暗影的唇，描绘了一遍，似自言自语地道："暗影，我也很爱你。"

暗影的心头带着灼热的狂喜，眼内更是熠熠生辉，激动地抓着欣心的手，小心翼翼地确认道："欣心，你说真的吗？真的爱我吗？"

欣心点了点头，指了指心脏的位置道："这里，有你！"

暗影再也按捺不住，一个翻身把欣心压倒在身下，脸朝欣心的红唇靠过来。欣心并没有矫情地闪躲，而是接受了暗影热情似火的吻。两个人犹如磁石般，不断地在心底渴望着彼此。

暗影的大手抚摩着欣心那平坦如滑的小腹，嘴角的笑意越发明朗起来。这里，正酝酿着一个小生命，一个属于他跟欣心的孩子，正在慢慢地成长着。欣心红着脸，将暗影的手从衣摆里抓了出来。暗影一扫之前的阴霾，凑着欣心柔嫩的脸颊，又是一阵亲吻。良久之后，他才略微喘着粗气，将欣心按在胸前，沙哑着说道："欣心，乖，别动！"他怕自己一不留心，就要化身为狼，将欣心给吞下肚。

欣心娇媚地道："暗影，将你的面具摘了吧，我看着有点儿凉凉的。"

暗影的狂喜之情微微地呆愣了一下，心头有点儿莫名的担忧。

欣心凑着暗影耳边，轻吹了几口热气道："暗影，我不想一辈子，都对着你的面具生活。"暗影幽深的眼睛闪现一番挣扎。

欣心伸手，慢慢地将手指绕到暗影的耳边，就要去摘面具。暗影略带紧张地将欣心的手指按住了，还是犹豫不决。

欣心心里很急，但知道暗影如果防备着，不让他自己揭开的话，她根本就没办法揭开那面具。

她委屈地道："暗影，莫不是，你也希望我挂个面具，跟你相对一辈子？"

暗影的神色微微动容了一下，嘴角不自觉地瘪了瘪。

欣心长叹了口气，"你口口声声说爱我，结果却连脸都不给我看，我真的有些怀疑……你口中的爱，是否真像你说的那么坚定？"

暗影目光坚定地望着欣心，"欣心，你什么都可以怀疑，但千万不能怀疑我对你的爱！"

欣心的面色微微窘迫了一下，心里也"咯噔"了一声，暗影是不是知道了什么？她的怀疑，那么明显吗？

暗影拉着欣心的手，覆在那张精致的银边面具上。她的指尖传来的冰凉的触觉，欣心的心里还是有些慌乱。有那么一瞬间，她甚至都想抽回手，真相知道了又如何，痛不欲生的也是自己吧。

她是不是该傻傻的，装作什么都不知道，心安理得地守着现状呢？但是，她始终是欣心，有些事明知道真相也许会伤人，但还是必须要清清楚楚、明明白白地去求证一番。欣心的心里乱如麻，害怕跟好奇不断地挣扎着，始终理不出来头绪……

暗影深吸了几口气后，终于下定了决心。他毫不犹豫地拉着欣心的手，揭开了那银边面具，往边上一扔。还是那张陌生、清秀绝伦的脸，她的心头没有失落，也没有狂喜，甚至都没有动情地伸手去抚摩。暗影幽深的眼光，紧紧地锁着欣心的神色，小心翼翼地掩藏着。欣心不出声，淡淡地将眼光瞥向另一边。

暗影伸手，将欣心的头扳过来，眼正对着欣心，一字一句地道：“欣心，相信我，我真的很爱你！”

欣心随意地扯了个淡然的笑，点了点头。

暗影总觉得，欣心的情绪有些反常，但又说不上来，只能伸手再一次拿起那银边面具，要往脸上戴。

欣心伸手将那面具从暗影的手里抓了过来，翻转把玩了两下，便毫不犹豫地甩手扔了出去。

暗影嘴角不自觉地抽搐了一下，有点哭笑不得。

欣心理直气壮地道：“一个破面具，每天戴着也不嫌烦！”

暗影讨好地安抚着欣心，说：“你若不喜欢，那我不戴便是了”

欣心这才点了点头，满意地道：“嗯，现在，我有点儿累了。”

“那你睡吧，我陪着你！”暗影宠溺地揉了揉欣心额前散落的发丝，轻拍了拍她的后背。

这样的宠溺，让欣心心里最柔软的角落一阵崩溃。暗影，你为什么不能保持原来的冷漠、淡然呢？你越是这样的温柔，越是这样的无害，就越摆脱不了南宫轩的影子。

暗影敏锐地感觉到，欣心似乎有些不对劲，但又说不上来。他只是温柔地拍了拍欣心的后背，轻声哄道："欣心，你不是累了吗？好好睡吧。"

欣心淡淡地应声道："嗯，我累了。"疲惫至极的不是身体，而是心里无法言语的悲伤。一种莫名的恐惧，困扰着她那敏感的神经。她细不可闻地轻叹了一声，才缓缓地闭上了酸涩的双眼。

暗影也静静地搂着欣心，任由时间一分一秒地流逝……

欣心就这样贴着暗影的胸膛，温和、厚实，在温馨中，渐渐地睡着了……

如果，注定了梦醒时分将会伤痕累累，那么至少，让她拥有一个美好、值得回忆的夜晚吧。

第四十章　无法承受的真相

暗影低头望着欣心熟睡的容颜，舍不得离开。他带着冰凉的唇，轻轻地贴到欣心光滑的额头，印下轻柔的一吻，心里、眼里都是她那深镶入灵魂的脸。他悄然地打了个哈欠，终于抵挡不住睡意，抱着她渐渐瞌睡了起来。

欣心挪动了下僵硬的身子，望着暗影熟睡的脸。那张光洁如丝的俊脸，在烛火的映照下，更显得细腻。她心底的信念更加强烈了，在揭与不揭之间，不断地斗争着。终于，她深吸了口气后，手指微微颤抖地抚摩上暗影那俊美的脸。暗影机警地蓦然睁开眼，幽深的星眸戒备地看着欣心。

欣心不动声色地微微浅笑了一下，道：“暗影，我吵醒你了吗？”

暗影瞅着欣心那镇定自若的神色，不由得将戒备的神色隐藏了起来，嘴角僵硬的线条亦是微微缓和，扯了个浅淡的笑容道：“没有。”

欣心的手指依旧带着顽皮，不断地描绘着暗影那细腻的肌肤轮廓。

暗影的心头一阵阵颤动，幽深的眼光不断闪烁着心惊。

终于摸到了！欣心不动声色地划过暗影额角一处微凸处，装作漫不经心地描绘了下暗影那性感的唇。

暗影再也经受不住欣心的挑逗，一把抓着她的手，粗哑着嗓音道：“欣心，你故意在玩火？”

欣心笑而不答，只是不停地嬉笑着。她笑得那么纯真无瑕，让暗影渐渐地放松了戒备。

暗影修长白皙的手指，同样描绘着欣心那性感的红唇，终于忍不住侧身，朝着欣心的唇凑了上来。

欣心趁机飞快地按住暗影额头的那微凸处，一把扯下了一张薄如羽翼的人皮面具。虽然，她心里早有准备，但真正看到眼前的暗影蜕化成南宫轩时，只觉得天仿佛塌了。心头那些堆积的满满的深情，都成了推托不掉的包袱，死死地压在她的心头。欣心感觉，她就要窒息在这样的世界里了。

暗影真的是南宫轩……暗影真的是哥哥南宫轩。

她跟暗影，不对，她跟南宫轩乱伦，还有了孩子？欣心只觉得那一刻，连死的心都有了。为什么，真相如此让人疼痛？为什么兜兜转转，她爱上的人偏偏是南宫轩？偏偏是亲哥哥！

暗影在面上一凉的同时，便发现了欣心的举动，来不及做出什么思考，直接一指点在了欣心的睡穴处。

欣心眼内满是伤痛，带着绝望闭上了眼。

南宫轩手抚着俊脸，又恼火地看了眼那精致的薄翼面具，一时之间，心也慌乱得不知所措了。欣心终于还是知道了，暗影便是南宫轩，再也没有忘忧给她吞食了。她会不会恨死他了？以后该怎么面对她？

南宫轩就这样慌乱地端坐在床前，静静地望着欣心熟睡的脸。有那么一瞬间，他心里的渴望竟然是，欣心能如此长睡不醒该多好啊！如果她就这样睡着，那就永远不会恨他了，就能一直乖巧地留在他的身边了。南宫轩越想越觉得，应该让欣心就这样睡着不醒来。

南宫轩的手朝欣心的脖子上掐去，欣心熟睡的脸渐渐泛出窒息的苍白。

一道强劲的掌风直接朝南宫轩劈来。南宫轩木然地伸手硬挡了上去。凌云没有跟南宫轩对打，而是迅速地抱起了欣心。

南宫轩眼光幽深，暗淡地凝视着凌云，一字一句地道："把我的欣心放下！"

凌云死死地盯着南宫轩，将欣心小心翼翼地护到身后，怒吼道："把欣心放下让你掐死吗？"

南宫轩心虚地倒退了一步，不可思议地望着自己的手，他刚才真的差点儿就将心爱的欣心给掐死了。

凌云回神，轻柔地拍了拍欣心的脸，轻唤了几句，“欣心，欣心。”

欣心回应给他的只是一张毫无生气、木然的脸。

南宫轩心虚地道：“我点了她的穴道。”

凌云刚要伸手给欣心解穴，南宫轩快一步伸手拉住凌云，眼中闪烁着恐惧和害怕，道：“凌云，不要。”

凌云这才将视线死死地锁着南宫轩，那张温雅细致的俊脸。

南宫轩有些不自在地撇过脸，将欣心从凌云手里接了过来。

凌云僵立的手缓缓地握成拳，收了回来，面色肃然地对南宫轩道：“原来你一直在骗我！”

南宫轩心虚地颤抖了一下，轻抚着欣心被他掐出痕迹的脖子，淡淡地道：“除了相貌，我对你的兄弟之情，从无虚假！”

凌云自嘲地狂笑了一下，才正经地质问：“南宫轩，我认人不清，我认栽。但是欣心，欣心是你的亲妹妹，你这样将她耍着玩，你觉得，你很有理吗！”

南宫轩倒退了一步，痛苦不堪，沉痛地道：“我也不想这样的。”如果有别的选择，他也不会这样自欺欺人，又胆战心惊地欺骗着欣心。现在这样的局面，南宫轩的心里更加慌乱无措。欣心一定不会原谅他了，她一定恨死他了，以后也一定不会理他了。

凌云嘴角挂着冷冷的嗤笑，嘲讽道：“你也不想，可是你做了什么？”

南宫轩面色惨白地抱着欣心后退了一步，幽深的眼光更是暗淡无光。是啊，南宫轩，你在做什么呢？撒了一个谎，却用了一千个一万个谎言兜转，欺骗着欣心。现在真相大白，他还能用什么样的谎言来圆呢？

凌云意味深长地扫了眼欣心，淡淡地道：“南宫轩，你把欣心放下！”

南宫轩坚决地摇头，道：“对欣心我绝不放手。凌云，你别管我们的事了。”

“别管？”凌云冷冷地嗤笑了一下，“南宫轩，你果然天真得可笑！”

南宫轩正经又肃然地盯着凌云，“天真也好，可笑也罢，但我对于欣心的感情，你是没有办法理解的！”

凌云淡扫了眼南宫轩，没好气地说：“我当然理解不了，你这位亲哥哥，能如此大言不惭地说爱欣心！”

南宫轩被凌云说得心虚不堪。

“南宫轩，你以为你很伟大？你这样耍着欣心，明摆着是在伤害她。你敢顶着南宫轩的身份，理直气壮地跟欣心告白吗？”凌云义正词严地指责道。

南宫轩面色惨白，没有接话。他确实不敢！如果敢的话，就不会顶着暗影的身份，去接近、关爱欣心了。

凌云不依不饶道：“南宫轩，你糊涂，莫非你想拖着欣心跟你一起犯错吗？”

爱一个人有错吗？

南宫轩情绪有些激动地问：“犯错？我爱欣心，就是犯错吗？”

凌云回了个废话的眼神给南宫轩，“你爱欣心不算错，那世上就没有错误可言了！”

南宫轩没出声。

“乱伦还不够可耻吗？”凌云面色更加肃然地反问。

南宫轩支持不住，面色苍白地倒退着，乱伦是可耻的，乱伦是可耻的。

“南宫轩，你以为你面具一戴，就真的是暗影了吗？”凌云嘲讽，“你只是自欺欺人而已！你改变不了你是欣心的哥哥的事实，你更没有资格说爱她！”

南宫轩深吸了一口气，淡淡地对凌云道：“不管对也好，错也罢，都是我跟欣心之间的事，你没资格说什么！”

凌云这次倒是被南宫轩堵得无话可说，他有什么资格去指责南宫轩呢……爱来得那么快，那么身不由己……

半晌之后，凌云才深吸了口气，正经地道：“我是没资格说什么，但是我喜欢欣心，我不会眼睁睁地看着你伤害她！”

南宫轩意外地望着凌云，眼里更是闪过几道复杂的精光。

凌云的眼睛直视着南宫轩怀里的欣心，朝着他伸手道：“把欣心给我，你对她的伤害，我会用我的爱去帮助她坚强地站起来！”

南宫轩坚定地说了声：“不！”接着，便一把抱起欣心，快速地从凌云的面前消失了。对于南宫轩来说，不管毁天灭地，还是无耻可悲，他都不会放弃欣心。即使欣心会恨他，也不能让她离开。

凌云本来想追出去，可是想到他似乎也没有立场，只能作罢。他就这样目送着南宫轩带着欣心离开，一切，等欣心醒来后再说吧！之前碍于兄弟之情，凌云小心翼翼地收起了对欣心的爱慕，只是卑微地渴望跟她做朋友。但既然暗影是南宫轩，注定了他们两个相爱是没有结局的，那么他将会用自己全部的爱意，去打动欣心，去安抚欣心。

欣心只觉得自己似乎做了一个很长很长的梦，梦里她哭得很伤心，因为她发现了，自己爱上的暗影竟然是南宫轩，竟然是哥哥南宫轩！欣心睁开酸涩的双眼，这一刻，她希望，从那么悲伤的梦境里醒来后，就什么都不存在了。

暗影还是暗影，南宫轩还是南宫轩，欣心还是那个爱哭爱闹爱吵的欣心。

南宫轩看欣心醒了过来，忙讨好地上前，急切地解释，“欣心，你听我说，好不好？”

欣心深叹了口气，才把眼光对着南宫轩，哀怨，绝望。

南宫轩都不敢凝视欣心的眼，只在那不断地道歉，“欣心，对不起，对不起……”

欣心吸了吸鼻子，真的很想大声地质问：对不起有什么用？对不起就能让她收回所有的心动、爱恋吗？对不起就能让他们回到原点，重新开始吗？欣心一脸痛苦地望着南宫轩，手微微颤抖地抚摩着那平坦的小腹。这里竟然还有一个小生命在酝酿着，还是兄妹乱伦的结晶。

“欣心，对不起。我知道，我不该骗你的。我也很难过，但我真的害怕失去你。”南宫轩断断续续地道歉。此时此刻，他也知道，无论说什么，都是苍白无力的，但他就是想这样地道歉，希望她能够原谅他。

欣心终于忍不住冷冷地出声打断，“够了！”

南宫轩眼里带着深深的哀痛，定定地望着欣心。

“去给我准备堕胎药！”

南宫轩被欣心这句话吓得，愣是半天没回神。虽然已经没有办法重新来过，但这个乱伦的结晶，欣心断然是留不得的！

“听不懂我的话吗？”

南宫轩满面痛苦，纠结地问：“欣心，为什么？”

欣心冷冷地嗤笑了一下，笑得眼里尽是泪水，才哽咽着说道：“为什么？你竟然问我为什么？”

南宫轩撇了撇嘴，却发不了音，也不知道该说什么。

欣心情绪激动地伸手，不断地朝着腹部打去。

南宫轩忙急切地抓着欣心的手，大声道：“欣心，不要！”

欣心充耳未闻，只是不停地捶打着，恨不得就这样把孩子给敲下来。

南宫轩大力地扣着欣心的手腕，皱着眉宇，说道：“欣心，不要，不要跟自己过不去。”

欣心泪眼婆娑地看着南宫轩，一字一句冷冷地说：“不要跟自己过不去，难道跟你过不去吗？”

南宫轩不知道该怎么回答。

欣心抹了一把泪水，死死地咬着唇。

南宫轩心疼难忍地伸手去掰欣心的牙关，捏着欣心的下巴，心疼道：“欣心，如果你恨我，那么你就杀了我吧。”

欣心不说话，眼角的泪珠越来越多地往下掉。有那么一瞬间，她的脑海中浮现出跟南宫轩同样的想法，如果死亡能解决问题的话，那么，她宁愿去死。

南宫轩紧紧地搂着欣心，头顶着她的发髻，痛苦道：“所有的错都是因我而起，欣心，你是无辜的，孩子是无辜的。”

一说到孩子，欣心的情绪又激动起来，乱伦怀上的孩子可是白痴或弱智，她想到这个就恨不得将南宫轩给掐死！她不知道暗影便是南宫轩，还情有可原；可是暗影呢，他明明就是南宫轩，明明是她的哥哥，还装的那么无辜，一步一步地接近她，引着她堕落、犯错，现在还好意思开口说孩子？

欣心恼怒地一把推开南宫轩，痛苦地说道：“孩子是无辜的，那么我呢？

我就活该吗？”活该好好地不要冷浩风，非得去爱上一个不敢以真面目见人的暗影。原来，这样的感情的确是见不得光的！

南宫轩被欣心悲伤的神色震撼到了，不安地握着她略带冰凉的小手，悲怆地道：“欣心，所有的错，都是我犯的。”

“南宫轩，你认为你现在说错不错，还有什么意义吗？”欣心淡扫了一眼南宫轩，连哥哥这个词，她都觉得是在侮辱自己。

南宫轩受伤地望着欣心，自责地道：“是没有什么意义了，但是，欣心你要相信我，我真的不想失去你。”

欣心嘴角挂着自嘲的冷笑，强装坚强地道：“南宫轩，我恨你，真的恨你！”

南宫轩颓然地倒退了一步。

欣心，终于还是开口，说恨他了。

“现在，我不想看到你，你滚吧！”

“欣心。”南宫轩痛苦地叫道。

欣心深吸了口气，冷冷地撇开眼，“南宫轩，我不想看到你，你滚！”

南宫轩心里纵有千言万语想说，但是欣心不会给他机会的，而且此时，说什么都是错的，她不会原谅他的！

南宫轩颓然地往门口走去，温和地说：“欣心，你好好休息吧，等你冷静下来，再听我解释好不好！”

欣心怒火难平地朝南宫轩扔了个枕头，暴怒地吼道：“滚！”

南宫轩顺手接着枕头，拉开了门，不死心地补了句：“不管你有多恨我，但是我不后悔我爱你！”

南宫轩后悔的是，他撒谎的技术还没有到家，竟然让欣心发现了破绽。如果再有一次机会，他还是会选择这样跟欣心相爱一场，哪怕明知道欣心会受伤，还是会选择这样飞蛾扑火地爱着。

欣心气恼地一把拉过被子，脑袋一片空白。解释？南宫轩能解释什么？解释他情不自禁地爱上了自己，解释他情真难控地跟欣心所做的一切，只是因为爱着她……但是，这样的爱，她承受不起，也不稀罕。

南宫轩轻轻地拉上门，转过身子，再一次地将那人皮面具往脸上一戴，才出声叫了飘飘和香香两个丫鬟。

“你们好好看着小姐，哪儿都不许去。小姐若有什么事，你们就没必要活着了。”

南宫轩并不想软禁欣心，但是又不得不这样做，因为他实在太了解她了。如果不好好地看着她，以她那么骄傲的一个人，将会做出很多惊世骇俗的事情来！

香香跟飘飘相互交换了下眼神，唯唯诺诺地点头道：“是的，门主！”

南宫轩带着心头的不舍与眷恋，颓然地离去……

或许，真的该给欣心一点儿时间，一点儿能够接受他的时间……

香香跟飘飘都有些惧意地站在门前，动作亦变得犹豫不决。

欣心茫然地睁着大眼，呆呆地望着眼前飘浮的纱幔，脑袋空空的，心底有种被抽空的感觉，空荡荡的，失落、悲伤、哀怨由五脏六腑，蔓延到四肢。

香香终于坚定地一把推开了门。

欣心眼珠都没转，依旧维持着那僵立的姿态。

香香谨慎地走到床边，讨好地对欣心道：“小姐，门主让我们来照顾你，你现在饿吗？需要给你准备吃的吗？”

欣心扫视了几眼香香，淡淡地道：“帮我拿笔墨来！”

香香微微地愣了愣，但还是很快地将笔墨取来了。

欣心接过笔，手指有点颤抖，歪头静静地想了一下，稳定心神，“刷刷”地在纸上写了一些药名。飘飘跟香香瞪大眼睛，望着她在那儿奋笔疾书，心头不免被好奇充斥着。

欣心淡定地收笔，吹了下纸，折起来对香香道：“照这个方子，去给我抓药来！”

“小姐，你哪里不舒服吗？需要给你找个大夫吗？”香香收着方子，小心翼翼地说道。飘飘也略带了几分紧张，不安地望着欣心。

欣心面色凄凉地淡笑了一下，“不用了，你照我给的方子抓药就行了！”

香香跟飘飘相互对视了眼，才朝欣心福身道了个安，匆匆忙忙地出去给欣心抓药了。

当然欣心也知道，她们肯定会跟南宫轩汇报！她也清楚，南宫轩断然不敢不给她药的！

欣心抚摩着平坦的小腹，自言自语地道："对不起，我必须这么做，都是为了你好！"她不能要这个孩子，不想生一个智障出来。说她自私也罢，残忍也好，是真的不能留下这个孩子。

香香带着药方敲门。

南宫轩这才收起满脸的失落之色，淡淡地道了声："进来吧。"

香香小心翼翼地推开门，对着南宫轩说道："门主，小姐要抓一服药！"

"什么药？欣心怎么了？哪里不舒服吗？"暗影一扫之前的淡然，口气急切。

香香一时被南宫轩的几个问题给问蒙了，小声地回道："小姐说不用看大夫，只要一服药就可以了！"

南宫轩的心头明了了几分，手朝香香伸去。香香略带几分惧意地忙把欣心的药方给他递过去。

南宫轩接过药方，淡扫几眼，心头更是痛的无法言喻！堕胎药，欣心果然不原谅他。碍于丫鬟在场，南宫轩只能将眼光扫向窗外，以掩饰心头的难过。可是，无论如何也不能如此对待无辜的孩子啊。欣心，你果然很残忍！

香香低垂着脑袋，也不敢出声。

良久之后，南宫轩才背对着香香长叹了口气，道："去把平大夫给我叫来！"

香香便下去了。没一会儿，平大夫便急匆匆地赶过来了。

南宫轩神色恢复了淡然，将手中的纸递给平大夫，"可认识这几味药？"

平大夫初时一愣，接过方子瞄了几眼，恭敬地说道："认得。"连堕胎药都不认得的话，他还能称为大夫么！

南宫轩对平大夫道："给我开一服这个方子来！"

平大夫心头虽然有很多疑惑，但碍于谨言慎行的本能，识相地保持了沉默。

“另外，再给我开一服保胎的药！”南宫轩想到了什么补充道。一会儿要堕胎药，一会儿要保胎？平大夫还真的纳闷了！

平大夫点了点头，应声道：“是，门主！”

“那你下去吧。”南宫轩的声音平淡无波。

平大夫道了声告辞便匆忙地走了。

南宫轩的眼里一片迷茫，许久才回过神，长长地叹息一声，嘴角挂着一抹邪魅的笑。欣心，我绝不会让你如愿的！即使你恨我，我也一定不能放手！

香香端着那碗冒着热气的药，眉头微微地皱了起来，轻轻地敲了敲欣心的房门。

欣心已经试过几次，但是南宫轩在屋外布满了暗哨，她根本就没有办法出去，便也放弃了逃跑的想法。毕竟，欣心也真的不知道，该如何去面对父母，更没有办法带着肚子里的孩子去面对他们。

香香将药碗端到欣心的面前，轻声地道：“小姐，你要的药已经熬好了。”

欣心淡定地伸手接过，放在鼻尖闻了下，一股苦涩的味道，便蹿入了她的心头。欣心忍住恶心的呕吐感，仰起脖子，捏着鼻子，一口气灌了下去。最后一滴药汁喝完，她才皱着小脸，将药碗恼怒地往地上一扔。

香香忙从一边的盘子里递了几颗蜜饯过去，讨好地道：“小姐，太苦的话，吃点甜的吧。”欣心扫了眼那托盘上的蜜饯和甜点，面色一寒，暴怒道：“给我拿开！”南宫轩，你以为，现在的温柔还能有什么用？你只不过用着温柔的名义，一次又一次地伤害着我而已。

香香被吼得有些委屈地撇了撇嘴，小心翼翼地站在床边。

欣心此时也没有心情去安抚那受伤的丫鬟，只是用手抚摩着腹部。很快，这里的小生命，就要没了。她在跟肚子里的孩子，做着最后的告别，对不起。生活已经和欣心开了一次玩笑，老天惩罚着她的花心，所以让她承受着这样的结果。

南宫轩，欣心该恨他吗？是恨的！只是她已经没有力气去恨了，她只有选择将他彻底地忘记。

南宫轩默默地站在门口，望着欣心满面痛苦的神色，他的心被揪得很疼。有那么一瞬间，他甚至都后悔了，在想是不是应该就这样放她离开。

小时候，欣心最怕的就是吃药，每次身子不好，都一拖再拖，死活不肯吃药。南宫轩便会给她找好多好多的甜食，哄着她吃药。那时她的眉眼尽是满足的笑意，撒着娇道："哥，这药好苦好苦的……我能不能不喝啊？"南宫轩总是会温和地端着药碗，一遍遍不厌其烦地给她解释，"良药苦口，只有喝了药，身子才会好。喝完了，哥哥给你准备好多好多的甜食哦。"

想到曾经，总要他哄，欣心才肯喝下那么难以入口的药汁。而现在，她那么毫不犹豫地喝下堕胎药。南宫轩只觉得，他的心头被堵得喘不过气来。

欣心也发现了门口的南宫轩，只是淡扫了一眼，便不动声色地将脸转过去。

她不会再大吵大闹，她要静静地、彻底地将南宫轩忘掉，从记忆里删除。

南宫轩也没有进屋，就这样扶着门，倚靠着，千言万语，只是饱含在那深切暗淡的眼光中。

腹内一阵疼痛袭来，欣心只是微微地皱了下眉，便死死地咬着唇。她感觉得到，体内似乎有湿湿的液体，在沿着裙摆，晕染开来。

南宫轩也发现了欣心的不适，忙一个箭步蹿入屋内，手足无措地抱着她。望着她裙摆渐渐晕染开的殷红，心头更是一阵慌乱。

"欣心，你怎么样了？快叫大夫！"南宫轩急切地朝着门口畏畏缩缩的丫鬟吼道，声音里充满了未知的恐惧。

欣心虽然很想推开南宫轩，但是此时，她已经被疼痛折磨得无力跟南宫轩怄气了。欣心只觉得，体内不断地在流出殷红色的血，那是一个生命在流逝……

没一会儿，平大夫便急匆匆地奔了过来。他随意地瞄了眼床上那铺天盖地的血迹，便心中了然。没多说，手指便搭在欣心的脉上，平大夫的神色渐渐复杂起来，闭目沉思了半晌，心里不断地嘀咕，这都什么事啊，这脉象也实在是太奇怪了吧！

南宫轩清冷地对着平大夫说道：“小姐怎么了。”

平大夫抹了抹额头，有些不太确定地道：“小姐好像小产了。”

南宫轩面色陡然一变，怒喝道：“再给我说一次！什么叫好像。”

平大夫心一横，坚定说道：“已经小产了。”

欣心的面色淡然闭眼，对于这样的结果毫无意外。

南宫轩的面色满是怒火，忍着发狂，对欣心道：“欣心，你就是这样惩罚我的吗？”

欣心连话都懒得跟南宫轩说，轻咬着唇。

南宫轩转头，恼怒地对着平大夫道：“还能不能保住孩子？”

平大夫想说也许可能，但碍于南宫轩那冷得冻人的脸色，实在不敢说。万一他说能，却没保住，岂不是吃力不讨好？而且堕胎药是门主亲自让他买的，或许门主根本就不想要这个孩子呢……

平大夫坚定地摇了摇头道：“老夫学识浅薄，没办法保住这个孩子。”

南宫轩恼怒地吞咽了口口水，再三深呼吸后，说道：“小姐的身子没事吧？”

平大夫稳了稳心神，才肃然地道：“小姐多休息休息，补补身子，很快就能恢复的！老夫先开服药，养养神。”

南宫轩面色抑郁地扶着欣心躺下，才对平大夫道：“麻烦你了！”

平大夫告辞走了出去。

南宫轩望着欣心苍白的面色，心疼得难以附加。

欣心淡定地道：“南宫轩，现在我跟你已经没有关系了，以后你是你，我是我！”

南宫轩情绪激动地一把抓着欣心的手，愤恨地道：“欣心，你怎么能这么残忍？”

欣心忍着泪，淡淡地道：“我是很残忍，但抵不过你。南宫轩，最残忍的人是你！”

南宫轩面色微微泛白，抓着欣心的手无力地滑了下去。

欣心面色肃然地指控着南宫轩，“你以为，你戴着面具，就真的是暗影了吗？就我这个傻瓜，才会那么傻乎乎地相信你。”

南宫轩撇了撇嘴，似乎想为自己辩解些什么，但终究还是没有出声。

欣心哽咽着继续道：“我那么傻乎乎地相信你，那么傻乎乎地投入了自己的真心。可是，到头来却发现，一切都是那么的可笑、可悲。总之，你好可恶！”

南宫轩被欣心说得一阵发虚。

欣心面无表情地挥开南宫轩朝她伸出的手，淡淡地道：“南宫轩，如果你还有点儿良知，那么就放我离开！”

南宫轩此时怒了，愤恨地对着欣心道：“欣心，即使你恨我、怨我，我也不会放你离开的！”既然爱上欣心是个错，那么，南宫轩愿意一错再错地继续将欣心强留在身边。原谅他的自私，他实在没有办法承受欣心离开他的那种痛了，更没有办法想象，从此要跟她形同陌路的情景。

“南宫轩，你是我的哥哥，是我的亲哥哥，你怎么可以这样对我？”欣心终于忍不住，情绪失控地吼道。这句话藏在欣心的心里太久了，久到都快忘了，自己是南宫轩的亲妹妹……

“欣心，我也很痛苦！如果可以选择的话，我真的不想做南宫轩，更不想做你的哥哥！我真的只想做暗影……只想做，爱你的男人！”南宫轩面色肃然地道。这样的答案，他也很纠结。

“可是，你注定了只是我的哥哥，我们是不会有结果的。你这样只会让我更讨厌你、恨你！”

“欣心，对不起，我爱你！”南宫轩幽深的黑眼中泛着深情。

“南宫轩，你不要再拿爱的名义来说事！我听烦了！你知不知道，这是个错误，是个受尽世人鄙夷的错误！”欣心没有耐性地打断南宫轩的话。

“欣心，我不管世俗怎么看、怎么想，我就是爱你。从小，我的心里，装得满满的都是你！”南宫轩俊眉皱得死死的，但是口气却无比霸道、坚定。

欣心没好气地转过头，心里难过得无法自制，面上却必须隐忍地装出不屑、不在乎的样子。

“我从来都没有想过要去骗你，但是我的身份注定只能远远地看着你，不能去守护你。当我看着你为冷浩风一次次流泪的时候，你知道吗，我的心真的很痛很痛……”南宫轩以事论事。想到那段时光，南宫轩同样在犹豫跟徘徊中，难以抉择。但是，当他真正决定了，那即使是错的，也要继续坚持下去！

这次换欣心无语了，那时候，她确实傻傻地追过冷浩风……

“欣心，我知道，我不应该这样，但我已经这样盲目地爱着了。如果，你真的那么恨我，可以选择杀了我。不然，我没有办法停止对你的爱！”南宫轩的神色无比认真、坚决，仿佛只要欣心一句话，他就会用死去停止这场错误的爱恋……

“南宫轩，这个问题，我不想跟你沟通了！”欣心有些无力，心头一阵疲惫袭来。

她曾经那么喜欢着南宫轩，又那么深地爱着暗影，结果却发现，原来只是一场可悲的玩笑！欣心真的没有办法，接受兄妹乱伦的事实。

南宫轩撇了撇嘴，一时也不知道该怎么跟欣心说，两个人都静静无语地对望着。

为什么会走到今天这一步？原来的那些天真美好，都消失得荡然无存了……现实是那么赤裸裸的残忍，是那么的让人绝望……

“欣心，我带你走，好不好？”南宫轩深思了良久之后，才正经地朝欣心说道。

欣心蹙眉，微微地挑了挑。

“我们去一个谁都不认识我们的地方，好好地过日子，好不好？”

南宫轩暗淡的星眼，渐渐闪烁着希冀的光泽，放弃一切身份背景，跟欣心单纯地生活在一起，未尝不是一件好事呢？

欣心很轻很淡地说：“我不管你怎么想的，但是我不会明知故犯，一错再错。所以，我希望，你也能够及时回头，收回你这些不切实际的想法！”

南宫轩受伤地倒退了一步。

欣心无视南宫轩那受伤的神色，淡淡地道："我不会跟你走的，南宫轩，我这辈子都不会说爱你了……若有也只是恨，但是恨同样太沉痛，不值得。所以，我会选择不爱不恨，忘记你，彻底地忘记你！"

南宫轩不耐烦地撇过头，克制着心头的抑郁，盯着欣心，一字一句地问道："欣心，我们就不能找个谁都不认识我们的地方，重新开始吗？你非要这样伤我才满意吗？"

欣心抬手便甩了南宫轩一巴掌，冷冷地说道："南宫轩，你不觉得，你这个想法是那么天真吗？你打算自欺欺人到什么时候？"

"欣心，你知道，我不是故意的，我只是身不由己！"南宫轩神色认真。

欣心漠然地转过脸，她选择什么也不听……

南宫轩愣愣地望着欣心，半晌之后，轻微地叹息，淡淡地出声，"欣心，我也有我的坚持跟原则！即使你不能原谅我，我也宁愿你恨我，但是，我不想让你忘记我！"

欣心嘴角挂上了一抹嘲讽的笑，淡淡地道："所以，你就准备这样囚禁我一辈子？这个就是你所谓的坚持跟原则吗？"

南宫轩的俊眉微微地挑了挑，不动声色地回道："欣心，你知道的，我也不想。"虽然不想，但就目前而言，他一定会囚禁着欣心。

欣心深吸了口气，冷冷地道："南宫轩，你现在给我滚！"

南宫轩知道，此时欣心需要的是休息，便也不再多言，关切地丢了一句："那你好好休息吧！"

第四十一章　执子之手　死生契阔

欣心虚弱地靠着被子，倒靠上去，原来她是那么的脆弱、无力。

欣心再一次醒来的时候，发现自己的手腕、脚腕上，都戴着细细的链子。她随意地拉扯了一下，那链子很轻，但是韧度极好，她根本没法挣脱开来。

她拉了拉那链子，才发现，原来长度也是精心测量过的。她能自由活动，但只在这个房间的范围内……南宫轩，你果然，温柔得让人想咬死！

欣心望了眼屋内，一盏微弱的烛火，快要燃尽了……她悲伤的泪珠，犹如那烛泪般，不断地滴落下来。

南宫轩轻轻地推门而入，望着床上的欣心，淡淡地撇过头，努力不去看她那悲怆的神色。

香香跟在南宫轩的身后，端着冒着热气的食物……

南宫轩随意地朝着香香努了下嘴，香香便端着食物，恭敬地站在床边，小心翼翼地说道："小姐，你醒了，一定饿了吧，先吃点儿东西吧！"

欣心没有拒绝，也没有同意，就这样淡扫了眼香香。

香香的手就那样尴尬地僵直着。南宫轩顺手接过香香手里的碗勺，香香轻轻地退了出去。

"欣心，即使恨我也要有力气不是？不吃东西怎么可以呢？"南宫轩熟练地舀了一勺热乎乎的粥，自然地朝着欣心的嘴边送去，风轻云淡地道，"欣心，吃一点儿吧，还热乎着呢……"

欣心没有张口，也没有说话，她现在是连说话的力气都没了。

南宫轩轻轻地叹息了声，不安地道："欣心，你就准备这样不吃不喝地跟自己过不去吗？"

南宫轩一直小心翼翼地遮掩着事实的真相，因为他害怕她知道后会生气。却不知道，原来欣心已经没力气生气了，直接将他无视……她如此冷漠、疏远的眼光，让南宫轩难过得无法言语。

"欣心，你不要这样对我，不要这样对我！我这里会痛……真的很痛！"南宫轩手指着心脏的位置，万分的痛苦。

欣心冷冷地撇过脸，紧拽着拳，当作没有看到。南宫轩，你以为，全世界就你一个人难过吗？你有多痛，我会比你更痛。

欣心很努力地深吸了口气，将即将泛滥的泪水吞咽进了肚子里，抬眼望着床顶，不愿意就这样在南宫轩面前流泪。

老天爷，你这样对我是不是太残忍了？穿越而来，就是为了这一段乱伦的兄妹恋吗？欣心宁愿这是一个噩梦，宁愿这是一个玩笑。欣心眼睛中的凄凉、哀婉，让南宫轩心头一怔，但随即便挂上一副肃然的神色，带着威胁地道："欣心，你真的不吃吗？别逼我！"

欣心连目光都懒得动了，维持着不动。

"香香，进来给小姐喂粥！"南宫轩转过脸冷冷地说道。

香香被点名，只能小心翼翼地进屋，端着碗，小心地舀着粥往欣心的嘴边送去。欣心撇过脸，伸手一推，将那碗粥打翻了。

香香有些惧怕地望着南宫轩阴沉的脸，麻利地收拾起来。

南宫轩不悦地微微眯了眯眼，漫不经心地道："给你三次机会，如果小姐再不吃的话，你以后也跟着不许吃了，再打翻的话，你的手也没必要留着了！"

香香一听这话，浑身忍不住地颤抖了一下，端着碗的手，更是抖个不停。幸亏是空碗了，不然，估计又要洒一地了……

当香香再一次将粥往欣心嘴边送来的时候，欣心仍旧随手一挥，将那勺子直接弹飞。

南宫轩清冷地道："香香，你自己动手吧！"

随着南宫轩的话落，一把白晃晃、闪着寒光的匕首，就那样插入了香香眼前的床柱上。

香香忙朝着南宫轩跪倒求饶："门主饶命啊，奴婢不是故意的……"

南宫轩阴冷着脸，浑身散发着寒意，嘴里更是冰冷无情地道："再多说一句话，舌头也没必要留了，自己割！"

欣心眼睛的余光显然也扫到了这一幕，但是堵着口气，硬是没有出声。香香又不是她的丫鬟，才懒得管她的死活呢！

"小姐，求求你，救救我！"香香满眼泪花，朝着欣心开口求救。

南宫轩则是冷着一张脸，默不作声，也在等待着欣心的反应。

欣心直接伸手拉过被子躺下，淡淡地道："你们要演戏，麻烦去大街上！"

南宫轩一听这话，神色更加冷上了几分道："同样的话，我不想说第三次！香香，你还不动手？莫非要我亲自动手？"冷冷的声音，带着浓厚的厌气，无情地在室内回荡着。

香香满眼泪珠，颤抖地抓着那匕首，不断地哽咽着。

南宫轩的眼光，一瞬不瞬地盯着欣心。

香香终于下定决心似的，抓着匕首，高高地扬起，手起，刀落，伴随着一阵凄惨的惊呼，"啊……"接着，重物落地的声音，一抹殷红色的血迹飘洒到床边的纱幔上。浓重的血腥味，飘入了欣心敏感的鼻尖。她淡然地睁开眼，望着倒在一边，口吐鲜血的香香，显然是被强大的内力，震断了五脏六腑的经脉。南宫轩的俊眉皱紧，淡扫了一眼鲜血淋淋的手臂。欣心望着南宫轩手臂上的伤口，心头有些微微的不舍。

刚才，香香一定是被南宫轩逼急了，狗急跳墙，想用匕首钳制住欣心吧。南宫轩定然是看到了，才会出手为欣心挡下匕首的。

如果说，欣心还无动于衷，那肯定是骗人的！可是，她必须装作不在意，淡定地继续闭目，翻了个身子，继续假睡！南宫轩也没有再说什么，面色阴冷地提着半死不活的香香出去了……

没一会儿，来了两个丫鬟麻利地收拾好屋内的残局……那样残暴、阴冷的南宫轩，欣心第一次看见。原来，那么温柔，如暖阳般的人，也会那么阴冷……欣心带着满腹的疑惑与悲伤，渐渐进入了梦乡……

她希望，醒来的时候，这一场噩梦就会停止……

"欣心……欣心……"欣心很不情愿地睁开惺忪的睡眼，却惊见自己床边站着一个非常熟悉的人影。

欣心的眼内带了几分惊喜，说道："凌云……"

凌云嘴角挂着浅笑，点了点头道："欣心，是我！"

欣心突然之间，也不知道该开口跟凌云说什么……

凌云倒是很直接地对着欣心说道："欣心，我是准备带你走的……"

欣心看了看手腕、脚腕上的链子，微微蹙眉，淡淡地道："这个是寒刃铁链，怕是很难……"

凌云对着欣心笑了笑，道："没事，有我呢！"

欣心就这样默不作声地望着，凌云熟练地拿着一根细小的银针，开始撬锁。没一会儿，一道轻微的"咔嚓"声，欣心的眉眼挂着一抹浅笑，解开了那细细的链子。

凌云警惕地朝着欣心比画了个嘘声的手势，戒备地奔到门边。

欣心利索地将手脚的那些链子都解开，同样戒备地望着门口。

南宫轩心里总有些不安，推开门，凌云便出其不意地朝南宫轩出手。

南宫轩略带几分狼狈地闪躲开凌云那强势的掌风，眼光便看向床上的欣心。

南宫轩见欣心仍端坐在床上，心头的不安才渐渐平息了下去，专注地跟凌云开始交手。昔日两个生死与共的兄弟，就这样打了起来。

南宫轩恼怒地道："凌云，为什么？"

凌云望着南宫轩，淡淡地道："因为，我不想看到欣心不快乐！"

欣心此时也懒得理会他们两个的争执，瞅着一个空隙，便快如闪电地奔了出去。

屋外的一些暗哨，都被凌云放倒了，欣心这一路跑出去，倒是畅通无阻。

不然的话，以她此时虚弱的身子，怕是很难逃脱。面对复杂的地形，欣心根本无心去辨识，脑海中只有一个念头，快点跑，快点跑……跑到一个谁也不认识的地方，忘记所有的爱恨。欣心是懦弱的，因为她根本没有办法去面对这一切，她唯一想做的便是逃避……

南宫轩眼见着欣心逃离了他的视线，忙撇下凌云，追了上去。

凌云抱着同样的心态，跟着一起追出去。

欣心望着眼前的山崖，有些恍惚。

南宫轩紧追而来，欣心一个激灵，忙抽出那把遗落在她床边的匕首，抵上自己的脖子，冷冷地说道："别过来！"

南宫轩的面色一变，定住了脚步，声音带着惧意地道："欣心……你别吓我，我知道，我错了，我不会再逼你了……"此刻，欣心的脚已经站在了悬崖边上，同样的坚定、决然。

欣心的心头，突然很平静，与其跟南宫轩都痛苦，不如就用死亡来解决这一切！她突然觉得不抑郁了，那些堆积的痛与苦，就这样犹如泡沫般四处散开去。

凌云也发现欣心不同寻常的淡定了，急切地道："欣心，你别站在那里，危险！快点过来……"

欣心瞅着凌云朝她悄然地移了几步，匕首更加大力地抵着脖子道："别过来，不然我就跳下去！"

凌云的脚步忙一顿，害怕了起来。因为，欣心的神色是那么淡定，那么决然。

"欣心，你先过来，你想怎么样，我都依你！"南宫轩急切地说道。

欣心只是淡扫了一眼南宫轩，那一如既往的温柔，又淡定地撇过脸，深吸了口气道："南宫轩，我不会再相信你了！"

南宫轩脚步仓皇地倒退了一步，痛心疾首地望着欣心，心中徒然升起绝望的念头。

欣心望着南宫轩，一字一句地道："南宫轩，好好照顾爹娘！"

南宫轩的神色悲愤而绝望，深沉地道：“欣心，如果你做傻事的话，我会陪着你，所以，别把爹娘的担子托付到我的身上！”

欣心的神色，有那么一瞬的动容，望着南宫轩。两个人，四目相对，同样的坚定决然。欣心哀婉地淡笑了一下，将手中的匕首朝南宫轩扔了过去。南宫轩不避不闪地任由那匕首直直地插入胸前，闷哼了声。

欣心望着南宫轩胸前开始绽放的殷红色血迹，眼中带泪地微微笑了笑，对凌云说道：“再见！”

欣心闭上略带酸涩的眼睛，纵身往山崖下一跃。

欣心顺着断崖摔落，白色的衣袂飘飘，黑色的发丝散开，随风飘扬着……

这一刻，欣心突然觉得，原来死亡真的并不可怕！

“欣心……”

“欣心……”

欣心只觉得，这样下坠的速度，比坐云霄飞车还来得爽快。耳边传来不约而同的凄凉地嘶吼，她只是轻扯了一下嘴角，绽放了一个凄凉的微笑。原来，只要这么一个纵身，就能解脱了。那压在心底、让人喘不过气的枷锁，那被道德所束缚的枷锁，这样简单地就可以抹去了……

南宫轩忽然像豹子一般跃起，以惊人的速度追了过去，一直冲到山崖，脚步也没有停一下，挺身一跃，直向悬崖下落去……

“暗影！”凌云急切地追过去，伸手却拉不住南宫轩。

凌云呆呆地望着空荡荡的手，心头一阵难以言喻的失落袭来。

“欣心……我会一直陪着你的……不管生或死……”当呼啸的风声滑过欣心的耳边，飘来南宫轩的声音。

欣心终于抬头，望着头顶那片阴影。她并没有过多的思考，伸手就朝着南宫轩一掌劈过去。南宫轩本能地伸手接住了欣心的攻势，只觉得欣心倾尽全力打入他体内的一掌，并没有伤害他的意思，而是将他正往下落的身子震得高高飞起，往崖上飞去。

南宫轩明白过来欣心的用意，忙侧身避开欣心的攻击，又狠力地在断崖的石壁上用力一击，反弹的力量使他比欣心更加迅速地往下坠落。南宫轩朝欣心绽放出和煦得如暖阳般的笑，坚定地用唇语道：“下辈子，我再也不做你的哥哥了！”

欣心的眼内尽是泪水。她听懂了，也明白了南宫轩的决心……

山风在呼啸，欣心衣襟飘扬，秀发飞舞，而她美丽清绝的脸上，对南宫轩也绽放出了笑意。

那样明媚灿烂的笑，将太阳的光华都夺尽；那样多情温柔的笑，温暖了南宫轩冰封已久的心。什么都不用说，爱就在不言中……

欣心一字一句地道：“下辈子，我们要相爱，决不做兄妹！”

南宫轩点了点头，深情地道：“欣心，我爱你！”

不再逃避，不再推开，欣心朝着南宫轩伸手。南宫轩伸手抱住了欣心，紧紧地扣在怀里。

欣心大声地说道：“南宫轩，其实，我也爱你，很爱很爱你……”

第四十二章　崖底新生　神秘老人

拨开重重的黑雾，欣心努力地想睁开无比沉重的眼睛，却发现，这么简单的事都做不到。身体剧烈地疼痛，她努力地想要看清什么，却一切都是模模糊糊的，四肢百骸，都在呻吟悲叫。强烈到不堪承受的痛苦，以最激烈的方式考验着人的意志，让人恨不得躲进黑暗的深渊，放弃所有的知觉来逃避这样的伤痛。

但因过度的疼痛而昏沉的脑子，却总有什么放不下，不安地颤抖着。

欣心努力地想在这一片迷蒙中分辨光明，寻找一个熟悉到牵动整个心灵的身影。

身上越来越痛，奇怪的是，头脑却渐渐清醒了起来，眼前的一切也越来越清楚，本来模糊的光线逐渐明亮。等到双眼终于可以正常视物时，她望着映入眼帘的陌生屋子，忍着身上的疼痛，艰难地坐了起来。

“丫头，你醒了？”一声略带着沧桑的男音从门口传入屋内。

欣心忙起身，蹒跚地走了出去，想问问这是哪里，跟她一起掉落山崖的南宫轩又如何了。

“丫头，谁让你乱动的？”老者不满地哼了一下，语气倒是相当的熟悉。欣心吞咽了下口水，望着眼前这个男人，一身白衣，白发，声音有些苍老。但是，那张脸，却是那么的年轻、俊美，而且，活脱脱就是老爹南宫楼……

欣心死死地盯着眼前的男人，心头尽是疑惑……

那男人被欣心那么灼热的视线盯得倒是有几分不好意思，轻咳了下嗓子，道：“看什么看？”

欣心倒没有拐弯抹角，直接问道：“为什么你跟我爹长得一模一样？”

男人神情微愣了一下，淡淡地道：“因为，我们是双胞胎！”

欣心本就虚弱的身子，听着这话，脚底一软，差点儿摔倒。双胞胎？

那他不就是自己的伯伯吗？可是，为什么从来没有听老爹说过有这么个人呢？但是，这个人的相貌，又真的那么……简直跟南宫楼就是一个模子刻出来的。

男人似乎知道欣心心头的疑惑，只是很轻、很淡地叹息了声，接着道：“我的存在是个意外，只是个悲剧……此事，说来就话长了，你们是不会懂的。对了，这个玉坠子还给你！”

欣心还是带着一头雾水地接过从小就佩戴在身上的玉坠子，那男子倒像是欣心肚子里的蛔虫，解释道：“这个玉坠子是一对的，我看到时，就猜到你是南宫楼的孩子啦！”

欣心微张着嘴，还是处于吃惊的惊愣状态。那男子似乎是自言自语地说道：“十八年了……原来，时间过得真的那么快……不知道，南宫楼原谅我了没有……”

这男人口中的十八年，很显然是与南宫家分别的日子……

如果是十八年前的旧事的话，欣心肯定是不知道的，因为那时她还没有穿越过来。

不过，听他的口气，似乎他做了什么见不得人的事，也不对，应该是做了什么对不起南宫老爹的事，所以才一躲便躲了十八年……可是，是什么事情呢？

南宫老爹那么一个憨厚、忠实的人，那么重视感情的人，怎么会对这个亲人不闻不问，甚至只字未提呢？好似这个人真的不存在一样！如果不是欣心亲眼所见，她根本就想象不到，原来南宫老爹还有这么一个双胞胎兄弟……欣心突然觉得，其实老爹身上也有很多谜……

“你爹爹这么多年过得好不好？”那男子很想装作平淡，可是声音里的关切跟颤抖，表明了他此时的激动。

欣心点了点头，认真地回道：“爹爹过得很好！”

“你叫什么名字呢？”那男子心头似乎微微松了口气，问欣心。

“我叫南宫欣心！”欣心朝着这位久违的亲人，灿烂地笑了笑。

“南宫欣心，很好听的名字！你爹爹一定很宠你！”那男子也朝欣心露出一个略带苦涩的笑容。

“爹爹是很宠我，不过，爹爹对哥哥也很好！”欣心很自然地提起了南宫轩。

“哥哥？”那男子的眉宇微微拧了一下，似乎有些不解。

十八年前的话，南宫轩应该出生了。可是，这个男子的表情有些奇怪，似乎并不知道南宫轩……欣心的心头，有根神经颤动了一下。

“你还有哥哥吗？”那男子忍不住再三朝欣心确认道，“确认是你的哥哥吗？”

欣心心头更加好奇了，只能顺着点了点头，“是啊，我有个哥哥，他叫南宫轩，就是跟我一起掉下山崖的那个！”欣心提到南宫轩，忍不住地问道，“那个，我哥哥，没事吧？”欣心浑身是伤，南宫轩护着她，应该受的伤比她更严重，该不是出事了吧？

那男子不动声色地挑了下眉，并没有接话，似乎在思考着什么事。

欣心见这个男人神游，没有应她，想必南宫轩也没有什么大事。不然的话，他不可能如此淡定地跟欣心闲话家常。想到这儿，欣心心里的担忧微微好了一些。

“南宫轩？你哥哥？”那男子仍在那儿纠结着这个问题，相当的茫然和意外。

不过，真的有那么意外吗？为什么知道欣心是南宫楼的孩子时，也不觉得这个男人有多激动。欣心只能朝着男人有礼貌地福了福身子，道：“南宫轩确实是我的哥哥，大伯您叫什么呢？”

“南宫悲！”男子淡淡地吐了名字出来，“还有，我是你叔叔，不是大伯，别叫错了！”南宫悲很认真地补充道。

欣心只能顺着他的意思，恭敬地喊了一声：“叔叔！”其实欣心心里嘀咕道：虽然你的脸比老爹的嫩，但是你的头发未老先白，明眼人看着，很明显要把你想老啊！不过，南宫悲，一听这个名字，似乎就能感觉到有故事……

既然一时也说不清楚，欣心还是选择了另外关切的事，道：“叔叔，跟我一起掉下来的哥哥呢？他怎么样了？现在在哪里？”

南宫悲微微地挑了下飞扬的眉，才淡淡地道：“丫头，从你醒来到现在，怎么就不问问你自己，尽关心别人啊？”

欣心看了眼自己，没缺胳膊断腿的，淡定地道：“我很好啊，没有缺胳膊断腿的……再说了，我关心的也不是别人啊，那是我哥哥啊！”

南宫悲一时被欣心堵得面色窘迫了一下，淡淡地哼了一声道：“你确实没缺胳膊断腿，只是你若再不好好休息，肚子里的娃就要掉了，而且我也没本事给你再装上去！”

欣心再一次石化，肚子里的孩子？不是流掉了吗？为什么又冒出来了？

欣心忙急切地抓着南宫悲的衣袖，恼火地道：“南宫轩呢？”

欣心猜到了，是南宫轩将她的堕胎药动过手脚了，明着是落了，其实并没有。她的心头不由再一次蹿出怒火，该死的南宫轩，莫非一定要她生个智障出来才满意吗！

南宫悲轻轻地从欣心手里抽出衣袖，面色有些凝重地道：“丫头，你对你哥哥倒是没大没小的……”

欣心的面色有些不自然地窘迫了一下。

南宫悲略带几分深究地开口问道：“你们两兄妹是怎么掉下山崖的？”

欣心更加纠结了！她总不能说，跟南宫轩有了乱伦之恋，才选择跳崖自杀的吧！如果跳崖殉情了倒也罢了，可是，这样的状况，倒让欣心有些疑惑了。以后，到底该怎么去面对南宫轩？继续做一对道貌岸然的兄妹？彼此远远地吸引着，痛苦地煎熬着？还是真的找个谁都不认识的地方，两个人好好地过日子？当然，前提是欣心不能要这个孩子……

“叔叔，我不小心掉下山崖，哥哥想拉我，结果也被我拖了下来……”欣心很努力地装出淡定，向正盯着她看的南宫悲解释道。

南宫悲轻扯了下嘴角，带了几分无奈地说道：“可是，看你们的伤势，好像是遇到什么麻烦了吧！”

欣心不动声色地转过脸，有些急切地道：“叔叔，这个以后再说吧，我现在很担心哥哥，我想去看看他！”要是让欣心找到南宫轩，一定要好好地把他揍一顿！他竟然那么糊涂，想瞒天过海地留下这个宝宝……

南宫悲轻摇了一下头，叹息了声，道：“他的情况，可能有些棘手……你要做好心理准备！”

欣心一听这话，急切地问道：“他怎么了？”

欣心生气的前提是在南宫轩平安的状态下。如果南宫轩真的有事的话，她不会那么任性地使性子、发脾气。南宫悲并没有说话，只是转身走了出去。欣心忙拖着浑身的疼痛跟了出去。

望着躺在床上，浑身都包扎得跟木乃伊似的南宫轩，欣心的眼眶不由自主地湿润了。南宫轩就那样静静地躺在床上，一动不动……她一个健步上前，抓着南宫轩包满纱布的手，号起脉来。

南宫悲显然对于欣心的举动有几分意外，问道：“欣心，你会号脉？”

欣心此时没有心情跟南宫悲说话，只是随意地点了下头。南宫轩的脉象很乱，欣心的眉蹙得越来越紧，面色也越来越凝重。

南宫悲在那说道：“他身上有一处伤了肺腑的刀伤，深五寸，掉下山崖的时候，他比你先掉入那片毒草荆棘中。毒液顺着伤口进入体内，已经中毒很深了。最主要的是，他体内从五岁开始，便服用了一种剧毒。现在，数毒都深入肺腑，情况非常棘手……”

欣心小心翼翼地放下南宫轩的手腕，才深吸了口气，对着南宫悲说道：“叔叔说得一点也没错……”那深入五寸的伤，是欣心扔的匕首造成……但是，那五岁开始就留在南宫轩体内的毒，是什么毒？她竟然辨别不出来，只知道，那是一种解药跟毒药相互牵制的毒。

此时，这种毒，已经霸道地游走在南宫轩的体内，是导致南宫轩昏迷不醒的主要原因！

是什么人如此残忍，竟然在南宫轩五岁的时候就给他下毒了，而且还是长期服用。

莫不是，神秘门的前门主暗妖娆？可是，她既然要南宫轩接替门主之位，显然南宫轩那么高深莫测的功夫是出自她的门下，可见她是花心思在培养南宫轩的，没有理由给他下毒啊？在灵山派，南宫轩是季田师父的得意门生，更加不可能有人下毒伤害他啊。欣心满脑子地在那猜测着，到底是谁给南宫轩下的毒？下的又是什么奇怪的毒？

“叔叔，你知道哥哥中的是什么毒吗？”欣心都不认识的毒，可见这种毒实在是太过罕见了……

“暂时我也看不出来……”南宫悲轻轻地叹息了一声。

欣心蹙眉，明显有些疑惑徘徊在心头，“哥哥还要多久才会醒呢？”

或许，该问问南宫轩，到底是谁给他下的毒？

“欣心，你哥哥可能醒不过来了……”南宫悲最后说了这么句话出来。

“怎么可能？！”欣心立马跳脚，对着南宫悲吼道。

“哥哥只是暂时失血昏迷了……只是失血昏迷了……”

南宫悲淡扫了眼在那儿喃喃自语的欣心，最终还是叹息了一声，什么都没说……

欣心握着南宫轩的手，对着南宫悲说道：“不会的……哥哥不会睡太久的……哥哥，一定能够醒来的……”

南宫悲轻叹了口气，道：“欣心，虽然很抱歉，但我不得不说，南宫轩的情况很棘手……”

“我知道棘手啊，可是，用什么办法能让哥哥醒来呢？”欣心深吸了口气，努力地平复心情。

“将他体内的毒素都清除了，或许能醒过来……”南宫悲有点不确定地道。

“那现在就帮哥哥清毒啊……”欣心转过头，抓着南宫悲的衣袖说道。

“如果，清毒那么简单，我早就做了。问题是，还缺少很多东西……”南宫悲的嘴角微微有点不自在地抽搐了一下。连毒都没弄明白是什么类型的，怎么能贸然地去毒呢，欣心实在是天真。

欣心也感觉到自己的情绪似乎有些迫切了，最终咬了咬唇，不再作声。

良久之后，欣心深吸了口气，才平稳下心情，说道："叔叔，大概需要准备什么东西呢？"

"冰雪蚕、百草灵芝、艳磷蛇、红蜘蛛、黑蚂蚱……"南宫悲报了一堆罕见的毒物出来。

原来是用最土的方法，以毒攻毒啊！

欣心默默地记在心头，"这些东西大概在什么地方能寻到……"

"欣心，这些东西都不好找啊……"南宫悲略带惆怅地说道，心里又补充了句，即使找到了，也不一定有用……

欣心回了个坚定的眼神给南宫悲，点了点头道："不管有多难，我一定会去找到的！"

南宫悲也附和着点了点头，道："叔叔也一定会尽量帮你的！"

"对了，欣心，你哥哥成亲了没有？"南宫悲想到什么似的，突然问道。

欣心的手指就这样定格在南宫轩的脸上，微愣了一下，接着面色尴尬地浮现几丝可疑的红晕。

半晌之后，她才恢复往日的镇定，尽可能淡淡地道："哥哥还未成亲！"

南宫悲的面色纠结了一下，啧了声道："看来，这个办法也行不通了……"

欣心想问是什么办法，但是，碍于她跟南宫轩这段注定要被世人所鄙夷的兄妹乱伦的恋情见不得光，说还是不说呢。犹豫了一会儿，欣心选择了沉默！她口口声声地喊着南宫轩哥哥，若是这会儿说她跟哥哥有了孩子……这个还不得吓死南宫悲啊！

"要是，你哥哥成亲有孩子就好了……"南宫悲似自言自语地出声。

欣心的手不自觉地抚上自己平坦的小腹……这个孩子没有流掉，莫非就是注定了能救南宫轩？但是，欣心还没有做好心理准备，跟着南宫轩去面对乱伦如此大的帽子。她面色纠结，说还是不说呢？逃避是比较容易，但一味地逃避的话，南宫轩醒不过来，她以后该怎么办呢？

"欣心，你也别担心了，我已经飞鸽给你爹娘了，他们很快就会赶来……"

南宫悲安慰地拍了拍欣心的肩头。

欣心吸了口气，点了点头，给她一点时间，想着如何跟爹娘坦白吧……因为，她肚子里的孩子，不管是畸形也好，弱智也罢，她都不会再轻易打掉了！因为，那是能救南宫轩的最后希望了……

南宫悲望了眼一躺一坐的两兄妹，轻微地叹息了声后，轻轻地扣上门离开了……

欣心面色淡然地帮南宫轩擦拭身子后，才握着南宫轩的手，轻声地道："南宫轩，你不可以一直这样昏睡着，因为我会不开心……你怎么舍得让我不开心呢？"

南宫轩面色苍白如纸地躺在床上，回应给她的只有沉默。欣心后悔了，泪水就这样止不住地滴落下来，滴到南宫轩的脸上。在面对死亡的时候，欣心才明白，原来她当时那么的任性……即使，真的跟南宫轩相爱又如何？即使是兄妹又如何？欣心的灵魂本就是穿越而来，根本就不是原来的欣心。如果当时能够想得如此透彻，她就不会那么决然地跳崖，更不会让南宫轩陪着她死……

第四十三章　幸福来得如此突然

“砰！”

一声巨大的踹门声，将欣心惊到了。

欣心略带几分不满地抬眼，望着门口一脸急切的秋月娘亲。南宫老爹已经情绪失控地一把揪着南宫悲怒吼道：“你到底把轩轩怎么样了？”

南宫悲还没来得及出声，南宫老爹已经克制不住地咆哮出声，“南宫悲，你已经害了我一个儿子，为什么还要……”

南宫老爹的话说到一半，自知失言，忙捂住自己的嘴……

欣心疑惑地看着南宫老爹，怯生生地望着秋月娘亲。

秋月娘亲的面色有些凝重，眼内尽是怒火，只扫了眼南宫老爹，一字一句地说道：“南宫楼，给老娘把话说完！”

南宫老爹懊恼地放开南宫悲，强壮淡定地对秋月道：“娘子，我没说什么……”

秋月娘亲面色冷然地一把揪着南宫老爹的衣领，一字一句地道：“南宫楼，你给我说清楚，不然……”警告的意味，不言而喻。

南宫老爹的那句话，有着一个重要的讯息……

已经害了一个儿子……而秋月娘亲并不知情……那么，南宫老爹跟秋月娘亲一共有几个儿子呢？如果，只有一个的话，那南宫轩又是谁？很明显，他就不是欣心的哥哥了……可是，事实到底是怎么样的呢？

欣心神色凝重地望着南宫老爹，因为南宫老爹的回答，是与不是，对欣心来说，实在是太重要了！

如果南宫轩不是欣心的同胞哥哥，那她就有足够的勇气跟爹娘坦白。如果南宫轩的确是欣心的同胞哥哥，那南宫老爹、秋月娘亲能接受的了他们吗？

欣心的心“怦怦”地跳着，手心里更是紧张得全是汗水……

“娘子，真的没什么，我们先看看轩轩好不好……”南宫老爹唯唯诺诺地转移着话题。

秋月娘亲冷着眼毫不吝啬地扫视着南宫楼，正色地道：“南宫楼，你给我老实交代，轩轩是不是十八年前就已经出事了？”

欣心的心头一怔……轩轩十八年前就出事的话……

南宫老爹的身子微微颤抖了一下，努力挤了个笑容出来，道：“娘子，瞧你说的什么话！轩轩他不是正躺在那里吗？”

秋月娘亲的面色已经接近不悦，狂怒地说道：“南宫楼，你不要给我打马虎眼！我要听实话！”

南宫老爹背过身子，忙朝着床边走了几步，伸手抚摩着南宫轩的脸，自言自语地道：“轩轩，你到底怎么了？”

欣心的嘴角无语地抽搐了一下，南宫老爹逃避的行为，实在太过明显了！

十八年前到底发生了什么事情呢？十八年前的事实，最终，欣心想赌一把！

欣心不相信老天爷那么残忍，在她与南宫轩经历了这么多的生死后，无情地来个兄妹乱伦的结局……

甚至，殉情后活着，还要忍受着如此的煎熬……欣心赌真正的南宫轩，在十八年前便死了。而现在这个南宫轩，是彻底属于她的暗影，彻底属于她的南宫轩……

欣心深吸了口气，对着南宫老爹淡淡地说道：“爹爹，告诉我，十八年前到底发生了什么事？南宫轩怎么了？”

南宫老爹恍如未闻，默不作声。

欣心决定使用撒手锏，深吸了口气道：“这个南宫轩真的是我哥哥吗？”

南宫老爹忙应承道：“当然是你的哥哥！欣心，你怎么也说这样的傻话了……”

欣心摇手，将南宫老爹的话打断，“如果他真的是我的哥哥的话，那么我就不要活了！”

南宫老爹愣了愣，道：“你这个傻孩子，说的什么话！”

欣心深吸了口气，一字一句地说道：“因为，我怀了他的孩子……”

南宫老爹的表情立马呆掉……

秋月娘亲的嘴巴更是张得能塞鸡蛋……

欣心清晰地一字一句说道：“我怀的孩子，是他的！现在，你们告诉我，他到底是不是我的同胞哥哥？”

南宫老爹的面色纠结了一下，显然处于犹豫中。

秋月娘亲的神情，彻底地傻了，呆呆地说道：“欣心，你怎么可能跟轩轩……”

欣心凄凉而哀婉地浅笑了一下，道：“我也觉得不可思议……可是事实上，我确实怀了他的孩子……”欣心认真地望着南宫老爹道，“爹，你还不肯说实话吗？莫非，你希望女儿背上乱伦的帽子，自刎谢罪吗？”

南宫老爹望了眼神色淡然的欣心，又看了看神情激动的秋月娘亲，硬着头皮说道：“他确实不是我们的轩轩……欣心，你可千万不要想不开啊！”

“爹，你不要找借口来安慰我了。我知道，你是故意这样安慰我的！我还是死了算了！”

欣心的心头虽然狂喜，但过场还是要走走的。毕竟，十八年前的那段往事，如果南宫老爹不说清楚，欣心的心头总是不踏实！

虽然她已抱着兄妹乱伦也要在一起的想法，但如果他们不是兄妹，那结局不是皆大欢喜嘛！

“欣心，爹爹没有骗你，爹爹说的是真的，轩轩早在十八年前就死于非命了，现在的轩轩是我抱养的，连你娘都不知情！”南宫老爹生怕欣心激动之下，让横在脖子上的匕首失手划伤自己，忙小心翼翼地说道。

“爹，你不要编故事来哄我，我不是小孩子！”欣心暗淡的眼光，微微明亮了几分。

“欣心，爹爹并没有开玩笑，你们可以滴血认亲看看，就会发现，你们并不是真的兄妹！”听到这话，欣心的心才落下，纠结的眉宇终于疏散开来。

滴血认亲，倒是一个不错的主意！

秋月娘亲仓皇地倒退了一步，手指微微颤抖地指着南宫老爹，问道：“南宫楼，你说，我们的轩轩十八年前就已经不在了？”

欣心略带几分复杂地望着秋月娘亲，真的没想到事情的真相竟然是这样的。

原来，南宫老爹也能如此沉得住气，能不动声色地将秋月娘亲骗了十八年……

南宫老爹点了点头，声音微微有些沉重地说道：“月儿，你听我说……”

“不听！不听！我不要听你说话！”秋月娘亲情绪失控地对南宫老爹咆哮着。

南宫老爹撇了撇嘴，似乎真的有太多的难言之隐……

秋月娘亲更是失控地捶打着南宫老爹，恨不得将他打死。

南宫悲终于忍不住说道：“十八年前，轩轩的死是因我而起，秋月，你别为难我哥哥！”

秋月娘亲的眼里闪着恨意的火花，对南宫悲道：“我不会放过你的！”

“我还希望你能找我的麻烦呢！十八年了，你们整整将我遗忘了十八年。我早就过得如行尸走肉了！”南宫悲的声音带着决然的沧桑……

南宫老爹的神色微微有些动容，但轻轻地叹息一声后，还是保持了沉默！

秋月娘亲朝着南宫悲出手攻了上去，要他偿命。

自责与愧疚的南宫悲，一动不动地任由秋月娘亲的手扣住他的脖子，闭目等死……

南宫老爹只能在旁边干着急，阻止道：“娘子，不要伤害悲……放开他……”

秋月娘亲冷笑了一下道：“南宫楼，这么多年，你都不联系南宫悲，就是要掩盖他害了轩轩的事实吧！”

南宫老爹明显被秋月娘亲说中心事，无语地沉默了……

欣心眼见南宫悲还真任由秋月娘亲掐着，渐渐失色，忙上前出手，将他抢了下来。

秋月娘亲依旧不依不饶地要继续出手。

南宫老爹身子一横，挡住秋月娘亲道：“娘子，悲是我的弟弟，你不要那么冲动！”

“南宫楼，你叫我不要冲动？你竟然叫我不要冲动？那你把轩轩还给我……”秋月娘亲喊道。

“娘子，轩轩的事，已经过去十八年了……我们都不要再提了好不好？”南宫老爹的语气里有点无奈。也是，两边都是骨肉至亲，一个是弟弟，一个是儿子……

可是，到底是怎么回事？

欣心的脑袋被他们几个人一搅和，只觉疼得更厉害了！

“南宫楼，你瞒了我十八年，你竟然还好意思要我别提？”秋月娘亲咬牙切齿地说道。

“娘子，我瞒着你，是因为怕你伤心！”南宫老爹的语气里有点讨好的意味。

“你是怕我去找南宫悲的麻烦吧？”秋月娘亲没好气地冷笑道。

“我宁愿大哥找我麻烦，也不想被你们遗忘十八年！”南宫悲也终于忍无可忍地说道。

“十八年，你们是永远体会不到这样的内疚、自责与孤独的……”南宫悲的声音带着自嘲。

“南宫悲，你是最没资格说话的，你给老娘闭嘴！”秋月娘亲恼恨地对着南宫悲说道。

“秋月，南宫轩的事是因我而起，但你因此让大哥与我断绝往来十八年，也太狠了点儿！”南宫悲的声音带着愤愤不平。

“我容忍谁都不能容忍你个死人妖垂涎我的相公。我以后还是要跟你老死不相往来！”秋月娘亲的话，又狠又绝！

“这次，我绝不会再让哥哥丢下我了……”南宫悲同样坚定地对着秋月娘亲说道。

“滚蛋吧你！”秋月娘亲没好气地对着南宫悲嗤笑出声。

眼瞅着两个人又要开始吵架，而南宫老爹则是无奈地皱着俊眉……

欣心深吸了口气，终于忍不住地说道：“你们都给我闭嘴！”被欣心如此一吼，那两个气呼呼的人，都默契地相互没好气地瞪了一眼，又哼了哼。

欣心吸了吸鼻子，正经地道：“听到这里，我大概明白了三点！第一，我同胞哥哥，南宫轩已经在十八年前死了……”

欣心的话刚说到这儿，秋月娘亲的眼圈便立马红了起来，显然，悲痛之情毫不遮掩地挂满了面容……

南宫悲倒是有些心虚地垂下头，仿佛做错事的孩子一般。

“第二，好像叔叔对我爹爹有什么特殊的感情，导致我哥哥十八年前发生意外的悲剧，是吧？”

欣心这句话说的有些不确定，不过，在场的三个当事人，面面相觑，带了几丝复杂的眼神交替。

欣心蒙对了……

“我虽然不知道是什么意外，但是哥哥不在了，爹爹很生叔叔的气，就跟叔叔断绝往来！另外，爹爹怕娘亲怪罪叔叔，所以随意地抱了个孩子回家说成是哥哥。当然，爹爹是如何瞒天过海的，我就不知道了，但有一点是清楚的，那就是我的同胞哥哥的确不在了，现在的南宫轩不是我的同胞哥哥！”

在场的三个人都若有所思地点了下头。

欣心将事情非常简单明了地说明白了。

欣心只是随意地扫了两眼，接着又说道：“这些对我来说，都不是重点！我要说的是第三点，我跟现在这个南宫轩没有任何血缘关系，所以，我能跟他在一起，对吧？”

关于十八年前的那场悲剧，欣心现在没有那么多力气去深究，因为此时，南宫轩还在昏迷中……

眼前，欣心能顾的，便是正视对南宫轩的感情，让爹娘接受她跟冷浩风分手的结果！还有，如何将南宫轩救醒，才是当务之急！

秋月娘亲终究忍不住地说道：“欣心，那浩风怎么办？”

欣心早已料到了，所以淡定地道：“在我知道怀了南宫轩的孩子的时候，就已经跟冷浩风分开了，也不会再有以后了！”

南宫老爹望着欣心手指着南宫轩，嘴角不自在地抽搐了一下，道：“可是，欣心，他是你的哥哥，你怎么就怀了他的孩子啊？”

幸亏南宫轩不是真正的南宫轩，不然，欣心跟他岂不是乱伦，并且还有了个宝宝……

南宫老爹的迂腐思想，有些转变不过来！

秋月娘亲突然觉得，她对子女的了解实在是太少了……

“爹、娘，现在的重点是怎么样让他醒过来，其他的你们都不要再管了，好不好？”欣心心烦地说道。

这么曲折的事情，能三言两语就说得清楚吗？

一听到南宫轩可能醒不过来，南宫老爹跟秋月娘亲都有些急切。南宫老爹转头对南宫悲没好气地说道：“你有没有办法让轩轩醒过来？”

南宫悲摇了摇头，淡淡地道：“很难！”

秋月娘亲手抓着南宫轩的手，自言自语地说道：“若是师兄还在就好了……”

南宫老爹的面色微微有些醋味，不动声色地说道：“娘子，你别忘了，欣心学精了季田的医术……”

虽然秋月娘亲已经知道南宫轩不是她的亲生儿子，但那么多年的养育，亲情仍是存在的。

秋月娘亲的悲伤也是真情流露，“可是……轩轩他却……”

“也不是没有办法，等欣心产下腹中的孩子，我就有办法能让南宫轩醒来！”南宫悲淡定地说道。

众人都充满希望地望着他。

南宫悲只是很轻很淡地说了句：“对于十八年前的事，我很抱歉。这次，我一定不会让他出事的……”

好吧！

欣心就耐心地等待着，等待着还有八个月出生的孩子降临……

随着欣心的肚子一天天地大起来，她的心情也激动了起来……因为，南宫轩也快要苏醒了……

王子吻醒睡美人的时候，那种忐忑、激动，欣心算是深切地体会到了！

事情一如预料中的那般顺利，欣心平安地产下了一个漂亮的女孩……

当然，欣心已经体力透支地晕了过去，将孩子抱去营救南宫轩的重任便落到了南宫悲的身上……

或许是等待的时间够长，心情一直不敢放松过，欣心这一睡，睡了好久，好久……

南宫轩温和地抱着欣心，小心翼翼地躺在她的身边，头靠着她的头，有点冰凉的嘴唇贴到她细腻滚烫的脖子上。她动了动，并没有醒来。

南宫轩望着那张日思夜想的脸，忍不住地朝她柔嫩的红唇覆盖了上去……

快一年了，他自己都不可思议，他竟然丢下欣心独自昏睡了那么久……

欣心蓦然睁眼，望着眼前的南宫轩，呆呆的。

南宫轩温和地朝她笑了笑，那样的笑容，宠溺、情深，能让日月为之失色……

欣心的手，渐渐地抚上南宫轩的脸，讷讷地说道："你终于醒了……"

南宫轩的眼光中溢满了深情，温柔地说道："因为，我每天都听到你的呼唤……我怎么能不醒呢？"

"暗影……我是不是在做梦？"欣心有种喜极而泣的冲动。

南宫轩笑着摇了摇头，道："当然没有。欣心，你还没有告诉我，你现在还愿意跟我在一起吗？"

欣心定定地望着南宫轩，很久，很久……

南宫轩的心情紧张得"怦怦"狂跳，他还不知道十八年前的事，也不知道他们俩不是兄妹……他在害怕，害怕欣心再一次拒绝……

欣心笑了笑，摇着头道：“当然不会了！我现在想说的是，我爱你！”

“欣心……”南宫轩激动地将欣心抱在怀里。

“咳咳咳……”门口传来一阵咳嗽声。

南宫轩面色窘迫地望着南宫老爹跟秋月娘亲，手足有些无措。

欣心倒是窝在南宫轩的怀里，舒适地找了个姿势，维持着笑容，叫道：“爹，娘……”

“你们一醒来就秀恩爱……欣心啊，你连孩子都还没见过吧？”南宫老爹口气里有点责备。

欣心嬉皮笑脸地说道：“反正不管男孩还是女孩，都一定是最漂亮的小孩。再说了，有爹、娘照顾着，我才不担心呢！”

“欣心……”南宫轩小心翼翼地拉了拉欣心，眼睛里尽是问号。

欣心笑而不语，故意急死南宫轩。想当初，她可是被南宫轩骗了好久。这次，只是稍稍收点利息而已……

不告诉南宫轩他是捡来的，哈哈哈……

“爹、娘，我……我喜欢欣心……”

南宫轩瞅着欣心不说，只能硬着头皮对两位家长开口。

“全世界都知道你喜欢欣心，孩子都蹦出来了！”秋月娘亲面带责备。

也是，任何家长被瞒着，都不会开心的，而且，情况又那么特殊……

“希望爹娘成全！”南宫轩面色坚定地朝着两位家长说道。

南宫老爹俊眉微微一挑，淡淡地道：“我们什么时候不成全了？”

南宫轩微微地愣了愣，成全了？傻傻地道：“爹，是我跟欣心呐，我们是兄妹，你们真的成全吗？”

“你们什么时候是兄妹了？你明明是我捡来的！”南宫老爹俊脸一扬，笑得十分灿烂……

南宫轩的眼便定在欣心脸上，眼中透着危险。

欣心干笑了两声道：“那个……我们以后有的是时间慢慢说……”